国家出版基金项目
NATIONAL PUBLICATION FOUNDATION

总主编 吴俊
总校阅 黄静
肖进
李丹

本卷主编 黄珊

第二卷 1958—1965

中国当代文学批评史料编年

华东师范大学出版社

本书为国家出版基金资助项目
国家"双一流"拟建设学科"南京大学中国语言文学艺术"资助项目
江苏高校优势学科建设工程"南京大学中国语言文学"资助项目
江苏省 2011 协同创新中心"中国文学与东亚文明"资助项目
南京大学中国新文学研究中心资助项目

编纂说明

文学批评史尤其是中国古代文学批评史，本是文学研究中的大宗。但从20世纪90年代开始，批评史退出了学科设置体系，由此对相关的教学和研究都有影响。较之于古代文学批评史，现当代文学批评史显然薄弱，或可说当代文学批评堪称发达，而当代文学批评史的研究却最弱。这从学术上看倒也是正常现象。只是所谓当代的时间范畴一直在无限扩展，恍惚间已达到了六十年，是一般概念中的现代文学时间的两倍。其他不谈，如果现代文学史、现代文学批评史方面的学术成果足以令人惊艳的话，当代文学批评的历史及内涵体量应该也完全能够支持当代文学批评史的研究开展。

或许受到20世纪80年代早期我在复旦大学读书时上过的现代文学文论课的影响，90年代末期我在华东师范大学开设过当代文学文论、当代文学批评史专题之类的课程，大概算是较早的同类课程教学和研究。调南京大学工作后，当代文学批评史方向的研究，我也一直在继续。2010、2011年间，我任首席专家的"中国当代文学批评史"项目竞标成功，立项为教育部重大课题攻关项目。这促使我必须在近年完成至少两项任务：一是结项项目专著《中国当代文学批评史》的撰写，二是原定计划中包括正在进行的《中国当代文学批评史料编年》等的文献整理及研究课题。在我看来，当代文学批评史的研究开展及其学术保障，必须依赖并建立在后者之类的专业史料和文献研究的基础之上。这可以说就是我从事这项具体工作的初衷。

感谢我的合作者多年来的精诚团结,终于完成了这套丛书的编纂。付梓之际,既感欣喜和放松,但也不乏遗憾和不安。毕竟凡事总不能做到尽善尽美。我视这套书为中国当代文学批评的历史图标集成,它应该是将历史的散点集合而成的一种逻辑系统。所以准确性和系统性是它的基本要求,也是它的基本特点,它对专业研究的学术价值也将视此而定。这套书的收录对象主要是狭义的文学批评史料,但也有与文学批评相关的一般当代文学理论史料,甚至包括了一些古代文学研究、外国文学研究等方面的史料;之所以如此,从宏观上简单说是因为中国当代文学批评的开展和理论建设往往与"古为今用,洋为中用"的思想指导相关,在古今、中外研究中,互相间的影响和互动互渗是一种历史的常态。这其实也就给这套书的编纂带来了显见的困难,如何取舍既难轻断,且常易断错。另一方面,失之疏漏、错失的地方又几乎在所难免。尤其是在定稿成书之后,诚惶诚恐就是我现在的真实心理。不管怎样,作为总主编我须为这套书的质量和水平负责。希望学界同道不吝赐教。

感谢丁帆教授慨赐墨宝为本书作书名题签。这套书除了已经署名的主编者、校阅者之外,还有我的研究生吴倩、郭静静参与了资料补充、核查工作,谨表感谢。对于华东师范大学出版社王焰女士、庞坚先生诸位多年来的宽容和照应,特别是他们为这套书的出版所付出的劳动,再次深表由衷的感谢。

吴　俊
2017年8月8日
写于南京东郊仙林和园

目 录

1	**1958年**	45	11月	95	8月
3	1月	50	12月	99	9月
6	2月			104	10月
10	3月	57	**1959年**	107	11月
15	4月	59	1月	111	12月
19	5月	64	2月		
24	6月	69	3月	117	**1960年**
28	7月	75	4月	119	1月
32	8月	80	5月	124	2月
36	9月	85	6月	129	3月
41	10月	90	7月	134	4月

139	5月	246	7月	347	9月
144	6月	249	8月	351	10月
149	7月	253	9月	355	11月
154	8月	256	10月	359	12月
158	9月	259	11月		
162	10月	262	12月	**363**	**1965年**
165	11月			365	1月
169	12月	**267**	**1963年**	368	2月
		269	1月	371	3月
175	**1961年**	271	2月	373	4月
177	1月	276	3月	375	5月
180	2月	281	4月	377	6月
183	3月	284	5月	380	7月
186	4月	288	6月	382	8月
189	5月	292	7月	385	9月
192	6月	296	8月	387	10月
195	7月	300	9月	389	11月
198	8月	303	10月	392	12月
201	9月	307	11月		
205	10月	310	12月		
208	11月				
212	12月	**315**	**1964年**		
		317	1月		
217	**1962年**	322	2月		
219	1月	326	3月		
222	2月	330	4月		
226	3月	333	5月		
231	4月	337	6月		
236	5月	340	7月		
242	6月	343	8月		

1958年

1958年

1月

1日,《火花》1月号发表李束为、西戎、马烽的《高沐鸿向何处去?》。

《长春》1月号发表冯文炳的《伟大的文艺工农兵方向》;吴天的《发扬话剧运动的战斗传统》;胡苏的《"哨兵"所必需警惕的》;包人的《万忆萱反动创作道路的批判》;黄颖的《"自由""独立思考"之类》;纪叶的《用什么思想感情描写知识分子》。

《作品》1月号发表杜埃的《到农村去,到创作的源泉中去!》;萧殷的《这才是正确的道路》;周国瑾的《坚决到火热的斗争中去》;紫风的《做群众的小学生》;曾炜的《当个名副其实的文艺工人》;马荫隐的《身在群众中,心也要在群众中》;何求的《响亮的警钟》;陈则光的《驳丁玲对"沙菲女士"的辩解》;董修智的《冯雪峰在"回忆鲁迅"里怎样歪曲鲁迅来宣传反动文艺思想》;易征的《谁在空虚的叫喊!》;瑞芳的《不朽的形象》。

《雨花》1月号发表吴调公的《论冯雪峰在艺术构思研究中的主观唯心主义思想》。

《奔流》1月号发表牛星斗的《驳苏金伞等"党不能领导文艺"的谬论》;李嘉言的《我们同右派分子苏金伞、任访秋等在文艺问题上的分歧》;冯金堂的《苏金伞是阻挡青年作者前进的绊脚石》;张有德的《回到党的立场上来》;朱可先的《检讨错误,继续前进》;富恒的《一个未了的案件》。

《星星》1月号发表山莓的《流沙河的"个性"》。

《热风》1月号发表聂文辉的《〈春动草萌芽〉在政治上、思想上有严重错误》;易殿的《评〈春动草萌芽〉》。

《萌芽》第1期发表《到火热的斗争中去!》

《处女地》1月号发表李行的《从〈四季歌〉的讨论想起的》;陈义的《坚决贯彻整改精神,作协沈阳分会采取重大措施》。

《长江文艺》1月号"小说专号"发表金人的《论〈静静的顿河〉的思想性和艺术性》;何家槐的《批判〈我在霞村的时候〉》;叔筠的《真理和真情实感》;长青的《徐懋庸杂文批判》;马仲扬的《徐懋庸"苦闷"什么?》;吴晓报的《借宋世杰喊冤的

人》;本刊编辑部的《关于徐懋庸问题的几句话》。

3日,《剧本》1月号发表张真的《放出新的剧目来》;文萍的《谈〈布谷鸟又叫了〉》。

5日,《光明日报》发表周来祥的《批判陆侃如的〈中国诗史〉》。

《延河》1月号发表艾枫的《斥〈一片枯黄的叶子〉》。

《草地》1月号发表温莎的《"伍其文"的典型意义及其他(读〈伍其文"视察灾区"〉)》;张立云的《在美丽的羽毛的掩盖下——清除丁玲的〈到群众中去落户〉的毒素》。

《草原》1月号发表沈湘汉的《反对资产阶级文艺路线　坚持社会主义文艺路线》;特·达木林的《鹏飞的三支毒箭》;萧平的《评〈马端的堕落〉》;刘棘、仁毅的《它的"重量"在哪里?》;刘大松的《描写爱情的作品究竟应该给读者一些什么?》;何郎华的《读〈悬崖上的爱情〉》;编辑部的《我们的检讨》;沙痕的《难忘的历程》。

《文艺月报》第1期发表以群的《深入群众生活——社会主义文艺路线的主要环节》;贾文昭的《论现实主义问题讨论中的修正主义观点》;晓立的《党性、生活和真实》;南岷的《刘绍棠在"探索"什么?——从他给出版社编辑部来信中看到的》。

《边疆文艺》1月号发表初非的《太阳也有照不到的地方吗?》;封齐的《论"有所不谈"和"无所不谈"》;刘扬的《评晓曲的〈杂感三则〉》;对山的《周"诗人"底"淡淡的哀愁"》。

7日,《蜜蜂》1月号发表贺朗的《斥技巧至上主义》;葛文的《同一切非党文学划清界限》;炎如的《"论好干部"》;刘谷的《关于"偶然想起"的话》;一丁的《两首内容空虚的诗》;长正的《作品——情感的见证》。

8日,《中国青年报》发表任纪的《到生活的急流里去——读小说〈浮沉〉》。

《人民文学》1月号发表李健吾的《读〈茶馆〉》;龙世辉的《〈林海雪原〉的人物刻划及其它》;马晴波的《读〈林海雪原〉后所想到的》;张羽的《史诗在闪光》;姚虹的《写和读,都是为了战斗!》;本期始连载周立波的长篇小说《山乡巨变》(至6月号载完)。

10日,《前哨》1月号发表孙昌熙的《公式化、概念化的作品究竟是怎样产生的?》;鲁特的《到群众斗争中去》;聂石樵的《谈蒲松龄对题材的处理》。

11日,《文艺报》改为半月刊,办刊宗旨改为"开展文艺思想大辩论,着重批判文学的修正主义思想","增强对新的文艺创作和文学期刊的评介,着重在鼓励新的创作,同时对不良倾向的作品进行批评",主编张光年,编委巴人、公木、严文井、陈笑雨、陈荒煤、侯金镜、张光年、王瑶,第1期始连载茅盾的长篇论文《夜读偶记——关于社会主义现实主义及其它》(第2、8、10期续载);同期,发表荃麟的《修正主义文艺思想一例——论〈苔花集〉及其作者的思想》;王瑶的《关于现代文学史上几个重要问题的理解——评雪峰〈论民主革命的文艺运动〉及其它》;焦菊隐、赵少侯、陈白尘、夏淳、林默涵、王瑶、张恨水、李健吾、张光年的《座谈老舍的〈茶馆〉》;徐迟的《民族语言的魅力——读〈延河〉的兄弟民族文学专号》;舒霈的《感情深处的浪花——读张有德的〈晨〉》;阎纲的《和平的日子——生活的激流》。

12日,《解放军文艺》1月号发表韩洁的《读〈红日〉》。

15日,《文学青年》(月刊)创刊,主编文菲、柯夫,编委文菲、刘和民、师田手、江帆、孙芋、陈玙、柯夫、毕文廷、张斐军,本期发表张福深的《鲁迅小说的物件描写》;丰原的《谈"明天"》;钟尚钧的《略谈诗的拟人化》。

《新港》1月号发表张学新的《深入生活,改造思想》;阿凤的《读〈站起来的人民〉》。

《江淮文学》1月号发表晓阳的《驳斥刘绍棠的几个反动论点》;吴孝节的《无产阶级的歌手》。

16日,《人民日报》发表朱光潜的《美就是美的观念吗?(评吕荧先生的美学观点)》。

《山花》1月号发表东乡的《首先要改变自己的思想感情》;林艺的《散布资产阶级思想毒素的小说(评〈泪〉)》;文木的《关于〈严厉的爱〉》;蒙文的《应该正确对待青年作者》。

《萌芽》第2期发表艾克恩的《试评〈他们是幸福的〉》;苏隽的《青年作家应该走什么样的道路?——从方之的小说看他的思想发展》;鲍钧的《要下决心作工人阶级的文艺新军》。

20日,《北京文艺》1月号发表蔡恒茂的《驳斥唐挚和杜黎均——关于创造英雄人物和自然主义问题》;丘山的《公刘在他的〈小夜曲〉里宣扬了什么?》;林子的《彻底清除黄色歌曲》。

23日,《民间文学》第1期发表贾芝的《再论民间文学工作的两条道路——批判钟敬文的路线》。

24日,《青年报》发表王景的《"我能舍弃一切,但是不能舍弃党……"——读方志敏同志的〈狱中纪实〉》。

25日,《人民日报》发表若水的《略谈简单和复杂》。

《诗刊》第1期发表刘绶松的《论闻一多的诗》;公木的《公刘近作批判》。

26日,《文艺报》第2期以"再批判"为总题,发表林默涵的《王实味的〈野百合花〉(附原著)》,王子野的《种瓜得瓜,种豆得豆——重读〈三八节有感〉(附丁玲原著)》,张光年的《莎菲女士在延安——谈丁玲的小说〈在医院中〉》(附原著),马铁丁的《斥〈论同志之"爱"与"耐"〉》(附萧军原著),严文井的《罗烽的"短剑"指向哪里?——重读〈还是杂文的时代〉》(附原著),冯至的《驳艾青的〈了解作家,尊重作家〉》(附原著);同期,发表艺军的《评〈女篮5号〉》;陈冰夷的《关于杜金采夫的〈不是单靠面包〉》。

28日,《中国青年报》发表超克图纳仁的《草原上的"金鹰"》。

30日,《人民日报》发表林翘的《不能给他们那种"自由"——驳〈相府门前七品官〉》。

《光明日报》发表水天生的《太行山中访赵树理》。

《解放日报》发表莫扬的《"序""跋"琐谈——读鲁迅作品的"序""跋"所想起的》。

31日,《文汇报》发表邓瑞昌的《不同意罗荪对〈走在时间前边的人〉的批评》。

本月,《东海》1月号发表李式琇的《文艺界青年应该从郑秉谦身上吸取教训》;钦文的《鲁迅做过二十年的业余作家》;聆笛的《一个青年业余作者的堕落》;铁汉的《值得深思的事情》。

本月,作家出版社出版杨沫的《青春之歌》。

2月

1日,《火花》2月号发表郑笃的《揭露高沐鸿,批判高沐鸿!》。

《长春》2月号发表石金声的《文学作品的品质与文学作品的面貌》;朱叶的《党的领导与创作自由》;鞠劲秋的《到社会主义建设的激流中去》;刘迟的《锻炼自己,改造自己》;吴天的《话剧运动五十年的史实补略》;谭千的《我们需要描写先进人物的好作品》;周明的《"职业化"杂谈》;韩林子的《必须注意语言的规范》。

《作品》2月号发表陶铸的《关于整风学习的讲话》;杨康华的《坚决整风,彻底改造》;秦牧的《摧毁一切罪恶的"宝塔"》;杨嘉的《作品是人民创造的》;陈则光的《不允许冯雪峰贬低鲁迅前期的作品》。

《雨花》2月号发表陈瘦竹的《论创作自由》;艾明的《在"写真实"的后面》。

《奔流》2月号发表蒲柳的《如何辨别文学作品中的香花和毒草问题的商讨》;林召的《战士、文艺家和牛》;本刊记者的《业余文学创作者小型座谈会纪要》;方冠军的《所谓"框子"》;叶魁的《谈"生活底子"》。

《星火》2月号发表默然的《我们需要更多的特写》;本刊编辑部整理的《对〈一首没有编完的山歌〉的意见》。

《星星》2月号发表赁常彬的《诗要下放》。

《热风》2月号发表谭需生的《错误的歌颂、恶意的歪曲》;许在全、许秉清的《谈〈春动草萌芽〉里的党团员形象》。

《海燕》2月号发表鲁丁的《东风送暖,春天已到》;姚万的《文艺战线上两条路线的斗争》;华欣的《有出息和没出息》;周隆的《"聪明人"与"傻子"》。

《萌芽》第3期发表李华子、田洪英的《谈讽刺诗〈穷困的人〉的特色》;哈宽贵的《品质与个性——工业征文漫谈》。

《处女地》2月号发表文菲、思基的《发展社会主义文学的关键》;甘竞、徐刚的《也谈曹禺的〈雷雨〉和〈日出〉》;朱里的《我们是奇迹的主人》;石果的《杂感》;斐君的《应该面向谁?》;熊笃诚的《谈"能屈能伸"》;严盾的《耐人寻味的广告》;阿难的《释迦牟尼如是说》;洪迅的《"精确、适当"》;萧蕤的《严峻的生活真理》。

《长江文艺》2月号发表张立云的《高举社会主义现实主义的旗帜》;燕婴的《对〈回忆鲁迅〉一书的批判》;江平的《姚雪垠的〈戎马恋〉宣扬些什么?》;王文生的《论世界观与创作方法的关系》。

2日,《光明日报》发表臧克家的《再批判的重大意义》。

3日,《剧本》2月号发表本刊记者韦启玄的《向苏联戏剧学习——田汉同志谈全苏戏剧会演观感》;李束丝的《谈谈现代剧写作中的问题》;李纶的《创作更多的作品,歌唱伟大的时代》;吕叔的《读〈青春之歌〉》;金犁的《给〈金鹰〉作者的一封信》;[苏联]高尔基作、高尔基资料室编的《高尔基戏剧创作书简》。

5日,《延河》2月号发表肖殷的《马列主义会妨碍创作吗?》;胡采的《根本的分歧》。

《草地》2月号发表田间的《论胡适的〈尝试集〉》;田原的《〈百草园〉应该坚持社会主义文艺路线》;温莎的《英雄的诗篇》;余辅之的《烧掉"才子气"》。

《草原》2月号以"坚决保卫社会主义文艺路线"为总题,发表纳·赛音朝克图的《〈花黄鹿〉是鲜花还是毒草》,马拉沁夫的《周戈在"艺术大师"的招牌下》;同期发表陈华中、邓青、贾漫、刘介愚的《这是什么样的"历程"》;王文建、张俊良的《〈悬崖上的爱情〉读后》;王捷的《评〈悬崖上的爱情〉》;庶人的《读者来信》。

《文艺月报》第2期发表小帆的《驳徐懋庸的"质的规定性"》;杨雁的《程帆的〈半个水电站〉是毒草》;手石的《也谈〈抬驴子走路的人〉》;王叔慧的《对"建设性的批评"的批评》;梁冰的《谈〈红日〉几个人物》;王西彦的《鲁迅所遵奉和捍卫的文艺路线》;曾闻的《"浮沉"》;专栏"文艺杂谈"发表沈虎根的《谈参预生活和"体验生活"之别》,以群的《该走哪一条路?》,魏金枝的《谈谈失败的经验》,恭甫的《漫谈群众业余文艺活动的辅导工作》。

《民间文学》第2期发表江橹的《钟敬文是个什么样的专家?》。

《边疆文艺》2月号发表袁勃的《做一个无愧于新时代的文艺战士》;徐嘉瑞的《往哪里去?》;柳池的《读〈试放三首〉》;黄贻光的《评〈革命买卖〉》;蒲永川的《谈〈革命买卖〉》;马来的《共同的》;马来的《无名氏和艾青》;木羽的《"作家"?"专家"?还是"骗子"?》;正子的《黄蜂讽刺的是什么?》;双林的《找错了客观原因》。

6日,《人民日报》发表山柏的《关于小品文问题的讨论》。

7日,《蜜蜂》2月号发表李德善的《谈何理的诗》;张朴的《关于杂文问题的几点意见》。

《人民日报》发表何其芳的《就党领导文艺问题驳右派》。

8日,《人民文学》2月号以"作家谈'写真实'"为总题,发表茅盾的《关于所谓"写真实"》,骆宾基的《从王府井街所见而想起的》,韶华的《真实和歪曲》;同期,发表袁水拍的《徐懋庸肆意歪曲毛主席〈在延安文艺座谈会上的讲话〉》;巴人的《略论"英雄人物"》。

9—11日,康生、周扬在科学规划委员会古籍整理出版规划小组成立会上发表了有关古籍整理、出版方针等问题的讲话。

10日,《前哨》2月号发表燕遇明的《从培养工人阶级的文艺队伍谈起》;查国华的《批判薛绥之反党的文艺思想》;冯中一的《关于抒情诗的时代特征——读

〈前哨〉上的一些抒情诗有感》；田仲济的《读〈合家〉》；赵鹤翔的《抒的什么情?》；赵光明的《折断薛绶之的反党毒箭》。

11日，《人民日报》发表舒舍予的《打倒洋八股》。

《文艺报》第3期发表阮章竞的《钢铁的誓词》；侯金镜的《一部引人入胜的长篇小说——读〈林海雪原〉》；王世德的《评介〈小城春秋〉》；陈伯吹的《扣人心弦的一页——读〈骨肉〉》；华夫的《丁玲的"复仇的女神"——评〈我在霞村的时候〉》；沈容的《人民力量的颂歌——评纪录片〈战胜洪峰〉》；蓝冰的《1958年的〈译文〉》。

12日，《解放军文艺》2月号发表方文的《真实的形象——〈苦菜花〉里的母亲》；夏里的《喜读短篇小说〈路〉》。

15日，《文学青年》第2期发表公木的《漫谈天才、技巧与生活》；思基的《谈赵树理的短篇小说》。

《江淮文学》2月号发表本刊编辑部的《我们的希望——改进本刊意见之一》；白岩的《伟大的诗人拜伦》。

16日，《山花》2月号发表江离的《阿Q在美国借尸还魂》；张毕来的《民歌四首分析》；古淮的《爱的礼赞》。

《萌芽》第4期发表《业余写作者的警钟》；周森的《一个青年业余写作者的堕落》；铁汉的《值得深思的事情》；杨宝裕的《"业"和"余"》。

19日，《人民日报》发表新华社18日讯《在更大规模和更深程度上同工农兵相结合　让文艺创作来个大丰收　中国文联及各协会、各研究会讨论发展文艺创作适应全国生产大跃进》。

20日，《北京文艺》第2期发表王素珍的《王实味煽惑青年的伎俩》；王慧敏的《丁玲揭起的一面反党黑旗——读丁玲的〈三八节有感〉》；信涛的《一个反党分子的自白书——读丁玲的〈在医院中〉》；李岳南的《论肖军之毒与害》；邢秋平的《是谬误，也是恶毒的诽谤!》；李方立的《我给艾青的回答——斥艾青的〈了解作家，尊重作家〉》。

21日，《解放日报》发表蒋希贤的《"十五年如一日"——读〈三八节有感〉有感》。

23日，《光明日报》发表王子野的《一脉相传——重读〈野百合花〉》；谭丕模的《从〈鲁迅批判〉到〈文学史家的鲁迅〉——批判右派分子李长之打鲁迅与捧鲁迅的阴谋》。

25日，《人民日报》发表《继承文化遗产　发展社会主义新文化》。

25日,《诗刊》第2期发表王洁的《重视劳动人民的喜爱》;宋一的《略谈诗歌中的劳动主题》;冼宁的《谈殷夫的诗》;桑明野的《批判艾青〈诗论〉中的资产阶级文艺思想》;专栏"诗集评介"发表罗髯渔的《〈毛主席诗词十八首讲解〉评介》。

26日,《文艺报》第4期以"反对八股腔,文风要解放!"为总题,发表老舍、臧克家、赵树理、叶圣陶、谢冰心、方令孺、宗白华、林庚、吴组缃、陈白尘、朱光潜、王瑶、郭小川、胡可、陈冰夷、李希凡、戴不凡、张真、凤子、张光年的座谈发言稿;同期,发表闻超的《奇文共赏》;欧阳予倩的《鼓起干劲,多写剧本!》;晓婵的《文学工作能不能跃进?》;徐迟的《人民的歌声多嘹亮》;姚虹的《怎样让人笑和为啥要让人笑——谈话剧〈布谷鸟又叫了〉》;田仲济的《旧时代的悲歌——读〈王统照短篇小说选集〉》;朱树鑫的《疾风中的白杨树——读〈马大夫和他的孩子〉》;王朝闻的《欣赏,"再创造"——文艺欣赏随笔》;姚文元的《冯雪峰资产阶级文艺路线的思想基础》。

27日,《人民日报》发表曹禺的《推荐"时事戏"(四出反右的讽刺喜剧)》。

28日,《人民日报》发表周扬的《文艺战线上的一场大辩论(根据1957年9月16日在中共中国作家协会党组扩大会议上的讲话整理、补充并和文艺界一些同志交换了意见之后写成)》。

本月,《东海》2月号发表竹如的《关于〈从暗室里出来的人〉》;黎央的《马耶可夫斯基三题》;刘风的《读〈权作回信〉后所想到的》。

本月,作家出版社出版吕荧的《艺术的理解》。

3月

1日,《火花》3月号发表李慰的《对高沐鸿反党、反马克思主义思想的批判》;刘江的《斥高沐鸿的谬论》。

《长春》3月号发表《把毒草变成肥料——再批判王实味、丁玲等人反动文章座谈会纪录》;陶然、刘柏青的《莎菲、美琳、贞贞、陆萍》;张南的《批判胡昭的文艺观》;晓阳的《一条毁灭性的道路》。

《作品》3月号发表陈残云的《艾青的"国际诗"宣扬了什么》；周国瑾的《毒草变成了肥料》；秦牧的《红榜下谈心》；紫风的《颂干劲》；杨嘉的《从奴隶到主人》；郁茹的《重读〈母亲〉——写以纪念高尔基诞生九十周年》；陈伯吹的《从苏联儿童文学作品看怎样写学校小说》；周国瑾的《不能让黄色歌曲毒害人民》；朱家钟的《新春看戏小记》；俞尚陵的《彻底打掉骄气》；杜白的《创作反映新生活的叙事诗》。

《雨花》3月号发表海笑等的《我在创作中碰到的问题（笔谈·七篇）》；苏隽的《关于作家的世界观问题》；金启华的《杜甫的"创作论"》；王堡的《抄袭是可耻的》。

《奔流》3月号发表杜希唐的《认真贯彻实行文艺与工农兵群众结合的方针》；赵明的《从任访秋"中国现代文学"教学中看他的反动文学思想》；舟山的《肯定什么，否定什么》；张有德的《感情的对立》；朱红的《阴毒的"笔"》；尤翰青的《读〈灰色的帐篷〉》；桑一叶的《评〈两个村干部〉》。

《星火》3月号发表胡旷的《一本激动人心的书》；方苏的《作家与党的关系》；一戈的《时佑平是一个怎样的作家》。

《星星》3月号发表林采的《诗歌应该和工农群众相结合》。

《热风》3月号发表路遥的《老牌毒草——〈野百合花〉》；张鸿的《反动的〈三八节有感〉》；石简的《谨防叛徒的暗箭》。

《海燕》3月号发表吴亚南的《接受教训，为建立一支坚强的工人阶级文艺队伍而奋斗！》；牛文的《读一月号的〈海燕〉》；天铎的《揭发〈拾粪〉作者的恶劣抄袭行为》。

《萌芽》第5期发表哈华的《车间与文学》；庚卫的《〈克拉玛依的春天〉教育了我》；诗咏的《驳雁序的杂文〈风流所及〉》；张老学的《〈聋哑人的幸福〉读后》；任世昌的《映山红映红了读者的心——〈井冈山诗笺〉读后》。

《新港》2、3月合刊发表老舍的《多写小小说》；王淑明的《读〈铁木前传〉》。

《处女地》3月号发表井岩盾的《爱情批判》；戴言的《发了霉的灵魂》；苏盐的《嚣尘滚滚为谁来？》；文菲的《杂谈二题》；思基的《高尔基论无产阶级革命时代的"绦虫"》；洪迅的《〈林海雪原〉琐谈》。

《长江文艺》3月号发表于黑丁的《知识分子文艺队伍的思想改造道路》；高风的《文学创作的绝路——评李岸的创作倾向》；吴清的《读〈这是发生在北京〉》；江

平的《年轻人光辉的榜样》；何江的《一篇好叙事诗——论〈钓鲨的人们〉》。

《江海学刊》（双月刊）创刊，本期发表吴调公的《论文学的真实性和共产主义党性——驳修正主义者"写真实"的谬论》；陈中凡的《批判冯雪峰〈回答关于水浒的几个问题〉》。

3日，《剧本》3月号发表刘川的《〈青春之歌〉创作手记》；吴雪的《关于〈青春之歌〉的三言两语》；所云平的《从〈青春之歌〉所想到的》；陈坚的《南京农学院座谈〈青春之歌〉》；成昆的《谈最近几个刊物发表的独幕剧》；[苏]鲍里斯·拉甫列乌夫的《〈决裂〉的诞生》。

5日，《延河》3月号发表姚文元的《战斗生活的颂歌》；姚虹的《写出人民的革命干劲！》。

《草地》3月号发表刘开扬的《丁玲的爱与恨（评〈三八节有感〉和〈在医院中〉）》；林如稷的《勤奋成功的巴尔扎克（读书杂记之一）》；杨田村的《写真实与世界观》；邹酆的《风景描写与人物心理》；周先慎的《打倒"创作自由"》；阿强的《民族化？自由化？》；弓也的《过关》；白水泉的《摧毁丁玲在我思想上的宝座》；江上村的《读〈心的成长〉》；宋钰文的《评〈百灵鸟的爱情〉》；钟朝岳等的《对〈乡村教师诗草〉的意见》。

《草原》3月号发表许淇的《读高尔基的〈个性的毁灭〉有感》；崔鹏的《悬崖上》。

《延河》3月号发表茹志鹃的短篇小说《百合花》。

《文艺月报》第3期以"《论'文学是人学'》批判"为总题，发表蒋孔阳的《人道主义与现实主义》，箭鸣的《批判钱谷融的典型论》；专栏"再批判"发表吴强的《蚂蟥与毒草（王实味和他的〈野百合花〉的再批判）》，姚文元的《以革命者姿态写的反革命小说（批判丁玲的〈在医院中〉）》，罗洪的《读〈三八节有感〉的感想》，峻青的《我们了解艾青》，罗荪的《雪峰的"艺术价值"（评〈题外的话〉）》，以群的《重谈梁实秋的"人性论"》；同期发表朱经权的《关于小说〈方教授的新居〉的思想倾向》；翟奎曾的《读两篇描写知识分子的小说》。

《边疆文艺》3月号发表周君放的《伟大的无产阶级作家（纪念高尔基诞生90周年）》；任大卫的《从〈雪山是静静的吗〉看白桦的〈森林的故事〉》；以"再批判"为总题发表于夫的《作家应该是人民的百灵鸟（斥艾青的〈了解作家，尊重作家〉）》，张弓的《拔剑驱蝇（驳〈还是杂文时代〉等文）》；同期发表泥子的《评〈生活的牧歌〉》;吴国柱的《从具体分析出发(评〈革命买卖〉以及对它的批评)》;纪纲的《公刘的情诗对青年的毒害》;雁寒的《石笔者说》。

5日,《天山》3月号发表祖农·哈迪尔的《高尔基作品读后感》。

6日,《人民日报》发表虞棘的《陈沂要文艺为"我"服务》。

7日,《光明日报》发表凤子的《批判丁玲的〈三八节有感〉》。

《蜜蜂》3月号发表田间的《致青年朋友——〈社员短歌〉代序》;张璞的《也谈〈讽刺的善意与恶意〉》;丰慧的《我的解释和检查》。

8日,《解放日报》发表廖震龙的《我们"了解"了艾青》。

《人民文学》3月号发表老舍的《打倒洋八股(在第一届全国人民代表大会第五次会议上的发言)》;以"秦兆阳思想批判"为总题,发表李希凡的《评何直在文艺批评上的修正主义观点》,樵渔的《秦兆阳眼中的农村》。

9日,《人民日报》发表《争取社会主义文学大丰收 作协书记处讨论大跃进草案 首都作家纷纷响应作协号召》,报道中国作家协会书记处7日举行扩大会议,讨论文学工作的大跃进问题,会议提出了"文学工作大跃进三十二条"。

10日,邵荃麟主持召开首都评论工作者座谈会,响应中国作协提出的《文学工作大跃进32条(草案)》。

《前哨》3月号发表于夫的《资产阶级歌妓艾青》;林音频的《丁玲笔下的延安》;王安友的《王颖奋是怎样堕落的》。

11日,《文艺报》第5期发表周扬的《文艺战线上的一场大辩论(根据1957年9月16日在中共中国作家协会党组扩大会议上的讲话整理、补充并和文艺界的一些同志交换了意见之后写成)》;专论《让社会主义的创作激情更高涨吧》;马铁丁的《我们要做革新派——读〈文艺战线上的一场大辩论〉后记》;方明的《壮阔的农民革命的历史图画——读小说〈红旗谱〉》;《老战士话当年——本刊举行〈红旗谱〉座谈会纪要摘要》。

12日,《解放军文艺》3月号发表陈亚丁的《斥右派分子陈沂在文艺方面的反动言行》;李伟的《"一切为了我"》。

《文学研究》第1期发表郑振铎的《中国文学史的分期问题》;冯至的《论艾青的诗》;刘绶松的《关于左联时期的两次文艺争论——批判冯雪峰的反党活动和反马克思主义文艺思想》;以群的《论社会主义现实主义——兼评何直、周勃及陈涌等人的修正主义论点》。

14日,《人民日报》发表陆定一的《要做促进派——为〈江海学刊〉创刊号作》。

15日,《青海湖》3月号发表霍兆芳的《〈建设中的插曲〉是一株毒草》。

《文学青年》第3期以"再批判"为总题,发表云展的《学会剥"红萝卜"的皮——剖王实味的〈野百合花〉》,杨启明的《丁玲的反党供词——斥〈三八节有感〉》,斐章的《陆萍——丁玲的化身》,铁崖的《"爱"与"耐"——肖军的"牛耳尖刀"》,尉迟庚的《剖开"脓疮",消灭毒菌——斥罗烽的〈还是杂文时代〉》,高东昶的《了解艾青,驳斥艾青》;同期发表黎响的《学习高尔基,反对文学创作上的个人主义》;蒋孔阳的《谈谈内心生活描写》。

《江淮文学》3月号发表本刊编辑部的《加强文艺评论工作——改进本刊意见之二》;梁楠的《论社会主义现实主义与塑造正面形象——斥〈强调塑造正面形象有必要吗?〉》(附吴文慧的《强调塑造正面形象有必要吗?》);陆路的《关于文学艺术的政治标准和艺术标准》。

16日,《山花》3月号发表霭生的《应当改进文风》;林洪的《到群众中去生根》;蒙文的《关键所在》;周青明的《新的认识》;未名的《"半壶响叮当"》;鹿笙的《读诗笔记》;甘绪的《对民间文学搜集整理的一点体会》。

《萌芽》第6期发表苏隽的《谈特写〈狮子〉的成就和不足》;钟世鏊的《我们欢迎这样的特写》;陈源涛的《我读〈漫漫长夜〉》。

20日,《北京文艺》3月号发表老舍的《写通俗一些》;田家的《林斤澜小说的艺术倾向》。

21日,《人民日报》发表黄钢的《我们的锣鼓》。

22日,毛泽东在成都会议上提出:"我看中国诗的出路恐怕是两条:第一条是民歌,第二条是古典,这两面都提倡学习,结果要产生一个新诗。……形式是民族的形式,内容是现实主义与浪漫主义的对立统一。"

《人民日报》发表欧阳予倩的《谈芭蕾舞剧〈白毛女〉》。

24日,《人民日报》发表邵荃麟的《扫清道路,奋勇前进(〈文艺战线上的一场大辩论〉读后)》。

25日,《诗刊》第3期发表巴波·严辰·方殷的《诗人来信》;吕骥的《我们的吁请》;王洁的《有关诗风》;臧克家的《王统照先生的诗》;洪永固的《邵燕祥的创作歧途》;周和的《黎·穆特里诗选》。

26日,《文艺报》第6期发表《为文学艺术大跃进扫清道路——座谈周扬同志的文章〈文艺战线上的一场大辩论〉》,郑振铎、臧克家、陈荒煤、巴人、王瑶、袁水拍、艾芜、郭小川、严文井、林默涵、张光年、邵荃麟等人参与座谈;同期,发表本刊记者的《奇文收奇效,毒草变肥料——读者对〈再批判〉的反应》。

31日,《人民日报》发表李希凡的《什么样的"消息",什么样的"新路"?(批判右派分子刘宾雁的反党特写)》。

本月,《东海》3月号发表李燕昌的《生活"复杂"在哪里》;方介兴的《多听〈断路碑〉》;李伟的《高尔基——劳动的歌颂者》。

4月

1日,《火花》4月号发表易如平的《人物行动及其他》;肖河的《漫谈诗歌来稿》。

《长春》4月号以"再批判"为总题,发表董速的《从作品看思想》,陶然的《荒淫与无耻》;以"促进散文创作大跃进"为总题,发表本刊编辑部小说组的《谈谈我省小说创作中的问题》,张凤久的《作家同志,请满足我们的需要吧》,王志贤的《起早贪黑,使劲赶上去》,徐佳辰的《业余创作也要拿出"日产千吨"的劲头》,潘溪、韩挺的《我们的倡议》,道良的《一种迅速及时反映生活的好形式》。

《作品》4月号发表陶铸的《创作无愧于时代的作品》;区梦觉的《争取思想上创作上的大丰收》;陈盈的《谈杜方明的两篇杂文》;竹筠的《谈林发其人》;朱家钟的《新春看戏再记》;俞尚陵的《必须打破常规》。

《雨花》4月号发表吴林森等的《我在创作中碰到的问题(笔谈·六篇)》;陈海石的《迅速反映现实生活》;白坚的《杂剧的代表作家——关汉卿》。

《奔流》4月号发表杜希唐的《个人主义是业余创作大跃进的绊脚石》;李悟真的《河流与水滴》;安敦礼的《从"公式化、概念化"谈起》;贾锡海的《谈"写真实"与"干预生活"》。

《星星》4月号专栏"诗歌下放笔谈"发表默之的《为诗歌"下放"进一言》,冬昕的《谁看？谁听？》、碎石的《让诗歌活在群众的口头上》，景宗富的《读〈诗要下放〉以后》；同期，发表赁常彬的《花儿也要破常规》；岚曼的《李白风在默想些什么？》。

《海燕》4月号发表毛英的《我市文艺创作要急起直追》；沈西牧的《鼓足干劲促进群众文艺活动大跃进》。

《热风》4月号发表张贤华的《恶毒的攻击，无耻的诽谤》；山松的《什么样的"爱"和"耐"》；老魏的《资产阶级歌妓的怨艾》；《〈春动草萌芽〉是一篇充满毒素的作品（来稿综合）》。

《萌芽》第7期发表李伟的《学习高尔基，正确对待生活和创作》；以群的《怎样对待古典文学作品？》；王道乾的《谈〈风雪韩家山〉》。

《新港》4月号发表徐水易的《略谈曹禺的〈雷雨〉》。

《处女地》4月号发表安危的《丁玲的"自我之爱"——重读〈三八节有感〉》；师田手的《事有必然》；翟奎曾、丁尔纲的《批判丁玲的〈韦护〉》；罗丹的《我所看到的萧军》；刘风的《两个歪曲生活的剧本》；建领、君圭的《对〈雷雨〉讨论中的几点意见》。

《人民文学》第4期以"希望有更多好作品出世（作家谈文学创作大跃进）"为总题，发表茅盾的《如何保证跃进——从订指标到生产成品？》、叶圣陶的《写短文，写短篇》、冰心的《对东风的感谢》等12篇文章。

《长江文艺》4月号发表骆文的《疾驰猛进的生活颂歌》；丝鸟的《读了小说专号之后》；杜零的《谈谈韦建英的形象》；杨恒锐的《更多地表现新型的农民》；冯牧的《美，上层建筑与阶级性》。

《江海学刊》第2期发表葛毅卿的《批判高本汉氏著作中的形而上学思想方法》；王古鲁的《谈〈水浒志传评林〉》；罗根泽的《陶渊明的生平思想及其作品的现实意义与艺术价值》。

3日，《剧本》4月号发表田汉的《以高度社会主义干劲争取戏剧创作大丰收》；杨翰笙的《要为剧作家解决几个问题》；曹禺的《让我们的事业飞跃前进》；陈其通的《我们要"赶任务"》；金山的《关于〈红色风暴〉的习作及其他》；江山石的《对话剧〈青春之歌〉的几点意见》；林信的《我们欢迎新剧本》。

5日，《延河》4月号发表黄冠星的《批判丁玲的〈在病院中〉》；黄霍的《驳斥艾青的〈了解作家，尊重作家〉》；安旗的《欲穷千里目，更上一层楼》；姚虹的《〈大尉〉——毒气四溢的罂粟花》；魏钢焰的《〈陕南红色山歌〉颂》。

《草地》4月号发表本刊记者的《乘风破浪,急起直追!——省、市文艺界举行大跃进会议》;山风的《作品的灵魂》;王吾的《在跃进的锣鼓声中》;力陵的《多写生活中美好的事物——评短篇小说〈负疚的心〉》;刘开扬的《横溅着毒液的说教——评艾青的〈诗论〉》;林如稷的《是"欢声"或"怨声"?——略论严先元的两组有毒的诗》;赵锡骅的《改编古典文学名著的一些问题——从川剧〈红楼梦〉想到的》。

《草原》4月号发表《争取文学创作大丰收》;邓青的《撕开右派分子尹瘦石伪善者的外衣》;李赐的《"艺术大师"的"板斧"》。

《文艺月报》第4期专栏"作品分析"发表巴人的《谈小说〈青春之歌〉》,王淑明的《我们"这一代人"究竟如何?》,魏金枝的《漫谈〈包身工〉》,柯国外的《论紫鹃》同期发表巴金的《谈〈灭亡〉》;靳以的《关于〈到佛子岭去〉》;姚文元的《文艺上的修正主义表现在哪几方面?》;侯瑞生的《读〈在大学里〉》;竺锡正的《〈在大学里〉读后感》;鸥文的《人物描写与主题思想》;欧阳文彬的《现实和人(〈论"文学是人学"〉批判之一)》;贾文昭的《评关于典型问题的修正主义观点》。

《边疆文艺》4月号发表王伟的《西藏高原的颂歌》;马雯的《老歌手唱新生活》;专栏"再批判"发表徐嘉瑞的《从今天的三八节批判丁玲的"三八节有感"》,孙凯宇的《肖军的"子弹"》。

7日,《蜜蜂》4月号发表楚白纯的《反动的思想,庸俗的趣味——评何迟的〈马大哈进北京〉》。

8日,《人民文学》4月号发表茅盾、叶圣陶、冰心、李六如、曹禺、冯至、臧克家、张恨水、艾芜、吴组缃、陈其通、胡可的《希望有更多好作品出世》;荃麟的《杂谈文艺工作大跃进(四则)》;吴组缃的《关于古典作家的世界观》。

9日,《人民日报》发表刘绶松的《斥反党者的谰言——评冯雪峰〈回忆鲁迅〉》。

10日,《前哨》4月号发表映白的《剥落陆侃如的假面》;效洵的《对短诗〈风〉的批判》。

11日,《文艺报》第7期以"讨论《蝶恋花》"为总题,发表《郭沫若同志答〈文艺报〉问》,谢思洁的《读毛主席新词〈蝶恋花〉的一点体会——并与臧克家同志商榷》,张光年的《给郭沫若同志的信》,《郭沫若同志的回信》;同期,发表丁力的《诗,必须到群众中去!》;闻山的《明亮的星星》;曹子西的《春天的呼声——读田间的近作〈街头诗一束〉》;巴人的《漫谈〈百炼成钢〉》;冯牧的《艾芜创作路程上的新跃进》;严文井的《赞美劳动的书》;孙玮的《鲜明的对比——读乌尔班〈困难的形式〉》;马铁丁的《科学为谁服务及其它——读〈青春之歌〉有感》;舒强的《真实、亲切而动人的演出——芭蕾舞剧〈白毛女〉观后感》;阿甲的《看日本芭蕾舞剧〈白毛女〉的演出》;张春桥的《从〈老事新办〉想起》;徐怡的《生活和斗争的〈火花〉》;严文井、公木的《萧军思想再批判》(附《政、教泛谈》、《丑角杂谈》、《夏夜抄之三》)。

12日,《人民日报》发表伊默的《冀中平原上的历史风暴——读梁斌的〈红旗谱〉》。

《解放军文艺》4月号发表那狄的《彻底清除陈沂对解放军战士的毒害》。

14日,《人民日报》发表《人民日报》编辑部的社论《大规模地收集全国民歌》。

15日,《文汇报》发表胡坚的《作家周立波在农村今年要写三个短篇小说,七篇散文和杂文》。

《青海湖》4月号发表李蔚的《建设中的一支反调》。

《文学青年》第4期发表江帆的《给吴兰同志》;张毕来的《读"范进中举"》;黎响的《〈红旗谱〉》。

《江淮文学》4月号发表雄风的《坚持社会主义的文艺路线》;夏雨的《强调塑造正面形象绝对有必要》;本刊编辑部的《生动地反映群众的斗争生活》。

16日,《山花》4月号发表蔼生的《要发动群众才能大跃进》;古淮的《打破常规搞创作》;林乙的《创作要跃进,再跃进》;青的《谈多快好省》;陈伯吹的《苏联儿童科学文艺作品前进的道路》;苏小星的《反党分子的"革命"》。

《萌芽》第8期发表罗荪的《雪峰对"第三种人"的敌友观——评雪峰〈关于"第三种文学"的倾向与理论〉》;陈劲的《青年人,要警惕!》;望云的《诗的翅膀》;艾克恩的《一篇激动人心的小说》。

17日,《人民日报》发表王世德的《知识分子的革命道路——评长篇小说〈青春之歌〉(杨沫著,作家出版社出版)》。

20日,《北京文艺》4月号发表宋垒的《大跃进诗歌和诗风——读〈北京大跃进〉所想到的》;梅阡的《"旧时代的丧钟"——看〈茶馆〉有感》;张梦庚的《京剧界的喜讯——看京剧〈白毛女〉》;贺朗的《这是什么样的爱情?——评蓝珊的〈裴立英〉》。

25日,《诗刊》第4期发表荃麟的《门外谈诗》;专栏"工人谈诗"发表周用宁等十三人的《诗歌怎样和群众结合?》,黄亦波等十九人的《喜欢什么样的诗?》,衡钟等十三人的《对目前诗歌的意见和要求》;同期,发表闻山的《漫谈诗风》;宋垒的《第三种"化"》;思蒙的《诗歌——时代的号角》;臧克家的《1957年诗歌创作的轮廓》。

26日,《人民日报》发表本报编辑部的社论《要创作更多短小的文艺作品》。

《文艺报》第8期发表本刊记者的《文学批评工作的一次重要会议》;华夫的《厚古薄今要不得》;陈默的《激动人心的〈红色风暴〉》。

30日,《人民日报》发表林淡秋的《我们时代所需要的杂文》。

本月,《东海》4月号发表刘操南的《略谈"段景住降马"》;王子辉的《评〈三轮车和小姐〉》;徐宏泰的《评〈拣郎〉》;吴昭平的《也谈〈从暗室里出来的人〉》;莓泱的《略谈〈西苑草〉的爱情描写》;余逊的《真实地描写细节》;钦文的《略说整文风》;王俊的《文风也要来个"双反"》;征洛的《"不为最先"》。

本月,新文艺出版社出版中国作家协会上海分会文学研究室编辑的《跃进文学研究丛刊(第一辑)》(内有张春桥的《关于杂文》、罗荪的《"艺术即政治"批判》、蒋孔阳的《关于现实主义的几个问题——评〈现实主义问题讨论集〉》等文),本社编辑的《〈论"文学是人学"〉批判集(第一集)》,安旗的《论抒人民之情》。

北京出版社出版刘白羽的《文学杂记》。

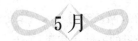

5月

1日,《山花》5月号以"文艺工作者谈文艺创作大跃进"为总题发表蹇先艾的《三十二条照耀着我们前进的道路》,翟强的《努力写剧本》,田兵的《我也要大跃进》,王树艺的《必须跟着时代前进》,萧家驹的《我这样打算》,江离的《鼓起干劲,扫清暮气》,种石的《也算"开笔"》,涂尘野的《争取做促进派》,韦涵的《要无愧于时代和人民》,林乙的《工人写的和写工人的》。

《火花》5月号发表马烽的《不要忘记读者对象》;郑笃的《跃进声中话文风》;

唐天的《反对恶劣文风》；秋枫的《〈好人田木瓜〉的人物描写》；李国涛的《评何直在文艺上的修正主义观点》。

《长春》5月号以"坚决贯彻毛主席所提出的文艺方针"为总题，发表纪叶的《努力发扬革命文艺的优良传统》；陶然的《纪念与捍卫》；车明的《我的感想》；谭千的《学习赵树理为工农兵写作的精神》；竟存的《工人写，写工人——新人新作》；刘柏青、李昭恂的《〈一只船沉了〉（再批判）》；王也的《驳"作家有两种人格"说》；李伟的《劳动——高尔基文学创作的基本主题》；金人的《读〈来自穷乡僻壤的人们〉》；张南的《读稿随笔（谈谈中学生写诗的问题）》。

《作品》5月号发表黄钢、谭洁的《在北京的会见》；陈则光的《知识分子的春天》。

《雨花》5月号发表夏阳的《扫清修正主义的影响》；铁马的《写"特写"迅速反映大跃进》；邱文超的《今和古》；邨夫的《必须厚今薄古》；晨中的《牛二之风》；初行的《新国风》；严君的《欢迎时代的鼓手》；继培的《文穷而后工新解》；沈蔚德的《歌唱祖国》；路洁的《三颗淳朴的心》；柳堤等的《我在创作中碰到的问题（笔谈四篇）》；钟黎、郭传林的《关于写作的通讯》。

《奔流》5月号发表刘浏的《英雄的诗篇，教育的武器》；河南省文化局赴禹县参观组的《关于业余创作的几个问题》。

《星火》5月号发表李定坤的《和文艺工作者漫谈红与专的问题》。

《星星》5月号发表《人民日报》社论《大规模地收集全国民歌》；常苏民的《向诗人倡议协作，让诗篇插翅飞翔》。

《热风》5月号发表张鸿的《略谈红透专深》；南史的《人性、阶级性和概念化》；蔡师圣的《批判丁玲的〈庆云里的一间小房里〉》；万千的《谈〈红日〉的人物描写》；万里云的《一株毒草》；陈炜萍的《漫谈写山歌》。

《海燕》5月号发表王萍的《〈新来的投递员〉的诞生（我怎样学习写作）》。

《萌芽》第9期发表巴金的《谈我的"散文"》；芦芒的《豪迈的矿工的声音——读青年矿工孙友田的诗》。

《新港》5月号发表严文井的《〈南南和胡子伯伯〉后记》。

《处女地》5月号发表张仓礼的《评〈浮沉〉》；熊笃诚的《谈〈梁上君子〉》；张德森、童登都的《清秀的花朵》；刘永福的《我读〈相识〉》；丘万仁的《〈相识〉读后》。

《长江文艺》5月号发表王任重的《大字报万岁！》；宋侃夫的《大字报和文艺创

作》;本刊记者的《为社会主义文艺创作的繁荣》;于黑丁的《从话剧〈刘介梅〉想起》。

《江海学刊》第 3 期发表杨白桦的《谈诗三百篇的现实主义问题》;金启华的《杜甫的艺术修养》。

3 日,《人民日报》发表林默涵的《现实主义还是修正主义?》。

《光明日报》发表杨沫的《北京沙滩的红楼——我在〈青春之歌〉中以北大为背景的原因》。

《中国青年报》发表杨沫的《什么力量鼓舞我写〈青春之歌〉》。

《剧本》5 月号发表老舍的《答复有关〈茶馆〉的几个问题》;杨履方的《关于〈布谷鸟又叫了〉的一些创作情况》;本刊记者韦启玄的《田汉同志创作〈关汉卿〉散记》;子英的《多写反映当前斗争的小戏》;孟小泉的《〈地下长城〉的几个人物》;林易的《两个"风暴"》;肖尔的《看〈茶馆〉》;丁金的《〈红色卫星闹天宫〉观感》;束丝的《几个写服务行业的小戏》。

《文汇报》发表姚文元的《照相馆里出美学——建议美学界来一场马克思主义的革命》。

《新建设》发表李泽厚的《论美是生活及其它——兼答蔡仪先生》。

5 日,《人民日报》发表社论《现代修正主义必须批判》。

《延河》5 月号发表声辽的《显著的进步,良好的开端(评四月号〈工人文艺〉)》。

《草地》5 月号发表曾克的《壮大我们工人阶级的文学队伍——读青年工人游兴泽的习作〈主流〉有感》;默之的《写给一位初学写作的朋友——〈心〉读后感》;田原的《致〈沸腾的除夕〉的作者》;萧然的《收集民歌 学习民歌》;小木的《批驳流沙河在爱情诗问题上的谬论》;杨田村的《犯错误与伟大的作品》;崔锋的《生活与创作(读〈文艺战线上的一场大辩论〉的体会)》;田海燕的《薄古厚今谈(杂文二篇)》。

《草原》5 月号发表《内蒙古文艺界反右派斗争获得巨大的胜利 胡昭衡、沈湘汉同志在文联党组扩大会议上作了重要讲话》;孟和博彦的《为彻底清除文艺上的修正主义而斗争》;纳·赛音朝克图的《彻底批驳右派的修正主义理论,坚决深入工农兵生活》。

《文艺月报》第 5 期发表安旗的《第一等襟抱,第一等真诗(毛主席词读后记〉》；蒋孔阳的《象生活一样地丰富多采(谈艾芜的〈百炼成钢〉)》；梁斌的《我怎样创作了〈红旗谱〉》；杨履方的《谈〈布谷鸟又叫了〉的样式和风格》；唐铁梅的《喜读愿坚两短篇》；李体群的《评黄裳的"闲"》；王瑶的《说"十五年间"的文学》。

《边疆文艺》5 月号发表《大家都来收集民歌》；陆万美的《乘风破浪，促成各民族文艺大跃进》；卢静的《〈挣断锁链的奴隶〉读后》；松涛的《要正确反映兄弟民族的生活》；晓湜的《三点感受》；柴扉的《从热情奏鸣曲谈起》；杜鉴的《读〈不谢的花〉》。

7 日《蜜蜂》5 月号发表康濯的《为了工人阶级文艺的大繁荣——读周扬同志〈文艺战线上的一场大辩论〉》；梁斌的《我为什么要写〈红旗谱〉》；贺朗、冯健男、吴倚的《丰慧反动文艺思想再批判(三篇)》。

8 日,《人民文学》5 月号发表赵树理的《和工人习作者谈写作》；吴伯箫的《写作杂谈》；张天翼的《读〈美丽〉》；袁水拍的《写中国作风、中国气派的诗》；公木的《诗歌底下乡上山问题》；艾芜的《评〈沉默〉》；贾霁的《所谓"灵魂"的"挖掘"》。

9 日,《中国青年报》发表刘铁山的《从南岭遥寄北京——一个青年建设者给杨沫的信》。

10 日,《文汇报》发表王道乾的《关于让-保罗·萨特(驳斥钱谷融的〈论"文学是人学"〉中的一个问题》。

《前哨》5 月号专栏"纪念《在延安文艺座谈会上的讲话》发表 16 周年"发表包干夫的《高举毛泽东的旗帜前进》，映白的《第一颗硕果——小二黑结婚》，祁薇的《从"体验生活"到参加火热的斗争》；同期，发表田仲济的《文艺大辩论的丰收》；都郁生的《此路不通》；毕德理的《〈采药记〉是一篇有错误的作品》。

11 日,《光明日报》发表曹道衡的《评〈中国短篇白话小说的发展与艺术上的特点〉》。

《文艺报》第 9 期以"诗人们笔谈革命的现实主义和革命的浪漫主义相结合"为总题，发表贺敬之的《漫谈诗的革命浪漫主义》，臧克家的《理想，热情，诗意》，冯至的《漫谈新诗努力的方向》，郭小川的《我们需要最强音》，袁水拍的《诗歌中的现实主义和浪漫主义》；同期，发表黄天祥的《青春的解放——祝贺〈红旗谱〉和〈青春之歌〉的成就》；胡苏的《革命英雄的谱系——〈红旗谱〉读后记》；严家炎的《两条黑线——厚古薄今从何而来》；王世德的《挖一挖厚古薄今的根》；王积贤的《研究现代文学要"厚今薄古"》。

12日,《文汇报》发表魏金枝的《怎样看待阿Q》。

《解放军文艺》5月号发表王淑明的《〈苦菜花〉是一朵香花》。

15日,《文汇报》发表樊康的《给人以清新之感的〈泉〉》。

《青海湖》5月号发表王华的《从"编者按"的争论看修正主义》;王浩的《〈建设中的插曲〉宣扬了些什么》。

《文学青年》第5期发表韶华的《读了你第十篇作品以后》;吴伯肖的《歌唱青春——剧本〈青春之歌〉读后》。

《江淮文学》5月号发表冬生的《幻想、神话、现实》。

16日,《萌芽》第10期发表张立云的《草原的风貌,勇敢的人——评短篇小说〈草原上的驯马姑娘〉》。

20日,《北京文艺》5月号发表柳正午的《一个伟大阶级的最初的觉醒——电影剧本〈红色风暴〉读后杂谈》;晓钟的《〈"二七"风暴〉观后感》;晓东的《生活的花朵,时代的声音——评〈北京文艺〉第三、四期发表的群众文艺创作》;肖泉的《崭新的革命风格——读〈北京大跃进〉札记》;刘岚山的《创作民歌风格的诗——大跃进诗歌读后感》;吴晓玲的《我国伟大戏剧家关汉卿》。

23日,《民间文学》第5期以"新歌谣讨论"为总题,发表袁水拍的《全国唱起来了!》、贾芝的《搜集民歌的新局面》;同期,转载《人民日报》社论《大规模地收集全国民歌》;发表《郭沫若同志关于大规模收集民歌问题答本刊编辑部问》。

25日,《诗刊》第5期发表老舍的《比喻》;冯牧的《喜读李广田近作》;冼宁的《令人喜爱的形象》;陈骢的《"改了洋腔唱土调"》;吴中杰的《评白薇的〈盘锦花开十月天〉》;刘浪等的《对卞之琳〈十三陵水库工地杂诗〉的意见》。

26日,《文汇报》发表双火的《文风不正的老根》。

《文艺报》第10期发表陈伯吹的《一篇心理的、幽默的、教育的童话作品——读〈宝葫芦的秘密〉》;陈斐琴的《勇敢的道路——介绍〈五彩路〉》;任小哲的《送给小朋友的好礼物——介绍〈为孩子们写的诗〉》;雷霆的《祝贺钢铁与诗歌的熔炼者——读〈诗刊〉的〈工人诗歌一百首〉》;彤星的《一首有特色的诗——〈理发师〉》。

27日,《人民日报》发表张庚的《〈茶馆〉漫谈》;茅盾的《工人诗歌百首读后感》。

28日,《文汇报》发表金紫光的《谈田汉同志的〈蝶双飞〉》。

29日,《文汇报》发表王尔龄的《不应剥落积极浪漫主义的彩绘》。

30日,《人民日报》发表陈鸣树的《鲁迅是厚今薄古的伟大榜样》。

本月,《东海》5月号发表曲光的《跃进声中的一朵花》;骆可的《"一日千里"的飞跃》;蓝阔的《人民需要这样的讽刺》;杨光正的《为什么要写》;孙智才的《〈女饲养员手记〉是抄来的》。

本月,古典文学出版社出版本社编的《关汉卿研究论文集》。

6月

1日,《山花》6月号发表翟强的《剧场里的革命》;江离的《是结束"厚古薄今"的时候了》;种石的《从"厚古薄今"到"厚今薄古"》;龚蓬的《多出一些闯将》。

《火花》6月号发表郑笃的《每个同志必须多读熟读——〈文艺战线上的一场大辩论〉读后》;李国涛的《读〈伤疤的故事〉》;方钊的《评"发绳"》。

《长春》6月号发表陶然的《文学创作必须在劳动中扎根》;《我要不要又红又专?(问题讨论)》;朱叶的《青年作者必须又红又专》;李树谦的《开展群众性的评论工作》;余濯非的《谈"厚古薄今"和"厚今薄古"》;陈隈的《〈林海雪原〉是部好书》;耿际兰的《〈母女教师〉观后》。

《红旗》半月刊创刊,中国共产党中央委员会主办,《红旗》杂志编辑委员会编辑,第1期发表周扬的《新民歌开拓了诗歌的新道路》。

《作品》6月号发表老舍的《文病》;王季思的《关汉卿杂剧的战斗精神》;刘逸生的《谈元代杂剧》;欧阳萝的《"顺口语"和〈荷塘之窗〉》;易准的《打破作家和评论家的界限》;李昭的《广东民歌的新姿态》。

《雨花》6月号发表罗荪的《文艺为个人名利服务还是为政治服务》;《工人批判文艺上的修正主义》;王敏的《愿和邝夫同志讨论一下》;丁正华的《评〈七朵红花〉》;江仓宇的《谈谈创作思想中的修正主义》。

《奔流》6月号发表杜希唐的《多写点"赶任务"的作品》;蒲柳的《苏金伞为什

么不喜爱民歌快板》；刘文金的《群众口头创作的新面貌》；朱可先的《学习民歌，改变诗风》；嘉季、有德的《可喜的收获》；常三的《欢迎这样的小说》。

《星火》6月号发表罗蓬的《我对刘细生这个人物的理解》。

《星星》6月号专栏"诗歌下放笔谈"发表雁翼的《对诗歌下放的一点看法》，周生高的《从街头诗想起》，马铁水的《我鼓掌欢迎》，山童的《我对诗歌的要求》；同期，发表沉重的《艾青是资产阶级的百灵鸟》。

《热风》6月号发表史河的《谈在生活中发掘题材》；张艺声的《谈谈〈苦菜花〉中的母亲形象》。

《海燕》6月号发表毛英的《抛掉个人主义包袱，轻装跃进》。

《萌芽》第11期发表燕平的《〈光荣台上的新人物〉读后》；以群的《从个人反抗到"干预生活"——给青年文学写作者之二》。

《新港》6月号发表李希凡的《鲍昌的右派文艺观点及其政治思想上的根源》。

《处女地》6月号发表思基的《彻底批判文学上的修正主义》；陆耀东的《冯雪峰在几个根本问题上的错误》；陈伯吹的《苏联儿童文学作品中的国际主义教育》；刘正强的《曹禺的世界观和剧作》；熊笃诚的《"做不到头的人"》；云展的《读康濯的〈冬天里的早春〉有感》；江沛的《需要这样的"争吵"》。

《长江文艺》6月号发表于黑丁的《一篇出色的作品》；田申的《战鼓中的战鼓》；朱红的《先要敢想，再要敢做》。

3日，《剧本》6月号发表社论《纪念我国伟大的戏剧家关汉卿》；夏衍的《读〈关汉卿〉杂谈历史剧》；本刊记者子英的《郭沫若谈戏剧创作》；郭沫若、田汉的《关于〈关汉卿〉的通信》；张真的《读关汉卿〈窦娥冤〉第三折》；戴不凡的《〈单刀会〉的结构及其它》；周贻白的《介绍关汉卿的时代及其剧作》；刘厚明的《漫谈儿童剧》；同期，发表通告《"剧本"农村改版为"小剧本"半月刊》。

5日，《延河》6月号发表柯仲平的《新民歌如同海起潮》；傅庚生的《雄奇伟丽的新民歌》；胡采的《批判修正主义的文艺观》。

《草地》6月号发表陈志宪的《"六十年间万首诗"》；田园的《一篇生动的小说（推荐〈大胖和小胖〉）》。

《草原》6月号发表哈·丹必扎拉森的《蒙古民族丰富的文化遗产不容抹煞》；官布的《驳斥"内蒙古没有文学遗产"的谰调》。

《文艺月报》第6期发表胡万春的《土壤和种子（谈我写的〈骨肉〉）》；柯岗的

《我是怎么想,怎么作的?(并谈谈我写的〈金桥〉)》;上官艾明的《读〈海燕〉》;凤子的《〈天山脚下〉读后》;周述曾的《瞿秋白的文艺思想》;欧阳文彬的《高尔基论人道主义》;范国华的《对〈水滴石穿〉的意见》;吴仞之的《对剧本〈青春之歌〉加工修改的几点参考意见》;专栏"每月书评"发表姚文元的《评〈早霞与短笛〉》,惜春的《"上海的早晨"》,王知伊的《读高延昌的〈离婚后〉》。

《边疆文艺》6月号发表袁勃的《伟大的精神解放,雄壮的人民歌声》;徐嘉瑞的《白族文学在跃进中》;卢静的《向民歌学习》;以"接受教训,总结经验,向前跃进"为总题,发表徐嘉瑞的《坚决破坏修正主义,立马克思主义世界观》,孙凯宇的《力争上游,创造光辉的工农兵形像》,赵毓英的《一定要反掉"厚古薄今"和"重外轻内"》,岳军的《掌握武器批判修正主义思想》;同期,发表文方的《"抢救民族民间文学遗产"的提法是不正确的》。

7日,《蜜蜂》6月号发表冬白的《儿童文学也要来个大跃进》;朱鹏的《纸短情长》;王光明的《我喜欢〈晨〉》;陈连达的《读〈一个女人告诉我的故事〉》。

8日,《人民文学》6月号发表茅盾的《谈最近的短篇小说》;巴金的《谈我的短篇小说》;老舍的《越短越难》;臧克家的《读〈叶圣陶童话选〉》;刘厚明的《读〈小黑马的故事〉》;袁鹰的《你怎样对待自己的青春?——和一位青年同志谈〈青春之歌〉》;何家槐的《从〈本报内部消息〉中的主要人物看刘宾雁的反党思想》。

9日,《人民日报》发表发表邝麓安的《农民作者——刘勇》。

10日,《前哨》6月号发表燕遇明的《说说破除迷信》;崔宗理的《民歌——时代的强音》;迟宾的《谈"厚古薄今""重西轻中"的危害》;野邨的《春的气息——〈追赶〉的人物和风格》;苗得雨的《"抒情"及其它》;张先佐的《我喜爱〈信〉》;映白的《第一颗硕果——〈小二黑结婚〉(续上期)》;天野的《从王希坚的抒情诗谈起》;济夫的《荣、辱和气派》。

11日,《人民日报》发表郭沫若的《关于厚今薄古问题》。

《文艺报》第11期"陕西文艺特辑"发表巴人的《略论赵树理同志的创作》,阎纲的《一篇幽默、生动的好小说——读马烽的小说〈三年早知道〉》;同期,发表《文艺报》编辑部的社论《插红旗 放百花》;以群的《读陈涌的"真实"论》。

12日,《文学研究》第2期发表郑振铎的《论关汉卿的杂剧》;杨晦的《论关汉卿》;王季思的《关汉卿杂剧人物塑造》;何其芳、王燎荧、何家槐、王淑明、路坎、平凡、王积贤的《笔谈〈林海雪原〉、〈苦菜花〉、〈红日〉》;唐弢的《论阿Q的典型性格——批判冯雪峰反现实主义,反阶级论的文艺观点》;王淑明的《论郭沫若的历史剧》;蒋和森的《曹雪芹的〈红楼梦〉》;林庚的《关于中国文学史的分期问题》;戈宝权的《高尔基和中国》。

14日,《文汇报》发表余定的《巴金同志提了一个错误的口号》;《巴金同志给本编辑部的信》。

15日,《青海湖》6月号发表李有才的《开拓者们,向你们致敬!(评〈开拓者的故事〉)》。

《文学青年》第6期发表蔡天心的《谈谈"红"与"专"、"业"和"余"》;李树谦的《党性和自由创作》;姚文元的《如何认识约翰·克利斯朵夫这个人物》;井岩盾的《正是杏花二月天》。

《江淮文学》6月号发表羽佳的《吴文慧贬低什么?》

16日,《萌芽》第12期以"实现文艺大普及 群众创作显才能"为总题,发表赵介纲、沈新炎、李根宝、钱之文、费文农、钟安、马重基、中兴等人的文章。

19日,《人民日报》发表《社会主义文学事业飞跃发展 〈文艺报〉等文学期刊向群众敞开大门》。

20日,《北京文艺》6月号发表高辑的《在曲艺事业中坚决贯彻党的社会主义建设总路线》;舒禾的《重视工农群众的文艺创作》;张梦庚的《观众欢迎的两出好戏——看话剧〈智取威虎山〉与京、评剧〈智擒座山雕〉的感想》;邱扬的《漫谈一组时事小戏》。

22日,《文汇报》发表周西海的《谈谈我写剧本的一些体会》;艾玲的《一朵含苞待放的花——记农民业余作者樊俊智走向生活》。

23日,《民间文学》第6期发表柯仲平的《新民歌如同海起潮——在西安文艺界新民歌座谈会上的发言》。

24日,《光明日报》发表王昆仑的《爱国诗人柳亚子先生的热情诗词》。

25日,《诗刊》第6期发表晴空的《我们需要浪漫主义》;治芳的《略谈我们时代的革命浪漫主义》;江雁的《幻想的时代》;宋垒的《景物抒情诗与时代感》;专栏"读者谈诗"发表罗学成的《我喜欢"山区新歌谣"》,李春学的《农民喜欢自己的歌》,石秉的《新中国农民的集体形象》,罗福备的《我喜欢民歌体的诗》;同期,发表贾芝的《从〈王贵与李香香〉谈学习民歌》;洪湖的《诗歌面向群众的好办法》。

26日,《文艺报》第12期发表刘白羽的《透明的还是污浊的?——评南斯拉夫修正主义的文艺纲领》；李希凡的《一个光辉的共产党员的形象——读〈在和平的日子里〉阎兴的性格》；刘导生的《党使我们的青春发出光辉——读〈青春之歌〉》。

29日，《人民日报》报道，28日北京召开关汉卿创作七百周年纪念大会，中国文学艺术界联合会主席郭沫若主持会议，国务院副总理陈毅、中国戏剧家协会主席田汉出席并讲话；同日，发表郭沫若的《学习关汉卿，并超过关汉卿》；田汉的《伟大的元代戏剧战士关汉卿》。

30日，《中国青年报》发表田海燕的《优秀的青年作家冯德英——介绍小说〈苦菜花〉的作者》。

31日，《文汇报》发表庄辛的《请作家们听听小读者的意见——记一个孩子们谈读书的座谈会》。

本月，《东海》6月号发表纪维周的《祖国杰出的戏剧家关汉卿》。

本月，新文艺出版社出版本社编辑的《社会主义现实主义论文集》。

7月

1日，《山花》7月号发表中共贵州省委宣传部的《广泛地收集民歌民谣》；邢立斌的《从孙悟空说起及其他》；以"笔谈'工人作品特辑'"为总题发表周半溪的《劳动的赞歌》，胡槐植的《春天的花朵》；同期，发表江若溪的《读儿童诗歌集〈飞到银河上〉》；古淮的《来自田间和山野的战歌》。

《火花》7月号发表周季水整理的《伟大的戏剧家——关汉卿》；允平的《略评韩文洲同志的小说》；越明的《关于真人真事》；夏杨等的《诗歌问题讨论》。

《长春》7月号发表董速的《插红旗，贯彻总路线》；林默涵的《我们的任务》；以"我要不要又红又专？"为总题，发表姚绿野的《改造自己，又红又专》，陈自兴的《业余作者必须政治挂帅》，党化良的《不"红"就不能"专"》；同期，发表韩略的《从一个怪现象谈起》；方明的《搞文学的目的是什么》。

《东风》(月刊)创刊,《东风》杂志编委会编辑;创刊号发表康濯的《让文艺的红旗遍地高扬》。

《红旗》第3期发表郭沫若的《浪漫主义与现实主义》和《颂十三陵水库》。

《延河》7月号发表艾克恩的《来自大戈壁上的赞歌》;向太阳的《读〈夜走灵官峡〉和〈秦岭一夜〉》;《座谈柳青同志的小说〈咬透铁锹〉》。

《作品》7月号发表以群的《尊重群众的实践和创造》;苏海的《迅速掀起写广州的高潮》;田克辛的《必须迎头赶上》;《读者笔谈——关于〈一颗不平常的心〉的讨论》。

《雨花》7月号发表奋扬的《大家来破除迷信》;钟怀的《要敢想敢说敢做》;渠天流的《跟党走》;九如的《"文化"小偷》;王妙良的《痛斥抄袭者》;上官艾明的《修正主义者能写出好作品吗》;《农民批判〈杨妇道〉》;梁冰的《吸取教训,分清是非》;《从泥沼里跳出来》。

《奔流》7月号发表冯纪汉的《向生活学习,向民间文学学习(给初学写作者)》;桑一叶的《读〈大跃进中的一家人〉》;斗桂萱的《评〈锻炼〉》;胡贤国的《我读〈奔流〉》;王鸿钧的《遍地鲜花开》。

《星星》7月号专栏"诗歌下放笔谈"发表沙里金的《我不同意雁翼同志的看法》,悟迟的《诗歌,不是诗人的专利品》,韩风、雪梅的《我们欢迎诗歌下放》,彭家金的《一点意见》,沈耘的《向农民学诗》;同期,发表陈锡南的《〈一支小提琴〉为什么悲哀?》;昔星的《〈送粪〉是抄袭,刘昂是文盗!》。

《热风》7月号发表白苇的《在革命的烈火中永生——〈红旗飘飘〉(第五集)读后感》。

《海燕》7月号以"彻底搞臭资产阶级个人主义 建立一支又红又专工人阶级的文艺队伍"为总题,发表本刊编辑部的《必须在文艺队伍中拔白旗,插红旗!》,力人的《李山大应该悬崖勒马》,智浅的《谈谈刘宝海同志的品质》,勾景春的《坚决肃清文盗》,李鸣的《罗忠恕事件教育了我》,本刊记者的《水门车间青年工人集会批判罗忠恕》。

《萌芽》第13期发表魏金枝的《谈谈〈咱社的小医生〉里的人物》;李良民的《傅雷的一条反苏反共的道路》;唐铁梅的《驳傅雷在培养新生力量问题上的右派谬论》。

《新港》7月号发表[苏]高尔基的《〈工厂史〉》。

《处女地》7月号以"关于新诗发展问题的讨论"为总题,发表何其芳的《关于新诗的"百花齐放"问题》,贺敬之的《关于民歌和"开一代诗风"》,郭小川的《诗歌向何处去?》;卞之琳的《对于新诗发展问题的几点看法》,方冰的《贯彻工、农、兵方向认真向民歌学习》,《工人座谈新诗发展问题》。

《长江文艺》7月号发表王任重的《作家和生活》;邵荃麟的《插红旗 放百花》;一丁的《欲穷千里目,更上一层楼》;武陵人的《打破迷信,树立共产主义风格》;李准的《遍插红旗遍地开花》。

3日,《剧本》7月号发表《周扬同志谈革命的现实主义和革命的浪漫主义》;贺敬之的《谈歌剧的革命浪漫》;李之华的《东风送绿百花开》;张颖的《谈1957年的独幕剧创作》;焦菊隐的《和青年作家谈小说改编剧本》;夏淳的《关于〈林海雪原〉的改编》。

5日,《解放日报》发表钟军的《〈来访者〉是一篇有错误的小说》。

《草地》7月号发表李南力的《生活在发言(读〈追〉)》;彭倩的《难道这就是爱情吗?》;柯岗的《我读了两篇小小说》;彭长登的《让曲艺事业跃进再跃进》;曹纠行的《抄袭者是不是盗窃犯?(大字报)》;龙套的《演员与教授(大字报)》;田海燕的《薄古厚今谈(杂文两则)》;唐大同的《诗人应作劳动者》;小木的《向新民歌学习》;石明的《总路线的热情颂歌》;羊放的《漫谈〈新鲜事〉》;吴向北的《不容许取消先进世界观对创作的指导作用》。

《草原》7月号发表《座谈萧平的〈一天〉和〈除夕〉》;以"〈黄花鹿〉是毒草"为总题发表刘棘、张翔的《〈黄花鹿〉是毒草》,张绪后的《〈黄花鹿〉的冲突里包含着什么》,王相桐的《〈黄花鹿〉是为敌人服务的》,胡义恭的《〈黄花鹿〉是反动的》,谢绍基的《〈黄花鹿〉不是鲜花是毒草》,冉纹的《〈黄花鹿〉是毒草》。

《文艺月报》第7期"上海工人创作专号"发表魏金枝的《伟大的开端》。

《江淮文学》7月号发表本刊编辑部的《向毛主席报喜——评五星社的民歌创作》;陈登科、鲁彦周的《破除迷信、插起红旗》。

《边疆文艺》7月号发表李鉴尧的《壮志凌云意纵横(读各族新民歌)》;赵舟的《试谈个旧矿山歌谣的产生及其发展》;刘永和的《向工人的诗歌学习》;晓报记录的《工人座谈本刊"各族民歌专号"》;水止的《我喜欢这样的诗》;施谦的《芬芳的花朵,豪迈的诗歌》;吴国柱的《读"各族民歌专号"》;吴德辉的《谈一首民歌》。

7日,《蜜蜂》7月号发表田间的《谈诗风——在河北诗歌座谈会上的发言》;

徐迟的《南水泉诗会发言》。

8日，《人民文学》7月号发表周立波的《关于〈山乡巨变〉答读者问》；王西彦的《读〈山乡巨变〉》；黄树则的《三读〈记贺龙〉》；冯牧的《一本具有革命风格的作品——读〈在和平的日子里〉》；沈澄的《新时代、新人物、新作品——读几个短篇小说有感》。

10日，《人民日报》发表陈鸣树的《社会主义的英雄史诗——评中篇小说〈在和平的日子里〉》。

《前哨》7月号以"宣传总路线　贯彻总路线"发表燕遇明的《谈谈打破常规》；干夫的《杂感片断》，宋垒的《在全民文艺运动面前》，李笃忱的《祝群众文化艺术之花盛开》，晨光的《"敢"和"怕"》，李向东的《杂感二则》，冯中一的《气壮山河,灿若云霞——初学大跃进中的新民歌》。

11日，《文艺报》第13期"大家都来编写工厂史"特辑发表笑雨的《用自己的手,写自己的历史》，《新港》编辑部的《我们是怎样编辑〈工厂史专辑〉的》；同期，发表安旗的《从现实出发而又高于现实——试谈革命的现实主义与革命的浪漫主义相结合》；李希凡的《英雄的花,革命的花——读冯德英的〈苦菜花〉》；张骏祥的《〈凤凰之歌〉的问题在哪里？》。

12日，《人民日报》发表朱清的《读〈人民文学〉上八篇特写》。

15日，《青海湖》7月号发表王尧的《略论藏族民间戏剧故事》；朱奇的《卓措,动人的形象》。

《文学青年》第7期发表茅盾的《谈青年业余创作》；以群的《文学的形象与真实性》；杨泽的《殷夫的诗》；高擎洲的《伟大的榜样——读〈记贺龙〉》。

16日，《文汇报》发表《斥"一代不如一代"》。

《萌芽》第14期"群众创作推荐论专号（特大号）"发表章力挥的《新民歌——社会主义时代最美最好的诗篇》；徐景贤的《新民歌是革命浪漫主义和革命现实主义的结晶》；吕复的《推荐工人剧作〈锣鼓声中〉》。

20日，《北京文艺》7月号发表林涵表的《首都剧坛新花竞放——看现代题材戏曲联合公演》；晓东的《英雄的气概,民族的风格——读小说〈林海雪原〉》；王树芬的《谈叙事诗〈理发师〉》；贾连城的《读〈理发师〉》。

23日，《民间文学》第7期发表贾芝的《采风掘宝,繁荣社会主义民族新文化（1958年7月9日全国民间文学工作者大会报告）》。

25日,《诗刊》第7期发表郭沫若的《〈大跃进之歌〉序》;高歌今的《现实主义与浪漫主义要结合》;肖翔的《什么样的思想感情?——对蔡其矫〈川江号子〉〈宜昌〉等诗的意见》;专栏"期刊介绍"发表宛青的《云南民歌的丰收(介绍〈边疆文艺〉各族民歌专号)》,杨敏的《七月的〈蜜蜂〉和〈处女地〉诗歌专号》。

26日,《文艺报》第14期"解放军文艺特辑"发表刘白羽的《〈星火燎原〉赞》,齐鲁的《喜读〈红日〉》,魏巍的《战士诗——革命英雄主义的战鼓》,胡齐的《列兵车如平和他的两篇小说》,虞棘的《耀眼红花满地开》,张立云的《〈柳堡的故事〉创作思想的探索》,王少岩的《和〈最坚强的人〉相处的日子》,一兵的《赞美〈英雄赞〉》;以"《辛俊地》到底好不好?"为总题,发表风人的《〈辛俊地〉是一篇好小说》,鸿仁的《成就大,缺点小》,孺子牛的《是香花,但也存在着严重的缺点》,马星初的《是批判,还是赞扬?》,《〈辛俊地〉的问题在哪里?(北大同学座谈)》。

27日,《人民日报》发表赵鹤翔的《农民快板诗人——李祯堂》。

本月,《东海》7月号以"要创造更多短小的文艺作品——笔谈〈人民日报〉4月26日社论"为总题,发表严文井的《读〈要创作更多短小的文艺作品〉有感》,吕漠野的《短小的作品不一定小》,金近的《我的心愿》,胡小孩的《拿起笔来战斗!》,季子的《提一个问题》,张新的《我爱短小精悍的作品》,祁志荣的《从厂里的黑板报谈起》,沈祖安的《认识和决心》,杨正光的《"小作品"万岁》;同期,发表葛克俭的《不平凡的生活,不平凡的艺术》;烈马的《谈作品的"销路"》。

本月,作家出版社出版周立波的长篇小说《山乡巨变》。

新文艺出版社出版姚文元的《论文学上的修正主义思潮》,王知伊的《谈〈红旗谱〉的故事与人物》,董惠元的《谈谈〈红军不怕远征难〉》,杜棣的《谈"三千里江山"》。

7—9月,作家出版社出版《厚古薄今批判集》(共4辑)。

8月

1日,《山花》8月号发表柳栩的《文艺大飞跃的号角响了》;蹇先艾的《文学扫暮气》;以"笔谈工农作品"为总题发表陈先思的《时代的号角声》,高成华的《扣人心弦的乐章》,陈树华的《战斗的诗篇》。

《火花》8月号发表赵树理的短篇小说《"锻炼锻炼"》;江村的《〈王仁厚和他的亲家〉是一篇好小说》;黎声的《一篇感奋人心的小小说》;张鹏的《读〈两个李老头〉》;孔金良的《我们爱读"特写"》;辛会的《略谈〈山西画报〉》;鲁克义的《不象》。

《长春》8月号发表茅盾的《在长春市文艺界大会上的讲话》;李昭恂的《略谈左联时期的文艺思想斗争(上)》;编者的《关于〈难熬的冬天〉》;日月的《革命海燕高尔基》;周中明的《现实主义和革命浪漫主义相结合的明珠》;刘影的《在"又红又专"实践中的一点体会》;张续厚的《不"红"就不能"专"》。

《东风》8月号发表田间的《新国风赞》。

《延河》8月号发表王朝闻的《虚中见实》;郑伯奇的《"花儿万朵"朵朵红》;以"笔谈革命的现实主义和革命的浪漫主义相结合"为总题,发表霍松林的《创造性的继承传统,大力发展革命的现实主义和革命的浪漫主义相结合的现实主义》;姚虹的《向新民歌学习革命的浪漫主义和革命的现实主义相结合的创作方法》;田奇的《从新民歌谈起》。

《作品》8月号发表王起的《戏曲必须表演现代生活》;贺朗的《民歌是生产斗争的武器》;谭达先的《漫谈学习民歌》;陈贤英的《唱山歌的故事》;蒲特的《广州文坛上出现过的"天王星"》。

《雨花》由月刊改为半月刊,第8期发表范伯群、曾华鹏的《不正的"正面人物"》;石花的《资产阶级个人主义的赞美诗》;示羔的《颂社会主义大协作》。

《奔流》8月号发表冯纪汉的《要在文学创作中插遍红旗(给初学写作者)》;李书的《读〈百花园〉和〈牡丹〉》;王朴的《介绍冯金堂同志的创作》;木子的《读〈换地〉》。

《草原》8月号发表李贻训的《让文苑遍插红旗》;孟德的《采风与改风》;路林春的《是歌颂还是暴露》;毕力格泰的《看了萧平的〈一天〉》;宋建元的《歪曲现实生活的〈一天〉》;叶新龄的《充满战斗激情的诗篇》。

《星星》8月号专栏"关于诗歌下放问题的争论"发表余冀洲的《雁翼同志的看法是正确的》,红百灵的《让多种风格的诗去受检验》,韩郁的《诗歌下放真正的涵义是什么》,愚公的《诗歌下放是指什么》。

《热风》8月号发表张艺声的《革命的铁流——谈谈〈红军不怕远征难〉的思想内容》。

《海燕》8月号发表牛君仰的《破除迷信,加强领导,掀起部队文艺创作的高潮!》;曲文信的《现身说法的活报剧是群众自我教育自我娱乐的好形式》;赵成满的《一个老工人的意见》;马金花的《不容许资产阶级的个人主义在文艺队伍中泛滥》;李吉发的《从刘宝海实践中吸取教训》;祁红的《应该开展的斗争》;刘开强的《小偷和文盗》;刘春元的《朋友的劝告》;秦牧的《我一定不做文盗》。

《萌芽》第15期发表赵自的《写作技巧并不神秘——读〈中华船厂工人创作特辑〉》;沈虎根的《跃进创作思想谈》;苏隽的《肃清青年作者中的修正主义思想影响》。

《处女地》8月号以"革命的现实主义和革命的浪漫主义相结合问题"为总题,发表茅盾的《关于革命浪漫主义》、《革命的现实主义和革命的浪漫主义相结合问题座谈纪录》;同期,发表高擎洲的《秦兆阳的"现实主义的新路"》;胡义恭的《读〈渴〉》;魏忠汉的《一首歌颂社会主义的诗》。

《长江文艺》8月号发表杨恒锐的《喜读〈胡琴的风波〉》。

《江海学刊》第6期发表王骧的《论我国民间文学的人民性与阶级性》。

3日,《剧本》8月号发表刘芝明的《重视工人业余创作》;张付吉的《水库工地的英雄们座谈〈十三陵水库畅想曲〉的演出》;殷耿的《〈阳关大道〉是一出好戏》;荣的《谈豫剧〈朝阳沟〉》;王山的《对"朝阳沟"的一点意见》。

5日,《草地》8月号发表袁珂的《读〈掉队的小雁〉》。

《文艺月报》第8期"诗歌特辑"发表章力挥的《论新民歌的特征》;天鹰的《向民歌学习什么?》;徐景贤的《妇女力量半爿天(略论妇女歌和情歌的发展和变化)》;安旗的《清除诗歌中的个人主义思想感情和趣味》;吴笑千的《评孙静轩的"海洋抒情诗"》;姚奔的《〈青春集〉》;王世德的《工人创作的新收获(读〈上海工人创作专号〉)》。

《江淮文学》8月号发表汪学乃的《鲁迅是"薄古"的急先锋》。

《边疆文艺》8月号发表徐嘉瑞的《是孔雀还是孔雀屎?(批判白桦的长诗〈孔雀〉)》;李忠民的《评〈边寨烽火〉》;朱洛的《白族歌手张明德》。

7日,《蜜蜂》8月号发表陶勉的《我们需要记录革命斗争史绩的文学作品》;申伸的《评介〈红旗谱〉》;刘春峰的《给梁斌同志的信》。

《人民日报》发表社论《戏曲工作者应该为表现现代生活而努力》。

8日,《人民文学》8月号"群众创作特辑"发表陶钝的《从曲艺作品看现实主义与革命的浪漫主义相结合》,贾芝的《民歌杂谈》,潘旭澜的《唱得长江水倒流——读〈农村大跃进歌谣选〉》。

9日,《文汇报》发表郭景春的《对文学史家的一点希望》。

10日,《文汇报》发表《诗歌——农民日常生活的语言》。

《民间文学》7、8月合刊转载《人民日报》社论《加强民间文艺工作》;"全国民间文学工作者大会特辑"发表刘芝明的《共产主义文学艺术的萌芽》,贾芝的《采风掘宝,繁荣社会主义民族新文化》,魏传统的《大跃进中的部队诗歌活动》,郑振铎的《破资产阶级的治学方法 立社会主义的立场、观点和方法》。

11日,《文艺报》第15期发表王世德的《崇高壮丽的社会主义爱情——评长篇小说〈我们播种爱情〉》;"大学文学教学改革特辑"发表孟宪鸿的《高举红旗,破浪前进》,本报记者纪延的《南开大学文学教育中的两条道路的斗争》,董天鹏的《厚古薄今种种在中大》,陈堤的《东北人民大学文学教学中的资产阶级观点》,北京师范大学中文系的《把红旗插遍文学教学的阵地上》,闻山的《不平常的战役》;同期,发表宋垒的《喜读〈人民文学〉8月号》;李希凡的《上海工人阶级的创作之花》;《东风得意诗万篇——中国民间文学工作者大会发言集锦》。

15日,《文学青年》第8期发表萧殷的《谈素材,消极现象及其它》;王维玲的《一首壮丽的英雄史诗——读长篇小说〈红日〉》。

16日,《雨花》第9期发表学步的《共产主义的思想风格在生根发芽》;时为的《读三篇革命斗争回忆录》;陈光忠的《人比宝石贵》;李雪前的《关于"个人复仇"》;弱人的《曾走过的错路》。

《萌芽》第16期发表熊佛西的《一点观感——广场剧〈上帝要谁死亡,必先使他疯狂!〉观后》;翁文达的《〈买镜记〉的成就和不足》;杨雁的《谈谈〈红旗谱〉》。

20日,《文汇报》发表姚文元的《"爱和美"的"人生观"》。

《新港》8、9月合刊发表陈鸣树的《论鲁迅的抒情散文》。

《北京文艺》8月号发表黄天平的《对北京个人文艺创作与演出活动的感想》;张文的《社会主义的颂歌》;陈斐琴的《读〈红日〉鼓舞我们继续前进》;曹洪森的《从〈理发师〉里能得到什么教育?》。

25日,《诗刊》第8期发表郭小川的《怎样使诗歌更快更好的发展》;阮章竞的《群众对诗人的要求是些什么?》;安旗的《略论新民歌思想艺术上的主要特点》;黄谋燕的《优美的语言》;易莎的《评介展示诗歌一百首》;袁水拍的《记莫斯科街头诗》;本刊编辑部整理的《读者对去年本刊部分作品的意见》;李树尔的《穆旦的〈葬歌〉埋葬了什么?》;蔡师圣的《略谈戴望舒前期的诗》。

26日,《文艺报》第16期发表李笑忝的《红旗高举,百花怒放》;陈骢的《陇花红似火——谈〈敦煌文艺丛刊〉:〈花儿万朵〉〈高举红旗〉〈寄战士〉》;姚文元的《论〈来访者〉的思想倾向》;袁文殊的《新的生活要求新的表现形式》;艺军的《电影创作跃进中的报春花——影片〈水库上的歌声〉观后》。

30日,《人民日报》发表本报编辑部的社论《学术批判是深刻的自我革命》。

本月,《东海》8月号发表陶振民的《我是怎样写起诗歌来的?》;马心如的《谈谈〈海盐大跃进诗歌选〉的出版》。

本月,百花文艺出版社出版茅盾的《夜读偶记》。

人民文学出版社出版毛星的《论文学艺术的特性》。

新文艺出版社出版侯金镜的《鼓噪集》。

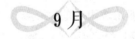

9月

1日,《山花》9月号发表田兵的《民间文学工作要大跃进》;杨国仁的《发展为社会主义服务的民间文学》;唐春芳的《大规模搜集整理民族民间文学》。

《火花》9月号发表孟武的《社员讨论〈锻炼锻炼〉》;遥远的《老战友们,快拿起笔来!》;赵廷鹏的《读〈崞县新八景〉》;鲁克义的《动人的形象》;张赛周的《新诗处于非改革不可的地步》;李文阁的《试谈民歌中的现实主义与浪漫主义的结合》。

《长春》9月号发表李昭恂的《略谈左联时期的文艺思想斗争(下)》;陈惟的《英雄唱英雄,英雄写英雄》;郑广恒的《解放自卑思想,猛攻文学堡垒》;潘常伶的《读〈难熬的冬天〉有感》;叶千红的《敢想敢干的妇女形象》;洛成的《一篇生动感人的小说》;宏琛的《一个优秀的共产党员的形象》;冰浪等的《对小说〈拖拉机〉的意见(三篇)》。

《延河》9月号发表马铁丁的《收起你的"宝"货》;郑伯奇的《哈萨克文学的新收获》;施凤的《谈〈农场红花〉的人物塑造》。

《作品》9月号发表林遐的《也论"典型"》;穆萧菱的《一个农村俱乐部》;欧阳翎的《民歌的森林》;本刊记者的《丰收的土地,诗歌的海洋》;人韦的《〈在北京的会见〉读后》;本刊辑的《对小小说的反应》。

《雨花》第10期发表海平的《试谈民间文学》;艾明的《关于通讯、报告、特写、速写、小说、散文的区别》;龚万高的《读〈虞山长青〉》;李春光的《有名和无名》;韩锋的《向〈雨花〉编辑部提个倡议》。

《奔流》9月号发表马达的《让民间文艺之花开得更鲜艳》;杨兰春的《关于戏曲唱词(给初学写作者)》。

《草原》9月号发表李贻训的《破除迷信扫掉自卑》;刘大松的《在厚古薄今的背后》;张翰昌的《评独幕剧〈巴塔桑的婚礼〉》;刘树的《谈〈弹弓〉》;吉雅的《谈生活真实》。

《星星》9月号专栏"关于诗歌下放问题的争论"发表冬昕的《新民歌是共产主义诗歌的萌芽》,石火红的《漫谈〈让多种风格的诗去受检验〉》,红百灵的《我对诗歌下放的补充意见》,余音的《重要的是改变诗风》,黎本初的《论诗歌下放和诗的出路》。

《热风》9月号发表李人威的《谈谈浪漫主义》。

《海燕》9月号发表毛英的《破除迷信,解放思想,全民都来搞创作!》;李珉的《能当战士,也能当诗人》;葛纬岳的《业余作者庄瑞祥》;孟君的《庄瑞祥同志怎样进行业余创作?》;艾浪声的《文艺作品的情节必须真实》;笑波的《一个有教育意义的小镜头》。

《萌芽》第17期发表杜棣的《让工人创作的花朵开放得更茁壮、更美丽》;曾闻的《读〈比图画更美丽〉》;艾克恩的《毒在哪里?——评阿章的〈寒夜的别离〉》。

《处女地》9月发表刘异云的《从〈遍地开花〉说起》;马云飞的《破除迷信,解放思想,大搞群众文艺创作运动》;崔璇的《打破创作神秘观》;田信的《由〈十二家运动〉想起的》;吴伯箫的《作普通的劳动者》;赤薪的《迎接困难,战胜困难!》;徐连贵的《〈遍地开花〉读后》;朱式蓉的《也是两首好诗》;董启哲的《广大读者热爱〈遍地开花〉》;孙世琦的《我喜爱〈处女地〉》;姚爱林的《革命的赞歌》。

《长江文艺》9月号发表胡青坡的《我们提倡写小小说》;冯牧的《关于小小

说》；朱红的《新的文学样式——小小说》；张云骧的《从一条花边新闻说起》；孟起的《重视初开的花朵》。

《江海学刊》第7期发表钱静人的《谈谈文化革命中的文学艺术工作》；上官艾明的《1936年两个文学口号论争的再认识》；李关元的《关于创造英雄人物问题——驳唐挚、杜黎均》。

3日，《剧本》9月号发表张庚的《新戏曲的大跃进——关于现代题材剧作的一些随感》；伊兵的《回忆革命史，歌唱大跃进》；任桂林的《推荐"四川白毛女"》；本刊记者范溶的《戏曲表现现代生活座谈会旁听记》；吴平的《要把观众引向那里——评独幕剧〈一壁之隔〉》；曹欣的《〈提升〉为什么遭到战士们的反对》；束丝的《北昆跃进花——〈红霞〉》；君五的《〈落后的报喜队〉读后》。

5日，《天山》9月号发表克里木·赫捷耶夫的《你的青春的花朵已经开放》。

《草地》9月号以"笔谈川剧〈宜宾白毛女〉"为总题发表赵循伯的《读〈宜宾白毛女〉》，冬尼的《谈〈宜宾白毛女〉的几个细节、情节和结构》，赵燕的《〈宜宾白毛女〉观后杂感》，林伯晋的《看〈宜宾白毛女〉后》，彭其年的《提高政治热情，向〈宜宾白毛女〉学习》；同期，发表刘沧浪的《残雾必须扫荡干净（批判毒草〈残雾〉）》；吴山凌的《读刘沧浪的两个剧本》；翰郁的《不要浮游在表面现象上》。

《文艺月报》第9期发表柯庆施的《上海民歌选序》；郭绍虞的《民歌与诗》；戴鸿儒的《略谈战士快板诗》；樊康的《谈〈测绘〉的人物描写》；初旭的《谈〈测绘〉的修改》；费礼文的《豪迈的英雄气概（〈五千吨海轮下水记〉读后感）》；企候的《读〈老年突击队〉》。

《文学青年》第9期发表纪言的《小小说漫谈》。

《江苏文艺》第11期发表从林的《一篇生动的小说——读〈运秧草〉》。

《江淮文学》9月号发表方时瑀的《我听到了自己的心声——读五月号〈江淮文学〉》；傅晓航的《我喜爱"祥海"——读小说〈清洁员〉》；丘蕤的《〈清洁员〉读后》；苇风的《读〈我难忘的事情〉》；尹银的《由〈林海雪原〉的作者所想到的》；鲁彦周的《接受教训，力争写出更多更好的作品来！》。

《边疆文艺》9月号发表曲波的《关于〈林海雪原〉》；李广田的《学习新民歌》；徐嘉瑞的《对全国民间文学工作者大会精神的体会》；吴德辉的《新的人物，新的思想》。

7日，《蜜蜂》9月号发表胡苏的《读〈蜜蜂〉诗歌专号札记》；李德善的《真挚·

朴素·鲜明》;王印秀的《工人与"诗歌专号"》;小刘的《我们自己的刊物》;韩映山的《读〈给爷爷请假〉》。

8日,《人民文学》9月号发表刘白羽的《秦兆阳的破产(在中国作家协会党组扩大会议上的发言)》;严文井的《评〈本报内部消息〉》;马前卒的《一株攻击党的领导的毒草》;车少仑的《"除夕"讨论和肖平的创作》;《〈红豆〉的问题在哪里?——一个座谈会记录摘要》;同期,转载赵树理的短篇小说《"锻炼锻炼"》。

《前哨》9月号发表鲁特的《前进社的民歌》;赵卿的《贯彻总路线精神继续加强民间文学工作》;林恒庆的《评〈刘区长和他的爱人〉》;晨光的《思想革命的保守派》;国效先的《谈〈落花生〉》。

11日,《文艺报》第17期发表杨子敏的《公木在〈谈诗歌创作〉中宣扬了什么?》;北京大学中文系二年级鲁迅文学社集体写作的《文艺界两条道路的斗争——批判王瑶的〈中国新文学史稿〉》;"电影创作思想问题特辑"发表夏衍的《和电影技术人员谈天——和北影、新影、八一制片厂的一部分技术人员的谈话》,柳正午的《电影跃进中的新气象》,陈默的《一个美化资本家的电影剧本——〈不夜城〉》。

12日,《文学研究》第3期发表北京大学中文系三年级鲁迅文学社集体写作的《王瑶先生是怎样否认党的领导的》;鲁迅文学社的《王瑶先生的伪科学》;北京师范大学中文系二年级学生与青年教师集体写作的《论巴金创作中的几个问题——兼驳扬风、王瑶对巴金创作的评论》;贾芝的《大跃进时代的新民歌》;力扬的《生气蓬勃的工人诗歌创作》;毛星的《文学研究工作往哪里去》;北京师范大学中文系三年级一班"红旗"学习小组的《资产阶级专家到底有多少货色?》;蔡仪的《批判陈涌关于文学艺术特征的右派论调》;伊凡的《陈涌在题材问题上对鲁迅的歪曲》;姚文元的《驳秦兆阳为资产阶级政治服务的理论》。

16日,《雨花》第11期发表吴天石的《〈甲申记〉重印本后记》;静人的《气吞长江水,韵似太湖风》。

《萌芽》第18期发表徐平羽的《读上海的群众文艺创作跃进再跃进!》;胡万春的《一篇感人的散文——〈四十七天造一座大型转炉车间〉》;唐铁梅的《双龙飞天——评工人创作:〈钢铁巨龙〉和〈水上长龙〉》。

20日,《北京文艺》9月号发表赵鼎新的《积极开展群众文化运动》;光华木材厂文学小组的《工人对〈理发师〉的意见(座谈记录)》；田家的《论小市民的悲欢》；少扬的《〈理发师〉的自然主义倾向和贾连城的资产阶级艺术观》；王衍盈的《〈理发师〉宣传了一些什么？》；晓东、其锷的《英雄的人民，伟大的党——读小说〈红旗谱〉》。

21日，《文汇报》发表《就挣稿费问题中的资本主义倾向——上海作协为〈收获〉等刊物降低稿费标准告读者作者，上海各报协议：稿费标准一律降低50%》。

23日，《民间文学》9月号发表《文艺界十团体坚决拥护周总理声明》；刘芝明的《在第一届全国曲艺会演大会上的讲话》；紫晨的《曲艺会演给我的启发》；天鹰的《崇高的共产主义风格》。

25日，《诗刊》第9期发表沙鸥的《谈新民歌的表现手法》；李亚群的《关于民歌加工的问题》；专栏"读者谈诗"发表陈锡南的《农村大跃进的彩色纪录片》，丁风的《欢迎朱子奇改变诗风》，罗生丹的《一首令人喜爱的好诗》。

26日，《文艺报》第18期发表华夫的专论《文艺放出卫星来》；张白的《读〈山乡巨变〉(周立波同志新近发表的一部反映农业合作化运动的长篇小说)》；"群众文艺特辑"发表茅盾的《文艺和劳动相结合——在长春市文艺界大会上的讲话》，邵荃麟的《民歌·浪漫主义·共产主义风格——7月27日在西安文艺工作者座谈会上的发言》，张光年的《和首都工人业余作者们谈天》，远千里的《颂歌大跃进，回忆革命史——河北省的群众文艺创作运动》，王朝闻的《外行内行——文艺欣赏随笔》。

27日，《文汇报》发表姚文元的《论稿费》。

30日，《人民日报》发表本报编辑部的社论《争取文学艺术的更大跃进》。

本月，《东海》9月号发表马星初的《生活的喜剧(谈〈理发〉)》；华梓山的《陶书记的文章解放了我的思想》；刘在田的《写文章并不神秘》；林培炎的《〈割稻记〉读后》；杨正光的《关于〈割稻记〉》；张新的《回避时代洪流的低咏》；陈季男的《用淡水写的文章》；《许钦文同志来函》。

本月，新文艺出版社出版中国作家协会上海分会文学研究室编的《跃进文学研究丛刊(第2辑)》。

人民文学出版社出版北大中文系文学专门化55级学生集体编著的《中国文学史》，北大中文系编辑的《文学研究与批判》(共4册)，何其芳的《没有批评就不能前进》。

10 月

1日,《山花》10月号发表朱昭仲的《创作山歌和花灯的体会》;汤世尔的《我是怎样编侗戏的》;蔡恒昌的《过去想唱不能唱,今天要唱唱不完》;文蒙的《谈两本农民创作的故事集》;林乙的《气象万千的民歌》。

《长春》10月号发表今白的《把我省群众创作推向更高潮》;刘一德的《民歌神通大,农民登文坛》;陶然的《略谈抗日战争时期的文艺思想斗争》。

《东海》由月刊改为双月刊,本期发表吴雪虹的《斥〈深山春讯〉》。

《延河》10月号发表高歌今的《鲁迅的"高老夫子"》;焦书亮的《〈塔瓦克里到山外去〉读后》;李德信的《〈我的姐姐〉给我的帮助》。

《作品》第10期发表陶铸的《〈广东民歌〉序》;周钢鸣的《投入人民公社运动,歌颂人民公社》;本刊辑的《读者对小小说的反应》。

《雨花》第12期发表日晖的《提倡小评论》;天心的《小小说简而动人》;石花的《简评〈绿杨城郭树高炉〉》;陈成北的《人定胜天》;徐安的《读了〈难忘的功勋〉二篇革命斗争故事以后》;弱人的《支持〈雨花〉,用好〈雨花〉》;赵玉仁的《积极为〈雨花〉做三件事》。

《奔流》10月号发表杜希唐的《浇花、锄草结合进行》;冯纪汉的《驳右派分子钱继扬的反动谬论》;星星的《肃清〈阶级斗争熄灭论〉在文艺工作上的思想影响》;锡海的《驳苏金伞典型论中的超阶级观点》;舟山的《通讯特写——文学的轻骑兵(给初学写作者)》;李长俊的《介绍〈河南大跃进民歌选〉》。

《星火》由月刊改为双月刊。

《星星》10月号专栏"关于诗歌下放问题的论证"发表愚公的《必须向民歌学习》,小晓的《我的看法》,碎石的《不要对民歌百般挑剔》,傅世悌的《对〈我对诗歌下放问题的补充意见〉的意见》,益庭的《我对诗歌下放的意见》。

《热风》10月号发表路遥的《〈农村文艺活动积极分子谈文艺〉读后》。

《海燕》10月号发表师田手的《破除迷信　人人创作》；专栏"群众论坛"发表张永积的《战士谈〈海燕〉》，华林的《我喜欢〈柳指导员〉》，汪洋的《应该尊重生活的真实》，阿泰的《对〈机场新兵〉的三点意见》，荣平的《谈〈白花和红花〉中的凤娅》，赵希成的《读诗有感》。

《萌芽》第19期发表皮作玖的《〈神勇猎手鱼雷艇〉中的人物塑造》；哈宽贵的《平凡和不平凡——读战士陆卉的三篇小小说》；姚文元的《水兵的心，水兵的歌——读〈水兵生活速写〉》。

《新港》10月号发表《蓬勃发展的天津工人文艺创作——周扬同志对天津工人作者作了讲话》。

《处女地》10月号以"关于诗歌发展问题"的讨论为总题，发表张先箴的《谈新诗和民歌》；同期，发表《反对抄袭》；刘景文的《〈遍地开花〉给我的启示》；顾开崧的《谈小说〈后浪推前浪〉》；丁建平的《一篇感人的好作品》；李佳星的《〈不甘落后的人们〉读后》；谭荣锑的《激情的诗篇》。

《长江文艺》10月号发表马希良的《湖北民歌的战斗性》。

《江淮文艺》10月号发表蔡澄清的《试论新民歌的特点》；孙索的《从民歌谈到想象和夸张》。

3日，《光明日报》发表《降低稿费是符合时代精神的革命措施》。

《剧本》10月号发表周桓的《从〈烈火红心〉想起的》；胡可的《读〈烈火红心〉》；王大拴的《戏剧创作上的一面红旗——推荐三幕五场话剧〈红旗处处飘〉》。

5日，《人民日报》发表《用共产主义思想鼓励写作，北京各主要报刊出版社决定降低稿酬标准》；《怎样看待稿费》。

《文艺月报》第10期发表姚文元的《歌颂工人阶级共产主义精神的作品（简评胡万春同志最近的创作）》；陈建军的《谈陆俊超同志的创作》；曾文渊的《时代的声音，生活的颂歌》；罗荪的《永远前进的人（读俞培荣同志的〈炉火熊熊〉）》；魏金枝的《漫谈〈三只木模〉》；王道干的《读〈工人阶级的财宝〉》；欧阳文彬的《读〈奇迹是人创造的〉》；徐景贤的《坚持民间文学工作的无产阶级路线》。

《边疆文艺》10月号发表袁勃的《把民族民间文学工作推向一个新阶段》；中共文山县委宣传部的《山歌难赛攀枝花》；孙伟元的《晋宁县的新民歌运动》；本刊记者的《为工农兵文艺创作的繁荣欢呼》；元斗的《时代的速写》；徐立维的《〈桃花〉读后》。

6日,《人民日报》发表邵荃麟的《我们的文学进入了新的时期》。

《文学青年》第10期发表江帆的《谈谈关于爱情的描写》;江南春的《陈腐的观点》;陈鸣树的《论文学批评的标尺》。

7日,《蜜蜂》10月号发表康濯的《初露芬芳的香花——谈申跃中的作品》;楚白纯的《大力歌颂和宣传人民公社》;范惠民的《一篇好特写——〈西天取宝记〉》;李朝栋的《可爱的小亮子》;李德润的《〈视察之前〉是棵毒草》;王俊禄的《我是怎样爱上文学的》;李德善的《文学并不神秘》。

8日,《人民日报》发表钱俊瑞的《先走第一步——降低稿费》。

《人民文学》10月号发表赵树理的《从曲艺中吸取养料》;魏金枝的《关于辅导工人创作的一些体会》。

《文学知识》(月刊)创刊,《文学知识》编辑委员会编辑,《编后记》介绍该刊为"通俗的文学评论刊物",创刊号发表夏衍的《从〈母亲〉谈作品的政治标准和艺术标准》;"作品介绍特辑"发表王淑明的《一部成功的新评书——〈烈火金刚〉》,路坎的《读〈烈火金刚〉里的一个人物——肖飞》,朱寨的《读〈草原烽火〉的一点感受》,陈燊的《一颗共青团员的心——读〈波尼伍尔的心〉》,杨绛的《描写敢想敢做故事的小说——介绍〈神秘岛〉》;同期,发表吴敏之的《农村青年评〈林海雪原〉》;赵敬铭的《谈少剑波和白茹》;作家出版社整理的《读者对〈百炼成钢〉的意见》;任继愈的《从〈青春之歌〉回忆当年》;齐香的《读〈青春之歌〉所想起的》;何其芳的《新诗话(一)》;董衡异的《〈五子登科〉的毒素》;专栏"大家来讨论巴金作品"发表孙国华的《过去起过革命作用、现在仍有积极意义》,杨敬的《对青年只有害处没有好处》;同期,发表蔡仪的《文学常识讲话——一、为什么要学点文学》;毛星的《鲁迅的〈故乡〉》;友琴的《关于毛主席所引用的一首诗》。

10日,《前哨》10月号发表宋缙、刘震、叶翎的《〈鲁迅美学思想初探〉》;张玉昆的《郝湘榛是怎样堕落到反党的》。

11日,《文艺报》第19期发表本报编辑部的社论《掀起文艺创作的高潮!建设共产主义的文艺!》;茅盾的《为民族独立和人类进步事业而斗争的中国文学——在亚非作家会议上的报告》;周扬的《肃清殖民主义对文化的毒害影响 发展东西方文化的交流——在亚非作家会议上的报告》;吴强的《写作〈红日〉的几点感受》;《蒋家王牌军的掘墓人座谈〈红日〉》。

14日,《人民日报》发表荒煤的《跃进的时代,跃进的电影》。

15日,《作品》第11期发表张江的《一篇短文章的研究》。

《青海湖》10月号发表刘战功的《喜读"枪杆诗"》;程志群的《向民间歌谣学习》。

16日,《东海》第11期发表重航的《〈绍兴有个陈宝珍〉是首好诗》;重航的《对〈奇怪的远足旅行〉的意见》;沈虎根的《我对文艺理论工作的看法》;风人的《谈"规格"》;烈星的《也谈作品的"销路"》;根土的《〈东海〉,我爱上了你!》。

《雨花》第13期发表杭文成、李雪根的《〈使人难堪的姑娘〉读后感》;夏村的《希望多反映空军的生活》;夏广博、谢义祥、董必严的《〈解冻〉的问题在哪里?》;陈呈的《〈高山滚石不回头〉读后》;海超的《大家来写批评文章》。

《星火》第11期发表文莽彦的《炸弹与旗帜》。

《萌芽》第20期发表王宁宇的《歌唱我们伟大的时代——试评农民歌手三毛哥的山歌》;吕倩如的《丰富的收获》;以"笔谈《上海民歌选》"为总题,发表李文彰、宫玺、蓝翔、李根宝、仇学宝、苏晨曦的文章。

《江淮文学》由月刊改为半月刊,每月1日和16日出刊,第11期发表浮沉的《闪烁的火花》;王朝林的《立场、感情、语言——谈怎样学习民歌》。

18日,《文汇报》发表陈鸣树的《斥徐懋庸借鲁迅为广告的卑劣伎俩——为纪念鲁迅逝世二十二周年作》。

19日,《人民日报》发表林辰的《鲁迅厚今薄古二三例——纪念鲁迅逝世二十二周年》。

《光明日报》发表方明的《对何其芳同志的〈《论红楼梦》序〉的意见》;何其芳的《关于〈《论红楼梦》序〉的一点说明》。

20日,《文学研究》第3期改版,《致读者》认为当前文学研究的方法是"拔白旗　插红旗",贯彻厚今薄古和"双百"方针,本期发表毛星的《文学研究工作往哪里去》;北京师大中文系三年级一班"红旗"学习小组的《资产阶级专家到底有多少货色》;北京大学中文系三年级鲁迅文学社的《王瑶先生是怎样否认党的领导的》;伊凡的《陈涌在题材问题上对鲁迅的歪曲》;姚文元的《驳秦兆阳为资产阶级政治服务的理论》;专栏"学术动态"报道南开大学用"毛泽东文艺思想"取代"文艺学"课程,北京大学新开课程"当代文学"。改版后的该刊编委会名单中,去除了刘文典、刘永济、陈涌、林如稷、陆侃如、冯雪峰、程千帆、黄药眠、钟敬文9人,新增刘芝明、邵荃麟、何家槐、林默涵、唐棣华、张光年、叶以群7人。

《北京文艺》10月号发表赵树理的《彻底面向群众》。

《民间文学》10月号发表马希良、张云骧、贺大群的《湖北省高等院校批判资产阶级文艺思想》;明之的《把红旗插上民间文学教学阵地》。

24日,《人民日报》发表《作家炼钢》。

25日,《诗刊》第10期发表马铁丁的《用共产主义思想教育读者》;臧克家的《呼唤长诗》;臧克家的《读毛主席的〈送瘟神二首〉》;邵荃麟的《民歌·浪漫主义·共产主义风格》;宋垒、金帆、韩笑、邹荻帆等的《新民歌笔谈》;北大中文系56级鲁迅文学社集体写作的《批判王瑶对新诗的资产阶级创作倾向》。

26日,《光明日报》发表乔象钟的《驳右派分子程千帆的所谓苏轼的反抗精神》。

《文艺报》第20期专辑"大家来写报告文学"发表华夫的专论《大搞报告文学》,张奇的《劳动的颂歌,群众创作的花朵——〈介绍建设十三陵水库的人们〉》,李伟的《〈凯歌声中话友谊〉读后》,朱榕的《炮火声中歌颂英雄——介绍〈热风〉第十期》;同期发表曹子西的《为诗歌的发展开拓道路——介绍诗歌问题的讨论》。

28日,《人民日报》发表刘白羽的《文学必须与劳动人民结合》。

29日,《文汇报》发表《关于巴金作品的讨论》。

31日,《光明日报》发表徐文的《〈家〉中的个人主义——关于巴金作品的讨论》。

本月,作家出版社出版朱光潜的《美学批判论文集》。

新文艺出版社出版王永生的《谈小说〈青春之歌〉》,吴岩的《谈〈林海雪原〉》。

11月

1日,《山花》11月号发表石花的《珍贵的收获——喜读〈山花〉兄弟民族文学专号》;沙鸥的《劳动人民的英雄形象——学习新民歌通信之一》;沙鸥的《史无前例的革命干劲——学习新民歌通信之二》;俞百巍的《万紫千红迎新春——遵义县农村跃进剧本选辑读后小记》；田宇高的《向工农兵画家学习》。

《火花》11月号发表于忠厚的《工人能炼钢又能写文章》；高鲁的《谈谈跃进中的新民歌》；肖河的《〈大跃进的一天〉是本好书》；郑笃的《不许污蔑与诽谤苏联文学》；《大家来锄草（附：〈人世间的确难处〉〈扫帚〉》。

《长春》11月号发表董速的《苦战一年，力争卫星上天》；岳林的《彻底清除资产阶级个人主义　认真学习毛主席著作》；杨文元的《文学艺术大放卫星》；李英华的《我们部队的诗歌创作运动》；张玉才的《我编歌曲是为了宣传》；编者的《大家来搞理论批评》；韩凌的《苏联文学中的人民英雄形象》。

《东海》第12期号发表丁永标的《我写〈作协〉的体会》；叶征洛的《胡小孩戏剧的艺术风貌》。

《延河》11月号发表胡采的《新的时代　新的文学》；姚虹的《共产主义的新人（读〈新结识的伙伴〉）》。

《作品》第12期发表康敏的《鼓足干劲，放出文艺"卫星"》；张江的《谈谈〈捉迷藏〉》。

《雨花》第14期发表吕博然的《企图用两面手法欺蒙党是不行的（揭发批判右派分子苏隽）》；吴琦的《"新传奇"好》；《我们赞同降低稿费标准》；《我们决心写得更勤更多更好》。

《奔流》11月号发表何秋声的《党是我们的命根子》；颜慧云的《〈良心〉是篇毒草》；溪水的《快板诗人李随元》；杨华全的《路永修和他的快板》；安敦礼的《解放思想，大胆的创作》；李准、王燕飞、郑克西的《一项繁荣创作的倡议》；丁小兵的《读〈群众艺术〉》；王朴的《大家来写小小说（给初学写作者）》。

《草原》11月号发表陈觉生的《掀起一个群众性的创作运动》；乐仪的《气壮山河》；大松的《谈工人和农民的创作》；扎玛的《共产主义战士所向披靡——读〈王若飞同志监狱斗争的一段忆述〉有感》；李贻训的《光辉的形象，崇高的榜样——〈王若飞同志监狱斗争的一段忆述〉读后感》；金昌的《让社会主义文艺在草原上争艳媲美》。

《热风》11月号发表李联明的《理论批评也要快马加鞭》。

《海燕》11月号专栏"新内容　新形式"发表《赛事会　好形式》，海声的《海上也能开展文艺活动》；以"在外地的旅大人来信"为总题，发表杨守铭的《远方寄语海上燕》，晓野的《对家乡刊物——〈海燕〉的要求》；专栏"群众论坛"发表卫星的

《我喜爱工农兵的诗》、小言的《扣人心弦的歌》、杨润青的《终于实现了多少年来的愿望》、呆杳的《十期〈海燕〉受群众欢迎》、罗秉圭的《小故事指明了创作的道路》、刘开强的《谈"写得象个样"》、王野的《英雄的形象,高贵的品质》、鸣鹰的《问题解决了吗?》、薛连海的《为爸爸的工作而自豪》;同期,发表《本刊热烈支持降低稿酬的倡议》、冰言的《关于"我是中国人"》。

《星火》第12期发表衍任的《〈打破常规〉是一个好剧本》。

《星星》11月号专栏"关于诗歌下放问题的争论"发表李亚群的《我对诗歌下放问题的意见》,本刊记者的《关于诗歌下放问题座谈会的报道》。

《萌芽》第21期发表燕平的《试谈工业题材作品中的技术描写——兼评工人创作〈一个钢铁战士〉》。

《新港》11月号发表李霁野的《略谈新民歌》;江之水的《〈舞台中〉——风格极低的小说》;炎日的《对〈狼牙山下〉的意见》。

《处女地》11月号发表《全党全民办文艺,促进国内共产主义文艺大发展》;斐章的《谈文学以共产主义为纲》;井岩盾的《读〈第一次出击〉》;樊西人的《平凡中的英雄》;肖蕤的《共产主义新人》;凌璞三的《给张文彦同志的一封信》。

《江淮文学》第12期发表度登磊的《重视初绽的花朵》。

3日,《剧本》11月号发表夏淳的《记〈红大院〉的诞生》;以"红大院里的人评《红大院》"为总题,发表王秀环、耿大爷等集体讨论的《〈红大院〉写了咱们的事儿》,北京二龙路人民公社打字机零件加工车间的《〈红大院〉还不够热闹》,李玉满、李从良的《向彭大嫂学习》,陈增淑的《对〈红大院〉的几点意见》,丁于锦的《〈红大院〉观后感》。

4日,《文汇报》发表周原冰的《向资产阶级法权参与开刀——关于降低稿酬标准》。

《解放日报》发表吴岩的《这是什么党性?》。

《文学青年》第11期发表方冰的《诗是从劳动中生产的》;罗丹的《为共产主义而写作》;葛耀祖的《评〈并蒂莲〉的思想和内容》。

5日,《文汇报》发表靳以等的《我们的心情——坚决响应减低稿费倡议》。

《草地》11月号专栏"《新校长》是好作品还是坏作品?"发表陈琨的《〈新校长〉是一篇歪曲现实的小说》,艾芦的《〈新校长〉是篇好作品》。

《文艺月报》第11期"上海青年社会主义建设积极分子特辑"发表张孟良的

《〈儿女风尘记〉写作经过》；曲珂的《从周立波同志的谈话说起》；张光武的《评蒋孔阳先生对"文学的阶级性"的看法》；专栏"每月评论"发表徐景贤的《上海革命史的一页(评赵自的〈红浪花〉)》，上官艾明的《跃进中的上海的脚步》，何明云的《读张春桥同志的〈今朝集〉》，王明堂的《介绍〈论文学上的修正主义思潮〉》。

《边疆文艺》11月号发表洛汀的《作家们的共产主义风格》。

7日，《蜜蜂》11月号发表蕴坤、振彦的《我们喜欢小小说》；黄旦谷的《露珠虽小却晶莹可爱》；王野堂的《字少而又好》；张润福的《我对〈大伙捧柴火焰高〉的意见》；高晓霞的《我喜欢〈清晨〉》。

8日，《人民文学》11月号"小说专号"发表沙汀的短篇小说《夜谈》；周立波的短篇小说《山那面人家》；老舍的《读报笔记一则(为〈人民日报〉的社论〈争取文学艺术的更大跃进〉而作)》；艾芜的《新的指示新的号召(为〈人民日报〉的社论〈争取文学艺术的更大跃进〉而作)》；王中青的《谈赵树理的〈三里湾〉》；叶圣陶的《〈普通劳动者〉是一篇好小说》；思蒙的《"小技术员战服神仙手"》；叔纹的《谈〈天门取经记〉》。

《文学知识》第2期"群众创作评论特辑"发表《周扬同志在天津市工人业余作者座谈会上的讲话》，王日初的《是工人，又是诗人——〈工人歌唱总路线〉读后》，工人李尚禄的《好诗两首》，曹占平的《读小说〈离婚后〉的感想》，白坠琴的《我写了一首歌颂总路线的诗》，奚文英、李冬声的《一边炼钢铁，一边写诗歌——读北京钢铁学院诗选〈熔炉集〉》，北京大学鲁迅文学社第一小组的《评地方剧〈巧遇〉》，贾芝的《两首"花儿"》，王积贤的《向工人同志学习——谈相声剧〈排戏〉》，李岳南的《略谈工人的诗》，王敏整理的《部队某团写诗和运用诗歌的一些体会》；何其芳的《新诗话(二)》；周立波的《回答青年写作者》；唐启群的《谈〈苦菜花〉里的母亲》；杨耀民的《福尔摩斯是什么样的人物》；专栏"大家来讨论巴金作品"发表王绍猷的《两个"三部曲"都符合新民主主义革命的要求》，赵磊的《不要摔碎茶壶弄得没有水喝》，李蓉的《巴金作品教人向真向善向美》，东文的《爱情三部曲的主要任务具有革命品质》，北京师范大学中文系二年级一群学生的《觉慧和爱情三部曲里的人物都是个人主义者》，光华木材厂文学小组的《体现小资产阶级感情，小记影响较大》，本刊编辑部的《其它来稿综合报道》；同期发表蔡仪的《文学常识讲话——二、为什么文学是生活教科书》；毛星的《读〈阿Q正传〉》。

10日，《前哨》11月号发表包干夫的《群众文艺创作的又一次大丰收》；孙昌熙的《苏联文学是社会主义现实主义文学的最高典范》。

11日,《文艺报》第21期"革命回忆录特辑"发表解南征的《我们怎样帮助老干部写回忆录的?》,宋爽的《读〈跟随毛主席长征〉》,陈默的《朵朵红云直向东——读革命妈妈陶承同志的自传体小说〈我的一家〉》,希治的《读〈转战南北〉》,李力的《谈谈〈转战南北〉写作的体会》,《蜜蜂》编辑部的《编辑〈革命斗争故事专号〉的一些体会》;同期,发表孙玮的《普通的人,巨大的形象——谈苏联影片〈共产党员〉》;冯牧的《革命的战歌,英雄的颂歌——略论〈红日〉的成就及其

14日,《人民日报》发表王朝闻的《完整不完整?——文艺欣赏随笔》。

15日,《作品》第13期发表秦牧的《以强烈的共产主义精神冲刷私有制的一切残余》;本刊辑的《研究、再研究》。

《青海湖》11月号发表张广智的《劳动的诗,英雄的诗》;白雅仁的《读〈黎明的前夜〉》;李九州的《一幅缺乏生活的画》。

16日,《东海》第13期发表伊兵的《创造具有共产主义精神的英雄人物》;俞仲武、胡小孩、袁卓尔、顾锡东的《人人来写共产主义新民歌》。

《雨花》第15期发表左卫的《小小说——文学战线上的小高炉》;华士明的《〈幸福的"悲剧"〉的问题在哪里?》;从林的《大书特书共产主义思想》;《读者批判〈突然来到的爱情〉(来稿综述)》。

《星火》第13期发表赵元庆的《一个共产党员的光辉形象》。

《萌芽》第22期发表尤济的《初开的花朵——评〈江南文艺〉创刊号》。

《江淮文学》第13期发表徐味的《预祝文艺"卫星"早日上天》。

17日,《人民日报》发表马少波的《正确创造艺术形象——评〈红霞〉创造和再创造的得失》。

20日,《北京文艺》11月号发表社论《全党全民办文化,开展群众文化大普及运动》;张季纯的《读群众创作开出灿烂的花朵》;杨永清、唐瑞华的《评〈机车大夫〉》。

23日,《文汇报》发表吴强的《关于写小说》;胡万春的《我们工人要大胆创作》。

《民间文学》11月号转载《人民日报》社论《争取文学艺术的更大跃进》。

25日,《前线》半月刊创刊,中共北京市委前线编辑委员会编辑。

《诗刊》第11期以"新民歌笔谈"为总题,发表萧殷的《民歌应当是新诗发展

的基础》,卞之琳的《分歧在哪里》,闻山的《看"万山红遍,层林尽染"》,陈骢的《关于新民歌学习的几点意见》,李晓白的《民歌体有无限制》;同期,发表安旗的《反右以后的〈星星〉》。

26日,《文艺报》第22期发表华夫的专论《集体创作好处多》;曹子西的《生活斗争的火花——读〈发电厂里五十年〉》;闻捷的《谈谈甘肃对唱诗——〈对唱河西大丰收〉编后记》;陈贵培的《读〈从森林眺望北京〉》;刘学勤、马季华、田克勤、朱家欣的《〈布谷鸟又叫了〉是个什么样的戏?》;专栏"讨论革命的现实主义和革命的浪漫主义相结合"发表臧克家的《新的形势,新的口号》,马少波的《我国文艺创作传统的新发展》。

本月,上海文艺出版社出版王世德的《崇高壮丽的社会主义爱情——谈长篇小说〈我们播种爱情〉》。

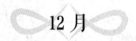

12月

1日,《山花》12月号发表任知津的《全党全民创作,文坛大放异采》;陈朝红的《高歌雄壮的歌声》;吕笑的《钢铁战线上的党员形象》。

《火花》12月号发表沙鸥的《大跃进的波澜壮阔的图景》;杨满仓的《危险的歧路》;陈令霏的《"人世间的确难处"这是什么话》;黎耶、福玉的《"扫帚"是资产阶级的白旗》;蔡肇发的《这是什么"扫帚"?》;南风的《同意王政通的论点》。

《长春》12月号发表朱叶的《再谈红与专》;柏苍的《第三次国内革命战争时期的文艺思想斗争》;人韦的《谈小小说》;赵喜林的《创作与时间》;何钰麟等的《大家谈(八篇)》。

《东海》第14期发表佐夷的《从一首诗的论争谈到讽刺作品》。

《延河》12月号发表绿漪的《纯朴的诗篇(读茹志鹃的〈百合花〉)》;阎纲的《谈〈卫星颗颗迎国庆〉》。

《作品》第14期发表夏季的《由一首兵歌所想到的》。

《雨花》第 16 期以"用什么思想教育人民？"为总题发表志杰的《一幅英雄的群像》，王禾的《一篇发扬共产主义风格的作品》，南京大学中文系现代作品及写作实习教研组的《对"意见"的意见》，周山的《宣扬什么？》，泽的《谈〈跳木马诗三首〉》。

《奔流》12 月号发表王根柱的《学写电影剧本的一些体会》；耿振印的《我对学习小说的体会》；李清联的《在习作的道路上》；钟庭润的《谈谈我如何学习写民歌》；李长俊的《诗歌能手老秦易》；李树修的《郭全生是怎样编唱山东快书的》；胡明昕、黄立西的《工人作者晓恩和他的近作》；余昂的《一个硕果（简评电影剧本〈钢珠飞车〉）》；钱塘的《跃进声中的姊妹花》；《开展群众评论活动　改进刊物编辑工作》；《工人谈诗》；丁旭英的《新民歌的意境》；葛泽溥的《新民歌的夸张》；《读者对本刊发表的一些作品的意见》。

《草原》12 月号发表大松的《〈一场不平凡的劳动〉读后》；海舟的《集体主义思想，共产主义风格——〈一根链条〉读后》；叶新龄的《〈红光照耀〉读后》；黄河的《忆苦思甜——读"工厂史"有感》；李汾的《喝不完的泉水，唱不完的歌曲——读〈内蒙古新歌谣〉和〈内蒙古跃进民歌选〉》；李贻训的《让歌海更加壮阔地奔流》；汪浙成、王磊的《民歌整理出版工作必须坚持政治挂帅——评〈昭乌达民歌集〉》；邓青的《谈〈钢铁篇〉》。

《星星》12 月号发表本刊编辑部的《放射又多又亮的诗歌卫星》；封底刊登改版通告："《星星》诗刊从明年元月份起，将过去的 28 开本改为 25 开本，版面醒目，生动活泼，增加内容，不增加定价。"

《热风》12 月号发表白苇的《英雄的赞歌——读〈热风〉十月号》。

《海燕》12 月号发表鲁军的《群众创作的光彩》；刘开强的《给〈海燕〉提几点意见》；专栏"新内容　新形式"发表滕运昆的《说唱报告会》；同期，发表冰言的《牛皮大王》。

《萌芽》第 23 期发表唐铁梅的《共产主义文学的萌芽——评〈萌芽〉廿二期的〈大跃进中的一日〉征文八篇》。

《新港》12 月号发表方纪的《关于建设社会主义文学和文艺创作放卫星》。

《处女地》12 月号以"关于新诗发展问题的讨论"为总题，发表陕西师范学院中文系三年级民歌研究小组的《也算参加讨论》，文外的《门外谈诗》，巴雁水的《一篇充满时代气息的小说》；同期，发表阎有生的《欢欣鼓舞迎益友》。

《江淮文艺》第 14 期发表蔡澄清的《反映共产主义的萌芽》；刘士光的《光辉的形象　革命的性格——试谈〈红旗谱〉里的朱老忠》。

《长江文艺》11、12 月号发表社论《文艺创作要大放卫星》；黄力丁的《沙市赛事漫记》；黄正甫的《试评县委书记的作品》；何国瑞的《一堂最生动的文艺理论课》；丝鸟的《一部闪耀着共产主义光芒的作品——评长篇小说〈万古长青〉》。

2 日，《人民日报》发表陈荒煤的《坚决拔掉银幕上的白旗——1957 年电影艺术片中错误思想倾向的批判》。

3 日，《解放日报》发表王道乾的《关于革命的浪漫主义》。

《剧本》12 月号发表苏一萍的《剧作家应当用共产主义思想武装自己》；李纶的《读戏剧"卫星"飞满天》；《工人同志评〈烈火红心〉》；颜振奋的《创造具有共产主义风格的新人物》王汝俊的《国际主义的凯歌》；姚文元的《从什么标准来评价作品的思想性》。

5 日，《草地》12 月号专栏"《新校长》是好作品还是坏作品？"发表周春生的《〈新校长〉值得学习吗？》，黄存华的《〈新校长〉具有深刻的教育意义》，饶趣的《问题在哪里？》，王德宗的《〈新校长〉基本上是一篇好文章》，系佳的《〈新校长〉真实吗？》；同期，发表《一篇富有教育意义的特写（威钢工人谈〈给矿石开路的人〉）》；张相林的《钢花朵朵红（喜读〈威钢特辑〉的诗歌）》；《大家写大家评（石油工人座谈〈第五条大河〉特辑）》。

《文艺月报》第 12 期发表姚文元的《杂谈文学中的共产主义思想性》；吴强的《漫谈写小说》；欧阳文彬的《费礼文的〈钢人铁马〉》；田新的《陈辉的〈十月的歌〉》；孙杰的《谈葛琴的电影剧本〈海燕〉》。

《边疆文艺》12 月号以"关于革命的现实主义和革命的浪漫主义相结合的讨论"为总题，发表晓雪的《我们的创作方法和时代风格》，洛汀的《读毛主席的〈送瘟神二首〉》。

6 日，《文学青年》第 12 期发表谢挺宇的《文艺创作要不要想象》；崔璇的《从两篇小说谈起》；沙鸥的《新民歌的语言——"学习新民歌"第一章》；廖达舟的《向伟大的共产主义战士学习》；纪言的《〈一幅画〉读后》；丁力的《新的气魄新的风格》；杨振仁的《读〈姑娘和铁匠〉》。

7 日，《文汇报》发表《红旗是这样插上的——与小戈同志商榷〈红旗插在5.15 小组〉的主题思想问题》。

《蜜蜂》12月号发表薛汕的《暖泉民歌不停》;罗恩堂的《农民写作家王宝瑞》;白冬的《歌颂萌芽的共产主义风格》;白汶的《读〈林中路〉》;赵素珍的《我们喜欢〈宝〉》。

8日,《人民文学》12月号发表龙国炳的《短篇小说的收获——谈〈人民文学〉1958年的十几个短篇》;依而的《小说的民族形式、评书和〈烈火金刚〉》;郑伯奇的《农业合作化的万花镜——介绍王汶石的小说集〈风雪之夜〉》;程贤策的《为集体协作进行文学研究欢呼》;郭预衡的《重视青年的科学研究成果》。

《文学知识》第3期专栏"学毛主席诗词"发表唐棣华的《写诗要学毛主席》,刘绶松的《崇高的理想,豪迈的诗篇 读毛主席〈昆仑〉词》,蔡仪的《读毛主席〈元旦〉一词的体会》,北京师范大学中文系三年级(二)班科学研究小组的《读毛主席〈沁园春·雪〉》,路坎的《毛主席诗词中"动"的描写》,程履夷的《毛主席诗词四首试译》;同期,发表刘流的《我为什么把〈烈火金刚〉写成评书》;何其芳的《新诗话(三)》;吴权的《关于小黑板的一首诗》;孙剑冰的《〈一九三八那一年〉》;岳璐的《永远飘扬的红旗——读小说〈杨连第〉》;曹道衡的《谈谈〈封神演义〉》;专栏"大家来讨论巴金作品"发表蒋幼祥、汪德生、野草、何一飞、黄柱珍、于海康的《觉慧和〈爱情三部曲〉的人物都是革命者》,胡文斌的《是民主主义,不是无政府主义》,彭焕阳的《应这样理解巴金作品中的个人主义和无政府主义》,谢理泮的《和现代文学主流基本上一致》,廖起蜀的《与革命背道而驰的"革命者"》,倪健的《宣扬无政府主义思想,已成了革命的障碍物》,程思维、朱财有、王福台的《三个严重的缺陷》,路平的《没有完全健康的形象,充满拖泥带水的情感》;同期,发表蔡仪的《文学常识讲话——三、为什么要具体地描写现实生活》;孙玄的《读李白的〈梦游天姥吟留别〉》。

10日,《人民日报》发表陆学斌的《进一步发展新民歌运动》。

《前哨》12月号发表刘学仁的《评董国强的〈泰山脚下〉》;李乡浏的《简论新民歌的风格》。

11日,《文艺报》第23期专栏"讨论革命的现实主义和革命的浪漫主义相结合"发表胡经之的《关于革命的现实主义和革命的浪漫主义相结合》;同期,发表魏耶的《老干部写文艺评论的两个好例子》;张庚的《从"畅想未来"和"古今同台"谈起》;马铁丁的《革命风格和求实精神的结合——〈烈火红心〉观后记》。

12日,《文学研究》第4期发表陈燊的《评李健吾先生的〈科学对法兰西十九世纪现实主义小说艺术的影响〉》;杨耀民的《批判杨绛先生的〈菲尔丁在小说方面的理论和实践〉》;朱寨的《王瑶的〈中国新文学史稿〉批判》;李希凡的《谈〈雾、雨、电〉的思想和人物》;刘国盈、廖仲安的《用什么尺度来衡量巴金过去的创作》;以群的《论革命的现实主义和革命的浪漫主义相结合》;卞之琳的《评李广田新著〈春城集〉》。

《解放军文艺》12月号发表钟之向的《试谈〈怒涛〉的人物描写》;虞棘的《白桦走的什么道路》。

15日,《作品》第15期发表陈盈的《"技巧"问题和辅导工作》;洪乃的《电影剧本是不是难写?》;吴鳌耿的《读小说〈诗〉》。

16日,《东海》第15期发表夏承焘的《毛主席〈送瘟神二首〉浅释》;徐志达的《谈"想象"》;沈暨王的《读〈青年用武在梅山岛〉》。

《雨花》第17期发表梁元江的《歌颂今年的成绩,不应该把去年说得一团糟》;业青的《谈一篇农民的作品》。

《萌芽》第24期发表傅辛的《简评〈浦东文艺〉和〈嘉定文艺〉》。

《江淮文学》第15期发表朱绪豪的《小小创作问题的探讨》。

20日,《北京文艺》12月号发表社论《进一步开展群众文艺创作运动》;高鹏、果瑞卿的《一篇好小说——〈全家上阵〉读后》。

23日,《民间文学》12月号发表朱叶的《关于〈阿日阿妞〉》;袁勃的《把民族民间文学推向一个新的阶段》。

25日,《中国青年报》发表陶承的《复亲爱的青年读者》。

《诗刊》第12期发表沙鸥的《关于革命现实主义和革命浪漫主义》;以"评两部叙事诗"为总题,发表宛青的《读田间的〈丽江行〉》,商文健的《这不是我们的丁佑君》;同期,发表尹一之的《一颗种子遍地花》;林子的《海河工地诗如海》;专栏"新民歌笔谈"发表张永善的《民歌在发展着》,宋垒的《分歧在这里》,晏明的《不要在空中建造楼阁》,李树尔的《欧外鸥错了》;同期,发表余音的《批判孙静轩的诗》。

《前线》第3期发表陈克寒的《职工业余文化生活的一些经验》。

26日,《文艺报》第24期以"怎样展望共产主义明天"为总题,主要讨论田汉的《十三陵水库畅想曲》;专栏"讨论革命的现实主义和革命的浪漫主义相结合"发表杨晦的《革命的现实主义和革命的浪漫主义相结合与时代的关系》,廖仲安的《我的体会》;同期,发表孟和博彦的《奴隶的觉醒——〈草原烽火〉读后》;乌兰巴干的《写作〈草原烽火〉的几点感想》;李希凡的《运用评书形式反映伟大斗争的好作品——读〈烈火金刚〉》;范长江的《从平凡处学伟大——评蒋秦峰著〈在毛主席周围〉》;陈骢的《一部青年红色战士的传记——〈老共青团员〉读后》;丁力的《富有共产主义风格的诗篇——评介农民诗人刘章》。

31日,《人民日报》发表沙鸥的《新诗的道路问题》;苏方的《读〈王大成翻身记〉》。

1959年

1650年

1月

1日,《山花》1月号发表梓金的《从一次报告会谈起》;石永言的《可喜的收获》;田章的《红色的教科书》。

《火花》1月号发表郑笃的《评〈人世间的确难处〉》;本刊编辑部的《锄毒草,变肥料》;《孙谦同志谈电影剧本创作问题》;本刊记者的《把文艺创作运动推向高潮》。

《长春》1月号发表董速的《以更大的干劲和斗志跨进1959年》;依群的《试谈曲艺创作中的两件事》;耿际兰的《英雄与史诗——话剧〈杨靖宇〉观后》。

《东海》第1期发表黄宗英的《〈你追我赶〉是怎样创作出来的?》;蓝阔的《〈区长到山村〉是株毒草》;骆任梁的《〈献铁〉写得好!》;吴强的《漫谈写小说》。

《红旗》第1期发表张光年的《从工人诗歌看诗歌的民族形式问题》;郭小川的《丰富多采》。

《作品》第1期以"工人谈写作"为总题,发表陈荣光的《写作并不神秘》,熊九根的《我是怎样开始业余写作的》,古佛华的《勤写多练》,樊达的《老工人也要学写作》。

《雨花》第1期专栏"用什么思想教育人民"发表从林的《从共产主义的高度认识和反映现实》,赵一鹤的《一个什么样的"插曲"》,王连海的《读〈周家的故事〉》,李成金的《一出"小戏"》。

《奔流》1月号发表冯纪汉的《让现代戏的花朵开得更加美丽》;舟山的《建立共产主义文学的武器》;火雪的《劳动群众是最好的评论家》;张春山的《多为孩子们写些作品》;星星的《两条斗争路线的缩影》;郑平的《一株反动透顶的毒草》;范乃仲的《我如何探索写新评书(给初学写作者)》。

《草原》1月号发表孟和博彦的《我们的人物——建立共产主义文学》;琴子的《光荣的劳动》;王士美的《喜读〈妇女夏锄行〉》;李贻训的《〈草原烽火〉评介》。

《海鸥》(半月刊)创刊,创刊号发表徐伯玉《再接再厉,高举共产主义旗帜前进》。

《海燕》1月号发表《农民出身的戏剧家——成兆才》。

《星星》1月特大号发表袁珂的《〈〈送瘟神二首〉试解〉商榷》；安旗的《在生活上更下一层楼,在思想上更上一层楼》。

《萌芽》第1期发表刘东远的《谈相声〈全家欢喜〉的成就》；皮作玖的《快书〈捕鼠专家〉的独特的表现手法》；张友济的《星火灿烂——读上海机床厂〈星火〉创刊号》。

《新港》1月号发表刘金的《试评〈战斗的青春〉》；雪克的《我写〈战斗的青春〉感到的几个问题》。

《处女地》月刊改名为《文艺红旗》；1月号发表马加的《描写生活中的共产主义萌芽》；王野的《谈谈老舍的〈电话〉》；唐再兴、郑乃臧的《也谈新诗和民歌》；凌璞三的《如何选取材料、突出重点》。

《青海湖》1月号发表午人的《开展文艺批评,促进创作繁荣》；余福铭的《评话剧〈草原上的风暴〉》；刘战功的《漫谈〈草原上的风暴〉的人物创造》。

《长江文艺》1月号以"笔谈革命的现实主义和革命的浪漫主义相结合"为总题,发表何国瑞的《关键在于结合》；冯健男的《从群众创作谈起》；宋垒的《生活·神鬼·革命浪漫主义》；冯牧的《从玉皇炼钢说革命的浪漫主义》。

《安徽文学》第1期发表陆学斌的《进一步发展新民歌运动》；牛男的《东方巨龙跃进1959年》；陈明的《新的高峰 新的献礼》。

《淮河文艺》第1期发表朱志先的《一篇好小说——评〈发生在饭店里的事〉》；孙季田的《一篇污蔑现实的作品——〈发生在饭店里的事〉读后感》。

《湖南文学》1月号发表闵敏的《欢迎老干部写出更多更好的作品》；里成的《一首农业丰收的赞歌》；何高的《读梁系刚的小说》；克木的《略谈诗歌的"齐"和"巧"》；封浩的《从不睡觉谈起》。

《解放军文艺》1月号发表牛仆的《动人心魄的赞歌》；宋垒的《一个未完成的艺术形象——谈长诗〈红缨〉中的王大中》；北京师范大学中文系一年级科研小组的《〈红缨〉不是一部成功的作品》。

3日,《剧本》1月号专栏"关于创造新英雄人物和写真人真事问题讨论"发表张庚的《研究新问题可以适当借鉴传统经验》,贺敬之的《关于写真人真事》,李超的《创造最新最美的英雄形象》；同期,发表张真的《漫谈话剧学习戏剧传统问题》；马少波的《从〈赵氏孤儿〉的改编论胆识》；《解放军战士话〈友谊〉》；刘川的《记〈烈火红心〉的一些创作情况》。

5日,《草地》1月号专栏"《新校长》是好作品还是坏作品?"发表尹在勤的《不真实的环境和个人突出》,李承权的《〈新校长〉是一朵香花》,黄承勋的《脱离群众的"英雄"》,曾泉才的《个人英雄主义的赞歌》。

《蜜蜂》由月刊改为半月刊,第1号发表王林的《介绍孙犁的〈白洋淀纪事〉》。

《文艺月报》1月号发表罗荪的《生活和创作漫谈》;姚奔的《评〈野火春风斗古城〉》;林静的《〈监狱里的斗争〉读后》。

《北方文学》1月号发表夏衍的《写电影剧本的几个问题》;刘为的《群众文艺花开遍地》;润荃的《从一个工人作者的成就说起》;马仲夏的《共产主义风格的光辉》;刘春的《关于郭先红的几个短篇》。

《边疆文艺》1月号发表岳军的《采风掘宝,继承传统,推陈出新——记四川、广西、贵州、云南四省民族文学工作座谈会》;王琳的《写最新最美的文字——记昆明地区文学创作会议》;以"关于革命的现实主义和革命的浪漫主义相结合的讨论"为总题,发表聂恩彦的《怎样理解毛主席的指示》,张庄的《试谈革命的现实主义和革命的浪漫主义相结合的问题》;同期,发表徐绍仲的《我喜欢〈谷堆〉》;海舫的《新农村的赞歌》;黄灿的《〈苗床〉读后》;本刊编辑部的《抄袭——资产阶级的可耻行为》;樊腾凤的《揭露丹波的抄袭行为》。

《江苏文艺》第1期发表从林的《读〈老饲养员〉》;朱光第的《我对浪漫主义的认识》;编者的《谈新民歌的夸张》。

6日,《人民日报》发表伊兵的《使传统剧和现代剧相得益彰》;张庚的《戏曲剧目上的两条腿走路》。

7日,《新建设》1月号发表潘梓年的《贯彻百家争鸣的方针,把学术批判再推向前进》。

8日,《人民文学》1月号发表艾芜的《就作品中的人物来谈革命现实主义和浪漫主义相结合的问题》;肖殷的《既忠于生活,又高于生活》;叶圣陶的《读〈草原烽火〉》;郭沫若的《就〈青春之歌〉目前创作中的几个问题答〈人民文学〉编者问》。

《文学知识》1月号以"多读多写革命回忆录"为总题发表何长江的《写革命回忆录时我们应尽的社会义务》,赵洁的《谈〈我的一家〉整理经过》,中国科学院文学研究所青年"星火"文学小组的《风展红旗如画——〈星火燎原〉颂》,平凡的《毛主席永远领导着我们——读〈跟随毛主席长征〉和〈在毛主席周围〉》,王淑明的《读〈勤工俭学生活回忆〉》;同期,发表北京大学中文系四年级《中华人民共和国文学史》编委会小说组的《〈保卫延安〉——解放战争的史诗》；沈阳的《怎么会有这样一首诗》；董衡异的《哈姆雷特为什么复仇——从电影〈王子复仇记〉略谈莎士比亚原著》；张帆的《充满了劳动人民的感情》；老舍的《读小小说》；郭荧的《一篇动人的短篇小说》；何家槐的《茅盾的〈春蚕〉〈秋收〉和〈残冬〉》；专栏"大家来讨论巴金作品"发表陈传才、陈衍俊的《谈我们对巴金早期作品的看法》，王承溁的《怎样来评价觉新》；同期，发表蔡仪的《文学常识讲话——四、什么是文学作品的真实性》。

《北京文艺》由月刊改为半月刊，每月8日和23日出刊，第1期发表黎冰的《拿起工具是工人，拿起笔杆是诗人》。

10日，《文学青年》第1期发表杨沫的《谈谈〈青春之歌〉里的人物和创作》；草明的《根本问题在于深入生活》；沙鸥的《新民歌的语言——"学习新民歌"第二章》；果然、维兰的《一篇动人的报告文学——读〈冰峰五姑娘〉》。

《文学新兵》1月号发表赵地的《从一首诗谈起》。

11日，《文艺报》第1期发表巴人的《略谈短篇小说六篇》；冯牧的《有声有色的共产党员形象——略谈王愿坚短篇小说的若干艺术特色》；方明的《有声有色的共产党员形象——读〈野火春风斗古城〉》；本刊记者的《本刊举行关于革命的现实主义和革命的浪漫主义相结合问题座谈会讨论要点的报道》；专栏"讨论革命的现实主义和革命的浪漫主义相结合"发表老舍的《我的几点体会》，陈白尘的《舞台上的理想人物及其它》，陈亚丁的《满怀期望话"结合"》。

13日，《人民日报》发表臧克家的《民歌与新诗》；田间的《民歌为新诗开辟了道路》；卞之琳发表了《关于新诗的发展问题》；《关于诗歌问题的讨论》（报道1月5日《人民日报》编辑部邀请丁力、卞之琳、田间、沙鸥、沈季平、徐迟、张光年、郭小川、贺敬之、臧克家、萧三等召开座谈会，臧克家、卞之琳、田间、张光年、沈季平发言）。

15日，《作品》第2期发表秦牧的《如饮醅酒对南风——读〈广东民歌〉第一集》；肖殷的《论民歌中的几个问题——民歌选〈荔枝满山一片红〉代序》。

《星火》第1期发表颜梦贵的《〈一份加急军政电报〉读后》。

16日，《东海》第2期发表沈虎根的《我写〈小师弟〉的经过》；吴强的《漫谈写小说(续完)》；本刊编辑部的《谈谈来稿中的一些问题(来稿综述)》。

《雨花》第2期发表本刊评论员的《在普及的基础上提高一步》；石林的《喜获

"红色的种子"》;专栏"用什么思想教育人民?"发表吕博然的《谈李爱华这个人物》,石理俊的《把红旗举得更高》,董国栋的《〈半天〉读后》。

《萌芽》第2期发表许平的《上海群众文艺运动一年来的回顾与展望》;沙金的《读诗举例谈创作——评〈万朵诗花迎春开〉》;田运的《一本不平常的诗集——介绍〈张家宅居民诗选〉》。

《安徽文学》第2期发表《围剿"文字盗窃犯"》。

18日,《文汇报》发表飘帆的《光彩夺目的新人形象——王汶石的小说〈新结识的伙伴〉》。

20日,《蜜蜂》第2号发表王林的《〈白洋淀纪事〉的艺术风格》。

《江苏文艺》第2期发表于质彬的《喜看农村新图画——谈〈姑嫂看画〉》;孙剑影的《一篇歪曲工人形象的作品——〈补棉袄〉读后》;汪国雄的《〈补棉袄〉是篇好作品》。

21日,《人民日报》专栏"关于诗歌问题的讨论"发表徐迟的《民歌体是一种基本的形式　但不要排斥其它形式》,宋垒的《新民歌是主流,诗歌的发展应当以民歌体为主要的基础》;同期,发表《革命现实主义和革命浪漫主义相结合》;田汉的《谈王昭君的塑造》;《诗歌问题座谈会继续举行》(报道1月16日《人民日报》编辑部邀请丁力、何其芳、沙鸥、李广田、林默涵、邵荃麟、林林、宋垒、徐迟、贺敬之、郭小川、萧三等人召开诗歌问题第二次座谈会,何其芳、丁力、萧三发言)。

23日,《北京文艺》第2期发表旭明的《看话剧〈轴转了〉》。

《民间文学》1月号发表郭沫若的《从新民歌看革命的现实主义和革命的浪漫主义的结合》。

25日,《诗刊》第1期发表张光年的《北京工人的诗歌》;马铁丁的《读〈东风催动黄河浪〉》。

26日,《文艺报》第2期专栏"讨论《青春之歌》(读者讨论会)"发表成欣的《也谈关于林道静的描写》,群力的《〈青春之歌〉的不足之处》;以"兄弟民族文学特辑"为总题发表袁勃的《云南民族民间文学工作的新发展》,昭彦的《一束土生土长的鲜花——读〈中国民间故事选〉》,冯牧的《读〈欢笑的金沙江〉》;专栏"讨论革命的现实主义和革命的浪漫主义相结合"发表黄声孝的《站在共产主义高峰上看问题》,王英的《要有"望远镜"和"分金炉"》,郭汉城的《对一些争论的意见》,陈默的《从几个剧目谈革命的现实主义和革命的浪漫主义相结合》;同期,发表周来祥的《马克思关于艺术生产与物质生产发展不平衡规律是否适用于社会主义文学》。

29日,《人民日报》专栏"关于诗歌问题的讨论"发表张光年的《在新事物面前——就新民歌和新诗问题和何其芳、卞之琳同志商榷》。

本月,《前哨》1月号发表佘树森的《民歌体有限制吗?》;刘凯鸣的《读〈五个铁姑娘〉》。

本月,作家出版社出版茅盾的《鼓吹集》,《诗刊》编辑部编的《新诗歌的发展问题(第1集)》。

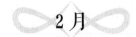

2月

1日,《山花》2月号发表沙鸥的《劳动人民热爱毛主席——学习新民歌的通讯》;亭璋的《万紫千红花满园》;龙鼎的《谈小说〈钢铁之家〉》;毛宪文的《农民走社会主义道路的自我记录》。

《火花》2月号发表李束为的《关于小说创作中的几个问题》;林芜斯的《走马观花——读1958年〈火花〉短篇小说有感》;唐仁均的《略谈革命现实主义和革命浪漫主义的结合》;高鲁的《谈谈革命的现实主义和革命的浪漫主义相结合的创作方法》;方钊的《一手搞创作一手抓理论》。

《长春》2月号发表6008部队宣传部的《诗歌在部队开花结果》。

《东海》第3期发表任红举的《谈谈相声创作中的体会》;刘奕棋的《蚂蚁岛是首好诗》。

《作品》第3期发表胡叔和的《略谈五四文学革命的领导思想》。

《雨花》第3期专栏"用什么思想教育人民?"发表陆月明的《共产主义的风格》;沈半丁的《欲穷千里目》;华士明的《谈新民歌的共产主义风格》;毛文群的《"幸福的'悲剧'悲在哪里?"》。

《奔流》2月号发表朱黄的《当前文艺工作最迫切的任务》;丁兵的《文艺创作

上的新气象》;千塘的《在大普及的基础上提高作品质量》;廖立的《也谈革命现实主义与革命浪漫主义结合的问题》;春山的《写人民公社的优越性不能脱离农业合作社的基础》;王正明的《喜读〈更上一层楼〉》;李景宏的《没有充分展示冲突》;冀福立的《读〈探山探宝〉》;曾亚春的《向商业工作者致敬》;郑红文的《变毒草为肥料》;燕来的《对戏剧创作的一点探讨(给初学写作者)》。

《草原》2月号专栏"讨论革命的现实主义和革命的浪漫主义相结合"发表肖平的《关键在于"相结合"》,陈之的的《革命的现实主义和革命的浪漫主义相结合是最好的创作方法》,王家骏的《学习革命的现实主义和革命的浪漫主义相结合的一点体会》;同期,发表海舟的《要真实地反映现实》;刘树的《对〈更正确地反映我们的现实〉一文的商榷》。

《星星》2月号发表沙鸥的《目的("怎么写诗"的第一封信)》;专栏"笔谈新诗的道路"发表愚公的《对〈新诗的道路问题〉一文的几点浅见》,韩郁的《把新诗交给劳动人民》。

《热风》2月号发表李澍等的《谈"革命的现实主义与革命的浪漫主义相结合"》。

《海燕》2月号发表胡零的《大跃进的形势给文艺创作提出来的新任务》;吴昂的《闲话"共产主义战胜死神"》;荣平的《欢迎〈志愿军凯旋归国特辑〉》;陶传本的《对〈旅大民歌〉的意见》;李鸣的《我爱看"我们的旅大"一栏》。

《萌芽》第3期发表燕平的《谈谈作品中的对话》。

《新港》2月号发表雷石榆的《革命的现实主义和革命的浪漫主义相结合在创作方法上要明确的几个问题》;周骥良的《关于工厂史写作中的几个问题》;林一民的《沸腾生活里迸射出的火花——谈万国儒的〈风雪之夜〉》;万国儒的《也谈提高——在学习写作上一点体会》。

《青海湖》2月号发表程秀山的《是谁严重歪曲现实(答李玉春同志)》;一木的《〈生产抗旱散记〉读后》。

《文艺红旗》2月号发表辽宁大学中文系现代文学教研室的《从〈茶馆〉与〈红大院〉谈老舍创作中存在的问题》;戴言的《烈火不毁的金刚》;凌璞三的《诗的构思》。

《长江文艺》2月号发表于黑丁的《把创造新时代的英雄人物放到第一位》;丝鸟的《比钢还坚,比骨肉还亲》;江健的《评影片〈花好月圆〉》。

《安徽文学》第3期发表张盛彬的《人物和我故事的关系》；火雪的《评〈红色时代红色的人〉》；永生的《红色的老青年——谈〈老青年三上岳西〉》；赵益富的《充满了时代的特色——评〈老青年三上岳西〉》；彭勃的《打"虎"拾零》；泾县和平社等的《批判文字盗窃犯胡庭锐》。

《湖南文艺》2月号发表洪涛的《从模仿到独创》；艾彤的《〈山乡巨变〉的人物刻划和语言的运用》；郭朴的《深刻的思考》；封浩的《鲜明的对比》；燕婴的《怎样超越前人》；姚玉英的《读诗有感》；刘云的《关于写"老黄忠"》；李茴香的《我们欢迎这样的小小说》；何钰麟的《读小小说〈请假〉》。

《解放军文艺》2月号以"关于'革命的现实主义与革命的浪漫主义相结合'问题的讨论"为总题，发表虞棘的《面对现实，怀抱理想》，犁云的《写出新的人物，新的思想》，艾彤的《我们需要革命的浪漫主义》，傅泽的《关键在于作家的思想感情》；同期，发表于波的《用什么思想教育读者》；纪鹏的《关于夸张手法的运用》。

3日，《剧本》2月号专栏"关于创造新英雄人物和写真人真事问题讨论"发表吴雪的《关于描写英雄人物及其他》，乔羽的《也谈写真人真事》，李庆番的《创造新英雄人物的几点浅见》；同期，发表文萍的《漫谈大跃进以来的小戏创作》；李超的《关于写革命历史题材的几点感想》；李之华的《谈〈纸老虎现形记〉》；韦启玄的《评〈敢想敢做的人〉》。

5日，《天山》2月号发表克迅的《鲜明的红旗，艳丽的花朵》；田其昌的《具有共产主义风格的文艺创作运动》；棣生的《初开的花朵》；灵音的《遥远的祝贺》；谢永的《〈天山〉上发表的新民歌》。

《草地》2月号专栏"《新校长》是好作品还是坏作品？"发表淡水的《〈新校长〉答辩》，邹孟荣的《对〈新校长〉不能一概否定》，夏荫的《关于〈新校长〉的环境和人物》，王安定的《从一个不良的偏向谈起》。

《蜜蜂》第3号发表王凌的《新的苗头》。

《文艺月报》2月号发表吴调公的《论革命现实主义和革命浪漫主义》；天鹰的《诗歌为什么必须要以民族诗歌为基础》；陈朝红的《评〈移山记〉》；曾文渊的《评短篇小说〈风雪之夜〉》；王苑的《评蒋孔阳的〈论文学艺术的特征〉》。

《文学青年》第2期发表韶华的《关于小说创作问题》；丁力的《谈谈学习写诗》；沙鸥的《新民歌的语言——"学习新民歌"第三章》；谢挺飞的《漫谈艺术的提炼》；赵克胜的《漫谈人物性格的描写》；纪言的《悲壮的颂歌——〈万丈山岩立

石碑〉》。

《北方文学》2月号发表夏衍的《写电影剧本的几个问题》(连载);柴鹤年的《群众文艺创作的丰收》;黄益庸的《老当益壮的农民诗人郭富》;王孟白的《关于革命的现实主义和革命的浪漫主义相结合的问题》;朱理章的《历史的总结 现实的需要》;马仲夏的《关于小说的结尾》;其贤的《思想插红旗,写出好作品》;刘忠仪的《从书记写诗谈起》;于湘云的《包莲花是我们学习的榜样》;盛殿彬的《也谈点粗浅的意见》。

《边疆文艺》2月号发表王伟的《编写工厂史也要普及与提高结合》;刘德中的《厂史教育了我》;王珏的《〈松帕敏和嘎西娜〉读后》;以"关于革命的现实主义和革命的浪漫主义相结合的讨论"为总题,发表耿德铭的《诗的想象》;同期发表之的的《"诗街"和"诗擂台"》,吴德辉的《新的人,新的诗篇》;蓝华增的《知识分子在劳动中的喜悦》。

《江苏文艺》第3期发表凡夫的《评"粗粮细做"》;姜炘的《钢铁战士响亮的歌声——读短诗〈我是钢铁兵〉》;刘堡的《多创造些正面人物》。

8日,《人民文学》2月号发表茅盾的《短篇小说的丰收和创作上的几个问题》。

《文学知识》2月号发表蔡仪的《学习毛主席的文艺理论》,唐棣华的《文风并不是小问题——学习〈毛泽东论文艺〉有感》;路坎的《学习〈愚公移山〉所想到的》;杜实的《谈谈〈野火春风斗古城〉》;董衡异的《〈万水千山〉——长征英雄的诗篇》;宛青的《读〈五凤山的歌〉;尹锡康的《读〈静静的顿河〉中的葛利高里》;张白山的《读〈孔乙己〉》;吴敏之的《怎样认识觉慧》;专栏"大家来讨论巴金作品"发表闻涛的《怎样认识觉慧》。

《北京文艺》第3期发表杨质的《读〈我的一家〉》;谢逢松的《寄给妹妹的信——谈影片〈上海姑娘〉》。

11日,《文艺报》第3期发表杜鹏程的《读〈风雪之夜〉——给王汶石的一封信》;风楼的《妇女英雄赞歌——读王汶石的几篇短篇小说有感》;李希凡的《文学作品中的英雄形象——革命现实和革命理想的结局》;宁干的《评〈敌后武工队〉》;"部队史特辑"发表陈亚丁的《生动的革命历史教科书——对编写部队史的几点意见》,金锋的《读〈南征北战二十五年〉所想到的》;专栏"讨论《青春之歌》(读者讨论会)"发表扬子敏的《实事求是还是简单粗暴》,文萍的《为林道静一辩》,钟望的《我对林道静的看法》,李青的《应该从侧面反映出全貌》。

13日,《人民日报》专栏"关于诗歌问题的讨论"发表《当前诗歌中的主要问题——郭沫若同志答诗刊社问》。

15日,《文汇报》发表王命夫的《从写作谈起——关于创作八场话剧〈敢想敢做的人〉的情况及其它》。

16日,《中国青年报》发表张奇的《地下工作者的动人形象——〈野火春风斗古城〉》。

《火花》第4期发表浮沉的《文艺批评要从实际出发》;陆路的《略谈〈牛郎织女笑开颜〉的艺术特色》;绿流的《关于夸张》;刘士光的《谈搜集整理革命斗争故事和帮助老干部写作》;孔的《光辉的形象——评〈福寿长春〉》。

《东海》第4期发表工人赖起湫的《喜读〈成老伯〉》;徐诚粲的《〈老杨〉是篇好作品》;铭怀的《评〈浙东的一个桥头堡〉》。

《雨花》第4期发表周游的《民歌二首欣赏》;李方的《一首好民歌》。

《萌芽》第4期"小说专号"发表费礼文的《学习写作短篇小说的几点体会》。

17日,《人民日报》发表报刊文艺评论摘要《关于〈青春之歌〉的讨论》。

20日,《蜜蜂》第4号发表左之的《〈烈火金刚〉的民族风格》;王毓民、马维民的《诗经村,新诗多》;任涌的《聋哑农民诗人刘祯》;本刊编辑部的《揭发甄德圣的抄袭行为》。

《江苏文艺》第4期发表李祺的《看〈换犁头〉》;沈宗祥的《写出高于现实的理想》;工军的《〈补棉袄〉的问题在那儿》。

22日,《光明日报》发表胡念贻的《评〈傀儡戏考原〉》;卓如的《做考据工作就真的没有观点吗?》。

23日,《北京文艺》第4期发表张季纯的《健壮优美的群众文艺会演》;林涵表的《关于新神话戏的创作》;苏景的《看〈英雄赶帕克〉有感》;舒晴的《党哺育出来的出色战士——推荐〈老共青团员〉》。

《民间文学》2月号发表居乃德的《批判五毒俱全的〈维吾尔族民间谚语和谜语〉》。

24日,《人民日报》发表茅盾的《漫谈文学的民族形式》。

25日,《诗刊》第2期发表沙鸥的《道路宽阔、百花争艳》;本刊评论组整理的《关于新诗发展问题的论争》。

《文学研究》改名《文学评论》，由季刊改为双月刊，第1期发表何其芳的《关于诗歌形式问题的争论》；徐迟的《谈民歌体》；力扬的《诗国上的百花齐放》；冯至的《关于新诗形式问题》；巴人的《是现实主义还是反现实主义？——对冯雪峰的"现实主义"理论的初步批判》；王燎荧的《〈太阳照在桑干河上〉究竟是什么样的作品？》。

《太原文艺》2月号发表苏平、安启凤的《把妇女的英雄事迹写出来》；高鲁的《谈谈民歌》。

26日，《文艺报》第4期发表张光年的《谁说"托尔斯泰没得用"？》；张怀瑾的《马克思关于艺术生产与物质生产发展不平衡规律是"过时了"吗？》；阎纲的《谈几篇反映人民公社的短篇小说》；石泉的《一篇动人的公社史作品——读〈奶牛入社了〉》；王伟的《编写工厂史也要普及与提高相结合》；黄昭彦的《乘风破浪显英雄——略谈陆俊超的短篇小说和散文特写》；安振的《大跃进的战鼓——谈谈闻捷同志的诗集〈河西走廊行〉》；刘剑青的《一颗星出现，预告漫天星斗——读〈黄河孝诗选〉》；王亚凡的《读〈踏平东海万顷浪〉》；佛雏的《对毛主席诗词的几种误解》；专栏"讨论《青春之歌》（读者讨论会）"发表郭开的《就〈青春之歌〉谈文艺创作中和批评的几个原则问题——再评杨沫同志的小说〈青春之歌〉》，余飘、陈传才、陈衍俊的《对评价〈青春之歌〉的一些意见》。

本月，《前哨》2月号发表狄其聪的《批判肖洪的修正主义文艺思想》；唐育寿的《从新民歌看革命现实主义与革命浪漫主义》；王希泉的《〈山中一事〉给我的印象》；鲁萍的《对〈山中一事〉的意见》。

《人民文学》2月号发表茅盾的《短篇小说的丰收和创作上的几个问题》。

3月

1日，《山花》3月号专栏"笔谈革命的现实主义和革命的浪漫主义相结合"发表任鸿文、郑树华的《对革命的现实主义与革命的浪漫主义相结合的几点认识》，谭绍凯的《学习革命现实主义和革命浪漫主义相结合的创作方法的体会》，鲁翠岚的《我的一点认识》；同期，发表口天的《读〈回厂〉》；肖胡的《谈〈血〉》。

《火花》3月号发表马烽的《谈目前创作的几个问题》；林芜斯的《走马观花——读1958年〈火花〉短篇小说有感》。

《长春》3月号"群众评论特辑"以"《星火燎原》笔谈"为总题，发表黄运昌的《〈星火燎原〉读后》，张喜登的《让革命之火燃烧得更猛烈吧》，谷斯宁的《伟大的革命史诗》，孙理堂的《不朽的丰功伟绩　鼓舞人前进的力量》；同期，发表周秀清的《读〈我的一家〉》；王志贤的《我学习写作的经过》；阎庆英、郑欣海、江洪的《农家吟诗千百首　生产跃进万丈高》；包世兴的《主题相同，构思各异》；吴矣、于永江的《充满生机的一簇鲜花》；易风的《从汽车厂群众业余创作中所体会到的问题》；杨凤翔、文牧的《喜读通钢诗百首》；叶千红的《谈有关真人真事写作的两个问题》；王忆笑的《读〈金凤〉》；石夫的《一朵美丽芬芳的小花》；致中的《喜读〈特别新闻〉》；罗继仁的《不老的心》；[苏]谢·格·卡普连科的《文学的典型性、人民性和党性问题》。

《东海》第5期发表蔡庆生的《漫谈写诗歌》；杭大中文系二年级火花社的《诗歌园地上的一朵新花》；黄中海的《时代的赞歌》；陈正国的《三篇理论文章给我的帮助》；邵越的《一个好短篇》。

《延河》3月号发表丁永淮的《新人的形象》；于文涛的《赞美公社的乐章》；绿漪的《读〈推车〉》。

《雨花》第5期发表树中的《民歌、新民歌和新诗》；朱光第的《学习民歌的一点体会》；华士明的《谈民歌的形式》；赵瑞蕻的《"酌奇而不失其真"》。

《奔流》3月号发表贾锡海的《谈革命的现实主义和革命的浪漫主义相结合》；孙晓奎的《要有马克思列宁主义世界观》；马耀东的《我的几点认识》；千塘的《作好民间故事的搜集整理工作》；李书的《大力编写工厂史、公社史、部队史》；天奇的《试谈目前群众戏剧创作中的问题》；王朴的《新时代的妇女形象》；赵炳耀的《"我为人人"的人们》；徐杰的《三言两语》；愚人的《党委书记的感人形象》；谢庭的《两篇好小说》。

《草原》3月号专栏"讨论革命的现实主义和革命的浪漫主义相结合"发表江船、黄河的《文学的任务》，巴·布林贝赫的《脚踏现实，眼瞩未来》，大松的《改造思想，赶上未来》；同期，发表秦·朱·路的《血泪之歌——〈草原烽火〉读后》；翟奎曾的《〈姑娘和汽车司机〉是篇好作品》;耶拉的《白桦》。

《星火》第3期发表林岗的《生动的共产主义教材》;子扬的《论革命现实主义与革命浪漫主义及其结合》。

《星星》3月号专栏"笔谈新诗的道路"发表尹在勤等的《新诗道路问题座谈会发言摘要》(报道2月14日四川省文联召开新诗道路问题座谈会,出席者有缪钺、愚公、皮永恕、李艺、周生高、曾省华、尹在勤、侯爵良、刘选太、高砺、王石泉、王潮清、常苏民、段可情、戈壁舟、安旗、《星星》诗刊编辑部、《草地》文艺月刊编辑部、四川省民间文艺研究会);甘棠惠的《关于一个问题提法的商榷》;沙鸥的《取材("怎样写诗"的第二封信)》。

《热风》3月号发表李联明的《关于革命的现实主义和革命的浪漫主义相结合》。

《海燕》3月号发表师田手的《怎样写人物》。

《萌芽》第5期发表芦芒的《钢铁的声音,劳动的诗篇——钢铁工人谷亨利歌谣十四首》。

《新港》3月号发表李霁野的《一封关于新民歌和新诗的信》。

《青海湖》3月号发表陈寿朋、萨苦茶的《沙里淘金》;王华、王京的《评〈苏吉尼玛〉的人民性》;进行曲的《对〈是精华,还是糟粕〉一文的商榷》;程志群的《如何对待民族民间文学遗产》;覃日晖的《不能乱砍乱罚》。

《长江文艺》3月号发表王任重的《关于写作问题的几点意见》;梅台的《老生常谈》;王英、彭惠芬等的《农民作者座谈会小说〈胡琴的风波〉》;黄力丁的《评歌剧〈一朵红花〉》;专栏"诗歌问题讨论"发表力扬的《关于诗歌发展的问题》,李冰的《也谈诗歌发展的基础》,骆文的《工农群众开一代诗风》,张良相的《我爱新民歌》,江柳的《主流·基础·格律诗》,何国瑞的《新民歌运动史诗歌中的新革命》。

《文艺红旗》3月号发表张望的《谈革命的现实主义与革命的浪漫主义相结合的问题》;丁力的《也谈新诗的道路问题》;述之的《评〈一件积案〉》;凌璞三的《结构·技术描写》。

《安徽文学》第5期以"民歌作者谈民歌创作"为总题,发表谢清泉的《劳动当中出诗歌》,王传圣的《我是怎样写〈想娘〉的》,李亚东的《写〈端起巢湖当水瓢〉的体会》,张良苏的《勤学苦练写民歌》,夏云扬的《激动时就写》。

《湖南文学》3月号发表蒋牧良的《下乡以后的一点经验》;方觉的《略论〈新

苗〉58年的散文创作》；克木的《从〈夺红旗〉谈起》；刘云的《〈人民公社集锦〉读后》；文之蒙的《介绍〈我的一家〉》；韩进之的《首先学习新民歌的什么》。

《解放军文艺》3月号发表叶圣陶的《读〈伍嫂子〉》，钟之向的《读〈踏平东海万顷浪〉》；路葵的《〈敌后武工队〉的成就和缺点》；陈超棠的《战士歌谣的内容、风格和形式》；李伟的《漫谈革命的现实主义和革命的浪漫主义相结合》。

3日，《剧本》3月号专栏"关于创造新英雄人物和写真人真事问题讨论"发表苏明的《杂谈英雄人物创造问题》，韦启玄的《为什么相同的英雄行为会有不同的艺术效果》；同期，发表哲生的《正确地对待集体创作》；彦欣的《谈〈白鹭〉》；吴平的《〈时代的芳香〉读后》；陈恭敏的《对〈布谷鸟又叫了〉一剧及其批评的探讨》。

《文学青年》第3期发表纪叶的《青年人，那你学习文学创作的目的是什么》；师田手的《热爱自己的生活和工作》；冉欲达的《关于民歌和新诗》；纪言的《初读〈两个打字员〉》。

4日，《人民日报》发表陈荒煤、袁文殊的《对1957年一些影片的评价问题》。

5日，《草地》3月号专栏"《新校长》是好作品还是坏作品？"发表傅世悌的《谈谈〈新校长〉和"不良偏向"》，方微度的《驳"偏向"》。

《蜜蜂》第5号发表张圣康的《革命英雄主义的颂歌——谈〈烈火金刚〉中的人物和斗争》；炎如的《试评〈在岗位上〉》。

《文艺月报》3月号发表夏雨的《王汶石三个短篇中的妇女形象》；汤尔彦的《一篇反映文化革命和妇女解放的作品（谈〈吴巧仙诗话〉）》；范华群的《评〈共产主义的凯歌〉》；何明云的《介绍〈红色娘子军〉》。

《北方文学》3月号发表夏衍的《写电影剧本的几个问题》（连载）；方之的《塑造我们时代新人物的形象》；莫扬的《简评中篇小说〈伐木者〉》；天泪执笔的《抗日联军的颂歌》；王皎的《到火热的生活斗争中去》；吴明远的《谈点教训》；栾之千的《要有民族风格》；谢树的《几点意见》。

《边疆文艺》3月号发表袁勃的《一朵又香又美的花》；勐海县文艺办公室、民族文学调查队勐海小组的《康朗英和他的长诗〈流沙河之歌〉》；孙凯宇的《谈群众文艺创作的提高问题》；吴高政的《理想与实现（关于革命的现实主义和革命的浪漫主义相结合的讨论）》；以"关于真实地深刻地生动地反映边疆、民族生活的讨论"为总题，发表刘介农的《〈边寨烽火〉是一部有根本缺陷的影片》。

《江苏文艺》第5期发表房庶敏的《一首朴素、感人的诗——读〈新娘子进庄〉》；李德厚的《我对〈姑嫂看画〉的意见》；毛水清的《读〈扁担挑福挑不动〉》；李雪根的《一首劳动的赞歌——评〈露水哪有汗珠多〉》。

8日，《人民文学》3月号发表巴人的《有关短篇小说创作的几个问题》；唐弢的《人物创造三题（群众创作漫谈）》。

《文学知识》3月号发表茅盾的《创作问题漫谈——在一个座谈会上的发言》；马烽的《〈三年早知道〉的写作经过》；冯志的《我写〈敌后武工队〉里的人物和故事》；路葵的《谈〈敌后武工队〉的几个惊险情节》；孟和博彦的《关于〈巴拉提仓的故事〉》；吕林的《重读〈黎明的河边〉》；何其芳的《新诗话（五）》；周柳的《〈文学的基本知识〉有严重错误》；刘世德的《〈三言二拍〉的精华和糟粕》；陈友琴的《读毛主席〈黄鹤楼〉词》；朱寨的《读〈风波〉》；专栏"大家来讨论巴金作品"发表韩立群的《关于陈真的形象》；同期，发表蔡仪的《文学常识讲话——五、为什么文学是观念形态》；李辉凡的《契诃夫的〈万卡〉》。

《北京文艺》第5期发表邓可因的《红旗永不倒——看中国儿童剧院演出的话剧〈革命的一家〉》；毕基初的《〈花好月圆〉是有毒的》；高辑的《评影片〈花好月圆〉》；筱兵的《谈〈北京文艺〉第三期中的五篇小说》。

9日—13日，《中国青年报》连载樊酉人的《略论小小说》。

9日，《文汇报》发表丁景唐的《关于〈庶联的版画〉（〈鲁迅全集〉补注之一）》。

10日，《人民日报》发表王朝闻的《一以当十——文艺欣赏随笔》；秦牧的《清新独创》。

《文学新兵》3月号发表靳鸣的《谈谈〈赠给三钢〉》。

11日，《文艺报》第5期发表茅盾的《创作问题漫谈——在中国作家协会创作工作座谈会上的发言》；老舍的《规律与干劲——在中国作家协会创作工作座谈会上的发言》；马铁丁的《读〈万炮震金门〉》；徐迟的《漫谈游记》；专栏"讨论革命的现实主义和革命的浪漫主义相结合"发表吕骥的《我对革命的现实主义和革命的浪漫主义相结合的理解》；专栏"讨论《青春之歌》（读者讨论会）"发表葛畅的《文艺作品中的共产党员形象及其它》，伊默的《阶级论还是"唯成份论"？——评郭开同志的所谓"文艺阶级性"的观点》，栗克关的《也谈〈青春之歌〉的爱情描写》，王作的《一个亲身经历者的话》。

15日，《天山》3月号发表陈百中的《在劳动中成长——评〈在那遥远的地方〉》。

《作品》第 5、6 期以"欢呼《毛泽东论文艺》出版"为总题，发表欧阳山的《中国的和科学的》，秦牧的《革命文艺的基础教程——〈毛泽东论文艺〉学习笔记》，林遐的《两点感想——祝〈毛泽东论文艺〉出版》，陈则光的《学习再学习、实践再实践——学习〈毛泽东论文艺〉的一些体会》；同期发表《继续巩固和发展群众性的电影创作》；周万诚的《〈逆风千里〉的写作经过》；姚拓的《读稿随感》。

16 日，《东海》第 6 期发表蒋祖怡的《在毛主席的文艺思想的红旗下战斗前进》；任红举的《不能闭门造车》；杭大中文系鲁迅文学社的《一朵永远开不败的红花》；杭泛的《读〈儿子出生的时候〉》；沈祖安的《略谈喜剧中的人物描写》。

《雨花》第 6 期发表艾明的《谈民歌的局限性》；李雪根的《应该"驱逐出境"吗？》；白坚的《主流、内容、形式》；王平、金毅、江干的《评扬剧〈十二寡妇征西〉》；陆九如的《一首慷慨悲壮的战歌》；谢义祥的《可喜的收获》。

《海鸥》第 5 期发表刘凯鸣的《〈看妈演戏〉是篇好小说》。

《萌芽》第 6 期发表张友济的《开展群众性的文艺评论》。

《安徽文学》第 6 期以"大家谈《老青年三上岳西》"为总题发表晓野的《错误的批评——与火雪同志辩论》，白金的《红色的老青年》，林秀德、张正心的《可爱的形象》，余杰的《美中不足》，黄季耕的《为什么缺乏感人的力量？》；同期，发表刘士光的《一篇优秀的儿童文学作品》。

20 日，《蜜蜂》第 6 号发表田间的《给郝彬同志的信》；周力的《评〈烈火金刚〉中的丁尚武》。

《江苏文艺》第 6 期发表孙剑影的《一出出色的消息——读〈换犁头〉》；李一千的《怎样看〈姑嫂看画〉——驳〈我对《姑嫂看画》的意见〉》；陈润龙的《读〈书记来到第一天〉》；唐吉明、唐吉林的《跟书记赛一赛》；洪士的《从〈书记来到第一天〉的题名谈起》；伯泉的《出土的新苗——读〈如东民歌选辑〉》；蒋荫安的《积极浪漫主义不等于革命浪漫主义——与朱光第同志商榷》。

22 日，《文汇报》发表丁景唐的《关于〈凯绥·珂勒惠支版画集序目〉(〈鲁迅全集〉补注之二)》。

23 日，《人民日报》发表郭沫若的《替曹操翻案》；同期，发表《关于如何评价曹操问题的讨论》，报道郭沫若 1 月 25 日发表于《光明日报》的《谈蔡文姬的〈胡笳十八拍〉》，以及新编京剧《赤壁之战》和郭沫若新编历史剧《蔡文姬》引起学术界讨论，截至 3 月 20 日，已有翦伯赞、河北北京师范学院古典文学教研组、刘亦冰、微声、袁良骏、戎笔、王昆仑、吴晗、李宗白的9篇文章发表。

《北京文艺》第6期发表蔡恒茂的《〈勤工俭学生活回忆〉是怎样写起来——记何长工同志的谈话》；万力的《历史的风浪——介绍〈风浪〉和它的作者》；肖泉的《一个感人的形象的塑造——读〈战斗演习后〉》；谢逢松的《寄给妹妹的第二封信——谈影片〈永远忠于党〉》。

《民间文学》3月号发表刘锡诚的《读〈革命歌谣选〉的"代序"和"编完以后"》。

24日，《人民日报》发表方纪的《工厂史大有可为》。

25日，《文汇报》发表丁景唐的《〈公民科歌〉的一字之差（〈鲁迅全集补注〉之三）》。

《前线》第6期发表王衍盈的《从几个艺术创作中看先进人物的描写》。

《太原文艺》3月号发表赵培心的《让所有的老干部都拿起笔来》。

26日，《文艺报》第6期专栏"讨论《青春之歌》（读者讨论会）"发表刘导生的《关于〈青春之歌〉的时代背景》；以"工人谈《青春之歌》"为总题，发表杨禄的《郭开说的我不能同意》，杨广儒的《林道静值得学习吗？》，范继宗的《林道静的成长是合情合理的》；同期，发表笑雨的《愚公移山精神的赞美诗——简评杜鹏程同志的几个短篇》；安琪的《革命的英雄史诗——读〈五月端阳〉和〈当红军的哥哥回来了〉》。

本月，《前哨》3月号发表丹丁的《挥笔疾书，讴歌人民》；陆若水的《民歌体形式有无限制？》；李乡浏的《简说劳动人民创作的讽刺诗》；张宜伦、佘树森的《对革命现实主义和革命浪漫主义相结合的一点理解》；刘凯鸣的《试评〈一布袋大米〉》。

本月，北京出版社出版袁水拍的《文艺札记》。

4月

1日，《文汇报》发表丁景唐的《关于〈革命时代底文学〉（〈鲁迅全集〉补注之四)》。

《山花》4月号专栏"笔谈革命的现实主义和革命的浪漫主义相结合"发表夏祥镇的《对两个有分歧意见的问题的看法》、沈天汉、罗绍书、张永忠的《革命的现实主义和革命的浪漫主义相结合与真人真事》；同期，发表廖红启的《喜读〈新来的保育员〉》；老台的《〈投宿〉读后》；吴荣爵、张万林的《一篇充满生活气息的小说》；谭方辉的《几篇小说的读后感》。

《火花》4月号发表冯震复等的《谈李古北最近的几篇小说》；贾克的《怎样把剧本写的有"戏"》；常谭的《重视学习写作技巧》。

《长春》4月号发表康闵的《发动老干部写回忆录的体会》；李忠厚的《读纪宁同志创作有感》；柴此火的《一次生动的政治教育》；黄益庸的《读新民歌随笔(三则)》。

《东海》第7期发表王任重的《关于写作问题的几点意见》；马星初的《谈夸张》；储茂荣的《一组歌颂农村妇女的好诗》；郑邦调的《"小花园"漫步》。

《延河》4月号发表《座谈王汶石同志的短篇小说集〈风雪之夜〉(会议纪要)》。

《雨花》第7期发表石林的《诗歌的继承和革新》；鲍明路的《我的一些认识》；白得易的《谈谈诗歌的形式问题》；直木的《〈风雪夜〉是抄袭的》。

《奔流》4月号发表朱可先的《努力刻划新人物(给初学写作者)》；白桂永的《我这样想》；开封师院中州文学社的《跃进歌声遍中州》；张兴元的《一个社会主义新家庭的诞生》；凯凯、彩波的《一篇赞歌》；刘忠诚的《读〈盗宝记〉》；丁琅、王涛的《对小说〈盗宝记〉的意见》。

《草原》4月号发表邓青的《再谈〈钢铁篇〉》；贾漫的《共产党人的胸襟》；剑羽的《教育的诗篇》；渤海生的《写群英，绘宏图》；内蒙古大学中文系的《座谈〈回忆我和群众〉》；秋波的《〈我的爱人〉是一篇抄袭的作品》；高光熙的《我的检讨》。

《星火》4月号发表帅焕文的《几首好渔歌》。

《星星》4月号专栏"笔谈新诗的道路"发表金戈的《要正确估价"五四"以来的新诗》、谷瓯的《自由诗和外国诗及其它》；同期，发表碎石的《谈几首新民歌》。

《新港》4月号发表方纪的《一个有风格的作家——读孙犁同志的〈白洋淀纪事〉》；李满天的《原料先行》。

《萌芽》第7期发表章力挥、李子云、王道乾、徐景贤的《更多地关心群众创作——在中国作家协会上海分会会员大会上的发言》；魏金枝的《漫谈技巧——

在中国作家协会上海分会会员大会上的发言》;陆俊超、陈继光、张英、俞志辉的《争取做一名合格的学生——在中国作家协会上海分会会员大会上的发言》。

《海燕》4月号发表吴昂的《试谈"人神同台"问题》;小石的《整理农村史的几点体会》。

《长江文艺》发表石冰的《〈春桃〉是一篇好作品》;丝鸟的《论〈林海雪原〉的创作方法》;专栏"诗歌问题讨论"发表黄力丁的《让诗歌百花齐放》,维岳的《面对现实　从实际出发》,刘守华的《要尊重民族诗歌传统》,黄声孝的《群众喜欢新民歌》。

《文艺红旗》4月号发表冯牧的《理论的探讨和实践的探讨》;高擎洲的《气壮山河英雄诗》;王玉斌的《钢都黎明的诗篇》;以"如何描写英雄和群众"为总题,发表凯宁的《爱国主义的赞歌》,戈壁、紫烛的《坚持原则要不要领导和群众》,江郎的《评〈在重要的岗位上〉》,彰鸣莓的《谈〈在重要的岗位上〉的群众描写》,苗华有、郑祚光的《〈在重要的岗位上〉的思想内容》;凌璞三的《把思想表达得更清楚些》。

《安徽文学》第7期发表人可的《谈讽刺——读〈检查团〉有感》。

《湖南文学》4月号发表铁可的《论〈生死牌〉的艺术成就》;直见的《读〈毛主席青年时期的几个故事〉有感》。

《解放军文艺》4月号选载《星火燎原》中的邓洪的《潘虎》、傅绍堂的《钢枪队》、吴华夺的《我跟父亲当红军》;同期,发表茅盾的《〈潘虎〉等三篇作品读后感》;巴人的《读短篇集〈台湾来的渔船〉》;力云的《〈红缨〉的问题何在》。

3日,《人民日报》发表夏衍的《从〈包身工〉引起的回忆》。

《剧本》4月号发表李健吾的《漫谈改编剧本》;王世德的《对〈布谷鸟又叫了〉的粗浅看法》;彤云的《简单化片面化的批评——和姚文元等同志商榷》;张真的《谈〈降龙伏虎〉的人物描写》。

5日,《作品》由双月刊改为月刊,4月号发表秦牧的《散文、小品、杂文的写作问题》;张向天的《鲁迅先生两封书简的写作年月考》;马焯荣的《读诗随笔(三则)》;高风的《春到珠江处处花——广州第一重型机器厂工人创作零感》;可人的《人民公社幸福长——喜读陈残云同志的〈珠江岸边〉》。

《草地》4月号发表姚文元的《关于〈新校长〉及其讨论的一封信》;山莓的《谈写真人真事、虚构及其它》。

《蜜蜂》第 7 号发表康濯的《漫话群众创作》;郭小川的《〈麦田诗海〉序》;侯金镜的《宏伟的场景,雄浑的感情——读〈麦田诗海〉》;王凌的《一幅幸福的图画》。

《文艺月报》4 月号发表本刊记者的《坚持党的文艺方针,为社会主义文学的更大跃进而奋斗!——中国作家协会上海分会会员(在沪)大会上的发言》;吴强的《作者·作品·生活》;魏金枝的《漫谈技巧》;贺宜的《重视和正确地对待儿童文学》;章力挥、李子云、王道乾、徐景贤的《更多地关心群众创作》;张玺、王永生的《在党的教育下更好更健康地成长》;陈恭敏、王炼的《谈谈话剧创作中的几个问题》;胡万春的《坚持方针,不断跃进!》;靳以的《写出更多好的作品来!》。

《文学青年》第 4 期发表师田手的《怎样写人物》;吴伯箫的《又文又武》;庐湘的《真人真事与想象夸张》;纪言的《读〈红色保育员〉》。

《北方文学》4 月号发表张克的《及时反映人民公社的新气象》;明津的《多使用文学轻武器——短论》;支援的《略谈在短篇小说中描写新人物问题》;吴逢箴的《人和人的新关系》;金满麟的《读〈一尊铜菩萨〉》;许帼范、萧孟璋的《〈争徒弟〉读后》;张树功的《党的忠实女儿》;夏衍的《写电影剧本的几个问题》(续完)。

《边疆文艺》4 月号以"关于真实地深刻地生动地反映边疆、民族生活的讨论"为总题,发表嘉兴的《什么样的"烽火"?》、陈英的《〈边寨烽火〉严重地歪曲了现实》、汪德荣的《〈边寨烽火〉是怎样表现边防部队的》、木土的《怎样评价〈边寨烽火〉》、蓝华增的《试论〈丽江行〉》、晓煜的《傣族生活的史诗》。

《江苏文艺》由双月刊改为月刊,每月 5 日出刊,第 7 期发表赵永江的《评"穆桂英大显神通"》;李百良的《一幅美丽的速写画——读〈古运河边〉》;武存海的《细节描写要真实——评〈湖上歌声〉》;成春到的《喜读〈无人售货处〉》;微风岸的《水乡的花朵——简谈〈水乡文艺〉》。

8 日,《文学知识》4 月号发表赵树理的《群众创作的真繁荣》;李准的《从生活中提炼》;本刊记者的《李六如同志谈〈六十年的变迁〉》;韦如的《谈〈灵泉洞〉》;劳洪的《〈在烈火中永生〉读后》;李英儒的《关于〈野火春风斗古城〉的话》;郭荧的《〈龙须沟〉——新社会的颂歌》;何其芳的《新诗话(六)》;张白山的《读毛主席〈会昌〉词》;李健吾的《〈红与黑〉里的于连及其它》;蔡仪的《文学常识讲话——六、怎样真实地描写现实》;本刊编辑部的《本刊巴金作品讨论概况和我们的几点意见》。

《北京文艺》第 8 期发表舒思的《谈谈写小歌剧的几个问题》;周承术的《一面

革命的红旗——重读〈星火燎原〉》;北京大学中文系红旗文学社的《陈淑贞为什么可爱——看影片〈三八河边〉的几点体会》;曹振卿的《读延庆公社"群众文艺创作选集"有感》。

10日,《文学新兵》4月号发表赵捷的《〈八号乘务员〉读后》;黄国纯的《〈再见,我的矿井〉是好诗篇》;印兵的《好些,再好些》;凡人的《〈雪中送炭〉读后》;凡夫等的《关于〈我们的党支书〉》;旭日的《〈婆与媳〉读后感》。

11日,《文艺报》第7期专栏"文艺作品如何反映人民内部矛盾(读者讨论会)"发表张庆和的《读小说〈锻炼锻炼〉》,姜星耀的《喜读〈锻炼锻炼〉》,武养的《一篇歪曲现实的小说——〈锻炼锻炼〉读后感》;专栏"讨论《青春之歌》(读者讨论会)"发表杨翼的《谈〈青春之歌〉所反映的时代》,刘金的《两点感想》,羽青的《"究竟问题何在?"》,方浦的《郭开同志的批评脱离了作品的实际内容》;"短篇小说评论特辑"发表王愿坚的《结结实实的英雄形象——学习杜鹏程短篇小说的几点笔记》,钟灵的《农业合作化的赞歌——简评浩然的短篇小说集〈喜鹊登枝〉》,沐阳的《劳动英雄颂——读胡万春同志的〈谁是奇迹的创造者〉》,颜默的《两个新的农民形象——读马烽短篇小说集〈三年早知道〉》。

16日,《东海》第8期发表李子木、顾之行、罗桂余的《战斗的火花,革命的颂歌》;高汉魂的《比喻·含蓄》;徐云鹤的《诗歌习作中的点滴体会》;蔡良骥的《夸张要运用适当》。

《雨花》第8期发表石言的《读〈风雪春晓〉》;平波的《珍贵的史料,生动的教材》。

《海鸥》第7期发表姜克纯、迟世武的《读了〈三英交战记〉的感想》。

《萌芽》第8期发表上海师范学院中文系二(6)文学评论小组的《试评〈萌芽〉小说专号》。

《安徽文学》第8期发表周和的《关于〈老青年三上岳西〉及其争论》;金汶的《略谈创造英雄人物》。

18日,《人民日报》发表杨子敏的《小游击队员的英雄形象》。

20日,《蜜蜂》第8号发表田间的《〈田间诗抄〉小引》;冯健男的《论〈红旗谱〉》;肖煜的《重读〈一棵槐树〉》。

21日,《人民日报》发表杨炳的《曹操应当被肯定吗?》(响应郭沫若发表于3月23日《人民日报》的《替曹操翻案》)。

23日,《北京文艺》第8期发表张季纯的《文艺的特点》;李岳南的《谈诗的独创性——分析〈北京工人诗百首〉中的几首短诗》;筱兵的《谈谈关于写人民内部矛盾的一些问题》;朱俐的《伟大的人物,伟大的心——看影片〈列宁的故事〉》。

《民间文学》4月号发表林山的《关于新民歌的一些问题和意见》。

25日,《诗刊》第4期发表臧克家的《"五四",新诗伟大的起点》;冯至的《我读〈女神〉的时候》;谢冰心的《我是怎样写〈繁星〉和〈春水〉的》。

《文学评论》第2期发表唐弢的《论鲁迅思想的发展——从鲁迅杂文谈他的思想演变》;何其芳的《再谈诗歌形式问题》;卞之琳的《谈诗歌的格律问题》。

《太原文艺》4月号发表雨渠的《谈谈革命的现实主义和革命的浪漫主义相结合的问题》;君逸的《让革命回忆录和工厂史有更大的丰收》。

26日,《文艺报》第8期"五四运动四十周年纪念专号"以"文学革命与文学传统笔谈"为总题,发表林默涵的《继承和否定》,夏衍的《关于继承传统》,唐弢的《"五四"谈传统》,巴人的《鲁迅对待民族文化遗产的态度》;同期,发表以群的《"五四"文学革命运动的真面目——批判胡适、胡风及其它反动分子对文学革命的歪曲》。

本月,《前哨》4月号发表丁宁的《评〈敢想敢做的人〉》;佘树森的《艾青〈诗的形式问题〉》;文思的《有关新诗与民歌结合问题的一点看法》。

本月,长江文艺出版社出版吴调公的《文学分类的基本知识》。

中国电影出版社出版夏衍的《写电影剧本的几个问题》。

5月

1日,《山花》5月号发表林乙的《百尺竿头,更进一步》;寒星的《诗的技巧及其他》;贵阳师院中文系二年级文学评论组的《试评〈这也是战争〉》;石永言的《红五月诗束》;松笔的《"吟成一个字,捻断数根须"》;李雨的《谈〈血〉中艺术形象的问题》;良洲的《生活的赞歌》;谭方辉的《读〈女裁判〉》;小溪波的《读〈山花〉的评论所想到的》。

《火花》5月号发表郑李生的《认真学习"五四"文学遗产》；李束为的《熟悉的和应该熟悉的》；冈夫的《谈谈诗歌创作》；武毓璋的《锦上添花(杂谈)》。

《长春》5月号发表谭千的《预祝这部史诗成功——读〈幸福之路〉公社史片段》；人韦的《让青春迸射出绚烂的光辉——介绍苏联优秀小说〈青春〉》；王尔龄的《鲁迅小说中的"我"》；杨特的《要站得高,看得深》；[苏]谢·格·卡普连科的《尼古拉·瓦西里耶维奇·果戈理——为纪念果戈理诞生150周年而作》。

《东海》第9期发表周建人的《漫谈文艺界的真实性》；李苏卿的《〈小篷船〉的构思经过》；张孔修等的《从〈喜读《成老伯》〉说起》；于芷的《写矛盾要合情合理》。

《延河》5月号发表霍松林的《"五四"文学革命运动中两条道路的斗争》；郝御风的《略谈"新诗体"与"民歌体"统一结合的问题》。

《奔流》5月号发表李准的《从生活中提炼(给初学写作者)》；谢卓君的《一个优秀的短篇》；李长俊的《伤了花瓣的花朵》；罗继仁的《喜读〈钢铁姻缘〉》；齐培安、焦述的《我们不喜欢〈钢铁姻缘〉》。

《草原》5月号发表郭超的《杂谈〈钢铁篇〉》；汪浙成的《谈谈对〈钢铁篇〉的意见》；王维理的《读农民作者孟三的诗》。

《星星》5月号专栏"笔谈新诗的道路"发表谭洛非、谭兴国的《发扬革命新诗运动的战斗传统和革新精神》,陈志宪的《我对于新诗发展道路问题的一些看法》,黎本初的《谈〈自由诗和外国诗及其它〉》,《川大中文系讨论诗歌发展道路问题》(通讯)；同期,发表戴龙云的《谈革命现实主义与浪漫主义的结合》。

《海燕》5月号专栏"讨论《'快如风'和'慢腾腾'》"发表弭强、于华夫的《喜读〈"快如风"和"慢腾腾"〉》,钱虚影的《一篇充满浓厚生活气息的小说》,青春的《"慢腾腾"这个人物是不真实的》,孙振起等的《〈"快如风"和"慢腾腾"〉是篇失败的作品》；专栏"作品讨论会"发表尚的《对〈秩序〉一文的几点意见》,复县高中文学评论组的《谈〈秩序〉》,孟文的《读〈秩序〉有感》。

《萌芽》第9期发表罗竹风的《纪念五四运动四十周年的现实意义》；姚文元的《一个深刻的悲剧——论鲁迅的〈伤逝〉》。

《新港》5月号发表田间的《〈鱼水集〉小引》。

《青海湖》5月号发表王华的《"分歧"在哪里？》；张永隆的《有精华,也有糟粕》；应宗奎的《应该实事求是的对待民族民间文学遗产》。

《长江文艺》5月号发表闻人千的《创作三题》;李季的《谈诗短简》;陆耀东的《略谈细节描写》;关怀斌的《一篇佳作》;吴海的《谈魏洁若的诗》;于传卿的《读〈一双新棉鞋〉》。

《文艺红旗》5月号专栏"国庆献礼作品集谈"发表《鞍钢职工座谈〈风雨的黎明〉》,陶惕成的《评〈风雨的黎明〉》,罗丹的《〈风雨的黎明〉写作琐谈》,印兵等的《如何表现英雄和群众》;同期,发表凌璞三的《描写人物,要注意思想性格的首尾一致》。

《安徽文学》第9期发表陆学斌的《坚决贯彻毛泽东文艺路线,争取文艺创作的更大繁荣!——纪念五四运动四十周年》;胡其明的《要有更多更好的反映工业建设的作品》;合肥师范学院历史系中国现代史教研组的《五四新文化运动简述》;王若麟的《略谈五四时期的文学》。

《淮河文艺》第5期发表洛洋、长青的《人民性何在?——评民间传说〈双龙山〉》;蚌埠师专语文科文学评论小组的《一篇优美的传说》。

《湖南文学》5月号发表《长诗〈兰香和小虎〉座谈会》。

《解放军文艺》5月号发表袁鋭的《红专道路的起点》;曹欣的《关于编写部队史的几点浅见》;刘天野的《漫谈一篇革命回忆录的采访与写作》;谢诃的《读〈悲壮的历程〉》;程世才的《我为什么要写〈悲壮的历程〉》;吴孝节的《关于塑造英雄形象的两个问题》。

3日,《剧本》5月号发表李刚的《对"新神话剧"的一些看法》;范溶的《关于"新神话剧"问题的商榷》;王世德的《再谈对〈布谷鸟又叫了〉的浅见——杂谈典型真实、内部矛盾等问题》;洪洋的《也谈〈布谷鸟又叫了〉——并与陈恭敏同志商榷》。

5日,《作品》5月号发表陈盈的《光辉的战斗传统》;刘泰隆的《学习瞿秋白同志的文艺批评》;中山大学中文系李大钊诗作研究小组的《李大钊同志的诗》;张向天的《五四运动前后的鲁迅》;张其光的《学生与文艺》;贺祥麟的《伟大的和更伟大的四十年》。

《草地》5月号发表刘克的《谈工农兵业余创作》;羊放的《读〈东山女炮排〉》;郭樵的《她们是共产主义之鹰》;张启明等的《多方面地表现人物和冲突》;尹和等的《对几个情节的看法》;缪世淮的《〈第一计〉读后》;茱萸的《谈小说〈春风〉》。

《蜜蜂》第9号发表村野的《读〈棉花垛〉》;何定志的《读〈三变〉》;村野的《评

短诗〈桃园店〉》;刘哲的《关于朱老忠这个人物》。

《文艺月报》5月号"上海解放十周年纪念特大号"发表姚文元的《春风桃李花开日——谈谈群众业余创作中反映工人生活的一些优秀的小说和特写》;贺光鑫的《评〈海上渔家〉》;陈朝红的《评〈谁是奇迹的创造者〉》。

《文学青年》第5期发表毕文廷的《继承"五四"光荣传统,把文艺创作推向新的高峰》;唐景阳的《鲁迅与青年一代》;方牧的《"五四"时期的新诗》;杜若的《从"青春之歌"中学些什么,怎样去学?》;谢挺飞的《灯下漫笔话"后代"》。

《北方文学》5月号发表袁触的《谈谈写英雄人物》;李厚基的《〈野火春风斗古城〉的人物情节描写》;刘树声的《简评〈野火春风斗古城〉》。

《边疆文艺》5月号发表王琳的《为写出更多更好的作品而努力》;孙凯宇的《关于我省文艺工作的几点意见》;以"关于真实地深刻地生动地反映边疆、民族生活的讨论"为总题,发表陈朝红的《党的民族政策的伟大胜利》,洛汀的《一篇富有民族色彩的好短篇》,元斗的《从评论中谈〈边寨烽火〉》。

《江苏文艺》第8期发表李德厚的《驳〈怎样看《姑嫂看画》〉》;窦履坤的《谈〈绿杨树下迎亲人〉》;刘树百的《谈〈湖上歌声〉里的几只歌》;子刚的《谈〈江都文艺〉中的作品》。

8日,《人民日报》发表游绍尹的《曹操是应当被肯定的》(响应杨炳发表于4月21日《人民日报》的《曹操应当被肯定吗?》)。

《人民文学》5月号发表邵荃麟的《关于"五四"文学的历史评价问题》;冯牧的《坚实的道路,淳朴的诗篇(试谈李季的叙事诗新作)》;王燎荧的《从情节说起(漫谈王愿坚的小说)》。

《文学知识》5月号发表刘绥松的《五四文学革命的战斗传统》;贾芝的《歌颂"青春"的人——李大钊同志与青年和他对文学的几点看法》;王燎荧的《鲁迅怎样指导青年阅读》;唐弢的《举鲁迅的一例——群众创作漫谈》;钦文的《鲁迅在青年时候怎样加强文学修养》;郑洪的《读〈狂人日记〉》;佛雏的《读毛主席〈长征〉诗》;一民的《用生命写成的诗——读〈革命烈士诗抄〉》;吴敏之的《壮丽时代的一页——重读〈三千里江山〉》;何其芳的《新诗话(七)》;蔡仪的《文学常识讲话——七、怎样理解诗歌中的形象的典型性》。

《北京文艺》第9期发表颜振奋的《文艺作品要比生活更高、更理想、更典型》。

10 日,《东风》第 9 期发表何建平的《谈〈红旗谱〉的思想意义》。

《文学新兵》5 月号发表洪禺、姚杰的《繁荣的景象》;赵殷清的《〈事隔一年〉读后》;王连仲的《喜读〈搬来乌金山〉》;柳萍的《〈我们的党支书〉不可否定》;李代生的《不同意凡夫等同志的意见》。

11 日,《文艺报》第 9 期专栏"文艺作品如何反映人民内部矛盾(读者讨论会)"发表汪道伦的《歪曲了现实吗?》,李惠池的《帮助"争先社"进行整风摸底》,刘金的《也谈〈锻炼锻炼〉》;同期,发表李希凡的《〈三国演义〉和为曹操翻案》;马铁丁的《论〈青春之歌〉及其论争》。

15 日,《天山》5 月号发表秦俊武的《读书杂谈》;白雅仁的《共产主义思想的战歌》;里土的《时代的战歌》;东丰的《"绿洲"红花香》。

16 日,《东海》第 10 期发表向青的《向民歌学习》;边静云、马星初的《评〈樟树林里的"战斗"〉》;黄中海的《谈景物描写》;麻梦华的《略谈作品中的对话》。

《雨花》第 10 期发表陈辽的《铁划银钩出"金环"》;泽民等的《英雄和群众》;孙殊青的《创造性的学习技巧》;朱光第的《不能偏废》;刘立人的《漫谈运用文学语言的技巧》;浦伯良的《细心地观察自然》。

《萌芽》第 10 期"庆祝上海解放十周年特大号"发表汤永宽的《上海群众创作的丰收——略评〈工农兵创作丛书〉》。

《安徽文学》第 10 期以"《三八河边》创作谈"为总题,发表艺军的《谈陈淑真的形象塑造》;鲁彦周的《回顾和自策》;黄祖模的《生活的感受,创作的体会——拍摄〈三八河边〉工作散记》。

20 日,《蜜蜂》第 10 号发表田间的《〈燕山歌〉小引》;刘流的《〈烈火金刚〉写作中的几点情况和问题》。

23 日,《北京文艺》第 10 期发表周骥良的《过好工厂史写作关》;林涵表的《红军不畏远征难——评评剧〈金沙江畔〉》;顾国玺的《难道都是"倔老头子"吗?》;毕基初的《这样写不能叫歪曲现实——读〈锻炼锻炼〉》;张心正的《读〈锻炼锻炼〉》。

《太原文艺》5 月号发表吉立心的《必须加强文学上的学习和修养》;钟长风的《文学作品中的矛盾和性格》;杨满仓的《熟悉生活和熟悉什么生活》;兰光斗的《试谈革命的现实主义和革命的浪漫主义相结合与塑造人物》。

《民间文学》5 月号发表金恩晖、奉滨的《儿歌散论》;蔚钢的《也谈儿歌的范围和评价儿歌的尺度》;巫瑞书、屈育德、陈子艾的《新民歌创作中的几个问题》;陈昌松的《我对新民歌的看法》。

26日,《文艺报》第10期专栏"文艺作品如何反映人民内部矛盾(读者讨论会)"发表王西彦的《〈锻炼锻炼〉和反映人民内部矛盾——在一个座谈会上的发言》,剑青的《喜读〈麦田人民公社史〉》;以"儿童文学谈丛"为总题,发表贺宜的《儿童文学创作问题漫谈》,金近的《试谈当前儿童文学创作的几个问题》。

本月,《前哨》5月号发表田仲济的《"五四"新文学运动的精神》;刘泮溪的《对〈女神〉的几点看法》;燕遇明的《要重视儿童文学创作》;刘知侠的《关于反映生活中的矛盾的问题》;本刊记者的《争取文艺创作更大丰收》。

6月

1日,《山花》6月号发表毕明的《多看多放》;蔼生的《文字紧凑 思想深广》;蔼生的《一定要走群众路线》;余力的《从"闯将"谈起》;胡新生的《〈血〉的成就与不足》;谢嗣昌的《也谈谈对〈血〉的看法》;亭璋的《评价作品应实事求是》;白汶的《一个生动的人物形象》;许树松的《读〈探阴河〉》。

《火花》6月号发表赵树理的《当前创作中的几个问题》;史纪言的《赵树理同志二三事》;林芜斯的《读〈三里湾〉散记》;合肥师范学院赵树理创作研究小组的《〈锻炼锻炼〉的成就》;贺宜的《儿童文学创作的一个根本问题——儿童化》;武毓璋的《从"冷""热"谈起》;豫章的《取精用宏》。

《长春》6月号发表马琰的《收获与提高》;李季的《学步十年》;卢湘的《读〈白兰花〉谈叙事诗》;栗烈的《一支优美的赞歌》;丁枫的《姊妹之花》;吴矣的《嫦娥吴刚何其多》。

《东海》第11期发表马星初的《人物语言的性格化》;章静涛的《"碧玉针"、"珍珠"及其他》;朱封鳌的《诗的感受与意境》;方凡人的《谈人物行动描写》;赵幼庭的《我的创作经过》。

《延河》6月号发表胡采的《序闻捷诗选〈生活的赞歌〉》;王汶石的《给胡采同

志的信》；胡采的《复汝石同志》。

《雨花》第11期发表文一兵的《馄饨与文艺》；方凡人的《描写人物技巧点滴》；华士明的《对艺术技巧的一点浅见》；汪澄的《学习，提高》。

《奔流》6月号发表顾琴芳的《谈谈儿童文学的创作（给初学写作者）》；专栏"关于《妯娌之间》的讨论"发表新村的《新生活的赞歌》，李碧的《反映了什么》，郑毓兴的《是谁解决了她们妯娌之间的矛盾》，毛旦范的《必须艺术的反映生活》；同期，发表袁猛烈的《向读者介绍一本书》；安敦礼的《新的生活　新的形象》。

《草原》6月号发表汪浙成的《关于理解"相结合"的几个问题》；内蒙古师院"草原"评论组的《优美的图画、生动的赞歌》；丁尔纲的《新式的"嫁妆"》。

《星火》5—6月号发表嘉舫的《试谈三个短篇的表现技巧》。

《星星》6月号发表吴引祺的《目前儿童创作中的几个问题》。

《热风》6月号发表艺兵的《谈谈〈要命的〉讨论中的几个问题》；蔡师仁的《从〈要命的〉谈讽刺文学如何反映人民内部矛盾》；顾能的《我的几点浅见》。

《海燕》6月号专栏"讨论《'快如风'和'慢腾腾'》"发表凌翔的《不应否定〈"快如风"和"慢腾腾"〉》，静女的《一篇好文章》，庆子的《评"快如风"形象的塑造》，碧帆的《驳对〈"快如风"和"慢腾腾"〉不正确的批评》，卓东的《先进和落后之间的矛盾永远存在》；专栏"作品讨论会"发表《饮食业的同志谈〈秩序〉》，陈新、尹焕章的《〈秩序〉并没有歪曲现实生活中的真实》，国庆的《我从根本上否定〈秩序〉》，刘佩军的《问题在哪里》；同期，发表李佳星的《小说〈主人〉描写上的问题》；桃园溪的《谢辽沙，好！》，卢全利的《一位英雄的母亲形象》。

《萌芽》第11期发表罗荪的《工人作者胡宝华创作简评》。

《新港》6月号发表李霁野的《怎样向古典诗歌学习》；徐迟的《初读长诗〈李大钊〉》；何建平的《也谈民歌和新诗》；杨润身的《团泊洼公社史写作中的几点经验》。

《青海湖》6月号发表长风的《读〈穿"盔甲"的报喜队〉有感》；栖之的《关于写孩子》。

《文艺红旗》6月号发表唐再兴、郑乃臧、陆安国、曹永泉、俞宗仁的《评童话〈小毛驴愿意做什么?〉》；黎明机械厂文艺红旗创作小组的《喜读〈朝霞红似火〉》；小兵的《平凡的事业，了不起的英雄》；凌璞三的《关于抒情散文》。

《长江文艺》6月号专栏"讨论文学创作如何反映人民内部矛盾"发表于黑丁

的《文学要描写矛盾斗争》，胡青坡的《文学作品正确反映人民内部矛盾的问题》，赵寻的《站在斗争的前列》，刘绶松的《关于文艺作品反映人民内部矛盾的一些看法》；同期，发表冯牧的《环境描写琐谈》。

《安徽文学》第 11 期发表李冬生的《谈几篇儿童文学作品》；黄季耕的《读郭老写给孩子们的诗》；丘荒潮的《对儿童进行革命传统教育的好作品——读小说〈找红军〉》；长江的《读〈洪山取宝〉》；金莺的《一首没有生活的诗》。

《淮河文艺》第 6 期发表球华的《推荐〈闹新房〉》；刘敏言的《短小的佳作》；勤夫的《读〈人民性何在〉——与洛洋、长青两同志商榷》；刘世潮的《〈双龙山〉是一篇有人民性的作品》。

《湖南文学》6 月号发表王之宪的《和业余创作组的同志交换几点意见》；张楚湘的《澄波幽岩托素心——屈原在湖南的踪迹及其著作》；刘艺农的《读谢璞的儿童文学作品》；以"关于《桂花亭》的不同意见"为总题，发表禹舜的《不能武断地对待文学作品》；中一成的《我对〈桂花亭〉的一点看法》；袁謇正的《瑕瑜互见》。

《解放军文艺》6 月号发表傅钟的《提高思想和艺术水平把部队短篇小说创作繁荣起来》；邵荃麟的《谈短篇小说》；老舍的《人物、语言及其它》；王愿坚的《在革命前辈精神光辉的照耀下（谈几个短篇小说的写作经过）》；本刊编辑部小说组的《短篇小说创作中的几个问题》。

3 日，《剧本》6 月号发表陈白尘的《布谷鸟为什么要歌唱》；刘学勤、田克勤、朱家欣的《再谈〈布谷鸟又叫了〉是个什么样的戏》；欧阳予倩谈、本报记者记的《提高戏剧创作的水平》。

5 日，《作品》6 月号发表高风的《对诗歌发展问题的几点意见》；马焯荣的《谈新民歌的艺术性》；王文海的《可喜的收获——评〈逆风千里〉》；楼栖的《布痕瓦尔德集中营》。

《草地》6 月号发表林如稷的《慎重对待小读者的感情》；倪芽的《题材及其他》；崔民的《也谈写真人真事》；徐杰的《一点粗浅的看法》；田心的《我对写真人真事的理解》；苏马的《加强对少年儿童的革命传统教育——读〈红领巾〉1959 年 1 至 9 期》；李致、肖翔的《为孩子们写作》；吴红的《关心世界的明天》；章加灵的《从〈今朝英雄〉的一个细节谈起》；孙由美的《试谈川剧〈赵盼儿〉的改编》；黄存华的《动人的〈西山义旗〉》。

《蜜蜂》第 11 号发表张庆田的《关于〈周家庄春秋〉》；杜岸的《对〈一盏抗旱灯

下〉的意见》;刘林兆的《读〈兄弟〉》;江群、青枫的《读〈米镇战斗〉》;张圣康的《评〈石爱妮的命运〉》。

《文艺月报》6月号发表王知伊的《评〈战斗的青春〉》;瓯江的《〈战斗的青春〉》;以群的《从怎样学习托尔斯泰谈起》。

《文学青年》第6期发表柯夫的《不能不加选择的写作》;戴翼的《党性的巨大光辉》。

《北方文学》6月号发表延泽民的《漫谈创作问题》;金若水的《主题、故事与人物》;沫南的《谈作品的主题和它的提出与处理》;魏金枝的《从描写真人真事谈提高》;方浦的《〈新结识的伙伴〉的思想艺术特色》(附王汶石《新结识的伙伴》);黄益庸的《谈谈王皎的短篇小说》;宁玉珍的《〈烈火金刚〉的英雄人物描写》。

《边疆文艺》6月号发表袁勃的《一部优美生动的叙事诗——介绍傣族民间长篇叙事诗〈娥并与桑洛〉》,云南省民族民间文学德宏调查队的《关于〈娥并与桑洛〉的搜集、翻译和整理》;以"关于真实地深刻地生动地反映边疆、民族生活的讨论"为总题,发表众志的《试谈〈边寨烽火〉》、吴高政的《读彝族青年作者普飞的几篇小说》,卢静的《彝族人的赞歌》。

《江苏文艺》第9期发表木易的《要具体分析问题》;陈东的《〈一碗饭〉是篇好作品》;成春到的《从妇女对〈一碗饭〉的意见谈起》。

8日,《人民文学》6月号发表梁斌的《漫谈〈红旗谱〉的创作》;林默涵的《关于题材》;唐弢的《感情的灌注》。

《文学知识》6月号发表孙剑冰的《各民族人民歌唱党和毛主席》;佟锦华的《谈谈藏族民歌》;王岳的《百花坛中的一朵美丽的花——维吾尔文学简介》;卜林扉的《漫谈〈流沙河之歌〉》;姚虹的《略谈鲁迅描写人物的技巧》;路坎的《读毛主席〈浣溪沙〉词》;陈骢的《新的生活 新的牧歌——重读闻捷的〈天山牧歌〉》;叶君健的《安徒生的童话》;王茵的《重读〈伤逝〉所想起的》;何其芳的《新诗话(八)》;王燎荧的《怎样看"坏作家写出来的好作品"？——关于丁玲的〈太阳照在桑干河上〉》。

《北京文艺》第11期发表王愿坚的《在革命前辈精神光辉的照耀下——读几个短篇小说的写作经过》;常见的《友谊的风筝,愿您飞遍全世界——介绍影片"风筝"》;肖翔的《评〈丰收泪满眶〉》。

9日,《人民日报》发表陆学斌的《试谈曹操戏》。

10日,《文学新兵》6月号发表海马的《来自生活,高于生活》;王维良的《评〈我们的党支书〉兼谈其他》;凡评的《读〈我们的党支书〉及其评论有感》;郑钟达的《读〈新来的老矿工〉》;马占荣的《工人写工人写的好》;石力策的《喜读〈早晨〉》;凡人的《我爱〈英雄谱〉》;王宝成的《一点意见》。

11日,《文艺报》第11期发表[苏]亚·特瓦尔朵夫斯基的《关键的问题——在苏联第三次作家代表大会上的发言》;[苏]鲍·波列伏依的《最高的创作自由——在苏联第三次作家代表大会上的发言》;茅盾的《在苏联第三次作家代表大会上的祝词》;冯牧的《谈〈战斗的青春〉的成败得失》;思蒙的《漫谈短篇小说的剪裁》。

16日,《东海》第12期发表甘耀稷的《充满激情的海之歌(读〈蓝色的土地〉)》;杭大中二(3)文学评论组的《评〈蓝色的土地〉》;黎央的《由"眼睛"、"辫子"想起的》;王永生的《"三顾草庐"的艺术成就》。

《雨花》第12期发表陈之佛的《关于花鸟画的问题》;示羔的《朴素·技巧·大师》;曹颎的《也谈技巧》;张震麟的《艺术技巧的时代性》;丁家桐的《表面文章——创作的绝境》;武钟节的《工人需要内容好技巧好的作品》。

《萌芽》第12期专栏"如何塑造人物形象?"发表王西彦的《谈"从表到里"的表现方法》;赵自的《先让人物活在心里》。

《安徽文学》第12期发表吴孝节的《诗的意境》;张烺胴的《新的内容,新的形式》;石槐的《劳动人民笔下的自然景色》。

20日,《蜜蜂》第12号发表曼晴的《向民歌和古典诗歌学习》。

23日,《北京文艺》第12期"北京市直属艺术团体观摩演出评论特辑"发表林涵表的《台下漫谈——看北京直属艺术团体1959年第一次观摩演出札记》;王冬青的《传统美德的光辉——看京剧〈生死牌〉》;颜长珂的《不团圆的〈金玉奴〉》;张艾丁的《谈〈蔡文姬〉》;景孤血的《看北昆院改编演出的〈渔家乐〉》。

《民间文学》6月号发表李星华的《搜集民间故事的几点体会》。

25日,《诗刊》第6期发表巴人的《争论之外》;徐迟的《谈格律诗》;谢冕、刘登翰、孙玉石、孙绍振、洪子诚、殷晋培的《女神再生的时代("新诗发展概况"之一)》。

《文学评论》第3期"关于诗歌格律问题讨论专辑"发表王力的《中国格律诗的传统和现代格律诗的问题》;朱光潜的《谈新诗格律》;罗念生的《诗的节奏》;季

羡林的《对于新诗的一些看法》等9篇文章。

26日,《文艺报》第12期发表[苏]奥·冈察尔的《我们时代的浪漫精神——在苏联第三次作家代表大会上的发言(摘要)》;[苏]列·诺维钦科的《关于浪漫精神和现实主义——在苏联第三次作家代表大会上的发言(摘要)》;同期,发表孙景瑞的《喜看话剧〈南海战歌〉》;潘旭澜、曾华鹏的《评〈在和平的日子里〉》;蔡葵的《关于〈在和平的日子里〉的一些问题》。

30日,《解放日报》发表雪吟的《大跃进中的工人形象——读短篇小说〈特殊性格的人〉〈雨路车辙〉》。

本月,《前哨》6月号以"〈敢想敢做的人〉笔谈"为总题,发表千的《成就和不足之处》,周来祥的《更典型,更理想些》,刘青的《谈张英杰人物形象的塑造》,曲淑姿的《我受到鼓舞》,张家浜的《我的感受》;同期,发表孙克恒的《谈〈山雨〉的现实性与艺术创造》;韩长经的《鲁迅在五四革命运动中的历史地位》。

《中山大学学报(社会科学)》第1—2期发表苏寰中的《话本是不是民间文学?》;王起的《怎样评价柳永的词?》;陈珍广的《谈肖洛姆·阿莱汉姆和他的作品》。

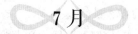

7月

1日,《山花》7月号发表古淮的《漫谈写真人真事》;于直的《关于〈血〉和〈血〉的讨论》;林乙的《虚构与虚假》;霭生的《第一人称和第三人称》;松笔的《炼字炼意琐谈》;工里的《取精用宏》;初学的《比比看》。

《火花》7月号发表马铁丁的《阅读散记》;青萍的《白糖水和紫药水(杂谈)》;以"山西省文学创作座谈会发言集"为总题,发表江萍的《认识和修养》,夏川的《谈刻划新人物问题》,马烽的《谈作品中的生活细节》,山西省文联联络处的《把文学创作的质量提高一步》。

《长春》7月号董速的《刻苦学习,进一步提高创作质量》;纪叶的《谈艺术作品的思想性与艺术性》；专栏"怎样才能把作品写得更好？"发表张琦的《我在练习创作中的一些困难》，贾志高的《关于业余作者深入生活问题》，傅之凡的《从看花到种花以后》，孙中田的《龙王、织女及其它》；同期，发表刘和的《民歌体的"三子尾"和口语矛盾吗？》；刘怀文的《造句生硬，语意含糊》。

《东海》第13期发表燃青、星初、中海、金敏的《试谈创造先进人物形象的几个问题》；李子木的《应该肯定还是应该否定》；顾志兴的《诗中有画，画中有情》。

《延河》7月号发表姚文元的《论〈风雪之夜〉》；西大中文系二年级红色青年文学社的《一部革命传统的教科书》；骆惊的《劳动创造的赞歌》。

《雨花》第13期发表陈瘦竹的《生活·思想·技巧》；钟之向的《真挚的感染力量》。

《奔流》7月号专栏"关于《妯娌之间》的讨论"发表洛阳第一拖拉机厂工人业余创作组的《我们讨论了〈妯娌之间〉》，廖立的《反对从概念出发》，舟山的《站得高一点》；同期，发表本刊记者的《文艺评论巡礼（附〈母亲〉)》。

《草原》7月号发表屈正平的《新时代的赞歌》；乐仪的《沸腾的生活》。

《星火》7月号发表丁永淮的《井冈山的赞歌》。

《热风》7月号发表李剑峰的《谈写英雄人物》；炜萍的《战斗的诗篇》；聂文辉的《读〈叶笛集〉》；蔡师圣等的《笔谈〈城门人民公社史〉》。

《海燕》7月号发表李伟的《从深入生活到正确反映生活》；金陵的《谈作品如何反映人民内部矛盾问题》；阎雍刚的《用什么标准来衡量作品？》；荣平的《用自己的构思和语言写诗》；伊丽的《为"小故事"争名》；《怎样把主题思想表达得更深刻些（读稿杂谈）》。

《绿洲》7月号发表乔木的《感人的形象，朴实的诗篇——试谈洋而同志的〈银花迎春开〉》；郑祈的《喜读〈银花迎春开〉》；李好学的《〈银花迎春开〉读后》；马之泉的《谈〈绿洲〉五月号上的四篇小说》。

《萌芽》第13期专栏"如何塑造人物形象？"发表唐弢的《谈艺术概括》；胡万春的《怎样刻划人物的精神面貌》。

《新港》7月号发表张学新的《读〈战斗的青春〉中的一个人物》；本刊记者的《〈战斗的青春〉座谈会纪要》。

《青海湖》7月号发表白雅仁的《崇高的灵魂，钢铁的意志》；许天鸣的《简评〈小红拾粪〉》；纪舜的《优美的赞歌》；沙青的《读〈青海湖诗话〉有感》。

《文艺红旗》7月号发表谢挺飞的《试论〈在和平的日子里〉的艺术成就》；高擎洲的《短篇创作的新收获》；凌璞三的《为什么"见事不见人"》。

《长江文艺》7月号专栏"讨论文学创作如何反映人民内部矛盾"发表于黑丁的《文学要描写矛盾斗争(续完)》，铁可的《杂谈反映人民内部矛盾》，张铭的《读"啥都管"和"只管己"》，沈蓉、沙蕾的《一篇不真实的小说》，胡振岛的《有教育意义的作品》；同期，发表胡树国的《读东维的〈李逢亮〉》。

《安徽文学》自本期始由双月刊改为月刊；第13期发表李冬生的《〈移山记〉的成就和不足》；陈登科的《创作札记》；林明的《建议把陈胜吴广的起义事迹搬上银幕》；温莎的《〈淮上吟〉漫谈》；马兰的《读·想·谈》；绥民的《悼肖香远同志》。

《湖南文学》7月号发表铁可的《文学创作继承传统诸问题》；黄起衰的《沸腾的生活　热情的诗篇》；《湘乡县文学工作者座谈诗集〈幸福歌〉》；仙楚的《喜读周立波同志的〈小说三篇〉》；郑邦调的《反映人民内部矛盾的好小说》；严俊科的《我认识了梅香和高英》；欧阳茂的《一篇好散文》；江明的《文学的作用(文学知识讲话)》。

《解放军文艺》第7期以"在部队短篇小说创作座谈会上的发言"为总题，发表艾芜的《生活·人物·故事》，严文井的《形象的观察和表现》。

3日，《剧本》7月号发表田汉、阳翰笙、欧阳予倩、老舍、吴雪的《座谈〈南海战歌〉》；凤子的《波澜壮阔的〈南海战歌〉》；颜振奋的《谈历史喜剧〈蔡文姬〉》；曲六乙、简慧的《从〈黄浦江激流〉的创作谈提炼》；范溶的《谈〈三代〉的得失》。

5日，《作品》7月号发表[苏]马特柯夫的《论中国革命作家——谈殷夫、胡也频、柔石、李伟森和冯铿》；林遐的《诗的形式及其他》。

《草地》7月号发表曦波的《我对〈新校长〉的一些看法》；岳峰的《谈几篇反映工人生活的小说》；陶昔安的《〈盲教师〉》；黄承勋的《永不掉队的共产主义战士》；艾芦的《革命战士的光辉形象》；尹在勤的《平凡而又动人的形象》。

《蜜蜂》第13号发表白冬的《提高评论文章的质量》；韩放的《鲜桃与烂杏》；冯健男的《提高质量》；远千里的《关于〈冀中一日〉》；王凌的《实事求是地评价文学作品——读〈油铃铛〉及其批评》。

《文艺月报》7月号发表蒋孔阳的《从真实的生活到艺术的形象》；王西彦的《从写真人真事谈起》；储松年的《〈战斗的青春〉的成就和缺点》；刘金的《再评〈战斗的青春〉》。

《文学青年》第7期发表关沫南的《怎样进行作品的结构》；浩然的《我学习创作的点滴体会》；姚虹的《革命的理想和现实的战斗》。

《文学新兵》7月号发表单戈的《杂谈京剧〈火焰山〉》；田文、艾仁、翔生的《我们也谈点意见》；黄仁惠的《我们的分歧》；姜长汉、莫积恩的《〈在南货商店〉读后》；张衍生、陈文顶、夏德江的《粗谈〈一件爱情的故事〉》。

《北方文学》7月号发表龙世辉的《读〈普通劳动者〉》；黄益庸的《革命风暴和幸福生活的赞歌》；筱罗的《喜读八月丰收歌》；刘洪涛、李冀东等的《学习鹰的精神，争取做红旗手》。

《边疆文艺》7月号发表云南省民族民间文学大理调查队的《白族文学史绪论》，晓煜的《又一首优秀的傣族民间长诗》；村心的《喜读〈茶叶史〉》；以"关于真实地深刻地生动地反映边疆、民族生活的讨论"为总题，发表稼薪、冶芳的《一篇有特色的短篇小说》。

8日，《人民文学》7月号发表唐弢的《风格一例——试谈〈山那面人家〉》；杨沫的《谈谈林道静的形象》。

《文学知识》7月号发表王淑明的《关于如何反映人民内部矛盾》；王燎荧的《谈谈如何掌握文艺批评的原则》；钦文的《鲁迅怎样把生活素材变成文学作品》；何其芳的《新诗话（九）》；蔡葵的《重读〈谁是最可爱的人〉》；贾文昭的《略谈〈水浒〉的人物描写》；振甫的《读毛主席〈长沙〉词》；何言的《读〈一件小事〉》；蔡仪的《文学常识讲话——八、怎样理解文学作品的思想性》；柳炎的《高尔基的〈伊则吉尔老婆子〉》。

《北京文艺》由双月刊改为月刊，7月号发表孙佩之的《试谈相声中的歌颂、批判和讽刺》；王日初的《也谈相声创作》；邱扬的《有肩膀，定得住！——略谈刁光覃同志创造的曹操形象》；安西、高琛的《看新、老〈渔家乐〉想到的几个问题》。

11日，《文艺报》第13期发表张光年的《谈臧克家的近作短诗——序〈欢呼集〉》；王西彦的《读〈上海的早晨〉》；巴人的《闲话〈夜归〉》；闻谊的《〈在和平的日子里〉的几个问题（读者讨论会）》。

12日，《文汇报》发表丁景唐的《〈鲁迅全集〉以外的一篇佚文——关于〈'日本研究'之外〉》。

14日，《人民日报》发表姚文元的《读〈谁是奇迹的创造者〉——给胡万春同志的一封信》。

15日,《天山》7月号发表佘光清的《伟大的同志爱(读〈难忘的日子〉)》。

16日,《文汇报》发表沈一行的《谈编写工厂史——关于工厂史中几个问题的商榷》。

《东海》第14期发表俞仲武的《继续普及　积极提高》;蓝阔的《为蝴蝶辩》;柳河的《关公杂谈》。

《雨花》第14期发表白得易的《〈在斗争的路上〉读后》;东方既白的《尊重知识》;佛雏的《如何看待文学上的曹操》;胡马畴的《生活、世界观和艺术技巧》;沈宗祥的《业余写作中的一些体会》。

《萌芽》第14期发表哈华的《文学轻骑兵》。

18日,《人民日报》发表郑同的《杰出的短篇〈潘虎〉》。

20日,《蜜蜂》第14号发表火焰的《生活的赞美诗——喜读〈难眠之夜〉》;郑士存的《读〈娶了个好闺女〉》;朱永斌的《一部新型的社会主义教科书》;炎如的《发挥创造精神》。

21日,《人民日报》发表徐迟的《读〈动荡的年代〉》。

23日,《民间文学》7月号专栏"关于搜集整理问题的讨论"发表本刊编辑部的《关于搜集整理工作的各种不同意见》,刘波的《谈谈民间故事的记录、整理及其它》,蔚钢的《民间故事的搜集、整理和研究》。

25日,《文汇报》发表黉珠的《新编〈鲁迅全集〉拾遗》。

《太原文艺》7月号发表玉林的《从〈潘虎〉谈到写革命回忆录》;黎耶、蔡肇发的《试谈文学作品的情节》;杨玉山的《谈谈〈太原文艺〉的新民歌》;成纲的《一篇动人的小小说》;巴山雨的《从文盲到能够写作的张桂根》。

26—27日,《文汇报》发表黄的《新编〈鲁迅全集〉拾遗》。

《文艺报》第14期发表冯牧《〈风雨的黎明〉的成就及其弱点》;沈彦的《读〈踏着晨光前进的人们〉》;以"让散文这枝花开得更绚丽"为总题,发表秦牧的《散文领域——海阔天空》,冰心的《关于散文》,菡子的《赞一两千字的散文》;同期,发表李希凡的《历史人物的曹操和文学形象的曹操——再谈〈三国演义〉和为曹操翻案》。

27日,《文汇报》发表以群的《一点体会——〈论茅盾四十年的文学道路〉序》。

28日,《人民日报》发表王朝闻的《适应为了征服》。

本月,《前哨》7月号以"《海上渔家》笔谈之一"为总题,发表周苏的《海上渔家〉是一部有着比较严重缺点的小说》,余岢的《党的领导没有写好》,山东大学中文系三年级红旗文学小组的《尹相兰——没有塑造成功的共产党员形象》,孙克恒的《作品的成败和得失》;同期,发表杨朔的《文艺创作漫谈》;王亚平的《看部队文艺会演有感》;苗得雨的《要注意揭示人的精神面貌》。

8月

1日,《山花》8月号发表一山的《迫切需要反映现实的散文特写》;霭生的《把人物弄得少一点》;寒星的《星星·汤团·茶壶》;方丁的《也能为读者方便》。

《火花》8月号发表程友三的《从〈续范亭诗文集〉中看续老的革命品质》;章回的《续范亭同志的诗》;杨满仓、钟长风的《评〈我的第一个上级〉》;李希文的《我是怎样编快板的》;《为发动写革命回忆录给全省老同志的一封信》;周季水的《〈山西文艺史料〉第一辑介绍》。

《长春》8月号发表胡苏的《文学创作上的两条腿走路》;芦萍的《读诗漫笔》;张芬的《就〈百炼成钢〉谈文艺作品中的生产斗争描写》;专栏"怎样才能把作品写得更好?"发表刘勇的《谈谈找题材》,谭千的《透过现象看到本质》,高鸿鹄的《原因在哪里》,万军的《不可急于求成》。

《东海》第15期发表李燃青、金敏的《也谈梁建和阎兴》;叶征洛的《谈梁建及其他》;注岩的《小谈诗中的"画"》。

《延河》8月号发表胡采的《论〈保卫延安〉的艺术特色》;辛毅的《主题、感受和形象》;李正峰的《刻在岩石上的诗章》。

《雨花》第15期发表石墨的《读什么书》;上官艾明的《人物的肖像画》;曾华鹏、范伯群的《谈次要人物的塑造》;孙友田的《学诗杂记》。

《奔流》8月号发表武喜越的《"创作"二字解》;傅秋菊的《读书破万卷》;天奇的《杂谈提高》;朱琳的《美谛克、鲁达及其它》;包亚东的《准确·鲜明·生动》;王朴的《情节与细节(给初学写作者)》;专栏"关于《妯娌之间》的讨论"发表可立佳的《一篇真实地反映现实生活的好小说》;耿振印的《〈妯娌之间〉读后感》;度登磊的《从"胃口"谈起》。

《草原》8月号发表《座谈〈在茫茫的草原上〉》;翟奎曾的《再前进一步》。

《热风》8月号发表再全的《〈移山填海的人〉读后笔记》;蓝田的《东海滔滔红旗飘》。

《海燕》8月号以"怎样在文学作品中反映党的领导"为总题,发表翁余庆等的《一篇歪曲现实的作品》,旅大师专6011文学评论组的《不容否定》,蓝天等的《真是歪曲了党的领导吗?》,贺水彬等的《有成就也有缺点》;《为什么人物写得不真实(读稿杂谈)》。

《绿洲》8月号发表王一村的《生活和战斗的颂歌——〈刘亚生〉读后感》。

《萌芽》第15期专栏"如何塑造人物形象?"发表魏金枝的《性格·形象·故事》。

《新港》8月号发表老舍的《文艺学徒》;吴雁的《创作,需要才能》;王西彦的《漫谈文学技巧》;方纪的《关于儿童文学的一点浅见》;专栏"《战斗的青春》讨论"发表李满天的《战斗的道路》,晓禾的《站在更高的角度上》,林一民的《许凤——感人的形象》。

《青海湖》8月号发表程秀山的《谈谈〈草原上的风暴〉的创作》;赵树理的《群众创作的真繁荣》;马焯荣的《谈写诗和联想》。

《长江文艺》8月号专栏"讨论文学创作如何反映人民内部矛盾"发表李定坤的《关于"只管己"这个人物的商榷》,罗宁让的《也谈〈"啥都管"和"只管己"〉》;同期发表吴海的《评未央近年来的诗作》;徐良斋的《我写〈胡琴的风暴〉的体会》;佟式平的《谈〈延安求学记〉的几个人物》。

《文艺红旗》8月号发表思基的《论杜鹏程的创作》;凌璞三的《谈抒情诗的构思、思想和感情》。

《安徽文学》第14期发表木宏的《灿烂的革命花——兼谈革命传记文学》;刘士光的《评〈黎明前夜〉》;胡安康的《略谈景物描写》;龙国炳的《从28个人找同一个题材谈起》;文伶的《别这样借古喻今》。

《湖南文学》8月号发表王以平的《文学是战斗的——革命作家叶紫逝世20周年纪念》;集群的《对长诗〈兰香与小虎〉的意见》;冯放的《生活·思想·形象——漫谈谢璞的小说》;克木的《文学的阶级性、党性(文学知识讲话)》;吴浩的

《写人物与贴标签》；进之的《做人和写诗》。

《解放军文艺》第8期发表茅盾的《在部队短篇小说创作座谈会上的讲话》；巴人的《创作琐谈》。

2日，《光明日报》续载何其芳的《文学史讨论中的几个问题》。

3日，《剧本》8月号发表马少波的《关于折子戏——答本刊记者问》；鲁白的《从〈义责王魁〉谈折子戏的艺术特点》；刘厚生的《类似题材的不同处理——〈星星之火〉、〈史红梅〉、〈黄浦江激流〉小论》；石落的《求全与不全——从〈南海战歌〉所想到的》。

5日，《天山》8月号发表白萍的《〈难忘的人〉读后》；孜牧的《革命的小英雄》；尧光的《喜读〈三进神仙山〉》。

《作品》8月号发表易征的《技巧杂感三题》；吴世衡的《一个真实地反映了儿童生活的好剧本》；郑竑的《对〈中队旗手〉的粗浅的看法》；桦的《略评〈向阳花〉》；湘子的《生活和技巧——读诗集〈浪花〉有感》。

《草地》8月号发表冬昕的《但愿花色多》；余开选的《和〈周师傅〉作者的通信》；李亚群的《生活真实与艺术真实——在四川省专业艺术团体会演大会上发言的一部分》；孙由美的《我对英雄人物的理解》；章加灵的《英雄行为与英雄形象》；苏枚的《戏剧创作中的真人真事问题》；明真的《试谈〈芙奴传〉中的贾瞎子》；阳天、黄世泽的《独特、巧妙（谈川剧〈借亲配〉中的县官》；思源的《不倒的义旗、光辉的形象（〈西山义旗〉学习笔记）》。

《蜜蜂》第15号专栏"讨论《一盏抗旱灯下》"发表倏波的《否定不了》；白冬的《是真实，不是自然主义》；西西的《歪曲了现实》。

《文艺月报》8月号发表唐弢的《关于文学语言》；孙昌熙的《什么是人生最大的幸福（读茹志鹃的〈如愿〉）》；王世德的《评电影剧本〈无名鸟〉》；徐俊西的《从赵树理的创作谈文艺作品如何反映人民内部矛盾问题》。

《文学青年》第8期发表罗丹的《创作态度杂谈》；关沫南的《谈短篇小说的写作》；戴翼的《一束鲜花品香色——读〈文学青年〉上半年发表的短篇小说散记》；范垂功的《情节发展与性格深化》；谢挺飞的《表象、本质及构思——读书札记二则》。

《文学新兵》8月号发表规程的《读〈我们的党支书〉及其反批评有感》；姜长汗、英积恩的《也谈〈我们的党支书〉》；凡评、素平的《〈张德才和孙老全吵架的故事〉》;刘鸣皋的《一个具有共产主义风格的人》;王连仲的《对〈红色草原上的幸福泉〉的三点意见》。

《北方文学》8月号发表方浦的《文学创作如何更好地为当前政治服务》;支援的《关于人物的内心描写》;润荃的《新人的赞歌》;夏垂元的《〈张大嫂下三台〉读后》;张培勤的《读〈新老师〉》。

《边疆文艺》8月号发表李荫后的《田野的激流——评李茂荣的六个短篇》;吴德辉的《爱情和劳动的赞歌——读〈逃到甜蜜的地方〉》;云南省民族民间文学红河调查队的《关于〈阿细的先基〉的几个问题》。

7日,《新建设》第8期发表《美学问题讨论综述》。

8日,《人民文学》8月号发表唐弢的《人物描写上的焦点》;吴组缃的《谈〈红楼梦〉里几个陪衬人物的安排》;冯健男的《谈沙汀的短篇小说》。

《文学知识》8月号发表陈敬容的《革命的诗人,战斗的诗篇——谈古巴诗人纪廉》;刘绶松的《读毛主席〈娄山关〉词》;卜林扉的《谈〈漳河水〉》;水夫的《谈谈〈毁灭〉》;蔡仪的《文学常识讲话——九、怎样理解文学的教育作用》。

《北京文艺》8月号发表曲六乙的《戏曲表演艺术的风格和流派》;田家的《英雄形象　光辉榜样》;严家炎的《也谈〈蔡文姬〉》;胡一民等的《看〈蔡文姬〉后的感想》;马少波的《漫谈京剧剧本创作》。

9日,《文汇报》发表单稔的《英雄人物的塑造——〈我的第一个上级〉读后》。

11日,《人民日报》发表宋爽的《赏〈风雪之夜〉》。

《文艺报》第15期发表欧阳予倩的《话剧、新歌剧与中国戏剧艺术传统》;安旗的《读闻捷的长诗〈动荡的年代〉》;石燕的《〈白洋淀纪事〉读后》。

16日,《东海》第16期发表曹文趣的《两个富有教育意义的形象》;闻笛的《揭露有余,批判不足》;星初、燃青、金敏的《三篇作品,两点教训》;炎火的《从〈难道这符合生活真实吗〉谈起》。

《雨花》第16期发表石墨的《读书的异议》;海笑的《主题·情节·人物》;罗叔子的《文学和美术》。

《萌芽》第16期发表贾菊的《谈一篇工人习作的修改》。

18日,《人民日报》发表李希凡的《谈〈红旗谱〉中朱老忠的形象创造》。

20日,《蜜蜂》第16号发表冯健男的《谈独幕剧》;王凌的《根深才能叶茂》;白冬桥的《谈"小"》。

21日,《文汇报》发表晓鹰的《为老人们祝福——谈李准的〈三月里的春风〉》。

23日,《民间文学》8月号专栏"关于搜集整理问题的讨论"发表星火的《也谈民间文学的搜集整理》,陶阳的《漫谈记录、整理及"再创作"问题》。

25日,《文学评论》第4期发表朱寨的《谈〈山乡巨变〉及其它》;王西彦的《试论〈百炼成钢〉》。

《太原文艺》8月号发表玉林的《谈情节的变化》。

25日,《诗刊》第8期发表谢冕、刘登翰、孙玉石、孙绍振、洪子诚、殷晋培的《无产阶级革命诗歌的高潮("新诗发展概况"之二)》。

26日,《光明日报》发表周立波的《谈创作》。

《文艺报》第16期发表戴不凡的《响当当的一粒铜豌豆——读话剧剧本〈关汉卿〉断想》;欧阳予倩的《话剧、新歌剧与中国戏剧艺术传统(续完)》;冯牧的《探求新的生活的美——从艾芜的短篇集〈夜归〉谈起》;扬子敏的《也谈〈在和平的日子里〉》;荒煤的《谈"细节"(杂感两则)》。

本月,《前哨》8月号以"《海上渔家》笔谈之二"为总题发表划子的《这是一部好书》,孟浩的《简单、片面的论断》,徐文斗的《不要轻率地下结论》,王太捷的《尹相兰——有个性的共产党员形象》;同期发表哈华的《题材的广阔性》;孙昌熙的《短篇小说中的"我"》;王亚平的《诗的欣赏与创作(一)》。

本月,上海文艺出版社出版叶子铭的《论茅盾40年的文学道路》。

广东人民出版社出版张向天的《鲁迅旧诗笺注》。

9月

1日,《山花》9月号发表林乙的《评〈屏箫玉笛谱新声〉》;韵白的《离奇古怪的文风》;丹军的《一幅色彩比较暗淡的风情画》;李伯钧的《一束优美的诗歌》;乔大学、玲子的《我们喜爱〈远方有客来〉》;东菲的《喜读〈春节之前〉》;方丁的《有关"读者笔会"》。

《火花》9月号发表豫章的《鹪鹩诚（杂谈）》；贺凯的《文艺作品中的语言问题》；肖河的《人物与故事性》；一民等的《读〈田家老头〉》；刘成锡的《〈路迂〉迂得巧》；钟秀文的《评〈新来的司机〉》；高保厘的《〈道路南北〉写得好》；吴鳌耿等的《喜读〈老领工员〉》；王侗的《漫话开头》；叶扬的《写出必然性来》。

《长春》9月号专栏"怎样才能把作品写得更好？"发表吉学霈的《关于观察生活和表现生活的一些问题》，杨特的《写出人物的精神状态和精神面貌来》，叶千红的《略谈从生活中提炼》，冯为群的《写自己最熟悉的生活》，刘世沧的《一个工人作者的苦恼》，张凤歧的《创作要不要天才？》；同期，发表庄鹏远的《妇女解放的赞歌——读〈婆婆们的笑声〉》。

《东海》第17期发表铭怀的《两种船夫》；钟秀的《从诸葛亮的故事想到的》；蔡良骥的《从曹操说到蝴蝶》；麻梦华的《浅谈细节描写》；思江的《小谈描写落后事物二三事》。

《延河》9月号发表胡采的《论王汶石的短篇小说》；韦之的《谈陈松影的创作》；干木的《谈两位工人同志的作品》；董葆萝的《抄袭是可耻的行为》。

《雨花》第17期发表枫亚的《一点教训》；王鸿的《谈唱词的写作及其它》；陈辽的《对话马烽近作的技巧》；明的《"民间文学"出"江苏民间文学特辑"》。

《奔流》9月号发表尼尼的《在业余作者座谈会上谈到的几个问题》；舟山的《鼓人民志气》；思蒙的《仲夏寄荃法（给初学写作者）》；以"百家争鸣　繁荣创作"为总题，发表《关于〈母亲〉的座谈纪录》，本刊记者的《〈妯娌之间〉的讨论纪要》；本刊编辑部的《向读者汇报》。

《草原》9月号发表杨帆的《崇高的友谊、珍贵的礼物》；海涛的《一篇激动人心的小说》；苗丁的《这是一件可喜的事情》；赵立华的《一篇小巧精美的小说》；春波的《两颗小明珠》；张深的《要注意细节的描写》；安忠荣、安定国的《看了〈空城计〉的感想》；魏泽民的《漫谈〈在茫茫的草原上〉的爱情描写》；卫真的《〈在茫茫的草原上〉的爱情描写应该肯定》。

《热风》9月号发表渐见的《百花园中一丛奇卉》；王永生的《谈〈三国演义〉的人物塑造》；艺兵的《漫话〈山村短歌〉》；彭新民的《空中彩虹（评介〈杜凤瑞〉）》。

《星火》9月号发表管雄的《〈柳站长〉正确反映了人民内部矛盾》；程俊的《我省文艺创作上的一个新收获》；圣英的《略谈〈柳站长〉存在的问题》。

《海燕》9月号专栏"怎样在文学作品中反映党的领导和处理英雄与群众的关

系"发表弱星的《问题究竟在哪里?》,永青的《不能把党的领导和具体党员割裂》;季思的《生活要厚 构思要新(读稿杂谈)》。

《海鸥》第 16 期发表王道乾的《略谈形象思维》;冯中一的《关于诗歌的艺术技巧》。

《绿洲》9 月号发表逸群的《火焰山下的丰收》;田苗的《从〈新花朵朵〉谈起》。

《萌芽》第 17 期发表姜彬的《冷嘲热讽和才能》;专栏"如何塑造人物形象?"发表欧阳文彬的《两篇塑造正面人物形象的小说》。

《新港》9 月号发表陈鸣树的《风格浅识》;雪克的《讨论〈战斗的青春〉给我的启发》。

《长江文艺》9 月号发表张金三的《关于〈"啥都管"和"只管己"〉讨论的几个问题》;丝鸟的《农民作者魏子良及其创作》;郭蔚球的《谈文莽彦的诗》;洪洋的《试谈文学作品中的技术描写》。

《文艺红旗》9 月号发表凌璞三的《谈写真人真事的选材及其它》。

《安徽文学》第 15 期发表苏中的《论〈孤独者〉——魏连殳》;龙世辉的《"拿来"与"搬来"》;龙国炳的《关于"找题材"的苦恼——题材杂谈之二》;黄季耕的《仿古和创造》。

《湖南文学》9 月号发表向文的《系统地整理民族民间文学》;周峥嵘的《走在健康的创作道路上——简评周笃佑的曲艺创作》;湘帆的《文学的人民性(文学知识讲话)》。

《解放军文艺》第 9 期发表陈默的《〈槐树庄〉的成就和不足》。

3 日,《人民日报》发表荒煤的《性格和冲突——关于剧本创作的杂感》。

《剧本》9 月号发表严青的《谈〈槐树庄〉的细节、语言——读剧札记》;李健吾的《"赵太后新用事……"》;韦启玄的《无缘不流 无根不生》;戴不凡的《〈桃花扇〉笔法杂书》。

5 日,《作品》9 月号发表欧阳山的《坚持总路线的光辉旗帜》;周钢鸣的《争取时间,勇猛跃进》;杜埃的《伟大的雄心》;华嘉的《战斗的号召》;陈残云的《满怀信心,继续跃进》;韩笑的《战鼓咚咚》;欧外鸥的《阵前号令》;西中扬的《沸腾的夜》;〈广州歌谣〉编委会的《〈广州歌谣〉序言》;林遐的《走马观花》;黄宁婴的《忆蒲风》;李传龙的《漫谈诗歌创作的推敲》。

《草地》9 月号发表彭其年的《谈〈白蛇传〉的整理问题》;雷履平的《黄吉安的

〈春陵台〉》;茱荑的《读〈儿子的未婚妻〉》;王吾的《真假之间》;余辅之的《从特写文学谈起》;金冶的《"戏"与"噱头"》;易刚的《电影艺术杂谈》;文辛的《关于创造新英雄人物的一些问题》;施幼贻的《对创造英雄形象的几点意见》;吴野的《〈丹凤朝阳〉里的张朝凤》;刘开扬的《读〈川北老根据地革命传说〉》;黄斌的《让群众评论这束花开得更美》;艾芦的《读〈焊茶壶的人〉》;李锋、刘志一的《一个巧妙的细节》。

《蜜蜂》第17号发表李裕康的《荷花出水显高低——介绍〈水向东流〉中的几个人物》;李满天的《〈水向东流〉写作简述》;专栏"关于《一盏抗旱灯下》"发表文源灿的《从〈一盏抗旱灯下〉主题谈起》;霍新常的《一幅感人的图画》。

《文艺月报》9月号发表魏金枝的《漫谈细节》;罗荪的《〈战斗的青春〉评析》;雪克的《从〈战斗的青春〉的讨论中所得到的体会》;曾华鹏、潘旭澜的《论杜鹏程的小说》;同期,发表《本刊十月号起改名〈上海文学〉启事》。

《文学青年》9月号发表井岩盾的《讨论一个问题》;胡景芳的《学习写作的几点体会》;汪海泉的《读书与创作》。

《文学新兵》9月号发表郑育璜、辛木的《我们的意见》;柴青岳的《简评〈我们的党支书〉并论其他》。

《北方文学》9月号发表李传龙的《行动展示性格》;易如平的《谈诗的想象》;龙世辉的《诗,雕刻,油画》;杨夙的《评〈万木春〉》;《作协黑龙江分会开会座谈电影文学剧本〈松花江的风浪〉》。

《边疆文艺》9月号发表岳军的《"如有神"和"如有鬼"》;鲁凝的《〈标兵〉》;杨昭、柏鸿鹄的《闪烁长空的明星——〈娥并与桑洛〉读后》;钱模祥的《向民间文学学习的一例——读〈赶摆〉》;张薇、杨澍的《一篇好的报告文学——〈瑞丽江边孔雀飞〉读后》;张福三的《一点意见》。

8日,《人民文学》9月号发表唐弢的《谈情节安排》;严文井的《泛论童话》。

《文学知识》9月号发表马铁丁的《"相当作家"种种》;赵寻的《漫谈新英雄人物的创造》;石思的《读王愿坚的短篇小说》;何其芳的《新诗话(十)》;陈翔鹤的《〈离婚〉初探》;刘世德的《读司马迁的〈项羽本纪〉》;蔡仪的《文学常识讲话——十、为了成为共产主义者》。

《北京文艺》9月号发表艾克恩的《从赵树理在创作上的"别扭劲儿"谈起》;孙慕盈的《当"言之不足"的时候——谈在话剧中适当地运用歌舞问题》;顾伟昌的

《漫谈短篇小说的情节》;张歌今的《期待着花盛开叶葱茏——读李学鳌同志的诗集〈北京的春天〉》。

11日,《文艺报》第17期发表本刊记者沐阳的《反右倾,鼓干劲,争取文艺更大丰收——文联主席团扩大会议座谈中共八届八中全会公报和决议》;胡采的《论〈在和平的日子里〉》;魏金枝的《茹志鹃作品中的妇女形象》;李希凡的《略论〈三国演义〉里关羽的形象》。

16日,《东海》第18期发表钟秀的《闯过关去》;卓尔的《〈何苦来!〉》;顾永芝的《试谈心理描写》;蔡良骥的《天才和傻子》;程源明的《喜〈车水〉》。

《红旗》第18期发表郭沫若、周扬的《〈红旗歌谣〉编者的话》。

《雨花》第18期发表李履忠的《煤海深处的一支嘹亮的横笛》;刘振华的《一篇作品的创作》。

《萌芽》第18期发表贾芝的《〈美丽的仰阿莎〉不是毒草》;专栏"如何塑造人物形象?"发表丰村的《关于写人物》。

17日,《人民日报》发表黎藩的《抑扬褒贬要力求公允——对图书评论的几点意见》。

20日,《蜜蜂》第18号发表张朴的《〈一盏抗旱灯下〉及其讨论》。

21日,《人民日报》发表吴晗的《论海瑞》。

23日,《民间文学》9月号"庆祝建国十周年特大号"发表贾芝的《十年颂歌——庆祝建国十周年》;郭沫若、周扬的《〈红旗歌谣〉编者的话》;天鹰的《新民歌创作的规律》。

25日,《太原文艺》9月号发表高鲁的《谈谈诗歌的特点》;王明健的《学习郭诗》;任伍的《漫谈诗歌来稿》;灶温的《读〈王疤头〉》;郑重的《从"行者"和"八戒"想到的》;任军的《从鲁迅先生谈诗说起》。

26日,《文艺报》第18期"庆祝建国十周年专号(一)"发表社论《向新时代的艺术高峰迈进》;郭沫若的《进一步展开"百花齐放,百家争鸣"》;茅盾的《从已经获得的巨大成就上继续跃进!》;老舍的《古为今用》;夏衍的《电影艺术的丰收》;何其芳的《文学艺术的春天》;张庚的《戏曲获得了新生命》;邵荃麟的《文学十年历程》;田间的《为公社歌唱!》。

本月,《前哨》9月号发表王安友的《写自己最熟悉的生活》;哈华的《人物的思想和感情》;王亚平的《诗的欣赏与创作(二)》;孙昌熙的《细节在小说里的用处》;

任乎先的《喜读〈谁挑的水〉》;子牧的《读〈"仓库"里的故事〉》。

《中山大学学报（社会科学）》第3期发表中山大学中文系57级《广东十年文艺创作》研究小组的《大跃进年代的广东诗歌》。

本月，上海文艺出版社出版姚文元的《鲁迅——中国文化革命的巨人》。

百花文艺出版社出版冯牧的《繁华与草叶》。

作家出版社出版王朝闻的《一以当十》，李希凡的《管见集》，《诗刊》编辑部编的《新诗歌发展问题（第2集）》。

少年儿童出版社出版《儿童文学研究》编辑室编的《儿童文学研究（第一辑）》。

10 月

1日，《山花》10月号发表作协贵阳分会筹委会贵州省语委会贵州大学苗族文学史编写组的《苗族文学概况》；马凤程的《山区新人物的形象》。

《天山》10月号发表陈箭、秦弦的《谈祖农·哈迪尔的创作》；山林的《洋溢着时代激情的颂歌》。

《火花》10月号发表郑笃的《写于伟大节日前夕》；方钊的《试谈几位青年作者的作品》；豫章、黎声等的《杂谈三篇》；蔡肇发等的《喜读〈山西短篇小说选〉》；高鲁的《谈山西民间歌谣》。

《长春》10月号发表李树谦的《漫谈"百花齐放，百家争鸣"》；董速的《庆丰收（小说〈丰收集〉序言）》；胡苏的《对生活的爱（〈长春短篇小说选〉序言）》；张纪的《〈呐喊〉与〈彷徨〉的现实主义》；孙中田的《鲁迅先生与文艺批评》；王志贤的《永远照着党的要求去做》；马淑媛的《做党的最驯服的工具》。

《东海》第19期发表金思江的《诗苑新花》。

《作品》10月号发表张向天的《评〈鲁迅全集〉及其订误》；邓铭淳的《试评郭沫若的〈百花齐放〉》。

《雨花》第19期发表佛雏的《谈毛主席的〈沁园春·长沙〉》。

《奔流》10月号发表杜希唐的《读李准的短篇小说》；丁丁的《机器旁边的歌手》；廖立的《评农民作者耿振印的作品》；李书的《谈张有德同志的儿童文学创作》；燕生、瑞祥的《伟大的启示》。

《草原》10月号发表孟和博彦的《欣欣向荣的内蒙古文学》；李欣的《关于大跃进民歌》。

《峨眉》创刊号出版，10月号发表沙汀的《这是党的文艺方针政策的胜利——〈四川十年短篇小说选〉序》；柯岗的《诗画赞——〈四川十年散文特写选〉序》；李半黎的《〈新民公社史〉写得好——〈绿树成荫〉序》；冯元蔚的《凉山彝族文学的新面貌》；席明真的《百花齐放中的川剧文学》；林如稷的《学习鲁迅杂文的几点理解》；周慕莲的《初见容易细思难——回忆康芷林先生表演的〈三难新郎〉》；何其芳的《关于写作的通信》；余音的《想到细节描写（评〈爸爸〉）》。

《热风》10月号发表魏世英的《福建散文小说创作十年》；郑锡炎的《福建诗歌创作十年》。

《星火》10月号发表程耕平的《谈江西民歌》；胡旷的《整理革命斗争回忆录的几点体会》；徐歌的《喜读〈整社前后〉》；任真的《读"长冈人民公社史"特辑》。

《海燕》10月号发表本刊编辑部的《努力学习，全面提高》；康倪的《我们的创作方法》；专栏"怎样在文学作品中反映党的领导和处理英雄与群众的关系"发表蓝天、白帆的《怎样才是体现党的领导》，桃园溪的《谈英雄人物和周围群众的关系》。

《萌芽》第19期"国庆特大号"发表石西民的《〈上海新儿歌选〉序》；艾克恩的《人民公社的赞歌——评浩然的几篇短篇小说》。

《文艺月报》改名《上海文学》，10月号发表以群的《上海十年文学思想战线庆丰收》；罗荪的《上海十年工人创作的辉煌成就》；魏金枝的《上海十年来短篇小说的巨大收获》；天鹰的《略论上海民歌》；刘大杰的《中国文学史中的思想斗争问题》；欧阳文彬的《试论茹志鹃的艺术风格》。

《长江文艺》10月号"建国十周年特大号"发表王淑耘的《大海的涛声》；许清波的《来自山城码头的歌声》；李晓明的《写〈平原枪声〉的经过与体会》；佟式平的《工人阶级写下的史诗》。

《文艺红旗》10月号发表文菲的《辽宁文学十年》；韶华的《丰硕的收获》。

《安徽文学》第16期发表苏中的《收获》；吴萍的《略谈鲁迅杂文的党性》。

3日,《剧本》10月号发表老舍的《我的经验》;陈其通的《我的创作体会》;柯岩的《试谈儿童剧》。

5日,《蜜蜂》第19号发表冯健男的《话说〈乡村新话〉》;舒霈的《叙事诗中一朵花——读〈大山传〉》;张圣康的《评司订的长篇小说〈竹妮〉》;郑士存的《感人至深的英雄群象——简评〈滹沱河故事集〉》;王献忠、许桂良的《读〈风雪之夜〉》;孙国林的《略论〈河北新民歌〉的艺术成就》。

《文学青年》第10期发表丁力的《谈〈塞上景色如画〉》;郭超的《作品中人物的命运》;金恩晖的《评〈献上一束金色歌〉》;阿红的《喜悦的歌——读〈渔田新咏〉》。

《北方文学》10月号发表江山的《沸腾的生活,热情的赞歌——读严辰同志的诗集〈红岸〉》。

《边疆文艺》10月号发表任大卫的《迎接部队文艺工作的新高潮》;孙凯宇的《略谈提高文艺创作的质量》;黄树宏的《读〈傣家人之歌〉》。

8日,《人民文学》10月号发表李霁野的《漫谈〈朝花夕拾〉》;魏金枝的《漫谈鲁迅小说中的创作手法》。

《文学知识》10月号"庆祝建国十周年特大号"发表本刊编辑部的《欢呼新中国文学的重大成就和发展》;何家槐的《略谈〈白杨礼赞〉的艺术特色》;振甫的《读毛主席〈送瘟神二首〉》。

《北京文艺》10月号发表赵鼎新的《文化工作者要鼓足干劲,继续跃进!》;梅兰芳的《鼓劲再鼓劲,跃进再跃进》;老舍的《热爱今天》;张梦庚的《美妙的青春——读北京艺术战线上的新生力量》。

9日,《解放日报》发表赵新的《读〈在最黑暗年月里的战斗〉》。

10日,《文汇报》专栏"关于〈创作,需要才能〉所引起的问题讨论"发表学文的《既需要热情的鼓励,也需要冷静的告诫》。

11日,《文汇报》专栏"关于〈创作,需要才能〉所引起的问题讨论"发表姚文元的《这是原则上和立场上的分歧》。

14日,《文汇报》专栏"关于〈创作,需要才能〉所引起的问题讨论"发表夏康达的《做一点"摊底牌"的工作》。

15日,《海鸥》由半月刊改为月刊,每月15日出刊。

16日,《东海》第20期发表兴初的《可喜的收获》;闻笛的《谈肖像描写》。

《雨花》第20期发表上官艾明的《深、浅、高、低》;容裕的《"女神"身上的蚂蚁》;陈辽的《话说"江苏处处春"》;周邨的《更多更好的搜集太平天国的歌谣和传说》;忆明珠的《诗·思想·感情》;张震麟的《勇于创造新形式》。

《萌芽》第 20 期发表亦兵的《群众文艺创作万岁》。

18 日,《文汇报》发表弓长的《吴雁的错误在哪里》。

20 日,《蜜蜂》第 20 号发表沈宁的《诗要有特色》;村野的《意在言外》。

23 日,《民间文学》10 月号发表紫晨的《鼓足干劲,继续跃进,全面地深入地开展民间文学工作——记民间文学跃进座谈会》;路工的《在新民歌运动面前——驳吴雁的〈创作,需要才能〉》;陶阳的《〈红旗歌谣〉问世的重大意义》。

25 日,《诗刊》第 10 期发表谢冕、刘登翰、孙玉石、孙绍振、洪子诚、殷晋培的《暴风雨的前奏("新诗发展概况"之三)》。

《文学评论》第 5 期"庆祝建国十周年特辑"发表毛星的《对十年来新中国文学发展的一些理解》;邓绍基的《老舍近十年来的话剧创作》;吴晓玲的《十年来的古典文学研究和整理工作》;卞之琳的《十年来的外国文学翻译和研究工作》;同期,发表卓如的《试谈李季的诗歌创作》。

26 日,《文艺报》第 19—20 期"庆祝建国十周年专号(二)"发表社论《投身在群众运动的激流中》;刘白羽的《新世界的文学》;赵树理的《下乡杂忆》;艾芜的《文艺创作的主要条件》;冯牧、黄昭彦的《新时代生活的画卷(略谈十年来长篇小说的丰收)》;袁水拍的《成长发展中的社会主义的新诗歌》。

本月,《前哨》10 月号发表唐弢的《什么人说什么话》;王西彦的《偶感四则》;陶钝的《回头看看,继续前进》;魏金枝的《漫谈作家的思想感情》。

本月,上海文艺出版社出版本社编的《社会主义现实主义论文集》(第 2 集),罗荪的《文学散论》。

11 月

1 日,《山花》11 月号发表王强模的《谈写景(创作杂谈)》。

《天山》11月号发表佘光清的《画最新最美图画的英雄们——评碧野的长篇〈阳光灿烂照天山〉》；田昂的《让英雄人物放出真正的光彩——评綦水源同志的〈铁蛋〉》；秦弦的《我们需要什么样的英雄——评〈铁蛋〉》；白萍的《一篇真实而生动的报告文学》；翟棣生的《草原上的清泉》。

《火花》11月号发表廖泾南的《读〈两个巧媳妇〉》；唐仁均的《新的丰收——略评〈太行风云〉》；张镇江的《写自己深受感动的事情》；赵修身的《不要急于求成》；吴晶波的《我是这样练习写作的》。

《长春》11月号专栏"怎样才能把作品写得更好"发表浩然的《杂谈艺术概括》，杨特的《天才出于勤奋》，吴矢的《读〈我和三边、玉门〉有感》，俞珍的《谈谈"赶浪头"》，王玎的《原因何在》；同期，发表庄鹏远的《让人喜满人头——读两位农民作者的作品和他们的信》；[苏]尤里·纳基宾的《短篇小说的细节》。

《东海》第21期发表陈齐云、沈国鎏的《保卫党的文艺群众路线》；铭怀的《"比上不足"与其他》；李广德的《我爱马雅科夫斯基》；叶征洛的《创"关"的猛将如云》；陈正国的《从"抄检大观园"谈起》。

《延河》11月号发表余音的《民歌·民间故事·诗创作》；胡复旦、柯杨的《〈石牌坊的传说〉漫笔》。

《雨花》第21期发表张彦平的《谈作品中的偶然性》；王立信的《我在学习创作》。

《奔流》11月号发表杜希唐的《百花齐放 春色满园》；郑红文的《从樊俊质同志的创作谈起》。

《草原》11月号发表奎曾的《公社万岁》；叶新民的《激情的赞歌》；屈正平的《谈具体描写》；萧平的《谈"物什线索"》；庄坤的《由移植绣球花所想起的》。

《峨眉》11月号发表谯贻昌的《我是怎样写〈姚家垭〉的》；刘渝生的《从概念走向形象》；山莓《〈将遇良才〉读后》；邢秀田、吴野的《漫谈〈草地〉的"文学窗"》。

《热风》11月号发表聂文辉的《评鼎生的小说》；洪伟的《谈承霓的抒情长诗》；蔡诗圣的《略谈孔乙己的形象》；周宏发的《从〈死魂灵〉扯到〈水浒〉》。

《星火》11月号发表涂湘琳、喻衍洪的《医务工作者欢迎〈柳站长〉》；卜夫的《从环境描写谈起》；郑乃臧、唐再兴的《孩子们在温煦的阳光下成长——喜读儿童小说〈从今天起〉》。

《海燕》11月号发表刘显昌的《试谈英雄人物的描写》；《关于故事情节和人物

描写的几点意见》；曹侠的《好形式，好内容》；桃园溪的《并非"指手画脚"》；专栏"怎样在文学中反映党的领导和处理英雄与群众的关系"发表《我们的意见》。

《绿洲》11月号发表韦如的《谈文学作品的语言》；赵克的《长和短》；克迅的《百花丛中放异香》。

《萌芽》第21号发表天鹰的《今年花胜去年红——读〈1959上海民歌选〉》；魏金枝的《为〈一九五九上海民歌选〉而欢呼》。

《新港》11月号发表《革命领袖和革命作家论群众文艺创作》；袁静、邢汝振、李晶岩、肖雨、马丁、宋迺谦的《关于〈创作，需要才能〉的讨论》；张学新的《天津十年文学漫步》；远千里的《评〈战斗的青春〉》。

《文艺红旗》11月号发表曹汀的《风前断想》；戴言的《画龙和点睛》；林古北的《评〈出路〉的思想内容及其创作倾向》；老久的《〈出路〉是一本好书》；凌璞三的《细致分析，明确阐述》。

《文学新兵》11月号发表路地的《读诗随笔》；赵祥禄的《我们的榜样》；林檀三的《读〈女检查员〉》。

《太原文艺》11月号发表杨满仓的《读几篇工人作品》；张福玉、李楫的《一个平凡的英雄形象（读〈临时收购员〉）》；兆法的《"吐苦思甜"的红色教科书（读〈西山矿史〉有感）》。

《安徽文学》第17期发表魏金枝的《不要不自量力》；沈辉的《略谈人民公社史的编写》；龙国炳的《谈发现题材及其他》；吴郁的《在敌人腹背进军》；祁琳的《〈安徽小小说选〉赞》；曾平晖的《〈安徽戏曲选〉评介》；刘士光的《大跃进的赞歌》；木宏的《深刻，新鲜》。

《湖南文学》11月号发表巫瑞书的《社会主义新时代的新国风——喜读〈红旗歌谣〉》；陈迪、之青的《在党的阳光雨露下成长——介绍苗族青年农民向秀清的小说集〈迎春曲〉》；伍泉的《给泼冷水者泼冷水》；陈素君的《群众文艺创作没有必要吗？》。

3日，《人民日报》发表以群的《才能、群众创作、泼冷水》。

《剧本》11月号发表田汉的《读〈团圆之后〉》；郭汉城的《〈团圆之后〉的出色成就》；马少波的《悲剧与现实——试探〈团圆之后〉》；孟超的《谈莆仙剧〈团圆之后〉》；颜长珂的《从诸葛亮的哭谈"戏"》；韦启玄的《"此时无声胜有声"》；张立云的《南昌城头红旗飘——评话剧〈八一风暴〉》；文萍的《〈降龙伏虎〉——大跃进的

颂歌》。

5日,《作品》11月号发表区梦觉的《繁荣创作　提高质量》;周钢鸣的《广东文学事业的发展与作家深入生活改造思想》;王起的《我们以在文学上出现区桃、周炳这样的英雄人物形象而自豪——读〈三家巷〉》。

《蜜蜂》第21期发表李德善的《时代特色——读〈不稀罕的故事〉》;艾文生的《文艺写作门外谈——读〈峰峰放歌〉》。

《上海文学》11月号发表章力挥的专论《积极支持群众创作运动》;吴强的政论《为总路线而战斗》;刘厚生的《上海戏曲文学的十年跃进》;徐景贤的《谈〈1959上海民歌选〉的成就》。

《文学青年》第11期发表思基的《谈生活的思索》;江帆的《听来的故事能不能写?》。

《北方文学》11月号发表方浦的《真理的见证》;晓鸣的《生动的人物形象,浓厚的时代气息》;肖白、小午的《也谈〈修理地球〉》。

《边疆文艺》11月号发表中国作家协会昆明分会的《人民公社万岁(〈云南各族人民公社史选〉序言)》;中国作家协会昆明分会的《〈云南工矿史选〉序言》;朱宜初的《读傣族的几部民间叙事诗》;吴国柱的《谈谈"老牛筋"的性格》;李荫后的《刘澍德近作中的农民形象》;馨人的《一朵鲜艳的攀枝花(读〈没有织完的统裙〉)》。

8日《人民文学》11月号发表巴人的《略谈〈喜鹊登枝〉及其它》;思蒙的《读马烽同志的短篇小说》;郭小川的诗歌《望星空》。

《文学知识》11月号发表唐弢的《"慧眼识英雄"》;井岩盾的《初读〈红旗歌谣〉》;佛雏的《读毛主席〈十六字令〉三首》;张白山的《漫谈〈荷塘月色〉》;于言的《关于〈在和平的日子里〉和〈战斗的青春〉的讨论》。

《北京文艺》11月号发表黎之的《试论格利高里的阶级特征》;张艾丁的《继承·利用·创作——漫谈京剧中的现代剧目问题》;苏杭的《友谊的颂歌　友谊的结晶——中苏合拍影片〈风从东方来〉观后》;陈刚的《话剧的新收获——〈降龙伏虎〉》;李岳南的《简评〈北京的节日〉》;潘小佟的《略谈〈长桥万里〉——介绍丰台桥梁厂工厂史》。

11日,《文艺报》第21期发表华夫的《〈创作,需要才能〉辨》(针对《新港》8月号吴雁《创作,需要才能》而作);阳翰笙的《谈优秀影片〈林则徐〉》。

16日,《东海》第22期发表茅才的《路、亭子及其他》;闵子的《别里柯夫的"套子"》;李燕昌的《关于人物描写》;周舸岷的《人物的外貌》;加林的《谈〈还有两个问题〉》。

《雨花》第22期发表从林的《作家·热情·愤怒》;凤章的《从两篇习作谈起》;曹频的《也谈鲁迅小说中次要人物的塑造》。

《萌芽》第22期发表张玺的《〈红旗歌谣〉——最新最美的诗篇》;仇学宝的《愿群众创作兴旺繁荣——颂〈红旗歌谣〉》;周又生的《〈红旗歌谣〉万岁》;李根宝的《向〈红旗歌谣〉学习》。

18日,《文汇报》发表朱道南的《关于写〈回忆广州起义〉》。

20日,《蜜蜂》第22号发表李霁野的《要谦虚不要自馁》;李何林的《扩大知识面,多读多写》。

23日,《民间文学》11月号发表路工的《新民歌的光辉成就》。

26日,《文汇报》发表胡万春的《给"泼冷水"者的回答》。

《文艺报》第22期发表王子野的《一个老问题》;康濯的《公社社员三呼万岁的写照——〈公社史作品选集〉序》;甘惜分的《论林老板这个性格——看电影〈林家铺子〉所想到的》。

29日,《光明日报》发表范宁的《对于陶渊明的一点理解》。

30日,《文汇报》发表玄衣的《人定胜天公社胜天——读王汶石的〈严重的时刻〉》。

本月,《前哨》11月号发表哈华的《文学的基础——坚实的生活》;王亚平的《诗的欣赏与创作》;夏剑秋的《读山东农民歌谣》。

本月,上海文艺出版社出版天鹰的《1958年中国民歌运动》。

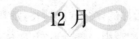

12月

1日,《山花》12月号发表陈钧的《创作问题和世界观》;古淮的《从才能谈起》;方丁的《先写最有意义的》;周兴仁的《首先深入下去》;阿红的《生活感受与创作》。

《火花》12月号发表西戎的《语言问题漫谈》;高鲁的《〈我们村里的年轻人〉读后》;杨满仓的《略论〈红色锅炉房〉》;别嘉的《寄给一位青年作者朋友》;李逸民的《关键在于深入生活》;焦祖尧的《点滴感受》;孔金良的《失败的原因》。

《长春》12月号发表龙文宇、富育光的《对新剧中几个问题的探讨》;庄鹏远的《迅速地反映大跃进的时代——读特写〈老来红〉》;宋振华的《民歌杂谈》;[苏]格·古里亚的《关于写作技巧》。

《东海》第23期发表陈山的《大跃进的颂歌》。

《延河》12月号发表帕他尔江、伊尔阿里的《日益繁荣的新疆社会主义文学事业》;田奇的《〈天山〉哈萨克族民间诗歌专号读后》;黄霍的《丰富多彩的兄弟民族文学》。

《雨花》第23期发表谢柯的《关于学习艺术技巧》。

《奔流》12月号发表朱可先的《读刘金魁的短篇小说》。

《草原》12月号发表李永荣的《激情的赞歌》;秉之的《光辉四射的〈时代的性格〉》;奎曾的《创作杂谈(二篇)》;曹日升的《漫谈〈出征〉》;扬帆的《老工人的赞歌》;雁海的《激情满盈的赞歌》;云鹏的《真正的民族团结》;卜钊先、白茹、卜华先的《一篇真切感人的小说》;巴振海的《一篇具有深刻思想性的作品》。

《峨眉》12月号发表《〈四川歌谣〉序言》;牛天鸾的《更好地开展群众业余创作活动》;中共古兰县宣传部的《积极领导群众业余创作》;刘沧浪的《深刻的启示——在省文联〈克里姆林宫的钟声〉座谈会上的发言》;马少波的《峨眉天下秀——从青年川剧团在京演出的〈白蛇传〉〈鸳鸯谱〉谈起》;张德成的《谈川剧〈议剑〉》;采风的《写〈春夜〉的一点体会》;千禾的《〈管得宽〉读后》。

《热风》12月号发表史河的《可喜的收获、殷切的期望》;艺兵的《谈本省两位农民作者的小说》。

《星火》12月号发表左云祥的《关于〈柳站长〉及其讨论》。

《海燕》12月号发表《谈诗歌中的景物描写(读稿杂谈)》;《旅大文坛上的三朵鲜花》;《高举红旗,永远前进》。

《绿洲》12月号发表李伟的《漫谈新英雄人物的塑造》;赵斌的《以质胜量》;青惠的《时代的声音,生活的颂歌》;李好学的《英雄的颂歌》;赵斌的《一朵红色的英雄花》;如心的《望李好学同志在文学创作上"新花朵朵"》。

《萌芽》第23期发表《文学作品要反映时代面貌》。

《新港》12月号以"关于《创作,需要才能》的讨论"为总题发表张学新的《一场大是大非的辩论》,陈鸣树的《〈创作,需要才能〉的根本错误何在》,艾文会的《资产阶级才能观的反动实质》,孙宝琏的《什么人说什么话》。

《青海湖》12月号发表王亚平的《谈史诗〈格萨尔王传〉》;张永隆的《"诗窝窝"赞》;谢也琼的《喜读后子河公社两篇特写》。

《文艺红旗》12月号发表肖荣的《试评〈乘风破浪〉》;戴言的《新农村的旗帜和缩影》;明塈的《〈出路〉的缺点是严重的》;陈瑞周、王文库的《〈出路〉还是应该被肯定》;凌璞三的《谈人物和故事情节的关系》。

《文学青年》12月号发表时常曙的《文学作品的真实性》。

《长江文艺》11—12月号专栏"文学作品如何表现人民内部矛盾"发表王维熊的《胡青坡是何居心?》,马卒的《也谈反映人民内部矛盾》,一帆的《为什么》,大波水的《与胡青坡同志争辩》。

《安徽文学》第18期发表张学新的《谈〈移山记〉的几个人物——给陈登科同志的信》;黄茂宏的《泼冷水者可以休矣》;洛文的《论"志同道合"》。

《湖南文学》12月号发表陈曦的《保卫党的文艺方针 为文艺工作的继续跃进而奋斗》;铁可的《〈聪明的堂客和哈宝男人〉是个什么样的故事——评〈聪明的堂客和哈宝男人〉并驳范平的谬论》;王之宪的《为工农作家的涌现大声喝采》;刘高林的《究竟要唱什么调子》;黎牧星的《在"多发传统作品"的幌子下》;郭成年的《看〈天空在召唤〉所想起的》。

《解放军文艺》第12期发表徐迟的《谈诗歌和朗诵》。

2日,《人民日报》发表张骏祥的《坚决反掉右倾思想,保卫党的文艺方针》。

3日,《剧本》12月号发表颜振奋的《歌颂人民群众的伟大斗争》;章迅的《创作规律神秘论可以休矣》;范溶的《气可鼓,不可泄》;李纶的《喜看〈红心虎胆〉》;李束丝的《〈比翼齐飞〉的戏剧构思与处理》;凤子的《殖民主义者自取灭亡的火山口——欧阳予倩同志的新作〈黑奴恨〉读后感》;伊兵的《驳〈三代〉》。

5日,《作品》12月号发表洪遒的《继续繁荣电影文学剧本的创作》;李林的《最宽广的,最壮丽的,最丰富多彩的——有感于反映人民公社之一》;黄培亮的《一页渔民的血泪史——评电影文学剧本〈南海潮〉》;姚锦的《漫谈〈中队旗手〉》;

王荣珩的《写〈中队旗手〉的一点体会》。

《蜜蜂》第23号发表康濯的《公社社员三呼万岁的写照——〈公社史作品选〉序》；徐迟的《谈提高及其它——在河北省诗歌座谈会上的发言》；志非的《打破垄断文艺的特权思想》；飞舟的《尝"花"有感》。

《上海文学》发表罗荪的《什么才是艺术的真正的生命？》；杜宣的《怎样正确对待文学遗产》；张玺的《从〈红旗歌谣〉谈起》；瞿白音的《略谈上海十年来的电影文学创作》；晓立的《评〈海上渔家〉》。

《文学青年》第12期发表蔡天心的《谈思想和创作》；赵寻的《戏剧创作中塑造人物形象的问题》。

《北方文学》12月号发表方之的《读〈三十六棚〉》；戴言的《诗情和画意》；李传龙的《漫谈人物肖像的描写》。

《边疆文艺》12月号发表陈文心、和鸿春、冯寿轩的《略谈民族民间文学与宗教的关系》；晓雪的《激情的颂歌（读傣族老歌手康朗英的新作）》；卢烽的《工人作者王云飞的〈风雪之夜〉》；尧世华的《农民作者白正明的〈闲不住的人〉》；顾永芝的《大跃进的颂歌》；蕙若的《我喜爱〈小凉山短歌〉》；黄斯贤的《读〈万岁毛泽东〉有感》

7日，《中国青年报》发表王心爽、于鸽的《群众创作万岁——驳〈创作，需要才能〉》。

8日，《人民文学》12月号发表茅盾的《从创作和才能的关系说起》；罗荪的《是"政治太多，艺术太少"么？》。

《文学知识》12月号发表苏晶的《从几部文学名著看作品中的细节描写》；谷代的《怎样看待某些古典作品中的色情描写》；伊凡的《〈长明灯〉随笔》；李健吾的《读〈三块钱国币〉》。

《北京文艺》12月号发表李强、杜印的《杂谈〈永不消逝的电波〉的创作》。

9日，《人民日报》发表延泽民的《要正确地反映生活的真实》。

11日，《文艺报》第23期发表石泉的《社会主义文学的新血液——工厂史写作运动述评》；华夫的《评郭小川的〈望星空〉》；葛畅的《"短评"之短评》；方明的《激烈的斗争，高大的形象——看河北省话剧团演出的话剧〈红旗谱〉》。

13日，《光明日报》发表劳洪的《对于陶渊明的一点理解》（针对范宁的《对于陶渊明的一点理解》）；关锋的《一个"误会"》（针对范宁的《对于陶渊明的一点理解》）。

16日，《东海》第24期发表喻之光、吕洪年的《新安江英雄的赞歌》；田青的《花鸟画的社会功能》。

《红旗》第24期发表闻师润的《文艺工作者的世界观问题》。

《雨花》第24期发表张震麟的《人民英雄的赞歌》；刘宏钧的《〈"成问题"的故事〉真成问题》；白舸的《一篇失败的作品》。

《萌芽》第24期发表夏之芳的《读〈雪地上的血脚印〉》；陆建华的《一篇生动的唱词》；钱士权的《一定会开出更加鲜艳的花朵》。

18日，《光明日报》发表《应该如何对待群众创作——由〈创作，需要才能〉一文引起的讨论》。

20日，《蜜蜂》第24号发表本刊编辑部的《关于〈在普及基础上如何提高〉的讨论综述》；飞舟的《时代的歌》；李德润的《也谈〈倔强的姑娘〉》。

22日，《人民日报》发表侯金镜的《读张雷的〈老同和果树开花〉》。

23日，《民间文学》12月号发表李岳南的《从民歌的创作看群众的才能》；宋志先的《生动的语言，清新的意境——〈红旗歌谣〉读后偶记》。

25日，《诗刊》第12期发表谢冕、刘登翰、孙玉石、孙绍振、洪子诚、殷晋培的《民族抗战的号角（"新诗发展概况"之四）》。

《文学评论》第6期"兄弟民族文学研究专号"发表徐国琼的《藏族史诗〈格萨尔王传〉》；云南省民族民间文学楚雄调查队的《论彝族史诗〈梅葛〉》。

《太原文艺》12月号发表艾真的《看人看同志》；玉林的《怎样表现主题思想》。

26日，《文艺报》第24期发表姚文元的《评〈草原烽火〉》；孟和博彦的《动荡的草原，光辉的道路——评〈在茫茫的草原上（上册）〉》；陈默的《两篇奇怪的小说》（《延河》1958年10月号的《破案》，《火花》1958年10月号的《奇迹》）；许钦文的《〈野草〉初探》。

27日，《文汇报》发表林庚的《再谈新诗的建行问题》。

29日，《人民日报》发表草明的《深入群众生活的点滴体会》。

本月，《前哨》12月号发表丹丁的《大家都来欣然"赶任务"》；王砚耕的《高速度万岁》；王崇训的《驳"轰起"论》。

本月，作家出版社出版以群的《文学问题漫题》，《诗刊》编辑部编的《新诗歌发展问题（第3集）》。

少年儿童出版社出版《儿童文学研究》编辑室编的《儿童文学研究（第二辑）》。

1960年

1990年

1月

1日,《山花》1月号发表季川的《工作、业余创作》;思基的《谈生活的提炼》;张克的《读〈贵州大跃进民歌选〉》;李论的《略谈〈山花〉的小小说》。

《火花》1月号发表郝汀的《驳〈看人看同志〉一文》;蔡肇发、张福玉的《〈看人看同志〉在宣扬什么?》;陈令霏的《是歌颂?还是污蔑?》;一民的《英雄赞歌——读〈港城星火〉》。

《长春》1月号发表李树谦、孙中田的《群众创作运动万岁》;冯聚中、李文瑞、大海的《群众创作的伟大胜利》;陈学文的《群众创作战果辉煌》;张哲、金钟鸣的《我们的意见》;庄鹏远的《人民公社的赞歌——读〈迎春红〉随感》。

《东海》第1期发表余苠的《诗的真情实感——评〈多难找啊,建筑工人的家〉》。

《延河》1月号发表老舍的《我怎样投稿》;魏金枝的《从"回叙"谈起》;刘文的《也谈天才》;杨红风的《两篇以"笑"为题的作品》;郑伯奇的《〈创业史〉读后随感》;曹树成的《〈创业史〉第一部读后点滴》;曾华鹏、潘旭澜的《论杜鹏程短篇小说的人物创造》;马家骏的《谈契诃夫的短篇小说〈万卡〉——纪念俄罗斯伟大作家安·巴·契诃夫诞生一百周年》。

《雨花》第1期发表顾尔镡、陈辽的《冷热·大小·高低》;《怎样写得好一些,更好一些?——关于两篇小说的讨论——作协江苏分会筹委会小说组座谈会发言记录》(时间:1959年11月14日;地点:省文联会议室;出席人:刘宏钧、孙剑影、茅以春、黄天戈、吴冰、张彦平、赵瑞蕻、杨苡、艾明、唐在兴、郑乃臧、王树三、王瑞英、孙竹君、张震麟、石林、鲍明路、顾尔镡、章品镇、郭奇、刘舒、苏从林、周正良、杭文成)。

《奔流》1月号发表葛慎平的《根本的分歧》;廖立的《为工农文艺创作喝采》;千塘的《驳"四快"谬论》。

《星火》1月号发表程耘平的《谈万里浪的诗》;左云祥的《再谈老问题》;丁慰南的《谈"打破神秘观点之后"一文的错误》;李承清的《谈谈小说〈叶落归根〉存在的问题》。

《星星》1月号发表冬昕的《〈四川歌谣〉读后小记》；春虹的《关于〈蝉翼集〉及其批评》；吴野的《要有劳动人民的思想感情》；本刊评论员的《群众创作万岁！新民歌万岁！——关于〈创作，需要才能〉讨论的评述》；王亚平的《怎样提高诗歌创作的质量》。

《草原》1月号发表额尔敦陶克陶的《关于尹湛纳希及其作品》；肖平的《创作的"培养"》。

《峨眉》1月号发表林如稷的《驳斥对群众文艺创作运动的污蔑》；余音的《打散修正主义的阴魂》；李劼人的《〈大波〉第二部书后》；柯岗的《关于爱情——评〈红玉〉》；祖论平的《又新又美的劳动妇女形象——读〈金秀芝〉》；苏芒的《激流的浪花——谈〈红岩〉〈激流篇〉的几个特点》。

《海燕》1—2月合刊发表灵秀的《略谈契诃夫短篇小说的艺术特色》；赵日勋的《总路线的光芒，群众的智慧》。

《萌芽》第1期发表晓立的《沿着毛主席的文艺方向继续前进》；亦兵的《从〈虎先生〉到〈滚龙班长〉——试评青年作者周贾俊近年来的创作》。

《绿洲》1月号发表社论《夺取文学创作的特大丰收》；秦弦的《好个"以质胜量"》；阿米娜的《评"以质胜量"》；朱定的《群众性的文艺创作运动好得很》；余治的《"质"与群众运动》；伊萍的《评〈创作，需要才能〉》；青惠的《灿如明星的英雄群象》。

《新港》1月号发表茅盾的《从创作和才能的关系说起》；南开大学中文系文艺评论组的《论方纪小说的创作倾向》；专栏"关于《创作，需要才能》的讨论"发表李霁野的《谈群众创作》，天津工人文学创作社的《在党的培养下成长》，李果瑜的《也驳〈创作，需要才能〉》。

《红水河》元月号发表郭铭的《力争文艺事业更大繁荣》；覃情的《读诗杂谈》；专栏"关于整理民族民间文学的讨论"发表戈丁的《从整理的目的谈起》，谭福开的《不要把整理与篡改混为一谈》，梁家业的《谈〈甫娅歌〉的整理》。

《青海湖》1月号发表汉元的《学习毛主席〈沁园春·雪〉札记》；萧曼林的《试谈人物行动的描写》；赵斌的《读〈赵高阿爷和我〉》。

《文艺红旗》1月号发表北京大学中文系鲁迅文学社的《死胡同里的"出路"》；于一的《对〈西辽河传〉提几个问题》；其心的《如此"人权"！》；姜庆丰的《这是屁股坐在那里的问题》；张涧的《愚蠢和天才》。

《长江文艺》1月号发表王英的《勾画万里宏图的巨匠》;以"文学作品如何表现人民内部矛盾"为总题,发表黄先的《我们和于黑丁同志分歧在那里》,浠水工农作者座谈会记录的《胡青坡要把文学引向何处》,武汉师院中文系教师座谈会的《我们的一些看法》;雅岚的《〈胡青坡是何居心〉等四篇批评文章读后》,文军的《为胡青坡同志争辩》。

《民间文学》1月号发表锡诚、紫晨、陶阳集体讨论,陶阳执笔的《〈红旗歌谣〉的光辉成就》;刘鹏的《谈新情歌》;白木的《喜读云南出版的四部民间叙事诗》;长山的《青海省大力搜集著名史诗〈格萨尔王〉》;紫晨的《民间文学研究工作的新收获——读〈1958年中国民歌运动〉》;安民、铁肩的《新民歌创作盛况》。

《安徽文学》1月号发表姚文元的《响彻云霄的赞歌》;王亚光的《新时代的颂歌》;章建新、吴立平的《群众创作,好得很!》;糜华菱的《伟大的抱负,豪迈的诗笔》;冬生的《关于"最美好的感情"》;陈午村的《宛陵作品小介》。

《湖南文学》1月号发表黄起衰的《时代的镜子——读〈湖南民间歌谣集〉》;戈军的《要为新事物热情的歌唱》;伍泉的《大海的涛声——读未央的〈革命干劲颂〉》;郭景扬的《喜读"工人的诗"》。

《解放军文艺》1月号发表周树熙的《毛主席军事思想的光辉——读〈从遵义会议到大渡河〉〈遵义会议的光芒〉》;肖泉的《一把犀利的匕首——谈话剧〈三八线上〉》。

3日,《光明日报》发表北京大学中文系文学史教研室教师56—4班学生的《历代对陶渊明的一些探索》。

《剧本》1月号发表屠岸的《驳岳野的三个论点》;卞明的《斥"第四种剧本"》;鲁速的《〈红旗谱〉改编漫笔》;韦启玄的《〈洞箫横吹〉吹的什么调子》;曲六乙的《评〈上海滩的春天〉》;梅阡的《英雄万岁——对〈英雄万岁〉剧作的一点体会》;金紫光的《群众革命运动的颂歌——〈春雷〉读后》。

5日,《天山》1月号发表卜维明的《工农群众的创作不容剥夺》;陈箭的《哈萨克族民歌赞》;俊武的《满腔热情和泼冷水》;辛夫的《不许泼冷水》;尧亮的《驳〈以质胜量〉》;翟棣生的《到底是为什么?》;张阔的《给这样的评论家(附:赵斌的〈以质胜量〉)》;本刊编辑部的《新花含露塞上红——〈新疆兄弟民族小说集〉序》。

《作品》1月号以"笔谈《三家巷》"为总题发表高风的《众山拱伏主山尊——谈〈三家巷〉的民族特色》,郭正元的《关于〈三家巷〉评价的几个问题——与王起同志商榷》，章里、易水的《美中不足的瑕疵——略谈〈三家巷〉存在的几个缺点》。

《蜜蜂》由半月刊改回月刊，每月5日出刊，1月号发表康濯的《同根长出的两颗毒苗——略谈〈英雄的乐章〉和〈曹金兰〉》；束沛德的《是英雄的乐章还是私情的哀歌》；张朴的《这是什么样"罕见"的品质》；王凌的《温情·调和·投降》。

《上海文学》1月号发表张春桥的《踏上新的行程》；王道乾的《"人学"辨》；江曾培的《关于写"真人真事"》。

《文学青年》第1期发表社论《为繁荣社会主义文学奋勇前进》；老舍的《略谈提高》；马加的《群众创造和天才》。

《太原文艺》第1期专栏"批判《看人看同志》"发表高鲁的《评艾真的〈看人看同志〉》，一木的《警惕冷箭》，奚本达的《究竟应该怎样看人》；同期，发表王茂华的《喜读〈再进一步〉》；宋福的《可喜的新苗——〈周松柏〉读后》。

《北方文学》1月号发表吴越的《读〈送'北大荒'〉》；艾若的《〈雁窝岛〉的回声》。

《边疆文艺》1月号发表蒙天禄的《谈傣族叙事诗〈葫芦信〉》。

7日，《人民日报》发表马拉沁夫的《建立和巩固无产阶级世界观》；柳青的《永远听党的话》；关山月的《光荣的使命，英雄的时代》。

8日，《人民文学》1月号发表萧三的《读〈望星空〉》。

《文学知识》1月号发表力扬的《从一个诗集看工厂中的群众诗歌创作》；卫津的《阅读我国古典文学作品要警惕消极影响》；蒋和森的《关于创作才能问题》；于言的《关于〈创作，需要才能〉的讨论（综合报道）》；乔象钟的《读毛主席〈六盘山〉词》；吴敏之的《王愿坚的〈普通劳动者〉》；袁可嘉的《读雪莱的〈西风颂〉》。

《北京文艺》1月号专栏"讨论白刃的《战斗到明天》"发表龙世辉的《评〈战斗到明天〉修订本》，北京师大中文系二年级现代作品研究小组的《知识分子思想改造的道路》；同期，发表张心正的《人民需要怎样的才能》；老舍的《一点小经验》；浩然的《〈月照东墙〉的写作经过》；艾克恩的《说长道短——评浩然的短篇集〈苹果要熟了〉》。

《河北日报》发表李何林的《十年来文学理论和批评上的一个小问题》。

10日，《光明日报》发表杨朔的《应该作一个阶级战士》。

《前线》第1期发表罗清的《评〈好人好事〉》。

《江海学刊》复刊，《复刊词》云："《江海学刊》是在一九五八年三月创刊的，出了十期,就休刊了。一九五九年以来,在继续跃进形式的推动下,江苏的理论、学术工作有了新的发展,各方面都感到仍然需要这样一个刊物,经过相当长时间的准备,乃于今年一月复刊。"1月号发表苏平的《唯物辩证法的对立统一和马寅初先生的团团转》;范存忠的《英国进步浪漫主义的先驱——威廉·布莱克》。

11日,《文汇报》发表周晓的《碧海丹心光照日月——读长篇小说〈碧海丹心〉》。

《文艺报》第1期发表社论《用毛泽东思想武装起来,为争取文艺的更大丰收而奋斗》;林默涵的《更高地举起毛泽东文艺思想的旗帜(在一个学习会上的发言)》;冯牧的《初读〈创业史〉》;王子野的《评刘真的〈英雄的乐章〉》;纳·赛音朝克图的《深入生活好处多》;转载《河北日报》的李何林的《十年来文学理论和批评上的一个小问题》。

12日,《中国青年报》发表克恩的《从"香汗"和"臭汗"谈起——驳巴人的资产阶级人性论》。

13日,《文汇报》发表王道乾的《漫谈"人情味"》。

《人民日报》发表远千里的《谈作家的世界观问题》。

《萌芽》第2期发表杨雁的《欢呼〈上海大跃进的一日〉的成就》。

14日,《文汇报》发表李根宝的《再读〈一只小螺丝〉》。

15日,《海鸥》第1期发表张见的《一束鲜艳的花朵——读孔林的诗集〈一束芙蓉花〉》。

16日,《东海》第2期发表周江的《谈契诃夫的〈套中人〉》。

《雨花》第2期发表夏阳的《论文艺的政治性和艺术性》;周正良的《〈红旗歌谣〉红如火》;《怎样写得好一些,更好一些?——关于两篇小说的讨论——作协江苏分会筹委会小说组第二次会议记录》(时间:1959年11月30日;地点:省文联会议室;出席人:赵瑞蕻、杨苡、陈瘦竹、包忠文、石林、杭文成、陈玛丽、周正良、胡毓容、刘宏钧、张震麟、王立信、郑乃臧、唐再兴、顾尔镡、陈辽、魏毓庆、章品镇、苏从林、郭奇、刘舒、李雪根、谢诃、张彦平、王劲、鲍明路)。

17日,《文汇报》发表周煦良的《翻译小说为什么要保留法文?》。

《光明日报》发表王健秋的《"中间作品"与阶级性》。

19日,《光明日报》发表杨沫的《〈青春之歌〉再版后记》。

20日,《人民日报》以"深入生活　和群众相结合"为总题,发表胡小孩的《思想感情起了变化》。

21日,《人民日报》发表林默涵的《更高地举起毛泽东文艺思想的旗帜(在一个学习会上的发言)》。

24日,《光明日报》发表周文俊的《读了〈对于陶渊明的一点理解〉后的一点意见》。

25日,《前线》第2期发表吴雪的《看话剧〈英雄万岁〉》。

《诗刊》第1期专栏"《红旗歌谣》赞"发表柯仲平的《祝贺〈红旗歌谣〉的出版》、远千里的《文学新纪元的开始》、李季的《大跃进的颂歌和赞歌》、张永枚的《英雄本色就是诗》、严阵的《为〈红旗歌谣〉的出版欢呼》、刘勇的《豪迈、乐观的歌声》;同期发表殷晋培的《唱什么样的赞歌——评〈白雪的赞歌〉中于植的形象》;陈骢的《沐浴在阳光中的花蕾——读刘章的诗集〈燕山歌〉》。

《群众文艺》1月号发表《改刊的话》,宣布从本期起改为十六开本的综合性文艺月刊,本期发表甘春雷的《让群众文艺花朵万紫千红——1959年除夕在自治区文艺座谈会上的讲话》;杨辛的《为争取文艺和思想双丰收而奋勇前进》。

26日,《人民日报》发表黎澍的《百家争鸣和思想斗争》。

《文艺报》第2期发表徐迟的《高速度赞》;昭彦的《革命春秋的序曲——喜读〈三家巷〉》;以群的《杂谈文艺的思想性和艺术性》;姚文元的《批判巴人的"人性论"》。

本月,上海文艺出版社出版以群的《论无产阶级革命文艺的发展方向》。

1日,《山花》2月号发表阿堵的《社会主义新人的赞歌》;矢子的《谈"求名"》;陈钧的《正是思想意识问题》。

《火花》2月号发表李束为、马烽等的《危险的道路——评孙谦的小说的思想倾向》;张福玉等的《再谈李古北的短篇小说》;张天林的《评〈看人看同志〉一文的世界观》；本刊编辑部的《两读〈于得水的饭碗〉》。

《长春》2月号发表庄鹏远的《群众创作路线在电影创作上的胜利》；刘柏青的《必要的驳斥》；李方的《生活·人物·倾向》。

《东海》第3期发表雪克的《谈〈煮酒论英雄〉的艺术加工和艺术成就》。

《延河》2月号发表言歌的《欢呼〈红旗歌谣〉》；王老久的《创作与才能》；秦牧的《细腻和强烈的地方》；孙克恒的《谈〈木兰诗〉的情节结构》；阿红的《谈几首抒情诗表现人物的特点》。

《雨花》第3期发表吕博然的《关于"各取所需"》；《怎样写得好一些，更好一些？——关于两篇小说的讨论——作协江苏省分会小说组第三次座谈会记录摘要》(时间：1959年12月27日；地点：省文联会议室；出席人：刘传佳、曾奕禅、潘容、张震麟、郑乃臧、唐再兴、孙剑影、姜鼎和、顾尔镡、陈辽、魏毓庆、张彦平、王立信、陈安华、茅以春、殷志扬、任雨霖、赵瑞蕻、杨苡、吴冰、刘宏钧、上官艾明、谢诃、丁汗稼、汪澄、华士明、郭奇、潘淑琴)。

《奔流》2月号发表任毅的《读〈红旗歌谣〉》；李准的《我的创作体会》。

《星火》2月号发表张谨之的《读宣风的作品》；江西师院中文系"巨龙"评论组的《新人建设新山区》；吴海、张玉奇的《谈〈井冈山竹颂〉的表现手法》。

《星星》2月号专栏"高举毛泽东文艺思想的红旗高歌猛进"发表戴龙云的《学习毛主席的文艺思想》，张乐山的《建立真正的无产阶级世界观》，缪钺的《学习毛泽东文艺思想，做好中国古典文学研究工作》；同期，发表傅英的《读彝族民间长诗〈妈妈的女儿〉》；韩雄的《川大科学讨论会上关于诗歌问题的讨论》；袁珂的《再谈向民歌学习》。

《草原》2月号发表翟胜健、汪德斌的《评〈谈生活真实〉》；贾漫的《评〈夜雾水汪汪〉》；石榕的《不健康的创作倾向》；亦文的《喜读〈喜事〉》；金陵的《读〈二百亩烂泥滩〉》；尹蓉的《读〈敖尔盖草原的歌声〉》；欣命笔的《听党的话就没有错儿》。

《峨眉》2月号发表夏芒的《关于写落后人物的问题(附小说〈李洪顺恍然大悟〉)》。

《萌芽》第3期发表天鹰的《钢水稻花谱新歌——评赛事会的诗》；石榕的《激情的煤海赞歌——评青年诗人孙友田的诗》。

《绿洲》2月号发表生月的《掀起更大的创作高潮》；戈风的《"风水"》；幸艰的《从懒女婿的故事说起》。

《新港》2月号发表专栏"批判王昌定的修正主义思想"发表张访的《王昌定的修正主义思想必须批判》，黑英的《在伟大的生活现实面前》，艾文会的《在"背后"的背后》，南开大学中文系文艺评论组《斥〈谈"愁"及其它〉》，袁静的《驳〈如此"爱情"〉》，张学新的《王昌定在保卫什么自由？——驳〈凉秋偶感〉》。

《红水河》2月号发表本刊评论员的《高举毛主席的文艺思想红旗前进》；赵淑华的《学好革命文艺的第一课》，李宝靖的《描绘我们时代的英雄人物》，谢敏的《谈自然主义创作倾向——学习毛主席〈实践论〉的感想》，周志强的《党的文艺群众路线的光辉胜利》，温松生的《一篇感人的小说》，樵牧的《温情的赞歌》。

《青海湖》2月号发表赵亦吾的《对〈曾被判过刑的人〉再批判》；汉元的《喜见鲜花红胜火》；傅世伦、苏理贵的《简评〈草原上的春天〉》。

《太原文艺》第2期发表林默涵的《更高地举起毛泽东文艺思想的旗帜（在一个学习会上的发言）》；张玉枢的《认真学习毛主席的文艺思想》；专栏"批判《看人看同志》"发表葛莱的《评〈看人看同志〉》，李槃的《艾真是怎样看人的》，童联璧的《这是什么话》。

《文艺红旗》2月号发表林之林的《〈西辽河传〉的问题所在》；谢昌余的《作品的真实与作家的思想——谈小说〈出路〉并与老久、陈瑞周、王文库等同志商榷》。

《长江文艺》2月号发表李冰的《略谈我们时代的英雄》；江平的《驳武克仁的小品文》；孟起的《小品文的逆流》；以"文学作品如何表现人民内部矛盾"为总题，发表张靖琳的《驳胡青坡同志"阶级斗争熄灭论"》，大波水的《坚决驳斥"阶级斗争熄灭论"》，苏者聪的《驳赵寻同志的几个论点》。

《民间文学》2月号发表巴里的《光彩夺目的战斗妇女形象》；燕岩的《从几首妇女歌谣谈起》。

《安徽文学》2月号发表阿辽的《试评鲁彦周的近作》。

《湖南文学》2月号发表铁可的《为我们的散文创作欢呼》；戈军的《大放报告文学之花》；高正润的《读长篇叙事诗〈兰香与小虎〉》；晓凡的《高度重视作品的思想内容——评长篇叙事诗〈兰香与小虎〉》。

《解放军文艺》2月号发表傅钟的《和部队电影剧作家谈谈创作问题》；何左文的《是英雄的乐章，还是个人主义的悲歌——评刘真同志的小说〈英雄的乐章〉》；李纪众的《丁芒的诗在宣扬些什么》。

3日，《光明日报》发表李强、杜印的《杂谈〈永不消逝的电波〉的创作》。

《剧本》2月号发表安西的《新对象》;梅少山的《歌剧〈洪湖赤卫队〉创作漫谈》;季南的《不要以小人之心度英雄之腹》;曲六乙的《人物不分正面和反面吗》;孙福田的《话剧〈红旗谱〉的出色成就》;杨哲民的《〈红姐妹〉的人物描写》;严正的《评海默的〈洞箫横吹〉》。

4日,《文汇报》发表《永远在火热的斗争中——访草明》。

5日,《天山》2月号发表赛福鼎的《为进一步发展新的社会主义民族文学艺术而斗争》;帕他尔江、依尔阿里的《污蔑驳不倒真理》;岩石的《这是什么样的"歌颂"?》;陈箭的《再驳"以质胜量"》。

《作品》2月号发表高风的《洗炼而精粹的语言——二谈〈三家巷〉的民族特色》。

《蜜蜂》2月号发表刘流的《不允许挂着歌颂的幌子制造悲剧》;南开大学中文系文艺评论组的《箭头指向那里》、《拜倒在富裕中农脚下的懦夫》;张福生、于建华的《虚假的感情》。

《上海文学》2月号发表以群的《论现阶段文艺工作的中心任务——并纪念〈新民主主义论〉发表二十周年》;王知伊的《第一部反映全民炼钢的小说〈炼〉》。

《文学青年》第2期发表思基的《改造思想,发展社会主义文学》;蔡天心的《再谈思想和创作》;金恩晖的《〈红旗歌谣〉的伟大意义》;谢挺飞的《略谈契诃夫的短篇小说》。

《北方文学》2月号发表任愫的《不许"鄙弃它们"》;润荃的《"诗歌泛滥"辨》;黄益庸的《读〈黑龙江民歌选〉》。

《边疆文艺》2月号发表木芹的《欢呼〈纳西族文学史〉(初稿)的出版》。

8日,《人民文学》2月号发表韦君宜的《读工厂史》。

《文学知识》2月号发表黄沫的《一部反映工业建设的好作品——读〈乘风破浪〉》;李彗的《农民写的长篇——〈人望幸福树望春〉》;易征的《读欧阳山新作〈三家巷〉》;艾克恩的《这是一种天真而危险的想法》;王道乾的《漫谈"人情味"》;振甫的《读毛主席〈水调歌头·游泳〉》;蔡葵的《谈谈和谷岩的〈枫〉》;凡人的《〈社戏〉的若干特色》;何森的《关汉卿的〈窦娥冤〉》。

《北京文艺》2月号专栏"讨论白刃的《战斗到明天》"发表端木蕻良的《一部歪曲历史的真实小说》,王森、赵枫林、周述曾的《白刃笔下的党的领导与工农兵形象》,北京师大中文系王会林等的《这不是知识分子改造的道路》;同期,发表鲁军的《走向何处？——评海默著〈走出狭窄的江面〉》；李传龙的《谈谈劳动生产的描写》；贾明的《谈小说〈两代〉》。

10日，《文汇报》发表陈琳瑚的《为共产主义接班人写书》；魏金枝的《一个进一步的提议》；贺宜的《为孩子们写作是我们光荣任务》；小萱的《为小孩子写大文章》。

《解放日报》发表小兵的《喜读〈春节三日〉》。

《江海学刊》2月号发表陈中凡的《关于〈西厢记〉的创作时代及其作者》；金启华的《杜诗影响论》。

11日，《文艺报》第3期发表冯牧的《在生活的激流中前进——谈李准的短篇小说》；李束为、马烽、西戎、陈志铭的《危险的道路——评孙谦的小说的思想倾向》；李希凡的《革命农村变迁史——读〈太行风云〉》；张光年的《驳李何林同志》。

《萌芽》第4期发表唐克新的《略谈思想生活对创作的决定作用》。

13日，《光明日报》发表张光年的《驳李何林同志》。

15日，《海鸥》第2期发表苗得雨的《时代的颂歌——读〈红旗歌谣〉杂感》；吕寰的《散发着劳动芳香的诗篇——喜读我市的〈大跃进民歌选〉》。

16日，《东海》第4期发表蔡良骥的《抒情诗"意境"浅谈》。

《雨花》第4期发表老舍的《谈"武松"》。

19日，《文汇报》发表王亚平的《那不是诗歌创作的发展方向——读林庚同志〈再谈新诗的建行问题〉有感》。

23日，《民间文学》2月号发表巴里的《光彩夺目的战斗妇女形象》；燕岩的《从几首妇女歌谣谈起》。

25日，《东风》第4期发表王冠生的《一出歌唱商业工作大跃进的好戏——谈天津市评剧院二团演出的〈张士珍〉》；南开大学中文系文艺评论组的《〈英雄的乐章〉是一株毒草》。

《诗刊》第2期发表肖翔的《蔡其矫的诗歌创作倾向——评〈回声集〉、〈涛声集〉和〈回声续集〉》；冯牧的《一个违背事实的论断——评卓如的〈试谈李季的诗歌创作〉》；尹一之的《王亚平反对的是什么？——关于诗歌创作的道路问题的商榷》。

《文学评论》第1期发表唐弢的《在毛泽东文艺思想旗帜下不断学习，永远前进》；刘绶松的《文学研究工作必须为无产阶级的政治服务》；力扬的《社会主义新时代的新国风——读〈红旗歌谣〉三百首》；洁泯的《论"人类本性的人道主义"——批判巴人的〈论人情〉及其它》。

《群众文艺》2月号发表异申的《我的看法与认识》；宋家仁的《驳王辄同志的错误观点》；吴远光的《从作品的永久性谈起》。

26日，《文艺报》第4期发表刘绶松的《继承和发扬中国左翼作家联盟的战斗传统——纪念"左联"成立三十周年》；许道琦的《驳于黑丁等关于文学创作如何反映人民内部矛盾问题的谬论》(《长江文艺》6月号发表于黑丁的《文学需要描写矛盾斗争》；7月号发表胡青坡的《文学作品正确反映人民内部矛盾的问题》，赵寻的《站在斗争的前列》)。

28日，《光明日报》发表胡锡涛的《略谈"中间作品"及其它》。

本月，上海文艺出版社出版林默涵的《更高地举起毛泽东文艺思想的旗帜》。

3月

1日，《山花》3月号发表瓯江的《"粗茶淡饭"谈》；杨慧琳的《让群众创作花朵开得红又红》；李季春的《英雄的诗篇》；铁静、亭璋的《跃进妇女的动人形象》。

《火花》3月号发表林芜斯的《认真地学习毛泽东思想——重读〈在延安文艺座谈会上的讲话〉散记》；夏阳的《欢呼〈红旗歌谣〉出版》；杨满仓等的《读〈太行风云〉》；李逸民的《向通俗化和民族化努力》；黎耶的《略论李古北的创作和他的世界观》；李国涛的《评〈于得水的饭碗〉》。

《长春》3月号发表春还的《歌颂与希望(兼祝〈桃李梅〉演出的成功)》；鄂华的《为毛泽东文艺思想的胜利欢呼(谈长影59年艺术片的创作)》；《百花齐放推陈出新的伟大胜利(喜剧〈桃李梅〉座谈会发言纪要)》；艾米敏的《灌溉栽壅花艳香浓(评介"吉林二人转")》。

《东海》5月号发表程思维、陈坚的《毛主席的文艺批评标准不容修正》；注岩的《"最可爱的人"成了不可爱的人》。

《延河》3月号发表胡采的《论艺术的真实性和倾向性的统一》；景生泽、岐国英的《根本的分歧》；西北大学中文系四年级毛泽东文艺思想研究小组的《花言巧语的实质——驳卢平的"人性论"》(附：卢平的《论某些艺术作品不含有阶级性以及什么形象是完美的》)。

《雨花》第5期发表包忠文的《左联时期文艺上两条道路的斗争》。

《奔流》3月号发表《〈河南歌谣〉前言》；郑红文的《读〈红星水库的"火车头"〉》；孙痴的《读〈我的姐姐〉》；唐汉承的《闪光的诗篇》。

《星火》3月号专栏"〈三代〉到底是一出什么样的戏？"发表郭蔚球的《〈三代〉的思想倾向》；沈兆荣的《关于〈三代〉》；郑彧文的《〈三代〉歪曲了共产党员的形象》。

《星星》3月号专栏"高举毛泽东文艺思想的红旗高歌猛进"发表王盛明的《认真学习毛主席的文艺思想》、邓均吾的《让我们从新学起》；同期，发表傅吴、凌佐义的《试谈〈红云崖〉的浪漫主义表现手法》。

《草原》3月号发表屈正平的《文学必须为劳动人民服务》；王志彬的《谈乌兰巴干的短篇小说》；李永荣的《高歌草原上的钢铁巨人》。

《海燕》3月号发表季思的《要抒劳动人民之情》；侯东升的《时代的特征》。

《峨眉》3月号发表祖论平的《崭新的妇女群象——谈〈峨嵋〉几篇歌颂妇女的作品》。

《萌芽》第5期发表以群的《认真地学习毛主席的思想》；张玺的《愿革命的诗潮永远滚滚向前——谈李根宝的诗》。

《绿洲》3月号发表李力的《激越人心的篇章》；鲁文的《读〈我的第一个师傅〉》；李硕明的《喜读〈雨〉》。

《新港》3月号发表康濯的《方纪短篇小说批判》；天津师大中文系文艺评论小组的《一个原则问题的争论》；张知行的《在斗争中锻炼》。

《红水河》3月号发表晓饶韬、蓝少成、符昭苏的《没落阶级的哀歌——评秦似同志的〈吊屈原〉和〈咏古莲〉》；李宝靖的《是什么样的"雕象"？——评秦似同志的〈偶遇〉》；赵淑华的《反马列主义的毒箭——评秦似同志的〈学习泛感〉》；专栏"关于民族民间文学的讨论"发表红鹰的《分歧在哪里？》。

《青海湖》3月号发表梁玮《从一些作品中的不良倾向谈世界观的改造》。

《太原文艺》第3期发表本刊编辑部的《马克思主义经典作家论人性和道

德》;专栏"批判《看人看同志》"发表苏平的《评艾真的〈看人看同志〉》,时寿之的《驳"人人平等"论》,康彬、淮勋、全国、东升的《我们和艾真没有一致的地方》,曹淑和、林淑云的《这是什么"平等"》,薛时光的《"人"都是可爱的吗》。

《文艺红旗》3月号发表洛成的《〈西辽河传〉的错误倾向》;王校的《我的一点浅见》;吉祥兆的《否定的都是什么?》。

《长江文艺》3月号发表许道琦的《对于"文学创作如何反映人民内部矛盾"的看法》;曾惇的《更高地举起毛泽东文艺思想红旗前进》;舒子牛的《及早立下雄心大志》;杨平的《怎样看待文学创作》;石岗的《用高度的政治热情大写人民公社》;谢枫的《不允许这种小品文逍遥法外》。

《民间文学》3月号发表《萌芽》诗歌组的《记上海赛事会》;张玺的《万人齐唱跃进歌——喜读〈上海赛事会诗选〉》;北京师范大学中文系1955级《中国民间文学史》研究小组的《编写〈中国民间文学史〉的一些体会》;陈建瑜的《丰富多采的〈中国各地歌谣集〉》。

《淮河文艺》第3期发表胡尚仁的《驳资产阶级的天才论》;树深、素琴的《喜读〈红旗歌谣〉中的安徽民歌》。

《湖南文学》3月号发表李耀先的《评刘勇的〈两面红旗迎风飘〉》;黄起衰的《新的收获——读李绿森同志的小说》;韩抗的《周汉平宣扬了什么?》;巫瑞书的《也谈〈聪明的堂客和哈宝男人〉》。

《解放军文艺》3月号发表黄涛的《长征的胜利是毛主席军事思想的伟大胜利——读〈星火燎原〉第三集》;诸辛的《写好丰富多彩的部队生活》;陆柱国的《沉痛的教训》;习之的《读〈养兔的人〉》。

2日,《光明日报》发表余文的《驳"感性的写"》。

3日,《光明日报》发表洁泯的《"人性论"及其创作理论批判——批评巴人的修正主义文艺思想》。

《剧本》3月号发表周巍峙的《漫谈〈洪湖赤卫队〉各方面的成就和它的创作道路》;李钦的《小歌剧的新收获》;杜烽的《沿着毛主席指示的道路——从〈英雄万岁〉的创作谈起》;哲生的《批评〈同甘共苦〉和岳野同志的创作理论》;颜振奋的《反对巴人以"人性论"观点否定我们的剧作》;殷耿的《对赵寻同志一篇文章的批判》(综合报道)。

5日,《天山》3月号发表翟棣生的《必须彻底改造思想(附录齐鸣的小说〈争吵〉）》。

《作品》3月号发表岑桑的《伟大的时代的脚步声——畅读〈奔流集〉》；于燕郊的《评散文集〈风雷小记〉》。

《蜜蜂》3月号发表康濯的《在毛泽东的文艺道路上不断革命》；李满天的《〈英雄的乐章〉的思想实质》；郑士存的《读袁静同志的〈红色交通线〉》。

《上海文学》3月号发表本刊评论员的《在毛主席的思想光辉照耀下，攀登文学高峰！》；姚文元的《在斗争中发展（学习〈关于正确处理人民内部矛盾的问题〉的一点体会）》；杜宣的《革命英雄的丰碑（〈不倒的红旗〉读后感）》；艾扬的《中国现代作家研究的可喜收获（读〈论茅盾四十年的文学道路〉）》。

《文学青年》第3期发表斐章的《谈文艺与政治的关系问题》；韶华的《谈谈所谓"人类之爱"》；廖文丁的《略评〈乘风破浪〉》。

《北方文学》3月号发表田曰木的《评〈草原五首〉》；黑龙江大学中文系58级散文特写评论组的《天鹅赞歌——读1959年〈北方文学〉散文特写》。

《边疆文艺》3月号发表泥子的《斥〈群众创作有极大的局限性〉》。

8日，《人民文学》3月号发表李准的短篇小说《李双双小传》；沙汀的《漫谈小说创作中的一些问题》；李希凡的《在"生活的本质真实"的幌子下》。

《文学知识》3月号发表本刊评论员的《文学青年怎样学习毛泽东文艺思想》；朱寨的《延安文艺座谈会前后》；何家槐的《继承"左联"的革命传统，发扬"左联"的战斗精神！——纪念"中国左翼作家联盟"成立三十周年》；徐迟的《共产主义风格的赞歌——读陶铸同志的三篇散文》；林一的《喜读〈春风春雨〉》；李传龙的《巴人在〈文学论稿〉里贩卖了哪些修正主义货色》；杨汉池的《巴人怎样为人性论招魂》；东小折的《读杜鹏程的〈夜走灵官峡〉》；卜林扉的《聂鲁达的〈伐木者，醒来吧！〉》。

《北京文艺》3月号专栏"《红旗歌谣》——最新最美的诗歌"发表竹笛的《从〈红旗歌谣〉看群众的创作才能》、郭树荣的《伟大的诗篇来自民间》；专栏"讨论白刃的《战斗到明天》"发表歌今、德千的《谈渡边的"沉重"和"不安"》；谢逢松的《通谁的"情"达谁的"理"——驳巴人的〈人情论〉》；同期，发表冯牧的《谈林斤澜的〈飞筐〉及其它》。

9日，《解放日报》发表凌柯的《略论契诃夫的人物》。

11日，《文艺报》第5期发表安旗的《沿着和劳动人民结合的道路探索前进——略谈李季的诗歌创作》；陈默的《红色女战士的光辉历程——几部新影片中的妇女形象》；植楠的《似是而非（评李何林同志〈十年来文学理论和批评上的一个小问题〉〉》；苏者聪的《文学上的厚古薄今——〈文学艺术的春天〉读后》。

12日,《光明日报》发表其邕的《评〈英雄的乐章〉》。

13日,《光明日报》发表慕义的《〈史记〉艺术力量的根源》。

14日,《解放军报》发表《于黑丁等的错误在哪里？》。

15日,《海鸥》第3期发表赵丹的《文学艺术必须为无产阶级的政治服务》；任孚先的《谈作家的思想武器》；陈文保的《〈友谊〉是一篇充满小资产阶级感情的作品》。

《萌芽》第6期发表姚文元的《用共产主义精神教育人民》；江曾培的《要站得更高,挖得更深——评工人作者俞志辉的创作》。

16日,《东海》第6期发表李燃青的《是小问题还是大问题？——同李何林辩论》；崔左夫的《"我们当然应该赞扬"》。

《雨花》第6期发表解南征的《赞〈忆修水〉》；朱庚成、戴林祥的《〈战胜川江天险〉的创作经过》。

19日,《光明日报》发表北京大学中文系59级文学评论组的《海默的"人性"宣扬了什么？》。

《解放军报》发表《批判吴雁的"才能论"》。

21日,《解放日报》发表李金波的《一篇具有民族色彩的短篇小说——谈〈毛丫头巧献锦囊针〉》。

22日,《光明日报》发表苏者聪的《文学上的厚古薄今——〈文学艺术的春天〉读后》。

23日,《中国青年报》发表艾克恩的《粉碎资产阶级的人性论——评海默的小说〈走出狭窄的江面〉》。

25日,《文汇报》发表《阳春三月清明天 访师取经到太原——昔阳农民作家纵谈文艺创作》。

《东风》第6期发表南开大学中文系文艺评论组的《粉碎巴人的资产阶级"人性论"》。

《诗刊》第3期专栏"《红旗歌谣》赞"发表路工的《喜读〈红旗歌谣〉（两首）》；紫晨的《最新最美的劳动赞歌——谈〈红旗歌谣〉中几首描写劳动的诗》；同期,发表陶阳的《光辉灿烂的〈中国各地歌谣集〉》;王澍、易莎的《庸俗的感情,阴暗的心灵——谈丁芒同志的诗》。

《群众文艺》3月号发表王洲贵等的《关于〈为作一个杰出文学艺术家而奋斗〉一文本刊召开青年作家座谈会纪要》;微克的《英雄人物看今朝》;亢生的《让我们昂首阔步地前进》。

26日,《文艺报》第6期发表《马克思主义经典作家论批判地继承文化传统》;《高尔基论资产阶级文学遗产》;方明的《中国工人阶级的革命风格——评〈乘风破浪〉》。

本月,少年儿童出版社出版《儿童文学研究》编辑室编的《儿童文学研究(1960年第一辑)》。

4月

1日,《山花》4月号发表林乙的《评黔剧〈秦娘美〉》;危罕的《旧时代劳动妇女的英雄形象——赞秦娘美》;毕明的《可喜的收获——读〈猴场人民公社史〉的写作过程〉》。

《火花》4月号发表郁华的《〈李满发夫妇〉读后感》。

《长春》4月号发表应必诚的《继续鼓励群众的业余创作》;四川古兰县文联的《把群众业余创作巩固起来 坚持下去》;韩凌的《列宁的文学党性原则》;大海的《歌颂伟大的时代》;庄鹏远的《新民歌在技术革命中的作用》;夏映月的《劳动人民生活斗争的结晶——读〈吉林故事选〉》。

《东海》第7期发表宋冰、李寿福、张钱松的《三个论点一条根——驳李何林的修正主义观点》。

《延河》4月号发表朱寨的《读〈创业史〉》;西安师院中文系文艺战线社的《美感没有阶级性吗?——驳卢平的反动论调》;老舍的《谈修改文字》;王堡的《哈萨克牧民高歌公社好——读〈哈萨克新民歌〉札记》;丁可的《〈井下笛声〉读后》。

《雨花》第 7 期发表钱静人的《在所谓"人类之爱"的背后》。

《奔流》4 月号发表新生的《喜读〈稻香十里醉行人〉》。

《星火》4 月号专栏"〈三代〉到底是一出什么样的戏?"发表左云祥的《驳"阶级斗争和伦理关系的纠纷"(附录:凌鹤〈从《三代》的尝试中得到的几点体会〉)》;江西省妇联宣传部的《李春兰哪象是老革命根据地的女共产党员?》;江西大学文学系青年教师集体讨论的《批判〈三代〉对历史真实性的歪曲描写》。

《星星》4 月号发表小木的《读〈西藏歌谣〉》;汪峻的《读高缨的新作〈三峡灯火〉》;聂索的《漫谈诗歌的语言》。

《草原》4 月号发表翟琴的《谈〈红路〉》;士美的《赞〈生命的礼花〉》;姚岑的《评〈漫谈小说的含蓄〉》。

《海燕》4 月号发表《话剧〈总路线光芒万丈〉座谈会记录》;钱明业等的《技术革命的凯歌——评〈疾风飞马〉》;陈光祥的《跃进的时代,跃进的人——浅评小小说〈赶〉》。

《峨眉》4 月号发表竹萍的《共产主义的英雄花(读〈永不凋谢的花朵〉)》。

《萌芽》第 7 期发表罗竹风的《世界观对文学创作的重大意义》;胡万春的《努力创造具有共产主义风格的英雄人物》。

《绿洲》4 月号以"高举毛泽东文艺思想的红旗　反对文学艺术领域中的修正主义思潮"为总题,发表林渤民的《在毛泽东的文艺思想旗帜下阔步前进》,谭峰的《破资产阶级世界观,立无产阶级世界观》。

《新港》4 月号发表李霁野的《驳"人情味"》;蒋和森的《真实性、艺术性、思想性》;袁静的《批判〈李九九〉》;河北省语言文学研究所现代文学组的《是谁忘了本?》。

《红水河》4 月号发表陆地的《高举毛泽东文艺思想的旗帜,执行"时代的革命的命令"》;剑南的《赞〈红旗歌谣〉》;穆映的《坚持文艺的党性原则——纪念列宁诞生九十周年》;陈昌的《评苗延秀的〈大苗山交响曲〉和〈元宵夜曲〉》;朱建明的《评秦似最近的几篇作品》;丘行的《如此"人情味"——评周民震的〈母子之间〉》;饶韬的《灵感、生活、世界观》;罗立的《必须写党的领导》。

《青海湖》4 月号发表王殿的《激情洋溢的诗篇——喜读〈青海诗选〉》;子牧的《高原风光好——读五九年〈青海风光〉》;歌行的《"花儿"漫谈(一)》。

《太原文艺》第 4 期发表培忠的《深入学习毛主席的文艺思想　使文艺更好

地为政治服务〉》;陈玉忠的《为歌颂英雄拿起笔》;罗坚的《照着毛主席的话干下去》;高景山的《可敬的英雄——读〈英雄赞〉》;晋民的《欢笑的鲜花——读〈迎亲〉》;光隆的《芦笛一曲颂跃进——读一月号〈芦笛〉》。

《文艺红旗》4月号发表詹楠的《关于〈西辽河传〉的两种评论》;金陵的《不要回避问题的实质》。

《长江文艺》4月号发表长江流域规划办公室《万里长江》编辑部的《用光辉的诗篇来讴歌伟大的长江》;武钢厂史编委会的《党的领导,群众路线,是搞好厂史的首要条件》;康志宏的《培养工农作者的几点体会》;李儒的《我就是这样写工厂史的》;张学龙的《群众文艺运动万岁》;张庆和的《在党的培养下》;江平的《一篇动人的特写》;简耘的《站得更高,看得更远》;以"文学作品如何表现人民内部矛盾"为总题,发表苗长庚、熊振昆的《沿着毛主席指示的方向前进》,李冰的《树立坚定的共产主义世界观》,红洋的《珍贵的启示》。

《民间文学》4月号发表高文真的《清新的语言　优美的意境》;高长福、吴开太的《我们爱读〈红旗歌谣〉》;韩忆萍的《〈红旗歌谣〉对我们的鼓舞》;王术的《什么阶级说什么话》;陶建基的《为群众创作的大发展扫清道路》;陶阳、杨亮才的《保卫群众创作》(附旭升的《群众创作有极大局限性》);陈建瑜、铁肩的《斥"白开水诗"论》。

《安徽文学》4月号发表钟的《小小说的容量和深度》。

《湖南文学》4月号发表樊篱的《读〈山乡巨变〉》;韩罕明的《批判铁可同志的修正主义观点》;赵建德的《文艺必须为无产阶级的政治服务——批判铁可同志的〈让文艺更好地为政治服务〉》。

《解放军文艺》4月号发表丁力的《读〈部队跃进歌谣选〉》;潼雨、夏果、安只、菊楼的《一部宣扬"人性论"的作品——读徐怀中同志的电影剧本〈无情的情人〉》。

3日,《光明日报》发表祁润郭的《"中间作品"存在吗?》。

《剧本》4月号发表鲁闻九的《〈还乡记〉宣扬了什么》;吕西凡的《英雄时代的英雄形象——话剧观摩演出观后》;中央戏剧学院实验话剧院《为了六十一个阶级兄弟》创作组的《政治挂帅,群策群力,歌颂伟大的时代》。

5日,《天山》4月号发表岩石、陈箭的《绝望的哀鸣(评齐鸣小说的反动倾向)》;思华的《出色的反面教材》;余冶的《水管里流出来的总是水》(附齐鸣的小说〈火灾〉》)。

《作品》4月号发表杜埃的《表现英雄人物、反映新生事物》；田克辛、梅冰华的《批判文学创作中的一些不良倾向与错误理论》。

《蜜蜂》4月号发表齐斌的《高举毛泽东文艺思想的旗帜，争取文艺创作的更大丰收——在河北省小说散文创作会议上的讲话》；李满天的《在毛主席文艺思想指引下前进，更前进！》。

《上海文学》4月号发表姚文元的《马克思主义的战斗的批评（读列宁论托尔斯泰的论文）》；罗荪的《革命文艺工作者必须掌握阶级分析的方法》；姚征人、周良才、杨秉岩的《欢呼〈上海解放十年〉的出版》；里冈的《民间文学的宝石（读〈上海民间故事选〉）》；雷霆的《推荐〈赛事会诗选〉》；吴世常、徐缉熙、段万翰的《批判张家应的〈思想方法与技巧〉》。

《文学青年》第4期发表水天戈的《列宁的文学党性原则》；赵克胜的《技巧重要，思想更重要》。

《边疆文艺》4月号发表仲祥的《〈红旗歌谣〉——时代的最强音》。

7日，《解放日报》发表李伟的《文艺上的修正主义必须批判》。

《新建设》4月号发表李希凡的《驳"人类本性的人道主义"——从巴人的〈论人情〉谈起》。

8日，《解放日报》发表熊大绂的《略谈电影文学剧本〈香飘万里〉》。

《人民文学》4月号发表贾芝的《共产主义文艺的开端（读〈红旗歌谣〉）》；唐克新的《要深入生活，更要认识生活》；以群的《杂谈情节、风格及其它》。

《文学知识》4月号发表杨宇的《纪念列宁，坚持文学的党性原则》；冯牧的《光辉而壮丽的战斗诗篇——推荐〈星火燎原〉第三集》；力扬的《春天，共产主义的鲜花在怒放！》；王燎荧的《文学与政治的关系》；文栋的《李何林同志"一致论"公式的思想实质》；浦前的《应该历史主义地评价〈红与黑〉》；管如的《怎样认识于连这个人物》；程履夷的《读毛主席〈浪淘沙·北戴河〉》；丁力的《〈回延安〉是充满感情的好诗》；吴敏之的《鲁迅的〈明天〉》；袁可嘉的《读〈败坏了赫德莱堡的人〉——纪念马克·吐温逝世五十周年》。

《北京文艺》4月号发表郑云千的《由集体创作和大、中、小结合谈起》；林艺的《我怎样依靠党的领导与群众结合进行创作》；季纯的《大跃进年头的诗篇——读〈北京新民歌选〉》；凌焕的《看到了共产主义的萌芽——记工人、农民、大学生首次联合业余文艺演出晚会》;王燎荧的《关于〈战斗到明天〉的讨论》;马文兵的《我们与巴人的一个根本分歧——批判〈文学论稿〉中关于文艺与政治关系的谬论》;师东的《批判海默〈人性〉中的资产阶级人道主义与和平主义》。

9日,《光明日报》发表芝子的《鲁迅〈自题小像〉写作年代及其他》。

10日,《光明日报》发表江九的《谈划分出"中间作品"的不合理》。

《江海学刊》4月号发表南京大学中文系三年级文艺理论科学小组的《我们和吴调公先生在几个文艺理论问题上的分歧》。

11日,《文艺报》第7期发表刘白羽的《写在一本黑非洲小说的前面——序桑·乌斯曼的〈祖国,我可爱的人民〉兼驳"反对作家反殖民主义的倾向"的论调》;宋爽的《努力描绘社会主义的人物——试谈谈马烽同志十年来的短篇小说》;李肖白的《让工厂史的鲜花开遍各个厂矿企业》;李希凡的《驳巴人的"人类本性"的典型论》;郭小川的《不值一驳》(回应华夫发表于1957年12月11日第23期《文艺报》的《评郭小川的〈望星空〉》)。

15日,《海鸥》4月号发表熙民的《反对宣扬资产阶级个人主义——读陈琳同志的短篇小说〈友谊〉》。

16日,《东海》第8期发表黄穗的《"三结合"的体会》;东来春的《什么样的"人情"——文艺思想杂谈》;周荣新的《关于"艺术性"》。

《雨花》第8期发表李进的《肯定成绩,总结经验,继续跃进!》;方扬的《坚持文学的党性原则》;叶子铭等的《批判吴调公的资产阶级文艺思想》;吉体来的《是耶?非耶?》;吕博然的《城市人民公社光芒万丈》。

《萌芽》第8期发表天鹰的《党性原则是无产阶级文学的锐利武器》;姚征人的《充满时代激情的〈上海解放十年〉》;刘东远的《谈小小说〈取经〉的创作和修改》。

23日,《民间文学》4月号"纪念伟大列宁诞辰九十周年"专号发表《列宁论民间文学(辑录)》。

25日,《诗刊》第4期专栏"《红旗歌谣》赞"发表温承训的《〈红旗歌谣〉读后感》,珠江的《一马当先、万马奔腾》;同期,发表宋垒的《〈煤海短歌〉和〈矿山锣鼓〉读后》;柳央的《"离开跃进没有诗"——读福庚的〈新安在天上〉》。

《文学评论》第2期发表任大心、冯南江的《文学和政治的关系——批判巴人〈文学论稿〉中的修正主义文艺思想》;王金陵、水建馥的《世界观和创作的关系——批判巴人〈文学论稿〉中的修正主义文艺思想》;张国民、黄炳的《批判王淑明同志的人性论》;唐弢的《文化战线上的战斗红旗——纪念"左联"成立三十周年》。

《群众文艺》4月号专栏"高举毛泽东思想的红旗前进"发表朱红兵的《重要问题在于改造思想》,田曾国的《坚持贯彻党的文艺方针》,缪也的《我们要歌颂》;宁夏师范学院中文系集体写作的《为保卫党的文艺事业而战斗》。

26日,《文艺报》第8期发表钱俊瑞的《坚持文学的党性原则,彻底批判现代修正主义——为纪念列宁诞生九十周年而作》;《高举毛泽东思想红旗 批判资产阶级文艺思想(中国作家协会分会会员大会纪要)》;冯牧的《永远鼓舞人们前进的革命火炬——〈星火燎原〉第三集读后》;贾芝的《祝贺各兄弟民族文学史的诞生》。

本月,《长城文艺》改刊号发表灵芬的《谈谈作者思想与作品的关系》;孙开的《好象读了一篇抒情的散文》;张成山的《一篇歪曲了现实生活的作品》;段德芳等的《谈小说〈猪主任〉的不良倾向》;高朋等的《创作中的资产阶级倾向》。

本月,上海文艺出版社出版张春桥的《龙华集》。

5月

1日,《山花》5月号发表赖汉培的《一曲共产主义的凯歌——话剧〈为了六十一个阶级弟兄〉》;方丁的《斥"创作自由"》;贵大中文系《山花》作品评论组的《一篇歪曲革命和劳动人民形象的小说——批判小说〈儿子〉》。

《火花》5月号发表常红的《永恒的光辉——为纪念列宁诞生九十周年而作》;蔡肇发的《一切荣誉归于党——读工人同志的创作〈高举红旗十年〉》。

《长春》5月号发表庄鹏远的《读〈一颗红星照丹心〉》。

《东海》第9期发表李燃青的《工人作家笔下的工人形象》。

《延河》5月号发表本刊编辑部的《读者批判卢平的反动文艺观点》。

《雨花》第9期发表王梦云的《社会主义文学创作可不可以写真实》；陈辽的《赞"鸡毛飞上天"》；《揭发〈红姊妹〉的作者的抄袭行为》。

《奔流》5月号发表吴烟痕的《〈闹事〉究竟宣扬了什么?》。

《星火》5月号发表何流的《工人创作，遍地开花》；《读东北老革命同志谈〈三代〉》；陈鼎如等的《批判〈三代〉中的"人性论"》。

《星星》5月号发表老彭的《谈四川新民歌的幽默风格》；修文的《美好的城市，美好的诗（喜读〈山城颂〉）》；专栏"关于革命现实主义和革命浪漫主义结合问题的讨论"发表李宗涛的《不要低估了成绩》，愚公的《神奇·真实·浪漫》。

《草原》5月号发表巴·布林贝赫的《略论蒙族民间诗人莎克蒂尔的讽刺诗》。

《海燕》5月号发表张玉泉、刘志云的《学习崔兆南不断革命的精神——谈〈不断革命的人〉》；《海港工人谈〈一条龙〉》；陈延整理的《坚持党和毛主席的文艺方向——五〇九一部队战士座谈会对文学艺术作品的要求》；黄静的《时代英雄的赞歌——〈不断革命的人〉读后》；林火的《杂谈干劲》；姚园溪的《大书特书当代英雄》。

《峨眉》月刊改名为《四川文学》，5月号发表杜若汀的《真实·理想·诗——谈几篇业余作者的作品》；余音的《〈星空〉〈一滴眼泪〉的自我批判》；陆士商的《一篇宣扬资产阶级和平主义的作品——略评王吾同志的〈木屐〉》。

《萌芽》第9期发表唐铁梅的《毛泽东文艺路线的伟大胜利》；燕平的《群众文艺创作运动的新发展》；陈娟的《文学的阶级性不容抹煞——批判任钧的修正主义文艺观点》。

《绿洲》5月号发表明如的《朝霞灿烂》；万嵩的《工农兵创作万岁》；乐天的《读〈援朝·阿克列姆〉》；倪洪寿的《读〈战士的爱〉》。

《新港》5月号发表王燎荧的《巴人等的人性论和马克思主义的人性观》；张学新的《评杨润身的创作倾向》；天津电器厂锣鼓文学社集体讨论的《我们对真实性的几点理解》；曹子西的《可喜的收获——略评工厂史〈大地回春〉》。

《红水河》5月号发《葛震同志在全区"刘三姐"文艺会演开幕式上的讲话（摘要）》；林芝的《从〈为了十一个阶级兄弟〉想起》。

《青海湖》5月号发表叶元章的《豪情壮志话冷湖——喜读〈冷湖好〉》；歌行的《"花儿"漫谈（二）》。

《太原文艺》5月号发表田甲的《坚持文学的党性原则——纪念列宁诞辰九十

周年》。

《文艺红旗》5月号发表思基的《论"社会本质"及其他》。

《长江文艺》5月号发表孟起的《描写最新最美的英雄》;苏群的《时代的风尚》;凌梧的《喜读〈竞赛新花〉》;傅华的《评〈红娘队〉》;王庆生的《评一些不良倾向的作品》;武群的《评赵寻同志的〈还乡记〉》。

《民间文学》5月号发表王一奇的《中国劳动人民智慧的化身》;高文真的《"野草"与"花"》;张大千的《群众创作不容否定》;刘魁立的《再谈民间文学搜集工作》。

《安徽文学》5月号发表冀涛的《没有彻底的批判,就没有正确的继承》;王旭的《沿着文艺的工农兵方向高歌猛进》;刘士祥、张万舒等的《工人谈文学》。

《解放军文艺》5月号发表潘旭澜、曾华鹏的《论峻青短篇小说的艺术特色》;尹一之的《读〈玉门儿女出征记〉》;王仲瑜的《光荣胜利的道路——介绍〈民兵斗争故事〉第一集》;张洁整理的《战士批判小说〈英雄的乐章〉》;集体讨论、潘井执笔的《批判"第四种剧本"的谬论》;何左文的《思想的提高和艺术的提高——读陆柱国同志〈沉痛的教训〉一文所想到的》。

3日,《剧本》5月号发表佐临、吕复的《组织剧本创作的一些体会》;姚仲明的《关于〈同志,你走错了路!〉的创作》;吴晗的《喜看话剧〈文成公主〉》;韦启玄的《一个失败的"英雄"形象——谈〈还乡记〉中的马兴国》。

5日,《工人日报》发表胡万春的《如何创造具有共产主义风格的英雄人物》。

《天山》5月号发表吕绍堂的《欢呼〈红旗歌谣〉》;笑鹤的《新的花朵——介绍〈新疆兄弟民族小说选〉》;黄藿的《读一首牧民的诗》;万嵩的《质朴、清新的战士诗选》;山嵘的《热情的赞歌》;秦石泉、蒲兆玄、华先的《新人新风格》;孟和乌力吉的《读〈雪山吐红日〉》。

《作品》5月号发表楼栖的《一代风流的开端——评〈三家巷〉》;南楠的《试评〈碧海丹心〉》。

《蜜蜂》5月号发表楚白纯的《漫谈生活、创造、技巧》。

《上海文学》5月号发表以群的《论无产阶级革命文艺的发展方向——纪念〈在延安文艺座谈会上的讲话〉发表十八周年》;姚文元的《彻底批判资产阶级人道主义(驳钱谷融的修正主义观点)》;王道乾的《批判蒋孔阳的修正主义文艺思想——"第三种文艺"论》。

《文学青年》第5期发表林之林的《文艺必须为无产阶级政治服务》；赵郁秀的《是阶级论，还是"人性论"》；范程的《引导群众创作向什么方向提高》；李满天的《该从哪方面努力》。

《北方文学》5月号发表张喜彦的《毛泽东文艺思想给我指明了创作方向》。

《边疆文艺》5月号发表江枫的《读〈风展红旗如画〉》；晓雪的《〈生活的牧歌〉自我批判》；南开大学中文系红兵文艺评论小组的《毒草必须铲除——斥〈群众创作有极大的局限性〉》；李晓墅的《螳臂岂能挡车》。

7日，《新建设》5月号发表曾奕禅、刘传桂的《巴人对无产阶级战士光辉形象的歪曲》。

8日，《人民文学》5月号发表左林的《坚持儿童文学的共产主义方向》；沈澄的《新时代的新童话》；许以的《推荐〈月光下〉和〈草原的儿子〉》。

《文学知识》5月号发表唐弢的《红色的步伐——谈工厂史》；方白的《工人阶级的光荣传统——读〈红色的安源〉（选本）》；卜林扉的《一个崭新的青年农民英雄形象——谈〈创业史〉中的梁生宝》；蔡仪的《文艺与社会生活的关系》；张钟的《余永泽值得我们同情吗？》；文效东的《写什么样"英雄人物的心"？——驳赵寻同志关于创造英雄人物的错误观点》；赵林、许桂亭、姜东福、高玉春的《不要片面的理解历史主义》；齐红的《于连的反抗的实质是什么？》；郑楷、李剑、方明的《我们对〈红与黑〉的看法》；振甫的《读毛主席〈赠柳亚子先生〉》；陈辛的《读〈取经〉》；水夫的《读〈铁流〉》。

《北京文艺》5月号发表董凤桐的《歌颂我们敬爱的英雄——写相声〈女英雄〉的感想》；张钟的《必须用革命的批判精神对待文学遗产》；张福胤、赵信民、李曙新的《对"小问题"必须进行大辩论——批判李何林同志的修正主义文艺思想》；袁玉伯的《驳斥白刃对部队文艺的攻击》。

11日，《文艺报》第9期发表《马克思主义经典作家论资产阶级人道主义》；《高尔基、鲁迅论人道主义和人性论》；老舍的《天山文彩——介绍〈新疆兄弟民族小说选〉》。

14日，《光明日报》发表鲁犇的《哪个阶级的"本质的真实"》。

15日，《海鸥》第5期发表田仲济的《关于立场的转变和世界观的改造》；马文浩的《关于开展群众文艺工作的几点体会》；孙昌熙的《广阔的生活画面 众多的新人风貌——读树茂同志的〈捕鱼的人〉》。

16日，《东海》第10期发表陈山的《读〈浙江大跃进民歌选〉》；陆舟的《似"左"实右》；朱子的《思想性和艺术性不能等同》；余学功的《只有进步的作品才有艺术性》。

《雨花》第10期发表祖秉和的《评凯玲的小说〈睡醒了的莲花〉》；凯玲的《努力改造自己的世界观》；春阳的《在革命暴风骤雨中成长起来的红色印刷厂》；赤子的《蒋春霖的"黯黯""哀哀"》；应启后的《略谈"高峰"》。

《萌芽》第10期发表罗荪的《坚持为工农兵服务的文艺方向》；黄屏的《劳动人民有无穷的创作才能——喜读〈上海民间故事选〉》；扬州师院中文系一（七）班评论小组的《让青春为祖国闪光——评〈我守卫在桃花河畔〉》。

23日，《民间文学》5月号发表路工的《〈毛竹扁担抽春笋〉赞》。

25日，《前线》第10期发表杨金亭的《激情洋溢的时代颂歌——评〈生活的凯歌〉》。

《诗刊》第5期"给孩子们的礼物"特辑发表殷晋培的《巴人的一支冷箭》；周建元的《沙鸥是怎样一个诗人？》；专栏"《红旗歌谣》赞"发表金近的《〈红旗歌谣〉中的儿歌》。

《红水河》5月号专栏"高举毛泽东思想的红旗前进"发表白云峰的《读毛主席〈在延安文艺座谈会上的讲话〉》，吴淮生的《贯彻毛泽东文艺思想，正确地对待群众创作》，宁书海的《深入生活和改造思想》，张志魁的《学习毛泽东文艺思想的一点体会》。

26日，《文汇报》发表文效东的《批判蒋孔阳的超阶级论和人性论》。

《文艺报》第10期发表楼适夷的《日本人民的战斗歌声——读两本反映日本人民斗争的诗集》；以"儿童文学谈丛"为总题，发表袁鹰的《引导孩子们攀登科学高峰——读〈科学家谈21世纪〉》，魏金枝的《儿童们的好朋友——读金近同志的〈春姑娘和雪爷爷〉》，宋爽的《"儿童本位论"的实质》；同期，发表冯牧的《新的性格在蓬勃成长——读〈李双双小传〉》。

29日，《光明日报》发表甘辛的《略谈反映自然景物的文艺作品的阶级性——批判巴人的"人性论"》。

本月，《江城文艺》发表吉林大学文艺评论组的《〈猪主任〉是一篇怎样的作品》；高贵等的《文艺花园中的一棵毒草》；晨野的《〈猪主任〉唱的是资产阶级调子》；明钦的《不为无产阶级服务　就必然为资产阶级服务》；马占荣的《质朴的妇女形象》;楚天的《年轻人,火热的心》;则明的《反映少数民族的好作品》;欧会淳的《人民公社的赞歌》;邢志安的《可喜的一棵新苗》。

本月,百花文艺出版社出版贺宜的《散论儿童文学》。

敦煌文艺出版社出版梅兰芳等的《〈枫洛池〉的创作及其他》。

6月

1日,《山花》6月号发表冯洁的《一股巨大的力量鼓舞着我》;谢代华的《我们喜欢〈山城第一炉〉》;莫正芳的《〈山城第一炉〉给我的鼓舞》;子谷的《条件的阶级性》;丹军的《最新最美的歌——〈清江八女歌谣选〉读后》;李世兴、罗绍书的《为什么迷恋古老的风规》。

《火花》6月号发表李国涛的《欲穷千里目,更上一层楼——谈无产阶级革命作家的世界观》。

《长春》6月号发表董速的《高举毛主席的思想旗帜,彻底批判修正主义和资产阶级的文艺思想》;杨特的《毛泽东文艺思想在电影事业上的光辉胜利》;长春市话剧团"步步登高"组的《迅速地反映和歌颂时代精神》。

《东海》第11期发表张颂南的《巴人是怎样歪曲鲁迅的》。

《延河》6月号发表胡采的《文艺的阶级性不容抹杀——批判卢平的〈试论某些艺术作品不含有阶级性以及什么形象是完美的〉一文中的反动观点》;刘鹤龄的《〈新人集〉读后》;江萍的《英雄的赞歌——读〈新人集〉》。

《雨花》第11期发表柳央的《激动人心的锣鼓——介绍孙友田的新诗集〈矿山锣鼓〉》;圆可的《杨苡笔下的孩子们和他们生活的天地》;舒华的《把问题弄颠倒了》。

《奔流》6月号发表郑州大学中文系文学评论组的《郑克西同志在题材上的错误倾向》;宋毅的《评〈游园记〉》;钟庭润的《农民女歌手黄玲》;何秋声的《评〈奔流〉今年一至五月号诗歌创作》;郑平的《谈余辰同志的儿童文学创作》;余辰的

《我是怎样学习儿童文学创作的》；王敬华的《一个动人的艺术形象》；张兴元的《我喜欢读散文特写》；陆稼林的《技术革新的赞歌》。

《星火》6月号发表丁慰南、江升端的《斥〈爱与憎〉》；郑光荣、熊大材的《爱什么？憎什么？》。

《星星》6月号发表谭洛非的《认真学习毛泽东文艺思想，彻底批判修正主义——纪念〈在延安文艺座谈会上的讲话〉发表十八周年》；移山的《读〈四川歌谣〉中的儿歌》。

《草原》6月号发表汪渐成的《文艺批评的两个标准》；皓洁、翟琴的《也谈〈草原烽火〉》。

《海燕》6月号发表师田手的《发挥散文特写的战斗性》；林均昶、唐与培的《闪闪发光的共产主义风格》；王治有的《赞敢想敢干》；子力的《彻底改造小资产阶级的世界观——学习毛主席文艺思想的心得》。

《萌芽》第11期发表姚文元的《群众创作的新花——评上海电机厂职工群众创作选集〈大风暴中的小故事〉》；王永生、吴中杰的《批判蒋孔阳的修正主义文艺观点》。

《绿洲》6月号发表姜抒明的《英雄的赞歌——〈十二红旗〉读后感》；李硕明的《"小花园"中的一朵花——读〈一激之计〉》；一横的《为塔里木的战友祝福——读〈在三棵胡杨树下〉有感》；中流的《美丽的诗篇，欢乐的歌声——读〈绿洲丰收曲〉后的札记》；符庆桃的《党的民族政策的胜利——读〈情长谊深〉》。

《新港》6月号发表阿凤的《我为什么提不高》；杨柏林的《学习·生活·创作》；李霁野的《巴人的"人情味"的本色》；河北省语言文学研究所现代文学组的《不许抹煞世界观对创作的决定作用》；周骥良的《关于儿童文学三题》；同期，发表《蜜蜂》、〈新港〉联合启事》，通告"两个刊物自七月合并，继续出版〈新港〉，仍由中国作家协会天津分会主办"。

《红水河》6月号发表吴慧的《〈美丽的南方〉读后》；梁发源、陆春乐、王道义、潘荣才的《一条光明灿烂的路——推荐短篇小说〈路〉》。

《青海湖》6月号发表白日明的《喜读〈韩友鹿诗选〉》；柳可风的《读〈红五月之歌〉》。

《文艺红旗》6月号发表王志人、王同禹的《歌颂什么？暴露什么？——批驳柯夫的"忠于现实"的谬论》；刘文玉的《最新最美的情感——向〈红旗歌谣〉

学习》。

《民间文学》6月号发表《斥"群众创作有极大局限性"论——上海达丰第二印染厂创作组座谈群众创作》。

《太原文艺》6月号发表《创作更多更好的儿童读物——关于少年儿童读物座谈会纪要》；张福玉的《对生活与创作的一些体会》；郁雁楼的《读〈王大贵请医〉》；林三的《〈让房〉读后》。

《四川文学》6月号发表林如稷的《驳巴人的"人道主义"》；范国华的《批判巴人的"否定精神"》；方村的《不许把儿童文学当作反社会主义的幌子——批判〈掉队的小雁〉》。

《安徽文学》6月号发表张新建的《驳巴人的"人性论"》；浦伯良、李履忠、朱中坚、丁泽民的《谈短篇小说的情节》；谷风的《高昂的共产主义风格的赞歌》。

《解放军文艺》6月号发表社论《沿着毛泽东的文艺方向奋勇前进》；苏天中的《英雄的赞歌，时代的强音——评〈解放军文艺百期散文选〉》；文童伍的《部队曲艺创作的丰收——读〈解放军文艺百期曲艺选〉》；王树舜的《一部存在着严重错误的小说——评〈西辽河传〉》。

3日，《剧本》6月号发表刘乃崇的《谈胡小孩的几个戏曲剧本》；姚文元的《论陈恭敏同志的"思想原则"和"美学原则"——答陈恭敏同志》。

5日，《天山》6月号发表肖凤的《新疆农村的历史画（读〈新疆兄弟民族小说选〉）》；本刊整理的《读者对齐鸣作品的批判》。

《作品》6月号发表中山大学中文系56级文学理论组的《驳巴人对文艺与政治关系的歪曲》；中山大学中文系56级现代文学研究小组的《驳李何林关于文艺批评标准的修正主义观点》；高风的《五岭高峻、珠江水长——读〈锦绣岭南〉》。

《上海文学》6月号发表罗荪的《坚决反对修正主义文艺思想》；张枚的《高尔基论十九世纪欧洲文学》；周天的《推荐〈中国现代文艺思想斗争史〉》；贺光鑫的《读〈平原枪声〉》；刘东远的《〈红军路上百花开〉读后》。

《文学青年》第6期发表蔡天心的《论"忠于现实""写真实""美的欣赏"和"美的享受"》；赵乐璞的《听毛主席的话，写工人的事》。

《北方文学》6月号发表李传龙的《批判巴人和王淑明的人性论》；耕天的《评〈三人集〉》。

《边疆文艺》6月号发表袁勃的《〈云南歌谣〉序》；李监尧、洛汀的《晓雪在宣扬什么,反对什么?》;李文的《斥李何林的思想性与艺术性"一致论"》;杨仁德的《巴人"人情论"的反动实质》。

7日,《新建设》6月号发表刘宁的《巴人的"通情达理"是什么货色?》

8日,《人民文学》6月号发表为群的《新中国妇女的颂歌——谈李准同志的三篇小说》;任文的《中国农村合作化初期的史诗——评〈创业史〉》。

《文学知识》6月号发表柳嘉的《怎样对待外国古典文学作品》;刘绶松的《用革命的批判精神对待文学艺术遗产》;向真的《光辉的榜样——读〈毛主席的好孩子刘文学〉》;燕平的《伟大时代的赞歌——推荐〈上海大跃进的一日〉》;王忠祥的《于连的政治观点、英雄主义和生活原则》;安康、英德的《〈红与黑〉是资产阶级个人主义的颂歌》;井岩盾的《试谈〈时光老人的礼物〉》;钦文的《关于〈这样的战士〉》。

《北京文艺》6月号发表文效东的《艰苦的劳动,光辉的成就——评〈青春之歌〉的修改》;丁子人的《儿童文学创作中传来的喜讯——读长篇小说〈儿童文学作品〉〈我们在地下作战〉第一部》;北京师大中文系《战斗到明天》批判小组的《批判〈战斗到明天〉中的和平主义倾向》;《纪念〈在延安文艺座谈会上的讲话〉发表十八周年,北京市文联召集文学艺术界同志举行座谈会》。

9日,《光明日报》发表《农民作家李茂荣》。

10日,《江海学刊》6月号发表叶子铭的《必须批判地继承文学遗产》;陈瘦竹的《这是什么"药引子"——批判巴人〈鲁迅的小说〉中的人道主义和人性论》;刘开荣的《但丁〈神曲〉的倾向及其局限性》。

11日,《光明日报》发表刘志清的《"有党咱才有力量"》。

《文艺报》第11期发表北京师范学院中文系批判修正主义小组讨论、廖仲安执笔的《谈古典作品的艺术生命力与所谓"普遍人性"》;专栏"全国职工文艺会演特辑"发表专论《欢呼群众创作的新成就》,李焕之的《创造最新最美的工人阶级的音乐艺术——全国职工文艺会演观摩心得》。

15日,《文汇报》发表姚文元的《介绍〈蒙三诗选〉》。

《海鸥》第6期发表蕴之的《坚持"政治第一艺术第二"的文艺批评标准》;江汉的《新时代的新风格——小说〈大个子和小个子〉读后》;杨燕飞的《读〈人民公社万岁〉》。

16日,《东海》第12期发表茂远的《这是文艺思想上的根本分歧》。

《雨花》第12期发表《驳王梦云(读者来稿摘要十二篇)》;李春光的《王梦云叫嚷了些什么?》;姚以铮的《批判"写真实"》;南草的《请补充一些论据》;佛成的《我同意王梦云的话》;韦弦佩的《致王梦云》;吉体来的《何谓"倒"》。

《萌芽》第12期发表晓立的《密切联系实际,积极指导创作——评上海群众写文艺评论活动》;余桥的《喜读〈金光闪闪的共产主义火苗〉》;王鲁参的《在毛泽东文艺思想的旗帜下,把群众文艺创作推向新高潮》。

20日,《东风》第12期发表卫龙文的《介绍我们大写文章的经验》。

21日,《光明日报》发表齐立东的《巴人的人道主义必须彻底批判》。

23日,《民间文学》6月号发表《工人业余创作活动的春天——上海市工人业余创作座谈会记录》;《斥"群众创作有极大局限性"论——上海达丰第二印染厂创作组谈群众创作》。

25日,《诗刊》第6期发表安旗的《读反映工业建设和工人生活的叙事诗》;宋垒的《批判秦似的〈咏古莲〉和〈吊屈原〉》。

《文学评论》第3期发表王任重的《重读毛泽东同志〈在延安文艺座谈会上的讲话〉》;卞之琳的《略论巴尔扎克和托尔斯泰创作中的思想表现》;于海洋、李传龙、柳鸣九、杨汉池的《人性与文学——批判巴人、王淑明同志的"人性论"》;王淑明的《关于人性问题的笔记》;樊骏的《批判李何林同志的"唯真实论"》;朱经权的《读马烽近两年短篇小说的创作特色》;潘旭澜、吴欢章的《论闻捷的短诗》;朱寨的《这样的批评符合事实吗?》。

《群众文艺》6月号发表专论《坚持党的文艺路线,彻底批判现代修正主义》;专栏"高举毛泽东思想的红旗前进"发表吉宽收的《开展车间职工创作的体会》,许东海的《坚决依靠党的领导》;同期,发表吴淮生的《读李景林同志的诗》;宁夏人民出版社文艺组的《谈革命回忆录的写作》。

26日,《文艺报》第12期发表专论《以笔当炮,痛剿"瘟神"!》;马文兵的《在"人性"问题上两种世界观的斗争——就"人性的异化"、"人性的复归"同巴人辩论》;黄沫的《初升的太阳照耀着我们——谈几篇反映人民公社的短篇小说》。

本月,《江城文艺》6月号发表张中生的《一个渺小灵魂的自白——评小说〈猪主任〉》;综合来稿的《资产阶级思想必须彻底肃清》;余湫沅的《母亲的光辉形象》;草见的《新时代母亲的缩影》;李健民的《喜读〈风起云涌〉》;姜国卿的《读〈送不出去的礼物〉》。

《中山大学学报（社会科学）》第2期发表吴宏聪的《论文艺的思想性和艺术性》；陈则光的《李何林的"一致"论与冯雪峰的"一体"论》；黄海章的《试论构成李白诗歌积极浪漫主义的因素》。

7月

1日，《山花》7月号发表文一从的《话剧〈红管家〉的出色成就》；张惠平等的《一出激动人心的好戏》；晨晖等的《技术革命的赞歌——〈炒胶记〉》。

《火花》7月号发表申锴的《一个非常重大的问题——驳李何林同志》；张天林的《做党的驯服工具》；专栏"笔谈短篇小说"发表张镇江的《说"新"》，陈令霏、方钊的《为写"新"而努力》。

《长春》7月号发表林杉的《努力创造共产党员的伟大形象》。

《东海》第13期发表杭州大学中文系专业班现代文学组的《崇高的党员形象——读〈山鹰〉》。

《延河》7月号发表黄藿的《新人的赞歌——读〈取经记〉》；崑岑的《新人新性格——读短篇〈祁连情谊〉》。

《雨花》由双月刊改为月刊，第13期发表漠雁、西蒙的《可怜的叫喊》；文苏群的《王梦云的〈药方〉》；南京大学中文系三年级文艺评论组的《"规律性法则"辨》；岳慧铃的《我要说几句话》；孙友田的《在业余创作的道路上》。

《星火》7月号发表万木的《关于阶级分析》；万里浪的《在毛主席文艺思想照耀下》；赖国进的《我怎样开始业余创作的》；中共修水县委宣传部的《业余作家朱正平》；朱昌勤的《工人文艺摆擂台，机床旁边出秀才》；谢万陆的《喜看英雄登诗坛》。

《星星》7月特大号发表安旗的《思想改造——为工农兵服务的关键问题——纪念〈在延安文艺座谈会上的讲话〉发表十八周年》；本刊评论组的《批判诗歌中的错误倾向》；西南师范学院中文系文学评论社的《清除巴人在诗歌上的修正主

义观点》；肖翔的《用什么思想教育人民〈沙鸥诗集〈故乡〉批判〉》；蓝华增的《谈一首傣族民歌》。

《草原》7月号发表孟三的《活在好时代　人老心不老》；波·都古尔的《因为有了毛泽东，草原花开朵朵红》；徐聪彝的《评肖平同志的〈写作技巧初步〉》；叶木的《读"木刻"》。

《海燕》7月号专栏"讨论《收猪》"发表陈广祥的《一篇有严重错误的作品》，燕平、桃园溪的《一股浓烈的反社会主义毒素》，顾海森的《〈收猪〉宣扬的是什么》，池冰的《〈收猪〉歪曲了今天农村的现实》，张成槐的《文艺作品应当体现党的政策》，飘茵的《扑拉翅膀飞出去》，吴慧的《用什么样的思想教育人民？》，旅大师范学院6011班的《〈收猪〉宣扬了个人主义》。

《萌芽》改为月刊，每月1日出刊，7月号发表姚文元的《迅速反映新事物，热情歌颂新事物》。

《绿洲》7月号发表徐迟的《壮丽的〈天山战歌〉》。

《青海湖》7月号发表乔迁的《让大跃进的歌声唱得更加嘹亮》；以"《青海歌谣》赞"为总题，发表何逸荣的《优美的乐章》，王浩的《歌洋诗海新花繁》，方存弟的《宝贵的滋养》；同期，发表程起骏的《我写〈阿兰山探宝记〉的几点体会》；小青的《读短篇〈阿兰山探宝记〉》。

《文艺红旗》7月号发表辽中实的《伟大时代的赞歌——读五位工人作者的小说创作》；文菲的《从〈瓦斯问题〉改成〈双婚记〉谈起》；北京大学中文系1958年级文学评论组的《驳巴人的"人类共同相通的思想感情"的谬论》。

《长江文艺》7月号发表杨平的《批判的继承文学遗产的光辉榜样》。

《文学评论》7月号发表于波的《反帝国主义的战斗号角——重读〈志愿军诗一百首〉》；南文的《英雄的形象，广阔的天地——喜读〈解放军文艺百期小说选〉》；刘冰华的《战士，时代的歌手——读〈解放军文艺百期诗歌选〉》；解文的《一篇激动人心的报告——〈新时代的风格〉读后》；胡师中的《驳巴人"个性即典型"的谬论》。

《四川文学》7月号发表吕枫的《一部生动的共产主义教材——读〈革命斗争回忆录〉》；春洪的《批判〈星空〉〈一滴眼泪〉的错误倾向》；苏芒的《批判巴人对无产阶级英雄形象的歪曲》；四川大学中文系四年级红浪文学社评论组的《粉碎巴人的"典型论"》。

《民间文学》7月号发表禹堂的《英雄赛事斥美帝——记志愿者复员军人赛事会》。

《安徽文学》7月号发表张文俊、孙成香等的《列车员谈〈崇高的事业〉》;赵栩的《光辉的形象,深刻的斗争》。

《淮河文艺》7月号发表郭瑞年的《最新最美的诗歌——喜读〈红旗歌谣〉中蚌埠地区民歌》;黄长树的《赞〈劳动的赞歌〉》;章建新的《谈写诗》。

《湖南文学》7月号发表张平化的《继承和发扬〈湘江评论〉的光荣传统》;佟英的《坚持文学艺术的无产阶级政治方向》;文锋的《文艺必须为无产阶级政治服务——批判铁可等人的修正主义文艺思想》;克木的《跃进之花向阳开——评白沙洲创作组的诗歌创作》;刘勇的《文艺要用共产主义思想教育人民——学习毛主席文艺思想的一些体会》;本刊报道的《努力学习毛泽东同志的著作——彻底批判现代修正主义和形形色色资产阶级文艺思想》。

2日,《解放日报》发表洪野的《〈打强盗〉是一首好诗》。

3日,《人民日报》发表李季、闻捷的《诗的时代 时代的诗》。

《光明日报》发表李希凡的《谈谈历史人物和艺术形象的诸葛亮》。

《剧本》7月号发表哲生的《以无产阶级观点表现革命斗争》;颜振奋的《谈党的领导形象的创造》;顾仲彝的《漫谈话剧中新英雄人物的塑造问题》;本刊记者的《读者评〈还乡记〉》。

5日,《上海文学》7月号发表上海师范学院中文系四年级二班诗歌评论组的《时代的乐章 革命的新花(评〈技术革命赞〉)》;杨如能的《驳陈伯吹的"童心论"》。

《文学青年》第7期发表宁群的《对冉欲达的"人性论"的批判》;解洛成的《真实和世界观》;杨雪清的《学习毛主席文艺思想的一点体会》;廖文丁的《英雄的诗篇,进军的号角——读〈辽宁歌谣〉》;同期,发表《〈文艺红旗〉〈文学青年〉合刊启事》,略谓"两个刊物决定自八月号起合并,继续出版〈文艺红旗〉,仍由中国作家协会沈阳分会主办"。

《北方文学》7月号发表望云的《及时反映英雄辈出的时代面貌》;李传龙的《〈红旗歌谣〉中的毛主席的光辉形象》;方浦的《〈人望幸福树望春〉的人物描写》。

《边疆文艺》7月号发表云南大学中文系师生的《坚决批判资产阶级文艺思想》;蓝华增的《在"浪漫主义"和"个性论"的背后》;科文整理的《严重歪曲事实的

影片〈香飘万里〉》；杨昭、柏鸿鹄的《〈香飘万里〉必须批判》；晓雪的《〈香飘万里〉表现了什么？》。

6日，作家协会西安分会召开长篇小说《创业史》座谈会，出席会议的有分会副主席郑伯奇、胡采，作家杜鹏程、王汶石、李若冰、王宗元、魏钢焰以及报刊编辑社、西北大学文学评论组、青年作者等。

7日，《文汇报》发表徐景贤的《儿童文学同样要为无产阶级的政治服务——批判陈伯吹的儿童文学特殊论》。

8日，《人民文学》7月号发表思蒙的《光辉生活的画卷——介绍〈新生活的光辉〉》；李英儒的《关于〈野火春风斗古城〉——从创作到修改》；老舍的《一些可爱的故事》。

《文学知识》7月号发表何长工的《和青年谈〈北方的红星〉》；柳央的《创业英雄们的颂歌——读报告文学集〈天山战歌〉》；李慧中的《通向天堂的幸福桥——推荐话剧〈幸福桥〉》；唐弢的《司汤达和他的于连——读小说〈红与黑〉的讨论有感》；张葆莘的《从"激动"到"哲理"——话说〈"石油城"〉》。此后停刊。

《北京文艺》7月号发表陆元炽、杨金亭、胡晓峙、毛黎村、周述曾的《政治第一？还是艺术第一？——驳李何林同志的〈十年来文学理论和批评上的一个小问题〉》；起龙的《新人的颂歌——看〈生活的凯歌〉、〈花开遍地万户香〉、〈幸福桥〉等三个戏》；梁佳的《上升，象饱含氢气的球！》；秋平的《更多更好地表现崭新的英雄人物》。

10日，《光明日报》发表"文学遗产"编辑部的《〈陶渊明讨论集〉前言》。

《天山》7月号发表张春发的《革命斗争的颂歌，英雄儿女的诗篇——读郭鹏同志的革命回忆录》；弓上弦的《〈党是圃里栽花人〉读后》。

《东风》第13期发表前卫文的《批判李何林的"真实论"》。

《新港》7、8月合刊发表老舍的《一点印象》；林如稷的《从巴人近年的文章看修正主义思潮涨落的痕迹》；涂宗涛的《批判李何林在古典文学方面的修正主义观点》；冯健男的《评〈水向东流〉》；同期，开始连载梁斌的长篇小说《播火记》（《红旗谱》第二部），至1962年5月号，未续完。

《山东文学》7月号发表山东师范学院中文系四年级三班文艺评论小组的《驳巴人对创造新英雄人物形象问题的修正主义观点》；山东师范学院中文系1956级三班学术批判小组的《代表性·个性·人类本性——驳巴人的典型论》；宋垒

的《释"通过人情贯彻阶级立场"》;李玉山的《批判"三个套子"》;孟浩的《创造更高的典型——杂谈王安友小说的人物创造》;宋家庚的《文化革命进程中的小插曲——读史平的〈关卡〉》;张岐、刘小衡的《表现公社生活的诗歌中存在的一个问题——读稿随笔》。

《江海学刊》7月号发表孙殊青的《毛主席象红太阳——略谈各族人民歌颂毛主席的新民歌》;南京大学中文系古典文学教研组的《怎样理解古代文学作品的社会意义》。

14日,《光明日报》发表潘辰的《关于古代文学的现实主义》。

15日,《海鸥》第7期发表狄白的《驳巴人的"有艺术而后有政治"论》;孔林的《钢铁的声音 劳动的诗篇——读〈青岛工人诗歌选〉》。

16日,《东海》第14期发表张仲浦的《谈〈林家铺子〉》。

18日,《人民日报》发表缪敏的《传播革命的火种》。

19日,《人民日报》发表李希凡的《长篇小说创作的新收获——读柳青〈创业史〉第一部》。

20日,《光明日报》发表张绰的《谈〈三家巷〉》。

21日,《光明日报》发表林根的《〈草鞋的故事〉是篇好小说》。

25日,《诗刊》第7期发表柳央的《激情的颂歌——读〈我握着毛主席的手〉》;聂索的《新的时代,新的情歌——〈红旗歌谣〉学习札记》。

《群众文艺》改名为《宁夏文艺》,7月号发表李杰的《坚决捍卫文艺的党性原则》;白云峰的《彻底粉碎现代修正主义》;安习文的《斗争的哲学、斗争的文学》;吴运光的《所谓"一穷二白"》;宗学素的《从宁夏人民生活中产生出来的诗》;樊飞的《读〈沙原牧歌〉》。

26日,《文汇报》发表单也的《传播革命火种的人——访问江西省副省长邓洪同志(著名短篇小说〈潘虎〉的作者)》。

《中国青年报》发表贾文昭的《坚决走社会主义道路的青年形象——谈〈创业史〉中的青年农民梁生宝》;孟服南的《人民创造社会主义伟业的颂歌——读柳青同志的新作〈创业史〉》。

《文艺报》第13、14期合刊"中国文学艺术工作者第三次代表大会 中国作家协会第三次理事会(扩大)会议专号"发表《陆定一同志代表中共中央和国务院在中国文学艺术工作者第三次代表大会上的祝词》;郭沫若的《为争取我国社会主义文艺事业的更大跃进而奋斗（中国文学艺术工作者第三次代表大会开幕词）》；社论《刻苦努力，争取文艺工作的更大胜利!》，邵荃麟的《在战斗中继续跃进（在中国作家协会第三次理事会（扩大）会议上的报告）》；巴金的《文学需要跑在时代的前头》；柳青的《谈谈生活和创作的态度》；杜鹏程、王汶石的《新英雄人物鼓舞着我们》；李季、闻捷的《诗的时代，时代的诗》。

29日，《文汇报》发表何晓的《应该走这条路——访作家李准》。

31日，《解放日报》发表何士雄的《共产主义思想的闪光——读〈明天更辉煌灿烂〉、〈我们正在走向未来〉》。

7月31日，《光明日报》发表师东的《批判巴人对待古典文学遗产的修正主义观点》，8月7日续完。

本月，《江城文艺》7月号发表曹志忠的《为淑云一辩——与小说〈猪主任〉的批评者商榷》。

本月，少年儿童出版社出版《儿童文学研究》编辑室编的《儿童文学研究（1960年第二辑）》。

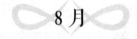

8月

1日，《山花》8月号发表刘才忠的《〈红旗歌谣〉万岁》；邓群风的《所谓"一致性"的实质》。

《火花》8月号发表郑笃的《彻底肃清巴人所散布的毒素》；李秉直等的《漫谈〈同蒲风光〉》；专栏"笔谈短篇小说"发表蔡肇发等的《谈谈"短"》，肖铃的《多写"短篇"》。

《长春》8月号发表中山大学中文系58级文艺理论组的《走什么道路?》；文戎的《共产主义思想的赞歌》。

《东海》第15期发表徐季子的《巴人的"货色"》。

《延河》8月号发表陕西师范大学中文系文艺战线社的《作家必须建立马克思

列宁主义的世界观——批判霍松林先生〈文艺学概论〉中的修正主义观点》;山青的《读〈新人集〉》;刘志一的《生动的老英雄形象——读〈松山爷爷〉》;木子的《朴素、亲切的形象——〈车间副主任〉读后》。

《雨花》第 14 期发表扬州市文联文艺评论组的《谬论必须驳斥》;刘开荣的《又是"写真实"的幌子》;"星星之火"文学社的《我们的回答》;刘国华的《王梦云做的什么梦?》;章炳文的《关于"创作自由"》;苏骚的《为什么反对写党的领导?》;王希杰的《两种真实》;余武的《〈忆戴祥〉读后》;戴平安、戴美珍的《戴祥亲人的来信》。

《星火》8 月号发表李定坤的《江西的革命回忆录创作运动》;大俊、世德、吴海的《英雄的时代,光辉的人物》。

《星星》8 月号发表松勋的《战士诗歌战士爱——喜读〈兵的歌〉》;董善堂、王子章、董群林的《更高地举起人民公社的旗帜胜利挺进——歌剧〈尼龙谷的春天〉观后感》;钟止戈的《诗与想象——学习毛泽东文艺思想的一点体会》;陈朝红的《巴人在推荐什么》;松笔的《谈〈红云岩〉中的饶小三及其它》。

《草原》8 月号发表保音、许力耕的《来自大兴安岭的一封信》;汪浙成的《一篇值得注意的小说》;内蒙古师范学院"三八"文学评论组的《谈细节描写在作品中的地位》。

《海燕》8 月号专栏"检讨《收猪》"发表水晶的《一篇歪曲新社会人和人之间关系的作品》;凌河的《斩断翅膀》;李芳植的《飞向何处》。

《萌芽》8 月号发表徐景贤的《斗争和建设的百科全书——谈工厂史、公社史、里弄史的写作》。此后停刊,1964 年 1 月 15 日复刊。

《绿洲》8 月号发表万嵩的《崇高的品质,光辉的形象——〈硬骨头〉读后》;西北大学中文系 1956 级"开国十年文学史"诗歌评论组的《读〈缚龙〉》;刘树勋的《长缨在手　缚住苍龙——读〈缚龙〉》。

《青海湖》8 月号发表白翎的《喜读〈祁连特辑〉》;丛生的《飞跃吧,美丽的祁连——〈祁连特辑〉读后》;梅青的《森林在歌唱——读〈伐木者之歌〉》。

《文艺红旗》8 月号发表思基的《农村社会主义革命的赞歌——读马加同志的〈红色的果实〉》;戴月、张士杰、李乃义的《一部反映工业建设的好作品——鞍钢工人笔谈〈乘风破浪〉》;张振寰的《驳所谓"反映生活的真实与否"》。

《四川文学》8 月号发表陈朝红的《革命母亲的光辉形象——读〈老三姐〉》;四川大学中文系四年级星火文艺评论组的《驳斥李何林的修正主义谬论》。

《淮河文艺》8月号发表戴兴华的《坚持党的文艺方针,彻底粉碎巴人的"人性论"》;章建新的《谈写诗(续二)》;贾川、家川的《"献给祖国的花朵"的花朵——谈"六一"特辑》;王玉先的《白衣战士的光辉形象——〈一曲生命的赞歌〉读后感》。

《湖南文学》8月号以"学习毛泽东文艺思想 建立无产阶级世界观"为总题,发表刘勇的《文艺工作者要牢固地树立无产阶级世界观》、陈定国的《要站在斗争的最前线》;同期,发表黄起衰的《简评湖南十年文艺选集》;马焯荣的《读〈山乡巨变〉续篇》;肖兵的《读了〈号声〉以后》;春生的《从写英雄人物谈起》。

《解放军文艺》8月号发表何左文的《部队文艺工作空前繁荣的新时期》;吉悌的《战斗热情最可贵——漫谈魏巍同志抗美援朝时期的散文》;江泓的《高举毛泽东文艺思想红旗胜利前进——在全国文教积极分子会议上的发言》;冉茂魁的《画出最新最美的图画来——在全国文教积极分子会议上的发言》;陈孟君的《部队文工团在跃进》。

3日,《人民日报》发表沙汀的《作家的责任》;杜鹏程、王汶石的《新英雄人物鼓舞着我们》;李季、闻捷的《诗的时代 时代的诗》。

5日,《文汇报》发表吴强的《一个创作上的斗争任务》。

《人民日报》发表金近的《同接班人在一起的时候》。

《上海文学》8月号"群众业余新作者专号"发表《陆定一同志代表中共中央和国务院在全国第三次文代会上的祝词》;东升的《在毛主席文艺方向下,发扬革命精神,更加发愤图强》;华文军的《谈胡宝华的创作》;齐等山的《新开的花朵(谈肖木的三篇作品)》;张玺的《热情的颂歌(评蓝翔的诗)》;方胜、何士雄、吴长华的《闪耀着共产主义思想光芒的英雄形象》;本刊编辑部的《在成长中的文学新军》。

《北方文学》8月号发表北大中文系1958级文学评论组的《也谈"人情味"》;曹让庭的《谈谈〈高老头〉中的几个人物》。

《安徽文学》8月号发表高善礼的《我写〈崇高的事业〉的经过》;樊发家的《谈诗的构思》;肖冰的《可爱的"倔劲"——读〈铁柱三接娘〉》;化冰的《一支扣人心弦的歌——读殷光兰的〈一支笔〉》;徐淑华的《鹰之歌——读〈小红鹰〉后感》;赫然的《读书小谈》。

《边疆文艺》8月号发表刘光怡、殷光熹的《王松同志创作上的不良倾向》。

7日,《光明日报》发表赵树理的《谈"久"——下乡的一点体会》。

8日,《人民日报》发表巴金的《文学要跑在时代的前头》。

《解放日报》发表方闻的《回忆过去发愤图强——评介〈江边上的春天〉》。

《人民文学》8月号发表茅盾的《反映社会主义跃进的时代,推动社会主义时代的跃进!》;沙汀的《作家的责任》;赵树理的《读〈久〉》。

《北京文艺》8月号发表中国青年艺术剧院集体讨论、周来执笔的《必须牢记的历史教训——谈〈同志,你走错了路!〉的思想性和战斗性》;河北北京师范学院中文系一年级一大班评论组的《从〈红旗谱〉看英雄形象》。

9日,《人民日报》发表邓洪的《用文艺形式写出党的光辉历史来》。

10日,《天山》8月号发表彭力一的《读左齐同志的革命回忆录》;新疆师范学院汉语言文学系文学评论组的《技术革新的赞歌》;雷茂魁的《话剧艺术在群众化民族化道路上的新成就》。

《东风》第15期发表南开大学中文系文艺评论组的《是马克思主义,还是修正主义?——批判李何林同志的修正主义文艺思想》。

《人民日报》发表李伟的《高举毛泽东思想红旗 继续写出更多更好的革命斗争回忆录》;柳青的《谈谈生活和创作的态度》。

《山东文学》8月号以"彻底批判修正主义"为总题,发表戈兵的《驳巴人资产阶级的人性论》,萧涤非的《现代修正主义文艺思想的核心——"人性论"批判》,汤建山的《世界观与创作的关系——驳巴人的修正主义观点》,山东大学中文系三年级文艺评论小组的《驳巴人"人类本性的人道主义"》。

《江海学刊》8月号发表吴翠芬的《谈古代文学作品对于建立共产主义世界观的作用》;南京大学中文系三年级文艺理论科学小组的《我们对〈红与黑〉的看法》;范存忠的《谈谈笛福的〈鲁滨孙漂流记〉》。

14日,《文汇报》发表单也的《高唱战歌前进——访问作家胡可》。

16日,《人民日报》发表王朝闻的《表现人民群众的英雄时代》。

《东海》第16期发表杭大中文系代表集体讨论撰写的《一个富有现实意义的优秀神话剧》。

21日,《光明日报》发表《对古典文学中现实主义和积极浪漫主义相结合等问题的探索》。

25日,《东风》第16期发表南开大学中文系文艺评论组的《是马克思主义,还是修正主义?——批判李何林同志的修正主义文艺思想(续完)》。

《诗刊》第8期发表田间的《作红色的歌手——在中国作家协会第三次扩大

理事会上的发言》;黄声孝的《在党的培养下不断成长——在中国文学艺术工作者第三次代表大会上的发言》;霍满生的《我用诗歌打击敌人,鼓舞人民——在中国文学艺术工作者第三次代表大会上的发言》。

《文学评论》第4期发表《陆定一同志代表中共中央和国务院在全国文学艺术工作者第三次代表大会上的祝词》;周扬的《我国社会主义文学艺术的道路——一九六〇年七月二十二日在中国文学艺术工作者第三次代表大会上的报告》;何其芳的《正确对待文学遗产,创造新时代的文学——一九六〇年八月二日在中国作家协会第三次理事会扩大会议上的发言》;冯至的《关于批判和继承欧洲批判的现实主义文学问题——一九六〇年八月一日在中国作家协会第三次理事会扩大会议上的发言》;蔡仪的《人性论批判》;王燎荧的《人性论的一个"新"标本——评王淑明同志〈关于人性问题的笔记〉》;李普的《李何林同志的资产阶级治学态度和治学方法》。

26日,《文艺报》第15、16期合刊"中国文学艺术工作者第三次代表大会 中国作家协会第三次理事会(扩大)会议专号(二)"发表《中国文学艺术工作者第三次代表大会向中央和毛主席致敬电》;《中国文学艺术工作者第三次代表大会决议》;郭沫若的《高唱东风压倒西风的凯歌,创造更多的革命英雄形象(在中国文学艺术工作者第三次代表大会上的闭幕词)》;袁勃的《云南各兄弟民族文学的新发展》;李伟的《高举毛泽东思想红旗,写出更多更好的革命斗争回忆录》;韦君宜的《关于工厂史的编写工作》。

本月,《江城文艺》8月号发表张哲、金钟鸣的《最伟大的革命诗篇》;马冀的《怎样评论文艺作品——与曹志忠同志商榷》;毛禹的《文艺作品如何表现知识分子——从对〈猪主任〉的争辩所想到的》;未者的《也谈"淑云的形象"》。

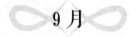

9月

1日,《山花》9月号发表蔡葵的《读〈高原战鼓〉》;陈义伦的《读〈百吨炉〉》;杨小科的《看黔剧〈女矿工排〉》；林介夫的《看电影〈黄河飞渡〉》。

《火花》9月号发表黄侯兴的《揭露"人性"的实质》；钟源的《也谈如何写新》；蓝光斗的《世界观·生活·创作》。

《长春》9月号发表大海的《贬低红花向阳开（读〈海龙文艺〉）》。

《东海》第17期发表《〈东海〉、〈俱乐部〉合并启事》，通告合并后继续出版半月刊《东海》。

《延河》9月号发表柳青的《谈谈生活和创作的态度》；胡采的《永远和人民群众相结合》；杜鹏程、王汶石的《新英雄人物鼓舞着我们》。

《雨花》第15期发表珠玛峰的《驳王梦云所谓公式化概念化》；姚以铮的《"真实论"种种》。

《星火》9月号发表文兵的《宣扬革命传统的书——读〈长岗人民公社史话〉》；谷明、方平的《现代修正主义思想彻底破产的铁证——读〈星火〉最近及其所载的工人诗歌》。

《星星》9月号发表钟止戈的《在广阔的新路上——诗集〈我们追赶太阳〉读后》；侯爵良的《"诗的唯一任务，就在于发展人的本质"吗？——驳巴人的一个论点》。

《草原》9月号发表《老干部座谈〈王若飞在狱中〉》；内蒙古大学中文系汉语言文学专业1957级的《保卫和继承列宁的文学批评的战斗传统》。

《海燕》9月号发表丛丰兆的《树立共产主义的世界观、人生观，忠诚踏实的为人民服务》；师中青的《批判巴人的人性论》；陈孝兴的《领袖战士心连心》；专栏"讨论《收猪》"发表了《王川华的〈替《收猪》翻案〉》，杨惟的《应当怎样看待〈收猪〉？》。

《绿洲》9月号发表柳央的《创业英雄的颂歌——读报告文学集〈天山战歌〉》；薛长明的《大跃进的赞歌——喜读小歌剧〈佳节新宾〉》；杜方勒的《一支对生活和战士的颂歌——〈雪地追踪〉读后》；于拓夫的《一篇激动人心的农村史——读〈棉田里的凤凰〉》。

《新港》9月号发表刘金的《评新版〈战斗的青春〉》。

《文艺红旗》9月号发表葛为民的《响彻云霄的英雄赞歌——评〈英雄时代的人〉》。

《长江文艺》8—9月合刊发表何鸿的《喜读〈蚕娘〉》。

《四川文学》9月号发表四川省文联创作辅导部的《公社史〈绿树成荫〉是怎样编写出来的》。

《湖南文学》9月号发表宋时英的《大写当代英雄》；朱启穗的《毛泽东思想的颂歌，生动的党史教材——评〈赤胆红心〉的创作和演出》；大波水的《矛头指向哪里——批判铁可的〈杂谈反映人民内部矛盾〉》。

《解放军文艺》9月号发表《陆定一同志代表中共中央和国务院在全国第三次文代大会上的祝词》；《社会主义文学艺术的道路——周扬同志在全国第三次文代大会上的报告（摘要）》；傅钟的《歌颂我们伟大人民 歌颂我们的英雄军队》；李伟的《高举毛泽东思想红旗 写出更多更好的革命斗争回忆录》；陈亚丁的《革命军事文学——革命英雄主义的文学》；张金辉的《沿着毛主席的文艺方向 把部队的戏剧工作提高一步》；陈播的《高举毛泽东思想红旗 创作更多更好的革命军事题材影片》。

3日，《光明日报》发表吴小美、季成家的《漫谈〈三家巷〉中周炳形象的塑造——兼评〈也谈《三家巷》〉》。

《剧本》8、9月合刊发表郑天健的《关于〈刘三姐〉的创作》。

5日，《上海文学》9月号发表黄展人的《评〈创业史〉第一部》；齐等山的《评〈战斗的青春〉修改本》；华文军的《评〈女车间主任〉》。

《北方文学》9月号发表石洛的《为文艺园地茁壮成长的新苗而欢呼》；李熏风的《喜听孩子们朗诵自己的诗》。

《边疆文艺》9月号发表老舍的《读了〈娥并与桑洛〉》；木公笔的《不可阻挡的潮流（读小说〈人望幸福树望春〉）》；李洛翰的《巴人的"人道主义"的实质及其危害》；裕书的《驳斥资产阶级的人性论及其它》。

7日，《光明日报》发表易征的《周炳小论》。

8日，《文汇报》发表戴厚英的《革命知识分子的道路》。

《人民文学》9月号发表杜埃的《同修正主义斗争中发展的社会主义文学》；李定坤的《革命的赞歌，英雄的史诗！——读〈红色赣粤边〉》；黄树则的《从烈火中产生的艺术》。

《北京文艺》9月号发表周扬的《我国社会主义文学艺术的道路——一九六〇年七月二十二日在中国文学艺术工作者第三次代表大会上的报告》；叶林的《工人音乐创作的新高峰——评〈我们在毛主席身边歌唱〉》。

11日,《文汇报》发表方胜的《苦菜根苦开花香》。

《光明日报》发表贾文昭的《略谈"古为今用"》。

《解放日报》发表郝孚逸的《人民公社的颂歌》。

13日,《文汇报》发表高玉蓉的《中国人民战斗的颂歌》。

《光明日报》发表沙金的《"离开跃进没有诗"——读福庚的诗集〈新安在天上〉》。

15日,《人民日报》发表社论《更大地发挥社会主义文艺的革命作用》。

16日,《东海》第18期发表罗毅的《认清方向 改造思想》;向青的《坚持文艺为工农兵服务的方向》。

18日,《文汇报》发表《首都读者座谈优秀作品〈三家巷〉》。

《光明日报》发表唐弢的《略谈历史主义》。

19日,《文汇报》发表何士雄的《钢铁一样的人》;李岳南的《从农村唱到草原——严阵的部分抒情诗读后》。

20日,《淮河文艺》9月号发表章建新的《谈写诗(续完)》;华球的《城市人民公社的热情赞歌——喜读〈城市公社一家人〉》;蒋毓德的《一篇短而又好的小说——〈和好〉读后》。

21日,《光明日报》发表河北北京师范学院中文系四年级二大班文学评论组的《崇高的农民英雄形象——论〈红旗谱〉中的朱老忠》。

23日,《民间文学》8、9月合刊发表徐嘉瑞的《我们对民族民间文学的搜集、翻译、整理和研究工作的一些体会》;姜彬的《新形势对民间文学提出的问题》;杨文元的《关于发动群众搜集和创编新民间故事问题》;师群的《〈刘三姐〉创作中的几个问题》。

24日,《文汇报》发表戴厚英的《顶天立地的炼钢工人形象》。

25日,《诗刊》第9期报道,8月9日和12日《诗刊》编辑部邀请出席全国第三次文代会的诗人举行座谈会,周扬参与座谈并讲话,赵子平、柯仲平、黄声孝、郭小川、老舍、萧三、力扬、阮章竞、李根宝、陈山、李强华、康朗甩等发言;以"在诗歌座谈会上的发言"为总题发表柯仲平的《必须坚持工农兵的方向》,萧三的《诗歌杂谈》,陈山的《关于诗歌的几个问题》,阮章竞的《英雄的时代需要英雄的诗篇》。

《宁夏文艺》9月号发表韩道仁的《反对地方民族主义思想 正确对待民族形式文艺》。

26日,《文艺报》第17、18期合刊发表[日]野坂参三的《中国知识分子所走过的道路——关于影片〈青春之歌〉》;田间的《让风暴更大些!——读〈风暴颂〉》;李希凡的《漫谈〈创业史〉的思想和艺术》;姚文元的《中国农村的社会主义革命史——读〈创业史〉》;闻捷的《〈黄河飞渡〉颂》。

本月,《中山大学学报(社会科学)》第3期发表中文系现代文学教研小组青年教师的《王淑明贩卖的是什么货色?——〈论人情与人性〉的批判》;中文系56级现代文学研究小组的《冰心早期作品初探》。

《江城文艺》9月号发表司马园丁的《新人物 新思想 新题材——读"黑姑娘的心事"》。

本月,人民文学出版社出版周扬的《我国社会主义文学艺术的道路》,本社编的《中国文学艺术工作者第三次代表大会文件》。

10 月

1日,《火花》10月号专栏"笔谈短篇小说"发表金笙的《关于作品的民族化和群众化问题》;朱沙的《社会主义新人的赞歌》;春发的《群众喜爱"工农兵赛诗台"》。

《延河》10月号转载《红旗》杂志社论《在战略上藐视敌人,在战术上重视敌人》;周扬的《我国社会主义文学艺术的道路》。

《雨花》第16期发表魏簪的《迅速反映这一场战斗》;柳木的《新事与新人》;陈辽的《必须坚持社会主义文学道路》;裴显生的《是党栽下幸福树 为党开出英雄花》;大木的《读徐宝康的〈找车子〉》。

《星火》10月号发表左云祥的《明确方向,改造思想,彻底作到工农化》;舒信波的《攀登无产阶级革命文艺的高峰,创造时代的英雄人物》。

《星星》10月号发表本刊记者的《高举毛泽东文艺思想红旗,为社会主义建设高歌!(诗歌座谈会纪要)》;修文的《高亢、激越的颂歌》;可夫的《茶山新歌》。此后停刊。

《海燕》10月号专栏"讨论《收猪》"发表纪鱼的《〈收猪〉的案翻不了》,大连造船厂辅机车间文学小组的《此案难翻》。

《新港》10月号发表黑英的《在与工农结合的道路上前进》;唐弢的《鲁迅和他的〈故事新编〉》;许钦文的《从〈好的故事〉看〈野草〉》。

《文艺红旗》10月号转载周扬的《我国社会主义文学艺术的道路》。

《四川文学》10月号发表陈照红的《在工农化的道路上努力前进——读揭祥麟同志大跃进以来的作品》。此后停刊,1961年4月复刊。

《民间文学》10月号发表贵州省民间文学工作组的《关于〈洪水滔天歌〉》;贵州省民间文学工作组的《关于〈嘎百福歌〉》。

《湖南文学》10月号发表《社会主义文艺的最正确、最宽广、最富于创造性的道路——省会文艺界部分同志座谈学习全国第三次文代会文件的发言纪要》;刘勇的《把根扎深些》;张福梅的《舞台是我们的战场》;周春新的《鱼米之乡展宏图》;欧阳茂的《人民公社的颂歌》。

《解放军文艺》10月号发表周扬的《我国社会主义文学艺术的道路——在中国文学艺术工作者第三次代表大会上的报告》;傅钟的《让文代会的精神在部队文艺工作中开花结果》;李伟的《音乐为社会主义服务,为国防建设服务》。

3日,《剧本》10月号发表李慧中的《谈歌剧〈刘三姐〉》;凤子的《谈刘三姐的性格塑造》。

5日,《解放日报》发表周天的《努力表现农业战线上叱咤风云的英雄人物——读长篇小说〈创业史〉第一部札记》。

《边疆文艺》10号发表王国祥的《〈云南歌谣〉中的毛主席颂歌》;郑祖杰、张静江的《激情的河流(读刘澍德的〈同是门前一条河〉)》。

《安徽文学》10月号发表合肥师范学院中文系57级(1)班文学评论组的《试论批判地对待十九世纪的资产阶级文学问题》;严云绶的《谈文艺的阶级性——学习毛泽东思想笔记》;方传政的《为英雄的矿工们高歌》;席雨的《一篇生动的团课教材——读〈启蒙的一课〉》。

8日,《人民文学》10月号发表叶圣陶的《〈严重的时刻〉印象谈》;石燕的《拿起迅速反映时代风貌的犀利武器——几篇报告文学和特写读后感》;秦牧的《朝阳照耀下斗争生活的颂歌——谈刘白羽的散文特写》。

《北京文艺》10月号发表北京市工人业余评论小组的《工人阶级光辉的历史——评介〈北方的红星〉》;谭需生的《无产阶级斗争的颂歌——评影片〈以革命的名义〉》。

10日,《解放日报》发表张世定的《深入农业第一线的领导者的光辉形象——谈刘白羽的散文特写》。

《天山》10月号发表新疆师范学院汉语言文学系文学评论组的《革命理想是文学创作的灵魂》;白丁的《更好更深刻地反映兄弟民族农村生活》。

《山东文学》10月号发表丹丁的《到火热的斗争中去》;许家松的《依靠人民,艰苦奋斗——读〈山东文学〉八月号的两篇革命回忆录》;刘天成、李增林、王延晞的《批判〈《长生殿》的主题思想究竟是什么?〉一文中的人性论观点》。

11日,《文艺报》第19期发表社论《学习毛泽东同志最坚定、最彻底的革命精神——为〈毛泽东选集〉第四卷出版而欢呼》;昭彦的《充分发挥报告文学的革命威力》。

12日,《光明日报》发表许兆焕的《社会主义农民革命的真实形象——谈〈创业史〉中的梁宝生》。

16日,《东海》第19、20合刊发表吕禾的《学习鲁迅对待文化遗产的态度》;周芾棠的《学习鲁迅先生的刻苦自励精神》;杭大中文系代表集体撰写的《生活激流中的一朵浪花》。

17日,《文汇报》发表吴长华的《一直跟党走到头》。

19日,《光明日报》发表文彤的《三支社会主义颂歌——谈周立波同志的短篇小说》。

20日,《淮河文艺》10月号发表哈牡生的《喜读〈借火柴〉》;青松的《富有特色的专栏——读〈淮河两岸鲜花开〉》。

21日,《文汇报》发表菁子的《新的一代新的风格——喜读〈妹妹入学〉》。

23日,《解放日报》发表华今的《驱龙耕云的公社气象员——读李准的小说〈耕云记〉》;方胜的《胜利一定是我们的——重读魏巍的朝鲜通讯有感》。

25日,《东风》第20期发表冀群力的《一首英雄的赞歌——评话剧〈邢燕子〉》;田间的《"毛选"颂》。

《前线》第20期发表邓止怡的《谈话剧〈人定胜天〉》。

《诗刊》第10期发表邹荻帆的《读〈肖三诗选〉》;紫晨的《一部动人心魄的好

诗——赞〈傣家人之歌〉》;殷晋培的《一首壮丽的颂歌——读张志民的〈祖国颂〉》;尹一之的《谈饶阶巴桑的几首诗》。

《文学评论》第 5 期发表本刊编辑部的《认真学习,提高思想——欢庆〈毛泽东选集〉第四卷出版》;何其芳的《优美的歌剧〈刘三姐〉》;蔡仪的《论刘三姐》;贾芝的《民间传说刘三姐的新形象》;朱寨的《读〈山乡巨变〉续篇》;陈瘦竹、沈蔚德的《论〈雷雨〉和〈日出〉的结构艺术》;柳鸣九的《批判人性论者的共鸣说》。

26 日,《光明日报》发表赵乐璞的《〈烽火列车〉是怎样写成的》。

《文艺报》第 20 期发表黄沫的《〈耕云记〉的思想意义》;川岛的《读许广平的〈鲁迅回忆录〉》;同期,报道 10 月 13 日《文艺报》编辑部召开艺术片《聂耳》的座谈会,田汉、严文井、陈荒煤、马克、刘白羽、张光年参与座谈,发表《从一个人表现一个时代——座谈彩色艺术片〈聂耳〉》。

30 日,《文汇报》发表高玉宝的《给读者的一封信》;冰心的《祖国海山的颂歌——读郭风的散文集〈山溪和海岛〉》。

本月,《江城文艺》10 月号发表张弘引的《可喜的收获　美好的前景——评"小说专号"发表的小说》。

本月,人民文学出版社出版茅盾的《反映社会主义文学艺术的道路,推动社会主义时代的跃进!》

11 月

1 日,《山花》11 月号发表林乙的《试谈〈英雄面前无困难〉的长和短》;江澈的《读〈步步登高〉》;方楞的《光辉的形象,典型的性格》;王羌江的《社会主义的女闯将》;晓月的《宣扬什么》。

《火花》11 月号发表陈志铭的《先破思想关》;金笙的《关于革命现实主义和革命浪漫主义的结合问题》;汪洋的《坚决走社会主义文学艺术的道路》。

《长春》11 月号发表王钧的《一曲激动人心的英雄乐章——读〈英雄的姐

妹〉》;肖荣的《红心向阳心更红——读〈红心向太阳〉》;梁宗鑫的《在阳光下成长——读〈小马林和飞毛腿〉》。

《延河》11月号发表西北大学中文系四年级文学评论组的《工人阶级的英雄谱——简评西安人民搪瓷厂厂史》。

《雨花》11月号发表吉体来的《社会主义的真实及其他》;王梦云的《决心改正错误,从头学起》;吉体来的《艺苑新花》。

《星火》11月号发表梅田、一丁、发惠的《党的思想光芒照耀着我们前进的道路》;王志齐的《〈杂谈反映人民内部矛盾问题〉宣扬了什么?》;李海雅的《驳〈多数和少数〉》;谢日新的《〈多数和少数〉一文的实质》;吴宗铭的《气势磅礴的交响乐》。

《海燕》11月号发表汪萍的《新人的颂歌》;枫凌的《读〈新的启示〉有感》。

《绿洲》11月号发表陆建华的《为共产主义英雄人物高唱赞歌——读〈飘扬在天山顶上的一面红旗〉》;符庆桃的《奇迹的创造者——〈飘扬在天山顶上的一面红旗〉读后感》;泽根的《人老心红——〈两个老汉〉读后》。

《新港》11月号发表田间的《春花——〈耿明春诗抄〉序》;南开大学中文系文艺评论组的《坚决沿着文艺工作者工农化的道路前进》;天津电器厂锣鼓文学社的《努力学习热爱劳动》;向真的《读王培珍的〈日记片段〉》。

《文艺红旗》11月号发表葛为民的《论世界观与创作方法的关系——驳冉欲达的创作方法万能论》;秦宇的《绚烂多彩的生活画面——谈徐光夫的短篇小说创作》。

《民间文学》11月号发表秋天的《读〈特康射太阳〉》。

《湖南文学》11月号发表王之宪的《文艺工作者到第一线去——到火热的生产斗争中去》;白沙洲创作组的《〈红旗歌谣〉红旗飘(座谈纪要)》;樊篱的《最好的艺术方法》。

《解放军文艺》11月号发表西虹、胡奇坤、张哲明的散文《南京路上好八连》;吉悌的《读〈英明的预见〉》;辛冰的《"敢于胜利,善于斗争"的思想永放光辉——喜读〈铁流千里〉和〈豫西牵牛〉》;文童伍的《壮美动人的革命英雄画卷——重读刘白羽同志的短篇集〈战斗的幸福〉》。

2日,《人民日报》发表宋爽的《唱出时代的最强音——几篇反映共产主义风格的通讯特写读后》。

《光明日报》发表本报资料室的《〈三家巷〉的人物塑造及其他》；张天的《也谈〈三家巷〉》。

《解放日报》发表陆行良的《针锋相对寸土必争——读田间的〈板门店记事〉》。

3日，《文汇报》发表孙雪吟的《山乡的火种》。

《剧本》11月号发表张光年的《昨天，今天，明天——剧本〈以革命的名义〉中译本题记》；吴晗的《谈〈甲午海战〉》；张真的《振奋人心的战斗史诗——〈甲午海战〉观后》。

5日，《上海文学》10—11月号发表社论《全面地学习毛泽东思想、确立无产阶级的世界观》；周扬的《我国社会主义文学艺术的道路——一九六〇年七月二十二日在中国文学艺术工作者第三次代表大会上的报告》；天鹰的《从群众创作比赛活动看群众创作运动的规律》；杜宣的《读〈钢人铁岛〉的主题、人物和情节》；周端木的《凤凰树下的英雄赞歌》；张玺的《读〈东海凯歌〉》。

《北方文学》11月号发表王书怀的《到农村去扎根》；谢树的《新时代的赞歌——〈时代新人〉读后感》。

《边疆文艺》11月号发表昆明师范学院文史系中国现代文学小组的《论刘澍德同志的小说》；刘光怡、殷光熹的《批判〈一个矿工的遭遇〉》。

《安徽文学》11月号发表章新建的《驳巴人对〈阿Q正传〉的歪曲》；孙堌的《试谈包立春的民歌创作》；余恕诚、郑兆月、曹文心的《大跃进英雄的赞歌——介绍三位工人作者的小说》；李生春的《读了〈"喇叭筒"傻了眼〉》。

8日，《光明日报》发表《座谈〈创业史〉》。

《人民文学》11月号发表赵树理的短篇小说《套不住的手》；任文的《〈耕云记〉的成就》；周立波的《关于民族化和群众化》；《谈革命斗争回忆录的写作问题——张爱萍、李立、朱道南、黄良成等同志谈话记录》。

《北京文艺》11月号发表徐康、李玉田的《劳武结合，威力无穷！——〈长缨在手〉观后记》；孙庆升的《公社人物的英雄画像——评张志民的诗歌近作》；船农的《谈文学创作的剪裁》。

9日，《文汇报》发表汪习麟的《士兵兼统帅——读〈难忘的三年〉》。

10日，《天山》11月号发表雷茂奎的《谈谈关于如何继承文化遗产的问题》；刘前斌的《时代新人的画廊》。

《山东文学》11月号发表任孚先的《谈几篇反映农业战线的小说》；文外的《〈红与黑〉和于连——兼驳黄嘉筱先生关于〈红与黑〉的资产阶级观点》。

《江海学刊》11月号发表黄同的《人性　神性　兽性——驳资产阶级人性论》；江林的《谈谈托尔斯泰的人道主义》。

《解放日报》发表华东师大中文系文学社的《延安青年的光辉革命传统——读〈延安求学记〉》。

《文艺报》第21期发表马文兵的《批判地继承托尔斯泰的艺术遗产——为纪念托尔斯泰逝世五十周年而作》；刘白羽的《请读〈黑面包干〉》；阎纲《跨进了一步——读沙汀的短篇新作〈你追我赶〉》；乔羽的《耳目一新——谈歌剧〈刘三姐〉》。

13日，《文汇报》发表陆行良的《我国无产阶级的英雄典型》。

《光明日报》发表黄衍伯的《关于"中间作品"问题》。

14日，《文汇报》发表陆行良的《光辉的共产党人形象（优秀作品人物谈）》。

《解放日报》发表陈山的《生活的电火——读福庚的新作〈新安在天上〉和〈新安江之歌〉》。

15日，《光明日报》发表南开大学中文系现代文学评论组的《革命母亲的光辉形象——谈〈苦菜花〉里的母亲》。

16日，《文汇报》发表陆行良的《严运涛和春兰》。

《人民日报》发表《长安县座谈〈创业史〉》。

《东海》第21—22期合刊发表钟秀的《小小说要提倡》；安中文的《我是怎样写〈连环洞〉的》；叶征洛的《根本的关键》。

20日，《解放日报》发表秦家琪、吴欢章的《志大劲粗的社会主义新人的成长——喜读杜鹏程的〈年轻工程师〉》。

《文汇报》发表黄屏的《铁道战线上的英雄》。

《淮河文艺》11月号发表木子的《谈文学作品中的环境描写》；何有文的《颂〈淮河平原颂〉》。

23日，《文汇报》发表首都图书馆读者文学评论小组的《谈〈创业史〉中的梁生宝》。

《光明日报》发表江石芬的《复杂的艺术形象》。

25日，《前线》第22期发表姜俊峰的《影片〈红鹰展翅〉的思想意义》。

26日,《文艺报》第22期发表马铁丁的《勇与谋——读几篇关于人民解放战争的革命回忆录》;老舍的《读〈套不住的手〉》;戴不凡的《气壮山河的〈甲午海战〉》。

《人民日报》发表冯广珍的《学习邓秀梅那样深入第一线——重读〈山乡巨变〉所想到的》。

27日,《光明日报》发表李景白的《关于古代作品社会意义的讨论中的逻辑问题》;辛茹的《古典文学的研究和古典文学理论遗产的研究应该互相"挂钩"》。

30日,《人民日报》发表姚文元的《努力反映农村生活中的新事物——谈李准短篇小说的几个特点》;谢帆的《艺术独创和百花齐放》。

12 月

1日,《文汇报》发表渠立续的《雁门群众创作之花》。

《山花》12月号发表林颖的《不真之真——创作与欣赏》;林丹的《顾大嫂的形象不容否定——与晓月同志商榷》;亚望的《我们需要顾大嫂的风格——也谈〈花开时节〉》;遥望的《否定什么,肯定什么?——评〈花开时节〉》;娄明启、陈敬国、徐华智的《顾大嫂是个人主义的英雄呢还是社会主义的闯将》;老启的《知识分子的道路——〈我和老余〉读后》。

《火花》12月号发表高鲁的《正确接受遗产的推陈出新》;杨满仓的《时刻和群众在一起》;马作楫的《我的收获》。

《长春》12月号发表董速的《学习〈毛泽东选集〉第四卷的一点心得》;叶华的《谈谈文艺工作者的思想改造问题》。

《延河》12月号发表胡采的《思想要高 生活要深》;陕西师范大学中文系文艺战线社的《"人性论"的"新"花样——批判姜炳泰同志在继承遗产问题上的修正主义观点》;叶木的《兄弟民族团结友爱的颂歌——评〈寻马记〉》。

《雨花》第18期发表闻起的《读书笔记》;石林的《学习毛主席的阶级观点和

阶级分析的方法》；吉体来的《给一位诗歌作者的信》。

《星火》12月号发表樊玛的《跃进的农村在唱歌》；江西师范学院中文系"海燕"评论组的《农业劳动中的鲜花》。

《海燕》12月号发表师中青的《革命精神万岁！》。

《绿洲》12月号发表东丰的《打的好！——喜读〈飞毛腿怒打小日寇〉》；陆建华的《时代的芳香　生活的赞歌——喜读剧本〈护士宿舍〉》；小河的《从杨嫂想起祥林嫂——读小小说〈杨嫂〉有感》；彭放的《共产主义风格的赞歌——读〈闯将〉》。

《新港》12月号发表赵明孝的《试评〈天津第一座发电厂〉》；张家口煤机厂工人业余创作组等的《关于〈王队长看戏〉（二篇）》；花园公社评论组的《读〈白洋淀渔歌〉》；王炳群的《及时反映沸腾的生活》；张海宽的《新时代的新女性》。

《文艺红旗》12月号发表思基的《关于〈出路〉的讨论》；葛为民的《东风吹开英雄花——读〈文艺红旗〉11月号"当代英雄"一栏里的五篇特写》。

《民间文学》12月号发表贾芝的《社会主义建设时期民间文学的范围界限和工作任务问题》。

《湖南文学》12月号发表江浩的《时代的颂歌　群英的赞谱》。

《解放军文艺》12月号发表社论《文学艺术必须成为政治思想工作的有力武器》；《学习好八连艰苦朴素的作风——部队读者座谈〈南京路上好八连〉》；何左文的《批判海默军事题材小说中的错误倾向》。

3日，《剧本》12月号发表齐燕铭的《历史剧和历史真实性》；马少波的《浅探历史剧的古为今用》；袁水拍的《谈戏剧矛盾以及关于历史剧的问题——从〈甲午海战〉想到的》；仲曦东的《从〈记忆犹新〉回忆起的》；邓止怡的《有关〈刘顺清〉的创作情况》。

5日，《解放日报》发表洪野的《描画祖国好春天——读诗集〈烟囱〉》。

《上海文学》12月号发表罗荪的《从胜利走向胜利的光辉记录——读阎长林的〈胸中自有雄兵百万〉》；李佐的《农村人民公社的颂歌——谈王汶石的三篇小说》；甘竞的《试论鲁迅的人道主义及其他——驳巴人对鲁迅的歪曲》。

《北方文学》12月号发表李安恒的《从"浮想联翩，欣然命笔"谈起》；本刊编辑部的《一次有益的讨论——关于短篇小说'把家虎'和'顾小头'）的讨论》。

《边疆文艺》12月号发表李洛翰的《关于电影剧本创作的几点意见》；庄白岩

的《谈几部傣族民间叙事诗的语言》。

《安徽文学》12月号发表李华光的《驳钱谷融在〈论"文学是人学"〉中的错误观点》;黄茂宏的《新人颂歌——读〈在生产第一线〉特辑中的散文特写》;化冰的《战士笔下出好诗》;樊发家的《丰收的赞歌——读新民歌札记之一》。

7日,《人民日报》发表易征的《激越的时代凯歌——谈刘白羽的报告文学作品》;倪强的《人物的对白和形象、性格的创造》。

《光明日报》发表马焯荣的《也论周炳》。

8日,《人民文学》发表林斤澜的短篇小说《新生》;袁勃的《万方歌唱时代——评〈我握着毛主席的手〉》;光群的《作家的追求——读短篇〈你追我赶〉》;葛琴的《从"人性论"到"写真实"——评孙谦的三篇小说》;韦君宜的《新形式里的老问题——关于工厂史中的"写真实"》。

《北京文艺》12月号发表马文兵的《略谈〈红旗歌谣〉的艺术成就》;王衍盈的《无产阶级斗争风格的颂歌——读〈记忆犹新〉后》;苏辛群的《人民解放战争的几幅历史图景——重看几部反映人民解放战争的影片》。

10日,《天山》12月号发表本刊编辑部的《可喜的收获》;帕他而江的《向工农群众学习》;山林的《初读〈幸福〉》。

《山东文学》12月号发表王砚耕的《扎深根,结硕果——读〈刘书记来了〉〈高瞻远瞩〉等短篇小说》。

《江海学刊》12月号发表陈嘉的《马克·吐温——美帝国主义的无情揭露者　纪念马克·吐温逝世五十周年》。

11日,《文汇报》发表晓立的《〈创业史〉第一部的矛盾冲突和思想意义》。

《文艺报》第23期发表何其芳的《托尔斯泰的作品仍然活着——1960年11月15日在苏联科学院文学语言学部和高尔基世界文学研究所纪念托尔斯泰逝世五十周年的学术会议上的发言》;细言的《谈〈山乡巨变〉续篇的人物创造》;冯牧的《我们的生活列车在奔驰前进——从肖木的几篇短篇小说谈起》;本刊记者的《关于文学作品民族化问题——梁斌同志访问记》;曹子西的《兄弟民族新生活的光辉——谈兄弟民族作家短篇小说合集〈新生活的光辉〉》;川岛的《"应该这么写"——谈〈鲁迅手稿选集〉》;严家炎的《社会主义新春的赞歌——读〈人望幸福树望春〉》。

12日,《光明日报》发表张碧波的《关于古典文学中的现实主义与浪漫主义相结合的初步理解》。

14日,《人民日报》发表冰心的《"一定要站在前面"——读茹志鹃的〈静静的产院里〉》。

16日,《解放日报》发表王炼的《〈北大荒人〉赞》。

《东海》第23—24期合刊发表施佐才的《短小精悍的〈一分田〉》;阮未青的《为啥要写〈一分田〉》;邢瑞庭的《喜读〈连环洞〉》。

17日,《中国青年报》发表沈仁康的《喜读〈套不住的手〉》。

18日,《解放日报》发表陆行良的《人民的军队,无敌于天下!——喜读刘白羽同志的〈战火纷飞〉》。

20日,《北京日报》发表陈传才、王绍猷的《忘我的创造者——〈乘风破浪〉中的李少祥》。

《诗刊》第11、12月合刊发表孙绍振的《评光未然的〈五月花〉》;谢冕的《读贺敬之的政治抒情诗》;流照的《科学的、教育的诗——读高士其的〈科学诗〉》;尹在勤的《读温承训的〈母亲的城〉》;陶阳的《谈〈刘三姐〉唱词的民歌运用》。

21日,《文汇报》发表《试谈〈红光普照大地〉的人物描写》。

《人民日报》发表马铁丁的《社会主义劳动的美》。

《光明日报》发表《论周炳》;马焯荣的《也论周炳》。

25日,《文汇报》发表崔宗理的《喜读〈套不住的手〉》。

《解放日报》发表邓文峰的《伟大的形象——读〈英明的预见〉后感》。

《文学评论》第6期发表唐弢的《历史长河中的一阵小泡沫——谈所谓"第三条道路"问题,学习〈毛泽东选集〉第四卷笔记》;朱寨的《理想与预见——学习〈毛泽东选集〉第四卷得到的一点启示》;陈伯海的《关于巴尔扎克的世界观和创作方法问题》;钱中文的《反对修正主义者对托尔斯泰的歪曲》。

《宁夏文艺》第10期发表哈宽贵的《时代的赞歌》。

26日,《文汇报》发表范伯群的《略论新喜剧的矛盾冲突》;《历史教育是共产主义教育的组成部分——首都举行历史剧座谈会讨论历史剧的教育作用和创造问题》。

《文艺报》第24期发表荒煤的《漫谈〈战火中的青春〉》;汪岁寒的《〈战火中的青春〉的性格冲突》;李希凡的《〈水浒〉中宋江的悲剧形象和义军的悲剧结局》。

28日,《文汇报》发表王知伊的《细节描写》。

本月,《中山大学学报(社会科学)》第 4 期发表黄天骥的《论洪昇与长生殿》。

31 日,《解放日报》发表武平的《人民是不可战胜的——话剧〈甲午海战〉观后》;李长如的《把反帝斗争进行到底 为〈甲午海战〉公演而作》;以枫的《〈甲午海战〉的历史背景》。

《江城文艺》12 月号发表司马园丁的《迅速地反映现实生活——谈谈〈"四同"书记〉等几篇特写》。

1961年

1961年

1月

1日,《光明日报》发表李希凡的《读〈西游记〉浪漫精神的时代特色》。

《山花》1月号发表学剑的《谈工人文艺评论》;綦男的《读〈难忘的岁月〉和〈青年游击队〉》;韦木的《表现了时代精神的形象》;任方桐的《这不能否定》;杨世儒的《关于英雄人物的塑造和对〈花开时节〉的看法》。

《火花》1月号发表侯墨的《两朵新花》;晨铃的《读〈金凤凰〉》;贾春成的《发扬共产主义精神——读〈这孩子〉之感》。

《长春》1月号发表张忠祥的《放声歌唱新时代》;戚积广的《作时代的歌手》;房德文的《夸张和浮夸》;刘景林的《一点体会》。

《雨花》第1期发表曹殿臣、李文斌的《读〈胡小三〉等三篇革命斗争故事》。

《延河》1月号发表胡采的《批判秦炳泰同志的修正主义文艺观点》;专栏"座谈短篇小说的创作问题"发表王汶石的《漫谈构思》,李杰的《谈短篇小说中塑造人物的体会》,潭淡的《努力的方向》,刘贤梓的《三点认识》,解军的《写〈值勤一日〉的点滴感受》,陈松影的《在学习创作短篇小说的道路上》,张亲民的《必须深刻理解生活》,欧知礼的《力争在短篇小说的创作上提高一步》。

《星火》第1期发表翠竹的《读〈欢歌集〉》;长弓的《社会主义的新农民的形象》。

《热风》1月号发表李宗时的《加强阶级斗争观念 树立远大革命理想》;李正午、王耀辉的《对〈文学常识〉艺术的批评》。

《海燕》1—2月合刊发表孔宪令的《发扬"穷棒子"精神是富强之道——〈登沙河人民公社丛家大队勤俭办社专辑〉读后》;荣平的《蔑视困难 勇于斗争》;师中青的《一部优秀的农村发展斗争史——读〈果园史话〉》。

《新港》1月号发表老舍的《读王培珍的日记》;张寅的《感想·意见·希望》;林青的《读诗札记》。

《湖南文学》1月号发表成克莉的《诗歌民族化、群众化的广阔道路》;韩抗的《革命的血统》。

《解放军文艺》1月号发表何左文的《从李贵谈起》;以"谈解放战争时期的战

士歌谣"为总题发表胡宪荣的《毛泽东军事思想的颂歌》、陈建瑜的《毛主席就是胜利》。

4日,《解放日报》发表姚萌的《痛饮寇血剑唱歌——谈〈甲午海战〉中一道道具》。

《北京文艺》1月号发表吴晗的历史剧《海瑞罢官》。

5日,《文汇报》发表林涵表的《论〈甲午海战〉中邓世昌的艺术形象》;杨宽的《令人斗志奋发的〈甲午海战〉》。

《上海文学》1月号发表姚文元的《从阿Q到梁生宝——从文学作品中的人物看中国农民的历史道路》;齐登山的《谈唐克新作品中老工人的英雄形象》。

《北方文学》1月号发表若扬的《劳动者的豪情壮志》;严瑟的《"斗争就是幸福"》。

《边疆文艺》1月号发表岚风的《谈洪德地区的傣戏》;远明的《纳西族史诗〈创世纪〉》。

《安徽文学》1月号发表王福根的《让"轻骑兵"纵情驰骋——评〈安徽文学〉发表的几篇特写》;文木公的《说"准确"——读稿小记之一》;韩立森的《试谈短篇小说的人物创造》;甸敏的《花开一朵万里香——〈淮北一枝花〉读后》。

7日,《光明日报》发表罗大纲的《必须正确评价〈约翰·克里斯朵夫〉》。

8日,《文汇报》发表未风的《从莎士比亚的喜剧谈起》。

《解放日报》发表方胜的《革命回忆录的体裁、题材及其他》;天鹰的《塑造更高大的英雄形象》。

9日,《文汇报》发表赵景深的《谈历史剧的古为今用》。

10日,《东海》第1期发表陈正国的《从"千人糕"谈起》;林勃的《论朱老忠》。

《诗刊》由月刊改为双月刊,第1期发表邹荻帆的《高山仰止——读毛主席诗词描写山岭的几点体会》。

《剧本》1月号发表赛福鼎的《新疆的戏剧事业在不断发展中——试评〈步步跟着毛主席〉》;李纶的《有关历史剧的几点感想》。

《文艺红旗》1月号发表曹金林的《深刻的主题,动人的形象——读〈红色的果实〉》;李绍中的《〈红色的果实〉的现实意义》;刘大今的《读〈地下烽火〉》。

11日,《光明日报》发表阿英的《〈克雷洛夫寓言〉——最早介绍到中国来的俄罗斯文学名著》。

12 日,《文汇报》发表辛宪锡的《简谈历史剧》。

13 日,《人民日报》发表《〈文汇报〉对喜剧文艺展开讨论》。

15 日,《光明日报》发表曲六乙的《评〈谈三个戏剧人物:陈世美、王十朋、蔡伯喈〉》;新发的《解放军文艺社出版新书革命回忆录〈铁流千里〉、电影小说〈清风店〉》。

《解放日报》发表李福祥的《对塑造英雄人物的一些意见》;方圣的《漫谈〈在时代的洪流中〉的英雄形象》。

《天山》1月号发表胡振华的《介绍柯尔克孜族民间诗歌》。

17 日,《解放日报》发表吴欢章的《向老红军学习——读组诗〈老红军在钢铁火线上〉》。

18 日,《文汇报》发表姚萌的《喜剧正面形象问题》。

《人民日报》发表高骏千的《西非人民的觉醒(读塞内加尔小说〈祖国,我可爱的人民〉)》。

19 日,《人民日报》发表陶阳的《一部寻找乐园的新颂诗——读田间的长诗〈赶车传〉(上卷)》。

20 日,《广西文学》、《广西艺术》和《群众文艺》合并为《广西文艺》(月刊),广西文艺编委会编辑,1—2 月合刊发表谢敏的《注意反映瑰丽的农村生活》;广西师院中文系 57 级僮族文学评论组的《试谈长诗〈刘三妹〉》;蓝少成的《"同时并行"——杂谈批判与继承》;李寅的《漫谈历史剧的创作》。

22 日,《文汇报》发表秋文的《品》。

《光明日报》发表李伯勋的《论钟嵘〈诗品〉》。

《解放日报》发表邓振辉的《也谈英雄人物的创造》;《怎样塑造英雄形象？怎样表现历史题材？怎样理解喜剧样式？上海戏剧界自由论辩空气活跃》。

25 日,《光明日报》发表张绰、易征的《论周炳形象的典型意义——与钟艺同志商榷》。

《解放日报》发表沈鸿鑫的《英雄谈文——和先进生产者李福祥一夕谈》。

26 日,《解放日报》发表姚奔的《别具一格》。

《文艺报》第 1 期始改为月刊;专栏"新收获"发表冯牧的《〈革命家庭〉》,沈澄的《〈三走严庄〉》,高焰的《〈刘文学〉》,许之乔的《〈红旗谱〉中人民大众的人性美和人情美》;安旗的《略论我国古典叙事诗的艺术特点》。

28日,《人民日报》发表老舍的《散文重要》;吴伯箫的《多写些散文》。

29日,《光明日报》发表程毅中的《读〈彩楼记〉〈读剧札记〉》。

《解放日报》发表林家平的《"题叙"小论》;朱熙的《谈塑造英雄形象中的爱情描写》。

30日,《文汇报》发表老舍的《喜剧的语言》;廖震龙的《历史剧不是历史书》。

《解放日报》发表刘金的《创造性的改编——看话剧〈战斗的青春〉》。

本月,《太原文艺》1月号停刊。

《江城文艺》1月号发表韦虹的《文艺工作者必须全面系统地学习毛主席著作》。

2月

1日,《人民日报》发表吴伯箫的《多写些散文》。

《山花》2月号发表古淮的《谈"活愚公"——兼悼傅泽同志》;贵阳师范学院中文系1957级文学评论组的《农业第一线的赞歌》;遥望的《不可忽视的问题》。

《火花》2月号发表陈令霏的《试谈〈一团白花〉的细节描写》;侯墨的《喜读〈七队食堂〉》。

《长春》2月号发表杨特的《在毛主席的教导下前进——读〈我给毛主席当警卫员的时候〉》;庄鹏远的《把深情厚谊寄给古巴兄弟》;毛文兵的《写得短、写得好——〈礼物〉读后》;田敬宝的《激情与诗》;叶千红的《谈"眼力"》。

《延河》2月号发表胡采的《读峻青的〈胶东纪事〉(上)》;李培坤的《讴歌革命精神——谈〈延河〉1960年11月号上的散文特写》。

《热风》2月号发表季向阳的《漫谈诗的"比喻"》;李乡浏的《关于小说民族化》。

《绿洲》2月号发表张慧君的《"文学与生活"漫谈》;徐景行的《在大办农业战线上改造作家的世界观》。

《新港》2月号发表张帆的《英雄的斗争·优美的赞歌——读张士杰搜集整理的义和团故事》；章岚的《更大地发挥曲艺作品的战斗作用》。

《太原文艺》2月号发表乐耕的《嫩竹新苗——读路振刚的诗》；王振湖的《钢铁战士的赞歌》；胡水、赵辉的《向革命前辈学习——读〈九支枪〉》；韩钟崑的《一幅绚丽的生活画卷——读〈山西诗选〉》。

《湖南文学》2月号发表杨辰的《阳光、空气、水——〈湖南文学〉百期有感》；白沙洲创作组的《我们都拿起了笔杆子》；纪士文的《读〈秧子的故事〉》。

《解放军文艺》2月号发表唐弢的《关于杂文写作的几个问题》。

2日，《文汇报》发表吴承基的《疾风知劲草——谈话剧〈战斗的青春〉中的人物》。

《人民日报》发表王汶石的《漫谈构思（在〈延河〉编辑部小说座谈会上的发言）》。

3日，《人民日报》发表劳荣的《"我们现实的真正名字就是革命"——从陈残云的两篇散文谈起》。

4日，《北京文艺》2月号发表文效东的《英雄的时代 光辉的形象——从几部长篇小说谈社会主义革命和建设时期文学作品中的共产党员形象》；北京师专语文科二（二）班文学评论组的《喜读〈桃园女儿嫁窝谷〉》。

5日，《上海文学》2月号发表天鹰的《歌剧〈刘三姐〉的人物刻划及其它》；晓立的《作家、理想和人物——读巴金同志三篇新作有感》；华文军的《扑不灭的革命火焰——读〈斗争在杨赣红区和白区〉》。

《北方文学》2月号发表左宜的《创造更多更好的新英雄人物形象》；风声的《略谈文艺作者和工农群众相结合》；冯镇魁的《劳动的赞歌，生活的火花——读李志诗集〈探宝之歌〉〈火花集〉》。

《边疆文艺》2月号发表苍鹰的《浅谈傣族民间叙事诗的思想艺术特色》；郑乃臧、唐再兴的《谈〈没有织完的统裙〉的艺术结构》。

7日，《解放日报》发表罗国贤的《英雄的史诗——读〈二七大罢工〉》。

8日，《文汇报》发表杨叶的《英雄就义——长篇〈林祥谦〉的一节》。

《人民日报》发表曹葆华、渠建明译的《高尔基文艺书简》；陶建基的《劳动和斗争的赞歌——读彝族史诗〈梅葛〉》。

9日，《文汇报》发表沙叶新、李振潼的《艺术史上的喜剧》。

10日,《人民日报》发表胡继的《永不掉队》;钟秀的《成功不负有心人》;徐梦湘的《谈儿童歌谣》;胡继的《读〈三女找红军〉》。

《山东文学》1—2月合刊发表丹丁的《让特写更充分地反映时代》;许家松的《喜读〈半岛上的烈火〉》;烟台师专《山东文学》评论小组的《谈谈〈刘书记来了〉》。

11日,《文汇报》发表罗念生的《希腊喜剧简说》;孟超的《历史与历史剧》。

12日,《光明日报》发表雪义的《评〈红楼梦论稿〉中的错误观点》。

14日,《文学评论》第1期专栏"关于文学上的共鸣问题和山水诗问题的讨论"发表闵开德的《谈谈文学上的共鸣现象——并与柳鸣九同志商榷》,冯植生的《对共鸣问题的几点意见》,宗白华的《关于山水诗画的点滴感想》,李正平的《山水诗景物画的阶级性》;同期,发表冯健男的《谈朱老忠》;李希凡的《革命英雄典型的巡礼》;吴子敏的《表现革命领袖形象的可贵成就——谈阎长林的〈记毛主席在陕北战争中〉》。

15日,《天山》2月号发表白丁的《各具色香的两朵新花——评短篇小说〈幸福〉与〈伊黛提汗〉》;张弛的《开发塔里木的英雄赞歌——读农场史〈绿洲红旗〉》;刘前斌、秦俊武的《读〈我看见了光辉的太阳〉》;刘华强的《我喜欢〈风流人物集锦〉》。

18日,《人民日报》发表杨尚德的《理想的光芒》。

18—20日,《光明日报》发表李六如的《有了指路明灯》。

19日,《光明日报》发表龚政文的《读〈解放战争回忆录〉》。

22日,《文汇报》发表熊融的《谈鲁迅〈赠邬其山〉诗》。

23日,《工人日报》发表老舍的《一个宝贵的字》。

《光明日报》发表李扬的《生活、酝酿、写作——创作漫谈》;洁泯的《略谈〈三家巷〉的艺术风格》。

《民间文学》2月号发表任克华、陈光瓒、沈国梁、王森的《谈一九六〇年上海新民歌(四篇)》。

26日,《文艺报》第2期发表黄秋耘的《〈山乡巨变〉琐谈》;许之乔的《〈红旗谱〉中人民大众的人性美和人情美(续完)》;唐弢的《艺术家和"道德家"——谈〈琉森〉》。

27日,《人民日报》发表凤子的《也谈散文》。

《解放日报》发表谢有纯的《谈革命回忆录的特性》。

28日,《人民日报》发表师陀的《散文忌"散"》;柯灵的《散文——文学的轻骑队》。

本月,《江城文艺》2月号发表桥梦的《一代新人——读丁仁堂的短篇小说〈勇士班长〉》;辑人的《漫谈生活与技巧》;章绍岩的《"老来红"》。

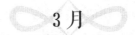

3月

1日,《人民日报》发表《崭新的散文》。

《山花》3月号发表稽信群的《与林颖同志商榷》;林乙的《也谈〈不真之真〉》;陈恒安的《从史材处理的角度看黔剧〈张秀眉〉》。

《火花》三月号发表华苹的《柳暗花明又一村——〈我们村里的年轻人〉读后》;黎军的《英雄的赞歌,时代的彩虹——喜读〈七月的彩虹〉》;王偁的《拣重担子挑的人——读〈武侯梨〉》。

《长春》3月号发表刘勇的《创造出更多的具有共产主义风格的英雄人物》;陈建瑜的《踏遍青山人未老》;以"如何塑造英雄人物形象"为总题,发表佟官清的《一篇成功的特写》,吉大中文系58级工农兵文学社的《特写〈标兵队长刘维民〉的成就和不足》,吉林师大中文系二年一班的《对特写〈标兵队长刘维民〉的意见》。

《雨花》第2、3期发表谢复的《谈政策》;石林的《就实论虚的文艺批评》;范伯群的《"博"是为了"精"》;杭文成的《在探索中前进》;以"关于戏剧冲突问题的讨论"为总题,发表陈瘦竹的《论戏剧冲突》,白坚的《怎样理解戏剧冲突》,《关于戏剧冲突问题讨论的若干情况》。

《延河》3月号发表胡采的《读峻青的〈胶东纪事〉(中)》。

《星火》第2—3期发表东方的《读〈田高师傅借东风〉》;江升端的《也谈人物刻画——与卜夫同志商榷》;周谷的《"以农为荣、以农为乐"的颂歌》;牧南、史灵的《一首有力的反帝战歌》。

《热风》3月号发表朱文的《从泉里能喷出血来吗?》；徐荆的《谈描写的简洁和细致》。

《新港》3月号发表老舍的《人物不打折扣》。

《青海湖》3月号发表黄静涛的《为了战斗的风格——读〈对晋绥日报编辑人员的谈话〉后》。1960年9月至1961年2月本刊休刊。

《文艺红旗》2—3月号发表李希凡的《〈列宁论高尔基〉启示着我们》；丁鸣的《文艺工作者的工农化与世界观的改造》。

《湖南文学》3月号发表韩罕明的《应当努力改造世界观——学习〈毛泽东选集〉第四卷的一点体会》；湘波的《新人、新事、新气象——介绍几篇大办农业、大办粮食的散文、特写》。

《解放军文艺》3月号发表通讯稿《努力创作优质的文学艺术作品　为部队政治思想建设服务——记总政宣传部召集驻京部队作家、艺术家开的座谈会》。

2日，《人民日报》发表李准的《我怎样写〈老兵新传〉》。

4日，《北京文艺》3月号发表邓允建的《评〈海瑞罢官〉》；曲六乙的《羞为甘草剂　敢做南包公——读〈海瑞罢官〉散记》；卓如的《一个壮丽的妇女形象——评长诗〈白兰花〉》；王鸿的《从〈洪湖赤卫队〉的人物塑造谈起》。

5日，《文汇报》发表徐开垒的《谈游记》。

《光明日报》发表张炯的《也论我国文学史上现实主义与浪漫主义相结合》。

《上海文学》3月号发表柳之的《谈政策思想与文学创作》；华今的《读三篇反映公社假日生活的小说》；孙克恒、胡复旦的《从〈天山牧歌〉到〈河西走廊行〉》；专栏"文谈诗话"发表范建中的《从一只电话谈起》，雷霆的《千度热力万股劲》，姚奔的《瑞雪新咏》，魏金枝的《诗韵和诗意》。

《北方文艺》3月号发表洛成的《了解人熟悉人是第一位的工作》；任朴的《读〈不老松〉》。

《边疆文艺》3月号发表何其芳的《〈不怕鬼的故事〉序》；钟鸣的《川剧〈葫芦信〉及民族民间文学的改编问题》。

10日，《东海》第3期发表陈坚的《李双双——劳动妇女的光辉形象》。

《诗刊》第2期发表谢冕的《一个舞步，一朵鲜花》；宛青的《读诗随感》。

《东海》第2期发表蒋成瑀的《〈为蝴蝶辩〉辩》。

《剧本》2月号发表王季思的《多写写这样的历史故事戏》;刘厚生的《杂论话剧民族化》;范溶的《漫谈戏曲结构、语言和表现技巧》;萧三的《拉丁美洲的黎明就要到来了——〈中锋在黎明时死去〉剧本读后感》;黄钢的《绞刑台前升起了曙光——阿根廷作家库塞尼的剧本〈中锋在黎明时死去〉》。

11日,《人民日报》发表秦牧的《园林·扇画·散文》。

13日,《解放日报》发表汪文的《要不要写和怎样写——也谈塑造英雄形象中的爱情描写》。

15日,《江海学刊》3月号发表南京师范大学中文系57级文艺理论科学研究小组的《批判文学上的"人性论"》。

16日,《解放日报》发表方舟的《关于爱情描写》。

17日,《中国青年报》发表刘岚山的《号声在震荡——赞巴黎公社的诗》。

19日,《人民日报》发表萧三的《公社的歌声响遍全世界——漫谈巴黎公社的诗歌》。

20日,《广西文艺》3月号发表柳央的《我对刘三姐形象的看法》;刘泰隆的《见人见物　情景交融——漫谈鲁迅小说特点之一》。

21日,《人民日报》发表许钦文的《两篇散文,两种心境》。

《光明日报》发表思蒙的《爱读巴山歌》。

22日,《光明日报》发表李厚基的《谁将红锦幕半天(再谈〈红日〉)》。

25日,《中国青年报》发表柳之的《农业战线上的新人物——谈青年作者的几篇小说》。

《前线》3月号发表丘权的《介绍新出版的〈巴黎公社会议记录〉中译本》。

26日,《文艺报》第3期专栏"新收获"发表王士菁的《〈鲁迅传〉(上集)》,马铁丁的《〈马兰〉》;陈默的《话剧创作中的几个问题质疑》;侯金镜的《创作个性和艺术特色——读茹志鹃小说有感》;专论《题材问题》。

27—29日,《人民日报》连载许广平的《鲁迅先生怎样对待写作和编辑工作》。

29日,《人民日报》发表李大珂的《"戏保人"和"人保戏"》。

本月,《中山大学学报(社会科学)》第1期发表桂诗春的《资产阶级"人性论"对批判现实主义创作方法的影响》;吴国钦的《马致远杂剧试论》。

4 月

1日,《解放日报》发表陆行良的《读〈也谈英雄人物的创造〉》。

《山花》4月号发表邢立斌的《漫谈黔剧〈秦娘美〉》;方丁的《更好地写出这样的人物》;江南的《对〈不可忽视的问题〉的一点意见》;桃源的《文艺评论要全面》;杨真的《欢迎和期望》。

《火花》4月号发表蔡肇发的《谈李逸民同志的小说创作》;白帆的《工厂史——祖国文学宝库中的新血液》。

《长春》4月号发表黄益庸的《"真中见假"和"假中见真"》;文戎的《更好地表现农业战线上的新事物、新人物》;曹志臣的《略谈〈红色的邮报〉的艺术构思》;以"如何塑造英雄人物形象"为总题,发表韩略的《时代·英雄·群众·政策》,吉林师大中文系二年级一班文艺评论小组的《站得高,才能写得深》,彭嘉锡的《谈特写〈标兵队长刘维民〉的几个问题》。

《雨花》第4期发表石陶的《永不忘记的纪念》;吴蓟的《〈十五贯〉和〈种大麦〉》;疾驰的《一首好歌》;佛雏的《"扛鼎"与"贯虱"》;艾芊的《也谈戏剧冲突》;上官艾明的《谈短篇小说的动作描写》。

《新港》4月号发表曹葆华、渠建明译的《高尔基文艺书简》。

《青海湖》4月号发表苏渭的《春雨新苗》;启鸣的《杂谈四则——灯下漫笔之一》。

《四川文学》4月号发表伊马的《锦上添花——读〈你追我赶〉的结尾》。

《文艺红旗》4月号发表韶华的《努力实践"革命现实主义与革命浪漫主义相结合"的艺术方法》;定华的《正确地继承文化遗产》。

《湖南文学》4月号发表周冕章的《试论〈红旗歌谣〉的11首湖南民歌》;艾彤的《漫谈人物对话》;茅才的《从"正午牡丹"说起》;王磊的《由〈我们不再受骗了〉所想起的》;肖兵的《文艺学习笔记(一)》。

《解放军文艺》4月号发表李希凡的《典型、个性和群象》。

4日,《北京文艺》4月号发表刘厚明的《谈谈儿童心理活动的描写——儿童文学散记》;守谦、乃翔的《人民群众是真正的铜墙铁壁——读杨国藩同志的〈地下医院〉》。

5日,《人民日报》发表舒楠的《关于历史剧问题的讨论》。

《上海文学》4月号发表徐景贤的《稻花钢水谱新歌》;陈安湖的《〈阿Q正传〉所反映的辛亥革命的历史现实》;专栏"文谈诗话"发表秦牧的《艺海拾贝》,陆舟的《漫谈〈风雨桃花洲〉》;齐登山的《精益求精》。

《北方文学》4月号发表习之的《革命回忆录——向青年进行革命教育的活教材》;流红的《漫谈细节描写》;周崇坡的《革命的人,幸福的人》;杨志俊的《〈书记的镰刀〉读后》。

《边疆文艺》4—5月号发表袁勃的《喜读长诗〈彩虹〉》;王兰馨的《读词随笔》;柴晖、泥匀的《民族民间文学为什么有宗教色彩》;陈戈华的《泛谈宗教与文学》;郭思九、付光宇的《从川剧〈葫芦信〉的改编谈起》;吴德辉的《辩正、质疑、意见》;一闻的《也谈川剧〈葫芦信〉的改编》;本刊记者的《关于剧本〈武则天〉的争论》。

6日,《文汇报》发表倪新的《重视口头创作》。

7日,《人民日报》发表马铁丁的《群芳竞丽各显神通》。

《中国青年报》发表秋耘的《略谈艺术风格》。

9日,《光明日报》发表芮棘的《两点启发(关于〈不怕鬼的故事〉)》;茹辛的《古为今用的一个范例(读〈不怕鬼的故事序〉后)》。

10日,《解放日报》发表王仲明的《一点启示——读〈创业史〉第二部第三章二次稿有感》。

《东海》第4期发表程思维的《论秦德贵》;延平的《让形象说话》。

《前线》第7期发表谢逢松的《忠·勇·智——谈电影〈林海雪原〉中杨子荣的光辉形象》。

《剧本》4月号发表夏衍的《〈香罗帕〉是一出好喜剧》;戴不凡的《学习古典戏剧理论札记》。

《山东文学》4月号发表尹蓉的《漫谈长诗〈枯树开花〉》;刘金的《一篇好小说》;田仲济的《尹相兰的民族风格和时代意义》;冯中一的《诗歌的浑金璞玉》;孙梅生的《谈批评与反批评》。

11日,《解放日报》发表刘金的《典型化的细节描写——读新版〈战斗的青春〉札记》。

14日,《文学评论》第 2 期专栏"关于文学上的共鸣问题和山水诗问题的讨论"发表文礼平的《文学的共鸣现象及其发生的原因》,洁泯的《文学上共鸣的基础是什么?》,张振宁的《如何认识共鸣现象》,叶秀山的《山水诗的阶级性问题》,曹道衡的《也谈山水诗的形成与发展》,洪毅然的《谈谈有关山水诗阶级性的几个问题》;同期,发表刘勇的《学习毛泽东文艺思想的一些体会》;李茂荣的《毛主席著作是个宝》;张葆莘的《论戏剧冲突》;华中师范学院现代文学评论组的《谈黄声孝的快板诗》。

15日,《文汇报》发表蒋守谦的《也谈悲剧——就悲剧含义等问题同细言同志商榷》。

《江海学刊》4月号发表南京大学中文系中国文学理论史编写组的《〈文心雕龙〉的基本文学观点》;陈中凡的《"十二寡妇征西"、"百岁挂帅"和"杨门女将"——从"杨家将"故事的改编谈处理戏曲遗产问题》。

17日,《解放日报》发表周晓的《独创性、气质与风格——读诗札记》。

18日,《中国青年报》发表罗植楠的《伟大的形象 深刻的启示——读〈六十年的变迁〉(李六如著)》。

19日,《文汇报》发表尹一之的《歌词与诗》;唐真的《历史剧中英雄人物的局限性》。

20日,《人民日报》发表徐迟的《劳动号子是泉源——略谈工人诗人黄声孝的诗》。

《光明日报》发表倪墨炎的《鲁迅与方言》。

《广西文艺》4月号发表谢敏的《谈提高作品质量》;马焯荣的《为创造出新"刘三姐"献一言》;柳央的《略谈民歌在〈刘三姐〉中的运用》;刘泰隆的《多方面描写,集中地刻划——漫谈鲁迅小说特点之二》;延林的《评〈太阳出来照白岩〉》。

22日,《文汇报》发表首都图书馆读者文学评论组的《试谈温承训作品中的工人形象》。

26日,《文艺报》第 4 期专栏"新收获"发表臧克家的《独辟蹊径》,欧阳文彬的《〈葛师傅〉》,潘絜兹的《破格创新》,路丁的《〈长征〉》,黄树则的《〈巧计过关中〉》;同期,发表茅盾的《一九六〇年短篇小说漫评(待续)》;陈瘦竹的《论戏剧冲突》。

27日,《解放日报》以"塑造英雄人物形象笔谈"为总题,发表吴欢章的《爱情应该是崇高思想的姐妹》,陆东的《从〈春满人间〉谈起》。

5月

1日,《山花》5月号蔡良骥的《"似"与"真"》;肖侃的《关于〈红与黑〉》;淳墨的《"苗族的书面文学"与苗族文学的特殊现象》。

《火花》5月号发表高鲁的《〈山西民间故事〉前言》;鲁克义的《我怎样学习写作的》;陈令霏的《稳健的步子》。

《长春》5月号发表刘迟的《到工农群众中去,改造自己》;杨特的《马达在高声歌唱——读汽车工人戚积广的诗》;其木的《两个深入实际、深入群众的人物——〈新来的调度员〉和〈春播夜话〉读后》。

《雨花》第5期发表南京大学中文系59级文学史组的《朱自清(江苏文艺人物)》;吉体来的《理想和政策》;石陶的《谈"评弹"》;杨大森的《"同志,前进"》;顾炯的《"笔"谈》;范伯群的《深刻与独创》;俞剑华的《谈谈历史画》;裴显生、张超的《谈生活小戏中的戏剧冲突》;华鹏的《短篇小说的人物出场》。

《延河》4—5月号专栏"座谈短篇小说的创作问题"发表杜鹏程的《关于情节》,王宗元的《在学习的道路上》,刘贤梓的《塑造人物的点滴体会》,解军的《人物的形成》,李杰的《避免简单化、概念化》,庞惠农的《我怎样学习写人物》,陈松影的《向英雄人物学习,塑造英雄形象》,杨大发的《心中要有活的人物》,张亲民的《组织起来,集中化,典型化》;同期,发表胡采的《读峻青的〈胶东纪事〉(下)》。

《星火》第4—5期发表江西师范学院中文系海燕评论组的《世界观与人物刻划》;万良德的《喜读〈第一面红旗〉》;戴发惠、叶艺灵的《一首又新又美的好诗》;吴燃、班静的《低级的情趣,歪曲的形象》。

《热风》由月刊改为双月刊,单月出刊,第4期发表魏世英的《革命光芒透纸背——〈淮上拂晓〉若干片段读后》;李联明的《试论创作中思想观点与生活材料的关系——与程力夫先生辩论》。

《新港》5月号发表扈芷的《关于〈送瘟神二首〉的解释》;雷石榆的《诗歌杂谈》;曹葆华、渠建明译的《高尔基文艺书简》(续)。

《青海湖》5月号发表陈寿鹏的《从"言为心声"谈起》;启鸣的《看平弦戏想到平弦——灯下漫笔之二》。

《四川文学》5月号发表江上村的《一个新颖而深刻的短篇——读沙汀同志的〈假日〉》;黄光荣等的《激情的赞歌——组诗〈最大的海〉读后》;乐山的《控诉旧社会,歌颂新时代——读〈嘉陵锦绣〉》。

《湖南文学》5月号发表今卿的《第一线的赞歌》;刘光彩的《必须大力地认真地搜集整理革命歌谣(工作评述)》;扬辰的《文化沙漠上的妖风》;任克华的《浅谈小说中的景物描写》;刘绍积的《略谈细节描写》;肖兵的《文艺学习笔记(二)》。

《解放军文艺》5月号发表蓝华增的《谈饶阶巴桑的诗》;马焯荣的《呼唤光辉动人的政治干部形象》;《积极提高部队艺术创作的水平——总政宣传部召开的歌曲、舞蹈、美术创作座谈会纪要》。

3日,《解放日报》发表查震宇的《新鞋的启示——读〈风雨桃花洲〉》。

4日,《北京文艺》5月号蒋守谦的《从李双双夫妻打架说起》。

5日,《人民日报》发表于南飞的《"定体则无,大体须有"》;宓庆的《朴素最美》;朱仲玉的《重实忌虚》。

《上海文学》5月号发表以群的《知识分子的道路——毛泽东同志论"白皮书"读后》;专栏"文谈诗话"发表秦牧的《艺海拾贝》(之二),秋文的《为欣赏者留有余地》,刘金的《灯下读诗二题》,任大霖的《好孩子和"小大人"》,贺光鑫的《有感于诗人李季写小说》。

《北方文学》5月号发表丁哲民的《进一步学习与贯彻百花齐放百家争鸣的方针》;王雁冰的《风高、气壮》;关沬南的《谈谈希望》;戴光的《学习马克思列宁主义的学风》。

6日,《文汇报》发表张锦才的《历史真实和历史动力》。

7日,《工人日报》发表李文鼎的《革命信念——力量的泉源》。

《中国青年报》发表陆希治的《珍贵的解放战争史记》。

10日,《人民日报》发表陶阳的《诗的语言与功夫》。

《天山》第4、5期发表洋雨的《南泥湾精神万岁——喜读〈南泥湾人忆当年〉》;岩石的《草原千里歌声响——漫谈柯尔克孜族民歌》;陈箭的《在艰苦的地方扎根——读〈白云深处是家乡〉》。

《诗刊》第3期发表宋垒的《随感两则》;陈友琴的《不要片面理解古人的诗》。

12日,《人民日报》发表萧云儒的《形散神不散》;苏辛群的《画龙点睛》;王绍犹的《说话与写作》。

13日,《解放日报》发表汪习麟的《欢悦的语言》。

16日,《解放日报》发表魏金枝的《读〈皮大王〉有感》。

17日,《人民日报》发表阎纲的《小说〈沙滩上〉的思想艺术》;越人的《略谈〈拔旗〉的艺术特色》。

18日,《人民日报》发表张铁弦的《谈游记》。

20日,《广西文艺》5月号发表林彩的《诗情画意——欣赏〈长江三日〉》;知安的《闪闪发光的手——欣赏〈套不住的手〉》。

21日,《文汇报》发表李广田的《读〈拔旗〉》。

22日,《人民日报》发表菡子的《诗意和风格》。

《解放日报》发表陈炳的《干部与群众——读〈沙滩上〉有感》。

23日,《民间文学》5月号发表本刊编辑部的《加强民族文化工作——记文化部副部长徐平羽同志在少数民族文学史讨论会上的讲话》;袁家骅的《少数民族人民口头创作中的语言问题——在少数民族文学史讨论会上的发言》;傅懋劫的《关于记录和翻译少数民族民间文学的几点意见——在少数民族文学史讨论会上的发言》;本刊记者的《少数民族文学史讨论会旁听记》;袁勃的《喜读长诗〈彩虹〉》;刘金的《新的意境,新的风格——评1960年上海民歌选本〈稻花钢水谱新歌〉》。

26日,《文艺报》第5期专栏"新收获"发表康文的《祝〈凯旋〉》,卞易的《实干家潘永福》;专栏"批判地继承中国文艺理论遗产"发表宗白华的《中国艺术表现里的虚与实》,俞平伯的《谈谈古为今用》,孟超的《一项基本建设工作》,唐弢的《"中国作风和中国气候"》,王朝闻的《有益的启发和借鉴》;同期,发表王瑶的《谈传统批评习语的含义辨析》;王子野的《和姚文元同志商榷美学上的几个问题》;魏传统的《一部充满革命激情的颂歌——读〈解放战争回忆录〉》;茅盾的《一九六〇年短篇小说漫评(中)》;本刊记者的《更多更全面地满足少年儿童的要求——少年儿童文学创作座谈会纪要》。

30日,《东海》第5—6月合刊发表周建人的《关于鲁迅写的一付对联》;庄筱荣的《中国文化革命的巨人形象》;刘守华的《略谈金近的童话创作》。

本月,作家出版社出版许广平的《鲁迅回忆录》。

6 月

1日,《山花》6月号发表霭生的《更热烈的开展争鸣》;甘绪的《没有文字的民族也有书面文学》;鹿笙的《一首好诗》;邓群风的《诗以意为主》;学剑的《民间故事〈亮油柴〉中的精华与糟粕》。

《火花》6月号发表圃丁的《辛勤栽培祖国的花朵——评柏叶同志的儿童文学作品》;钟秀文的《试谈几个短篇小说中党的领导形象》;王倜的《寄青年朋友——关于短篇小说的剪裁问题》。

《长春》6月号发表史星公的《泛谈本地文学艺术的通讯》;以"如何塑造英雄人物形象"为总题,发表刘淑明、张哲的《英雄人物必须生活在群众斗争的土壤里》,张健民的《刘维民——一个文学上并不成功的英雄形象》,李国风的《应当把英雄放在最艰苦最困难的环境中描写》。

《雨花》第6期发表厉弥层的《从"曹刿请战"想到的》;红树的《严监生与葛朗台老头》;寓音的《给孩子们更多好的读物》;屈泥的《又喜儿童读好书》;吴调公的《共产主义美的颂歌》。

《延河》6月号专栏"笔谈'百花齐放,百家争鸣'"发表郝御风的《勇于"争鸣"的故事》;傅庚生的《争鸣与自觉》;刘蒙天的《深入学习,总结经验》;樊粹庭的《从争鸣中学习、提高》;方济众的《山水花鸟谈》;同期,发表曾华鹏、潘旭澜的《论王汶石的短篇小说》。

《新港》6月号发表曹葆华、渠建明译的《高尔基文艺书简》(续);孟志孙、张广钧的《读〈关于《送瘟神二首》的解释〉》。

《青海湖》6月号发表启鸣的《听曲畅想——灯下漫笔之三》。

《文艺红旗》5—6月号发表胥树人的《漫谈"独创"》。

《四川文学》6月号发表唐正序的《革命理想光芒四射——读〈找红军〉》。

《河北文学》月刊创刊,主编田间,副主编李满天,编辑委员方纪、王林、田间、齐斌、孙犁、远千里、李满天、李霁野、梁斌、康濯、张庆田,6月号发表远千里的《谈刊物的风格》;南开大学中文系1956级的《阶级的民族的时代的英雄——论朱老忠的形象》;冯健男的《读党委书记的诗》;张松泉的《关于文学共鸣问题的一点理解》。

《湖南文学》6月号发表邓超高的《漫谈艺术典型问题》;茅才的《"踏花归去马蹄香"》;比乐中学业余文学小组的《幸福来自斗争——给青年朋友介绍〈平原歼敌记〉》;马焯荣的《最初的印象——谈人物的登场》;陈镇文的《地狱里的"音乐会"》。

《解放军文艺》6月号发表左之同的《大和小,正面与侧面》;于波的《洗涤窠臼》;余南飞的《漫话"庐山真面目"》;黄季耕的《略谈衬托》。

3日,《人民日报》发表晦庵的《"欢迎翻印,功德无量"》。

4日,《文汇报》发表孙光萱的《点睛传神之笔——谈鲁迅先生的小说〈药〉中的几个动词》。

5日,《人民日报》发表秋耘的《向〈永州八记〉取点经》。

《上海文学》6月号发表天鹰的《麦苗何为青?日子何为新?——读民歌集〈送瘟神〉》;陆建华的《谈袁鹰的儿童诗》;王知伊的《评〈微山湖上〉——兼谈关于儿童文学的二三问题》;专栏"文谈诗话"发表秦牧的《艺海拾贝》(之三),蔡良骥的《诗的朴素美》、王苑的《论含蓄》。

《北方文学》6月号发表树立的《散文漫话》;方浦的《把创作热情和求实精神结合起来》;白茅的《解"乐观"》。

《边疆文艺》6月号发表众志的《从川剧〈葫芦信〉的改编谈古为今用》;柳仪的《评川剧〈葫芦信〉——与杨明同志商榷》;杨明的《就川剧〈葫芦信〉改编经过谈有关的几个问题》。

6日,《中国青年报》发表乐真的《鲁迅的许多书名是什么意思?》。

8日,《人民日报》发表晦庵的《革命的感情》。

《解放日报》发表吴欢章的《新生活的赞歌》。

10日,《剧本》5—6月合刊发表夏衍的《题材、主题》;老舍的《题材与生活》;乔羽的《从普希金与果戈理说起》;张真的《论历史的具体性——与一位剧作者谈历史剧的一封信》；文萍的《戏的结尾艺术》。

《山东文学》5—6月合刊发表韩长经的《谈谈革命现实主义与革命浪漫主义相结合在"五四"文学中的体现问题》；陆侃如的《古典抒情诗中作者形象的自我塑造》；任远的《谈谈散文》。

14日，《人民日报》发表杨平的《思想·感情·性格——谈〈洪湖赤卫队〉中的韩英、刘闯英雄形象的塑造》。

《文学评论》第3期发表何其芳的《毛泽东文艺思想是中国革命文艺运动的指南——为越南〈文学研究〉庆祝中国共产党成立四十周年中国文学特刊作》；王振铎的《学习毛主席诗词的一些体会》；胡可的《情节·结构——习剧笔记一则》；吴晗的《论历史剧》；朱寨的《谈〈乘风破浪〉中宋紫峰的形象及其它》；严家炎的《谈〈创业史〉中梁三老汉的形象》；专栏"关于文学上的共鸣问题和山水诗问题的讨论"发表林庚的《山水诗是怎样产生的》，罗方的《关于山水诗的阶级性》，朱虹的《怎样理解共鸣中的"同样的思想情结"》，编者的《关于文学上的共鸣问题和山水诗问题（来稿综述）》。

15日，《文汇报》发表刘勇的《在现实的基础上》。

《天山》6月号发表艺军的《主题、情节结构及其他——评影片〈两代人〉》。

17日，《文汇报》发表吴调公的《实干家与思辨家的结合——论〈创业史〉的革命现实主义和革命浪漫主义相结合的艺术特色》。

《光明日报》发表李传龙的《陪衬人物的作用》。

20日，《广西文艺》6月号专栏"笔谈题材问题"发表周民霞的《在创作上不能本末倒置》，罗马丁的《从我写诗的题材谈起》；同期，发表惠慧、姚正康的《对〈同时并行〉的几点意见》；蓝少成的《"加、减、乘、除"也很需要》；刘泰隆的《多方描写注重"神似"——漫谈鲁迅小说特点之三》。

21日，《人民日报》发表吴岩的《甘蔗之歌——读〈要古巴，不要美国佬！〉》。

《解放日报》发表吴培兴的《〈包身工〉读后》。

26日，《文艺报》第6期专栏"新收获"发表川岛的《漫谈〈人民文学〉上的几篇散文》，臧克家的《给吴伯萧同志》，叶圣陶的《樱花精神》，冰心的《〈海市〉打动了我的心》，老舍的《读〈阴阳五行〉》；专栏"题材问题"发表周立波的《略论题材》，胡可的《对题材的浅见》，冯其庸的《题材与思想》；同期，发表欧阳山尊、罗毅之、舒强的《〈中锋在黎明时死去〉三人谈》；茅盾的《一九六〇年短篇小说漫评（下）》。

27日,《文汇报》发表韩瑞亭的《谈〈女神〉的革命浪漫主义精神》。

28日,《文汇报》发表叶凡的《鲁迅笔下的小英雄》。

30日,《人民日报》发表杨扬的《伟大战士的光辉形象》。

31日,《人民日报》发表孙世恺的《勤勤恳恳的老园丁——访儿童科学读物作家高士其》。

本月,《中山大学学报(社会科学)》第2期发表中文系现代文学组的《对中国现代文学史几个问题的理解》;陈玉森的《从孔子的"仁"学看他的阶级性》。

本月,上海文艺出版社出版陈瘦竹的《论田汉的话剧创作》。

中国电影出版社出版本社编的《电影剧作探索》。

7月

1日,《山花》7月号发表张忍的《我对整理民间文学的几点看法》;王强模的《〈亮油柴〉的得和失》;吴治富的《与学剑同志商榷》;袁昌文、何华的《是糟粕?还是历史局限?》;思基的《谈生活的感受》;皮焕昌的《在争鸣中求进步》;钟宗梯的《从一幅画谈起》;林颖的《标新立异》。

《火花》7月号发表王若麟的《塑造更完美的英雄——谈马烽的〈太阳刚刚出山〉》;古江的《火花四射——试谈我省部分描写共产党员形象的作品》。

《长春》7月号发表秦牧的《散文小识》;先程的《捕捉人民心中耳际的旋律》;蔡良骥的《"精研物理,心细如发"》;忠学的《从"手"所想到的》;杨特的《感想和期待》;以"如何塑造英雄人物形象"为总题,发表《巴吉垒人民公社莫波生产大队社员座谈〈标兵队长刘维民〉》,丁锋的《在深入实际斗争中塑造英雄人物》。

《雨花》第7期发表佛雏的《论毛主席诗词的艺术方法》;朱彤的《〈江苏诗选〉杂话》;君孝、白得易的《关于〈大众诗歌〉(江苏老解放区文艺书刊介绍)》;江曲的《试谈〈水浒〉所描写的古代戏曲活动》;蒋吟秋的《学书漫谈》。

《延河》7月号发表阿丙的《"活"与"深"——刘贤梓作品读后随笔》;肖云儒的

《人民公社史的新收获——读〈乾县烽火人民公社史〉选载部分》。

《奔流》7月号发表郭晓棠的《文艺工作者也必须大兴调查研究之风》；廖立的《百花齐放和散文》；黄培需的《由〈秋英〉与〈夜钟〉所想到的》。

《草原》7月号发表鲁歌的《社会主义文学道路在内蒙古自治区胜利的总结——评〈内蒙古自治区文学史〉》；李沛然、罗祖惠、丁正彬、巴布道尔吉、东和尔扎布的《我们的几点体会》；李丰楷的《首首声声动心弦——赞〈内蒙古歌谣〉》；齐放的《也是一种片面观点》；丁尔纲的《诗人，战士和红萝卜》；寒威的《"言简意赅"》。

《星火》第7期发表舒文的《树苗青青》；江西师范学院中文系海燕评论组的《永不褪色的红色诗篇》。

《热风》第5期发表黎舟的《早期革命文学中的共产党员形象》；文汉的《也谈文学作品的客观意义》；路遥的《以百品百》；徐荆的《争鸣与虚心》。

《新港》7月号发表曹葆华、渠建明译的《高尔基文艺书简》（续）；高熙会的《且当争鸣》；雷石榆的《题材与风格》；白珩的《从题材说起》；刘洪刚、张知行的《写自己最熟悉的》；马千里整理的《广开文路、促进创作题材和风格的多样化》。

《文艺红旗》7月号发表高瞻的《论题材多样化》；林之林的《当前文艺批评上的一个问题》。

《四川文学》7月号发表学文的《更多更好地塑造党员干部形象——几个反映人民公社的短篇读后》。

《安徽文学》复刊，由月刊改为双月刊，7月号发表浮沉的《推荐〈王若飞在狱中〉》；朱永斌的《读〈1959年安徽短篇小说选〉》；谭达先的《歌颂近代农民革命斗争的光辉画卷——介绍〈安徽捻军传说故事〉第一集》；金陵的《说"意境"》。

《河北文艺》7月号发表田间的《花——关于诗的通信（为越南文艺杂志作）》；文效东的《谈几部文学作品中共产党员的形象》；王锦泉的《百尺竿头更进一步——略论〈红旗谱〉中党的领导及其他》；常林炎的《论陶渊明的创作》。

《湖南文学》7月号发表刘勇的《在党的哺育下不断成长》；陈英的《学习毛主席诗词中的炼字艺术》；李旦初的《工于一字》。

《解放军文艺》7月号发表左之同的《谈李有国的形象塑造》。

4日，《北京文艺》7月号发表何云、阙文的《银幕上的〈红旗谱〉——谈影片〈红旗谱〉的情节和艺术构思》。

5日,《上海文学》7月号发表秦牧的《辩证规律在艺术创造上的运用》;高凤的《形式、风格管窥》;冯健男的《谈峻青小说中英雄形象的塑造》;专栏"文谈诗话"发表老舍的《文章别怕改》,韩尚义的《风格谈片》,蔡良骥的《"多样化"二题》。

《边疆文艺》7月号发表晓雪的《傣家人的新史诗》。

10日,《东海》第7期发表程思维、吕洪年的《崇高的创业英雄——试论梁生宝》。

《诗刊》第4期发表老舍的《看宽一点》;闻山的《念闻一多先生》。

《山东文学》7月号发表张升明的《农民张作槐和他的诗歌》。

15日,《天山》7月号转载《文艺报》专论《题材问题》;同期,发表红丁的《从一个晚会谈起》;翟棣生的《创作要多样化》;杨朔的《读稿有感》;《本刊启事》(略云:"本刊决定从明年元月起,改名为《新疆文学》,敬希读者注意。")

《北方文学》7、8月号专栏"创造新英雄人物形象笔谈"发表李束丝的《漫谈塑造新英雄人物的形象》;方浦的《英雄与英雄行为》;韩统良的《学英雄和写英雄》;《文艺消息:努力塑造新英雄人物形象——创作问题座谈会纪要》。

《江海学刊》7月号发表南京大学中文系《中国文学理论史》编写组的《〈文心雕龙〉的文学批评论》。

19日,《人民日报》发表蒋和森的《大与细——艺术家的观察与描写》。

《广西文艺》7月号发表王莘的《听歌观剧杂谈》;专栏"笔谈题材问题"发表蓝鸿恩的《生活、思想和题材》,陆田的《关键在于熟悉和理解》,亢进的《踏山·掘井·辩风》;同期,发表刘兴元的《对"同时并行"的理解》;穆映的《"同时并行"不能解决实际问题》;夏静野的《一切都是"同时并行"吗?》;崔远培整理的《广西民族学院中文系座谈〈同时并行〉》。

21日,《文艺报》第7期专栏"新收获"发表叶圣陶的《绚烂的文锦——读〈没有织完的筒裙〉》,陈骢的《〈沙滩上〉》,细言的《有关茹志鹃作品的几个问题——在一个座谈会上的发言》;专栏"题材问题"发表田汉的《题材的处理》,夏衍的《题材、主题》,老舍的《题材与生活》;专栏"批判地继承中国文艺理论遗产"发表游国恩的《谈谈文艺理论遗产的整理》,朱光潜的《整理我们的美学遗产,应该做些什么?》,陈翔鹤的《几点感想》;同期,发表冯牧的《〈达吉和她的父亲〉——从小说到电影》。

23日,《民间文学》7月号发表林兴仁的《略谈王老九诗的语言——读〈王老九诗选〉》;陈贵培的《傣族歌手康朗甩》;李洛川的《放牛娃成了诗人——谈农民诗人张庆和的诗》;洪军的《土家族歌手——宋老妈妈》;任大卫的《读〈大巴山红军传说〉》;金边的《中州人民灿烂的诗篇——〈河南红色歌谣〉赞》。

25日,《解放日报》发表何若的《艺术创造琐谈》。

《前线》第14期发表谢逢松的《永远和人民群众站在一起——看影片〈暴风骤雨〉有感》。

26日,《中国青年报》发表陈朝红的《歌颂领袖和人民的好诗》。

27日,《光明日报》发表刘金的《一个优秀的女共产党员(谈新版〈战斗的青春〉中的许凤)》;范凡的《选择、加工、提炼——关于文学语言的学习札记》。

30日,《光明日报》发表路大荒的《谈谈济南朱氏本〈聊斋志异〉》;刘世德的《鬼狐史,磊块愁(〈聊斋志异〉卮谈之一)》。

8月

1日,《山花》8月号发表夏秋的《认真区别民间文学的精华与糟粕》;吕笑的《对〈一首好诗〉的一点质疑》;寒星的《不可偏废》;熊易农的《一场好戏》;鲁生的《白娘子的性格》;龙炘成的《知其十而写其一》;刘致君的《时刻想着读者》。

《火花》8月号发表姚国瑞的《略谈〈丑丑和爱爱〉的思想和艺术》;《〈丑丑和爱爱〉对了咱农民的脾胃——太原市小井峪公社后北屯生产大队业余文艺创作组座谈记录》;肖河的《寄青年朋友——关于塑造党的基层领导形象》。

《长春》8月号发表尤之明的《看戏偶谈》;井岩盾的《谈散文》;汪涛的《风筝颂》;张哲的《漫话诗的想象》;木逢春的《谈艺术的容量》;郑乙的《从格调谈起——漫谈〈洮儿河的姑娘〉的艺术创造》;任克华的《爱读劳动诗——读〈我是机床的医生〉》。

《雨花》第8期发表段熙仲的《柳敬亭——〈桃花扇〉里民间艺人的光辉形象》;高端洛的《小谈弹词的起源》;扬州市文联的《评弹的语言和流派》;张棣华的

《谈噱》;上官艾明的《生活·读书·写作》;程元三的《散文诗漫话》;金平的《谈短篇小说的结尾》;陆月明、李宁、浦伯良的《我们社会的擎天柱》;罗朮子的《谈谈历史画创作》。

《延河》8月号发表马家骏的《"心理学"与"诗篇"的统一》;阿红的《写景种种》;周健的《鲁迅短篇小说技巧杂谈》;述怀的《〈飞跃〉中的一个细节》。

《草原》8月号发表张翰昌的《〈大跃进交响曲〉的思想性和艺术性》;李赐的《杂谈歌剧〈青山红旗〉》;张善的《革命歌曲的力量》;韦木的《从"秋菊落英"谈起》;毕力格太的《从"钟馗捉鬼"说起》。

《新港》8月号发表曹葆华、渠建明译的《高尔基文艺书简》(续);高瞻的《创作解》;张知行的《给万国儒同志的一封信》;刘洪刚的《达到的和不足的方面》。

《青海湖》8月号发表罗守让的《一篇好小说——〈调查、调查〉读后》;严大启的《读〈鹡雀〉》;陈士濂的《评〈岚县三月〉》。

《文艺红旗》8月号发表孙芋的《话剧表现工业建设题材当中一个问题的探讨》。

《长江文艺》复刊,改为双月刊,每双月1日出刊,本期(总第133期)发表包维岳的《谈〈洪湖赤卫队〉的三个人物及其它》;专栏"文学青年之页"发表高风的《宽广的创造天地》,何叔簏的《单纯、丰满的艺术形象》,易原符的《谈诗的结句》。

《四川文学》8月号发表沛德的《敢于斗争 敢于胜利——谈〈三峡灯火〉的思想与人物》;陈朝红的《在劳动洪流中写新人》。

《河北文学》8月号发表张怀瑾的《中国文学史上关于现实主义和浪漫主义的几个理论问题》。

3日,《文汇报》发表熊融的《谈鲁迅的一篇佚文》。

4日,《北京文艺》8月号发表药汀的《电影〈红旗谱〉观后琐谈》;陶君起的《漫谈"王宝钏"的改变》。

5日,《文汇报》发表《作家协会上海分会举行茹志鹃作品讨论会》。

《中国青年报》发表杨风的《怎样评价〈林海雪原〉》;卢天的《一篇引人深思的小说——读茹志鹃的〈阿舒〉》。

《上海文学》8月号发表茅盾的《六〇年少年儿童文学漫谈》;秦牧的《艺海拾贝》(之五);陈鸣树的《风格·时代·题材》。

《边疆文艺》8月号发表潘洁兹《漫谈题材》;石永言的《抒情诗题材浅谈》;张

文勋的《批判地继承文艺理论遗产》；晓雪的《傣家人的新史诗》。

6日，《光明日报》发表刘世德的《鬼狐史，磊块愁（续）（〈聊斋志异〉卮谈之一）》。

8日，《文汇报》发表钟子芒的《鲁迅写补白》。

9日，《人民日报》发表李士文的《从生活素材到艺术形象——谈〈创业史〉中的梁生宝的形象创造》。

10日，《东海》第8期发表张颂南的《鲁迅杂文的战斗美》；蒋成瑀的《浅谈〈潘虎〉》。

《剧本》7—8月合刊发表周贻白的《中国戏曲的喜剧》；李健吾的《诗情画意——谈〈钟馗嫁妹〉》；风子的《读〈群猴〉笔记》。

《山东文学》8月号发表任孚先的《谈肖端祥的创作》；刘锡诚的《传统情歌的社会意义》；受璋的《〈给吴伯箫同志〉读后》。

《解放军文艺》8—9月合刊发表周珊的《〈林海雪原〉的真实性和党性》；王树舜的《"这一个"及其它》；宋垒的《诗句中浮词的删节》。

12日，《光明日报》发表思蒙的《洪亮的〈船夫曲〉》。

14日，《文学评论》第4期发表［日］江口涣的《小林多喜二的生平和业绩》（特约稿）；李健吾的《巴尔扎克是一个什么样的正统派？——读书笔记》；贾芝的《谈各民族文学搜集整理问题》；董楚平的《从闻一多的〈死水〉谈到新格律诗问题》；专栏"关于文学上的共鸣问题和山水诗问题的讨论"发表陈桑的《为"共鸣"而争鸣》，袁行霈的《也谈山水诗的产生问题》，孙子威的《有没有不带阶级性的山水诗？》。

15日，《光明日报》发表《如何正确评价文学作品？如何理解生活真实与艺术真实？——〈林海雪原〉的讨论活跃了思想，提高了认识》。

《天山》8月号发表马俊民的《漫谈文学翻译》；胡杨的《在典型环境中刻画人物性格》；辛夫的《只要对人民有益》。

《江海学刊》8月号发表虞晴的《关于论文的逻辑》。

19日，《人民日报》发表秋耘的《闲话〈花城〉》。

20日，《光明日报》发表袁萍的《不能抽掉艺术的规律——记广东文艺界一场争鸣》。

《广西文艺》8月号发表刘硕良的《一种消极的错误的思想》；曾庆全的《〈美丽

的南方〉艺术浅赏》;蓝少成的《争鸣有感》;欧阳若修的《批判与继承必须"同时并行"》。

21日,《文艺报》第8期发表中国作家协会广东分会理论研究组的《典型的形象——熟悉的陌生人》;臧克家的《古典诗歌中的自然景物描写》;阎纲的《二十年代的风雷——〈太阳从东方升起后〉读后》。

22日,《文汇报》发表姚文元的《"烂桃"和"萌芽"》。

23日,《文汇报》发表何其芳的《关于革命现实主义和革命浪漫主义的结合》;文兵的《对〈节奏——艺术的感情〉一文的意见》。

24日,《光明日报》发表王树舜的《祝〈新酒〉》。

26日,《光明日报》发表乔山的《批评·生活·学习》。

27日,《工人日报》发表蔡葵的《丰收成灾话〈春蚕〉》。

29日,《光明日报》发表董衡巽的《求全与不全》。

《解放日报》发表李金波的《百花争艳,各极其致》;刘金的《漫谈风格、题材及其他》。

30日,《文汇报》发表魏金枝的《略谈我国短篇小说的头尾问题》。

31日,《光明日报》发表嘉陵的《文与道》。

9月

1日,《山花》9月号发表映红的《〈亮油柴〉不容否定》;曾宪宁的《读〈考试〉》;播声的《漫谈〈考试〉的写作》;丁工的《抒情短诗也能表现英雄》;蔡良骥的《谈"诗眼"》;李子红的《散文写作的二三事》。

《火花》9月号发表华苹的《〈汾水长流〉初探》;小萍的《幻觉描写》;阳升的《比喻示例》;林芜斯的《寄青年朋友——关于一般化、概念化的问题》。

《长春》9月号发表秋实的《题材问题及其他》;黄广生的《论诗与论人》;洛成的《积累和消化》;高树的《选择有特征的行动》;汪玢玲的《蒙族民族英雄的赞

歌》；刘淑明的《略谈丁仁堂的小说创作及其批评》。

《雨花》第9期发表上官艾明的《短篇小说的背景、场景和场面的描写》；扬州师范学院中文系三年级一班《瞿秋白传》编写小组的《漫谈〈饿乡〉和〈赤都心史〉》。

《延河》9月号发表马家骏的《学习鲁迅遗教，提高艺术水平》；李健民的《漫谈人物行动的描写》；韩仕民的《略谈鲁迅对人物肖像的描写》；晓晦的《读〈戈壁红柳〉有感》。

《奔流》9月号发表吉兆明、张鹏的《让我们的上演剧目更多些更美些》；周奇之、赵籍身的《谈〈穆桂英〉的改编》；包亚东的《读〈偶感录〉的偶感》。

《草原》9、10月号发表孟和博彦的《奋感余谈——内蒙古自治区1960年短篇小说读后》；吕烈的《漫谈〈卖碗〉一剧的人物刻划》；鲁歌的《让讽刺和幽默小说的花朵盛开》；肖平的《文艺·传说·古迹》。

《星火》第8—9期发表汤真的《文艺的任务与题材的多样化》；寒毅的《对题材问题的一点感想》；熊六材的《题材问题杂感》；伍林的《几付笔墨与一付笔墨》；梁勋仁的《〈龙飞凤舞〉的写作经过及其他》；龙峰的《略谈〈龙飞凤舞〉及对它的评论》。

《热风》第6期发表郑松生的《略论鲁迅作品题材的特色》；海滨的《读鲁迅〈关于小说题材的通信〉》；徐荆的《漫谈"不硬写"》；路遥的《关于题材的断想》；李联明的《再论生活、思想与创作的关系》。

《青海湖》9月号发表刘和本的《学习鲁迅先生对待古典文学的态度——〈鲁迅全集〉学习札记》。

《文艺红旗》9月号发表李云德的《略谈文艺为政治服务》。

《安徽文学》9月号发表合肥师范学院中文系57级外国文学评论组的《论〈复活〉的批判力量及局限性》；胡叔和的《诗意与风格——略谈菡子近作的艺术特色》；立无的《一个发人深思的短篇——〈沙滩上〉读后》；金陵的《学习〈鲁迅手稿选集〉札记》；吴汉亭的《细节的真实性》；曾平晖的《寿陵余子"学行"之鉴》。

《河北文学》9月号发表贾文昭的《文艺作品的思想性和艺术性的关系——学习毛泽东文艺思想的点滴体会》；王锦泉的《闲不住的腿》；朝夕的《〈力原〉人物漫评》；刘真的《喜读〈十八只小鸭〉》。

《湖南文学》8、9月号发表黄华强的《诗话三则》；未央的《"情"和"事"》；陈小平、周家富的《谈诗中"动"的描写》;茅才的《掌故重释》;李旦初的《"活剥"——旧形式的利用》;张英的《学艺随笔》。

2日,《中国青年报》发表沙洛的《虚中见实》。

4日,《解放日报》发表阿泰的《让"小小说"这朵花更加茂盛——从〈路遇〉一作谈起》。

《北京文艺》9月号发表林斤澜的《有关题材的零星感想》;洁泯的《风格问题杂谈》。

5日,《上海文学》9月号以"鲁迅先生诞生八十周年纪念"为总题,发表吴中杰、高云的《鲁迅小说的民族风格》,陈鸣树的《论鲁迅小说的艺术方法及其演变》;同期,发表秦牧的《艺海拾贝》(之六)。

《北方文学》9月号发表金恩晖、罗宪敏、沈长滨的《新英雄形象典型化的途径》;立之的《关于创造新英雄人物》。

《边疆文艺》9月号发表李乔的《题材·提炼·概括》;吴国柱的《也谈题材多样化》;唐笠国的《关于局限性和"发展"》;李良振的《试谈川剧〈葫芦信〉的结尾及其他》;杨明的《从川剧〈葫芦信〉谈剧本主题思想与剧中人物思想的关系》。

6日,《人民日报》发表臧克家的《学诗断想》;李希凡的《〈胆剑篇〉和历史剧——漫谈〈胆剑篇〉的艺术处理和形象创造》。

9日,《光明日报》发表村语的《欢迎作家评论》。

10日,《东海》第9期发表钦文的《学习鲁迅先生实事求是的精神》;张仲浦的《鲁迅的〈补天〉》;谷斯范的《作家与题材》;张新的《一滴水的启发》。

《诗刊》第5期发表邹荻帆的《含英咀华》;秋耘的《门外诗谈》;徐迟的《三峡诗话》。

《前线》第10期发表王衍盈的《两种斗争,两种结局——略谈电影〈红旗谱〉的思想意义和朱老忠形象的刻划》。

《剧本》9月号发表马铁丁的《阿托埃依的忠实儿女——剧本〈甘蔗田〉读后》;范钧宏的《关于〈卧薪尝胆〉——致张真同志》;胡可的《情节·结构——习剧笔记一则》。

《四川文学》9月号发表履冰的《人物形象与时代精神——试谈小说〈达吉和她的父亲〉中的人物塑造》;何易的《性格、矛盾、典型及其他——从〈达吉和她的父亲〉讨论中想到的》;杨田村的《谈小说〈达吉和她的父亲〉的思想内容——兼与冯牧同志商榷》。

12日,《文汇报》发表阿如的《水珠和世界——鲁迅作品学习札记之一》。

《光明日报》发表易征的《创意》。

《解放日报》发表吴欢章、秦家琪的《无产阶级革命的战歌——谈几个早期共产党人的诗歌创作》。

14日,《人民日报》发表瞿光熙的《郭老的一首新诗》。

《光明日报》发表洁泯的《谈偏爱》。

《解放日报》发表田仲济的《含蓄》。

15日,《天山》9月号发表孙殊青的《欢腾的草原 优美的赞歌——读哈萨克斯坦民族札记》;周望的《英雄的乐章——简评〈千万里转战〉》;孙涛的《露珠小集——读〈文艺报〉〈题材问题〉零感》。

《江海学刊》9月号发表夏基松的《孔子思想的历史渊源和阶级实质》;刘开荣的《从〈游仙窟〉谈唐代民间说唱文学的形成和发展》。

16日,《光明日报》发表乔山的《谈细节》。

《解放日报》发表汪习麟的《给语言以性格》。

19日,《文汇报》发表伍薪的《从〈红色堡垒〉想起》。

《人民日报》发表王子野的《写得短些》。

《光明日报》发表黎之的《漫谈闰土形象的创造》。

20日,《广西文艺》9月号发表丘行的《谈〈同时并行〉所引起的争论》。

21日,《解放日报》发表潘旭澜的《关于局部与整体》。

《中国青年报》发表余鹤仙的《北大荒的凯歌》。

《文艺报》第9期专栏"新收获"发表马铁丁的《伟大的共产主义人格力量——评〈王若飞在狱中〉》,明东的《万妞》;同期,发表中国作家协会广东分会理论研究组的《简单化的批评》。

22日,《人民日报》发表乌兰汗的《〈阿Q正传〉在苏联》。

《解放日报》发表费万龙的《〈南国的花城〉》。

23日,《民间文学》9月号专栏"关于如何评价民间文学作品问题——关于《娥并与桑洛》的讨论"发表孙殊青的《〈娥并与桑洛〉讨论综述》,王志凯的《〈娥并与桑洛〉存在的问题》,汪法文的《谈〈娥并与桑洛〉中的三个主要人物》,吴佩剑的《对于桑洛性格描写的一点意见》,庄文中的《我对〈娥并与桑洛〉的不同看法》。

24日,《文汇报》发表力群的《从鲁迅论艺术题材谈起》;金丁的《〈阿Q正传〉的杰出成就》;以群的《论鲁迅的杂文——纪念鲁迅诞生八十周年》;上官艾明的《认真细心地观察生活》。

《光明日报》发表郭预衡的《鲁迅论文学遗产的批判与继承》。

25日,《前线》第18期发表郭预衡的《"遵命文学"及其他》。

26日,《光明日报》发表范凡的《探索与切磋》。

28日,《人民日报》发表杨扬的《一幅引人的剪影——重读〈跟青年谈鲁迅〉》。

本月,《中山大学学报(社会科学)》第3期发表中文系古典文学教研组的《刘勰论文学的继承和创新》。

本月,少年儿童出版社出版蒋风编的《鲁迅论儿童教育和儿童文学》。

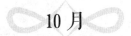

10 月

1日,《山花》10月号发表齐放的《试谈〈挡不住的洪流〉的思想内容及其他》;其分的《读几篇小说想到的》;刘守华的《也谈民间文学的精华与糟粕》;马焯云的《精巧的构思》。

《火花》10月号发表高鲁的《喜读〈汾水长流〉》;左家军的《新农村建设者画象——谈义夫同志作品中的人物创造》;黎声的《漫谈文艺为政治服务》;晓红的《多样化二题》。

《长春》10月号发表冯文炳的《谈"语不惊人死不休"》;蔡良骥的《漫话题材、手法多样化》;郑乙的《画眼睛与画头发》;阿红的《从征妇诗想起的》;今雨红的《作家写英雄人物必须具有"英雄性格"吗?》;钟明的《亲切感人的肖象》。

《雨花》第10期发表江曲的《梅兰芳同志给予我的艺术教益》;陆曼炎的《柳亚子(江苏文艺人物)》;佛雏的《"谨毛而失貌"辨证》;魏簪的《快慢篇》;尹真的《议一议短篇创作》;周正良的《更深入地挖掘》;杨平的《概述扬州评话

流派》。

《延河》10月号发表胡采的《从生活到艺术(上)》;刘同的《鲁迅论继承批判现实主义文学遗产》;王汉元的《读〈从百草园到三味书屋〉的手稿》。

《奔流》10月号发表罗丝的《也谈〈穆桂英〉的改编》;颜与陈的《实事求是地进行文学批评》;嵇文甫的《从祖国古典文学中学点语言艺术》;柳松的《"白发三千丈"及其它》。

《星火》第10期发表卜才的《学习鲁迅作品札记》;万里浪的《诗的题材问题感想点滴》;付晓航的《有一招就拿一招》;郑光荣的《文艺评论有感》。

《新港》9—10月号发表曹葆华、渠建明译的《高尔基文艺书简》(续);冯牧的《略论万国儒的创作》;陈传才等的《对于题材问题的一些浅见》;原水的《从梁斌同志挥泪写书谈起》。

《文艺红旗》10月号发表陆耀东的《论〈故事新编〉》;石榕的《对抒情诗中"我"的几点理解》。

《甘肃文艺》月刊创刊,甘肃文艺月刊社编辑,10月号发表吴小美的《王汶石短篇小说的容量》。

《长江文艺》总第134期发表陆耀东的《略谈鲁迅论题材问题》;龚啸岚的《浅谈几出"三国戏"的写作技巧》;专栏"文学青年之页"发表马焯荣的《鲁迅怎样塑造艺术典型》,高风的《题材·个性·风格》。

《河北文学》10月号发表茅盾的《五个问题——一九六一年八月三十日在一次座谈会上的讲话》;冯健男的《鲁迅怎样对待题材问题》;卢天的《阿Q的帽子及其它》。

《湖南文艺》10月号发表蔡健的《从祥林嫂悲剧的一生看鲁迅现实主义的深刻性》;马焯荣的《鲁迅论题材——重读〈关于小说题材的通信〉》;易漱泉的《鲁迅对待俄罗斯文学的态度》;野马的《从金圣叹谈起》;李元洛、余开伟的《诗歌多样化四题》;鲁之洛的《夜读杂感二则》。

《解放军文艺》10月号发表陈瑜生的《一团烈焰似的剧本》;黄益庸的《从李白搁笔说起》;聂索的《杂谈改诗》。

4日,《文汇报》发表夏衍的《艺术性与技巧》;陆月明的《个人形象个人创作与个人主义》。

《北京文艺》10月号发表洁泯的《略谈鲁迅散文诗的艺术特色》。

5日,《上海文学》10月号以"鲁迅先生逝世二十五周年纪念"为总题发表茅盾的《关于阿Q这个典型的一点看法》，昭彦的《"千万不要忘记它是艺术"及其它》，刘大杰的《鲁迅与中国文学遗产》，陈鸣树的《论鲁迅小说的艺术方法及其演变（续）》；同期，发表秦牧的《艺海拾贝》（之七）。

《北方文学》10月号发表延家畔的《文艺如何更有力地为政治服务》。

《边疆文艺》10月号发表封齐的《需要同志式的文学批评》；梁友璋的《优秀的童话诗——〈幸福的种子〉》。

7日，《文汇报》发表钱中文的《创作灵感漫谈》。

8日，《光明日报》发表彭铎的《鲁迅对〈嵇康集〉的整理》。

10日，《东海》第10期发表史莽的《鲁迅与新诗》；庄筱荣的《谈谈〈故乡〉中的革命理想主义》；钟秀的《革命回忆也要多姿多采》；蔡良骥的《庐山·大伽蓝·题材》。

《前线》第19期发表吴南星的《三家村札记：古人的业余学习》。

《剧本》10月号发表杨宪益的《红梅旧曲喜新翻——昆曲〈李慧娘〉观后感》；颜振奋的《谈〈胆剑篇〉的艺术成就》；邹荻帆的《读〈胆剑篇〉有感》。

《山东文学》10月号发表韩长经的《学习鲁迅的文艺统一战线思想》；陆侃如的《文学理论遗产的批判继承》；田仲济的《文风浅感》；翟剑萍的《给风子同志的一封信》。

《四川文学》10月号发表林如稷的《鲁迅小说的艺术特色》；华忱之的《鲁迅在文学研究和创作上的民族化群众化方向》；木将的《议鲁迅先生的"北平五讲"》；王而龄的《阿Q与小D》；陈朝红的《典型和时代——〈达吉和她的父亲〉讨论中的点滴体会》；王世德的《是不是正常的创作方法？——与冯牧同志商榷〈达吉和她的父亲〉的改编》。

11日，《人民日报》发表细言的《关于鲁迅小说的艺术技巧的札记》。

13日，《文汇报》发表毕华珠的《读陈毅同志新作》。

《人民日报》发表臧克家的《毛主席亲题鲁迅诗》。

14日，《文学评论》第5期以"纪念鲁迅先生诞生八十周年"为总题发表唐弢的《论鲁迅的美学思想》，刘绶松的《鲁迅杂文的艺术特色》；茅盾的《关于历史和历史剧——从〈卧薪尝胆〉的许多不同剧本说起》；力扬的《毛主席诗词的艺术感染力》。

15日，《天山》10月号发表丁子人的《鲁迅作品阅读札记》；陆维天的《鲁迅谈题材问题》；顾明的《百戏杂陈》；胡笳的《读〈最初的一课〉》。

16日,《光明日报》发表王士菁的《关于"国民性"问题——读鲁迅杂文札记》。

19日,《人民日报》发表刘有宽的《鲁迅喜爱的三个鬼魂形象》。

《光明日报》发表钦文的《话无常和吊死鬼》。

《解放日报》发表任大霖的《从〈社戏〉中的儿童形象谈起》。

20日,《广西文艺》10月号发表秦似的《热爱鲁迅的著作》;马焯荣的《论鲁迅小说的艺术特色》。

21日,《文艺报》第10期专栏"新收获"发表李健吾的《〈孟丽君〉》,辛仁的《〈端方的打算〉》,陈默的《〈最有办法的人〉》,马铁丁的《〈黄河巨变〉》,贾霁的《〈红色娘子军〉》,思蒙的《〈在花的草原上〉》;同期,发表黄秋耘的《关于孙犁作品的片段感想》。

23日,《民间文学》10月号专栏"关于如何评价民间文学作品问题"发表朱泽吉的《就〈娥并与桑洛〉谈如何评价民间文学的遗产问题》,赵景深的《我看〈娥并与桑洛〉》,曹廷伟的《如何评价〈娥并与桑洛〉》,塞福的《谈娥并与桑洛的爱情基础》,贾勋的《对〈娥并与桑洛〉的几点意见》。

24日,《文汇报》发表唐伯的《既是历史,又是文学(试谈〈在大革命的洪流中〉)》。

25日,《人民日报》发表梁信的《从生活到创作——吴琼花形象的塑造经过》。

《前线》第20期发表吴南星的《三家村札记:从走路和摔跤学起》。

26日,《文汇报》发表赵自的《天下之马》。

27日,《文汇报》发表林帆的《"直"与"露"》。

《中国青年报》发表王永昌的《〈鲁迅回忆录〉读后》。

28日,《文汇报》发表《茅盾谈文艺创作的五个问题》;林帆的《意取尖新》。

11月

1日,《山花》11月号发表曲沐的《诗歌中的反复和重叠》;燕宝的《对民族诗歌翻译问题的一点粗浅看法》；陈厚诚的《由王安石改诗所想起的》。

《火花》11月号发表卢梦的《〈汾水长流〉的结构、人物、语言》；奇人的《试谈鲁迅小说中的肖象描写》；蔡葵的《不让土壤，不择细流》；孙贤与的《题目杂谈》；侯墨的《路子宜往宽处走》。

《长春》11月号发表汪浙成的《"银河落"与"百练飞"》；张耀辉的《细还不够》；黄益庸的《缘情体物》。

《雨花》第11期发表梁冰的《评话剧〈天京风雨〉》；陈辽的《评鲍明路同志的诗作》；曹汉昌的《从〈龙门斩十将〉谈评弹的"表"》；于质彬的《看戏闲谈》；施冠千的《陆文夫小说人物创造漫谈》。

《奔流》11月号发表鲍志伸的《要以慎重的态度对待戏曲遗产》；周鸿俊的《一曲新人的颂歌——评〈喜旺嫂子〉》；武安国的《生命的赞歌　劳动的乐章——读〈高粱礼赞〉和〈场〉》；冯文静的《文学与调查研究》。

《草原》11月号发表韦木的《"借一斑略知全豹"》；齐放的《百花齐放和题材》。

《热风》第7期发表李联明的《善于抉择，勇于"拿来"》；蔡师圣的《从"画眼睛"谈起》；蔡海滨的《独具一格的〈嵩口司〉》；陈启肃的《传统戏剧散论》。

《新港》11月号发表曹葆华、渠建明译的《高尔基文艺书简》（续）；钱中文的《谈艺术创作的想象》；滕云的《艺术世界的缔造者》。

《青海湖》11月号发表朱奇的《评韩风同志的诗》；梅青的《藏族人民的光辉形象——小说〈新队长〉读后感》；启鸣的《朴素的风俗画——谈谈小说〈调查调查〉》。

《文艺红旗》11月号发表高瞻的《艺术技巧的源流》；闻山的《叮当响的工人语言》。

《安徽文学》11月号发表苏中的《鲁迅论文艺批评》；杨长河的《漫谈戏曲文学遗产的整理》；方可畏、严云绶的《读海涛的两篇小说》；虚戈的《清新独创》；樊发家的《诗的比喻》；汤大民的《例谈"曲笔"——古典诗词学习札记之一》；方凡人的《从七斤的辫子说起》。

《湖南文学》11月号发表樊篱的《读恩格斯给明娜·考茨基的信》；田润钧、王乃安的《闪烁着共产主义思想光辉的英雄形象——读〈李经理〉》；韩抗的《杂谈刘勇今年的作品》；谭国材的《谈谈细节描写》。

《解放军文艺》11月号发表易征的《兵的诗意和美——论张永枚诗歌创作的

若干艺术特色》；马焯荣的《歌剧唱词应该是怎样的诗》；刘金的《从思想到形象》。

2日，《人民日报》发表杨朔的《〈东风第一枝〉小跋》。

4日，《光明日报》发表梅林的《感情篇》。

《北京文艺》11月号发表蔡葵的《以"有限"见"无限"》；艾克恩的《从盖老的"久久为功"说起》。

5日，《上海文学》11月号发表姚文元的《论艺术作品对人民的作用》；陈鸣树的《论鲁迅小说的艺术方法及其演变（续完）》；秦牧的《艺海拾贝》（之八）。

《北方文学》11月号发表任孚先的《构思与独创》；阿红的《扁担·诗》；杨尚青的《描写党的领导形象种种》；白眉的《英雄人物和英雄的题材》；任愫的《可望、可爱而又可及》；

《边疆文艺》11月号发表崔晓平的《刘奎官漫谈〈通天犀〉》；孟流的《关于文学和宗教的关系》。

7日，《文汇报》发表樟树的《"撞车"杂谈》。

9日，《人民日报》发表臧克家的《再谈毛主席亲题鲁迅的诗》。

10日，《文汇报》发表孙光萱的《最新最美江南景　又深又浓诗人情——试评严阵诗集〈江南曲〉》。

《人民日报》发表郭沫若的《翻译鲁迅的诗》。

《东海》第11期发表周建人的《闲话〈昭君出塞〉》；谷斯范的《夸张、想象和生活真实》；张仲浦的《论郭沫若历史剧的古为今用》；吕漠野的《诗歌题材问题漫话》；牧之的《落针声的启示》；苏卿的《灯下小记》。

《前线》第21期发表吴南星的《三家村札记："伟大的空话"》。

《诗刊》第6期发表臧克家的《鲜果色初露——读诗散记》；秋耘的《"高吟肺腑走风雷"——关于鲁迅先生几首旧体诗的杂感》；邹荻帆的《春风里的笑声——读〈北大荒的姑娘〉》；刘岚山的《抄诗杂记》。

《剧本》11月号发表罗念生的《卡塔西斯笺释——亚里斯多德论悲剧的作用》。

《山东文学》11月号发表袁世硕的《鲁迅论题材问题》；任孚先的《谈革命现实主义和革命浪漫主义相结合的作品的产生》。

《四川文学》11月号发表陈志宪的《雄深俊伟的诗篇——说鲁迅旧诗二首》；山莓的《明朗清新的诗——读〈农村散章〉》；辅之的《读了两篇游记》；方村的《一

个鲜明而生动的英雄形象——谈〈山里的声音〉中的杨老岩》。

12日,《文汇报》发表柳青的《怎样评价徐改霞?》。

15日,《人民日报》发表吴晗的《写给少年作者——〈今天我喂鸡〉序》。

《解放日报》发表鹤仙的《谈谈〈小碗〉的人物形象》。

《天山》11月号发表胡剑的《肖象·性格·思想》;丁子人的《诗贵创造及其他》;雷茂奎的《读书零拾》。

《江海学刊》11月号发表朱式蓉的《关于"美是生活"的探索》;马茂元的《说"通变"》;方扬的《柳宗元的文学思想》;段熙仲的《论桐城派的"义法"说及其实质》;苏兴的《〈西游记〉的地方色彩》;兰卢西的《巴尔扎克的世界观和创作方法》。

16日,《光明日报》发表敏之的《并非闲笔》。

18日,《中国青年报》发表阎纲的《绚丽的"花城"》。

20日,《广西文艺》11月号发表马焯荣的《论鲁迅小说的艺术特色(续)》。

21日,《解放日报》发表刘金的《生动的形象丰富的细节——漫评〈在大革命的洪流中〉》;陈小华的《谈谈〈中国新文学大系〉》。

《文艺报》第11期专栏"新收获"发表辛仁的《在软席卧车里》,宋爽的《张满贞》,昭彦的《李慧娘》;专栏"批判地继承中国文艺理论遗产"发表郭绍虞的《正确理解,作好准备》,王季思的《从"暗与理合"谈起》,楼栖的《以古为鉴,可知得失》,野马的《略谈金圣叹对〈水浒〉的见解》;同期,发表冯牧的《战斗和劳动的诗篇——读波列伏依的〈大后方〉》。

23日,《民间文学》11月号专栏"关于如何评价民间文学作品问题"发表刘岚山的《从〈娥并与桑洛〉的讨论谈起》,春阳、碧粒的《也谈〈娥并与桑洛〉》,朱宜初的《谈谈〈娥并与桑洛〉的整理》。

25日,《前线》第22期发表吴南星的《三家村札记:怕鬼的"雅谑"》。

26日,《中国青年报》发表方闻的《反帝斗争的凯歌(读杨树浦发电厂厂史〈红色堡垒〉)》。

28日,《光明日报》发表洁泯的《谈含蓄》。

本月,上海教育出版社出版胡奇光等的《新民歌的语言艺术》。

上海文艺出版社出版易征、张绰的《谈谈〈三家巷〉》,胡采的《读峻青的〈胶东纪事〉》。

中国青年出版社出版杜鹏程等著、茅盾选讲的《一九六〇年短篇小说欣赏》。

12 月

1日,《山花》12月号发表言平的《也谈散文》;任方桐的《红花还得绿叶衬》;建安的《关于肖象描写》;潘杨的《动人的声音》;金陵的《人物出场的艺术处理》;杜郁的《谈"眼高手低"》。

《火花》12月号发表李国涛的《采采流水,蓬蓬远春——喜读西戎新作〈灯芯绒〉》;马作楫的《漫谈叙事短诗》。

《长春》12月号发表王我的《略谈〈一颗火种〉的艺术特色》;易央的《话说"直"》;刘淑明的《浓与淡》;禹言的《对〈作家写英雄人物必须具有"英雄性格"吗?〉一文的意见》;古月的《北国江山入新图》。

《雨花》第12期发表石陶的《锡剧门外漫谈》;苏堃的《人醉心未醉,无情却有情》;范伯群的《年轮》;陈辽的《看了陆文夫同志的近作所想到的》。

《延河》11—12月号发表胡采的《从生活到艺术(中)》;王向峰的《革命农民的形象》;王汉元的《读〈藤野先生〉手稿》;陈夏的《开头和结尾》;阿红的《"意在言中,神余言外"》。

《奔流》12月号发表花明的《漫谈艺术修养问题》;研域的《关于杨延景人物处理的几点看法——与罗丝同志交换意见》;周森甲的《艺术创作的规律不容忽视——简评豫剧〈穆桂英〉的改编》;李丹的《开门见山与峰回路转》;刘家骧的《愿散文之花越开越艳——漫评〈奔流〉近五期来的散文》。

《草原》12月号发表叶寒的《杂谈蒙文诗及其翻译》;丁尔纲的《艺术上的不断探索——评马拉沁夫几篇近作》;洛成的《闻其声如见其人》;陈寿朋的《无巧不成书》;梁忆的《细节·对话》;马白的《评论之评论》。

《星火》第11—12期发表黄金华的《我对〈阿Q正传〉的几点理解》;雪草的《戏剧创作题材的一点浅见》;周书文的《学习杂文随笔二则》;吴海的《闲话诗歌

语言》;陈彬的《喜读〈崇高的职业〉》。

《新港》12月号发表茅盾的《〈力原〉读后感》;郭预衡的《学习与创新》;蒋和森的《理在情中》;冯健男的《从燕子筑巢说起》;曹葆华、渠建明译的《高尔基文艺书简》(续)。

《青海湖》12月号发表陈士濂的《〈换队〉的人物塑造》。

《文艺红旗》12月号发表本刊记者的综合报道《关于细节描写的真实性的讨论》。

《长江文艺》总第135期发表何鸿的《诗人和读者》;专栏"文学青年之页"发表胡南的《浓淡虚实总相宜》,李元洛的《叙事诗中的自然景物描写》。

《甘肃文艺》12月号发表孙克恒的《红日的赞歌》;专栏"讨论童话诗〈大禹的儿子〉"发表张永敏的《略谈〈大禹的儿子〉》,伍人的《一篇美丽的童话诗》。

《河北文学》11—12月号发表郑乃臧、唐再兴的《热情澎湃的波涛——论田间同志的诗》;红英的《学诗札记三题》;雷石榆的《新诗的格律问题》;曲六乙的《艺术流派三题》。

《湖南文学》12月号发表邓超高的《也谈刘勇今年的作品》;马焯荣的《形象为什么苍白》;周德辉的《谈谈刘勇同志作品中的人物形象》;李青的《情节提炼一例》。

《解放军文艺》12月号发表包维岳的《读〈三人〉》;陈彬的《漫谈短篇小说〈接关系〉》。

2日,《解放日报》发表祝融的《战斗的人们,战斗的作品——读古巴短篇小说〈旗帜集〉》。

3日,《文汇报》发表吴欢章的《〈伤逝〉中的子君》。

《光明日报》发表谭正璧的《我也来谈文学遗产研究与说唱文学》。

5日,《文汇报》发表牛正武的《誓言变成打诨——谈人物语言的个性化》。

《解放日报》发表陈鸣树的《武器与花——也谈文艺批评的百花齐放》。

《上海文学》12月号发表秦牧的《艺海拾贝(九)》;姚文元的《论艺术作品对人民的作用(续完)》;专栏"文谈诗话"发表细言的《从题材多样化谈起》,蔡良骥的《"独创性"二题》,陈鸣树的《也谈"为欣赏者留有余地"》,易征的《不可不拘小节(外三篇)》。

《北方文学》12月号发表周艾若的《不以题材大小论英雄》;阮北垣的《对表现

新英雄人物的几点浅见》。

《边疆文艺》12月号发表苍鹰的《感情·想象·独创性——漫谈饶阶巴桑短诗的艺术特色》；周天恒、龙朝江的《也谈宗教与文学的关系》。

7日，《文汇报》发表邱扬的《弦外音乐——〈胆剑篇〉学习札记》。

《光明日报》发表罗植楠的《历史小说应该提倡》。

9日，《人民日报》发表臧克家的《学诗断想》；凤子的《〈胆剑篇〉演出浅谈》。

10日，《东海》第12月号发表周建人的《关于阿Q这一人物的来源》；金近等的《漫谈苏卿的诗歌创作》；杭大中文系文艺理论研究室讨论，蒋祖怡、张颂南执笔的《历史剧的古为今用方向和郭沫若历史剧的"借古讽今"问题》。

《前线》第23期发表吴南星的《三家村札记：谈读书》。

《剧本》12月号发表戴不凡的《说女吊，话无常》；傅雪漪的《谈有关戏曲唱词的技巧》；范钧宏的《谈"透"》。

《山东文学》12月号发表冯中一的《杂文写作片谈》；曲阜师范中文系《山东文学》评论组的《漫谈〈两个红五分〉的表现手法》。

《四川文学》12月号发表余音的《论小说〈达吉和她的父亲〉及其它》；杨田村的《典型与本质》；谭舆国的《从马赫的形象谈起——兼与履冰同志商榷》。

12日，《文汇报》发表姚文元的《诗的警话》。

14日，《解放日报》发表寒英的《自强不息——话剧〈胆剑篇〉中三个细节的启示》。

《文学评论》第6期发表茅盾的《关于历史和历史剧——从〈卧薪尝胆〉的许多不同剧本说起（续完）》；本刊编辑部的《关于文学上的共鸣问题和山水诗问题的讨论》；柳鸣九的《再论共鸣现象的实质及其原因——关于共鸣问题的答复》。

15日，《文汇报》发表陈汝衡的《从诗人看不懂戏说起》。

《天山》12月号发表胡剑的《风俗画和风景画——谈鲁迅小说的环境描写》；辛夫的《漫谈人物语言的个性化》；夏定冠的《融景于情　寄情于景》；薛玉瑾的《读诗杂记》。

17日，《光明日报》发表丁山的《几点关于古典文学研究的建议》；陆侃如的《关于文艺理论遗产学习的三点意见》。

19日，《光明日报》发表关建之的《迫人期待》。

20日，《文汇报》发表《如何批判继承古典文学理论遗产　上海南京杭州等地部分大学中文系教师在沪集会就我国文学批评史的发展规律等问题展开讨论》。

《光明日报》发表《如何批判继承古典文学遗产　复旦大学、南京师院等校中文系教师在上海进行讨论》。

《广西文艺》12月号发表梁唐的《如何评价艺术形象——对〈"美丽的南方"艺术浅赏〉的几点异议》；吕集义的《读毛主席〈送瘟神二首〉并和郭沫若、臧克家先生商榷》；金梅的《有趣的修改——漫谈梁生宝的出场》；覃惠的《一首含蓄的好诗——读〈澄碧湖——大海的女儿〉》。

21日，《光明日报》发表艾明之的《真人真事与艺术概括》。

《文艺报》第12期专栏"新收获"发表冰心的《〈葛梅〉》，曹禺的《〈雪浪花〉》，宋爽的《〈两都颂〉》，陈驄的《〈江南曲〉》，秋耘的《〈陶渊明写《挽歌》〉》，杨天喜的《〈51号兵站〉》；魏金枝的《也来谈谈茹志鹃的小说》。

23日，《文汇报》发表李希凡的《朱老忠及其伙伴们——〈红旗谱〉艺术方法的一个探索》。

《民间文学》12月号发表贾芝的《民间故事的魅力——〈中国民间故事选〉二集序言》；专栏"关于如何评价民间文学作品问题"发表傣族刀成兴的《我对〈娥并与桑洛〉整理工作的几点意见》，吕光天的《从傣族的社会生活看〈娥并与桑洛〉》，李岳南的《谈〈娥并与桑洛〉的评价问题》。

24日，《工人日报》发表黄伊的《〈春鸟〉》。

25日，《前线》第24期发表吴南星的《三家村札记："电子音乐剧"原来如此》。

26日，《文汇报》发表罗宗强的《谈夸饰》。

《人民日报》发表曹靖华的《〈花〉小跋》。

《光明日报》发表李厚基的《效颦学步与点铁成金》；沈鹏年的《范爱农及其悲剧——电影〈鲁迅传〉人物琐谈之一》。

27日，《人民日报》发表凤子的《保留剧目新创造（评〈桃花扇〉）》。

29日，《光明日报》发表李伯勋的《哲学反对"夸饰"》；《古典文学理论专著陆续整理出版　为我国古典文学研究工作提供丰富的资料》。

本月，作家出版社出版蔡仪的《论现实主义问题》，《诗刊》编辑部的《新诗歌的发展问题（第4集）》。

上海教育出版社出版许钦文的《语文课中鲁迅作品的教学》。

上海文艺出版社出版周振甫的《毛主席诗词浅释》，周天的《小谈〈创业史〉第一部》,江曾培的《〈山乡巨变〉变得好》。

少年儿童出版社出版《儿童文学研究》编辑室编的《儿童文学研究(1961年12月)》。

山东人民出版社出版苗得雨的《文谈诗话》。

北京出版社出版本社编的《笔谈〈林海雪原〉》。

1962年

1962年

1月

1日,《人民日报》发表老舍的《试笔》。

《山花》1月号发表魏研雪的《民间文学遗产中的局限性和糟粕》;杜郁的《谈谈民间文学中的劳动人民形象》;王丁的《成功的秘密》;赵赫的《谈"巧"》。

《火花》1月号发表《勤学苦练,提高作品质量——老舍同志在大同市一个文艺报告会上的讲话》;庐天的《漫谈表现性格特征的契机》;王静波的《"同"中求异》;孙育华的《关于给人物起外号》;林芜斯的《寄青年朋友——文艺与批评》。

《长春》1月号发表郑乙的《愿散文更绚烂多彩》;丁锋的《读吴矣的几首政治讽刺诗》;梁恩泽的《好邻居》;褚雯的《成功的和不足的》;俞珍的《读〈早晨的故事〉》。

《东海》第1期发表魏峨的《创作历史剧应讲求历史的真实性》;贺云飞、占博智、李思馨的《从〈卧薪尝胆〉谈起》;金章才的《诗贵炼意》;冯麟的《是诱导还是说教?》。

《延河》1月号发表胡采的《从生活到艺术(下)》;傅庚生的《诗词的意境》;陈夏的《关于细节》;杨新荣的《"欲得其人之天"云云》。

《雨花》第1期发表静人的《戏路更宽些,地方特色更鲜明些!》;杨涵的《笔与意 形与神》;佛雏的《"于无声处听惊雷"》;曾华鹏的《情节提炼琐谈》。

《奔流》1月号发表若谷的《欲"整"之先"理"之——谈〈穆桂英〉的改编》;吉鹏的《〈穆桂英〉改编的问题在哪里》;新开河的《话说"口头禅"》。

《草原》1月号发表丁正彬的《评〈草原新史〉》。

《新港》1月号发表孙用编录的《鲁迅注译校读琐记》;贾文昭的《文艺漫话(三则)》;[苏]阿·托尔斯泰的《我们怎样写作》;曹葆华、渠建明译的《高尔基文艺书简》(续)。

《文艺红旗》1月号发表魏求争的《再谈关于细节描写的真实性》。

《甘肃文艺》1月号发表陈涌的《鲁迅小说的思想力量和艺术力量》;专栏"讨论童话诗《大禹的儿子》"发表李九思的《问题在哪里》,柯扬的《在探索的道路上》,林家英的《童话与幻想》,傅世伦的《一个有意义的探索》。

《宁夏文艺》第1期发表李镜如的《漫谈一九六一年〈宁夏文学〉上的小说》；李慕莲的《事实和论点——评吴淮生〈漫谈题材和风格〉》。

《安徽文学》1月号发表师田手的《生活的泥土》；曾平晖的《谈"情"》；金陵的《释"响字"》；孝慈的《"董永卖身"故事的演变》。

《河北文学》1月号发表冯健男的《孙犁的艺术（上）——〈白洋淀纪事〉》。

《湖南文学》1月号发表鲁之洛的《从刘勇1961年的作品谈他的创作》；樊篱的《必须遵循艺术创作的规律》；王以平的《学艺录》；赖应棠的《由揭开红榜想开去》；韩抗的《浅谈张觉的诗歌创作》。

4日，《光明日报》发表汪浙成的《文章的"眉目"》；臧克家的《眼遇佳句分外明——读白羽老舍同志的旧体诗》。

《解放军文艺》1月号发表叶圣陶的《〈塔里木行〉——一篇情文并茂的游记》；周珊的《熟悉生活与其它》；凝甘的《由养玉簪花谈起》；辛冰的《"更上一层楼"》。

5日，《上海文学》1月号发表冯健男的《谈梁生宝》；曾华鹏、潘旭澜的《读陈残云的散文》；秦牧的《艺海拾贝》（之十）；专栏"文谈诗话"发表郭预衡的《谈"一挥而就"》，余南飞的《匠心独运录》，魏金枝的《怎样使用我们的财富》。

《北方文学》1月号发表阿桓的《新英雄形象定要完美无瑕》；康咏秋的《不能以成败论英雄》。

《边疆文艺》1月号发表《生活·学习·创造——袁水拍、沙汀、郭小川座谈创作问题摘要》；李广田的《序傣族叙事长诗〈线秀〉》。

9日，《文汇报》发表陈章武的《闲话"激动"》。

《人民日报》发表马铁丁的《真情实感——读〈第一个风浪〉》。

《新民晚报》发表涌流的《〈多浪河边〉风光好》。

10日，《羊城晚报》发表《深沉热烈谱乡情（新书架）》。

《诗刊》第1期发表臧克家的《学诗断想》。

《前线》第1期发表吴南星的《三家村札记：谈〈三字经〉》。

《剧本》1月号发表田汉的《大力发展话剧创作》；老舍的《话剧的语言》；许姬传的《梅兰芳先生对编剧的一些看法》；卫明的《京剧〈义责王魁〉琐谈》；李超的《阿尔巴尼亚人民光辉的形象——谈〈渔人之家〉》。

《青海湖》1月号发表白榕的《试评〈花为媒〉——北窗谈艺之二》；刘崇善的《艺术的魅力》；树汩的《一篇成功的作品》；陆建华的《红色少年的赞歌》；寒梅的

《可爱的接班人》。

《广西文艺》1月号发表方芳、柳蓉的《真实的人物形象——谈〈美丽的南方〉中的主人公韦廷忠》。

《四川文学》1月号发表田原的《新的探索、新的收获》；尹在勤的《具有特色的姊妹篇——读〈川江行〉与〈凉山行〉》；辅之的《漫步散文的园林》；履冰的《谈马赫的形象及有关问题》。

11日，《人民日报》发表冯牧的《珍贵的传统——〈星火燎原〉第六集读后》。

《文艺报》第1期发表宋爽的《革命性和多样性的统一》；何其芳、张庚、张光年的《笔谈〈胆剑篇〉》；柯灵的《真实、想象和虚构》；以"笔谈《胆剑篇》"为总题，发表何其芳的《〈胆剑篇〉印象》，张庚的《〈胆剑篇〉随想》，张光年的《〈胆剑篇〉的思想性》；专栏"新收获"发表茅盾的《〈力原〉》，安石的《〈鄂伦春组曲〉》，阎纲的《〈中秋佳节〉》。

11日，《光明日报》发表汪浙成的《批评的尺度》。

13日，《人民日报》发表徐翔、舒茵的《革命的星火——读〈第一个风浪〉》。

《广西日报》发表李盛华的《前面的火光——介绍〈转战千里〉和〈回忆红七军〉》。

《中国青年报》发表张念苓的《冬夜围炉话〈红岩〉》。

14日，《光明日报》发表芮棘的《"疑义相与析"》。

《天津日报》发表周艾文的《钢花怒放见新人——读〈黎明时刻〉》。

15日，《作品》复刊，第1期发表何淬的《反映生活，还是图解概念？——评〈旅行〉和〈撒满鲜花的道路〉》。

《江海学刊》1月号发表蒋顺兴的《关于〈海角悲声〉》；陈瘦竹、沈蔚德的《论戏剧冲突和性格——重读〈曹禺剧本选〉》。

16日，《人民日报》发表郭沫若的《孺子牛的变质》。

《光明日报》发表田遨的《谈有味》。

17日，《新疆日报》发表南楠的《读〈多浪河边〉》。

18日，《文汇报》发表周国伟、席涤尘的《〈鲁迅诗稿序〉中的两个字》。

20日，《文汇报》发表傅庚生的《从"沉郁顿挫"窥测鲁迅的小说》。

《安徽日报》发表治芳的《〈江南曲〉的艺术风格》；胡叔和的《〈江南曲〉的艺术风格及其他》。

21日，《光明日报》发表黄秋耘的《寒夜话〈聊斋〉》。

《新疆日报》发表武锦蔚的《介绍通讯报告选集〈天山南北〉》。

22日,《解放日报》发表吴欢章的《让这支赞歌在千百万人心里升起——评聂鲁达近作〈英雄事业的赞歌〉》。

23日,《安徽日报》发表韩子英的《英雄的赞歌光辉的史诗——〈阿尔巴尼亚诗选〉读后》。

26日,《解放日报》发表高义龙的《从阿Q的帽子谈起》。

27日,《中国青年报》发表宋爽的《惊涛骇浪里的共产党人——喜读〈第一个风浪〉》。

28日,《宁夏日报》发表郭玉琳的《介绍一本好书——〈在大革命的洪流中〉》。

《星火》第1期发表李定坤的《心灵的声音》;胡仲愚的《一次集体的创作》;伍林的《作品中的配角》;珊如的《杰出的诗人陶渊明》。

《前线》第2期发表吴南星的《三家村札记:赵括和马谡》;宋养琰的《怎样阅读经典著作》;赵齐平的《谈谈常用的几种中文工具书》。

30日,《大公报》发表刘时的《喜读〈星火燎原〉》。

31日,《文汇报》发表燕平的《扎实的〈第二步〉》。

本月,《南京大学学报(人文科学)》第1期发表包忠文的《鲁迅早期思想初探——对鲁迅的"非物质、重个人"思想观念的一些理解》;陈中凡的《关汉卿杂剧中现实主义与浪漫主义相结合的范例》;余绍裔的《什么是美》。

本月,作家出版社出版茅盾的《鼓吹续集》。

吉林人民出版社出版吉林省文联编的《作家的素养》。

2月

1日,《光明日报》发表沙均的《〈橄榄树〉——动人的诗篇》。

《山花》2月号发表刘德一的《浓烈的乡土味》;王强模的《〈桐花开放的时候〉的语言特色》;袁仁琮的《跨进了一步》;王若麟的《肖象·行动·语言》;曹宇文的

《〈红色娘子军〉观后杂感》。

《火花》2月号发表李国涛的《佳篇共欣赏,疑文相与析——〈春天在榆树堡〉的技巧和一点争论》;董大中的《"合法的主人"》;王春元的《论短篇小说的开头》;胡尹强的《论短篇小说的结尾》;方彦的《英雄的国家,英雄的人民——谈〈渔人之家〉中的人物性格》;左家军的《寄青年朋友——谈人物的共性与个性》。

《长春》2月号发表马琰的《愿花更灿烂、人更丰满——一九六一年〈长春〉短篇小说漫评》;专栏"《邻居》笔谈"发表彭嘉锡的《略谈〈邻居〉的得失》,高共的《可喜的新收获》,华章、崔鹤、韩伟的《成功的心理描写》,张万良的《双重性格的人物》。

《延河》2月号发表何文轩的《论〈创业史〉的艺术方法》;秦牧的《艺林漫想录（一）》;李秀峰的《借鉴一隅》;杨立润的《杂谈人物性格的描写》。

《雨花》第2期发表顾加生、武俊达的《锡剧语言、音乐及其它》;段熙仲的《鲁迅"万家墨面"诗艺术性的初探》。

《奔流》2月号发表杜希唐的《谈戏曲传统剧目的挖掘和整理工作中的几个问题》;本刊记者的《〈穆桂英〉座谈会纪要》;周鸿俊的《迎春的蓓蕾——〈奔流〉1961年短篇小说漫笔》。

《草原》2月号发表马白的《论话剧〈金鹰〉的民族化群众化》。

《新港》2月号发表孙用编录的《鲁迅注译校读琐记》(续);贾文昭的《文艺漫话（三则）》;王达津的《〈文心雕龙〉札记》;曹葆华、渠建明译的《高尔基文艺书简》（续）。

《文艺红旗》2月号发表王向峰的《细节的真实性与现实主义》;孙明惠的《谈谈"不真实"的细节》。

《长江文艺》总第136期发表李燕的《试谈〈渔人之家〉的艺术特色》;高风的《哲理与诗情》;曲六艺的《灵感辨》;孟起的《贵在创新》;丁力的《字句不宜颠倒》;专栏"文学青年之页"发表李元洛的《散文的诗意》。

《甘肃文艺》2月号专栏"讨论童话诗《大禹的儿子》"发表南天竹的《大胆的探索》,唐再兴等的《有益的尝试》。

《宁夏文艺》第2期发表朱家仁、蔡秀华的《也谈题材多样化》。

《河北文学》2月号发表张炯的《关于中国文学史上现实主义和浪漫主义的几个理论问题——与张怀瑾同志商榷》;冯健男的《孙犁的艺术（中）——〈铁木前传〉》。

《湖南文学》2月号发表蔡健的《评论家的典范》;罗宪敏的《人物行动琐谈》;

黎原的《简练、淳朴、深刻》；杨辰的《且谈"论争"》。

《解放军文艺》2月号发表吴组缃的《生活·写作·读书》；包维岳的《读〈星火燎原〉第六集》。

3日，《文汇报》发表陈瘦竹的《〈孟丽君〉的喜剧风格》。

《光明日报》发表朱寨的《调子——作者内在的声音》。

4日，《北京文艺》2月号发表老舍的《谈叙述与真实》；艾克恩的《谈细节真实与作家的知识修养》；洁泯的《行万里路》；曹子西的《读石钢厂史散记》。

《民间文艺》由月刊改为双月刊，双月4日出刊，第1期专栏"关于如何评价民间文学作品问题"发表刘廷珊等的《对〈娥并与桑洛〉整理工作的一些看法》，晓雪的《〈娥并与桑洛〉的艺术特色》。

5日，《上海文学》2月号发表秦牧的《艺海拾贝》（之十一）；何家槐的《从〈诗的欣赏与评价〉说开去》；蔡良骥的《"眼睛"的艺术》；刘金的《鲁迅杂文——文艺性的论文》；专栏"文谈诗话"发表赵自的《阿舒思索人生》，忱木的《读〈在一个星期天里〉》，汪浙成的《批评家与生活》。

《北方文学》2月号发表高瞻的《从可不可以写英雄缺点所想到的》。

6日，《人民日报》发表田汉的《谈话剧该着重写哪样的人》。

7日，《人民日报》发表胡从经的《柔石烈士的一部未刊稿——〈中国文学史略〉》；老舍的《祝话剧丰收》。

10日，《人民日报》发表谢逸的《"点睛"之类》。

《东海》第2期发表一农的《〈胆剑篇〉的人物塑造及其思想性》；师列的《历史真实与借古喻今》。

《前线》第3期发表吴南星的《三家村札记：讨论的出发点》；潘德千的《工人阶级的"传家宝"——〈钢铁的凯歌〉（石钢厂史上部）读后》。

《剧本》2月号发表张真的《读豫剧〈花打朝〉》；乔羽的《天生丽质——谈〈杨二舍化缘〉》；许姬传的《梅兰芳先生对编剧的一些看法（续）》。

《青海湖》2—3月合刊发表方存弟的《新人新诗新收获——读诗漫评》；孙特青的《试论"花儿"的语言和意境——花儿探讨之二》。

《广西文艺》2月号发表安宁的《读阿尔巴尼亚中篇小说〈丹娜〉》；白芷的《谈韦廷忠》；谭树平、茹萍的《谈〈美丽的南方〉》。

《四川文学》2月号发表本刊记者的《彝族同志谈〈达吉和她的父亲〉》；默之的

《典型·思想性·拔高主题》;松笔的《平凡而伟大——谈克非的〈老周〉》;唐正序的《〈老周〉好》;林如稷的《关于鲁迅思想发展的几个问题》。

11日,《文艺报》第2期发表谢云的《杂谈〈在大革命的洪流中〉》;本刊记者的《一九六一年长篇小说印象记》。

12日,《解放日报》发表张功政的《〈闪光〉能发人深思》。

13日,《人民日报》发表冯至的《人间要好诗》。

《光明日报》发表张广均的《诗的开头和结尾》;石榕的《谈结尾》。

《解放日报》发表姚文元的《在前进的道路上——评胡万春短篇小说〈红光普照大地〉》。

14日,《文汇报》发表马铁丁的《革命的人情味——小说〈朝阳花〉读后感》。

《人民日报》发表凤子的《"水滴石穿"一解》。

《文学评论》第1期发表晓立的《略论唐克新短篇创作的特色》;钱谷融的《〈雷雨〉人物谈》;卜林扉的《论〈狂人日记〉》;范存忠的《论拜伦与雪莱的创作中现实主义与浪漫主义相结合的问题》;王向峰的《略论欧洲十九世纪资产阶级进步文学中个人反抗的几个问题——从朱于敏同志提出的问题谈起》。

15日,《作品》第2期发表庄始耘的《结局为什么会这样?》。

17日,《文汇报》发表欧阳文彬的《慧眼识英雄(〈闪光〉,胡万春作,载1962年1月17、18日〈解放日报〉)》;潘旭澜的《谈〈戈壁水长流〉漫笔》。

《羊城晚报》发表吕聪的《莫里哀和他的〈悭吝人〉》。

《中国青年报》以"《红岩》革命英雄的诗篇——《中国青年报》为帮助读者学习《红岩》举行座谈的发言记录"为总题,发表陆石的《不怕鬼的英雄谱》、陈家骏的《江姐在生活中》、王镜如的《光辉的江姐》、阎乃庚的《工人阶级的英雄本色》、林黎奋的《改造思想贵在自觉》、黄莲生的《难忘的仇恨》、章展的《〈红岩〉的成功和不足》。

18日,《光明日报》发表陈北鸥的《中国戏剧在日本》。

《湖北日报》发表彭立勋的《听了革命的召唤——读〈第一个风浪〉》。

20日,《人民日报》发表李希凡的《题材、思想、艺术——谈谈1961年的几个短篇》;张光年的《关于戏剧语言的杂感》。

《解放日报》发表振甫的《谈风骨》;沈鸿鑫的《曲直辨》。

《山西日报》发表王倜的《一束清新的民间文学花朵——介绍〈山西民间故事选〉》。

21日,《新民晚报》发表王知伊的《农民作家的醇厚作品——评〈金色的秋天〉》。

22日,《文汇报》发表姚奔的《作家的眼睛》。

23日,《文汇报》发表易征的《把文学评论写得"文学"点》。

24日,《人民日报》发表李健吾的《社会主义是一首最美丽的诗》。

《辽宁日报》发表林金水的《读〈铁匠抒情曲〉》。

《武汉晚报》发表卢慎东的《推荐〈红岩〉》。

《北京晚报》发表《读〈在革命的洪流中〉(读好书)》。

25日,《文汇报》发表墨炎的《鲁迅"秋夜有感"诗到底写什么?》;俞元桂的《谈李准和马烽短篇小说的风格》;李如伦的《炼字》。

《福建日报》发表王清元的《你比我更需要——〈在北京地下斗争的日子里〉读后感》。

《前线》第4期发表吴南星的《三家村札记:不扣亦必鸣》。

27日,《文汇报》发表王治国的《人民的心声 战斗的号角——简介〈英国宪章派诗选〉》。

《人民日报》发表胡可的《熟知生活与熟知戏剧》。

《光明日报》发表[苏]阿·托尔斯泰著、郭家申译的《何谓小小说》。

本月,山东人民出版社出版冯中一的《学诗散记》。

3月

1日,《光明日报》发表曹思彬的《谈比喻的艺术和运用》;高歌今的《诗写的散文——读杨朔的〈东风第一枝〉》。

《山花》3月号发表《沙汀、艾芜同志谈文学创作》;张启成的《评论的艺术》。

《火花》3月号发表《侯金镜同志谈〈汾水长流〉》;《百花丛中话诗坛——一个文学小组诗歌座谈会发言纪要》;阿红的《天安门·午门·题材的新颖》;肖河的《寄青年朋友——谈诗的构思》。

《长春》3 月号发表权哲的《试谈青年诗人金哲的诗》；专栏"《邻居》笔谈"发表实殷的《探索者的勇气》，关德富的《应该站得更高些》。

《雨花》第 3 期发表俞介君、叶至诚的《锡剧语言问题琐谈》；张立平的《杂谈淮海剧的语言问题》；吴蓟的《试谈地方戏曲语言的地方色彩》；吴调公的《思想的红线　情节的珍珠》；风章的《作品中的人物从哪里来》；杨平的《试谈康派三国》。

《延河》3 月号发表柳青的《关于〈创业史〉复读者的两封信》；阿华的《漫谈鲁迅短篇小说中传统手法的运用》；中流、忆苑的《艺术作品中暗示、烘托的手法》；王富礼的《杂谈"细节"》。

《奔流》3 月号发表本报记者的《短篇小说小叙》；龚依群的《再论含蓄》；耿十斧的《从李逵的两把板斧说起——漫谈作品的情节、人物的性格和主题思想》；王毓的《最早的中州民歌——谈〈诗经〉中的"周南""卫风"和"郑风"》。

《草原》3 月号发表李赐的《谈韩燕如的新作》；童歌郎的《评〈没有枪的战士〉》；萧平的《充满诗意的散文》；托门的《试论〈格斯尔传〉》；本刊记者的《作家们漫谈短篇小说创作》。

《新港》3 月号发表臧克家的《〈大江东去〉序》；林如稷的《新春试笔谈杜甫》；黄秋耘的《谈谈细节的真实》；冯健男的《谈命意和谋篇》；孙用编录的《鲁迅注译校读琐记》（续）；贾文昭的《文艺漫话（三则）》；程代熙译的《列夫·托尔斯泰艺术散论》；曹葆华、渠建明译的《高尔基文艺书简》（续）。

《文艺红旗》3 月号发表王树舜的《辛勤耕耘的收获——读〈红色的果实〉札记》。

《甘肃文艺》3 月号专栏"讨论童话诗《大禹的儿子》"发表贺宜的《童话的逻辑性和象征性》；同期，发表陈宗凤、邹霆、金行健、王朋鸟、吴小美、柯扬、吴天任的《讨论话剧〈"8·26"前夜〉》。

《宁夏文艺》第 3 期发表江晓的《时代精神由何而来？》；路非的《"主导题材"的提法值得商榷》；吴准生的《关于题材的几个问题的认识》。

《安徽文学》3 月号发表方铭、焕仁的《漫谈王兴国的短篇小说》；严迪昌的《关于文艺批评的话》；金梅的《人物行动的出其不意》；吴国钦的《情景篇》。

《河北文学》3 月号发表远千里的《短篇小说的地位》；孙犁的《勤学苦练》；申跃中的《熟悉·理解·创作》；冯健男的《孙犁的艺术（下）——〈风云初记〉》。

《湖南文学》3 月号发表樊篱、巫瑞书、邓超高、周寅宾集体讨论、邓超高执笔的《从刘勇的生活创作道路看他的创作》；封浩、王宝贤的《应当从作家作品客观实际出发》。

《解放军文艺》3月号发表税海涛的《活生生的英雄形象——〈忆陈冬尧〉读后》；晓寒的《心理描写和感人力量——〈"强盗"的女儿〉读后》；李雪的《漫谈〈日出之前〉》；劳涵的《〈从军记〉的"包袱"和语言》。

2日，《人民日报》发表阎纲的《共产党人的"正气歌"——长篇小说〈红岩〉的思想力量和艺术特色》。

3日，《文汇报》发表姚文元的《革命志气和踏实作风的力量——1961年短篇小说选评之一》。

《工人日报》发表马铁丁的《红岩苍松——评长篇小说〈红岩〉》。

4日，《北京文艺》3月号发表李传龙的《诉之于读者的想象》；蔡葵的《百炼为字，千炼为句》。

5日，《光明日报》发表李罡的《读〈胆剑篇〉想到的几个问题》。

《上海文学》3月号发表姚文元的《评〈擂鼓集〉》；晓立的《读〈在大革命的洪流中〉》；孙克恒的《古典叙事诗的结构艺术》；秦牧的《艺海拾贝》（之十二）。

《北方文学》3月号发表黎妙新的《我爱〈小苗〉》；兵家的《小社员的生动形象》。

《边疆文艺》3月号发表肖祖灏的《人物形象的塑造——谈刘澍德的近作三篇》；越仙的《谈利用民间传说进行创作》。

6日，《光明日报》发表林遐的《谈悲怆》。

《解放军报》发表方放的《一朵盛开的朝阳花——喜读〈朝阳花〉》。

7日，《人民日报》发表《土族民间文学丰富多彩》。

8日，《大公报》发表方舟的《江姐——革命妇女的光辉形象——〈红岩〉读后》。

《光明日报》发表艾彤的《茹志鹃小说里妇女形象的塑造》。

9日，《北京日报》发表吴子见的《忆江姐》。

《天津日报》发表成志伟的《金灿灿的一朵朝阳花——小说〈朝阳花〉读后感》。

《云南日报》发表杨光萃的《朝阳花最美——小说〈朝阳花〉读后》。

10日，《人民日报》发表朱寨的《细节不是细节》。

《北京日报》发表吴子见的《忆江姐(续)》。

《解放日报》发表乐言的《议论议论，咱们文艺界》。

《中国青年报》发表韦木的《谈含蓄》。

《东海》第 3 期发表向青的《做时代的鼓手——〈东海〉1961 年部分诗作漫笔》。

《前线》第 5 期发表吴南星的《三家村札记:有法与无法》。

《诗刊》第 2 期以"杜甫诞生一千二百五十周年纪念"为总题,发表萧涤非的《人民诗人杜甫》,傅庚生的《沉郁的风格,闳美的诗篇》,黄秋耘的《学杜卮言》。

《剧本》3 月号发表王季思的《关于戏曲语言的问题》;许姬传的《梅兰芳先生对编剧的一些看法(续完)》;邱扬的《博见贯一,咫尺天涯——学戏札记》。

《四川文学》3 月号发表田原的《色彩缤纷的英雄画廊(谈〈四川文学〉二月号几篇关于劳模的特写)》;陶晓卒的《分歧的秘密(也谈小说〈达吉和她的父亲〉)》。

11 日,《贵州日报》发表李益的《困难吓不倒革命者——读〈第一个风浪〉》。

《解放日报》发表谷苇的《生活·知识·创作——花城访秦牧》。

《文艺报》第 3 期以"《红岩》五人谈"为总题,发表王朝闻的《战斗性的心理描写》,罗荪的《最生动的共产主义教科书》,王子野的《震撼心灵的最强音》,李希凡的《一部冲击、涤荡灵魂的好作品》,侯金镜的《从〈在烈火中永生〉到〈红岩〉》。

12 日,《解放日报》发表慎独的《给生活增添诗意——读茹志鹃新作〈第二部〉》。

《人民文学》3 月号发表朱光潜的《漫谈说理文》。

13 日,《天津日报》发表萧舟的《新的题材新的尝试——小说〈勇往直前〉读后》。

《解放日报》发表方胜的《愿采鲜花共欣赏——1961 年上海短篇小说创作杂谈》。

14 日,《文汇报》发表洪野的《引人入胜多浪河——读长篇小说〈多浪河边〉》。

《人民日报》发表程代熙的《艺术家的眼睛》;林志浩的《赞〈东风第一枝〉》。

《解放日报》发表景贤的《不做"冷酷的观众"》;黄伊的《〈朝阳花〉琐谈》。

《人民文学》发表林志浩的《赞〈东风第一枝〉》。

《甘肃日报》发表吴小美的《〈祝福〉与短篇小说的艺术结构》。

15日，《辽宁日报》发表刘湛秋的《期待着红霞满天飞——读工人作者诗选〈漫天飞霞〉》。

《甘肃日报》发表朱永其的《要善于团结教育群众——读〈王若飞在狱中〉有感》。

《作品》第3期发表沈宛的《抒情诗的炼意》。

16日，《文汇报》发表王科一的《一样题材两种手法——读古巴诗人拿波里的诗》。

17日，《文汇报》发表姚文元的《社会主义建设中的新人形象——1961年短篇小说选评之二》。

《解放日报》发表鹰的《锣鼓与诗歌》。

18日，《河南日报》发表刘文化的《问苍茫大地谁主沉浮——读〈中原风暴〉》。

《解放日报》发表陈中朝的《鲁迅和创造社的交往》。

20日，《文汇报》发表孟新的《写梦》；谢其规的《一首朴实的好诗》。

《解放军报》发表刘也兵的《碧血丹心照千秋——长篇小说〈红岩〉读后感》。

21日，《人民日报》发表徐朔方的《汤显祖的生活、思想和创作——〈汤显祖全集〉前言》。

《文汇报》发表陈嘉的《从"莎士比亚化"说起——漫谈莎士比亚的几个喜剧中的一两个问题》；孙光萱的《〈将军三部曲〉的艺术特色》。

《浙江日报》发表毛节成的《"以甚么为重？"——读小说〈三年早知道〉有感》。

22日，《云南日报》发表文华生的《烈火金刚许云峰》。

《辽宁日报》发表绍振堂的《话剧〈胆剑篇〉中的文学描写》。

《解放日报》发表阿石的《无惧于摇头》。

23日，《人民日报》发表胡从经的《一簇永不褪色的红叶——叶刚烈士的〈红叶童话集〉》。

《内蒙古日报》发表雨文的《蒙古族故事集评介》。

24日，《广西日报》发表张傅吉的《千锤百炼出好戏——田汉同志写〈文成公主〉侧记》。

《光明日报》发表王维玲的《〈红岩〉的写作和特色（上）》。

《贵州日报》发表伍治国的《学习王若飞同志苦学精神——〈王若飞在狱中〉读后》。

25日,《前线》第6期发表吴南星的《三家村札记:"蒙以养正"说》。

《星火》第2期发表本刊编辑部整理的《漫谈叙事诗》;邓启明的《试评〈第一个风浪〉》;谢庚华的《漫谈夸张》;匡一点的《"必须寻找出自己来"》;流沙、万叶的《明代伟大的戏剧家汤显祖》。

26日,《云南日报》发表文华生的《成岗和"诚实注射剂"》。

27日,《光明日报》发表王维玲的《〈红岩〉的写作和特色(下)》。

28日,《文汇报》发表毛锜的《关于"戏赠"之类》。

《人民日报》发表冯文炳的《杜甫的价值和杜诗的成就》。

《新民晚报》发表黄碧的《留取丹心照汗青——介绍描写革命斗争的长篇小说〈红岩〉——〈红岩〉人物剪影》。

29日,《大公报》发表周年的《油盐店里的群众斗争——介绍〈在北京地下斗争的日子里〉片段》。

《文汇报》发表《郭沫若谈诗》。

《人民日报》发表王尔龄的《一本学习鲁迅作品的参考书》。

《云南日报》发表黄登科的《写给"疯老头"华子良》。

30日,《人民日报》发表晦庵的《书话——别开生面的斗争》。

4月

1日,《四川日报》发表省书的《〈第一个风浪〉》。

《新湖南报》发表王以平的《坚强的革命意志的颂歌——读〈朝阳花〉随感》。

《山花》4月号发表薛卓文的《漫评〈帷幕后面〉》;林乙的《迷人的棋风》;平川的《优美的〈溪边〉》;金陵的《短篇小说的结尾》;张启成的《功夫在诗外》。

《火花》4月号发表李国涛的《英雄人物的本色——评马烽的〈五百万红薯秧〉》;王珂的《响当当的语言——〈冬日的夜晚〉读后》;高捷的《笑林偶猎》;王绍猷的《"对话"与"性格"》;林芜斯的《寄青年朋友——谈小说创作中常见的两个

问题》。

《长春》第 4 期发表丁仁堂的《思想、胸怀与创作——写作上的一点感受》；专栏"《邻居》笔谈"发表非非的《关于老大夫的形象及其他》，朝阳凤的《要从作品实际出发》。

《雨花》第 4 期发表石林的《艺术标准浅谈》；吴宗尧、倪祖堃的《饱蘸激情吟战史(试评〈忆江南〉)》；凌竞亚的《戏剧语言·艺术语言》；邑江、夏村的《谈地方戏的语言问题》；上官艾明的《作家直接出面说话》。

《延河》4 月号发表秦牧的《艺林漫想录(二)》；肖草的《〈两个队长〉漫评》；李培坤的《新花浅尝录——读赵燕翼同志的几篇小说》。

《奔流》4 月号发表赵玉堂的《对含蓄的一点浅见》；贾锡海的《也论含蓄》；晓味、秋声的《我们理解的含蓄》；王朴的《含蓄者何》；小萍的《烘云托月》；季华、翟健、吴兵的《读〈黄水传〉随笔》。

《草原》4 月号发表阿红的《诗、事、艺术处理》。

《新港》4 月号发表梁斌的《致读者》；毛星的《关于艺术感受》；孙用编录的《鲁迅注译校读琐记》(续)；贾文昭的《文艺漫话(三则)》；[苏]阿·托尔斯泰的《什么是小小说》；曹葆华、渠建明译的《高尔基文艺书简》(续)。

《文艺红旗》4 月号专栏"纪念毛主席《在延安文艺座谈会上的讲话》发表二十周年"发表刘绶松的《为工农兵服务——革命文艺的唯一正确方向》，韶华的《到生活中去了以后》，张望的《杨家岭·桥儿沟·深入群众》。

《长江文艺》总第 137 期发表晦之的《试谈继承古典散文传统》；徐迟的《说散文》；李蕤的《散文的思想和文采》；苏群的《豪壮的渔民之歌》；季鹰的《"厉害角色"的塑造》；李先的《评〈两个队长〉》；秦牧的《象鼻子为什么举了起来》；韩罕明的《一首深情的颂歌》。

《甘肃文艺》4 月号发表孙克恒的《试论李季的诗歌创作》，高风的《英雄人物与艺术规律》。

《河北文学》4 月号发表康濯的《在毛主席思想的教导下——二十年简单回顾》；远千里的《怎样才能写得短》；李满天的《"短"字当头》；张朴的《读〈村歌〉二题》；金梅的《关于"小中见大"的一点理解》。

《湖南文学》4 月号发表樊篱的《当补充的要补充》；李旦初的《繁与简》；鲁之洛的《见物如见其人》；江明的《长短谈》；文疾辙的《剽窃别人的作品不是创作》。

《解放军文艺》4月号发表劳涵的《从三个小剧本谈起》；季石的《开拓部队诗的疆土》；诸辛的《谈〈"强盗"的女儿〉的艺术处理》。

3日，《天津日报》发表田本相的《革命骨气的颂歌——读小说〈红岩〉后记》。

4日，《解放日报》发表李惟和的《多写些新的历史剧》。

《北京文艺》4月号发表陈传才、滕云的《对发展作家个人风格的一些浅见》；浩然的《勤学苦练》；柳斌的《喜读〈待客〉》；庆益生的《巧构思　好语言》。

《民间文学》第2期发表贾芝的《论民间文学的社会地位和作用》。

5日，《大公报》发表秦萍的《明快、简洁、流畅——谈顾炳鑫的〈红旗谱〉人物绣象》。

《内蒙古日报》发表贾漫的《歌唱伟大时代歌唱伟大人民——读李欣同志诗集〈大跃进交响乐〉》。

《上海文学》4月号发表晓立的《新的探索　新的突破——谈唐克新的〈沙桂英〉》；吴欢章的《论〈朝花夕拾〉的艺术成就》；专栏"文谈诗话"发表佛雏的《朴与灵》，安旗的《诗艺管窥》，周天的《读〈三国演义〉新感》。

《北方文学》4月号发表家畔的《也谈题材和风格样式问题》；关沫南的《谈深入生活和取材》；方浦的《从动机和效果的统一看英雄与英雄行为》；樊振国的《对〈不以题材大小论英雄〉的几点意见》。

《边疆文艺》4月号发表鲁凝的《"推陈出新"三论》。

7日，《光明日报》发表李希凡的《答吴晗同志——〈说争论〉读后》。

《解放日报》发表晓立的《坚持与扶持》。

《贵州日报》发表柳枏的《深沉的革命感情——读〈红岩〉札记》。

8日，《文汇报》发表沈鹏年的《"阿世"、"禽男"到"新旧冲突"的典故——为鲁迅1919年4月19日的信补注四条注释》。

《湖北日报》发表江平的《读〈红岩〉随感》。

9日，《人民日报》发表臧克家的《读"书"》。

10日，《人民日报》发表老舍的《戏剧语言——在全国话剧、歌剧、儿童剧创作座谈会上的发言》（原载《剧本》四月号）。

《前线》第7期发表吴南星的《三家村札记：论开会》。

《剧本》4月号发表老舍的《戏剧语言——在话剧、歌剧创作座谈会上的发言》；欧阳山尊的《觉醒的道路——〈马五郎剧团〉评介》；曲六乙的《边疆民族戏剧的新葩》;龚义江的《读剧札记——从〈四进士〉看传统编剧方法的几个特点》;廖震龙的《节制与幻想》。

《青海湖》4月号发表王亚平的《试谈古典抒情诗的优良传统——读诗笔记之一》。

《广西文艺》4月号发表马焯荣的《初探毛主席诗词的艺术美》;广西师院中文系跃进文艺小组讨论、刘兴无执笔的《评丘行同志〈谈"同时并行"所引起的争论〉》;《讨论〈美丽的南方〉来稿综述》。

《四川文学》4月号发表谭洛非、谭兴国的《悲壮激越的英雄颂歌(读〈红岩〉)》;陶晓卒的《寄语阅读〈红岩〉的兄弟》。

11日,《重庆日报》发表薛源的《革命者的意志和毅力》。

《文艺报》第4期发表马茂元的《论〈戏为六绝句〉——为纪念伟大的诗人杜甫诞生一千二百五十周年而作》;阎纲的《〈汾水长流〉的人物和结构》;欧阳文彬的《跨一个新的阶梯——谈唐克新的短篇小说》;专栏"新收获"发表秋耘的《〈吉鸿昌〉》,方成的《〈艺术的控诉〉》,钟枚的《〈我是一个兵〉》,温小钰、汪渐成的《〈水晶宫〉》,冼宁的《〈给少年们的诗〉》。

12日,《武汉晚报》发表山今的《许云峰的镣声》。

13日,《光明日报》发表张绰、张卉中的《老作家谈剧作》。

《青海日报》发表姜佐鸿的《绝不低头任宰割——介绍即将出版的〈格萨尔传奇〉的〈霍尔侵入〉》。

《重庆日报》发表王述微综合整理的《感人的文艺作品生动的革命教科书——关于〈红岩〉的评论(笔谈〈红岩〉)》。

14日,《重庆日报》发表飞平的《革命战士的光辉形象》。

《解放军报》发表丛述祖的《〈晋阳秋〉》。

《文学评论》第2期发表袁可嘉的《"新批评派"述评》;洁泯的《谈杨朔的几篇散文》;刘俊发、太白、刘前斌的《柯尔克孜族民间英雄史诗〈玛纳斯〉》。

15日,《浙江日报》发表罗毅的《实事求是要有勇气——重读〈耕云记〉有感》;冯俊的《勇气从哪里来——也谈〈耕云记〉中的萧淑英》。

《作品》第4期发表黄薇之的《教育力量哪里来?》。

《江海学刊》4月号发表陈辽的《关于无产阶级的艺术标准——〈在延安文艺座谈会上的讲话〉的学习笔记》。

17日,《解放军报》发表丛述祖的《〈雁窝岛〉——新书介绍》。

18日,《重庆日报》发表陆觉民的《刘思扬的成长》。

19日,《光明日报》发表冯健男的《春燕礼赞——读〈张满贞〉》。

20日,《人民日报》发表《朱德陈毅郭沫若周扬同诗人聚会,探讨繁荣现代诗歌创作问题》。

《重庆日报》发表唐大文的《壮志不屈》。

21日,《四川日报》发表省图的《〈朝阳花〉》。

《陕西日报》发表赵志恭的《高尚的爱情》。

22日,《重庆日报》发表苏执的《一部震撼人心的作品——读长篇小说〈红岩〉》。

24日,《河南日报》发表刘志章的《革命的坚定性和乐观精神——〈红岩〉读后断想》。

25日,《人民日报》发表佐临的《漫谈"戏剧观"——在全国话剧、歌剧、儿童剧创作座谈会上的发言》。

《浙江日报》发表张新的《舟山传来的鼓声——介绍陈山同志的〈擂鼓集〉》。

《新民晚报》发表黄碧的《〈红岩〉里的"小萝卜头"》。

《前线》第8期发表吴南星的《三家村札记:学习需要指导》。

26日,《山西日报》发表阎纲的《〈汾水长流〉的人物和结构》。

《武汉晚报》发表忠人的《不知疲倦的人》;慧的《真正的自由》。

《羊城晚报》发表阮若琳的《生产的共产主义教科书——向青年同志推荐〈红岩〉》;孙之龙的《在生活的洪流中乘风破浪——读〈勇往直前〉》。

《云南日报》发表黄登科的《红岩苍松齐晓轩》。

27日,《工人日报》发表李希凡的《评介〈大后方〉》。

《吉林日报》发表紫明的《华子良的"忍"与"韧"》。

28日,《文汇报》发表吴彰垒的《意境浅谈》。

《光明日报》发表吴晗的《并非争论的"争论"》。

29日,《河北日报》发表田间的《乐园——学习毛主席在延安文艺座谈会上的讲话札记之一——〈赶车传〉下卷后记》。

30日,《云南日报》发表文华生的《暴风雨中的海燕》。

本月，作家出版社出版李希凡的《寸心集》，何其芳的《诗歌欣赏》，本社编的《谈小说创作》。

吉林人民出版社出版易征的《文坛茶话》。

上海文艺出版社出版冯牧的《激流小集》。

5月

1日，《文汇报》发表姚奔的《读两首写哨兵生活的诗》。

《山花》5月号发表古淮的《认真探索，加深思想》；曲沐的《谈谈典型化》。

《长春》5月号发表马琰的《新时代的讴歌——读〈洮河飞浪〉》；芦萍的《蓬勃发展中的吉林诗歌》；李仲旺的《成长中的吉林短篇小说创作》。

《雨花》5月号发表李夏阳的《从辩证唯物论看文艺问题》；顾尔镡的《关于〈生活〉》；陈中凡的《毛泽东文艺思想对于古典文学研究的指导意义》。

《延河》5月号发表傅庚生的《十载长安　千秋伟绩——纪念伟大诗人杜甫诞生1250周年》。

《奔流》5月号发表小兵的《含蓄和形象》；包亚东的《应把含蓄看成是艺术的规律或标准》；周鸿俊的《含蓄不是艺术创作的基本规律之一》；舟山的《谈谈〈斑鸠潭的故事〉》。

《新港》5月号发表袁静的《创作与生活——学习〈在延安文艺座谈会上的讲话〉的一点体会》；王燎荧的《在实践中不断学习——纪念〈在延安文艺座谈会上的讲话〉发表二十周年的一段感想》；贾文昭的《试论〈红旗谱〉的创作过程》；冉准舟的《美的颂歌——孙犁作品学习笔记》。

《文艺红旗》5月号专栏"纪念毛主席《在延安文艺座谈会上的讲话》发表20周年"发表安波的《一段最美好的回忆》，丁洪的《一点回忆》，马加的《谈创作的感受》，李作祥、扬剑的《论生活美与艺术美》。

《长江文艺》总第138期发表包维岳的《沿着毛主席指引的方向前进》；李蕤

的《生还只是开始》;苏者聪的《试谈继承古代文学遗产的问题》;安旗的《诗艺管窥》;专栏"文学青年之页"发表严亚楚的《"有了粉子好做粑"》。

《安徽文学》第3期发表牛维鼎、黄季耕的《一洗苍生忧——略谈杜甫和他的诗》;沈明德的《谈谈〈雷雨〉的几个场面——戏剧结构写戏札记》。

《河北文学》5月号发表钟铃的《〈赶车记〉读后小记》;冯健男的《一项"基本训练"》;韩映山的《谈"凸"》。

《湖南文学》5月号发表刘斐章的《整理传统剧目杂谈》;汪承栋的《在毛泽东文艺思想教导下》;扬辰的《文艺批评是科学》;江明的《读〈泥鳅河边〉》。

《解放军文艺》5月号发表社论《深入斗争生活,提高创作质量——纪念毛泽东同志〈在延安文艺座谈会上的讲话〉发表二十周年》;李伟的《花放异彩,香飘万里——略论百花齐放、百家争鸣和红专问题》;魏巍的《生活再深些,站得再高些》;丁里的《谈谈生活》;胡朋的《关于思想感情变化的一点回忆》;高元钧的《说说心里话》;李瑛的《在生活的激流中锻炼成长》;《革命文艺工作者的乳浆——记驻京部队作家艺术家纪念〈在延安文艺座谈会上的讲话〉发表二十周年座谈会》。

3日,《贵州日报》发表《〈红岩〉——共产党人的正气歌——〈贵州日报〉举办学习〈红岩〉的心得体会座谈会发言》。

4日,《文汇报》发表陈鸣树的《疏放与严谨——散文艺术漫谈》。

《人民日报》发表石英的《五四时期天津话剧活动点滴》。

《羊城晚报》发表王立的《出色的人物造象——谈〈红岩〉插图》。

《北京文艺》5月号发表燕云的《根深而后叶茂》;谭需生的《让批评推动创作的繁荣——〈在延安文艺座谈会上的讲话〉学习笔记》。

《重庆日报》发表林亚光的《革命志士的艺术纪念碑——评〈红岩〉的思想特色和典型创造》。

5日,《青海日报》发表冯育桂的《气吞山河是红岩——〈红岩〉读后》。

《重庆日报》发表林亚光的《革命志士的艺术纪念碑——评〈红岩〉的思想特色和典型创造》(续)。

《上海文学》5月号发表巴金的《作家的勇气和责任心——在上海文学艺术工作第二次代表大会上的发言》;柯蓝的《学习人民群众的语言》;陈辽的《美学的革命 革命的美学——学习毛泽东同志美学思想的几点体会》。

《北方文学》5月号发表严辰的《〈黑龙江诗选〉序言》。

6日,《湖北日报》发表周景堂的《红花朵朵向阳开》;王庆生的《思想技巧及其他——读〈东风第一枝〉》。

7日,《云南日报》发表南泉的《在大风浪前面——革命回忆录〈第一个风浪〉读后》。

《解放日报》发表张友济的《敬礼和握手——〈红岩〉随笔》;王沂的《哦!许云峰的笑声》。

9日,《光明日报》发表石凌鹤的《继承遗产发展更新——改编〈西厢记〉〈还魂记〉等剧的几点体会》。

《四川日报》发表文婉霞的《阶级感情的共鸣——访〈红岩〉插图作者》。

《甘肃日报》发表孙克恒的《新英雄儿女的激情赞歌——读李季的长诗〈王贵与李香香〉》。

《安徽日报》发表谢伦泰的《无畏和无私》。

《解放日报》发表王道乾的《文艺评论中的两个问题》。

10日,《北京日报》发表方明的《〈红岩〉随想》。

《光明日报》发表阎纲的《哭和笑的艺术》;张毕来的《艺术形象和历史事实》。

《新疆日报》发表包尔汉的《扑不灭的星火——〈火焰山的怒吼〉序》。

《东海》第5期发表陈山的《毛泽东思想照出了诗的时代》;钦文的《文艺界的指南针》;谷斯范的《更上一层楼》;周建人的《"戏文是假,情节是真"等等》。

《前线》第9期发表吴南星的《三家村札记:科学话同科学事》。

《诗刊》第3期发表本刊记者的《诗座谈记盛》,报道4月19日,朱德、陈毅、郭沫若、周扬、柯忠平、萧三、谢冰心、袁水拍、冯至、卞之琳、田间、张光年、阮章竞、李季、林庚、赵朴初、袁鹰、俞平伯、徐迟、力扬、魏巍、闻捷、饶孟侃、常任侠、纳·赛音朝克图、汪静之、张志民、邹荻帆、臧克家等就当前诗歌问题进行座谈。

《剧本》5月号发表王朝闻的《透与隔——谈戏剧怎样表达思想》;陈白尘的《喜剧杂谈——在全国话剧、歌剧、儿童剧创作座谈会上的发言》;胡可的《性格、性格冲突——在全国话剧、歌剧、儿童剧创作座谈会上的发言》。

《广西文艺》5月号转载《人民日报》社论《为最广大的人民群众服务——纪念毛泽东同志〈在延安文艺座谈会上的讲话〉发表二十周年》;《红旗》杂志社论《知

识分子前进的道路——纪念〈在延安文艺座谈会上的讲话〉发表二十周年》;同期发表秦似的《伟大诗人杜甫及其创作》;《艾芜同志谈创作》。

《四川文学》5月号发表安旗的《跨出新的一步——略谈雁翼的近作》;姚文元的《黑牢中的红鹰——读〈红岩〉》;沈舟的《工农兵作者在成长——漫谈几篇工农兵作者的作品》。

11日,《文汇报》发表熊融的《鲁迅为柔石家属捐款的一封信——一封未发表的鲁迅书简》。

《贵州日报》发表叶洪舒的《读〈红岩〉忆烈士——访孙礼娴同志》。

12日,《人民日报》发表《农民业余作家冯金堂勤奋写作,1951年以来,发表过四十六个短篇小说和歌剧,完成了三十五万字的长篇小说〈黄水传〉》。

《光明日报》发表林帆的《"滑稽脸谱"的启示》。

《人民文学》5月号发表《毛主席词六首》;郭沫若的《喜读毛主席的〈词六首〉》;茅盾的《学然后知不足》;周立波的《二十年前》;田间的《爱——学〈在延安文艺座谈会上的讲话〉札记》。

13日,《解放日报》发表张世楷同志的《"新兵"的历程——访〈在大革命的洪流中〉的作者朱道南同志》。

15日,《光明日报》发表孙友田的《在生活激流中》。

《江海学刊》5月号发表陈瘦竹的《论喜剧中的讽刺和幽默——〈在延安文艺座谈会上的讲话〉学习笔记》;杨白桦的《试论〈牡丹亭·闺塾〉》。

16日,《人民日报》发表李英儒的《生活语言技巧——纪念毛主席〈在延安文艺座谈会上的讲话〉发表二十周年》;马加的《谈创作的感受——学习毛主席〈在延安文艺座谈会上的讲话〉二十周年札记》;臧克家的《景行行止》;黄似的《也谈戏剧语言》。

《羊城晚报》发表张永枚的《〈红旗歌谣〉的启示》。

《贵州日报》发表叶洪舒的《忠诚、乐观、坚强——读〈红岩〉札记》。

17日,《大公报》发表周年的《争分夺秒做学问——〈燕山夜话〉一、二、三集读后》。

《辽宁日报》发表林之林的《诗人同人民在一起——谈方冰的诗集〈战斗的乡村〉及〈飞〉》。

18日,《文汇报》发表景孤血的《关于写杜甫剧本》。

19日,《人民日报》发表柯仲平的《火的森林火的花——纪念毛主席〈在延安文艺座谈会上的讲话〉发表二十周年》(诗);马加的《〈白毛女〉的创作回顾和体会》;包尔汉的《扑不灭的星火——〈火焰山的怒吼〉序》。

《光明日报》发表高文澜的《历史评价与戏剧褒贬》。

《陕西日报》发表小蕾的《红岩颂——〈红岩〉读后》;金正、小蕾的《为了崇高的理想——谈华子良的形象》。

20日,《文汇报》发表潘旭澜、曾华鹏的《中国作风与中国气派——重读〈王贵与李香香〉》;茅盾的《致胡万春》;胡万春的《衷心的感谢》。

《天津日报》发表白岩的《生活激流中的浪花——简评短篇小说集〈社长的头发〉》。

《重庆日报》发表罗江的《诗的收获——简评〈抒情诗草〉·〈大巴山月〉·〈灯的河〉》;杜若汀的《时代精神的投影——读〈短篇小说集〉后》。

《青海湖》5、6月号合刊发表黄静涛的《〈格萨尔〉序言》。

22日,《文汇报》发表沙浦的《文章江山助》。

23日,《人民日报》发表社论《为最广大的人民群众服务——纪念毛泽东同志〈在延安文艺座谈会上的讲话〉发表二十周年》;王朝闻的《喜闻乐见——纪念毛泽东同志〈在延安文艺座谈会上的讲话〉发表二十周年》。

《陕西日报》发表曹体民的《谈〈创业史〉中的韩培生》。

《文艺报》第5、6期合刊"纪念毛主席〈在延安文艺座谈会上的讲话〉发表二十周年"专刊转载《人民日报》社论《为最广大的人民群众服务——纪念毛泽东同志〈在延安文艺座谈会上的讲话〉发表二十周年》;发表社论《文艺队伍的团结、锻炼和提高——纪念毛泽东同志〈在延安文艺座谈会上的讲话〉发表二十周年》;老舍的《五十而知使命》;叶圣陶的《艺苑炳日星》;欧阳山的《生活无边》;李准的《更深刻的熟悉生活》;魏巍的《生活再深刻些,站得再高些》;纳·赛音朝克图的《主席著作使我的创作获得了新生》;郭沫若的《漫谈诗歌》;臧克家的《新诗旧诗我都爱》;荒煤的《关于创造人物的几个问题》;张庚的《关于"剧诗"》;川岛的《漫谈一九六一年的散文》。

24日,《文汇报》发表王炼的《多想想——创作学习手记之一》;宁宇的《给诗歌插上翅膀》。

《人民日报》发表刘开渠的《为革命而努力创作》;吴强的《我的第一位的工

作》;张永枚的《我们是幸福的一代》;胡沙的《想起在延安闹秧歌的几件事》;陈其通的《在毛泽东思想哺育下的部队文艺工作》。

《光明日报》发表张泽易、江泓的《组织话剧创作的体会》。

25日,《文汇报》发表黄伊的《不要把小说当成回忆录——〈红岩〉浅谈》;单也的《生活和诗——访诗人田间》。

《四川日报》发表席明真的《"推陈出新"的果实》。

《湖北日报》发表沈千的《任何时候也不忘为党工作——读〈红岩〉的一点感想》。

《前线》第10期发表吴南星的《三家村札记:说道德》。

《星火》第3期发表专论《生活与艺术》;刘天浪的《艰难的第一步》;万里浪的《我要沿着毛主席指引的方向迈进》;熊化奇的《谈谈几位青年作者的短篇小说》;汪自强的《从赣剧〈西厢记〉的两场戏谈起》;胡守仁的《杜甫诗简论》。

26日,《文汇报》发表费礼文的《全身心地和群众打成一片》。

《光明日报》发表张传玺的《历史剧可以不根据历史吗?》。

《中国青年报》发表浩然的《给立波同志的信》。

27日,《浙江日报》发表钟秀的《优美的畲族民间传说——喜读〈神郎和彩姑〉》。

28日,《人民日报》发表杨玉印的《鲁迅之名始于何时(附广平同志的复信)》。

29日,《大公报》发表王仲瑜的《大雁不识旧家乡——介绍散文集〈雁窝岛〉》。

30日,《文汇报》发表黎锦熙的《齐白石的诗》。

《人民日报》发表罗工柳的《"大鲁艺"》。

《武汉晚报》发表舒颐和年的《梦与画》。

《吉林日报》发表耿毅的《活着,为了什么?——读〈红岩〉断记》。

《陕西日报》发表叶广济的《〈红岩〉里的小萝卜头》。

31日,《光明日报》发表康戈的《一出有旺盛生命力的讽刺剧——漫评话剧〈抓壮丁〉》。

本月,少年儿童出版社出版任大霖的《儿童小说的构思和人物形象》、李楚城的《给少年写的特写》、王国忠的《谈儿童科学文艺》。

上海文艺出版社出版姚文元的《新松集》、刘金的《〈红日〉试析》。

湖南人民出版社出版湖南省文联编的《湖南十年文艺评论选(1949—1959)》。

6月

1日,《文汇报》发表胡从经的《太阳社与儿童文学》。

《人民日报》发表冰心的《〈春秋故事〉读后》;晦庵的《书话——走向坚实》。

《光明日报》发表杜埃的《艺术创作的规律问题——对生活真实与艺术真实一解》。

《山花》6月号发表余力的《学习群众语言的几点体会》;张克的《向民歌和古典诗歌学习》。

《火花》6月号发表黎军的《欣赏、批评与要求》;昌任的《儿歌浅谈》。

《长春》6月号发表鄂华的《爱与憎的科学》;谭千的《一部成功的人民公社史——喜读〈幸福之路〉》;杨国祥的《动人的林区斗争画卷——读森工史〈万年长青〉》;郑其木的《谈丁仁堂小说创作的特色》。

《作品》5—6月合刊发表巴金的《谈〈寒夜〉——谈自己的创作》。

《雨花》第6期发表专论《进一步团结在毛泽东文艺思想的旗帜下!》;孙望的《伟大的现实主义诗人杜甫》;王二的《〈新儿童〉(江苏老解放区书刊介绍)》。

《奔流》6月号发表耿十斧的《细微末节》、李正峰的《诗与情浅谈》。

《草原》6月号发表奎曾的《儿童的赞歌——读张志彤描写少年儿童的儿童小说》;编辑部的《读者谈本刊1961年短篇小说》。

《新港》6月号发表《人民日报》社论《为最广大的人民群众服务——纪念毛泽东同志〈在延安文艺座谈会上的讲话〉发表二十周年》;郭沫若的《喜读毛主席的〈词六首〉》;上官红的《诗外工夫与诗内工夫》;程代熙的《"言已尽而意有余"》;孙用编录的《鲁迅著译校读琐记》(续);曹葆华、渠建明译的《高尔基文艺书简》(续)。

《文艺红旗》6月号樊酉人、萧荣的《文艺批评——思想分析和艺术分析的统一——学习〈在延安文艺座谈会上的讲话〉笔记》;竹风的《人民心灵的声音——试论劫夫同志的歌曲创作》。

《甘肃文艺》6月号发表贺宜的《谈谈童话的传统形式和表现手法》;汪道伦的《"文贵简"浅论》。

《河北文学》6月号发表敏泽的《清理与批判——谈〈中国文学史上关于现实主义和浪漫主义的几个理论问题〉一文的观点和方法》；红英的《闪光的思想和性格》；邱惠连的《短篇小说的含蓄》；朝夕的《从鲁迅画眼睛谈起》。

《湖南文学》6月号发表鲁之洛的《做坚定的无产阶级革命者》；徐绍青的《继承、借鉴必须"化"》；朱之屏的《向民间音乐取宝》；郭味农的《读〈贾儿〉》；廖建华的《古人不会说今人的话》；韩抗的《"尝胆"二题》。

《解放军文艺》6月号发表胡可的《谈谈生活》；税海涛的《名苑添新花》；万川的《"从这里走向胜利"》；王湘的《贵在新鲜》；章骥的《取其一点，透视全面》。

2日，《文汇报》发表周洪中的《"〈鲁迅全集〉以外的佚文"中一首诗的误引》；吕复的《演完了"最后一幕"，回"家"！——看话剧〈最后一幕〉引起的回忆》。

《福建日报》发表鹭人的《挺起我们的胸膛——读〈红岩〉有感》。

《解放军报》发表闻华的《鲜血凝成的诗篇》。

4日，《解放日报》发表潘旭澜的《疾风知劲草——谈〈红岩〉中的许云峰》。

《北京文艺》6月号转载《红旗》社论《知识分子前进的道路》；《人民日报》社论《为最广大的人民群众服务》；同期，发表马宗启的《喜读〈茁壮的小树〉》。

《民间文学》第3期发表孙剑冰的《漫谈其阿美珠的〈第一朵花儿开放了〉》。

5日，《陕西日报》发表李娴的《笑——〈红岩〉读后》。

《上海文学》6月号发表佛雏的《论毛主席诗词的风格与语言》；李希凡的《生活真实和理想威力的高度融合》；任大霖的《谈"转变"》；陈鸣树的《关于文艺批评的断想》；姚文元的《一点辩正》。

《北方文学》6月号发表丛深的《一知半解谈生活》；王忠瑜的《创作的源泉及其它——学习〈在延安文艺座谈会上的讲话〉的一点体会》。

6日，《文汇报》发表孙光萱的《为劳动人民造象为时代风尚作画——读诗集〈公社一家人〉》。

《四川日报》发表周曼如的《光辉的榜样——读〈红岩〉》。

《陕西日报》发表成宗田的《〈红岩〉里革命的人情美》。

8日，《人民日报》发表马铁丁的《人物与环境》；黄似的《历史剧的题材》。

9日，《黑龙江日报》发表林予的《垦荒者的赞歌——谈谈〈在南泥湾道路上〉》。

10日，《文汇报》发表丁景唐的《"文艺生活"和殷夫烈士遗文》。

《人民日报》发表刘厚明的《关于儿童剧的三点建议》。

《东海》第 6 期发表金近的《儿童文学创作杂谈》；盛静霞的《民胞物与的精神——杜甫成为伟大诗人的重要因素》；蔡良骥的《跨出了新的一步》。

《前线》第 11 期发表吴南星的《三家村札记：文丑与武丑》。

《剧本》6 月号发表茅盾的《祝愿——在全国话剧、歌剧、儿童剧创作座谈会上的讲话》；夏衍的《生活、题材、创作——和几位青年剧作家的谈话》。

《广西文艺》6 月号发表朱俐的《谈谈儿童形象的刻划》；金梅的《当前文艺批评中的几个问题》。

《四川文学》6 月号发表安旗的《"沉郁顿挫"试解》；王世德的《生活感受与理性认识》；辛宪锡的《形象的独特性》；何同心的《并非"翻身感"》；龙套的《这是现实主义？》；林云的《典型性格必须体现时代精神》。

11 日，《人民日报》发表景愚、康戈的《菜田会诊》。

《武汉晚报》发表运东山的《激越的战斗歌声——读勤耕的小说集〈战友〉》。

12 日，《浙江日报》发表白丁的《革命的火把——〈红岩〉读后随笔》。

13 日，《西藏日报》发表余云翔的《光辉的英雄形象》。

《吉林日报》发表芦萍的《耕耘、探索、收获——谈姚绿野的诗集〈故乡诗草〉》。

14 日，《大公报》发表杜康的《磐石般的革命坚定性——读〈第一个风浪〉》。

《中国青年报》发表昭凯的《飞翔吧，永远朝着东方》。

《文学评论》第 3 期以"纪念《在延安文艺座谈会上的讲话》发表二十周年"为总题，发表何其芳的《战斗的胜利的二十年》，唐弢的《论作家与群众结合》，王燎荧的《〈在延安文艺座谈会上的讲话〉的历史背景问题》，田间的《〈赶车传〉下卷后记——学习毛主席文艺思想札记》；罗荪、晓立的《黎明时刻的一首悲壮史诗——评〈红岩〉》。

15 日，《天津日报》发表张圣康的《留取丹心照汗青——谈〈红岩〉中三个烈士就义的场面》。

16 日，《中国青年报》发表杨因的《天地有正气》。

17 日，《文汇报》发表李华岚的《〈红岩〉绣象》；曹子西的《瞿秋白与〈子夜〉》。

《宁夏日报》发表张佳邻的《英雄的纪念碑——读长篇小说〈红岩〉中许云峰的片段》。

《安徽日报》发表白东宏的《空谷传声一击两鸣——〈红楼梦〉艺术技巧札记》。

19日,《人民日报》发表朱树兰的《无情的揭露狠狠的鞭挞——话剧〈抓壮丁〉观后感》。

《解放日报》发表元立的《写景与抒情》。

21日,《光明日报》发表吴琼《细节的选择和处理》。

《羊城晚报》发表黄伟宗的《向前,向前,向前——评革命小说〈朝阳花〉》。

23日,《文汇报》发表刘勇的《做生活的主人》。

《光明日报》发表梁信的《人事情义》。

《贵州日报》发表夏祥镇的《坚贞不二的朝阳花——读〈朝阳花〉》。

24日,《人民日报》发表安旗的《新诗民族化群众化问题初探》。

《河南日报》发表许正则的《意志的力量——读〈红岩〉的感想》。

25日,《前线》第12期发表吴南星的《三家村札记:"教然后知困"》。

27日,《解放军报》发表李志经的《共产党员的硬骨头——读〈革命烈士诗抄〉有感》。

28日,《人民日报》发表凤子的《独具异彩的讽刺喜剧〈抓壮丁〉》。

《河北日报》发表赵恩江的《永远向前看——〈红岩〉读后感》。

《河南日报》发表龙世辉的《〈逐鹿中原〉简评》。

29日,《人民日报》发表马铁丁的《柯岩的儿童诗》;郭沫若的《凯歌百代》。

30日,《文汇报》发表陈其通的《透骨的解剖——评话剧〈抓壮丁〉》。

《山西日报》发表新黎的《友谊的颂歌——喜读小说〈连心锁〉》。

本月,《中山大学学报(社会科学)》第2期发表刘嵘的《动机与效果的统一——读〈在延安文艺座谈会上的讲话〉札记》;吴宏聪的《继"五四"之后的文学大革命》;吴文辉的《工农兵方向的历史必然性》;陈则光的《正确地掌握文艺批评武器,促进社会主义文艺事业的进一步繁荣》;邱世友的《"百花齐放,百家争鸣"的历史科学性与革命性》;潘允中的《毛主席著作中的语言艺术》。

本月,少年儿童出版社出版鲁兵的《教育儿童的文学》,贺宜的《童话的特征、要素及其他》。

上海文艺出版社出版马铁丁的《不登堂集》。

东风文艺出版社出版胡采的《过渡集》。

7月

1日,《人民日报》发表萧三的《〈革命烈士诗抄〉增订本序》。

《安徽日报》发表谢伦泰的《为革命忍辱负重——谈〈红岩〉里的华子良》。

《浙江日报》发表章越的《为了红旗——〈红岩〉读后漫笔》。

《山花》7月号发表王强模的《无产阶级革命家的光辉形象》;思蓉的《一点体会》、陈艾新的《说"短"道"长"》;许树松的《这也是公式》;寒冰的《从全面着眼》;德德的《为〈功夫在诗外〉一补》。

《火花》7月号发表王若麟的《漫谈马烽短篇小说的结尾》;金梅的《酒店·茶馆·短篇小说的场景》;焦祖尧的《我在小说创作中的体会》;侯墨的《向纵深发掘——评〈诸三这个人〉》;肖河的《寄青年朋友——从观察人物开始》。

《长春》7月号发表李树谦的《谈对生活的观察、体验、研究、分析——毛泽东文艺思想学习笔记》;包世兴的《劳动生活的芳香——读〈工人诗页〉》;孟夏的《细节与形象——与非非同志商榷》。

《雨花》第7期发表佛雏的《论毛泽东诗词的艺术方法》;朱彤的《〈江苏诗选〉杂话》;君孝、白得易的《关于〈大众诗歌〉(江苏老解放区文艺书刊介绍)》。

《草原》7—8月号发表一儒的《欢乐的笑声》;刘桐孙的《〈革命回忆录〉的新收获》;梁忆的《漫谈〈一个共产党员的诞生〉的语言》;屈正平的《评巴·布林贝赫的诗》;胡尔查、赵永铣的《古拉兰萨——蒙古族近代的杰出诗人》。

《奔流》7月号发表叶鹏的《说含蓄》;郭沫若的《"枯树朽株"解》;黄经邦的《漫谈比喻》;阎豫昌的《〈民运委员〉是篇好作品》;薄自勉的《谈突壳》;小令的《幕间谈戏》。

《新港》7月号发表瓢庐的《瓢庐谈助(二则)》;李希凡的《开掘灵魂世界的艺术》;[苏]阿·托尔斯泰的《语言即思维》;孙用编录的《鲁迅著译校读琐记》(续);曹葆华、渠建明译的《高尔基文艺书简》(续)。

《安徽文学》第4期发表苏中的《生活探索和艺术探索——学习漫笔》;韩子英的《张良苏同志的诗作》;吕美生的《谈"眼睛"》;金平的《结尾的艺术——短篇小说学习笔记》。

《甘肃文艺》7月号专栏"讨论话剧《"8·26"前夜》"发表吕达的《悬空的概念》;也斧的《繁荣创作和实事求是》。

《河北文学》7月号发表侯金镜的《短篇小说琐谈——在河北短篇小说座谈会上的讲话》;刘真的《人物和故事》;青林的《必须从人物出发》;王锦泉的《戏剧性》;王惠云的《一箭双雕》;庞安福的《场面的选择和安排》。

《解放军文艺》7月号发表《毛主席词六首》;郭沫若的《喜读毛主席的〈词六首〉》。

4日,《辽宁日报》发表代言的《植根到生活的土壤中——谈〈风雨旗〉里的人物性格刻划》。

《安徽日报》发表冯俊的《陈松林的上当和刘思扬的警惕》。

《北京文艺》7月号发表张光萱的《论张志民的人物短诗》。

5日,《羊城晚报》发表陈晴的《请为喜旺们多说两句》。

《上海文学》7月号发表刘金的《议论〈沙桂英〉的一二问题》;林志浩的《拭目看新人——"沙桂英的性格"辩》;钱谷融的《作家·批评家·批评》;佛雏的《论毛主席诗词的风格与语言》。

《北方文学》7月号发表江山的《广阔·深厚·洗练(读严辰近作〈红霞集〉)》;方浦的《意境的追求(读谢树同志的〈鸿雁篇〉〈雪莲〉)》;于晴的《写人的本领(读〈新队长来到之后〉的主题和手法)》。

10日,《大公报》发表黄伊的《党员风格血性诗篇——读〈革命烈士诗抄〉》。

《人民日报》发表马铁丁的《古、今、人、兽》。

《东海》第7期发表张颂南的《难忘的英雄群象》;蔡良骥的《鼓边篇》;郭延礼的《试论秋瑾的诗》。

《前线》第13期发表吴南星的《三家村札记:说谦虚》。

《诗刊》第4期发表邹荻帆的《健儿快马篇》;张志民的《学诗琐记》;朱光潜的《目送归鸿,手挥五弦》;金津的《含蓄异议》。

《剧本》7月号发表郭沫若的《实践·理论·实践》。

《广西文艺》7月号发表蔚林的《读〈苗圃〉的两首诗》。

《山东文学》7月号发表马怀忠的《浅谈〈螺号〉在艺术上的得失》;任孚先的《抛一块引玉之砖——对〈换马〉的一点浅见》。

《四川文学》7月号发表阎纲的《〈红岩〉的人物描写》。

11日,《武汉晚报》发表彭立埙的《烈士们的笑——读〈革命烈士诗抄〉》。

《文艺报》第 7 期专栏"新收获"发表吴伯萧的《野牛寨》,君宜的《红玛瑙集》,张开达的《强项令》,方成的《大闹天宫》;李希凡的《是提高还是"拔高"?》。

12日,《大公报》发表洪野的《农业战线新人物的赞歌——读诗集〈公社一家人〉》。

《人民日报》发表徐位尧的《忍辱负重赞》。

14日,《人民日报》发表《〈湖南搜集苗族歌谣神话书话〉序言》。

《北京日报》发表阎纲的《烈·豪杰!——〈革命烈士诗抄〉不朽》。

《重庆日报》发表李士文的《什么是监狱斗争的胜利——读〈红岩〉的一点体会》。

15日,《宁夏日报》发表高树榆的《英雄的颂歌——推荐〈前线英雄儿女〉》。

16日,《新民晚报》发表黄碧的《歌颂红玛瑙一样的新世界——读刘白羽散文集〈红玛瑙集〉》。

18日,《羊城晚报》发表胡济涛的《一部世界最长的史诗——藏族英雄〈格萨尔传奇〉》。

19日,《羊城晚报》发表金钦俊的《明美秀丽的彩画——评陈残云的〈珠江岸边〉》。

20日,《大公报》发表刘岚山的《〈红玛瑙集〉赞》。

《吉林日报》发表黄广生的《浩然英雄气》。

《青海湖》由月刊改为双月刊,第 5 期发表友梅的《读〈土族风情画〉》;王志忠的《读〈银花嫂〉》;阿红的《含果集——读朱奇的诗纪感》;任丽璋的《西宁地区的曲艺》。

21日,《黑龙江日报》发表黄益庸的《更上一层楼与更下一层楼——漫谈王书怀同志的诗》。

22日,《宁夏日报》发表吴淮生的《对旧时代的沉痛控诉——读夏衍〈包身工〉》。

24日,《黑龙江日报》发表陶尔夫的《时代前进的脚步声——读严辰同志的〈红霞集〉》。

25日,《浙江日报》发表延平、冯麟、钟秀的《创业英雄之歌——读福庚的〈安家集〉》;海虹的《革命者的警惕性——从刘思扬智斗"红旗特务"想起》。

《内蒙古日报》发表奎曾的《花的草原百花齐放——马拉沁夫的小说集〈花的草原〉漫评》。

《前线》第14期发表吴南星的《三家村札记:专治"健忘症"》。

《星火》第4期发表吴海的《正是叶嫩花初时》;周崇坡的《〈我和"老一样"〉的情节安排》。

26日,《西藏日报》发表《作革命的乐观派》。

27日,《人民日报》发表臧克家的《不同的理解》。

28日,《北京晚报》发表江为文的《草原的战歌——推荐〈遥远的戈壁〉》。

29日,《四川日报》发表余音的《红岩颂》。

31日,《新民晚报》发表黄碧的《北大荒的脚印——推荐〈在南泥湾道路上〉》。

本月,作家出版社出版王士菁的《鲁迅——伟大的革命家、思想家和文学家》。

少年儿童出版社出版本社编的《儿童文学研究》。

湖南人民出版社出版樊篱的《批判、继承、革新、创造》。

少年儿童出版社出版《儿童文学研究》编辑室编的《儿童文学研究(1962年7月)》。

8月

1日,《山花》8月号发表马力的《彝寨颂歌》;魏年雪的《〈他和潘英的故事〉重读记》;丁鉴的《悲欢离合与儿女情长》。

《火花》8月号发表高风的《诗意的寻求》;李国涛的《从全篇着眼》;武毓璋的《"善删""善敷"》;王倜的《用鲜血和生命铸成的〈连心锁〉》;李金庠的《〈连心锁〉读后感》;林芜斯的《寄青年朋友——关于运用语言的问题》。

《雨花》第8期发表唐圭璋、潘君昭的《从主席诗词看借鉴问题》;范烟桥的

《就写作谈甘苦》;孙光萱的《愿孙友田同志更上一层楼》;叶子铭的《谈谈茅盾散文的象征性问题》;段熙仲的《谈谈赋比兴》;周汝昌的《曹雪芹和江苏》。

《延河》7—8月号发表郑伯奇的《创造社后期的革命文学活动》;黄藿的《略谈群众创作的辅导问题》。

《奔流》8月号发表蓝翎的《斑竹一斑》;康群的《艺术的"针线"》;金陵的《谈心理描写》;小萍的《情物篇》;王沛的《读书笔记二则》;赵兴文的《可以卒章显志》。

《新港》8月号发表老舍的《本固枝荣》;林如稷的《试论鲁迅小说的革命的现实主义》;孙用编录的《鲁迅著译校读琐记》(续);曹葆华、渠建明译的《高尔基文艺书简》(续)。

《文艺红旗》8月号发表钱谷融的《"夏天里的一个春梦"——谈〈雷雨〉中的周冲》;钱起的《细节描写和典型化》;田家的《我看〈兵临城下〉——艺苑书札》。

《长江文艺》总第139期发表包维岳的《从历史真实到艺术真实》;李菱的《"说书"与"了底"》;孟起的《读文小感》;凌梧的《赞〈水杉〉》;何鸿的《一股清泉水》;专栏"文学青年之页"发表江平的《给一位青年友人》。

《甘肃文艺》8月号专栏"讨论话剧《"8·26"前夜》"发表南橘的《生活的复杂性和艺术的多样性》;司徒子南的《试探惊险剧的人物、结构和容量》;郝惠民、陈泽翠的《作品应该以人物反映现实》。

《湖南文学》7、8月号发表刘斐章的《整理改编传统剧目杂谈》;艾彤的《读〈朝阳花〉》;专栏"品花台"发表罗守让的《一朵香花》,欧阳荣昌的《〈常青树〉》,吴显贵的《〈彩凤凰〉》;同期发表郭味农的《诗话一则》;茅才的《从"好人讥弹其文"说起》。

《解放军文艺》8月号发表吉悌的《谈谈部队生活特写中的几个问题》。

3—16日,中国作家协会在大连召开关于农村题材短篇小说创作座谈会,亦称"大连会议",由邵荃麟主持,会上周扬、茅盾、邵荃麟等做了专题报告,赵树理、康濯、李准在业余作者座谈会上发言。

3日,《河北日报》发表路遥的《〈红岩〉里的对联——读书札记》。

4日,《山西日报》发表汝峨、黎耶的《真实动人的艺术形象——谈谈〈汾水长流〉中对王连生的描写》。

《北京文艺》8月号发表张广桢的《漫谈林斤澜小说的语言特色》。

《民间文学》第4期发表林兴仁的《朱自清的〈中国歌谣〉》。

5日,《人民日报》发表杨扬的《巉岩陡峰扑面来——读杜鹏程短篇小说集〈年轻的朋友〉》。

《上海文学》8月号发表林志浩的《论鲁迅的个性主义思想及其发展》;专栏"文谈诗话"发表胡万春的《放宽生活的视野》,佛雏的《"入格"与"破格"》,胡复旦的《从〈失·空·斩〉想到的》,姚以铮的《"不可企及的规范"一解》。

《北方文学》8月号发表望云的《一篇情景交融的游记(〈灵山巡礼记〉)》;鲁琢的《真实·细致·生动(〈万事通〉的儿童心理描写)》。

《边疆文艺》8月号发表越仙的《欣看繁葩次第开——读〈边疆文艺〉近半年的短诗》;佘仁澍的《喜读〈早来的春天〉》。

6日,《大公报》发表舒绣的《我读〈照样花〉》。

7日,《山西日报》发表董其中的《在烈士的足迹踏过的地方》。

9日,《青海日报》发表刘孝生的《我读〈红岩〉 华子良——忍辱负重的榜样》。

10日,《内蒙古日报》发表汪浙成的《蒙古族人民精神美的探索——读敖德斯尔小说集〈遥远的戈壁〉》。

《东海》第8期发表冯麟、延平的《从生活中探索诗境》;章华的《读〈鲁迅诗歌注〉》;雪克的《谈〈群英会蒋干中计〉》。

《前线》第15期发表吴南星的《三家村札记:志欲大而心欲小》。

《剧本》8月号发表黄钢的《突出的作品·先进的经验——略谈〈红色宣传员〉的剧本创作》;田汉的《推荐〈国境之夜〉》;丁西林的《译批〈十二镑钱的神情〉后记》。

《广西文艺》8月号发表罗立的《从〈苗圃〉的两篇散文谈起》。

《山东文学》8月号发表刘建忠的《〈换马〉的人物形象》;竹青的《〈梅嫂〉的构思特点》。

11日,《文艺报》第8期专栏"新收获"发表林志浩的《〈祁连山下〉》,徐逸的《〈征途上〉》,张立云的《〈机场上的故事〉》,陈伯平的《〈王贵与李香香〉的插图》;同期,发表冯牧的《新人,在士兵的行列中成长——看话剧〈哥俩好〉》;石泉的《革命精神赞——〈星火燎原〉第二集读后》;孟超的《壮歌永彻,松柏长青!——读〈革命烈士诗抄〉(增订本)》。

12日,《南方日报》发表何继宁的《〈珠江怒潮〉的诞生——访〈珠江怒潮〉作者谢立全同志》。

14日,《天津日报》发表墨村的《地火——试谈〈红岩〉中华子良的形象》。

《文学评论》第4期发表陈中凡的《汤显祖〈牡丹亭〉简论》；川岛的《说说〈语丝〉》。

15日,《新华日报》发表鲍明路的《永远为矿工歌唱——读诗集〈煤城早春〉》。

《作品》第8期发表欧阳山的《〈一代风流〉序》。

《江海学刊》8月号发表华林一的《论〈黑奴吁天录〉》。

16日,《文汇报》发表胡济涛的《藏族人民的英雄史诗〈格萨尔〉》。

18日,《文汇报》发表何以聪的《朱自清早期散文的艺术特色》。

《羊城晚报》发表谷娟的《谈"蛇"》。

19日,《四川日报》发表殷白的《读〈红岩〉》。

《安徽日报》发表大成的《"唤众篇篇最激昂"——读〈革命烈士诗抄〉增订本》。

21日,《青海日报》发表屈江的《一首壮烈的英雄史诗——读〈红岩〉有感》。

22日,《湖北日报》发表周景堂的《意志坚如钢——读〈红岩〉杂志》。

《重庆日报》发表陈朝红的《略谈〈红岩〉反面力量的描写》。

24日,《人民日报》发表董必武的《读谭寿林同志遗著〈俘虏的生还〉(诗)》；冯乃超的《重读〈俘虏的生还〉记》；苗爱的《好的画　美的诗》。

《解放日报》发表黄伊的《情节的选择和提炼——〈红岩〉谈片》。

25日,《青海日报》发表高乔的《崇高的爱——读〈红岩〉读后感》。

《前线》第16期发表吴南星的《三家村札记：再说道德》。

26日,《人民日报》发表易征的《真情实感和典型化——读贺敬之〈放歌集〉杂想》；项鲁天的《传神不必"遗其形似"》；黎之的《抒人民之情》。

29日,《河北日报》发表冯健男的《喜剧和悲剧——读〈红岩〉随笔》。

《黑龙江日报》发表胡上舟的《晶莹、透明、通红、发光——读刘白羽的〈红玛瑙集〉》。

30日,《羊城晚报》发表宋垒的《散文诗的景物抒情——管窥郭风散文诗一斑》。

31日,《河北日报》发表程端华的《〈红岩〉随笔——读〈红岩〉随笔》。

《人民日报》发表马铁丁的《浓郁、豪放》。

本月,作家出版社出版唐弢的《燕雏集》。
广东人民出版社出版本社编的《典型、批评方法及其它》。
上海文艺出版社出版王中青的《谈赵树理的〈三里湾〉》。
春风文艺出版社出版田思基的《过渡集》。

9月

1日,《山花》9月号发表曲沐的《诗的意境和含蓄》;伍元新的《关于〈搭车〉的写作和修改》。

《火花》9月号发表阳升的《鲁迅小说中的景物描写》;周育德的《怀若云水目若星——漫谈继范亭同志的诗歌理论》;左家军的《寄青年朋友——谈文艺批评的态度和方式》。

《长春》8、9月号发表郑季翘的《作家应有必要的素养》;金钟鸣的《漫谈我省革命回忆录的创作》。

《雨花》第9期发表邹强的《读〈黄海明珠〉》。

《延河》9月号发表李希凡的《生活的诗和艺术的诗——读短篇小说集〈年青的朋友〉》;王向峰的《细节及其真实性》。

《奔流》9月号发表杜希唐的《对于戏曲传统,既要继承,又要革新》;柳松的《戏剧琐谈》。

《草原》9月号发表奎曾的《内蒙古文学的民族特点和地区特点初探》;郭超的《民族精神·"奶味子"》;陈寿朋的《诗情画意颂草原——评介小说集〈花的草原〉》;刘哲的《谈杨啸三篇小说》。

《新港》9月号发表卜林扉的《论〈在酒楼上〉》;程代熙的《寻声律而定墨》;孙用编录的《鲁迅著译校读琐记》(续);曹葆华、渠建明译的《高尔基文艺书简》(续)。

《文艺红旗》9月号发表谢挺飞的《青松千秋屹红岩——〈红岩〉人物志》;李作

祥的《〈春声集〉漫笔》。

《宁夏文艺》由月刊改为季刊,第7期发表刘绍积的《小小说怎样才能写好——谈〈连手〉的写作特色》;张微云、陈永涛的《漫谈〈老石匠〉的抒情形象》。

《甘肃文艺》9月号专栏"讨论话剧《"8·26"前夜》"发表雪深的《艺术的人学原则与惊险剧的特点》,吕达的《我们的惊险剧式样》,黄梅的《典型性格的刻划永远是戏剧创作的中心问题》。

《安徽文学》第5期专栏"笔谈短篇小说的凝练"发表吕美生的《略论短篇小之短》,沈明德的《蠡测短篇小说的凝炼》,祁小林的《短篇议谈三题》,李冬生的《漫谈凝炼》,杨长河的《柳暗花明——〈摸花轿〉杂谈》,治芳的《抒情诗的典型化》。

《河北文学》9月号发表姚文元的《不可征服的人——谈谈杜鹏程短篇小说集〈年青的朋友〉中的人物形象》。

《湖南文学》9月号发表羊春秋的《略论王维抒情小诗的艺术特色》;专栏"品华台"发表罗守让的《喜读〈刘兰〉》,戚玉生的《歌时代的骄子》;同期,发表张步真的《情真意自深》;伊灵的《看戏一得》;匡安华的《读〈郭亮的故事〉》。

《解放军文艺》9月号发表宋垒的《谈诗意和李瑛的诗》;聂索的《"天成"和"偶得"》。

2日,《人民日报》发表苏黎的《复杂和统一》。

《新华日报》发表有益的《刘思扬给我的启示》。

5日,《湖北日报》发表晓文的《革命志向须早立——读〈革命烈士诗抄〉随感》。

《上海文学》9月号发表秦牧的《艺海拾贝》(之十三);姚文元的《蕴藏着无穷潜力的人》;专栏"文谈诗话"发表马铁丁的《小品不小》,陈辽的《一个新人的"出山"》,严夫的《一个好故事》。

《北方文学》9月号发表王绍猷的《鲜明的对照(读逯斐的〈在黎明时诞生〉)》;刘春的《喜读〈星星草〉》;艾若的《寄情于白描中(读彩斌的〈踏遍青山人未老〉)》。

《边疆文艺》9月号发表陶陶的《读杨苏同志的作品琐记》;张文勋的《两篇写学校生活的小说》;吴德辉的《两个青工——读〈迎头赶上〉》;晓卉的《〈张大虎〉读后》。

7日,《人民日报》发表杨扬的《玛瑙红似石榴花——散文集〈红玛瑙集〉读后》。

8日,《甘肃日报》发表本报编者的《〈红岩〉里的人》。

《解放军报》发表丛述祖的《〈革命生涯〉》。

9日,《贵州日报》发表刘正第的《火的赞歌——读〈红玛瑙集〉》。

10日,《东海》第9期发表钟秀的《艺境浅探》;崔左夫的《〈三国演义〉描写战争的高度技巧》;文声的《不是"样子"——也谈〈留作自勉的信〉》。

《前线》第17期发表吴南星的《三家村札记:多用心》。

《诗刊》第5期发表邹荻帆的《正气歌》;张铁弦的《杰出的战士,雄壮的歌声》;谢冕的《〈红的灯〉,亮闪闪》;闻山的《歌勇士》。

《剧本》9月号发表丁扬忠的《布莱希特与他的教育剧》;卫明的《出奇制胜》。

《青海湖》第6期发表孙特青的《"花儿"的起源——"花儿"探讨之三》。

《广西文艺》9月号发表侯枫的《螺旋式的转进——〈一个演剧队的经历〉之三》。

《四川文学》9月号发表履冰的《再谈人物形象与时代精神》;杨田村的《骨肉之情与阶级感情》。

11日,《文艺报》第9期专栏"新收获"发表黄沫的《〈桂林山水〉》,钟本康的《〈土地诗篇〉》,罗英、程序如的《〈宝船〉》,景琛的《〈蔓萝花〉》,葆莘的《〈在激流中〉》;同期,发表叶圣陶的《谈谈〈小布头奇遇记〉》;沐阳的《从邵顺宝、梁三老汉所想到的……》;陈鸣树的《谈谈文艺批评中的"复述"》。

12日,《河北日报》发表冯健男的《诗行·永生——读〈红岩〉随笔》。

《南方日报》发表楼栖的《想起蒲志高》。

13日,《大公报》发表王湘的《老红军光荣的战斗经历——读左齐同志的〈革命生涯〉》。

15日,《大公报》发表刘岚山的《繁华丛中又一株——谈曹靖华的〈花〉》。

《作品》第9期发表周钢鸣的《谈〈珠江岸边〉》。

《江海学刊》9月号发表佛雏的《战地黄花分外香——读毛主席〈词六首〉》。

16日,《新华日报》发表苟贵章的《乐观自信和刻苦学习》。

18日,《重庆日报》发表叶高帆的《〈红岩〉人物的命名》。

22日,《文汇报》发表姚文元的《草原在歌唱——读短篇小说集〈遥远的戈壁〉》。

25日,《山西日报》发表赵树理的《与工农读者谈〈三里湾〉》。

《前线》第18期发表吴南星的《三家村札记:历史会不会重演?》。

《星火》第5期发表傅义的《漫评〈红结〉》;樊莘森的《含蓄与联想》;周崇坡的《浅谈反复手法》。

30日,《人民日报》发表丰楼的《爱国主义与事业精神》;杨垦夫的《识得春风非等闲——读〈小交通员〉、〈路遇〉随记》;谢帆的《旧地的抒情——读〈野牛寨〉》。

本月,作家出版社出版黄秋耘的《古今集》。

四川人民出版社出版林如稷的《仰止集》。

10月

1日,《山花》10月号发表蹇先艾的《漫谈几位新人的新作》;金梅的《鲁迅小说的结构艺术》。

《火花》10月号发表沈思的《我读〈赖大嫂〉》;侯墨的《漫谈〈赖大嫂〉》;胡尹强的《关于心理描写》;林芫斯的《寄青年朋友——主题与题材》。

《长春》10月号发表谢挺飞的《春色满园苗新葩——鄂华创作小论》;王尔龄的《鲁迅作品小识》;阿红的《诗与论》;赖应棠的《倾向应当是不要特别地说出》;《作协分会召开会议讨论〈故乡诗草〉(文艺消息)》。

《雨花》第10期发表吴调公的《散文的范围和风格》;钱仲联的《谈诗歌中的联想》;梁冰的《〈雨花台下〉漫谈》;董观忠的《南京市业余作家学习班的几点收获》;刘仆、冯宝静的《江水长流 圌山长在——读镇江抗英斗争传说故事》;杨柳的《题材多样化声中的一朵鲜花》;马莹伯、钱瑟之的《关于鲁迅的"禹域多飞将"一诗》。

《延河》10月号发表胡采的《读〈石牌坊的传说〉》;秦牧的《艺林漫想录》。

《草原》10月发表紫晨的《漫话蒙古族民间故事——读〈蒙古族民间故事集〉

札记》;托门的《蒙古族英雄叙事诗〈仁沁墨尔根〉评介》。

《奔流》10月号发表蓝翎的《蒸笼里的艺术》;牧惠的《重复·对比》;野黎的《读〈药〉所想起的》;王春元的《"微小"与"巨大"》。

《新港》10月号发表许广平、袁家和的《关于鲁迅集邮的通信》;陈鸣树的《鲁迅文艺理论旁探》;冉准舟的《读〈津门小集〉》;孙用编录的《鲁迅著译校读琐记》;曹葆华、渠建明译的《高尔基文艺书简》(续)。

《文艺红旗》(月刊)改名为《鸭绿江》,10月号发表茅盾的《读书杂记》。

《长江文艺》总第140期发表方步瀛的《〈牡丹亭〉杜丽娘的形象》;羊翚的《看洪洋的〈三峡风景〉》;王铁仙的《〈金色鲤鱼〉的构思》;李炼的《白雪新歌》;马焯荣的《说变》;专栏"文学青年之页"发表潘旭澜的《全局在胸》。

《甘肃文艺》10月号发表高风的《漫话情节》。

《河北文学》10月号发表康濯的《试论近年间的短篇小说》。

《湖南文学》10月号发表黎牧星的《可喜的收获》;齐兰贞的《透视生活的深处》;王以平的《巧合》;高宇的《看湘昆〈嫁妹〉》。

《解放军文艺》10月号发表肖泉的《读〈星火燎原〉第七集》。

4日,《云南日报》发表王左声的《黑牢中的烈火》。

《北京日报》发表何仁亭的《〈花〉的风姿》。

《北京文艺》10月号发表王维玲的《谈〈红岩〉的人物创造》;专栏"林斤澜创作讨论"发表李茨的《我的喜悦和一点忧虑》,江风的《谈〈作饭的〉这一作品中的传奇手法》,舒真的《浅谈〈新生〉》。

《民间文学》第5期专栏"关于如何评价民间文学作品问题"发表畲仁澍的《〈娥并与桑洛〉整理的几个问题》,朱宜初的《从原始资料出发,再谈〈娥并与桑洛〉的整理》。

5日,《文汇报》发表易征的《"地球深处的炮声"——读孙友田〈煤城春早〉书后》。

《上海文学》10月号发表秦牧的《艺海拾贝》(之十四)。

《北方文学》10月号发表张镇的《谈〈家〉和〈龙套〉》;子木的《新的构思·活的形象(谈短篇小说〈出山〉)》;于晴的《有力的讨伐(〈他们在密谋反叛〉读后)》。

《边疆文艺》10月号发表洛汀的《作家,应该这样劳动》;士德的《读〈玛米〉》;帆秋的《读鲁迅先生的杂文》;蔚钢的《如何认识宗教与文学的关系》。

6日,《解放日报》发表徐冲德的《郑克昌的三变》。

《中国青年报》发表许晨的《蒋匪王牌军溃灭图——〈逐鹿中原〉读后》。

8日,《云南日报》发表左生的《诗如其人》。

9日,《山西日报》发表《〈晋阳秋〉创作问题——作者慕湘同志答〈汾水〉编者问》。

《陕西日报》发表胡采的《农民走集体化道路的斗争史——〈烽火春秋〉序》。

10日,《河北日报》发表冯健男的《生死荣辱——读〈红岩〉随笔》。

《东海》第10期发表陈正国、俞牧知的《一篇应该重新讨论的小说》;蒋祖怡的《建立实事求是的文学批评》;庄筱荣、陈坚的《重评〈归来〉》。

《前线》第19期发表吴南星的《三家村札记:论火葬》。

《山东文学》10月号发表韩长经的《再谈革命现实主义和革命浪漫主义相结合在"五四"文学中的体现问题》;任民的《漫谈〈一夜春风〉的艺术处理》。

《四川文艺》10月号发表安旗的《新诗民族化群众化与多样化》。

11日,《北京晚报》发表上官雯的《散文的广阔天地——读〈雪浪花〉》。

《文艺报》第10期专栏"新收获"发表作莱的《〈火焰山的怒吼〉》,杨扬的《〈井冈山漫游〉》,冉淮舟的《〈弟弟〉》,张开达的《〈兵临城下〉》,徐逸的《〈老事务长〉》;同期发表社论《反映当前的火热的斗争》;宋爽的《为农村新人塑像》;阎纲、沈思的《绘声绘色的〈大波〉》。

12日,《人民日报》发表黎之的《让诗飞翔》。

《河北日报》发表笨象的《炼得铁肩担日月——读〈红岩〉随笔》;刘锐的《梦境变为现实——读〈创业史〉想到的》。

14日,《人民日报》发表袁鹰的《革命情怀——读诗手札》;安旗的《再论形似与神似——兼答项鲁天同志》;陈山的《言"志"篇》。

《文学评论》第5期发表朱寨的《关于历史剧问题的争论》;康濯的《试论近年间的短篇小说——在河北省短篇小说座谈会上的发言》;艾芜的《谈刘真的短篇小说——作品与作家之一》;范伯群、曾华鹏的《蒋光赤论》。

15日,《作品》第10期发表司徒晋真的《岑桑的国际小品》。

《江海学刊》10月号发表方光焘的《漫谈语言与言语问题》;胡念贻的《淳真 高尚 优美——谈〈诗经〉里的爱情和婚姻问题的诗》。

19日,《四川日报》发表周钧的《气贯长虹——读〈革命烈士诗抄〉增订本》。

《青海日报》发表王汉元的《〈呐喊〉的乐观主义精神——纪念鲁迅先生逝世二十六周年》。

《重庆日报》发表燕乔的《浅谈〈朝花夕拾〉》。

《湖北日报》发表杨平的《革命鼓声震地来——读〈革命烈士诗抄〉》。

20日,《解放日报》发表仇学宝的《雨夜读诗》。

21日,《青海日报》发表叶彦的《彩笔绘出高原春——诗集〈青海之春〉读后》。

23日,《大公报》发表史皓的《散文浪花滚滚来——读〈雪浪花〉》。

《文汇报》发表张森昌的《谈革命理想——重读〈创业史〉有感》。

《解放军报》发表袁玉伯的《〈长城烟尘〉的艺术特色》。

25日,《青海日报》发表雷宇的《乐在其中——读〈红岩〉有感》。

《前线》第20期发表吴南星的《三家村札记:"植物猪肉"》。

28日,《人民日报》发表姚文元的《生机勃勃的农村图画——读浩然近年来的短篇小说》;林志浩的《赏"花"篇》。

本月,四川人民出版社出版作协四川分会编的《〈达吉和她的父亲〉讨论集》。

广西人民出版社出版中国剧协广西分会编的《歌舞剧〈刘三姐〉评论集》。

北京出版社出版臧克家的《学诗断想》。

11月

1日,《山花》11月号发表思平的《整理方法和民间文学作品的艺术形式》;金梅的《鲁迅小说的结构艺术(续完)》;童牧林的《川剧〈飞云剑〉值得研究》。

《火花》11月号发表榕华的《诗的色采——以画观诗》;华苹的《生活的赞歌——简谈〈汾河春光〉》。

《长春》11月号发表如平的《对于抒情诗形象的一点理解》;冯文炳的《我爱"枯木朽株齐努力"的形象》;王尔龄的《旅馆·茶肆·酒店》;沐阳的《假日杂写》;黄益庸的《诗歌的想象和联想——兼评郭小川的〈乡村大道〉、〈甘蔗林——青纱帐〉》;杨国祥的《可贵的探索与追求——读马犁同志的散文》;栾俊林、张秀材的《去留肝胆两昆仑——读〈万世流芳〉》;冯巨中的《读〈海〉》。

《雨花》第 11 期发表陈辽的《构思·形象》；瞿光熙的《蒋光慈的〈短裤党〉》。

《延河》11 月号发表马家骏的《短篇叙事诗的艺术技巧》；肖草的《青年人，在革命熔炉里成长——读马可的三篇散文》；肖慧的《探求和领悟——读〈信天游的故事〉》。

《奔流》11 月号发表张鹏的《豫剧〈花打朝〉浅探》；李多的《试谈〈花打朝〉与程七奶奶》。

《草原》11 月号发表李万春的《漫谈京剧表演艺术（续完）》；戴宏法的《"直""露"的一点理解》；昭凯的《求是与求奇小识》；卯文的《贵在发现》。

《新港》11 月号发表李霁野的《〈今昔集〉后记》；秋耘的《生熟·深浅·正侧》；卓如的《浅谈〈张黑七上西天〉》；孙用编录的《鲁迅著译校读琐记》（续）；曹葆华、渠建明译的《高尔基文艺书简》（续）。

《鸭绿江》11 月号发表阎纲的《闯将兼实干家的形象——中篇小说〈浪涛滚滚〉读后漫记》；吴天的《在创作中所想起的》；赵树理的《与青年谈文学——在旅大市文学爱好者会上的讲话》。

《安徽文学》第 5 期专栏"笔谈短篇小说的凝练"发表刘金的《读短篇随想》，方铭的《短篇小说细节的提炼》；同期，发表刘先平的《"旌旗""鼓角"及其它》；刘天明的《握锄挥笔勤耕耘——介绍农民作者潘永德和他的作品》。

《河北文学》11 月号发表茅盾的《读书续记》。

《湖南文学》11 月号发表黄起衰的《漫谈谢璞的短篇小说创作》；黎牧星的《让童话之花灿烂地开放》；高宇的《"非奇不传"解》；任光椿的《酝酿》；万嵩的《〈巧艺〉读后漫想》。

《解放军文艺》11 月号发表李元洛的《谈〈将军三部曲〉的人物形象和艺术特色》；于波的《〈酒〉》；晓寒的《〈一壶水〉》。

2 日，《大公报》发表洪野的《"我是煤，我要燃烧！"——读工人诗人孙友田的〈煤城春早〉》。

《南方日报》发表谷浅的《色彩缤纷的〈花〉》。

4 日，《北京文艺》11 月号发表张钟的《林斤澜创作琐谈》；以"努力创作反映社会主义革命和建设的新剧目"为总题，发表老舍的《谈现代题材》，张庚的《一点建议》，胡可的《话剧的现实题材问题》，冯其庸的《从〈绿衣人传〉到〈李慧娘〉》。

5 日，《上海文学》11 月号发表丘引的《辨创作之"创"》、《辨批评之"批"》；倪墨炎的《评〈鲁迅诗歌注〉》。

《北方文学》11月号发表方浦的《主题和主题的提炼》;江山的《王书怀的组诗》。

《边疆文艺》11月号发表王连的《对〈不应忽视细节的真实〉的意见》。

10日,《东海》第11期发表陈山等的《神话、迷信及其他》;一农的《值得研究的思想、艺术倾向》;钦文的《略说短篇小说》;崔左夫的《短篇小说的特点及其他》;蔡良骥的《"倒影"的启示》;李谨华的《按照文艺的特点来理解文艺作品》。

《前线》第21期发表吴南星的《三家村札记:不要囫囵吞枣》。

《诗刊》第6期发表阮章竞的《读〈白阳颂〉》;朱光潜的《谈诗歌朗诵》;吕远的《歌词创作杂感》。

《剧本》10—11月号发表田汉的《谈欧阳予倩同志的话剧创作》;戴不凡的《为演员写戏——谈麒派新戏〈澶渊之盟〉》;范钧宏的《虚实照映——浅探〈胆剑篇〉第二幕》;石落的《新和巧——读〈连升三级〉》。

《青海湖》第7期发表草轩的《语言、习俗、精神面貌》;叶元章的《万紫千红总是春》。

《广西文艺》11月号发表丁采的《漫谈黄飞卿的短篇小说》。

《山东文学》11月号发表少文的《一篇有缺点的好作品》;高云的《典型和教育作用》。

《四川文艺》11月号发表田原的《生活在斗争中前进——从〈生产队里的纠纷〉和〈桂香浓于酒〉谈起》;余音的《"劳动人民最崇高最美好的人性和人情"质疑》;龙套的《阳光与阴影——杂谈〈达吉和她的父亲〉讨论中一个问题》。

11日,《文艺报》第11期发表黄宗英的《喜看〈李双双〉》;周立波的《战斗和建设的赞歌——一九五九年至一九六一年三年散文特选集序言》;欧阳文彬的《把战歌唱的更嘹亮——读峻青的短篇小说》。

13日,《解放日报》发表方胜的《生活是艺术的源泉——读〈在船台上〉》;朱汝曈的《略论小说〈红岩〉中人物的出场和结局》。

15日,《作品》第11期发表谭志图、钟逸人的《闲话"文艺性评论"——读报偶感》。

《江海学刊》11月号发表叶子铭的《谈〈子夜〉的结构艺术》;钱仲联的《三百年来江苏的古典诗歌》。

18日,《人民日报》发表阿英的《帝国主义怕的是什么?——读〈笏庵诗稿〉》。

19日,《陕西日报》发表贺俊文的《在两条道路斗争中前进——长篇小说〈汾水长流〉读后》。

22日,《文汇报》发表张又君的《生活的颂歌——读臧克家的诗集〈凯旋〉》。

23日《安徽日报》发表黎佳的《拉丁美洲的斗争火焰——介绍周而复散文特写集〈火炬〉》。

25日,《湖北日报》发表勤耕的《英雄的史诗、胜利的纪录——介绍〈战斗在上甘岭〉修订本》。

《前线》第22期发表吴南星的《三家村札记:"从善如登"》;阿锋的《"没鸡叫天也明"——评电影〈李双双〉》。

《星火》第6期发表本刊记者的《为了更好地宣扬革命先辈的精神财富》;胡旷的《论革命斗争回忆录》;俞林的《漫谈创作上的几个问题》;大乙的《一篇清新可喜的小说》;郭登昊的《〈一天云锦〉》;吴海的《读〈瑞金组诗〉中的〈砚〉》。

30日,《天津日报》发表克朋的《我喜爱〈津门小集〉》。

本月,作家出版社出版茅盾的《关于历史和历史剧》。

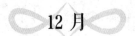

12 月

1日,《西藏日报》发表杜书人的《唤众篇篇最激昂——从〈革命烈士诗抄〉学习革命先烈的爱国主义精神》。

《山花》12月号发表杜郁的《时代感·题材·生活》;王永生的《谈〈红岩〉关于许云峰的形象创造》;丁鉴的《永远忠于革命——〈冲出绝境〉读后》;陈谦豫的《构思·想象》;周崇坡的《"大变"与创新》;罗受伯的《〈勇于创新 勇于负责〉读后》。

《火花》12月号发表士金的《描绘我们伟大的现实》;陆舟的《秤锤虽小,能压千斤》;左家军的《寄青年读者——关于运用模特儿的几个问题》。

《长春》12月号发表纪叶的《为社会主义事业奋战的英雄形象——读〈洮河飞浪〉札记》;大海的《热烈优美的情怀——读芦萍诗集〈长白燕〉》;谭千的《〈有志

者〉赞》。

《雨花》第 12 期发表林泉的《革命深情的荡漾》;应启后的《谈〈家事〉的人物语言和结构》;钱瑟之、马莹伯的《试评〈鲁迅诗歌注〉》;金学智的《颜色美漫谈》。

《延河》12 月号发表胡采的《读〈烽火春秋〉》;李关元的《关于〈创业史〉中徐改霞的形象》;潘旭澜的《对立的统一》。

《奔流》12 月号发表王朴的《农村——广阔的天地——读〈奔流〉1962 年农村题材的散文作品》;《读者对〈玉厚说媒〉的评论》;若谷的《漫谈豫剧〈花打朝〉的剧本和演出》。

《草原》12 月号发表周蒙的《诗歌的开头》;谢泛的《由〈月光下〉想到的》。

《新港》12 月号发表艾克恩的《文艺批评学习断记》;孙用编录的《鲁迅著译校读琐记》(续);曹葆华、渠建明译的《高尔基文艺书简》(续)。

《鸭绿江》12 月号发表安波的《海鹰展翅的抒情篇——由话剧〈第二个春天〉引起的思考》;戴言的《两个对立的形象——试谈〈浪涛滚滚〉中钟叶平、陈超人》。

《长江文艺》总第 141 期发表卫民的《艺术的作用及其它》;徐迟的《〈站起来了的长江主人〉序》;宋垒的《题画与赋画诗小识》;丁力的《叙事诗细节一例》;专栏"文学青年之页"发表江平的《再给一位青年友人》。

《宁夏文艺》第 8 期发表李镜如的《略谈〈夏桂〉的地方特色》。

《解放军文艺》12 月号发表阎纲的《欢迎这样的公社史》;公盾的《〈水浒〉的语言艺术》。

2 日,《人民日报》发表秦牧的《跋〈艺海拾贝〉》。

《工人日报》发表林志浩的《一个饱含诗意的形象——谈〈雪浪花〉中的老泰山》。

《四川日报》发表若旭的《重读〈绿树成荫〉有感》。

4 日,《文汇报》发表谭正璧的《希望有一部完备的"中国文学作家辞典"》。

《北京文艺》12 月号发表臧克家的《给李学鳌同志》;谭需生的《思想·生活·技巧及其它》;周述曾的《在现实生活中获得创作信念》;柳斌的《谈〈荔枝蜜〉及其它》。

《民间文学》第 6 期发表魏建功的《〈歌谣〉发刊四十周年纪念》;顾颉刚的《我和歌谣》;常惠的《回忆〈歌谣〉周刊》;容肇祖的《忆〈歌谣〉和〈民俗〉》;周启明的《一点回忆》。

5 日,《上海文学》12 月号发表本刊评论员的《加强文学的革命性和战斗性》;钱仓水的《文学体裁的发展》;专栏"文谈诗话"发表陈辽的《"傲"的英雄性格》,刘钝文的《命名的艺术》。

《北方文学》12月号发表于波的《关于〈浅谈英雄〉的一个论点》。

《边疆文艺》12月号发表矛木的《更好地发挥文艺轻骑兵的战斗作用》；木易的《塑造革命英雄形象——读革命回忆录〈运筹帷幄,决胜千里〉有感》；菁的《从影片〈上甘岭〉在古巴上映想起》。

6日,《人民日报》发表略之的《感情的感染与交流——读张有德的诗文集〈妹妹入学〉》。

《光明日报》发表高歌今的《群众中涌现出的新人物——评方之的小说〈出山〉》。

7日,《新华日报》发表钱敏谊的《学梁生宝的勇敢坚持精神——重读〈创业史〉有感》。

9日,《浙江日报》发表李子红的《"惊天地而动鬼神"——读〈革命烈士诗抄〉之一》。

10日,《东海》第12期发表谭伟的《赞〈胭脂〉》；陆炎的《人物与时代特征》；邵海清的《试论神话》；张仲浦的《短小与深厚》；张颂南的《从〈最后一课〉谈起》；江深的《灯下寄语》；吴彰垒的《对〈"倒影"的启示〉的一点意见》。

《前线》第23期发表吴南星的《三家村札记：理想在两只手上》。

《剧本》12月号发表李健吾的《试论于伶的剧作并及〈七月流火〉》。

《山东文学》12月号发表田仲济的《从鲁迅对文艺批评的态度谈起》；文思的《和时代一同前进》。

《四川文学》12月号发表田园的《斗争历十年　绿树才成荫——重读新民人民公社史〈绿树成荫〉》；苏恒的《新诗发展源流说质疑》。

11日,《文汇报》发表单也的《作家的心愿》；茂香的《一杯甘泉——〈互作鉴定〉(赵树理作,载〈人民文学〉1962年10月号)》；冉淮舟的《庄稼人赞——〈庄稼人〉(张庆田作,载〈红旗〉1962年22期)》。

《人民日报》发表王哲生的《独幕话剧的新收获》；老舍的《谈现代题材》；胡可的《话剧的现实题材问题(报刊文艺评论摘要)》；欧阳文彬的《诗意小探——读菡子的散文》。

《文汇报》发表秋耘的《情景交融的风俗画》。

《青海日报》发表叶元章的《石在,火种不灭！——读革命回忆录〈永远在战斗〉》。

《文艺报》第12期发表张光年的《无产阶级的天才歌手——在〈国际歌〉作者

鲍狄埃逝世七十五周年、狄盖特逝世三十周年纪念大会上的报告》；萧三的《第一支全世界无产阶级的革命之歌——纪念〈国际歌〉的作者鲍狄埃和狄盖特》；时乐蒙的《唱着革命的战歌前进！——纪念鲍狄埃逝世七十五周年、狄盖特逝世三十周年》；杜埃的《论秦牧的散文——〈花城〉读后》；黎之的《创造我们时代的英雄形象——评〈从邵顺宝、梁三老汉所想到的……〉》；王佐良的《稻草人的黄昏——再谈艾略特与英美现代派》。

12日，《文汇报》发表闻亦步的《作家的心愿》。

14日，《文学评论》第6期发表蔡仪的《文学艺术中的典型人物问题》；杨耀民的《狄更斯的创作历程与思想特征》；柳鸣九的《拉法格的文学批评——读〈拉法格文学论文选〉》；寇效信的《论"风骨"——兼与廖仲安、刘国盈二同志商榷》；陈贻焮的《谈李商隐的咏史诗和咏物诗》；杨绛的《艺术是克服苦难——读〈红楼梦〉管窥》；林辰的《鲁迅辑录〈古小说钩沈〉的成就及其特色》；胡炳光的《读〈《雷雨》人物谈〉——和钱谷融同志商榷》。

15日，《人民日报》发表姜德明的《添砖加瓦话资料》。

《重庆日报》发表陈朝红的《角度和线索——读〈红岩〉札记》。

《江海学刊》12月号发表段熙仲的《再论桐城派》。

16日，《人民日报》发表李准的《向新人物精神世界学习探索——〈李双双〉创作上的一些感想》。

17日，《武汉晚报》发表林志浩的《谈曹靖华同志的〈云南抒情〉》。

18日，《文汇报》发表冉淮舟的《歌唱我们的新生活——〈日常生活〉（韩映山作，载〈河北文学〉1962年11月号）》；晓立的《珍贵的传统——〈晚间来客〉（谷斯范作，载〈上海文学〉1962年11月号》。

25日，《前线》第24期发表吴南星的《三家村札记：禁于未发》。

26日，《人民日报》发表《首都许多作家准备深入工农兵　上海一批作家陆续下乡下厂下连队创作新作品》。

28日，《人民日报》发表《文联和各协会积极帮助作家深入生活交流经验进一步推动文艺创作的繁荣》。

本月，《南京大学学报（人文科学）》第4期发表包忠文的《论现代文学的发展与群众革命斗争的关系——学习〈延安文艺座谈会上的讲话〉》。

本月，作家出版社出版本社编的《第二届亚非作家会议文件汇编》，蔡仪的

《文学常识》,魏金枝的《余编丛谈》,安旗的《论叙事诗》,唐弢的《创作漫谈》。

百花文艺出版社出版本社编的《笔谈散文》。

上海文艺出版社出版秦牧的《艺海拾贝》。

少年儿童出版社出版《儿童文学研究》编辑室编的《儿童文学研究(1962年12月)》。

1963年

1963年

1月

1日,《山花》1月号发表魏村的《更好地为农民服务》;冯健男的《贵州农村如花似锦——读蹇先艾的散文》;管声的《更多一些"李双双"——向农民介绍一部好电影》;刘正第的《抒情诗与时代精神》;杜郁的《曲高而和者可众》。

《火花》1月号发表马良春的《试论赵树理创作的民族风格》;肖河的《寄青年朋友——谈评论文章的群众化》。

《长春》1月号发表冯文炳的《难忘的图画》;杨国祥的《最高线和最低线》;谭千的《到群众斗争中去——学习笔记》;蒋培坤的《读恩格斯给明娜·考茨基的一封信》;

《延河》1月号发表马家骏的《塑造我们时代的英雄形象》;金葳的《努力创作和改编出来的好剧本》。

《雨花》第1期发表李夏阳的《步步高》;孙友田的《到生活激流中去》;杨秉岩的《也谈〈出山〉》;佛雏的《太湖风景属新人》。

《奔流》1月号发表周鸿俊的《漫谈陈二木这个形象》;何秋声的《读〈留成夫妇〉》。

《草原》1月号发表孟和博彦的《试谈蒙古族古典文学中的英雄形象》;屈正平的《铁的人物火的歌——读〈阿力玛斯之歌〉》。

《新港》1月号发表方纪、兰羡璧的《关于"特写"》;程代熙的《谈谈阿·托尔斯泰的创作经验》;孙用编录的《鲁迅著译校读琐记》(续);曹葆华、渠建明译的《高尔基文艺书简》(续)。

《长江文艺》第1期专栏"文学青年之页"发表孟起的《读〈茶坊嫂〉》。

《安徽文学》由双月刊改为月刊;第1期专栏"笔谈《还魂草》"发表章新建的《〈还魂草〉的思想艺术和艺术特色》,严云绶、陈育德的《〈还魂草〉的根本问题在哪里》,刘先平的《时代的颂歌》。

《河北文学》1月号发表敏泽的《丰收的一年——简评1962年〈河北文学〉的短篇小说》。

《解放军文艺》1月号发表冯牧的《战士生活的真实写照——和一位战士作者谈峭石的短篇小说》;钟向之的《〈狂风暴雨〉》;园丁的《英雄的道路——读〈纯粹的战士〉有感》。

4日，《北京文艺》1月号发表肖甲的《戏曲艺术中的神鬼问题》；牧惠的《性格的时代感》；陈传才的《"声不失序，音以律文"》；文苑新的《从"茴香豆""西瓜"谈起》。

5日，《解放日报》发表姚文元的《提倡多写一点热气腾腾的散文》。

《上海文学》1月号发表拾风的《揭开新人物精神世界的秘密》；艾克恩的《英雄人物的力量》；黄政枢的《杨朔的散文艺术》。

《北方文学》1月号发表黄益庸的《凝炼的形式和深广的内容》；艾若的《一篇优美的抒情散文》；孙逊、王宫的《读邹问轩同志〈诗三首〉》。

《边疆文艺》1月号发表范启新的《"人们，我爱你们。你们要警惕！"——重读〈绞刑架下的报告〉》。

《新疆文学》1月号发表邓美萱的《从〈风灾—干劲—丰收〉谈起》；张越的《加强时代生活的气息》；翟棣生的《给民族友谊绣上新的色彩》；耿世民的《谈谈维吾尔古代文献》；唐棣的《两首献给祖国的好诗》；李旦初的《麟爪诗话》。

6日，《人民日报》发表李希凡的《展翅飞翔的"青山里精神"——谈〈红色宣传员〉中的李善子形象的时代意义》。

7日，《新民晚报》发表文生的《饶有兴趣的随笔录〈艺海拾贝〉》。

10日，《东海》第1期发表马其的《新时代新制度下的新人物》；方令孺的《李双双颂》；叶克的《简谈喜旺这号人》；俞仲武的《好榜样》；毛英的《〈李双双〉对我的教育》；徐迟的《黄山谈诗》；谷斯范的《喜读〈傅云芝〉》。

《诗刊》第1期发表袁鹰的《心贴着祖国跳荡——读尼米希依提的抒情诗》；谢冕的《〈上井〉〈下井〉，阳光耀眼》；宋扬的《致诗人》。

《前线》第1期发表吴南星的《三家村札记：开卷有益和出井观天》。

《鸭绿江》1月号发表茅盾的《读书杂记（二）》；李准的《情节、性格和语言——在旅大市业余作者座谈会上的讲话》。

《广西文艺》1月号发表宋郡的《事件·人物·情节——略谈〈一架水轮泵〉》；安宁的《试谈宋郡的短篇小说创作》。

11日，《文艺报》第1期发表黄钢的《〈红色宣传员〉——反映人民内部矛盾的优秀剧作》；刘金的《〈归家〉——一部富有特色的新作》；本刊记者的《一九六二长篇、中篇小说巡礼》；柯灵的《给人物以生命——艺术概括谈片之二》。

12日，《人民日报》发表袁鹰的《小冬木在控诉——读儿童诗〈小冬木〉》。

13日，《人民日报》发表安旗的《热情澎湃　金声玉震——读光未然的〈越南组歌〉》。

《浙江日报》发表李子红的《明朗与含蓄——读〈革命烈士诗抄〉之三》。

15日,《文汇报》发表吴中杰、高云的《革命的神情——读曹靖华散文集:〈花〉》。

《解放日报》发表天鹰的《战斗的旋律——读诗集〈奔腾的马蹄〉》;邢庆祥的《歌颂劳动的诗篇——读郑成义的诗》。

16日,《大公报》发表卜林扉的《读〈凯旋〉随感》。

18日,《新湖南报》发表周笃佑的《〈铁三结亲〉》。

20日,《剧本》1月号发表郭沫若的《学习、再学习——与青年剧作者的一次谈话》;老舍的《语言·人物·戏剧——与青年剧作者的一次谈话》。

22日,《安徽日报》发表程功的《愿多多出现这样的特写——〈黄河之春〉读后感》。

24日,《光明日报》发表李健吾的《〈秀才外传〉剧本分析》。

25日,《前线》第2期发表吴南星的《三家村札记:不平等的平等》。

《星火》第1期发表天佐的《也谈英雄形象》;升端的《主花需要有意栽培》。

29日,《人民日报》发表阿英的《〈义勇军〉——关于描写上海工人义勇军的小说》。

30日,《文汇报》发表吴立昌的《一支战斗的歌——〈平明小札〉(刘白羽作)》。

31日,《广西日报》发表宋辰的《新的〈油漆匠嫁女〉》。

《河南日报》发表肖兆的《深刻哲理寓于笑闹之间——略谈莫里哀的喜剧杰作〈伪君子〉》。

本月,《热风》第1期发表聂文辉的《有志写农村,热情颂新人——读短篇小说集〈百万富翁总管〉》。

本月,作家出版社出版冯至的《诗与遗产》。

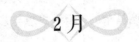

2月

1日,《山花》2月号发表王强模的《略谈"大众化"》;文蒙的《新生活的赞歌——读伍略的短篇小说》；李起超的《〈战地黄花分外香〉欣赏》；夏祥镇的《在社会主义集体化大道上前进——读〈云岭寨记事〉》；袁景智的《不愧为人民的交易员》；陆善家的《青年一代在迅速成长——读〈山辣角的故事〉》；邵敢的《读〈冤家〉》；陈小平的《也谈诗的意境和含蓄》；罗少亚的《"无我之境"并非无我》。

《火花》2月号发表金德门的《社会主义实干家的光辉形象——略谈赵树理的近作》；黎耶的《努力塑造新英雄形象——读〈我读《赖大嫂》〉和〈漫谈《赖大嫂》随感〉》；林芜斯的《寄青年朋友——小谈结构》。

《长春》2月号发表师田手的《灯下杂记》；叶千红的《泥塑匠师的启示》；高风的《艺术的感觉》；滕云的《文艺家的形象感受力》；赵克文的《我怎样写〈有志者〉》；高蹈的《读稿零札》；冯其庸的《千古高风忆鲁连》。

《延河》2月号发表周中明的《悲喜映照和其它》；玉杲的《"深化与提炼"断想》。

《雨花》第2期发表李亚如、王鸿、汪复昌、谈瑄的《从生活中汲取力量》；吴调公的《时代的鼓手，艺术的传真》；陈辽的《广度·深度·高度》。

《奔流》2月号发表柳松的《试谈〈花打朝〉的几个问题》；王毓的《谈艺术欣赏中的再创形象》；天奇的《浅谈民间故事的搜集整理问题》。

《草原》2月号发表刘锡诚的《马克思、恩格斯与民间文学》；胡德培的《简谈文学的民族化问题》；丁尔纲的《也谈"直""露"》。

《新港》2月号发表黄秋耘的《一部诗的小说——漫谈〈风云初记〉的艺术特色》；卜林扉的《鲁迅小说的讽刺艺术——鲁迅小说艺术谈之一》；孙用编录的《鲁迅著译校读琐记》（续）；曹葆华、渠建明译的《高尔基文艺书简》（续）。

《长江文艺》第2期专栏"文学青年之页"发表江健的《崭新的人》；孟起的《生活的呼唤》；冯健男的《短篇小说创作谈》；牧惠的《用"我"的语言写"我"》。

《四川文学》2月号发表苏鸿昌的《谈马识途的讽刺小说》。

《甘肃文艺》2月号发表谢昌余的《生活、思想与艺术构思》；高风的《时代的精神琐议》。

《宁夏文艺》由季刊改为双月刊，第1期发表益壮的《更多更好地反映现实生活斗争——兼谈电影〈李双双〉》；张溥的《脚踏实地的新英雄人物——试谈占德老汉》。

《安徽文学》第 2 期专栏"笔谈《还魂草》"发表凌代森、时先明的《控诉的诗，礼赞的诗》，王凡的《杨丽娟就是一株还魂草》，王远鸿的《谈杨丽娟的性格》，徐寿凯的《杨丽娟不是劳动人民的还魂草》。

《湖南文学》1、2 月号发表周立波的《素材积累及其他》；赵树理的《谈谈花鼓戏〈三里湾〉》；高宇的《农村阶级斗争的画卷》；铁可的《谈谈〈龙舟会〉的发掘和整理》。

《解放军文艺》2 月号发表李伟的《感情热爱战士，笔锋刺向敌人——向已故战友、快板诗人毕革飞同志学习》；张立云的《〈江水不尽流〉》；包维岳的《〈怒涛〉》；陆建华的《〈舷窗〉和〈母亲的摇篮〉》；常林炎的《再谈〈当阳之战〉的艺术成就》。

2 日，《文汇报》发表燕草的《斗争才是出路——读阿尔及利亚作家哈达德的小说〈最后的印象〉》；吴中杰、高云的《为大无畏的英雄塑像——〈脊梁吟〉（李季作，〈人民日报〉1963 年 1 月 22 日）》。

《重庆日报》发表黄峡谷的《对无产阶级革命英雄的礼赞——〈大巴山红军传说〉读后》。

《中国青年报》发表冉淮舟的《迅速反映新的生活——喜读〈津门小集〉》。

3 日，《大公报》发表顾傅菁的《"东京——北京"歌声壮——读〈两京散记〉》。

《人民日报》发表闻山的《听诗朗诵有感》；杨扬的《长篇小说〈汾水长流〉的艺术特色》。

《工人日报》发表晓立的《费礼文短篇创作的新收获》。

《光明日报》发表袁世硕的《初读〈蒲松龄集〉所看到的》；柳文英的《评〈聊斋志异会校评本〉》。

《内蒙古日报》发表孟和博彦的《在花的草原上漫步——评介〈内蒙古小说散文集〉(1960—1961)》；陈寿朋的《"笛声"悠扬动人——读杨啸的短篇小说集〈笛声〉》。

4 日，《北京文艺》2 月号发表芦笛的《蓓蕾初开——读张葆莘的一组短篇小说》；蓝伽文的《诚挚动人的赞歌——介绍刘厚明的〈摄影记〉》；高歌今的《精彩的细节描写——谈〈一言不发〉里的两个细节》；艾克恩的《旗帜鲜明——文艺批评学习札记》；李传龙的《让人物自己说话》。

《民间文学》第 1 期发表刘超的《规划·搜集·整理·翻译》；王波云的《优美

生动、丰富多彩——广西歌墟散记》；阎纲的《壮丽、奇幻、神妙——读〈云南各族民间故事选〉的联想》。

5日，《大公报》发表《群芳竞艳　各呈异彩——读〈少数民族戏剧选〉第一辑》。

《文汇报》发表孙光萱的《漫论〈西行剪影〉》。

《上海文学》2月号发表以群的《反映当代生活，宣传社会主义》；林志浩的《激越的时代战歌——谈峻青同志的几篇散文》；刘钝文的《主题的追求与探索——读书札记》。

《北方文学》2月号发表王观泉的《创业者的颂歌（〈雁飞塞北〉读后）》；于晴的《观察生活的高度（与友人笔谈小说〈冰冰在想〉）》。

《新疆文学》2月号发表华火的《史诗·颂歌·警策》。

6日，《人民日报》发表刘岚山的《诗朗诵和诗人朗诵》；艾克恩的《有感于柳青同志编〈三字经〉》。

《新华日报》发表高风的《后来人——〈革命烈士诗抄〉》。

8日，《新华日报》发表马学初的《不灭的灯——〈革命烈士诗抄〉读后》。

《重庆日报》发表炼生的《中国工人阶级斗争的第一幕——推荐工厂史〈北方的红星〉》。

9日，《广西日报》发表秦似的《曹雪芹和〈红楼梦〉——曹雪芹200周年祭》。

《中国青年报》发表阎纲的《一场未熄灭的阶级斗争——读〈上海的早晨〉第二部》。

10日，《东海》第2期发表刘浩源的《漫谈〈槐树庄〉中的郭大娘》；蔡良骥的《诗从何处寻？》。

《前线》第3期发表吴南星的《三家村札记：论修清史》。

《鸭绿江》2月号发表林柏的《〈为了忘却的记念〉札记》；李帆的《生活激流中的浪花——琐谈李惠文的短篇小说》；林之林的《关于评剧〈驼龙〉》。

《广西文艺》2月号发表刘硕良的《喜读〈故人〉》。

《文汇报》发表墨炎的《春兰秋菊不同时——鲁迅旧诗辩解》。

《广西日报》发表秦似的《曹雪芹和〈红楼梦〉——曹雪芹200周年祭（续）》。

《新湖南报》发表黎牧星的《喜读〈战场三记〉》。

11日，《文艺报》第2期专栏"新收获"发表葛琴的《〈七月流火〉》，颜振奋的

《〈第二个春天〉》,钱毅的《〈浪涛滚滚〉》,黄沫的《〈长长的流水〉》;同期,发表侯金镜的《几点感触和几点提议——从一个调查引起的》;黄秋耘的《初读〈苦斗〉》。

12日,《人民文学》2月号发表陈翔鹤的《李劼人同志二三事》。

《广西日报》发表秦似的《曹雪芹和〈红楼梦〉——曹雪芹200周年祭(续)》。

《工人日报》发表邓绍基的《曹雪芹和他的〈红楼梦〉——纪念伟大作家曹雪芹逝世二百周年》。

13日,《新华日报》发表侯杰的《写什么样的诗,作什么样的人——〈革命烈士诗抄〉读后》。

14日,《文学评论》第1期发表唐弢的《关于题材》;赵天的《从〈出山〉的评论谈起》;余冠英的《关于改"诗"问题——讨论〈诗经〉文字曾否经过修改的一封信》;郭预衡的《〈文心雕龙〉评论作家的几个特点》;李希凡的《历史剧问题的再商榷——答朱寨同志》;罗大冈的《罗曼·罗兰在创作〈约翰·克利斯朵夫〉时期的思想情况》;杨周翰的《欧洲文学史研究工作中的一些问题》;专栏"读者·作者·编者"发表吴泰昌的《"没有虚构就没有艺术"不是"臆造"的规律》。

《新湖南报》发表李子园的《在敌人的"和平"幌子后面——谈电影〈停战以后〉》。

15日,《工人日报》发表严家炎的《读〈地球,我的母亲!〉》。

17日,《人民日报》发表王中青的《深刻的反映,有力的配合——简谈赵树理同志近年来的几个短篇小说》。

《河北日报》发表克明的《生活的歌,战斗的歌——读〈三唱集〉随记》。

20日,《大公报》发表周艾文的《农村新人的颂歌——读〈珍珠〉》。

《文汇报》发表冉淮舟的《读〈风云初记〉》。

《甘肃日报》发表钱觉民、田企川的《甘肃各族人民生活和斗争的画卷——读〈甘肃民间故事选〉》。

《剧本》2月号发表田汉的《戏剧,剧目,英雄人物及其他——献给欧阳予倩同志的〈挂剑吟〉》;胡宁容的《谈丁西林独幕喜剧的特色》。

21日,《新民晚报》发表布谷的《从〈红岩〉谈川江风物》。

22日,《大公报》发表卜林扉的《〈樱花赞〉小议》。

25日,《前线》第4期发表吴南星的《三家村札记:"低人一等"的看法从何而来?》。

26日,《工人日报》发表蒋守谦的《车间里的诗情画意——读唐克新的短篇集〈种子〉》。

27日,《文汇报》发表邓牛顿、吴立昌的《光辉的共产党人形象——电影文学剧本〈白求恩大夫〉(张骏祥改编,〈人民文学〉1963年1、2月号)》;夏侯易辙的《美丑试辨——简评两篇小说〈梅英〉和〈玛瑙和玉锁〉》;吴欢章、孙光萱的《写革命人,抒革命情——评魏钢焰的几篇散文》。

本月,春风文艺出版社出版赖应棠的《创作与批评》。

3月

1日,《山花》3月号发表纪陆的《争取短篇创作的繁荣——我省短篇小说业余作者座谈会记要》;柏森的《试谈胡学文的创作》;艾禾的《读〈山花〉1962年诗歌的几点感想》;刘德一的《读〈书记房中〉散笔》;陆建华的《当前的阶级斗争——读〈屋〉》;张耀辉的《小谈创造英雄人物》;汪炯华、李炎群的《诗的写景 景的抒情》;张启成的《散文人物形象二谈》。

《火花》3月号发表高捷的《金刚石般的语言——赵树理作品学习笔记》;蔡肇发的《欢迎多写报告文学》;左家军的《寄青年朋友——琐谈塑造英雄人物》。

《长春》3月号发表纪叶的《深入生活的一些体会》;辛宏铭的《冲不淡的回忆——读〈在革命的摇篮里〉》;靳树鹏的《常情与变情》;沐阳的《酣畅淋漓》;唐再兴、严迪昌、郑乃臧的《铺叙的艺术》。

《延河》3月号发表马家骏的《发扬无产阶级文学的革命传统》;刘贤梓的《要反映生活中的主流》;李正峰的《让诗歌投入斗争》;王汉元的《读〈狂人日记〉札记》;潘旭澜的《虚中见实》。

《雨花》第3期发表杨雁的《锻炼思想、感情,正确地反映工人生活》;陈瘦竹的《人民解放军战斗在南京路上》;丁家桐的《谈马春阳近来的短篇创作》;林泉的《识途"老马"的启示》。

《奔流》3月号发表牧丁的《对〈花打朝〉的几点理解》;大用的《说长道短》;古远清的《异口不应同声》。

《草原》3月号发表茅盾的《读〈遥远的戈壁〉》;布赫的《文艺必须为社会主义服务——在巴彦淖尔盟第一次文代会上的讲话》;陈寿朋的《革命作家的光荣职责》;谦文英整理的《作家们谈反映当前的火热斗争》。

《新港》3月号发表昭彦的《〈小小水花〉读后感》;冉准舟的《灯火闪烁——〈矿灯〉读后》;孙用编录的《鲁迅著译校读琐记》(续)。

《长江文艺》第3期发表吉学沛的《生活·学习·创作》;徐迟的《江南随笔》;杨平的《指挥长》;李蕤的《水上邙山》。

《四川文学》3月号发表何牧的《农村新人的颂歌——读高缨的几个短篇小说》;杨田村的《新的探索——读刘沧浪同志改编的〈红岩〉(上部)》;化石的《读剧本〈红岩〉》。

《安徽文学》第3期发表刘先平的《召唤暴风雨,勇往直前——谈〈海燕之歌〉和〈鹰之歌〉》;刘景清的《生活里的诗》;兰泥的《人的美》;顾义生的《悦耳动听的唢呐曲》;朱式蓉的《事情还在继续》;记者的《关于〈还魂草〉的讨论(来稿综述)》。

《河北文学》3月号发表徐秉沈的《深山密林里的一束花——谈刘真反映少数民族生活的一组作品》。

《湖南文学》3月号发表任光椿的《杂谈报告文学》;以"新作小评"为总题,发表李元洛的《〈葵扇〉》,国友的《〈水〉》,马焯荣的《〈蒙古牛〉》;同期,发表魏东明的《曹雪芹与〈红楼梦〉》。

《解放军文艺》3月号发表本刊评论员的《为四好连队和五好战士写赞歌》;何左文的《伟大的无产阶级文学家和革命家——纪念高尔基九十五周年诞辰》。

2日,《山西日报》发表阎海清的《谈话剧〈兵临城下〉》。

《北京日报》发表许晨的《"没有罗盘,驶不到埠"——谈〈苦斗〉中的周炳》。

3日,《光明日报》发表廖仲安、邓魁英的《略谈刘大杰〈中国文学发展史〉新版上中两册》。

4日,《北京文艺》3月号"北京市文学艺术工作者第三次代表大会特辑"发表

《北京日报》社论《文艺要为反映社会主义革命和社会主义建设而斗争》；老舍的《更好地发挥文学艺术的斗争作用——在北京市文学艺术工作者第三次代表大会上的报告摘要》；司空齐的《正确认识戏曲中鬼戏的问题》。

5日，《解放日报》发表魏照风的《暴风式的英雄形象——话剧〈杜鹃山〉人物画像》；金人的《从小说到沪剧——改编〈为奴隶的母亲〉的一些体会》。

《上海文学》3月号发表冯健男的《历史的颜色和创作的生命》；吴欢章、孙光萱的《鼓舞革命斗志的诗——评郭小川一九六二年的诗作》；范伯群的《杜鹏程小说中的青年知识分子形象》。

《北方文学》3月号发表方浦的《题材人物技巧（读1962年〈北方文学〉短篇小说的几则札记）》。

《边疆文艺》3月号发表矛木的《要歌颂这样的时代英雄》；吴国柱的《初读〈归家〉上篇》；孟流的《精炼琐谈——读〈在途中〉》；木易的《读小说〈侗家人〉所想到的》。

《新疆文学》3月号发表陈柏中的《读两篇好散文》；潘旭澜的《实里见虚》；胡振华、耿世民的《维吾尔古典长诗〈福乐智慧〉（兄弟民族古典文学评介）》。

6日，《文汇报》发表吴中杰、高云的《时代风云和周炳性格的发展——读〈苦斗〉》。

《新民晚报》发表布谷的《诸宫调〈董西厢〉》。

7日，《工人日报》发表林志浩的《〈漳河水〉的叙事、写景与抒情》。

《北京晚报》发表江文的《铁窗红花——罗莎·卢森堡的〈狱中书简〉》。

《羊城晚报》发表湛伟恩的《思想和知识的火花——秦牧〈艺海拾贝〉读后》。

10日，《人民日报》发表凤子的《话剧舞台上的新收获——推荐〈霓虹灯下的哨兵〉》。

《广西日报》发表刘亚宁的《〈雁飞塞北〉》。

《东海》第3期发表张颂南的《努力创造出新的英雄形象来》；卢守怡的《针锋相对的斗争——评电影〈停战以后〉》；黎央的《情节·必然性和偶然性·生活》；文声的《从形象着眼》。

《诗刊》第2期发表严辰的《彩色的河流——梁上泉诗选〈山泉集〉序》。

《前线》第5期发表吴南星的《三家村札记：是简化字还是错别字呢》。

《鸭绿江》3月号发表林柏的《〈为了忘却的记念〉札记》；茅盾的《〈渴〉及其

它》;曹汀的《夜读〈高清连〉浮想》。

《广西文艺》3月号发表潘红原的《漫评一九六二年我区的短篇小说》;陆里的《僮族人民生活的真实反映——谈几篇具有民族特色的小说》。

《山东文学》3月号发表宋垒的《〈鞍钢一瞥〉中的几点艺术问题》。

11日,《文艺报》第3期专栏"新收获"发表林志浩的《〈在大海那边〉》,昭彦的《〈杜鹃山〉》、陈言的《〈日常生活〉》;同期,发表社论《文艺面向农民,巩固和扩大社会主义新文艺在农村的阵地》;刘白羽的《雷锋形象》;陈默的《引人入胜,发人深思——看话剧〈霓虹灯下的哨兵〉》;钱谷融的《管窥蠡测——人物创造探秘》。

13日,《文汇报》发表阎纲的《重读〈橄榄树〉》。

《光明日报》发表陈刚的《为话剧的新成就喝彩——评话剧〈霓虹灯下的哨兵〉》。

14日,《天津日报》发表孙犁的《读〈作画〉后记》。

15日,《大公报》发表朱思琪的《送给古巴歌曲爱好者的礼物——介绍〈古巴歌曲集〉第一集》。

《工人日报》发表易征的《略评黄声孝〈站起来了的长江主人〉的艺术特色》。

16日,《解放军报》发表杨天的《一本亲切感人的短篇集——推荐峭石的〈沸腾的军营〉》。

17日,《人民日报》发表杨平的《泥土的方向——评吉雪霈的短篇小说创作》。

《新民晚报》发表白沉、金志耕的《〈红岩〉中人——成岗和成瑶》。

19日,《文汇报》发表蒋和森的《〈红楼梦〉三论——塑造正面人物》。

《羊城晚报》发表余之的《由〈津门小集〉的短谈起》。

20日,《文汇报》发表王国忠的《血泪话当年——评〈过年〉一书的思想意义》。

《剧本》3月号发表田汉、丁西林、袁水拍、冯牧、杜烽、赵寻、蓝光等的《〈霓虹灯下的哨兵〉座谈会》。

《天津日报》发表刘正强的《〈女神〉的浪漫主义管窥》。

22日,《大公报》发表卜林扉的《〈樱花赞〉小议》。

《文汇报》发表刘川的《更多更好地反映生活斗争》;白文的《写人民内部矛盾的感想》;陈恭敏的《战斗性、独创性及其他——漫谈现代题材话剧创作问题》;杨履方的《创作中的两个问题》。

《河南日报》发表卢永茂的《无产阶级革命的颂歌——读瓦莱斯的小说〈起义者〉》。

23日,《陕西日报》发表杨兴、左正的《积极反映人民群众的革命精神和创造精神——读〈烽火春秋〉》。

24日,《新民晚报》发表白沉、金志耕的《〈红岩〉中人——"双枪老太婆"的故事》。

25日,《前线》第6期发表董润生的《〈夺印〉好!》;吴南星的《三家村札记:谈北京城》。

《星火》第2期发表齐思的《生活、思想、艺术》;思平的《奏出时代的最强音》;本刊记者的《我们光荣的战斗任务》。

27日,《文汇报》发表蒋和森的《〈红楼梦〉散论——枝叶与花果》;王炼的《戏剧冲突二题》。

《黑龙江日报》发表臧乐安的《文学为无产阶级政治服务的典范——略谈高尔基的〈母亲〉》。

28日,《文汇报》发表林帆的《"另外有些意思"——〈革命烈士诗抄〉读后有感》;吴长华的《事在人为——〈黄连架〉》(碧野作,原载《人民日报》1963年2月5日)》;吴立昌的《鬼不打不走——〈春夜漫笔〉》(陈白尘作,《人民日报》1963年3月号)》。

31日,《人民日报》发表阎纲的《放开嗓子歌唱!》。

《解放日报》发表《写出更多更好的反映我们伟大时代的作品 作协召开青年业余作者座谈会》。

《南京大学学报(人文科学)》第1期发表王气中的《关于唐诗的分期问题》;裴显生、张超的《论周立波的短篇小说》;秦德林的《革命风云和艺术家的苦闷——论二十年代的鲁迅和他的〈野草〉》。

本月,《厦门大学学报(社会科学版)》第1期发表潘懋元的《从中国现代教育史角度看〈倪焕之〉》。

本月,作家出版社出版贾芝的《民间文学论集》。

上海文艺出版社出版阎纲的《悲壮的〈红岩〉》。

百花文艺出版社出版老舍的《小花朵集》。

4月

1日,《山花》4月号发表杜郁的《农村生活的诗情画意——读张克同志的诗》;止戈的《题材新颖,风格独特——试评中国儿童艺术剧院演出的〈岳云〉》;高建仪的《解剖闪闪发光的性格》;王强模的《向农民介绍〈三里湾〉》;萧源锦的《钻进去,跳出来》;孙高的《再谈诗的意境与含蓄》。

《火花》4月号发表李国涛的《评〈柳长初当队长的时候〉》;黎耶的《寄青年朋友——熟悉生活理解生活》。

《长春》4月号发表丁仁堂的《江边琐记》;高蹈的《欢迎作家"画"速写》;夏林的《读〈草原儿童团〉》;夏映月的《白山黑水间的动人传说》;高云鹏的《参乡的诗意》。

《雨花》第4期专栏"关于如何创造社会主义新人形象的讨论"发表陈辽《关于〈出山〉和对王如海的思想道德评价》,秦德林的《写"新的人物、新的世界"》,包忠文的《新型的人物——群众智慧的集中者》;同期,发表尹真的《〈看瓜人〉的现实意义》。

《延河》4月号发表阿红的《独上高楼,望断天涯路》;彭立勋的《文学是战斗的事业》。

《奔流》4月号发表鲁韧的《主题·形象·风格》;龚依群的《传统戏曲中的真人真事及其他》;段荃法的《在生活中学习、思索》;洛之水的《亲切感人的形象》;小丁的《战士的颂歌》。

《草原》4月号发表奎曾的《谈谈对〈路〉的批评意见及其修改》;王家骏的《文艺民族特色杂谈》;一儒的《蒙古族文学的民族特色试探》;丁尔纲的《关于民族性格与人民性格》。

《新港》4月号发表孙犁的《三点小意见》;孙用编录的《鲁迅著译校读琐记》(续);[苏]高尔基的《应该怎样给〈我们的成就〉杂志写文章》。

《长江文艺》第4期发表谢冕的《从瑶池到巫山——李冰长诗〈巫山神女〉读后》;凌梧的《长江新歌》;专栏"文学青年之页"发表传华的《小评〈打雁〉》。

《四川文学》4月号发表葛鹏的《好故事 好人物——谈马识途同志的几篇短

篇小说》。

《甘肃文艺》4月号发表潘旭澜、曾华鹏的《谈魏巍的报告文学》；沈鸿鑫的《试论艺术批评与偏爱》；汪玉良的《文艺批评的科学标准和批评家的偏爱》。

《宁夏文艺》第2期发表范海涛的《人民公社的撑天手——评短篇小说〈撑天的手〉》。

《安徽文学》第4期发表周中明的《谈〈红楼梦〉的语言美》；金陵的《说"疏"与"密"——短篇小说阅读札记》。

《河北文学》4月号发表敏泽的《万国儒的创作》。

《湖南文学》4月号发表郭汉城的《谈戏曲艺术反映时代精神》；铁可的《漫谈1962年我省短篇小说创作》。

《解放军文艺》4月号发表陈亚丁的《一出又新又美的好戏》；冯牧的《永远站在革命的最前哨》；《话剧〈霓虹灯下的哨兵〉座谈纪要》；《海防战士座谈〈开顶风船的角色〉》；杨旭的《扬帆远行的"顶风船"》。

3日，《文汇报》发表以群的《关于报告文学的通信》。

4日，《广西日报》发表曾慧民的《〈艺海拾贝〉》。

《北京文艺》4月号发表戴不凡的《历史、戏剧、观众——谈〈桃花扇〉原著中的侯方域形象》；以"北京市文学艺术工作者第三次代表大会代表发言摘要"为总题，发表老舍的《创作的繁荣与提高》、王慧芹的《在学习写作的道路上》、延庆县文化馆的《我们是怎样组织业余创作的》、马泰的《表现新的时代和新的英雄人物》。

《民间文学》第2期发表许钰的《民间文学中巧匠的典型——关于鲁班传说的札记》；刘超的《大力推广优秀民间文学作品》。

5日，《上海文学》4月号发表王道乾的《现实的真正名字就是革命——纪念高尔基诞辰九十五周年》；刘金《赞〈红色宣传员〉》；甘竞的《略谈〈阿Q正传〉的情节提炼》；本刊记者的《做无产阶级文艺战士　写时代英雄颂歌——小说、散文创作座谈会记实》。

《北方文学》4月号发表蔡田的《创造当代英雄的典型形象》；黄益庸的《读诗片谈（读〈北方文学〉1962年发表的诗歌）》。

《边疆文艺》4月号发表秦虹的《更好地反映农村的火热斗争生活——近三年来云南小说创作巡礼》；梁友璋的《谈〈学徒日记〉》；高维晞的《读〈新来的林区医生〉》。

《新疆文学》4月号发表丁子人、胡剑的《迅速深刻地反映现实斗争》；周晋安的《〈笛子的故事〉得失浅谈》；王堡的《从一首新民歌想到的》。

6日，《文汇报》发表戈今的《看〈兵临城下〉》。

《北京日报》发表慕山的《歌唱草原新生活——读〈生命的礼花〉》。

7日，《文汇报》发表吕复的《光辉的形象》；欧阳山尊的《歌颂友谊和社会主义建设的大合唱》。

《南方日报》发表易征的《三抢胡桃——〈苦斗〉艺术处理浅探》。

8日，《文汇报》发表[朝]赵白玲作、紫荆译的《关于话剧〈红色宣传员〉的创作——探索新的编剧法》。

10日，《东海》第4期发表谭伟的《热情歌颂当代先进人物》；毛节成的《谈细节描写的多样化》。

《前线》第7期发表吴南星的《三家村札记：万里长征中的一个中心任务》。

《鸭绿江》4月号发表马加的《〈寒夜火种〉前言》；戈扬的《读叙事歌〈雷锋颂〉》；路地的《激情与政论的溶合——〈英雄的古巴〉读后》；秋耘的《千部千腔，千人千面》；宋垒的《熟悉和应该熟悉的》。

《广西文艺》4月号发表陈白尘的《作家与生活》。

11日，《文艺报》第4期专栏"新收获"发表杜埃的《〈珠江岸边〉》，徐逸的《〈晋阳秋〉》，杨扬的《〈晚潮急〉》；同期，发表王子野的《评周谷城〈艺术创作的历史地位〉》；本刊记者的《充分发挥报告文学的战斗作用——记在北京召开的报告文学座谈会》；赵寻的《演"鬼戏"没有害处吗？》；冰心的《一九五九——一九六一儿童文学选集序言》。

《人民日报》发表吴伯箫的《〈北极星〉跋》。

12日，《河北日报》发表陈茂欣的《〈葵花集〉小议》。

14日，《人民日报》发表马铁丁的《时代精神、题材及其他——关于报告文学的一些意见》。

《新华日报》发表白坚的《看川剧〈秀才外传〉漫想》。

《文学评论》第2期发表叶水夫的《纪念高尔基》；李辉凡的《"让暴风雨来得更厉害些吧！"——高尔基早期革命浪漫主义作品试论》；刘绶松的《论茅盾的〈蚀〉与〈虹〉——〈茅盾文集〉读后之一》；李健吾的《戏剧的特征》；朱寨的《再谈关于历史剧问题的争论——兼答李希凡同志》；专栏"书评"发表穆维的《〈艺海拾贝〉》；专栏"读者·作者·编者"发表阎焕东的《关于"狂人"的原型》。

15日,《作品》第4期发表黄葵的《春暖花开——读〈花地〉评奖的散文小说》;毛军的《评〈偶然见到的故事〉的思想倾向》。

18日,《北京日报》发表张永海的《曹雪芹在香山的传说》。

20日,《西藏日报》发表边纪的《中国第一部诗话——〈诗品〉》。

《剧本》4月号发表本刊评论员的《为农民写出更多的好剧本》;李钦的《简评一年来反映农村生活的小戏》。

21日,《广西日报》发表贺祥麟的《但丁的〈神曲〉》。

《新华日报》发表董友道的《一出令人叫好的讽刺喜剧——看福建泉州高甲戏〈连升三级〉》。

22日,《文汇报》发表胡锡涛的《深入生活辨析生活——从〈李双双〉谈现代剧创作反映人民内部矛盾问题》。

23日,《光明日报》发表许南明的《谈〈李双双〉剧作的语言》。

24日,《江西日报》发表衍任的《赞湘剧〈山乡巨变〉》。

25日,《羊城晚报》发表牧惠的《〈苦斗〉语言谈片》。

《前线》第8期发表吴南星的《三家村札记:看病不能节约吗?》。

28日,《大公报》发表张迅的《读〈归家〉上部》。

《安徽日报》发表白东宏的《冷月清霜梦有知——〈红楼梦〉艺术技巧札记》。

29日,《文汇报》发表《矛盾冲突和英雄人物的塑造——关于评论〈霓虹灯下的哨兵〉的两个问题》;曾华鹏、潘旭澜的《评华山反映经济建设的报告文学》。

30日,《光明日报》发表李焕仁的《一支刺穿黑暗社会的戈矛——重读报告文学〈包身工〉》;秦榛的《细节描写小议》。

本月,湖南人民出版社出版周立波的《亭子间里》。

5月

1日,《河北日报》发表卷耳的《火辣辣的阶级感情——重读报告文学〈包身工〉随感》。

《山花》5月号发表蹇先艾的《为报告文学敲一锣》；古淮的《扬鞭催"轻骑"》；肖禹的《〈招亲记〉值得推广吗?》；汪振尚的《试谈〈红岩〉的英雄人物塑造》；刘德一的《经得起推敲的英雄形象——肖淑英》；萧源锦的《谈英雄的描写》。

《长春》5月号发表金梅的《马克思主义文艺批评的杰出典范——学习毛主席评论鲁迅笔记三题》；辛宏铭的《写出更多更好的作品，为农业服务》；王和的《读几篇农村题材小说有感》；钟士春的《多写农民喜闻乐见的作品》。

《延河》5月号发表胡采的《创作的深度》；肖云儒的《描写阶级斗争的〈烽火春秋〉》。

《雨花》第5期发表伊兵的《现代剧观摩后记》；凌竞亚的《扬剧〈东风解冻〉再探》；白坚的《漫谈现代戏中英雄人物的塑造》；姚以铮的《识明则胆张》。

《奔流》5月号发表龚依群的《把高尔基的战斗旗帜举得更高》；王毓的《无产阶级革命的"海燕"——高尔基》；吉兆明、郭太平的《让现代戏这朵花开得更鲜艳》；王大海的《为农业战线上的英雄造象》；乡朴的《是真实还是虚伪》。

《草原》5月号发表温小钰、汪浙成的《文学的民族特色和地区特点琐议》；翟胜健的《如何理解文艺的民族化群众化问题》。

《新港》5月号发表[苏]高尔基的《论无产阶级的作家》；田间的《火把——至亚非歌手们〈非洲游记〉代序》；窦燕山的《一点感想》；孙用编录的《鲁迅著译校读琐记》(续)。

《长江文艺》第5期发表高风的《愿新人风貌日新月异》；范伯群的《"突破"初探》；中彗的《读〈醒狮〉》；吴海的《生活的浪花》；王庆生的《由〈包身工〉想起的》；胡南的《火热斗争与日常生活》；张耀辉的《进入角色》。

《四川文学》5月号发表余音的《论典型的阶级性》；席向的《思想·形式·民族形式——也谈剧本〈红岩〉》。

《甘肃文艺》5月号发表吴中杰、高云的《反映农村生活斗争的诗篇》；胡复旦的《劳动和青春的赞歌》。

《安徽文学》第5期发表肖马的《大海·小树及其他》；王昆仑的《平儿与小红》；谢伦泰的《多采的生活，可喜的收获》；洪非的《方成培与〈白蛇传〉》。

《河北文学》5月号发表冯健男的《诗的旅行》；叶蓬的《珍珠和新人——〈社员短歌〉简评》；孙光萱、吴欢章的《浓笔绘时代风云　壮歌抒革命豪情——读〈北岳吟草〉卅首》；刘哲的《粗犷的工人形象——读任文祥同志的〈鼓山风雷〉》。

《湖南文学》5月号发表柯蓝的《试谈报告文学的写作》；韩罕明的《热情歌颂伟大的战士》；向云、启穗的《写在〈霓虹灯下的哨兵〉排演之后》；刘勇的《努力熟悉先进人物》；穆辛的《〈山里人〉》；蘋果的《报告文学的真实性》。

《解放军文艺》5月号发表黄秋耘的《写在读〈山径崎岖〉之后》；冯健男的《不做奴隶的故事——读短篇小说集〈央金〉》；马焯荣的《报告文学的生命》；税海涛的《漫话"轻骑兵"》。

4日，《北京文艺》5月号发表《人民日报》社论《文化艺术工作要更好地为农村服务》；王衍盈的《站好社会主义的岗——〈霓虹灯下的哨兵〉观后杂谈》；敏泽的《关于题材》。

5日，《上海文学》5月号发表拾风的《思想武器的威力——〈红色宣传员〉评介》；左尼的《推荐话剧〈雷锋〉》；徐景贤的《评肖木的新作〈探索〉——兼谈群众创作的一些问题》。

《北方文学》5月号发表陶尔夫的《朴素·清新·细腻——读刘畅园同志的组诗〈一个村庄的印象〉》。

《边疆文艺》5月号发表萧祖灏的《从〈早来的春天〉谈民族新人形象的塑造》。

《新疆文学》5月号发表张立云的《光荣的历程,动人的篇章》；胡振华、耿世民的《〈突厥大辞典〉及其作者(兄弟民族古典文学评介)》。

7日，《文汇报》发表曾文渊的《发人深思的问题——〈家庭问题〉（胡万春作，〈上海文学〉1963年4月号)》；吴中杰、高云的《政论·形象·时代精神——谈刘白羽的报告文学》。

8日，《羊城晚报》发表刘逸生的《读鲁迅诗的笺注有感》。

10日，《东海》第5期发表毛节成的《发挥报告文学的战斗性》；吕洪年的《为小小说喝彩》；陆炎的《谈谈〈杨立贝〉中的杨立贝》；蔡良骥的《说"刚柔"》。

《诗刊》第3期发表萧三的《诗朗诵漫谈》；闻山的《诗朗诵下乡小记》；谢冕的《黄山顶上的战斗旋律》；易征的《读〈擂鼓集〉》。

《前线》第9期发表吴南星的《三家村札记:论学风》。

《鸭绿江》5月号发表王树舜的《评〈浪涛滚滚〉》；韶华的《作家的敏感与战斗责任感》；李作祥的《论"及时"》；昭彦的《文学样式无高低之分》。

《广西文艺》5月号发表魏兵的《更大的发挥"轻骑兵"的威力》；易征的《读包

玉堂的诗》。

11日,《文艺报》第5期专栏"新收获"发表孙玮的《〈花〉》,石方大禹的《〈南海潮〉》,周立波的《〈山里人〉》,宋磊的《〈学诗断想〉》,鲁易的《〈习剧笔记〉》;同期,发表欧阳文彬的《漫谈谢璞的作品》;钟本康的《风格独特的〈风云初记〉》;田间的《题张永枚的诗集〈螺号〉》;梁壁辉的《"有鬼无害"论》。

《中国青年报》发表罗广斌、杨益言的《创作的过程　学习的过程——略谈〈红岩〉的写作》;文划的《英雄战胜北大荒——〈雁飞塞北〉读后》。

12日,《人民日报》发表姚文元的《这不仅是家庭问题——读〈家庭问题〉》。

14日,《大公报》发表冉淮舟的《〈风云初记〉的感人力量》。

15日,《湖北日报》发表周景堂的《新歌一曲颂长江　读〈春满长江〉》。

17日,《湖北日报》发表田因的《〈两个队长〉简评》。

18日,《新湖南报》发表黄起衰的《殷切的希望　热情的鼓励——读陶承同志的〈祝福青年一代〉》。

19日,《湖北日报》发表王庆生的《长江主人的颂歌——读〈站起来了的长江主人〉札记》。

《吉林日报》发表杜渡的《〈红岩〉中的成岗》。

20日,《剧本》5月号发表萧谭的《读扬剧〈夺印〉浅得》。

《文汇报》发表姚文元的《请看一种"新颖而独到的见解"》(读书随笔)。

21日,《工人日报》发表彭永辉的《〈燎原〉故事的变迁》。

22日,《文汇报》发表李德复的《在一个生产队"蹲"下来》。

《人民日报》发表江潭的《火红的花朵——读越南诗人制兰园的诗集〈阳光与土壤〉》。

24日,《吉林日报》发表何成的《〈伪自由书〉和〈准风月谈〉》。

25日,《南方日报》发表秉箴的《如何塑造当代英雄——略谈〈夺印〉中党支部书记的形象》。

《星火》第3期发表左云祥的《以共产主义思想培养青少年一代》;舒信波的《发扬文学的战斗传统》;陈鼎如的《看准时代的革命方向》;周崇坡、江升端的《为时代推波助澜》。

《前线》第10期发表吴南星的《三家村札记:读书备忘两则》。

《文汇报》发表山谷的《对批评家提出的要求》(对姚文元20日发表于《文汇

报》的《请看一种"新颖而独到的见解"》的回应）。

26日，《文汇报》发表李德复的《向农民学习语言》。

《人民日报》发表冰心的《多给孩子们写这样的作品——介绍〈小仆人〉和〈旅伴〉》。

《广西日报》发表刘亚宁的《〈四季飘香〉》。

27日，《文汇报》发表邢庆祥、何士雄的《读长诗〈站起来了的长江主人〉》；陈恭敏的《形象和矛盾的处理——〈红色宣传员〉学习札记》。

28日，《光明日报》发表康文的《从一首短诗谈起》。

《新疆日报》发表邓美萱的《〈白云深处是家乡〉》。

29日，《文汇报》发表毛游森的《读〈红岩〉后的点滴体会》。

30日，《文汇报》发表郑文光的《知识·眼界·思想——评〈蛇岛的秘密〉》。

《人民日报》发表田汉的《看了一个好喜剧——谈〈连升三级〉的创作体会》。

《河南日报》发表陆丽朱的《一个古代爱国妇女的艺术形象——试谈〈胆剑篇〉中的西施》。

本月，《文史哲》第4期发表张国民的《评〈文艺学新论〉》。

6月

1日，《山花》6月号发表丁鉴的《在斗争中前进——评〈山里的声音〉》；桠子的《浅谈戏曲演现代戏》；中申的《鲁迅小说中的儿童》；娄广华、马长书的《向农民介绍〈红色宣传员〉》；滕树嵩的《生活的一鳞半爪》；伍略的《深入生活的一个问题》；曲沐的《"无我之境"是否存在》；遥望的《深刻反映现实》；朱曦的《爱情是生产的动力吗？》；林帆的《从掌声想起的》。

《火花》6月号发表华苹的《从福贵到陈秉正——读赵树理作品札记》；高风的《"问题小说"解》；邵华的《小说诗歌的战斗性》。

《长春》6月号发表姚绿野的《学诗杂记》；阎纲的《谈武松精神》；樊酉人的《文

艺随笔的随笔》；靳树鹏的《源泉琐记》。

《延河》6月号发表李健民的《战斗的诗　激情的歌》；肖草的《热情洋溢唱雷锋》；左正的《〈雷锋〉戏剧述评》。

《雨花》第6期专栏"关于如何创造社会主义新人形象的讨论"发表子刚的《掌握矛盾·主宰矛盾》，秦德林的《〈出山〉和〈出山〉以后》，王世德的《从激流深处涌出来的新人》。

《奔流》6月号发表小河的《让革命的后代永远革命化》；古远清的《呼唤政治抒情诗》；吴明耀的《模仿和创造》；青勃的《秘密所在》。

《草原》6月号发表刘锡诚的《论高尔基的民间文学观》；谢冕的《升于草原上空的一束礼花》。

《新港》6月号发表程代熙的《时代精神·革命真实·英雄人物》；林一民的《为农民创作更多更好的文学作品》；孙用编录的《鲁迅著译校读琐记》（续）；[苏]高尔基的《我怎样写作》。

《长江文艺》第6期发表闻山的《谈郭小川的几首诗》；专栏"文学青年之页"发表包维岳的《读〈兵站上〉》；同期，发表潘旭澜的《张弛结合》。

《四川文学》第6期发表《艾芜同志谈创作》；赵初的《从"作家跟着人物跑"谈起》；田园的《依靠谁当家——读〈在僻静的山沟里〉》。

《宁夏文学》第3期发表周立波的《素材积累及其他》；弓中玉的《从柳青同志编三字经谈起》；杜放言的《从李双双和孙喜旺想到的》。

《甘肃文艺》6月号发表唐再兴、郑乃臧的《谈赵燕翼的小说》。

《安徽文艺》第6期发表刘金的《欣赏·感受·议论》；陈育德的《春在溪头荠菜花》；陶根谷的《生活赞歌》；柳燕的《借山水而发心声》。

《河北文学》6月号发表李厚基的《景不盈尺　游目无穷——从金钏儿事件看〈红楼梦〉艺术构思一则》；鲁克的《谈科学幻想作品创作的几个问题》。

《湖南文学》6月号发表本刊编辑部整理的《长篇小说〈秋收起义〉座谈纪要》；邬朝祝的《童话创作的探索》；高宇的《剑锋犀利　情趣盎然——谈花鼓戏传统戏剧〈装疯吵嫁〉的整理本》。

《解放军文艺》6月号发表张泽易的《前线话剧团组织创作的一些经验》；胡德培的《塑造雷锋式的英雄形象》；黄益庸的《引人入胜，启人深思——读〈高高的天线杆〉》；秦亢宗的《读毛批〈三国志演义〉札记》；本刊编辑部的《关于征文的真人真事问题》。

2日,《文汇报》发表赵树理的《随〈下乡集〉寄给农村读者》。

3日,《文汇报》发表周宏兴的《光辉的讽刺文学——试评揭露国民党罪恶统治的政治歌谣》;吴渡的《动作性与节奏感的语言——〈霓虹灯下的哨兵〉台词创作》。

4日,《人民日报》发表张耀辉的《多为孩子们写点评论》。

《北京文艺》6月号发表秦榛的《文学中的肖像描写》。

《民间文学》第3期发表[苏]高尔基作、刘锡诚译的《论民间文学》;刘超的《加强民间文学作品评介工作》;朱泽吉的《读〈中国民间故事选〉札记》;王雪明的《读〈找姑鸟〉》;闻山的《一点启示》;陶阳的《单纯与繁乱——从〈巧媳妇〉到〈画中人〉》。

5日,《上海文学》6月号发表曾华鹏、潘旭澜的《报告文学与时代精神——读华山、魏巍的报告文学作品》;贺宜的《儿童文学随感录》;任大霖的《少年儿童读者给我的几点启示》。

《北方文学》6月号发表樊西人的《大唱时代的风雷》;耕天的《漫谈陶耶的儿童诗》。

《边疆文艺》6月号发表《艾芜同志给本刊编辑部的信(附:本刊编辑部给艾芜同志的信)》;鲁凝的《从〈夺印〉演出谈剧本改编》;群星的《〈当家人〉读后》。

《新疆文学》6月号发表冯明的《多写报告文学》;山林的《从"画瓢"谈起》;李元洛的《诗的警句》。

6日,《贵州日报》发表谢德风的《介绍一本工厂史——读〈闯关的人们〉》。

10日,《东海》第6期发表钱苗灿的《朝鲜千里马时代的一面镜子——〈红色宣传员〉学习笔记》;任明耀的《可喜的收获——评1962年〈东海〉上的部分儿童文学作品》。

《前线》第11期发表吴南星的《三家村札记:重视群众的经验》。

《山东文学》6月号发表高兰的《读鲁灵光的〈杨帆集〉》。

11日,《文艺报》第6期专栏"新收获"发表林志浩的《〈艺海拾贝〉》,北风的《〈燎原〉》;同期,发表周立波的《高举革命的红旗,反对现代修正主义》;葛洛的《工人阶级的年轻歌手——读刘镇的诗》;冯牧的《战士作家张勤和他的创作》;陶阳的《读〈雷锋之歌〉》。

《解放日报》发表魏同贤的《谈〈"强盗"的女儿〉》。

《中国青年报》发表高吟的《做可靠的接班人——〈家庭问题〉读后》。

12日,《大公报》发表洁泯的《读〈上海的早晨〉(第二部)》。

13日,《青海日报》发表冯育桂的《珍贵的"土气"——重读〈李有才板话〉有感》。

14日,《文汇报》发表芦芒的《强烈的阶级感情,最鲜明的爱憎——向青年同志推荐〈革命烈士诗抄〉》。

《文学评论》第3期发表陈默的《在舞台和银幕上反映当代火热斗争》;严家炎的《关于梁生宝形象》;井岩盾的《评〈冬日草〉和〈平明小札〉》;姚文元的《关于加强文艺批评的战斗性》;王季思的《怎样探索汤显祖的曲意——和侯外庐同志论〈牡丹亭〉》;王正的《从巴金的〈家〉到曹禺的〈家〉》;袁可嘉的《略论美英"现代派"诗歌》;本刊记者的《对〈从〈出山〉的评论谈起〉一文的不同意见》;专栏"书评"发表高骏千的《〈插曲〉》;专栏"读者·作者·编者"发表王永敬的《读〈〈雷雨〉人物谈〉后的异议——与钱谷融同志商榷》。

15日,《重庆日报》发表毛宗璜的《〈苦斗〉的思想和艺术》。

《作品》6月号发表洁泯的《〈山乡风云录〉散论》;易征的《魏钢焰的〈赤泥岭〉和〈六公里〉》。

16日,《人民日报》发表《推荐报告文学〈斯霞和孩子〉》;马铁丁的《时代的春天(外一章)——报告文学〈春天的报告〉一书序言》。

18日,《大公报》发表凌云的《不要忘记过去——读〈血和泪的回忆〉》。

《解放日报》发表海虹的《梁生宝和他的战友》。

19日,《人民日报》发表谢帆的《南川江畔的不屈的人民——读〈白云缭绕的大地〉》。

20日,《人民日报》发表刘锡顺的《读〈上了锁的箱子〉所想到的》。

《剧本》6月号发表安驳的《学会这一课》;王冬青的《谈〈连升三级〉的创作体会》。

23日,《人民日报》发表秦犁的《让革命文艺更好地在青年人心里开花结果》。

24日,《武汉晚报》发表周景堂的《控诉歌·战斗歌·解放歌——读〈站起来了的长江主人〉》。

25日,《湖北日报》发表徐迟的《读〈革命烈士诗抄〉》。

《前线》第12期发表吴南星的《三家村札记:论戏剧改革》。

27日,《文汇报》发表冯建男的《塑造新人形象和反映阶级斗争》。

30日，《人民日报》发表秦犁的《文艺工作者要在工农群众中扎根》；曹禺的《革命的脊梁骨》。

《辽宁日报》发表张立云的《深刻的思想性　强烈的现实感——略谈〈霓虹灯下的哨兵〉的思想成就》。

《解放日报》发表本刊评论员的《轻骑兵呀，前进！》。

本月，《中山大学学报（社会科学）》第1、2期发表吴宏聪的《资产阶级诗歌的堕落——评徐志摩的诗》；金钦俊的《〈雷雨〉的人物和思想》；陆一帆的《艺术的真与假》；郭正元的《论典型的阶级性与个性的辩证统一——并与一些同志商榷》。

7月

1日，《山花》7月号发表微山的《咬定青山不放松》；钟神的《做无产阶级革命的歌手》；汪炯华的《片谈文学作品的民族化》；任鸿文的《谈〈深入生活的一个问题〉》；管声的《"身份"辨》；高建仪的《简评〈乡中水〉》；丹峰的《〈蔡二嫂〉读后》。

《火花》7月号发表丁耀良等的《漫评〈太行风云〉》。

《长春》7月号发表李又罘的《愿献拙笔壮宏图》；杨国祥的《劳动的歌，战斗的歌》；郑其木的《讴歌新的时代新的人物——读〈长春〉几篇特写随感》；明卉的《扎得更深，站得更高》；包世兴、张忠祥、张永善、于德成的《十年颂——为庆祝第一汽车制造厂建厂十周年而作》。

《延河》7月号发表马家骏的《革命诗人的战斗足迹》。

《雨花》第7期专栏"关于如何创造社会主义新人形象的讨论"发表陆文夫的《致编辑部的一封信》，李关元的《从张桂容到李双双》；同期，发表司马文帆的《〈梅英〉美丑辨》；石林的《浅谈民间歌曲》。

《草原》7月号发表马白的《试论张长弓的短篇小说创作》；奎曾的《不尽清泉汩汩流》；寒威的《充分发挥报告文学的战斗作用》；玉堂的《有关题材的一个

想法》。

《新港》7月号发表弋人的《时代的鼓手》;吉边章的《学习·改造·斗争》;孙用编录的《鲁迅著译校读琐记》(续);[苏]高尔基的《必须怎样为〈我们的成就〉杂志写文章》。

《长江文艺》第7期发表孟起的《站在阶级斗争的前列》;凌梧的《诞生在火热斗争中》;王林的《清新的构思》;专栏"文学青年之页"发表江平的《读〈粮仓风雨〉随感》。

《四川文学》7月号发表晓梵的《赞美我们的新时代——读近几年我省部分散文、特写札记》。

《甘肃文学》7月号发表谢昌余的《写今日英雄 唱时代战歌——漫谈塑造英雄形象的几个问题》;吴天任的《深刻反映人民内部矛盾》;清波的《农村新人在成长——评〈黑牡丹〉》。

《安徽文学》第7期发表刘天明的《此风可长》;平明的《严肃的责任》;张涤华的《读〈旌旗鼓角及其他〉——答刘先平同志》。

《湖南文学》7月号发表铁可的《如何对待精华》;李恕基的《动人心魄的农村阶级斗争图景——〈竹楼夜话〉读后》;专栏"新作小评"发表叶明的《〈竹鹅坡记事〉》,湘波的《〈外村人〉》。

《解放军文艺》7月号发表本刊记者的《他们是怎样深入生活的——向前线话剧团创作组所作的一次调查访问》;《话剧〈雷锋〉座谈纪要》。

4日,《人民日报》发表阎纲的《集体化农民的革命家谱——赞人民公社史〈烽火春秋〉》。

《光明日报》发表叶林的《创作更多更好的儿童剧》。

《羊城晚报》发表闻毅冰的《反对民间文学研究中的资产阶级观点——评谭达先的〈民间文学散论〉》。

《北京文艺》7月号发表王昆仑的《贾府的奴才们——〈红楼梦〉人物论选编》;白坚的《须眉历历见精神——漫评曹雪芹的故事》。

5日,《解放日报》发表胡从径的《高亢激越的拓荒者之歌——推荐〈冰凌花〉》。

《上海文学》7月号发表刘白羽的《创作我们时代的新散文》;方胜的《为工业战线上的新人塑造》;吴立昌、邢庆祥、邓牛顿的《一个深刻的资本家形象》;孙光萱、吴欢章的《评袁水拍的国际时事讽刺诗》。

《北方文学》7月号发表王书怀的《诗歌民族化群众化的一点感想》。

《边疆文艺》7月号发表李乔的《对塑造英雄人物的体会》。

《新疆文学》7月号发表胡剑、丁子人的《在斗争生活上落笔》；邢煦寰、顾仁铸的《回头路走不得》；雷露春的《脱离生活的虚构》。

6日，《武汉晚报》发表红沙柳的《诗情洋溢的〈风云初记〉(1961—1962长篇小说推荐)》。

《新湖南报》发表湘波的《发扬革命文学的战斗传统——介绍周立波同志的文学论文集〈亭子间里〉》。

7日，《人民日报》发表马铁丁的《激动人心的草原之歌——〈复仇的火焰〉读后记》。

8日，《文汇报》发表金坚的《如何看待文艺批评家的偏爱问题》；孙光萱的《评刘金同志对〈归家〉的评论》。

《人民日报》发表王叔之的《闪发着人民智慧和愿望的火花——读木下顺二〈民间故事剧〉》。

10日，《江西日报》发表邓必铨的《都因为有了共产党——谈〈燎原〉中关于党的领导和党员形象的描写》。

《东海》7月号发表蒋风、蒋成瑀的《漫谈报告文学的特征与写作》。

《诗刊》由双月刊改为月刊，每月10日出刊，7月号发表臧克家的《为无产阶级革命事业而战斗的伟大歌手——纪念马雅可夫斯基诞生七十周年》；郭沫若的《关于诗歌的民族化群众化问题——给诗刊的一封信》；徐迟的《三八线上的马雅可夫斯基纪念会》；专栏"新作短评"发表宋垒的《一首好诗》，严迪昌的《读〈访古抒怀〉》，丁力的《要用大秤称》，思蜀的《〈书记房中〉所见》，西中扬的《痕浅意深》。

《前线》第13期发表吴南星的《三家村札记：身后事该怎么办？》。

《鸭绿江》7月号发表丁帆的《新的时代，新的人物》；陈传才、滕云的《漫谈创作的民族化群众化》；霍满生的《〈铁牛传〉写作前后》。

《广西文艺》7月号发表肇涛、骆藜的《谈谈文艺的普及和提高》。

11日，《光明日报》发表张弛的《漫话文艺批评》。

《武汉晚报》发表罗植楠的《大革命的史诗——〈六十年的变迁〉(第二部)读

后(1961—1962长篇小说推荐)》。

12日,《人民日报》7、8月合刊发表侯金镜的《读新人新作八篇》。

《江西日报》发表彭永辉的《伟大的党 光辉的斗争 关于电影〈燎原〉的创作经过》。

13日,《光明日报》发表林涵表的《谈〈甲午风云〉的题材提炼和典型塑造》。

《武汉晚报》发表介文的《向地球开战——介绍〈雁飞塞北〉(1961—1962长篇小说推荐)》。

《南方日报》发表何剑萍的《谈粤剧〈杜鹃山〉的两个人物邬豆与贺湘》。

14日,《人民日报》发表秦犁的《在竞赛和斗争中发展社会主义的新文艺》。

16日,《文汇报》发表菡子的《小试轻装上阵》。

18日,《武汉日报》发表黄曼君的《富有特色的历史小说——〈大波〉第三部(1961—1962长篇小说推荐)》。

20日,《北京日报》发表陈鹰的《在斗争中壮大——访〈怒潮〉作者吴自立将军》。

21日,《文汇报》发表芦芒的《革命山歌唱不完》。

《人民日报》发表《文艺创作要反映生活中的矛盾和斗争》。

22日,《文汇报》发表安旗的《在民族化群众化道路上探索——评郭小川诗歌近作》。

25日,《星火》第4期发表张谨之的《一曲党的颂歌——电影〈燎原〉观后感》;郭蔚球的《阶级斗争的史诗——试谈〈燎原〉的思想意义和几个正面人物的塑造》;司徒晋真的《深入生活和艺术的概括、提炼》;彭兆春的《喜读〈"雁来红号"初征记〉》。

《前线》第14期发表吴南星的《三家村札记:到处有哲学》。

26日,《武汉晚报》发表董先武的《故事曲折生动 斗争波澜壮阔——读长篇小说〈晋阳秋〉(长篇小说推荐)》;江城的《情文并茂感人深——推荐报告文学〈党的女儿赵梦桃〉》。

27日,《辽宁日报》发表子牛的《跨上了千里战马的人们——谈话剧〈红色宣传员〉》;郭加平的《激动人心的〈红色宣传员〉》。

29日,《文汇报》发表曾文渊的《〈归家〉主要人物形象评析——兼谈人物精神面貌的丰富性复杂性问题》;曾文渊等的《〈归家〉主要人物形象评析——兼谈人物精神面貌的丰富性复杂性问题》。

31日,《人民日报》发表陈亚丁的《一次新的群众性写作活动》。

本月,《甘南师范大学学报(人文科学)》第1期发表郭晋稀的《谈〈长生殿〉中杨玉环形象的塑造》;李国生的《关于〈西游记〉中难的性质分析》。

本月,百花文艺出版社出版冯健男的《作家的艺术》。

8月

1日,《山花》8月号发表葛鹏的《谈谈和工农兵的结合》;建安的《世界观——创作的"灵魂"》;柏森的《文艺大众化琐谈》;吕笑、孙惠良的《也谈深入生活》;魏年雪的《仅仅是"欣赏趣味"不同么?》;刘榴的《给〈招亲记〉以恰当的估价》。

《火花》8月号发表朱宝真的《生活、题材、时代精神》;蔡肇发的《反映时代 面向农村——努力创作现代剧目》;肖河的《寄青年朋友——从改良思想感情入手》。

《长春》8月号发表辛宏铭的《积极地投入现实斗争生活》;张棣昌的《发扬革命的战斗的音乐传统,更好地为现实斗争服务》;邹福顺的《文艺工作者,积极参加编写"三史"工作》;冯其庸的《情与景会,情在景中——读〈岳阳楼记〉》。

《延河》8月号发表柳青的《提出几个问题来讨论》;严家炎的《关于梁生宝形象》。

《雨花》第8期专栏"关于如何创造社会主义新人形象的讨论"发表佛雏的《试从道德角度为〈出山〉一辩》,曾华鹏的《探索和揭示新英雄人物的精神世界》,吴天石的《读毛英奇同志的〈忆江南〉》,陈辽的《谈谈丁汗稼同志的政治抒情诗》。

《奔流》8月号发表苏金伞、青勃、周西海的《永远做革命的文艺战士》;徐士年的《读〈旗手〉》;大海的《"金钥匙"及其它》。

《草原》8月号发表孟和博彦的《深入生活有感》;石万英的《戏剧要更好地为

农民服务》;郭超、丁尔纲的《草原生活的画廊》;张裔的《漫谈报告文学的真实性》;张文桂的《细节失真不是细节问题》。

《新港》8月号发表文彦理的《略论〈红楼梦〉的思想和艺术——纪念曹雪芹逝世200周年》;黄秋耘的《〈红楼梦〉琐谈》;[苏]高尔基的《作伟大真理的传播者——在政治部报纸编辑会议上的讲话》。

《长江文艺》第8期发表张芃的《也是一记警钟》;蒲陆的《动人的〈山歌哪里来〉》;靳莱的《含义深刻的主题》;楚奇的《在生活中战斗》;专栏"文学青年之页"发表梁原的《〈舰长〉人物小议》。

《四川文学》8月号发表小木的《多摆点龙门阵——读短篇小说札记》。

《甘肃文艺》8月号发表邓品珊的《学习王天存同志的革命精神》;本刊评论员的《努力创作反映现实斗争的剧本》。

《宁夏文艺》第4期发表王倜的《赵树理作品语言的朴素美》;骏元的《在矛盾中表现新人》;王世兴的《文学样式不应分等级》。

《安徽文学》第8期发表金芝的《小议戏曲作者的生活问题》;均宁的《学习传统编剧方法》;胡朝朔的《浅谈〈三个短篇〉》;天晴的《从〈称〉说起》;冬生的《熟悉的和应当熟悉的》;祁小林的《曲艺这个武器》;沈明德的《新作〈海魂〉读后》;谢伦泰的《梆声记记扣心弦》;王若麟的《读〈眼睛〉》。

《河北文学》8月号发表楚白纯的《评〈风云初记〉》;张圣康的《简评〈破晓风云〉》。

《湖南文学》8月号发表本刊编辑部调查小组的《农民对文学作品的意见和要求》;高歌今、杨因的《伟大的战士,光辉的颂歌——评贺敬之的〈雷锋之歌〉》;江明的《"搭头"和"闲话"》;阿如的《也来个"两结合"》。

《解放军文艺》8月号发表肖泉的《农奴解放斗争的凯歌——谈话剧〈雪山朝阳〉》;张立云的《谈几篇反映部队现实生活的短篇小说》;税海涛的《写四好连队的良好开篇》;杨苏的《在新的航线上飞翔》。

4日,《北京文艺》8月号发表舒真的《革命的怒潮澎湃不息——影片〈怒潮〉观后》。

《民间文学》第4期发表叶辛的《斗志昂扬唱新歌——记黔东南苗族自治州民间艺人座谈会》;蔚钢的《生活,激情与抒情诗——读〈我的么表妹〉和〈妈妈的女儿〉》;王一奇的《长白山上的奇花异果——读〈长白山人参故事〉》。

5日,《文汇报》发表叶元的《评〈甲午风云〉和〈甲午海战〉的题材处理》。

《上海文学》8月号发表罗荪的《社会主义文艺下农村》;王一纲、张履岳的《周朴园的"深情缱绻"——评钱谷融的〈〈雷雨〉人物谈〉》;管窥、一鸣的《我们对〈出山〉的理解》。

《北方文学》8月号发表本刊记者的《大跃进时代的颂歌(〈雁飞塞北〉座谈纪要)》。

《边疆文艺》8月号专栏"关于小说《归家》的讨论"发表卢烽的《评小说〈归家〉》,鲁凝的《读〈归家〉零感》,佘仁澍的《新的课题,新的探索——〈归家〉读后》,庞瑞垠的《〈归家〉漫评》。

《新疆文学》8月号以"读者谈《老猎人的见证》"为总题,发表胡杨的《历史的回顾,现实的赞歌》;田昂的《跃进的时代,跃进的人》;周晋安的《有力的见证》;金炳喆的《让我们笑得更好》;编者的《怎样看待〈秋雨〉的不同评价》。

8日,《羊城晚报》发表《〈苦斗〉反映时代的成就与不足(文摘)》;本报记者的《文艺创作如何表现时代精神?——从〈苦斗〉引起的一些意见》。

10日,《东海》第8期发表徐东山的《诗人的自我鉴定——喜读陈山〈田头自嘲〉》。

《诗刊》8月号发表《亚非作家会议执行委员会关于诗歌问题的决议》;张爱萍的《读战士诗有感》;冯牧的《读韩北屏的几首诗》;阎纲的《雷锋——唱不尽的歌——读〈雷锋之歌〉和〈你,浪花里的第一滴水〉》;专栏"新作短评"发表宛青的《看〈雨花台〉形象》,思蜀的《〈昆仑风雪〉,战士深情》,刘岚山的《明亮的矿灯》。

《前线》第15期发表吴南星的《三家村札记:谈学术研究》。

《鸭绿江》8月号发表曹汀的《喜见彩笔绘新歌——〈铁牛传〉第一部读后》;吴倩、孙环的《读几篇农业题材的小说》;牧惠的《引人入胜之道》。

《广西文艺》8月号发表蓝少成的《"意境"初探》。

11日,《文艺报》第7、8期合刊专栏"新收获"发表王云缦的《〈怒潮〉》,张开达的《〈雪山朝阳〉》,李啸仓的《〈满园春色〉》,沙均的《〈特别的姑娘〉》,应胡的《〈鼓吹续集〉》;同期,发表冯牧的《谈高缨反映农村生活的近作》;黄秋耘的《漫谈反映农村斗争生活的几篇作品》;林亚光的《读〈雁飞塞北〉》;林遐的《谈杨石的散文》;石泉的《重视村史、家史、社史、厂史的编写工作》;谢云的《一部具有特色的公社史——从〈烽火春秋〉看贫农、下中农》;徐逸的《农村新人列传——介绍〈河北文学〉公社史专号》;陈亚丁的《革命战士的艺术》;苏琴的《舞台上的雷锋形象》;许孝伯、陈奉德的《〈归家〉的矛盾冲突及人物形象》;陈言的《真实的和造作的——谈谈〈高空婚礼〉》;艾克恩的《敌我矛盾不能调和——评〈白鹤〉》;周谷城的《评王子野的艺术评论》。

《吉林日报》发表文纪的《歌剧〈白毛女〉问世前后》;金恩晖的《在阶级斗争的漩涡里——谈〈汾水长流〉的思想意义》。

13日,《解放日报》发表嘉禾的《口头文学开新花——推荐〈故事会〉》。

14日,《文学评论》第4期发表樊骏、吴子敏的《〈归家〉的思想倾向和艺术倾向》;俞平伯的《〈红楼梦〉中关于"十二钗"的描写》;郭绍虞的《关于〈文赋〉的评价》;臧克家的《蒲风的诗——〈蒲风诗选〉序言》;陈荣的《沃罗夫斯基的文艺观点——纪念他的逝世四十周年》;韦呐的《略述关于典型人物的几个问题》;专栏"学术通信"发表刘之新、李健吾的《巴尔扎克在他的〈农民〉里,是像他所说的那样公正吗?》;专栏"读者·作者·编者"发表戈宝权的《关于鲁迅最早的两篇译文——〈哀尘〉、〈造人术〉》。

15日,《光明日报》发表康文的《作时代的革命的号手——浅谈诗歌创作的时代精神》。

19日,《文汇报》发表高云的《〈香飘四季〉漫评》。

20日,《羊城晚报》发表张慧芳的《不能忘却的血泪——介绍〈血和泪的回忆〉》。

《剧本》8月号发表范钧宏的《结构——京剧反映现代生活习作散笔》。

22日,《羊城晚报》发表秋耘的《故乡有此好湖山(关于〈山水阳光〉的短笺)》。

《光明日报》发表刘棘的《努力表现我们伟大时代的风貌——〈震撼世界的十天〉的启示》。

24日,《北京日报》发表马联玉、果青的《试谈〈归家〉的阶级斗争描写——二评〈归家〉》。

25日,《前线》第16期发表吴南星的《三家村札记:学游泳不要怕水》。

26日,《文汇报》发表《关于〈创业史〉主人公梁生宝的讨论》。

29日,《北京日报》发表穆迁、闻华的《谁改造谁?——三评〈归家〉》。

本月,河南人民出版社出版李准的《情节、性格和语言》。

东风文艺出版社出版傅庚生的《文学鉴赏论丛》。

9月

1日,《山花》9月号发表柳桕的《向农民介绍〈山乡巨变〉》;耿恒的《〈招亲记〉的正面人物形象》;熊承恩的《刘妻的描写是不真实的》;吴牧的《一出庸俗的闹剧》;李德明的《我对意境和含蓄的看法》。

《火花》9月号发表姚光义等的《赵树理笔下的农民形象》;克文的《群众化和低标准——与〈火花〉编辑部商榷》;林芜斯的《寄青年朋友——表现矛盾和斗争》。

《长春》9月号发表彭嘉锡的《创作,需要革命的激情》。

《延河》9月号发表杜鹏程的《动笔之前——在一次报告文学座谈会上的发言》;肖云儒的《来自第一线的战斗报告》。

《雨花》第9期专栏"关于如何创造社会主义新人形象的讨论"发表杨履的《塑造正面人物形象浅谈》,程元三的《邪与正》。

《奔流》9月号发表丁捷的《评周西海的小说》;陈丽的《喜读〈好歌唱给毛主席〉》;蓝翎的《界限问题简论》;《〈花打朝〉座谈纪要》。

《草原》9月号发表奎曾的《关于文艺批评为农牧民服务的几点想法》;潘习敏、周宗达的《新时代的塞上曲》;齐国钧的《对小说〈红领巾〉的意见》。

《新港》9月号发表吉九章的《把工厂史写作运动提高一步》;王力的《〈祝酒歌〉的形式美》;高尔基的《〈无产阶级作家文集〉序言》。

《长江文艺》第9期发表杨平的《新人新作拭目看》;孟起的《创造新的民族形式》;晓文的《关键的问题》;易原符的《战斗本领和"专业水平"》。

《四川文学》9月号发表田园的《更好地反映阶级斗争,表现时代精神》。

《甘肃文艺》9月号发表编者的《编后致新人》;金君的《可喜的尝试》。

《安徽文学》第9期发表胡德培的《成家和立业——〈父子篇〉的启示》;王昆仑的《大观园的遁世者——妙玉·紫鹃·惜春·芳官》;陈传才的《谈〈三个短篇〉的思想情调》》。

《河北文学》9月号发表李何林的《〈故事新编〉是新的历史小说》;冯健男的《谈农村新人形象的塑造》。

《湖南文学》9月号发表李子园的《把战斗的号角吹得更响——谈谈几篇反映阶级斗争的短篇小说》；湘波的《大力讴歌新时代的英雄人物——谈几首歌唱雷锋的诗》；周德民执笔的《我们爱〈山村激浪〉》；陈兰的《诗歌下乡杂议》。

《解放军文艺》9月号发表肖华的《加强部队文化艺术工作》；傅钟的《部队文化工作的基本经验》。

3日，《光明日报》发表《从〈归家〉谈有关文学批评的问题》。

4日，《文汇报》发表卜林扉的《不能背离生活真实——小说〈归家〉创作中的一个问题》。

《北京文艺》9月号发表熊伯涛的《我们要让无产阶级的革命歌声响彻云霄》；曾方、宋其的《小说〈归家〉宣扬了什么》；蔡清富、刘庆福的《谈谈李菊英》；林松的《"一字不易"解》。

5日，《上海文学》9月号发表陆灏的《报告文学随谈》；冯健男的《再谈梁生宝》；陆行良的《人物创造应当表现我们伟大的时代》。

《北方文学》9月号发表《当代英雄的礼赞——论〈雁飞塞北〉的成就和不足》。

《边疆文艺》9月号专栏"关于小说《归家》的讨论"发表范启新的《〈归家〉浅识》，罗宗强的《新探索，还是老问题？》，孟流的《谈〈归家〉的爱情故事和阶级斗争的关系》。

《新疆文学》9月号发表文辉的《记者与报告文学》；李旦初的《"旗帜"与"炸弹"》；李元洛的《读李幼容的几首诗》。

8日，《广西日报》发表郑继馨的《清新　活泼　引人爱——简评歌剧〈新媳妇〉》。

10日，《东海》第9期发表省文化局戏剧处的《〈杨立贝〉的创作加工过程》；史莽的《崇高的革命友谊——纪念鲁迅先生和瞿秋白同志》。

《诗刊》9月号发表黄秋耘的《"九洲生气恃风雷"——读〈亚非诗选〉第一分册》；谢冕的《燕山山下一葵花——致刘章同志》；闻山的《小叙事诗〈狠张营歌〉〈贺大娘〉读后感》；苏民的《朗诵杂记》；高兰的《关于诗朗诵的一点感想》。

《前线》第17期发表吴南星的《三家村札记：上山、下乡、下水》；谭霈生的《从动人的艺术形象中获取思想启示——看电影〈碧海丹心〉》。

《鸭绿江》9月号发表明卉的《读〈春风化雨〉》。

《广西文艺》9月号发表刘硕良的《加强文艺评论的战斗性》。

12日,《羊城晚报》发表谭达先的《关于民间文学评论的感想——也从〈民间文学散论〉谈起》。

14日,《光明日报》发表易征的《椰风海雨寄深情——读西托尔·西杜莫朗〈诗集〉》。

15日,《作品》第9期发表洁泯的《漫谈〈香飘四季〉》。

17日,《光明日报》发表姜文军的《不真实的描写——谈〈归家〉中知识分子与劳动人民的形象》。

20日,《剧本》9月号发表黎彦的《学习〈关汉卿〉剧作的几点体会》;陈恭敏的《读胡可〈习剧笔记〉的笔记》;廖震龙的《采故实于前代,观通变于当今——历史剧创作片谈》。

21日,《文艺报》第9期专栏"新收获"发表林志浩的《船夫曲》,袁玉伯的《对手之间》;同期,发表谢宣的《改戏能不能改变作品的主题思想?》;臧克家的《争自由的风暴——看〈支持美国黑人斗争〉影片有感》;陈辽的《报告文学中的时代风貌》。

22日,《人民日报》发表王叙之的《评〈雷锋之歌〉》。

24日,《新湖南报》发表唐维安的《喜悦和希望——谢璞短篇小说集〈二月兰〉读后》。

25日,《工人日报》发表冉淮舟的《〈荷花淀〉的艺术》。

《星火》第5期发表马铃、巫承镇、苏辑黎的《诗歌笔谈》;江岸草的《读〈"火焰山"〉》;黄华的《一抓就灵》;渔火的《浅谈诗的思想力量》;群声的《从山歌学起》。

《前线》第18期发表吴南星的《三家村札记:谈兴趣》。

《工人日报》发表周铜的《不屈的脊背——读〈伏契克文集〉随记》。

29日,《武汉晚报》发表黄曼君的《不可遏制的激流——读长篇小说〈汾水长流〉》。

30日,《文汇报》发表梁斌的《〈红旗谱〉续篇〈播火记〉后记》;王虹的《正气之歌——〈进村〉(李准作,〈人民文学〉1963年9月号)》。

本月,《中山大学学报(社会科学)》第3期以"批判继承文学遗产问题笔谈"为总题,发表王起的《关于批判继承古典文学遗产的一些问题》;戴镏龄的《必须更好地批判十九世纪欧洲批判现实主义作品》;楼栖的《怎样批判,怎样继承》;黄海章的《关于文学遗产批判与继承的问题》;陈则光的《非批判不足以继承》;吴文辉的《继承古典文学遗产必须采取严格的批判态度》。

10 月

1日,《山花》10月号发表沪生的《生活与创造》;高荣盛的《文艺大众的根本尺度》;张耀辉的《艺术欣赏的入与出》;刘德一的《忆苦思甜,温故知新》;卜西的《读〈苗族民间故事选〉》;阿敏的《〈新来的老师〉欣赏》;深思整理的《关于深入生活问题(来稿综述)》;专栏"剧本《招亲记》讨论"发表林介夫的《不容拿劳动人民的尊严做交易》,周泰的《开卷思余》。

《火花》10月号发表丁耀良等的《新人新事新农村——试谈李逸民的小说创作》;鲁克义的《群众化与高标准》;杨满仓、张瑞亭的《驳〈群众化和低标准〉》;唐明纪的《口语化中出佳篇》。

《长春》10月号发表胡悌麟的《深入生活札记》;察犁的《一篇感人的好家史》;王尔麟的《小说的"说"》。

《延河》10月号发表蔡葵、卜林扉的《这样的批评符合实际吗?》;孙广萱、吴欢章的《谈战斗激情和魏钢焰的诗》。

《雨花》第10期专栏"关于如何创造社会主义新人形象的讨论"发表丁家桐的《道德理想杂议》,王松盛的《从〈沙滩上〉的陈大年说起》。

《奔流》10月号发表吴明耀的《心心相连的阶级感情》;葛勤、萧涧的《新颖的构思》。

《草原》10月号发表李赐的《喜读新人诗三首》;郭超的《诗——鼓点、号角、旗帜》;一儒的《一代新人形象》。

《新港》10月号发表梁斌的《〈播火记〉后记》;李何林的《略论〈野草〉的思想和艺术》。

《长江文艺》第10期发表范伯群的《论虚构》;李力的《评勤耕的〈战友〉及其它》;聂成的《读〈山高云深处〉》。

《四川文学》10月号发表朱洪国的《试谈克非同志的短篇小说》。

《甘肃文艺》10月号发表晓波的《民族化群众化浅论》；余开伟、丁子人的《〈远足青年〉的成就与不足》；刘广志的《激烈壮怀化长虹——漫评话剧〈岳飞〉》；常书鸿的《在火热的斗争中前进》。

《宁夏文艺》第5期发表冯鹏飞的《更多更好地上演现代剧目》。

《安徽文学》第10期发表周和的《报告文学札记》；胡叔和的《从劳动中发出的笑声》；何庆善的《桃肥味美》；陈百川的《我爱宝祥这个人物》。

《河北文学》10月号发表李满天的《〈力原〉后记》；秋耘的《云蒸霞蔚赏新篇——谈〈一天云锦〉》。

《湖南文学》10月号发表康濯的《为工人创作而歌——〈工人短篇小说选〉序》；刘高林的《谈花鼓戏〈杨立贝〉》；马焯荣的《战斗的鼓声——略谈放平的诗歌》。

《解放军文艺》10月号发表《无名英雄的颂歌——通信兵驻京部队官兵座谈〈高高的天线杆〉等文艺作品》；冯健男的《报告文学的战斗性、真实性和艺术性》；甘耀稷的《新的高度——读〈接旗〉》；蒋隆邦的《拭眼看新人——读〈对手之间〉》。

4日，《安徽日报》发表林江仙的《反侵略反投降的颂歌——简评〈甲午风云〉》。

《福建日报》发表乐生的《起来，不愿做奴隶的人们！——看话剧〈黑奴恨〉有感》；东如流的《黑人的正义斗争一定要胜利——看话剧〈黑奴恨〉有感》。

《北京文艺》10月号发表张季纯的《揭开小说〈归家〉的迷雾》。

《民间文学》第5期发表于雷的《阿凡提究竟是个什么样的人物——〈纳斯尔丁阿凡提的故事〉读后》；石泉的《英雄形象和浪漫主义手法——〈蒙古族民间故事集〉读后》。

5日，《上海文学》10月号发表以群的《鲁迅对敌人斗争的武器和战术》；姚文元的《文艺作品反映社会主义革命时期阶级斗争的一些问题》；吴杰中、高云的《关于新人形象的典型化——与严家炎同志商榷》；孙光萱、吴欢章的《读支持美国黑人斗争的诗歌——兼谈国际政治诗创作的一些问题》。

《北方文学》10月号发表强之的《加强文艺的革命性和战斗性》；润荃的《谈栾之千的几篇散文》；王敬之的《王景维的小说读后》；林世前的《读李秋祥的三个短篇》；张镇的《谈吕中山的几篇小说》。

《边疆文艺》10月号专栏"关于小说《归家》的讨论"发表秋李的《谈〈归家〉的两个主要人物》,林银生、赵明政的《〈归家〉的知识分子形象》,梁卉的《对秦虹谈〈归家〉的一点意见》,吴国柱的《再谈〈归家〉上部》。

《新疆文学》10月号发表张春发的《农垦战士的新赞歌》;王堡的《震撼人心的〈忠告〉》;曹建勋的《诗艺杂感》;田大琪、乐为的《读〈争夺〉》。

7日,《人民日报》发表李希凡的《悲剧与挽歌——纪念曹雪芹逝世二百周年》。

10日,《东海》第10期发表蔡良骥的《论"情理"——游湖诗话二》。

《诗刊》10月号发表臧克家的《寓言诗杂谈——读刘征寓言诗纪感》;吴嘉的《读〈铁牛传〉第一部》;尹一之的《读张继楼的一组儿歌》。

《前线》第19期发表吴南星的《三家村札记:除草和革命》。

《鸭绿江》10月号发表解明的《读〈架子工〉》;思基的《值得重视的探索——读剧本〈雷锋〉有感》;谢挺飞的《高唱革命的凯歌——读晓凡的诗》。

《广西文艺》10月号发表上官桂枝的《加强文艺评论的几个问题》。

11日,《文汇报》发表杨履芳的《创作杂感》;铿的《文艺界广泛评介长诗〈雷锋之歌〉》。

《文艺报》第10期发表方矛的《老战士谈〈年青的一代〉》;姚文元的《社会主义革命时代的青春之歌——评〈年青的一代〉》;黄沫的《把革命的火把传下去——谈〈路考〉和〈家庭问题〉》;朱光潜的《表现主义和反映论两种艺术观的基本分歧——评周谷城先生的"使情成体"说》;袁可嘉的《腐朽的"文明",糜烂的"诗歌"——略谈美国"垮掉派"、"放射派"诗歌》。

12日,《光明日报》发表胡从经的《殷夫的一首佚诗——〈呵,我们踯躅于黑暗的丛林里!〉》。

《中国青年报》发表蒋和森的《和青年同志谈〈红楼梦〉——纪念曹雪芹逝世200周年》。

《北京日报》发表洁泯的《大跃进的乐章——漫谈〈香飘四季〉》。

13日,《人民日报》发表何秋征、石言、潘井的《南京部队组织戏剧创作的几点体会》。

14日,《文学评论》第5期发表周宇的《关于正面人物的塑造和评价问题》;[越]邓台梅的《越南人民的爱国大诗人阮廷照》;朱虹的《论萨克雷的创作——纪念萨克雷逝世一百周年》；卜林扉的《鲁迅小说的人物创造——学习鲁迅短篇小说札记》；张思和的《对狂人形象一点认识》；专栏"书评"发表柳鸣九的《〈哲学艺术〉》；专栏"读者·作者·编者"发表楼昔勇的《引文不能削足适履——关于高尔基的两段引文与钱谷融先生商榷》。

15日，《大公报》发表顾传菁的《中日两国人民友情的颂歌——读巴金散文集〈倾吐不尽的感情〉》。

《人民日报》发表《日本广大读者欢迎我国小说〈红岩〉》。

《作品》第10期发表杜埃的《带刺的生活小故事——读农民作者杨干华的小说》；易征、张绰、关振东的《时代精神和艺术风格——〈山水阳光〉漫评》。

16日，《安徽日报》发表余百川的《梁生宝的气派》。

17日，《光明日报》发表林涵表的《没有光明的黑暗王国——与张艾丁同志讨论〈团圆之后〉》。

18日，《黑龙江日报》发表黄益庸的《骏马剪影——读〈山丹集〉随感》。

19日，《文汇报》发表金为民、李云初的《从〈归家〉评价想到的几个问题》。

《北京日报》发表王永昌的《像宝石一样明亮——重读〈二心集〉有感并以此纪念鲁迅逝世二十七周年》。

20日，《光明日报》发表林锦鸿的《也谈〈团圆之后〉》。

《河南日报》发表王汉章的《从生活中进行提炼——〈情节、性格和语言〉读后》。

21日，《文汇报》发表陈刚的《一出反映知识分子生活的好戏——漫谈话剧〈三人行〉》。

22日，《光明日报》发表臧克家的《〈烙印〉新记》。

《黑龙江日报》发表王观泉的《可喜的收获——简评〈黑龙江短篇小说选〉》。

23日，《南方日报》发表双木的《〈两个队长〉》。

24日，《人民日报》发表余章瑞的《关于鲁迅的阶级论思想》。

《光明日报》发表李蒙英的《实事求是地评论〈团圆之后〉》。

25日，《前线》第20期发表吴南星的《三家村札记：谈海派》。

27日，《北京晚报》发表方欲晓的《李有才的"冷话"》。

29日，《武汉晚报》发表《新时代的颂歌——评李冰的新作〈波涛集〉》。

《光明日报》发表牧惠的《风云漫卷的斗争图画——漫谈〈山乡风云录〉》。

31日，《文汇报》发表吴中杰的《新人形象塑造与题材处理》；杨冀德的《提出几个关于塑造新英雄形象的问题》；吴中杰、高云的《烽火社里英雄多——读公社史〈烽火春秋〉》。

《人民日报》发表怀海的《五本新诗选》。

《光明日报》发表星人的《麦仁粥里的情谊——读李准新作〈麦仁粥〉》。

11 月

1日，《解放日报》发表王知伊的《懂得爱情——读〈旧上海的故事〉》。

《湖北日报》发表《如何评价王如海——关于短篇小说〈出山〉的讨论》。

《黑龙江日报》发表陶尔夫的《丰富多彩的农村图画——评王书怀的〈宝山谣〉》。

《山花》11月号发表流火的《寓深意于平凡》；李梦的《"搭车"的风波》；黄世瑜的《谈人物的心理描写》；松笔的《优秀遗产也要批判地接受》；专栏"剧本《招亲记》讨论"发表肖源锦的《从〈打样编筐〉到〈招亲记〉》，袁远的《〈招亲记〉表现了小市民的观点和趣味》，纽福羡、贾映斌、张国滨的《我们对〈招亲记〉及其争论的看法》。

《火花》11月号发表陈深的《群众化与群众观点》；方凡人的《群众化和思想改造》。

《长春》11月号发表云梦莲的《激情充沛的英雄颂——〈又下雪了……〉读后》；张哲的《风雨未了，牢记斗争——读〈咱们也要算〉和〈大娘的饭〉》；刘青的《梨花向阳开——读〈梨花几时开〉》。

《延河》11月号发表马健翎的《从群众观点出发认识"鬼戏"的演出》；李士文的《关于梁生宝的性格特征》。

《雨花》第11期专栏"关于如何创造社会主义新人形象的讨论"发表吴调公的《吹开桃李的春风（新人物讨论）》。

《奔流》11月号发表杨芙的《一个新的历史课题》。

《草原》11—12月号发表马拉沁夫的《谈谈编写"四史"》;周文龙的《重视"四史"编写工作》;奎曾的《革命文艺要表现阶级矛盾和阶级斗争》;萧平的《一部反映农业合作化的新书——〈玉泉喷绿〉》;耀先的《远城春风花正红——喜读〈远域新天〉〈碧野春风〉二书有感》;毕力格太的《多为农牧民写点评介文章》。

《新港》11月号发表林如稷、尹在勤的《深刻地反映阶级斗争——读沙汀同志的〈一样风波〉》;刘中枢的《〈海河欢笛〉动人心》;[苏]高尔基的《我们面前正展开一个极其巨大和卓越的工作》。

《长江文艺》第11期发表徐迟的《读了几束家史之后》;包维岳的《故事情节对叙事文学的意义》;高风的《时代精神的高度》;陈朝红的《"及时雨"的联想》;陶泽爽的《诗话二则》;专栏"文学青年之页"发表苏群的《读〈忘年交〉随感》。

《四川文学》11月号发表安旗的《抒情诗能反映阶级斗争吗?》;晓梵的《收获札记——工农兵短篇创作杂谈》。

《安徽文学》第11期发表庚田的《论"孝"》;宋垒的《〈青纱帐——甘蔗林〉及其诗体》。

《河北文学》11月号发表宋爽的《略谈创作的准备》;小东的《读〈花开第一枝〉》。

《湖南文学》11月号发表赵清学的《影片〈怒潮〉及其创作》;专栏"新作小评"发表蔡健的《〈我们村里的故事〉》,魏竞江的《〈柳〉》。

4日,《北京文艺》11月号发表林志浩的《为农村新貌和新人而讴歌——试评短篇小说集〈山区收购站〉》;张惠仁的《新绝句——读诗随感》;刘乃崇的《创造具有鲜明个性的英雄形象——试谈京剧〈于谦〉的得失》。

《解放军文艺》11月号发表丁里的《胜利,属于敢于斗争、敢于胜利的人》。

5日,《北方文学》11月号发表李安恒的《为新英雄人物塑象(谈评剧剧本〈烈火丹心〉)》;林子的《生活,在前进!(喜读支援同志的〈年轻人〉)》。

《边疆文艺》11月号发表和鸿春的《民间文学遗产必须批判地继承——小议纳西族长诗〈游悲〉中的情死》;专栏"关于小说《归家》的讨论"发表王松的《〈归家〉探索了些什么》,孙光萱的《鼓励、批评和探索》。

《新疆文学》11月号发表王玉胡的《喜读〈第一列火车的鸣叫声〉》;懋葵、涛子的《一曲激情的赞歌》;余开伟的《漫谈戏曲反映现代生活》。

7日,《文汇报》发表《关于鸳鸯蝴蝶派的资料》。

9日,《光明日报》发表舸勤的《愿更多的好作品下乡(读赵树理的〈下乡集〉)》。

10日,《人民日报》发表杨扬的《看西藏农奴怎样站起来——谈青年作者刘克的短篇小说集〈央金〉》;宋爽的《走艰苦而光荣的道路——谈青年作者李惠文的七篇作品》。

《武汉日报》发表鄂人的《农村新人群象——介绍〈鄂北纪事〉》。

《东海》第11期发表张颂南的《先进人物素描——读〈战斗在越溪〉等》。

《诗刊》11月号发表宋爽的《为农民歌唱——略论王书怀的诗歌创作》;方成的《谈袁水拍诗的讽刺特点》。

《前线》第21期发表吴南星的《三家村札记:问题不在于环境》。

《鸭绿江》11月号发表肖贲的《读〈马厂长〉》;申卓言的《让文学轻骑兵发挥更大威力》。

《广西文艺》11月号发表肇涛的《正确地对待艺术技巧》。

12日,《人民文学》11月号发表冰心的《〈红楼梦〉写作技巧一斑》;周立波的《读"红"琐记》。

14日,《文汇报》发表《东莞农村读者座谈〈香飘四季〉》。

《北京晚报》发表杨团的《〈血和泪的回忆〉读后(孩子的书评)》。

15日,《文汇报》发表陈刚的《从〈年青的一代〉谈作家的胆与识》。

《作品》第11、12期发表村鸿的《轻骑赞》;李解之的《一个不出场的正面人物》。

16日,《光明日报》发表易征的《剑与花——读越南诗人制兰园的〈阳光与土壤〉》。

17日,《解放日报》发表唐耿良的《改造思想,反映现实——下乡创作杂感》。

《湖北日报》发表鄂人的《一点小礼物(介绍两本短篇小说集)》。

20日,《人民日报》发表江之水的《新生活的礼赞——读韩少华的散文》。

《剧本》10—11月号发表陈白尘、李健吾、陈其通、侣朋、胡丹沸、金剑、李超、严青的《独幕剧创作座谈会》;李希凡的《"推陈出新"首先是"出"思想之"新"——谈几个传统剧目的改编》。

24日,《湖北日报》发表黄清泉的《对封建制度的抗议与宣判——兼论青年怎样理解和阅读〈红楼梦〉》。

25日,《星火》第6期发表杨佩瑾的《做生活的主人》;彦膺的《必须建立与群众相一致的感情》;江泊的《从真情实感说起》;细流的《别用老眼光看新事物》;劭馨的《几部带问号的书名的启示》。

《前线》第 22 期发表吴南星的《三家村札记:谈写村史》。

26 日,《文艺报》第 11 期专栏"新收获"发表谢云的《〈风帆〉》、甘棠惠的《〈重返杨柳村〉》、宋磊的《〈铁牛传〉(第一部)》、秋耘的《〈明净的水〉》;同期,发表韦君宜的《介绍新人新作〈玉泉喷绿〉》;何文轩的《评〈归家〉的爱情描写》。

28 日,《青海日报》发表雪里红的《评〈昆仑山下〉》。

29 日,《新民晚报》发表郑雀的《风暴的语言——〈山雨〉》。

本月,作家出版社出版中国科学院文学研究所《十年来的新中国》编写组编写的《十年来的新中国》、孙犁的《文学短论》、茅盾的《读书杂记》。

四川人民出版社出版安旗的《新诗民族化群众化问题初探》。

12 月

1 日,《人民日报》发表缪俊杰的《赞美革命后代的歌——读小说〈军队的女儿〉》。

《山花》12 月号发表桠子的《谈评剧〈年青一代〉》;一羽的《谈"小演唱"的演》;丹砂的《〈雾〉的艺术构思》;戈止的《象与不象之争》。

《火花》12 月号发表孙曦的《谈文艺的群众化》;肖林的《文艺从群众中来,必须到群众中去》。

《长春》12 月号发表惠存的《多创作一些剧本》;金梅的《谈所谓"间接取材"说》;本刊记者的《公社社员读"三史"》;栗殿禾的《浅话儿童文学语言》;郑欣的《学习蜜蜂的精神——读〈玫瑰露〉想到的》;史景学的《〈三劝公公〉是篇好小说》。

《延河》12 月号发表毛锜的《饱经风霜的红松——简谈短篇小说〈巴山松〉》;李培坤的《读〈秦岭早春〉》;肖草的《饶有深意的"小风波"——读〈江豆小风波〉》。

《雨花》第 12 期发表钱瑟之、马莹伯的《略论鲁迅的讽刺诗》;凤章的《把最热情的歌颂献给时代的英雄(新人物讨论)》。

《奔流》12月号发表杜希唐的《张有德的儿童故事和诗歌》;苏鹰的《优美的赞歌　清新的图画》。

《新港》12月号发表蒋和森的《〈红楼梦〉人物赞》;钱模祥的《小谈〈因为五丑是队长〉》;刘民的《读〈劈山记〉》;[苏]高尔基的《谈话》。

《长江文艺》第12期发表何鸿的《激流壮诗情》;传华的《新生活　新主题　新人物》;石天的《张社长的故事好》;杜零的《向农村读者介绍两本新书》;本刊记者的《读者对本刊小说散文意见综述》。

《四川文学》12月号发表履冰的《更好地繁荣群众文艺创作——从两篇农民作者的小说谈起》;辅之、正序的《阶级教育的活教材——读〈没有名字的烧盐工人〉》。

《宁夏文学》第6期发表姚以壮的《重视农村"三史"的编写工作》。

《安徽文学》第12期发表治芳的《我读张万舒的诗》;完艺舟的《从一把椅子谈起》。

《河北文学》12月号发表牧惠的《〈红楼梦〉的人物语言》。

《湖南文学》12月号发表李恕基的《新花朵朵——评介〈农村文娱活动小丛书〉中的几出小戏》。

《解放军文艺》12月号发表本刊记者的《加强部队文艺工作的民族化、大众化——部队文工团民族音乐座谈会述评》。

3日,《人民日报》发表田间的《锣——新民歌三题,并建议诗歌作者参加写戏》。

《解放日报》发表张玺的《革命文学是革命青年的精神食粮》。

4日,《人民日报》发表杨垦夫的《读〈理财〉》。

《黑龙江日报》发表张松泉的《劳动和战斗的赞歌——评林予的短篇小说集〈我们的政委〉》。

《北京文艺》12月号发表曹菲亚的《喜看话剧〈汾水长流〉》;本刊记者的《农村题材短篇小说座谈会记要》。

《民间文学》第6期发表贾芝的《发扬民间文学战斗性和教育的作用——谈民间文学为农村社会主义教育服务问题》。

5日,《武汉晚报》发表易翰章的《〈归家〉——一部有争论的小说》。

《上海文学》11—12月号发表陈辽的《时代变了,人物变了,作家的笔墨也不能不变》;秦德林的《这样的谈艺术价值是恰当的吗?》;同期,发表《本刊改名、改版为〈收获〉双月刊启事》。

《北方文学》12月号发表家恒的《为了革命的需要》;贾新的《应该像赵大夫那样》;杜铁柱的《恩格斯文学批评的态度》;陶尔夫的《读〈王贵与李香香〉》。

《边疆文艺》12月号发表村心的《农村新人群象——漫谈普飞的短篇小说》;苗岭的《评〈归家〉中朱升的形象》。

7日,《新疆日报》发表蒋慕竹的《踏着革命前辈的足迹前进(推荐小说〈军队的女儿〉)》。

8日,《人民日报》发表秦犁的《报告文学的丰收》;萧凝的《略谈〈特别的姑娘〉的艺术特色》;吕江的《读〈党的好女儿赵梦桃〉》。

《黑龙江日报》发表刘延年的《黑龙江春天的报告——介绍〈第一场风雪〉》。

10日,《光明日报》发表黄伊的《园丁和幼苗(读〈军队的女儿〉)》。

《东海》第12期发表赵麟童的《京剧能演现代戏——导演〈霓虹灯下的哨兵〉有感》。

《诗刊》12月号发表宋垒的《叙事诗的人物和立意——评汪承栋的叙事诗创作》;周笃文的《漫谈声律的作用》。

《前线》第23期发表吴南星的《三家村札记:该怎样看"勤俭"》。

《鸭绿江》12月号发表贾文昭的《回答生活中的问题》;谢挺宇的《希望有多的人来写"五史"》;郁文的《战斗的童年》;凌璞三的《读〈买驴记〉》。

《广西文艺》12月号发表胡子鸽的《漫谈文艺的战斗性》;安宁的《改编剧本的几个问题》。

11日,《文艺报》第12期专栏"新收获"发表徐逸的《〈手〉》,胡德培的《〈理财〉》;同期,发表发表茅盾的《关于曹雪芹——纪念曹雪芹逝世二百周年》;张天翼的《略论曹雪芹的〈红楼梦〉》。

13日,《文汇报》发表阮国华、田本相的《塑造新人物是社会主义文学的光荣任务》。

14日,《文学评论》第6期以"纪念曹雪芹逝世二百周年"为总题,发表何其芳的《曹雪芹的贡献》,蒋和森的《〈红楼梦〉爱情描写的时代意义及其局限》,刘世德、邓绍基的《〈红楼梦〉的主题》;同期,发表朱寨的《时代革命精神的光辉——读

〈红岩〉》;吴兴华的《〈威尼斯商人〉——冲突与解决》;胡念贻的《读近年来出版的文学古籍和古典文学选本的"前言"、"后记"》;专栏"书评"发表茹维廉的《〈民间文学散论〉》;专栏"读者·作者·编者"发表马南屏、孔金林与郭绍虞的《〈关于《文献》的评价〉通信》。

16日,《文汇报》发表张炯的《英雄理想化的艺术体现》。

17日,《文汇报》发表王虹的《春风·秋色·英雄(读峻青的散文集〈秋色赋〉)》。

19日,《青海日报》发表雪里红的《〈春天的报告〉的文学色彩》。

《河南日报》发表吕舒浩的《读〈血泪春秋〉》。

20日,《剧本》12月号发表刘川的《火热的生活,激情的创作——学习朝鲜剧作家们生活和创作的一些感想》;张颖的《话剧〈三人行〉创作浅谈》。

《黑龙江日报》发表林青的《一朵秀美的雪莲——读谢树的散文集〈雪莲〉》。

23日,《文汇报》发表潘旭兰、曾华鹏的《评〈复仇的火焰〉》。

25日,《前线》第24期发表吴南星的《三家村札记:多送演唱材料去农村》。

31日,《南京大学学报(人文社科)》第3—4期合刊发表赵瑞霭的《郭沫若的诗集〈前茅〉和〈恢复〉与中国无产阶级革命文学》;王立兴的《梁启超的小说理论与"小说界革命"》。

本月,《中山大学学报(社会科学)》第4期发表黄海章的《续〈交心端论〉》。

本月,吉林人民出版社出版张紫晨的《民间文学知识讲话》。

1964年

1994年

1月

1日,《解放日报》发表秋禾的《国家利益第一——略谈话剧〈丰收之后〉》。

《山花》1月号发表何平的《试评黔剧〈奢香夫人〉》;柏森的《读反映当前阶级斗争的短篇小说有感》;林钟美的《一部推动生活前进的好书——向农民介绍〈创业史〉》;任贵儒的《"业"和"余"》;周劭馨的《用"这一个"的眼睛》;杨汇云的《介绍〈红色小歌手〉》。

《火花》1月号发表李国涛的《江山如画,英雄辈出——评〈火花〉1963年的短篇小说》;江汀的《塞上古城新花开——喜读〈大同市文学创作特辑〉》。

《长春》1月号"新人新作专号"以"新人新作漫评"为总题,发表姚棣的《读许汉的诗》;云梦莲的《乡土情——读郑达的散文》;包世兴的《铁锤敲出的诗歌——读王方武同志的诗作》;叶千红的《扎根在生活的土壤里——读刘伯英的小说》。

《作品》第1期发表村鸿的《〈萌芽〉复刊零感》。

《延河》1月号发表杨田农的《略谈现代戏剧〈红梅岭〉的矛盾冲突》;刘文的《淳朴的诗——简评〈农村新歌〉及其他》;陈深的《社会主义新人的颂歌——〈延河〉一九六三年〈新人集〉漫评》。

《雨花》第1期发表曾华鹏的《读〈雨花〉上几篇反映农村生活的小说》;王立信的《新人在斗争中(新人物讨论)》;杜子微的《拾贝人说诗》。

《奔流》1月号发表李准的《观察·理解·感受·表现》;王大海的《写劳动人民的昨天、今天和明天》;张春山的《读〈龙凤两队〉》;凡尼的《小评〈石家新史〉》。

《星火》1月号郭龙桂的《我对山歌的几点认识和体会》;罗萌瑞的《新山歌必须继承红色歌谣的革命传统》;朱世骚的《浅谈山歌语言》;刘承达、巫承镇等的《笔谈山歌》;帅焕文的《列宁对高尔基的一封信的启示》;新平的《布袜子与阶级感情》;崇坡的《议论的光彩》。

《草原》1月号发表巴图的《读〈茫茫的草原〉(上部)》;李亦冰的《〈仇海怒浪〉》;正彬的《〈山里海〉》;张凤铸的《进一步发挥文学"轻骑兵"的战斗作用——读〈草原〉1963年的几篇报告文学》。

《新港》1月号发表周宁的《小小说琐译》;熊融的《关于〈明天〉与〈一件小事〉

的写作年代》；[苏]高尔基的《编辑部的信》。

《鸭绿江》1月号发表申卓言的《反映农村波澜壮阔的斗争》；凌璞三的《〈我和爸爸〉的情节安排》。

《长江文艺》1月号发表翟文的《从"郎中"想起》；杨平的《试评碧野的〈情满青山〉》。

《甘肃文艺》1月号发表吴天任的《戏剧要更好地为劳动人民服务》。

《安徽文学》第1期发表尹银的《一首独辟蹊径的好诗（〈柳〉，陆逸作，载〈安徽文学〉一九六三年第十一期）》；古木的《一枝红杏出墙来（〈卖杏〉，沙丙德作，载〈人民文学〉一九六三年十一月号）》。

《河北文学》1月号发表张光年的《现代修正主义的艺术标本——评格·丘赫莱依的影片及其言论》。

《解放军文艺》1月号发表贺光鑫的《站得高，挖得深》；区歌的《他一定能茁壮地成长》；辛冰的《从〈岩鹰换翅〉谈细节描写》。

2日，《大公报》发表焦菊隐的《千万不要忘记阶级斗争——话剧〈千万不要忘记〉观后随笔》。

3日，《文汇报》发表耳东的《钢浇铁铸的英雄形象——观摩话剧〈激流勇进〉札记》。

《工人日报》发表林涵表的《警惕啊，青年朋友们！——看话剧〈千万不要忘记〉》。

4日，《文汇报》发表宓之的《灿灿星群更有光——再看修改上演的〈年青一代〉》。

《北京文艺》1月号发表之青的《浇花篇——新人新作选评之一》。

《人民日报》发表郭沫若的《"百万雄师过大江"——读毛主席新发表的诗词之一》。

《甘肃日报》发表刘启光的《培养后代成为红色接班人——徐老语重心长谈话剧〈年青的一代〉》。

《新疆日报》发表怒飞的《〈祝你健康〉是出好戏》；戴治琼的《做永不褪色的革命战士——看话剧〈祝你健康〉》。

5日，《人民日报》发表郭沫若的《读毛主席诗词》、《访韶山毛主席旧居》。

《广西日报》发表穆歌的《莫将血恨付秋风——区话剧团演出的〈三代人〉

观后》。

《甘肃日报》发表陈郑等的《要不得的后路——话剧〈年青的一代〉杂谈》。

《四川日报》发表舒小兵的《警惕资产阶级思想的侵蚀——成都话剧团演出的〈千万不要忘记〉观后》。

《光明日报》发表游默的《一场争夺青年的阶级斗争——〈千万不要忘记〉观后》。

《解放日报》发表陈力田的《〈年青的一代〉风貌一新》。

《广西文艺》1月号发表林艾的《〈年轻的一代〉浅赏》。

《北方文学》1月号发表李束丝的《因小见大,伐微攻隐——评丛深的新剧作〈祝你健康〉》;黄益庸的《思想锻炼和创作(给初学写作者)》。

《湖南文学》1月号发表蒋牧良的《谈谈描写阶级斗争作品中间常见的问题》。

《新疆文学》1月号发表张春发、王堡的《一片真情颂祖国——谈克里木·霍加的诗歌创作》;雷茂奎的《灿烂的生命火花——谈〈军队的女儿〉中的两个人物及其他》。

7日,《人民日报》发表马铁丁的《牢牢掌握住阶级的钥匙——看话剧〈千万不要忘记〉有感》。

8日,《文汇报》发表滕云的《现实斗争和问题题材——重读高尔基〈文学论文选〉》。

《甘肃日报》发表范国林的《斗争才是革命者最大幸福——看了〈年青的一代〉以后》;李德静的《教师的严峻任务》;长月的《〈年青的一代〉唤醒了我》;牛桂兰的《到艰苦的地方去锻炼自己》;萧幼刚的《走萧继业的道路》。

《成都晚报》发表陈朝红的《永远革命　永远前进——看话剧〈千万不要忘记〉》。

《吉林日报》发表金晖的《永远把生活的钥匙拴在心上——看话剧〈千万不要忘记〉》。

《南方日报》发表崔山的《永葆青春的良方——看话剧〈祝你健康〉》。

《羊城晚报》发表易征的《一本战斗的小说——读〈出村证明书〉》。

《福建日报》发表翠微的《新时代的抗天歌——评话剧〈龙江颂〉》。

9日,《文汇报》发表戈今的《现实斗争中确实有戏可写(看了〈龙江颂〉而益信)》。

《解放日报》发表欧阳文彬的《共产主义风格的胜利——话剧〈龙江颂〉观后》。

10日,《东海》1月号发表《小小说的新收获——漫谈〈东海〉1963年部分小小说》。

《诗刊》1月号发表臧克家的《时代风雷起新篇——读毛主席诗词十首》;冯健男的《为社会主义建设而歌——略谈周纲的诗》。

《前线》第1期发表吴南星的《三家村札记:石油颂》。

《山东文学》1月号发表徐文斗、孟广来的《百尺竿头,更进一步——评〈山东文学〉1963年的短篇小说》;李玉山的《浅谈〈两垅地〉》。

11日,《文艺报》第1期以"新作迎新年"为总题,发表张颖的《〈千万不要忘记〉》,刘乃崇的《〈会计姑娘〉》,方明的《〈小兵张嘎〉》,艾克恩的《〈内部问题〉》,阎纲的《〈播火记〉》;同期,发表社论《努力反映伟大的社会主义时代》;冯健男的《赵树理创作的民族风格——从〈下乡记〉说起》;严立的《一九六三年的长篇、中篇小说》。

《重庆日报》发表林亚光的《〈年青的一代〉中的年青人》。

12日,《文汇报》发表朱光斗的《为兵演唱新曲艺》;葭飞的《新故事创作杂谈》;嘉禾的《革命故事创作问题初探》。

《人民日报》发表侯金镜的《让短篇小说在农村扎根落户——农村读物丛书短篇小说集介绍和杂感》;缪俊杰的《读长篇小说〈香飘四季〉》。

《光明日报》发表马焯荣的《看湘中风物人情——漫谈谢璞的作品》。

《天津日报》发表姚今的《话剧〈祝你健康〉的主题及其他》。

《甘肃日报》发表赵国玺的《话说幸福的蓝图——话剧〈年青的一代〉杂谈》。

《贵州日报》发表林钟美的《〈千万不要忘记〉一剧的教育意义——谈丁少纯和姚母》。

14日,《工人日报》发表游默的《赞草原上的雄鹰》。

《辽宁日报》发表子牛的《提高警惕 学会斗争——看话剧〈千万不要忘记〉》。

15日,《萌芽》复刊;第1期发表茅盾的《举一个例子》。

《江海学刊》1月号发表牟世金的《近年来〈文心雕龙〉研究中存在的几个问题》。

《新疆日报》发表郑振忠的《丁少纯的褪色说明了什么？——看话剧〈祝你健康〉以后的感想》。

《黑龙江日报》发表文达的《和时代同脉搏——看〈年青的一代〉和〈千万不要忘记〉的感受之一》。

17日，《大公报》发表舸勤的《充满民族化群众化的光彩——读赵树理〈下乡集〉》。

《文汇报》发表厚昌的《这是"保天下的大事"——评〈年青的一代〉》。

19日，《文汇报》发表贺夫的《后进赶先进　心潮逐浪高——漫谈话剧〈一家人〉》；姚萌的《武器愈擦愈亮，好花愈开愈红！——看四个独幕话剧（〈白杨树下〉〈送肥记〉〈柜台〉〈八个蛋一斤〉）》。

20日，《文汇报》发表张立云的《为社会主义的话剧欢呼——略谈〈龙江颂〉〈丰收之后〉〈红色路线〉的成就》。

《剧本》1月号发表荒煤的《更深刻地反映社会主义时代——在中央文化部、中国剧协举办的第二期剧作者学习、创作研究会上的发言》。

21日，《人民日报》发表余飘的《希望有适量的反映工人生活的作品》。

《黑龙江日报》发表梁德顺等的《千万不要忘记阶级斗争——话剧〈千万不要忘记〉座谈纪要》。

23日，《文汇报》发表袁化甘的《努力塑造光灿夺目的社会主义新人形象——评话剧〈丰收之后〉》。

《羊城晚报》发表牧惠的《英雄人物与典型环境——对于小说〈出山〉的一些看法》。

24日，《工人日报》发表吴运铎的《用斗争对抗腐蚀》（评《千万不要忘记》）；洪济群的《〈千万不要忘记〉三赞》。

25日，《光明日报》发表杨景辉的《意料之外　情理之中——谈〈千万不要忘记〉中的钥匙》；梅阡的《努力塑造农村新人物——话剧〈丰收之后〉观摩后记》。

《收获》第1期发表浩然的长篇小说《艳阳天》；何其芳的《关于〈论阿Q〉》；晓立的《谈〈黑凤〉的形象塑造》。

《前线》第2期发表吴南星的《三家村札记：再谈编写村史》。

26日，《人民日报》发表李希凡的《为充满时代精神的话剧创作而欢呼——评一九六三年的几个反映当代生活的优秀剧目》。

《南方日报》发表思源的《艺术语言的感染力——〈祝你健康〉读后浅谈》。

《河北日报》发表黄秉增的《谈〈祝你健康〉的思想主题和人物形象》。

《解放日报》发表方胜的《新的主题　新的人物——漫谈话剧〈一家人〉》。

《黑龙江日报》发表文达的《打开生活之门的钥匙——看〈年青的一代〉和〈千万不要忘记〉的几点感受之二》。

27日,《文汇报》发表张玺的《把社会主义的赞歌唱得更响亮吧!》。

29日,《甘肃日报》发表吴文虎的《鞭子和担子——话剧〈年青的一代〉杂谈》;贾玉清的《革命青年的生活道路——简谈话剧〈年青的一代〉》。

30日,《光明日报》发表《"我们不能忘记党的教导"——本报编辑部邀请文学界人士座谈〈千万不要忘记〉　草明、王朝闻等发言》。

31日,《工人日报》发表田耕等的《警惕形形色色的反面"教师"》。

本月,《边疆文艺》1月号发表王连芳的《看话剧〈年青的一代〉》;陈然的《做一个又红又专的接班人——观众谈〈年青的一代〉》。

2月

1日,《山花》2月号发表汪炯华的《读几篇新人的短篇小说》;吴彰铃的《引人入胜的故事有利于群众化》;刘德一的《"摆"得出来听得懂》;高天水的《谈谈满公和天龙》;小言的《浅谈两篇小演唱》。

《火花》2月号发表高鲁的《也谈谈"低标准"和"高标准"》;高捷的《"文人文学"与高标准》;赵树理的《"起码"与"高深"》。

《长春》2月号发表惠存的《戏曲艺术必须推陈出新》;祖国魂的《克服保守思想,演好现代戏》;王也夫的《广开二人转剧目来源》;刘艳霞的《做戏曲革新的促进派》。

《延河》2月号发表李若冰的《略谈写史》;曾刚的《感情散论》。

《雨花》第2期发表天石的《人民革命胜利的丰碑(学习毛主席诗词笔记)》;

李夏阳的《〈抗日战争时期歌谣〉序言》；丁尼的《关于诗歌朗诵的腔调》；一编者的《创造性》。

《奔流》2月号发表郑中文的《进行中的轻骑兵》；阎豫昌的《反映矛盾斗争推动生活前进》；王朴的《一束迎春花》；朱荬的《细节描写的准确性》；牧惠的《关于"时间"的观念》。

《草原》2月号发表周雨明的《坚持业余创作的一些体会》；张相唐的《文艺工作者要更好地深入生活》；本刊记者的《短篇小说要更好地为农牧业服务》。

《星火》2月号发表南雁的《作品的思想深度》；岸草的《一篇好家史——〈徐家嫂〉》；燕人的《一个问题》；细流的《小谈"立足点"》。

《新港》2月号发表魏金枝的《再谈小小说》；令狐令望的《驼背·织补工——漫谈作家、编辑的修改工作》；[苏]高尔基的《〈青年人的历史〉》。

《鸭绿江》2月号发表卓宇的《喜读〈叙家谱〉》；凌璞三的《〈泥瓦匠〉读后》。

《长江文艺》2月号专栏"文学青年之页"发表聂成的《读〈两个长工〉》；同期，发表安扬的《听群众对诗歌的议论所感》；黄曼君的《谈田凯国的小说》；季鹰的《一点启示》。

《甘肃文艺》2月号发表杨文林的《不断革命　推陈出新》。

《安徽文学》第2期发表王若麟的《短篇"故事性"点滴》；冬生的《农民需要现代戏》。

《河北文学》2月号发表田间的《春——为〈毛主席诗词〉新版本问世欢呼》；侯金镜的《让短篇小说在农村扎根落户》；张圣康的《农村新人形象——略谈青年作者郭澄清的创作》；姚莹澄的《新的收获　新的起点——致申跃中同志》。

《解放军文艺》2月号发表思忖的《可喜的探求》；包维岳的《读独幕话剧〈手旗的故事〉》。

2日，《人民日报》发表郭沫若的《"桃花源里可耕田"——读毛主席新发表的诗词〈七律·登庐山〉》。

《河南日报》发表袁漪的《千万不要忘记》。

4日，《天津日报》发表任冰的《我们时代的新人画廊——读〈河北青年短篇小说选〉》。

《北京文学》2月号发表之青的《浇花篇续——新人新作选评之二》。

《民间文学》第1期发表井岩盾的《〈铁牛传〉第一部简评》。

5日,《广西文艺》2月号发表田明的《提倡反映当前斗争生活的现代剧》;刘文勇、梁其彦的《谈几篇反映阶级斗争的短篇小说》。

《北方文学》2月号发表唐克新的《从〈沙桂英〉的创作谈起》;巴波的《漫谈深入生活(给初学写作者)(二)》

《新疆文学》2月号发表涛子、懋葵的《〈课堂内外〉小议》;党伯明的《红色青年的画像》。

6日,《光明日报》发表江霞的《文艺欣赏中的思考和分辨——致爱读文学作品的朋友们》。

7日,《文汇报》发表蒋天佐的《批评家的思想要跟上时代》。

《解放日报》发表兰澄的《为党的英雄儿女唱赞歌——话剧〈丰收之后〉创作的一些体会》。

8日,《人民日报》发表《"敢教日月换新天"——读毛主席新发表的诗词〈七律·到韶山〉》。

9日,《文汇报》发表胡万春的《致〈过年〉的读者》。

《宁夏日报》发表哈宽贵的《"不但要抵抗,还要主动进攻!"——话剧〈千万不要忘记〉观后》。

10日,《文汇报》发表方胜的《谈〈黑凤〉的形象塑造》。

《东海》2月号发表张颂南的《〈秤眼〉赞》;蒋成瑀的《好教材 好故事》。

《诗刊》2月号发表黎之的《思想感情、语言及其它——从〈绕道〉的讨论谈起》;秋帆的《兵的情感,兵的歌——略谈宫玺同志的诗》。

《前线》第3期发表吴南星的《三家村札记:肩头是能挑担子的》。

《文汇报》发表方胜的《评〈黑凤〉的主题思想和主人公形象》。

《陕西日报》发表邱长浩等的《同志,千万不要忘记——话剧〈千万不要忘记〉座谈纪要》。

《山东文学》2月号发表韩长经的《公社英雄传——介绍〈高村公社史〉》。

11日,《文汇报》发表《读〈卖烟叶〉有感——再论大力提倡讲革命故事》。

《文艺报》第2期专栏"新收获"发表康文的《〈向昆仑〉》,甘棠惠的《〈古巴·革命及其它〉》,孙景瑞的《〈海上南泥湾〉》,陈刚的《〈远方青年〉》;同期,发表魏金枝的《别具一格的一个短篇集——读〈山区收购站〉》;王笠耘的《欢送〈短篇小说〉下乡》。

12日,《光明日报》发表郭沫若的《"寥廓江天万里霜"》。

14日,《文学评论》第1期发表曹道衡、王水照的《学习毛主席诗词》;路坎的《谈话剧〈李双双〉》;于维洛的《论〈伤逝〉》;范伯群、曾华鹏的《论冰心的创作》;刘大杰的《黄庭坚的诗论》;林庚的《略谈唐诗的语言》。

15日,《江海学刊》2月号发表佛雏的《风雷起大地 日月换新天——读毛主席〈诗词十首〉》;皮明庥的《评周谷城先生的"无差别的境界"说》。

18日,《大众日报》发表兰澄的《为党的英雄儿女唱赞歌——话剧〈丰收之后〉创作的一些体会》。

19日,《大众日报》发表丹丁的《崇高的思想 光辉的形象——漫评话剧〈丰收之后〉》。

20日,《大公报》发表凤子的《社会主义时代的新人——谈〈丰收之后〉的赵五婶》。

《剧本》2月号发表本刊记者的《写出更多更好的反映社会主义时代的剧本——记柯庆施同志对华东区剧作者的一次谈话》。

21日,《大众日报》发表王茂魁等的《〈丰收之后〉是一堂生动的政治课——大众日报编辑部邀请济南郊区农民畅谈观后感》。

22日,《大众日报》发表张济武的《千万不要忘记什么?——话剧〈千万不要忘记〉观后》。

25日,《大公报》发表叶渭渠的《〈红岩〉在日本》。

《工人日报》发表张心正的《可亲可敬的老工人形象》;柳毅的《谈谈北京工人的三篇作品》。

《光明日报》发表龙世辉的《有益的探索——略谈小说〈玉泉喷绿〉的语言》;杨扬的《社会主义闯将在成长——读胡万春的中篇小说〈内部问题〉》;宋爽的《一个光辉的战士形象——谈〈开顶风船的角色〉》。

《前线》第4期发表吴南星的《三家村札记:从一篇稀有的史料想起》。

26日,《甘肃日报》发表华夫的《一场争夺青年的战斗——看话剧〈千万不要忘记〉》。

《黑龙江日报》发表文达的《高瞻远瞩和体察入微——看〈年青的一代〉和〈千万不要忘记〉的几点感受之三》。

27日,《羊城晚报》发表陆一帆等的《再谈〈金沙洲〉的艺术构思——答张衍德同志》；史彦志的《南国回春——读〈粤海新诗〉》。

28日，《人民日报》发表林曦的《生活里的诗韵——诗韵浅谈》。

29日，《文汇报》发表冯牧的《生活当中的激烈斗争——赞〈千万不要忘记〉》；华君的《"胆识"论的实质是什么？》。

本月，《边疆文艺》2月号发表方云的《批判地继承民间文学遗产》。

《甘南师范大学学报（人文科学）》1963年第4期发表洪毅然的《论美学的几个问题——试解朱光潜先生的美学思想的疙瘩》。

本月，作家出版社出版老舍的《出口成章——论文学语言及其他》。

广东人民出版社出版陶铸的《思想　感情　文采》。

百花文艺出版社出版李希凡的《题材　思想　艺术》。

3月

1日，《解放日报》发表梁兵的《更深刻的思想意义　更鲜明的人物形象——看修改后的话剧〈年青的一代〉有感》。

《黑龙江日报》发表陈刚的《真实而深刻的舞台演出——谈哈尔滨话剧院在京演出的〈千万不要忘记〉》。

《山花》3月号发表柳枏的《向农民介绍〈黑风〉》；郝银生的《读家史〈换了人间〉》；郑乃臧、唐再兴的《文艺理论面向农村问题随感录》。

《火花》3月号发表郑笃的《努力创作更多更好的报告文学》；曹与美的《速写——轻捷灵便的通讯兵》；林芜斯的《学习与借鉴》。

《长春》3月号发表王曼苓的《学习毛主席文艺思想，更好地为广大人民群众服务》；王方武的《在毛主席思想的教育下》；栾俊林的《斗争还没结束》；曹延庆的《读〈紧要关头〉》；梁道祥的《石金展为什么不能当选》。

《作品》3月号发表陈则光的《喜读〈圣狮风雷〉》。

《延河》3月号发表牧惠的《〈黑风〉浅谈》。

《雨花》第3期发表秦德林的《读〈黑凤〉产生的联想（新人物讨论）》；杜子微的《拾贝人说诗》；一编者的《政治性·思想性》。

《奔流》3月号发表蓝翎的《感情篇》；颜慧云的《农村生活的赞歌》。

《星火》3月号发表左云祥的《漫谈文艺的革命化》；燕南的《战斗的任务》；张衍任的《歌颂新时代 塑造新人物》；水工的《站在新事物一边》；柳波的《感情问题》。

《草原》3月号发表马白的《〈岱海春秋〉》；李赐的《〈不愿做奴隶的人〉》；谢冕的《塞外的春风歌》；李耀先的《读〈查干河在欢笑〉》。

《新港》3月号发表阎纲的《刻苦的仇恨，韧性的战斗》；[苏]高尔基的《再论〈十九世纪青年人的历史〉》。

《鸭绿江》3月号发表集成的《千万不要忘记》；铁崖的《平凡中见伟大——喜读本期几篇报告文学作品》；凌璞三的《读〈故事老人〉》。

《长江文艺》3月号专栏"文学青年之页"发表何鸿的《一颗水球》；徐迟的《再谈朗诵》；高琨的《能唱的诗》；刘翰文的《评李建纲的小说》；舟山的《道听·途说·随感》；江城的《业余作者生活小议》。

《四川文学》3月号发表吴野的《〈端阳节〉〈检漏〉读后》；王世德的《读〈生日〉》。

《甘肃文艺》3月号发表余星的《欣赏、感受与分析、批判》；王鹏的《喜看文苑新花放》。

《安徽文学》第3期发表秦力扬的《一年来新人新作巡礼》；沈明德的《对王有任作品的几点测度》。

《河北文学》3月号发表本刊记者的《丰收的一九六三》。

《解放军文艺》3月号发表何左文的《革命战士的艺术》；本刊记者的《充分发挥社会主义新曲艺的战斗作用》；朱光斗的《面向连队 其乐无穷》；章骥的《揭示先进人物的精神面貌》。

2日，《人民日报》发表金近的《一个治脚大夫——介绍〈郑师傅的遭遇〉》。

4日，《北京日报》发表何起的《一部苦难和斗争的"画卷"——介绍家史集〈仇恨的火花〉》。

《内蒙古日报》发表保兴泉的《喜读〈玉泉喷绿〉》。

5日，《广西文艺》3月号发表骆藜的《把时代的战鼓擂得更响——读〈广西文艺〉1963年诗歌的几点感想》。

《北方文学》3月号以"话剧《千万不要忘记》笔谈"为总题,发表裴华的《用阶级观点观察和表现生活》;冯文翰的《引人深思的优秀剧作》;巴波的《目光四射》;谢树的《站在时代精神的高度看生活》;方浦的《两点感受》;同期,发表于晴的《阅读和艺术修养(给初学写作者)(三)》

《湖南文学》3月号发表闻人千的《台下随想录——看话剧〈千万不要忘记〉》;江浩的《文风一议》;叶明的《凝与炼》。

《新疆文学》3月号以"漫谈戏曲革新"为总题,发表刘文魁的《为创造社会主义的新京剧而努力》;郭之印的《浅谈〈杜鹃山〉的排演体会》;傅君秋的《必须用革命的精神演好现代戏》;池映红的《演现代戏的两点体会》;王慧芳的《我演虎儿娘的点滴体会》。

6日,《文汇报》发表左辛的《〈祝你健康〉的思想、人物和语言》。

8日,《人民日报》发表殷之光的《诗歌朗诵——革命斗争的锐利武器》。

《工人日报》发表张颖的《光辉的榜样——谈话剧〈丰收之后〉中的赵五婶》。

10日,《解放日报》发表何音的《平常生活中的不平常斗争——谈话剧〈千万不要忘记〉》。

《东海》3月号发表亦友的《推荐影片〈朝阳沟〉》;金章才的《欢迎新童谣》。

《诗刊》3月号专栏"新花坛"发表杨扬的《革命家常 战士情怀》,张奇的《世界革命的战歌》,谢冕的《〈西去列车的窗口〉小评》,西中扬的《农村阶级斗争的〈擂台〉》。

《前线》第5期发表吴南星的《三家村札记:谈写作》。

《山东文艺》3月号发表包干夫的《学习与创作》;蓝澄的《为党的英雄儿女唱赞歌——话剧〈丰收之后〉创作的一些体会》;张公敏、黄燕、顾熹的《激动人心的赵五婶》;丹丁的《一定要为当代英雄塑像——观话剧〈丰收之后〉随感》;任乎先的《社会主义时代精神的光辉——谈话剧〈丰收之后〉》。

11日,《文艺报》第3期发表陈默的《时代洪炉炼新人——评话剧〈激流勇进〉》;谭需生的《进攻的性格——读中篇小说〈黑凤〉》;陈言的《漫评林今澜的创作及有关评论》;文洁若的《〈红岩〉在日本》;高淡云的《评〈红楼梦〉中关于"十二钗"的描写》。

12日,《羊城晚报》发表姚雪垠的《我所理解的李自成》。

13日,《文汇报》发表方胜的《一个动人的英雄形象(〈迎冰曲〉,萧育轩作,载〈人民文学〉1964年3月号)》;王虹的《新风尚的速写》。

《光明日报》发表江霞的《抒革命之情 抒阶级之情——话剧〈丰收之后〉观感》。

15日,《人民日报》发表郭沫若的《"待到山花烂漫时"——读毛主席新发表的诗词〈卜算子·咏梅〉》。

《浙江日报》发表李子红的《三面红旗的颂歌》。

《萌芽》第3期发表以群的《在找到主题之前》。

16日,《文汇报》发表邓牛顿等的《梁生宝形象评价中的几个问题》。

17日,《解放日报》发表方胜的《喜读〈新沣伯〉》。

18日,《安徽日报》发表闻捷思的《精益求精的一曲好戏——看省话剧团演出的〈年青的一代〉》。

20日,《天津日报》发表林亚冠的《把生活的钥匙拴在心上——评〈祝你健康〉的演出》。

《新湖南报》发表胡青坡的《略论丁海宽的艺术形象》。

《剧本》3月号发表曹禺的《两出好话剧——推荐〈龙江颂〉和〈激流勇进〉》;马铁丁的《革命的警钟,战斗的号角——漫谈几个有关青年问题的戏》。

21日,《文汇报》发表徐洁人的《在集体关怀下成长——沪剧〈芦荡火种〉创作记事》。

22日,《人民日报》发表持真的《新中国农村基层领导者的光辉形象》;牛启年的《真实地反映了农村的复杂现实斗争》;陶钝的《赵五婶的"帅才"》。

《内蒙古日报》发表马白的《明确阶级观点 加强阶级分析——读〈茫茫的草原〉(上部)札记》。

24日,《武汉晚报》发表郑择魁的《读长篇小说〈火种〉》。

25日,《收获》第2期发表茅盾的《读了〈火种〉以后的点滴感想》;姚文元的《反映最新最美的生活,创造最新最美的图画》。

《前线》第6期发表吴南星的《三家村札记:有"的"而后放"矢"——读廖初江同志的〈带着问题学〉》。

27日,《人民日报》发表林曦的《作诗还是押韵好——诗韵浅谈》。

28日,《光明日报》发表秋耘的《做好培养新人的工作》。

《中国青年报》发表共青团旅大市委调查组的《〈红岩〉在农村》。

30日,《文汇报》发表许孝伯、陈奉德的《初读〈火种〉》;左弦的《将优秀文艺作品改编为评弹》。

31日,《南京大学学报(人文科学)》第1期发表杨咏祁的《典型、典型环境中的典型性格》。

本月,《中山大学学报(哲学社会科学)》第1期发表吴文辉的《艺术与阶级——驳刘节先生的人性论的艺术观》。

4月

1日,《文汇报》发表何倩等的《时代的责任感——记哈尔滨话剧院〈千万不要忘记〉的创作和演出》。

《人民日报》发表社论《为广大群众创作更多更好的话剧》。

《光明日报》发表胡万春的《努力反映工人阶级的斗争生活》。

《山花》4月号发表微山的《试谈业余创作问题》;永飞的《向农民介绍电影〈朝阳沟〉》;专栏"短篇小说群众化笔谈"发表王一善的《最根本的问题》,张耀辉的《我也来谈谈短篇小说的故事和语言》。

《火花》4月号发表迅雷的《抓住问题、描写问题、解决问题——谈赵树理小说的思想性和战斗性》。

《长春》4月号发表辛宏铭的《兴无灭资,大讲革命故事》;侯树槐的《我的责任》;高恩的《做个红色宣传员》;何文的《血泪斑斑的控诉》。

《延河》4月号发表肖草、肖云儒的《谈几部现代剧的时代特色》。

《雨花》第4期发表杜子微的《拾贝人说诗(续)》;一编者的《决心·动机·目的》。

《奔流》4月号发表于黑丁的《关于创作的一些感想》；柳松的《漫谈"人民性"及其它》；史燕的《农村文化革命的颂歌》。

《草原》4月号以"笔谈《玉泉喷绿》"为总题，发表孟和博彦的《一部写社会主义革命和建设的好书》，杨啸的《读〈玉泉喷绿〉》，汪浙成的《谈〈玉泉喷绿〉的民族特色》；同期发表贺政民的《深入生活的体会》。

《星火》4月号发表蒋天佐的《批评家思想要跟上时代》；民夫的《让社会主义现代戏的东风劲吹》；玉堇的《阶级感情——群众语言的灵魂》。

《新港》4月号发表方胜的《试评短篇小说集〈力原〉》；笑暇的《浅谈李润杰的快板书创作》；高尔基的《我们的成就〉在第二个五年计划的前夜》。

《鸭绿江》4月号发表申卓言的《坚持文学的党性原则——读列宁〈论文学与艺术〉笔记》；谢挺飞的《六亿神州尽舜尧——喜读〈红心壮志〉》；凌璞三的《读〈发光的人〉》。

《长江文艺》4月号专栏"文学青年之页"发表石晶的《读〈未完成的任务〉》；同期，发表高风的《烈火炼新人》；江柳的《关于"带劲"和"有味"》；贺兴安的《是血泪史，也是斗争史》；李南的《喜听〈锉刀铮铮鸣〉》。

《宁夏文艺》第2期发表鱼连的《振奋人心的跃进歌声——重读〈红旗歌谣〉》。

《安徽文学》第4期发表严阵的《七家诗简评》；冬生的《出社会主义之新》。

《河北文学》4月号发表敏泽的《伟大时代精神的赞歌》；维章的《也评〈风云初记〉》。

《解放军文艺》4月号发表税海涛的《努力发掘富有普遍意义的主题》；马焯荣的《浅谈部队气派和诗》；杨苏的《空军生活的赞歌》。

2日，《解放日报》发表陈恭敏的《工业题材剧作问题浅探》。

4日，《文汇报》发表文涛的《三月，三年，三个三年——〈箭杆河边〉创作前后》。

《北京日报》发表赵燕侠的《力求准确地塑造各个英雄形象——排演〈芦荡火种〉的一点体会》。

《民间文学》第2期发表本刊评论员的《大唱社会主义之歌》；关文修的《读〈东边外歌谣〉》。

5日，《广西文艺》4月号发表陈良的《把革命的歌咏活动积极地开展起来》；贺祥麟的《努力塑造社会主义英雄人物形象》。

《北方文学》4月号发表谢树的《拓荒者的颂歌（读林青同志的散文集〈冰凌

花〉〉》；方浦的《文学创作劳动杂谈(给初学写作者)(四)》。

《湖南文学》4月号发表张盛裕、邓超高、周寅宾的《短篇小说的新收获——评〈湖南文学〉1963年青年作者的短篇小说》；国有的《让报告文学之花开得更旺盛》；江明的《具体明确些》。

《新疆文学》4月号发表田炜的《时代·要求·任务》；余力文的《谈三篇新人新作》；田济宽的《也谈〈课堂内外〉》；杨向柳的《关于仲小娣的错误》。

7日，《光明日报》发表高云的《一代新人——谈黑凤形象塑造》；胡德培的《思想必须革命化——读短篇小说〈五十大官〉》。

8日，《北京晚报》发表李啸仓的《赞京剧〈芦荡火种〉》。

10日，《东海》4月号发表蒋成瑀的《主题好 构思巧》。

《诗刊》4月号发表本刊记者的《大力开展朗诵活动，把诗歌送到群众中去——诗歌朗诵座谈会纪要》。

《前线》第7期发表吴南星的《三家村札记：要什么样的"新"？》。

11日，《人民日报》发表郭沫若的《"无限风光在险峰"——读毛主席〈七绝为李进同志题所摄庐山仙人洞照〉》；吴超的《红色的歌——读〈部队学习毛主席著作歌谣选〉》。

《文艺报》第4期专栏"要让报告文学遍地开花，迅速反映社会主义时代！"发表专论的《进一步发展报告文学创作》，张沛的《新人新风尚——报告文学的战斗主题》，李业的《读〈大寨英雄谱〉，赞大寨精神》；以"发扬马克思列宁主义的批判精神 正确对待欧洲资产阶级文学遗产"为总题，发表冯至的《是批判地吸收呢，还是盲目地崇拜》，刘绶松的《树立马克思列宁主义的批判旗帜——谈文学遗产的批判与继承》；专栏"新收获"发表周立波的《迎冰曲》，方明的《〈一家人〉》，曹振峰的《〈耘天〉》；同期，发表李醒尘的《周谷城美学的精神循环圈》；周谷城的《评朱光潜的艺术批评》。

12日，《人民文学》4月号发表侯金镜的《赞〈大寨英雄谱〉》。

《内蒙古日报》发表树平的《巴林草原上的一束鲜花——评〈查干河在欢笑〉》。

13日，《人民日报》发表林曦的《还能押古韵吗？——诗韵浅谈》。

14日，《文学评论》第2期以"纪念莎士比亚诞生四百周年"为总题，发表王佐良的《英国诗剧与莎士比亚》，杨周翰的《谈莎士比亚的诗》；同期，发表刘世德、邓绍基的《清代公案小说的思想倾向——以〈施公案〉、〈彭公案〉和〈三侠五义〉为例兼论"清官"和"侠义"的实质》；蔡葵的《周炳形象及其它——关于〈三家巷〉和〈苦斗〉的评价问题》；专栏"通信"发表陈蕉、何其芳的《关于曹雪芹的民主主义思想问题》；专栏"动态"发表朝耘的《对〈关于梁生宝形象〉一文的意见》。

15日，《河北日报》发表李邦佐的《虚心使人进步　骄傲使人落后——看话剧〈一家人〉》。

《萌芽》第4期发表峻青的《创作二题》。

《江海学刊》4月号发表汤大民的《评价古代爱情作品　坚持阶级分析方法》。

16日，《羊城晚报》发表陆一帆等的《再谈〈金沙洲〉的艺术构思——答张衍德同志》。

17日，《人民日报》发表王永昌的《艺术的真实和历史的真实——鲁迅作品阅读札记》。

19日，《内蒙古日报》发表丁尔纲的《评论工作者要深入生活——从〈创业史〉争论所得到的启发》。

20日，《文汇报》发表晓立的《喜见〈萌芽〉吐秀》。

《剧本》4月号发表罗荪的《数风流人物还看今朝——谈英雄人物的创造》。

25日，《人民日报》发表郭沫若的《"不爱红装爱武装"》；马铁丁的《生的伟大，死的光荣——〈青年英雄的故事〉代序》；谢云的《读〈秋色赋〉》。

《前线》第8期发表吴南星的《三家村札记：谈演戏》。

30日，《羊城晚报》发表韦轩等的《无敌战士精神之美——试谈小说〈战鼓催春〉》。

本月，《边疆文艺》4月号发表矛木的《推陈出新，移风易俗——喜读〈贺新房〉》。

本月，作家出版社出版何其芳的《文学艺术的春天》。

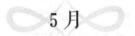

5月

1日，《山花》5月号发表方丁的《论第一篇》；一言的《欢迎个人新作》；魏村的

《为"龙门阵"鼓掌》；万紫千的《让社会主义新曲艺的花朵越开越盛》；专栏"短篇小说群众化笔谈"发表张德林的《谈谈短篇小说的特点与故事情节》，裴子的《民族形式的推陈出新》。

《火花》5月号发表汪远平、曲润海的《〈刘胡兰传〉读后感》；门丁的《读小说〈哥哥〉》；辛亮的《对创作新人物的一点感想》；肖河的《寄青年朋友——作品的深度》。

《长春》5月号发表马琰的《作无产阶级革命的文艺战士》；阎纲的《对小说反映农村斗争生活的几点认识》；松华的《琐谈音乐的民族化、大众化》。

《延河》5月号发表胡采的《方向、道路、革命化作风》。

《雨花》第5期发表包忠文的《革命文艺是促进人革命化的武器》；董尧的《关于习作〈鱼〉的主题思想的提炼》，一编者的《刻苦努力》。

《奔流》5月号发表李蕤的《喜读〈进村〉》；凡尼的《高昂的战斗气概——读〈刀光闪闪〉》；代红的《少年一代在成长——漫谈王根柱的两篇小说》。

《星火》5月号发表袁雪草的《〈矛盾论〉学习笔记》；郑乃臧、唐再兴的《简评〈我的第二篇习作〉》；岸草的《在红旗下，继续前进》；袁茂华、刘治平的《值得重视的问题》；吴溪的《"忘记"与"记住"》；丁钢的《要力求新颖》。

《草原》5月号发表鲁歌的《〈石牛子接姐姐〉》；奎曾的《略谈〈人往高处走〉的构思》；屈正平的《〈掌印手〉》；《体会·感受·经验——在呼部分作家座谈记录》。

《新港》5月号发表吉九章的《光荣的历史使命》；刘同的《鲁迅与文学研究会》；[苏]高尔基的《苏联作家协会理事会全体会议的开幕词》。

《鸭绿江》5月号发表朱寨的《致〈幸福的人〉》；赵恒昌的《喜见新人上路》；凌璞三的《还没熟透的瓜——读〈锹〉之后》。

《长江文艺》5月号发表孟起的《时代与文学的断想》；黄曼君的《开广的政治幅度，深远的历史高度》；丘山的《严格而又平易的人》；余飘的《写其独至》；专栏"文学青年之页"发表高琨的《读〈打毛衣〉》。

《安徽文学》第5期发表柳燕、国胜记录整理的《民歌创作的新收获——〈山歌唱到北京城〉座谈会记录》；姜秀珍的《我是怎样写〈山歌唱到北京城〉的》。

《河北文学》5月号发表敏泽的《反映阶级斗争的新收获——读〈喷泉记〉》。

《解放军文艺》5月号发表傅钟的《全军第三届文艺会演大会开幕词》；本刊编辑部的《继续开展"四好连队、五好战士、新人新事"征文》；赵树理的《谈"助业作家"——纪念毕革飞同志》;于波的《铁打的长城——〈南海长城〉观后》;犁云的《把郭兴福教学法写活了》;思忖的《一篇深刻动人的小说》;诸辛的《"老帮新"的好样板》;《话剧〈南海长城〉座谈会侧记》。

2日,《解放日报》发表吴立昌的《家事琐议》。

4日,《文汇报》发表秋耘的《表现时代革命精神的新成就——喜读〈大寨英雄谱〉》。

《北京文艺》5月号发表张梦庚的《京剧如何演好现代戏?——从北京京剧团演出的〈芦荡火种〉谈起》。

5日,《广西文艺》5月号发表涂克的《生活·思想·创作》;罗明的《谈戏剧的结构》。

《北方文学》5月号发表陶尔夫的《关于创造英雄人物的一点感想(给初学写作者)(五)》。

《湖南文学》5月号以"一篇闪发着共产主义思想光芒的小说——笔谈〈迎冰曲〉"为总题,发表康濯的《俏对悬崖百丈冰》,韩罕明的《赞〈迎冰曲〉》,黎牧星的《共产主义风格的赞歌》。

《新疆文学》5月号发表水波的《喜读"解放军生活专页"》;邢煦寰的《也谈戏曲反映现代生活》;曹与美的《艺术敏感与阶级情感》。

8日,《北京日报》发表张梦庚的《评〈芦荡火种〉》。

《光明日报》发表杨原的《惟英雄能战胜困难——读〈大寨英雄谱〉随感》。

10日,《东海》5月号发表张颂南、李家琪的《简评〈乌木匣〉》;杨子华的《推荐一个小喜剧》;亚中的《一篇小说的流传》。

《诗刊》5月号发表赵朴初的《读毛主席诗词十首》;魏传统的《战斗生涯育诗人——读韩笑的诗》;专栏"新花坛"发表秋耘的《可说可唱的叙事诗》,思蜀的《情深词切的山歌》。

《山东文学》5月号发表刘泮溪的《文艺要进一步民族化群众化》。

《前线》第9期发表颜长珂的《京剧反映现代生活的新探索——〈芦荡火种〉观后》;吴南星的《三家村札记:学和用要一致》。

11日,《文艺报》第5期罗大冈的《革命的人情味和反革命的人情味——谈杰出的影片〈小兵张嘎〉和它的对立面〈伊凡的童年〉》;专栏"要让报告文学遍地开花,迅速反映社会主义时代!"发表刘白羽的《英雄之歌》,华罗庚的《〈红心壮志〉》

读后感》,邹荻帆的《"无限风光在险峰"——读〈南柳春光〉小记》,牧惠的《农村的新血液,革命的生力军——读几篇报道知识青年下乡务农的报告文学》;同期,发表王子野的《艺术中的情与理的关系——答周谷城先生》;朱光潜的《读周谷城〈评朱光潜的艺术批评〉书后》;冯先植的《赞〈南海长城〉和〈海防线上〉》;洁泯的《革命的激情 革命的艺术——读几篇朝鲜的短篇小说》;韦平的《越南人民前进的足音——〈越南短篇小说集〉读后》。

12日,《天津日报》发表夏里的《语意新出——读方纪的〈挥手之间〉后》。

15日,《人民日报》发表薄一波的《在阶级斗争的熔炉中锻炼——话剧〈千万不要忘记〉观后》。

《萌芽》第5期发表欧阳文彬的《向红色故事员们学习》;哈华的《说长道短》。

《江海学刊》5月号发表陈瘦竹的《历史唯物主义与戏剧——论李健吾同志所谓"经济制约对戏剧的影响"》;秦德林的《关于报告文学的札记》。

16日,《人民日报》发表缪宗的《〈风尚新篇〉读后》;姚文元的《冰山雪岭奏新歌——推荐短篇小说〈迎冰曲〉》;郭沫若的《"芙蓉国里尽朝晖"——读毛主席新发表的诗词〈七律·答友人〉》。

《天津日报》发表赵侃的《抗日战争初期的风云——读孙犁的〈风云初记〉》。

20日,《人民日报》发表茅盾的《读〈儿童文学〉》。

25日,《收获》第3期发表易征的《时代精神和艺术创造》。

《前线》第10期发表吴南星的《三家村札记:关心业余创作》。

27日,《甘肃日报》发表蔡湘的《"花儿"朵朵艳——喜读〈花儿——甘肃民歌选集〉》。

30日,《人民日报》发表阎纲的《读〈内部问题〉》;杜埃、易准的《年青一代的农民形象——介绍王汶石小说〈黑凤〉》;郭沫若的《"玉宇澄清万里埃"——读毛主席有关〈孙悟空三打白骨精〉的一首七律》;林曦的《按什么音押韵——诗韵浅谈》。

《天津日报》发表徐宗涛的《思想的火花光芒四射——推荐李欣同志的〈老生常谈〉》。

本月,《边疆文艺》5月号发表鲁凝的《革命的内容和戏曲的艺术形式》;红河哈尼族彝族自治文工团的《努力实现革命化、民族化、群众化》;孟流的《喜读〈闪光的日子〉》;平人的《短篇小说〈旗〉》。

本月,北京出版社出版李传龙的《文学与社会生活》。

北方文艺出版社出版延泽民的《文艺学谈》。

6月

1日,《人民日报》发表周以谟的《为了下一代的需要》。

《山花》6月号发表张耀辉、许孝伯的《向农民介绍〈报告文学〉第一集》;汪炯华、李炎群的《贵州高原景色新——读李起超的几篇散文》。

《火花》6月号发表贺宜的《儿童文学创作问题杂谈》;朱宝真的《新英雄人物——创作的主心骨》;方凡人的《塑造农村基层领导形象小议》。

《长春》6月号发表本刊记者的《面向农村,更好地为农民服务》;戚积广的《当生产第一线的号手》;高蹈的《正确地理解和运用虚构》;彭嘉锡的《对文学评论工作者的启示》;田蕴荻的《从苗老铁的形象谈起》;郑兆祥的《是斗争还是妥协》;曹与美的《典型环境及其他》。

《作品》第6期发表陈残云、唐伟忠等的《关于〈香飘四季〉的通信》;端蓝的《土地上迸发出的火花——喜读农民作家王杏元的家史〈土地〉》。

《延河》6月号发表霍松林的《正确地对待文艺理论遗产》;蒋和森的《人物的阶级性》;王向峰的《漫评〈春莲〉》;惠惠飞的《〈交班〉读后琐记》。

《雨花》第6期发表邻夫的《进一步深入生活创作更多更好的现代戏》;李夏阳、周正良、华士明的《进一步开展新民歌活动》;杜子微的《拾贝人说诗》;傅兆龙的《关于〈煮酒论英雄〉的构思经过》。

《奔流》6月号发表王毓的《谈牛雅杰同志的诗》。

《星火》6月号发表蒋天佐的《大家动手做好普及工作》;施玄琴的《读〈星火〉发表的五篇新故事》;许孝伯的《送评论下乡》;万水的《也谈普及问题》;翟军的《摸摸读者的"底"》。

《草原》6月号发表一儒的《在斗争的风雨中成长》;奎曾的《草原上一场激烈

复杂的阶级斗争》；丁正彬的《茫茫草原上的革命风暴》；李亦冰的《更上一层楼》。

《新港》6月号发表孙犁的《业余创作三题》；谢九思的《积极参加编写"五史"的工作》；弋兵的《读〈三条石〉》。

《鸭绿江》6月号发表修玉祥的《作京剧艺术革新的闯将》；阿红的《从〈老贫农的心〉引起》；凌璞三的《〈种菜〉人物谈》。

《长江文艺》6月号发表周景堂的《渔米新乡谱新曲》；苏群的《"五史"写作杂谈》；刘翰文的《关键在于革命化》。

《四川文学》6月号发表杨田村的《谈〈比翼高飞〉》；晓梵的《赞新人新作》；吴红的《读〈彩色的童年〉》。

《宁夏文艺》第3期发表本刊编辑部的《高举毛泽东文艺思想红旗　发展社会主义的戏剧艺术》。

《安徽文学》第6期发表忻良才的《小说的"说"》；谢伦泰的《路，是宽广的……》。

《河北文学》6月号发表孙犁的《业余创作三题》；琢玉的《读新人新作九篇》。

《解放军文艺》6月号发表《树立雄心壮志，攀登社会主义新文艺的高峰（〈解放军报〉社论）》；《在毛泽东思想的光辉照耀下　把我军的文艺工作做得好上加好——总政治部刘志坚副主任在全军第三届文艺会演大会上的闭幕词》；《为我军文化艺术工作更加革命化而奋斗——总政治部傅钟副主任在全军第三届文艺会演大会上的总结报告》；辅之的《读〈欧阳海〉》；晓寒的《寸锦片玉　溢彩流光》。

4日，《北京文艺》6月号发表谈需生的《谈青年作家的创作个性和风格》；上官雯的《阶级斗争的写照——读"北京四史丛书"的几篇家史、村史》。

《民间文学》第3期发表袁珂的《漫谈民间流传的古代神话》；于澄之的《谈谈游戏儿歌》。

5日，《人民日报》发表陶雄的《〈智取威虎山〉的修改和加工》。

《广西文艺》6月号发表黄飞卿的《人物小议》。

《北方文学》6月号发表李安恒的《表现斗争生活的主流》；曹与美的《我们需要能说能讲的小说》；岷父的《关于反映过渡时期的阶级斗争的几点意见（给初学写作者）（六）》。

《湖南文学》6月号以"笔谈文艺工作者革命化的问题"为总题，发表余福星的《把立足点移过来》，张行的《读毛主席的书，做革命化的人》，白诚仁的《关于"深入"的体会》;同期,发表邓超高的《〈这边风雨〉读后感》;韩抗的《笑的解放》;江明的《可贵的尝试》。

6日,《光明日报》发表唐真的《〈智取威虎山〉的改编和演出》。

7日,《人民日报》发表黄克保的《体现人民战士的英雄风貌——看〈奇袭白虎团〉有感》。

9日,《解放军报》发表郭明孝的《根深苗才壮——读张勤的〈军营晨曲〉有感》。

10日,《光明日报》发表王兴志的《从生活出发的一出好戏——为〈奇袭白虎团〉的演出喝彩》。

《黑龙江日报》发表于晴的《满腔赤忱颂新人——王皎的小说集〈终身事业〉读后》。

《东海》6月号杭州大学"哨兵"评论小组的《评〈扬旗集〉》;蒋风的《生活中闪光的小镜头》;刘浩沅的《〈蚕花姑娘〉的启示》。

《诗刊》6月号发表陈朝红的《反映农村阶级斗争的可贵探索——评陆棨的〈重返杨柳村〉》;严迪昌的《沙白近作简评》。

《前线》第11期发表吴南星的《三家村札记:谈学术研究》。

《山东文学》6月号发表玉华、吴彤的《谈〈卖马记〉的思想倾向及其它》;孙克恒的《为社会主义农业战线高歌——简评1963年〈山东文学〉部分诗作》;刘可的《一束瑰丽的花朵——评〈写给少先队员的诗〉》。

11日,《文艺报》第6期以"向读者推荐《南方来信》"为总题,发表夏衍的《〈南方来信〉读后》,邵荃麟的《"青山常在,革命永存"》,臧克家的《胜利的保证书》,张光年的《一本惊心动魄的好书》;同期,发表茅盾的《读陆文夫的作品》;陆文夫的《给〈文艺报〉编辑部的一封信——谈在工厂参加劳动的情况和体会》。

13日,《人民日报》发表叶晓端的《〈拾穗小札〉的短而精》。

14日,《福建日报》发表韦君宜的《介绍新人新作〈玉泉喷绿〉》。

《文学评论》第3期发表曹禺的《话剧的新收获——〈千万不要忘记〉观后感》;李健吾的《社会主义的话剧——学习札记》;吴中杰、高云的《谈梁生宝形象的创造》;张钟的《梁生宝形象的性格内容与艺术表现》;杨绛的《堂吉诃德和〈堂吉诃德〉》;王元骧的《对阿Q典型研究中一些问题的看法》;专栏"新书新作品评介"发表朱寨的《〈红心壮志〉》,井岩盾的《〈向昆仑〉》,林文的《〈倾吐不尽的感情〉》,贺川的《〈花儿〉》;专栏"通信"发表夏放的《关于生活与艺术的关系问题》。

15日,《萌芽》第6期发表魏金枝的《对于十篇小小说的一些看法》;孙犁的《关于业余创作》。

21日,《福建日报》发表潇河的《群众革命运动的颂歌——读长篇小说〈大风歌〉》。

22日,《文汇报》发表晓雪的《抒人民之情,唱革命之歌——略谈光未然歌词创作的几个特点》;《北京大学中文系讨论梁生宝形象的塑造问题》。

25日,《前线》第12期发表吴南星的《三家村札记:革命与科学》。

28日,《湖北日报》发表刘翰文的《读〈浪涛滚滚〉中的领导人物形象》。

29日,《羊城晚报》发表朱若的《"辩护"的积极意义在哪里?——关于旧版〈金沙洲〉的艺术构思问题》。

30日,《南京大学学报(人文科学)》第2期发表匡亚明的《关于阶级分析和阶级斗争——读〈共产党宣言〉札记》。

本月,《边疆文艺》6月号发表余一兵的《加强反映工人阶级的斗争生活》;孟流的《新人新事的赞歌》;文勋的《魔高一尺,道高一丈——读小说〈换脚〉》。

《中山大学学报(哲学、社会科学)》第2期发表黄海章的《读毛主席诗词十首》;黄天骥、苏寰中的《壮丽的史诗 伟大的情操》;萧学鹏的《"已是悬崖百丈冰,犹有花枝俏"》;詹安泰的《革命的最强音》;易新农的《〈摩罗诗力说〉初探》;高齐云的《批判以人性论为基础的唯心主义艺术观——评周谷城先生的艺术观》。

本月,北京出版社出版本社编的《高举革命红旗 发展戏曲艺术——戏曲现代戏讨论集》,林志浩的《鲁迅和他的作品》,方欲晓的《赵树理的小说》。

百花文艺出版社出版李希凡的《笔谈散文(续编)》。

7月

1日,《山花》7月号发表丁鉴的《报告文学写作杂谈》;杜郁的《基本功一解》;

曹与美的《从古典小说看小说的故事性》;张玫的《诗的节奏》;专栏"短篇小说群众化笔谈"发表孙开乾的《向民间文艺形式学习》,雷鸣的《力求易懂》,潜问根的《语言重要》。

《火花》7月号发表高捷的《春光灿烂,英雄辈出——读〈大寨英雄谱〉、〈南柳春光〉》;培植、宗初的《做革命的冷静促进派——读〈大寨英雄谱〉中陈永贵形象》;俞久洪、叶迪甫的《生的伟大,死的光荣——读〈刘胡兰传〉札记》。

《长春》7月号发表华陆文的《从人物形象谈起》;安康的《苗老铁值得歌颂吗?》;唐再兴、郑乃臧的《〈紧要关头〉的反面人物写得较好》。

《作品》第7期发表茅盾的《读〈冰消春暖〉》;辛远荼的《漫谈〈保管出门〉》。

《雨花》第7期发表昆峰的《来自生活的新人新作(谈〈雨催花发〉的几篇小说散文)》;一编者的《严肃认真的态度》。

《奔流》7月号发表蓝翎的《关于形式与风格的断想》;柳松的《把把急切的心情变成实际的努力》;龙世辉的《试谈短篇集〈杏林春暖〉》。

《星火》7月号发表刘运祺的《〈在延安文艺座谈会上的讲话〉学习笔记》;吴海的《充分发挥诗歌艺术的战斗作用》;龙孝福的《毛主席的光辉永远亮》;唐再兴、郑乃臧的《农民欢迎"问题小说"》;彦页的《细节的反复》;朱昌勤的《欢迎"工农兵舞台"》。

《草原》7月号发表玛拉沁夫的《更全面地反映内蒙古》;巴图的《读〈阳光下的孩子〉有感》;东林的《读诗杂感》;鲁歌的《读〈蒙古小八路〉》;郭超、丁尔纲的《评朋斯克的短篇小说》。

《新港》7月号发表文彦理的《更好地表现斗争中的新人新事——天津市青年职工业余创作漫谈》;钱模祥的《我很欣赏〈男婚女嫁〉》;叶子金的《小而不薄——读小小说〈替班一天〉》;[苏]高尔基的《文学与电影》。

《鸭绿江》7月号发表华罗庚的《〈红心壮志〉读后感》;安波的《血泪与钢铁——读〈南方来信〉》;凌璞三的《小评〈门板桥〉》。

《长江文艺》7月号发表骆文的《革命惊雷——评话剧〈针锋相对〉》;李林的《电影业余创作的新收获》;专栏"文学青年之页"发表江月的《读'小螺丝'应考》。

《四川文学》7月号发表默之的《反映农村生活的一组新歌——读〈重返杨柳村〉》;小木的《新花满园开——读〈四川文学〉三月号新人新作》;王辛的《在斗争风雨中成长——读〈雷雨前后〉》。

《安徽文学》第 7 期发表《农村读者谈作品》;治芳的《小议诗歌的群众化》;紫星的《把一代新风高扬》;老鹤的《磨锤锻出新歌来》。

《河北文学》7 月号发表敏泽的《报告文学的丰收》;克明的《从〈红旗谱〉到〈播火记〉》;冯健男的《创作要这样才会好(连载)》。

《解放军文艺》7 月号发表辅之的《谈话剧〈海防线上〉》;云理的《要得文 先树人——介绍某军培养青年作者的经验》;陈增智的《有了生活才有艺术创造》。

3 日,《天津日报》发表廖埂的《永远保持战斗的青春——读雪克的小说〈战斗的青春〉修订本》。

4 日,《北京文艺》7 月号发表黎音的《思想要领先,生活是源泉——从〈芦荡火种〉谈京剧现代戏的问题》;温凌的《不能把阶级斗争丢在一边——京剧〈箭杆河边〉观后》;沈峣的《时代的激情 英雄的风貌——看京剧〈奇袭白虎团〉》。

5 日,《广西文艺》7—8 月号发表刘硕良的《可贵的开端 丰硕的收获——简评〈广西文艺〉七、八月号上的六个现代戏剧本》。

《北方文学》7 月号发表本刊记者的《一出洋溢着革命精神的好戏——记文艺界座谈〈锻工之家〉》;本刊记者的《做新时代的革命歌手——记几位作家和我省文艺工作者的座谈》。

《湖南文学》7 月号发表周世钊的《伟大的革命号角 光辉的艺术典范——读毛主席诗词十首的体会》;以"抒革命的激情,擂车间的战鼓"为总题,发表长沙汽车修配厂座谈张觉诗歌纪要《工人座谈诗人诗》,未央的《谈〈家乡行〉和〈炉火正旺〉》,李元洛的《车间的战鼓》。

《新疆文学》7 月号发表王堡的《列车窗口寄豪情》;李元洛的《读〈边塞新歌〉》。

6 日,《文汇报》发表晓立的《大跃进精神的热情颂歌——评〈浪涛滚滚〉》。

9 日,《解放日报》发表吴明的《〈草原新传奇〉》。

10 日,《东海》7 月号发表吕洪年的《〈入党介绍人〉浅析》。

《诗刊》7 月号发表方冰的《刘镇的成长——序刘镇〈晨号集〉》;《作协江苏分会举行沙白诗作座谈会》(报道中国作家协会江苏分会于 4 月 30 日举行沙白诗作座谈会)。

《前线》第 13 期发表吴南星的《三家村札记:遇难而进》。

《山东文学》7 月号发表孙昌熙的《喜看新人创新篇》;维章的《赞赶车人的风格》。

11 日,《文汇报》发表陈其尧的《伟大时代的缩影——向读者推荐新书〈一代新风〉》。

《文艺报》第7期专栏"新收获"发表燕凌的《"四个第一"的赞歌——读〈郭兴福和他的战士们〉》,刘之淇的《读黄宗英的报告文学三篇——读〈特别的姑娘〉〈小丫扛大旗〉〈新泮伯〉》,罗扬的《〈抗洪凯歌〉》,蔡葵的《〈长空怒风〉》;同期,发表陈(马总)的《一九六三年以来的报告文学巡礼》。

15日,《人民日报》发表《〈文艺报〉发表专文〈咒骂也是枉然〉,驳斥帝国主义者和现代修正主义者对我国戏剧工作的诽谤(报刊文艺评论摘要)》。

《萌芽》第7期发表罗荪的《关于表现新人形象的问题》;菡子的《都来写表现我们伟大时代的散文——〈萌芽〉本期十二篇散文读后有感》;茹志鹃的《谈谈〈我们的新嫂嫂〉》。

《江海学刊》7月号发表苏从林的《"无差别的境界"与文艺上的"无冲突论"——周谷城先生是怎样反对"无冲突论"的?》。

18日,《人民日报》发表《关于艺术创作问题讨论的概述》;周谷城的《统一整体与分别反映》。

21日,《山西日报》发表王佩的《用人物特写写英雄人物——〈大寨英雄谱〉〈南柳春光〉等报告文学读后感》。

22日,《人民日报》发表姚文元的《评周谷城先生的矛盾观》。

25日,《收获》第4期发表李士文的《〈创业史〉怎样描写农村阶级斗争》。

《前线》第14期发表刘歌德的《"物质变精神,精神变物质"——读〈人的正确思想是从那里来的?〉》。

本月,《边疆文艺》7月号发表朱宜初的《傣族长诗〈苏文纳和她的儿子〉的思想倾向》;卢烽的《生活真实和艺术真实》。

8月

1日,《人民日报》发表社论《把文艺战线上的社会主义革命进行到底——祝京剧现代戏观摩演出大会胜利闭幕》。

《山花》8月号发表蒋成瑀的《组织故事的艺术——读赵树理小说札记》;学兵的《从生活中来——舞剧〈给我一支枪〉创作札记》;刘冰的《表演与体验生活》。

《火花》8月号发表曲润海、汪远平的《群众喜闻乐见的诗——评〈黄连歌〉》。

《长春》8月号发表魏南的《漫谈赵树理创作的民族化群众化风格》;王鹤眠、慎之的《轻便的武器,巨大的力量》;李仲旺的《读〈警钟响起〉》;阿红的《从社会主义革命的角度着眼》;孔见的《在斗争实践中锻炼提高》。

《延河》8月号转载《红旗》杂志第12期社论《文化战线上的一个大革命》;同期发表肖云儒的《试谈话剧新作〈山花烂漫〉》。

《雨花》第8期发表严迪昌的《战斗的诗篇(读〈接班之歌〉〈时霉天〉)》。

《奔流》8月号发表周鸿俊、赵怀让的《为农村的战斗者高声喝彩》;专栏"笔谈《垦荒曲》"发表何秋声的《垦荒者的性格》,颜慧云的《父子·夫妻·同志》。

《星火》8月号发表蒋天佐的《从〈湾溪河边〉想到的》;周崇坡的《敢教日月换新天》;宝满的《小谈"人情味"》;葛新民的《啄木鸟和筛子》。

《草原》8月号发表玛拉沁夫的《读报告文学有感》;孟和博彦的《用革命的感情,反映革命的英雄时代》;潘习敏、周宗达的《"活的思想第一"》;杉木的《散文的联想》;百里秦的《对比·倒叙·我》。

《新港》8月号发表孙犁的《论培养》;吉九章的《关心和爱护——读孙犁的〈文学短论〉》;吕剑的《春夜读书记》;[苏]高尔基的《编辑部的信》。

《鸭绿江》8月号发表闻之的《漫谈话剧〈红石钟声〉》;余维的《为英雄人物塑象》;凌璞三的《正度粒的高粱》。

《人民日报》发表社论《把文艺战线上的社会主义革命进行到底——祝京剧现代戏观摩演出大会胜利闭幕》。

《长江文艺》8月号发表李力的《试谈报告文学的几个特征》;江月的《从真人真事谈提高》。

《四川文学》8月号发表夏芒的《读〈工厂新曲〉》;田原的《革命的路,创业的路——读报告文学〈一群皮匠的路〉》。

《河北文学》8月号发表王其健的《大风浪中的英雄之歌》;钟铃的《〈水火〉与〈歇工〉》;冯健男的《创作要这样才会好(连载)》。

《宁夏文艺》第4期发表李镜如的《赵树理作品的语言》。

《解放军文艺》8月号转载《红旗》杂志第12期社论《文艺战线上的一个大革命》;《让京剧现代戏的革命之花开得更茂盛》;《为京剧的革命化欢呼》;《咒骂也是枉然——驳斥帝国主义者、现代修正主义者对我国戏剧工作的诽谤》;沈政文的《组织征文创作的几点体会》;本刊记者的《在英雄人物、时代精神的鼓舞下——关于第一期征文作品在读者中的反应的调查》。

2日,《人民日报》发表金为民、李云初的《关于时代精神的几点疑问》;刘纲纪的《时代精神只能是革命阶级的精神》。

4日,《光明日报》发表刘保端的《从真人真事谈提高》。

《北京文艺》8月号发表颜长珂的《漫谈〈节振国〉的人物塑造》;艾明的《前仆后继革命人——京剧现代戏〈红灯记〉漫话》。

《民间文学》第4期发表许钰的《略论近代反对帝国主义的传说》;蔚钢的《民间故事中的幻想和艺术魅力》;铁肩的《〈特华之歌〉和〈万卡〉》。

5日,《成都晚报》发表张衡若的《战斗的螺号——读诗集〈螺号〉》。

《北方文学》8月号发表袁文殊的《话剧〈锻工之家〉读后》;孙维世的《喜看〈锻工之家〉》;黄益庸的《题材二题(给初学写作者)(七)》。

《新疆文学》8月号发表顾象贤的《迎接新高潮的战鼓》;张越的《新颖独创,别具风采——看小歌舞剧〈双送礼〉和〈送彩礼〉》。

6日,《羊城晚报》发表田农的《周炳形象不能否定——与蔡葵同志商榷》;李以庄的《暨大对〈苦斗〉的两派意见》。

10日,《东海》8月号发表张颂南的《社会主义新人的赞歌》。

《诗刊》8月号专栏"新花坛"发表思蜀的《读〈黄连歌〉》,李朴的《高云的三首小诗》,丁力的《唱出了公社的春天——读〈麦箫曲〉》。

《山东文学》8月号发表李玉山的《漫谈〈一份工资〉》。

11日,《文汇报》发表吴中杰的《时代精神与英雄形象的塑造》。

12日,《解放日报》发表张耀辉、胡荣根的《腐蚀革命文艺的"汇合论"——与周谷城先生商榷》。

13日,《人民日报》发表李树谦的《英雄人物必须体现社会主义的时代精神》;钱中文的《评周谷城的时代精神观》。

《羊城晚报》发表茫原的《小资产阶级的人物周炳——与田农同志商榷》;李岩的《〈苦斗〉没有充分反映时代》。

14日,《文学评论》第4期发表路坎的《京剧现代戏观摩演出的重大成就》;黎之的《描写英雄人物的报告文学》;严家炎的《梁生宝形象和新英雄人物创造问题》;缪俊杰、卢祖品、周修强的《关于周炳形象的评价问题——与蔡葵同志商榷》;卞之琳的《莎士比亚戏剧创造的发展》;周琪的《评〈红楼梦〉中关于"十二钗"的描写》,力扬的遗作《论杜甫诗歌的现实主义》;专栏"随笔"发表于萌的《对典型问题讨论的一点感想》,何映的《外国文学研究工作需要联系现实斗争》;专栏"新书新作品评介"发表陈翔鹤的《〈山高水远〉》,南熏的《〈论崔莺莺〉》,江岑的《〈幸福的旅程〉》,飞舟的《〈南柳春光〉》。

15日,《光明日报》发表夏里的《人民群众和英雄人物——与刘保端同志商榷》。

《萌芽》第8期发表姜彬的《青年文艺工作者也要懂得理论》;萧殷的《抛掉心灵的秽物》;哈华的《怎样写好我们的空中雄鹰》。

《江海学刊》8月号发表刘蔚华的《共产主义道德产生于无产阶级的革命斗争——从〈红岩〉谈道德问题》。

17日,《人民日报》发表丹丁的《从塑造正面英雄形象出发——评〈红嫂〉从小说到京剧》。

20日,《人民日报》发表李泽厚的《两种宇宙观的分歧——驳周谷城及其支持者的"统一整体"论》。

《羊城晚报》发表潘翠青的《周炳的形象果然美吗?——与田农同志商榷》;彭大鹏的《〈苦斗〉描写中的不良倾向》。

《剧本》8月号发表赵纪鑫的《草原小姊妹(中型京剧·内蒙古艺术剧院京剧团演出本)——一九六四京剧现代戏观摩演出剧目之一》。

22日,《文汇报》发表金向红的《读〈故事会〉》。

23日,《湖北日报》发表贺兴安的《生命的光辉——推荐〈军队的女儿〉》;陈安湖的《一部具有现实教育意义的小说——〈枫橡树〉简介》。

25日,《光明日报》发表庄犁的《时代精神与英雄人物——与刘保端商榷》;应怀祖、向潜的《典型形象如何反映时代精神》;笃文的《艺术上的"拙"》。

27日,《人民日报》发表马奇的《主观唯心主义、个人主义的艺术创作论——评周谷城先生的美学思想》。

《羊城晚报》发表《〈三家巷〉〈苦斗〉究竟给了今天的青年一些什么?——一

束来信提出的问题》;胡一声的《与蔡葵同志谈周炳形象及其它》。

27—29日,《文汇报》发表金为民、李云初的《关于新人、英雄形象塑造问题的质疑——与阮国华、田本相同志商榷》。

29日,《光明日报》发表司马从的《"生涩"意味着什么——评笃文〈艺术上的"拙"〉》。

31日,《文汇报》发表张炯的《要塑造怎样的当代英雄形象?——关于"真事"维护者的真实面目的剖析》。

《羊城晚报》发表《为什么有人认为〈三家巷〉〈苦斗〉是"新红楼梦"?》。

本月,《边疆文艺》8月号发表越仙的《丰富多彩的民族新艺术》。

本月,人民出版社出版本社编的《文化战线上的一个大革命》。

作家出版社出版孙犁的《文艺学习》。

9月

1日,《中国青年报》发表蔡葵的《用阶级调和思想毒害青年的小说》;羽丝的《周炳是值得学习的吗?》。

《山花》9月号发表梁鸿安的《关键在于和工农群众相结合》;龙炘成的《关于深入生活》;李炎群的《思想感情两例》;肖侃的《读〈第一步〉》。

《火花》9月号发表林芜斯的《读新人新作六篇》。

《长春》9月号发表彭真的《在京剧现代戏观摩演出大会上的讲话》;李思得的《这样反映阶级斗争真实吗?》;文征的《〈紧要关头〉是对我国农村现实阶级斗争的根本歪曲》;马清福的《怎样理解典型环境与典型性格》。

《延河》9月号转载彭真的《在京剧现代戏观摩演出大会上的讲话(一九六四年七月一日)》。

《雨花》第9期发表萧风的《陆文夫的翻案和自我吹嘘——读陆文夫〈给《文艺报》编辑部的一封信〉》。

《奔流》9月号专栏"笔谈《垦荒曲》"发表叶鹏的《创业精神和创业者的颂歌》；王毓的《在劳动的熔炉中锻炼》；叶丹的《荒草窝飞出了金凤凰》；尚达祥的《略谈赵辛田的形象》。

《星火》9月号发表王超群、雪湘蓉、王仲平等的《毛主席文艺思想的光辉胜利》。

《草原》9月号发表玛拉沁夫的《答〈萌芽〉编辑部问》；毕力格太的《"造出大群的新战士"》；王玉堂的《努力塑造农村基层领导干部的形象》；屈正平的《忆苦锁谈》；马白的《"起点"和"定弦"》；霍清安的《听诗断想》；丁尔纲的《结尾小议》；向光灿的《战斗的杂文，犀利的武器——推荐〈老生常谈〉》；阿迪娅的《〈红色的瀑布〉》；温都尔的《〈荷花满淀〉》。

《新港》9月号发表李润杰的《带着阶级感情写作》；陈安湖的《读张铁珊的三篇小说》。

《鸭绿江》9月号转载《人民日报》7月18日评论文章《关于艺术创作问题讨论的概述》；同期，发表李尧的《评周谷城的情感源泉论》；凌璞三的《看得深些，想得透些》。

《长江文艺》9月号发表贺兴安的《家史创作散论》；彭立勋的《立足点必须高》；刘翰文的《小谈描写正面人物》；何先的《赞革命的实干家》。

《安徽文学》第9期发表李长胜的《在新的课题面前》；薛浩伟的《做京剧改革的促进派》；李明的《来自第一线的新人新作》；张文超的《〈兵〉给我的启示》；刘士芬的《从剪辫子谈起》；夏传广的《程真的"路"走对了》；马菁华、孙栋华、聂盛纲的《阳光灿烂话诗风》。

《河北文学》9月号发表刘振声的《满腔热情写新人——读〈搭桥集〉》；鲍昌的《工人作者崔椿蕃的创作特色》。

《解放军文艺》9月号发表肖华的《新人物新思想新风尚的颂歌——第一期"四好连队、五好战士、新人新事"征文选集序》；本刊编辑部的《千笔纵横画新人》；晓寒的《一场被歪曲了的阶级斗争》。

3日，《文汇报》发表江海的《论英雄形象的教育作用》。

《人民日报》发表李星、维谷、道勋的《周谷城的反动历史观和"时代精神汇合论"》。

《光明日报》发表曹文俊、张昶的《应该如何评价英雄人物——与刘保端同志商榷》。

《羊城晚报》发表叔平的《试为周炳这个形象作一个阶级分析——来自工厂的评论》。

《南方日报》发表陈国耀的《〈三家巷〉〈苦斗〉宣传了什么思想感情？》。

4日，《南方日报》发表虞乐易的《是写革命还是言情》；余昭的《究竟是什么样的"一代风流"？》；钟倬环的《贾宝玉式的周炳》。

《北京文艺》9月号以"关于影片《北国江南》的讨论"为总题，发表马联玉、果青的《一个失败的形象——吴大成》；崔雁荡的《也谈吴大成和银花》；刘忠田的《我对〈北国江南〉的看法》；谭需生的《反映阶级斗争与创造正面形象的问题》。

5日，《光明日报》发表马金戈的《如何正确地认识新人形象》。

《人民日报》发表萧枫的《塑造英雄人物一感——读书札记》；何左文的《伟大的时代　颂革命英雄——谈"四好连队、五好战士、新人新事"征文》；萧华的《新人物新思想新风尚的颂歌——第一期"四好连队、五好战士、新人新事"征文》。

《中国青年报》发表姜繁的《我认为周炳是个典型的革命者》；王先霈的《〈三家巷〉〈苦斗〉是怎样调和阶级矛盾的》。

《北方文学》9月号发表李安恒的《唯有源头活水来》；王敬文的《从〈大寨英雄谱〉想起的》。

《湖南文学》9月号发表湘波的《报告文学大有可为——读〈湖南文学〉今年一月至七月号几篇报告文学作品》；方洁的《是斗争、还是调和——谈谈〈生活的课题〉的思想倾向》。

《新疆文学》9月号发表应胡的《谈哈萨克新民歌》。

6日，《人民日报》发表策后的《〈北国江南〉和周谷城的美学理论》。

7日，《文汇报》发表戴厚英的《揭出所谓"人情味"的底牌》。

8日，《光明日报》发表邓龙贵的《有害的论调——评笃文〈艺术上的"拙"〉》；孙光萱、刘钝文的《大力塑造我们时代的英雄人物》。

9日，《羊城晚报》发表罗艺仁等的《〈三家巷〉〈苦斗〉能不能鼓舞人们的斗志？——来自部队的评论》。

10日，《人民日报》发表田丁的《时代和时代精神——驳周谷城的反动观点》。

《光明日报》发表《〈三家巷〉〈苦斗〉是好作品还是坏作品？》

《诗刊》9月号发表林元的《燃烧的诗篇——读诗集〈战斗的南越〉》；尹一之的

《白茆塘上歌声好——记江苏常熟县白茆公社的新民歌运动》；专栏"短评"发表康文的《从戏想到诗》，石竹的《一次有意义的尝试》，闻山的《诗歌通向群众的一条路》。

《山东文学》9月号发表普庚的《可赞美的经理》；韩长经的《赞"新风尚"》。

11日，《羊城晚报》发表任文等的《〈三家巷〉〈苦斗〉反映的农村面貌符合实际吗？——来自农村的评论》。

12日，《南方日报》发表罗静等的《美化了旧中国的农村》；陈志祥等的《革命意志的腐蚀剂》。

14日，《文汇报》发表刘叔成的《提倡表现"纯粹个人的特征"为了什么？》。

15日，《河北日报》发表未也的《〈勇往直前〉的资产阶级倾向》。

《萌芽》第9期发表专论《歌赞我们时代的英雄》。

《江海学刊》9月号发表赵永江的《谈戏曲现代戏的语言特色》。本年出至9月号为止。

16日，《文汇报》发表吴中杰的《论"人情味"》。

《羊城晚报》发表萧学鹏的《〈勇往直前〉引导青年追求什么？》。

17日，《文汇报》发表汤大民的《驳"难能免俗"论》；陈骏涛的《断章取义和歪曲的引申》。

《成都晚报》发表重陈的《时代新风的热情歌颂——读〈一代新风〉》。

19日，《中国青年报》发表中国青年报广东记者站整理的《〈三家巷〉〈苦斗〉宣扬了资产阶级的思想感情——青年工人、学生、干部、教师等在团广东省委召开的座谈会上的发言摘要》。

20日，《解放日报》发表任明的《时代精神的颂歌——〈一代新风〉〈新道德新风尚〉读后》。

《剧本》9月号发表李师斌、李贵华、方荣翔、孙秋潮的《奇袭白虎团（大型京剧）——一九六四京剧现代戏观摩演出剧目之一》。

23日，《羊城晚报》发表毛军的《不要忘记阶级分析　不要脱离作品实际——读胡一声关于〈三家巷〉〈苦斗〉的评论》。

24日，《辽宁日报》发表青峰的《从周炳的恋爱观看〈三家巷〉〈苦斗〉的政治倾向》。

25日，《人民日报》发表金素秋的《深入生活这一课题不能放松——改编京剧

〈黛诺〉的几点体会》。

《上海文学》第5期发表陈鸣树、方胜、孙雪吟的《时代精神与文学典型》。

26日,《内蒙古日报》发表乌兰夫的《用活的阶级斗争史来教育青年一代——〈奴隶的新生〉代序》。

30日,《文艺报》第8、9期合刊发表本报编辑部的《"写中间人物"是资产阶级的文学主张》;本报编辑部的《关于"写中间人物"的材料》;若湘的《浸透了资产阶级腐朽思想的〈早春二月〉》;王春元的《究竟谁是我们时代的主人?》;程光锐的《战斗的诗篇 英雄的赞歌——读战斗诗集〈战斗的南越〉》;专栏"新收获"发表蓝光的《〈龙马精神〉》,邹荻帆的《〈南方来信〉》,隆荫培的《〈江姐〉》,石研的《〈钻台上〉》,杨扬的《〈最鲜艳的花朵〉》。

本月,《边疆文艺》9月号发表郑云、魏浩的《小说〈侗家人〉宣扬了什么?》;张文勋的《时代精神和英雄人物的塑造》;孟流的《关于报告文学》。

本月,作家出版社出版姚文元的《文艺思想论争集》。

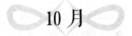

10月

1日,《人民日报》发表胡万春的《永远为工人阶级写作》。

《山花》10月号以"关于影片《北国江南》的讨论"为总题,发表汪岁寒、黄式宪的《应当严肃认真地来评论影片〈北国江南〉》,王洛、田羽的《〈北国江南〉是"中间人物"论的标本》,万紫千的《〈北国江南〉严重歪曲了当前农村的阶级斗争》,梁鸿安的《〈北国江南〉是靠什么解决矛盾冲突的?》,汪文超的《令人不能容忍的歪曲和丑化》;同期,发表伯龄的《革命的颂歌 战斗的乐章——读〈南方来信〉》。

《火花》10月号发表杨茂林、武毓璋的《漫谈反映时代精神问题——兼评周谷城等人的时代精神观》;汪远平等的《是阶级斗争,还是"阶级调和"!》;李国涛的《一定要写革命英雄形象》。

《长春》10月号发表王方武的《听党的话,坚决革命化》;张哲的《抒汽车工人之情》；胡恩升的《〈北国江南〉的矛盾观和文艺观》；阎鹏的《电影〈早春二月〉宣扬了什么？》；史林琪的《〈紧要关头〉的严重问题》；夕拾的《必须正确描写阶级斗争中的敌我力量》；岳峰、云鸣的《驳曹与美同志》。

《延河》10月号发表史风的《〈早春二月〉宣扬的是什么思想？》；陈键的《〈北国江南〉玷污了共产党人的形象》；陈深的《用什么观点塑造新英雄人物？》。

《奔流》10月号发表报道《阶级调和论和"人性论"的艺术标本》。

《星火》10月号发表本刊记者的《对影片〈北国江南〉人性论观点的批判》；齐平的《我省文学战线上的新收获》。此后休刊，1965年7月复刊。

《草原》10月号发表《作家座谈〈炉前曲〉、〈巡线工〉》；汪德斌的《喜看草原开新花——谈〈草原〉新人新作栏中的几篇小说》；向光灿的《新英雄形象和作家立足点》；郭超的《工业题材的"关"及其他》；翰昌、习敏、宗达的《更好地塑造新英雄形象》。

《新港》10月特大号发表施百胜的《深入到工农群众去，积极参加阶级斗争》；林淑莹的《把青年引向哪里去？——评小说〈勇往直前〉的资产阶级思想倾向》；桑韧之的《虚伪的面目，腐朽的灵魂——对〈早春二月〉主角萧涧秋和陶岚的批判》。

《青海湖》10月号发表程光远的《文艺工作者努力实现革命化》；汪岁寒、黄式宪的《应当严肃认真地来评论影片〈北国江南〉》。

《鸭绿江》10月号发表李尧的《评周谷城的情感唯一论》；凌璞三的《通向群众心灵的桥》。

《长江文艺》10月号发表陆耀东、孙子威的《关于在矛盾斗争中塑造英雄形象的问题》。

《四川文学》10月号发表安旗的《〈早春二月〉是一部什么样的电影？》；杨田村的《有毒的〈早春二月〉》；余音的《人道主义的卑鄙说教》；覃桑的《努力塑造我们时代的英雄——兼评〈北国江南〉的错误倾向》。

《安徽文学》第10期发表李冬生的《在戏曲舞台上塑造完美的当代英雄形象》。

《河北文学》10月号发表冯健男的《时代精神阶级斗争英雄形象》；厉砚石的《〈勇往直前〉宣扬了什么》；王林的《〈农村青年日记抄〉题记》；王南的《红色接班人的生动教材》；郑士存的《〈北国江南〉究竟宣扬了什么》。

《宁夏文学》第5期发表哈宽贵的《这是一场什么样的"争夺仗"——评〈北国

江南〉的一个情节》；洛秦的《不许美化董子章》；李慕莲的《周炳是什么阶级的风流人物？》；杨令勋的《周炳是脱离工农大众的知识分子》。

《解放军文艺》10月号发表《部队文艺创作必须进一步革命化——傅钟副主任在"征文""征歌"美术和摄影作品授奖大会上的讲话》；魏巍的《时代精神与典型问题——驳周谷城等的错误论点》；于波的《一场原则性的争论——就塑造英雄形象问题驳金为民》；王一之的《究竟是站在哪一边？——评影片〈早春二月〉》。

4日，《北京文艺》10月号发表周述曾的《初评话剧〈结婚之前〉》；郑莹芝的《深刻的教训——从影片〈家庭问题〉得到的一点启示》；齐师文的《被美化的极端个人主义者的真面目——评〈早春二月〉里的肖涧秋和陶岚》。

《民间文学》第5期发表臧克家的《"毛主席著作是灯塔"——部队学习毛主席著作歌谣选读后》。

5日，《广西文艺》10月号发表郑天健、胡仲实的《〈北国江南〉是一部坏电影》；刘硕良的《革命的勇气 老实的态度》；丘振声的《与人民为敌者必然灭亡》；孙见光的《在阶级斗争中锻炼改造》；丘行的《一定要自觉地移过去》。

《北方文学》10月号发表李佳的《人物性格浅谈（给初学写作者）（八）》。

《湖南文学》10月号发表黄起衰的《从〈北国江南〉看作者的世界观》；左继的《跃进的号角这里吹——读张觉的诗集〈挥刀集〉》。

《新疆文学》10月号发表《关于周谷城美学思想和影片〈北国江南〉的讨论》；雷茂奎的《艺术创作是阶级斗争的武器》。

10日，《光明日报》发表贾文昭的《论英雄人物的理想性与真实性》。

《诗刊》10月号发表谢冕的《阶级斗争的冲锋号——略谈政治抒情诗创作》；尹一之的《刻划我们时代英雄的形象——读描写新人新事的叙事诗》。

《前线》第19期发表子晓的《〈早春二月〉给知识分子指出的是什么道路？》。

《山东文学》10月号发表普庚的《到底谁战胜了谁？》；于良志的《党的领导者形象不容歪曲》；殷梦舟、郭同文的《斗争的号角，新人的颂歌》。

《中国青年报》发表邓嗣明等的《周炳是"成长中的无产阶级革命者"吗？——就周炳形象与缪俊杰等同志辩论》。

11日，《天津日报》发表赵福龄的《这是一颗糖衣炮弹》；白依祖的《这是什么阶级的幸福观？》。

《辽宁日报》发表王素华的《〈三家巷〉〈苦斗〉对我们青年同学的毒害》；杨迺

山的《把工人阶级写得一塌糊涂》;张亚生的《标榜阶级调和的"英雄"》;宁殿弼的《宣扬人性论的毒剂》;陈玉兰的《爱情至上 敌我不分》;姜宝琦的《两本混淆阶级界限的坏书》。

12日,《辽宁日报》发表左思等的《毒素在哪里?——评小说〈三家巷〉〈苦斗〉》。

14日,《光明日报》发表陆荣椿的《艺术的源泉是情感吗?——评周谷城先生的美学观》。

《文学评论》第5期发表张羽、李辉凡的《"写中间人物"的资产阶级文学主张必须批判》;陆一帆的《〈三家巷〉和〈苦斗〉的错误思想倾向——兼与缪俊杰、卢祖品、周修强三同志商榷》;赵雨荫的《人性论思想不容辩护——同〈北国江南〉的一些辩护者们辩论》;潘旭澜的《谈李准的小说》;贾芝的《谈解放后采录少数民族口头文学的工作》;专栏"新书新作品评介"发表卜林扉的《〈一代新风〉》,林易的《〈仇恨的火花〉》,阎焕东的《〈前辈〉》;专栏"通信"发表张系朗、蒋和森的《怎样看待文化遗产中的消极影响》。

15日,《文汇报》发表华夏的《评论作品的标准》。

16日,《河北日报》发表周学明的《是向前,还是倒退?——评小说〈勇往直前〉》。

18日,《辽宁日报》发表李忠宝等的《〈三家巷〉〈苦斗〉是两本宣扬阶级调和、爱情至上的坏书》。

20日,《剧本》10月号发表阎肃的《江姐(七场歌剧·据罗广斌、杨益言小说〈红岩〉改编)》;河北省天津市京剧团改编的《六号门(八场京剧·据同名话剧改编)——一九六四京剧现代戏观摩演出剧目之一》。

21日,《河北日报》发表凤岐的《一本宣扬阶级调和的坏书——评小说〈勇往直前〉》。

22日,《羊城晚报》发表章彰的《周炳——一个无产阶级革命者的形象》。

24日,《文汇报》发表刘梦溪的《描写无产阶级的个性,还是宣扬资产阶级的"人性"?——驳金为民超阶级的"个性论"》。

25日,《天津日报》发表赵治全的《被丑化了的工农子弟形象》。

《光明日报》发表李捷的《如何正确地评价古代作家和作品——游国恩等同志主编的〈中国文学史〉读后质疑》。

27日,《辽宁日报》发表王建中的《腐蚀青年灵魂的〈勇往直前〉》。

28日,《南方日报》发表茫原的《〈勇往直前〉宣扬的友谊是什么货色?》。

29日,《羊城晚报》发表霍汉姬的《〈三家巷〉与〈苦斗〉的根本问题是什么?》。

30日,《文汇报》发表胡锡涛的《从〈霓虹灯下的哨兵〉的创作谈起——关于文艺反映时代精神的几个问题》。

《人民日报》发表文文宣的《文艺理论阵地上的革命精神和反动精神的斗争——驳周谷城的时代精神"汇合论"》。

《河北日报》发表晨钟璞的《三个被歪曲的共产党员形象——评小说〈勇往直前〉》。

31日,《人民日报》发表《文艺报》编辑部的《"写中间人物"是资产阶级的文学主张》;《文艺报》编辑部的《关于"写中间人物"的材料》。

本月,《边疆文艺》10月号发表扬兵的《新人新花赞——读工农兵业余作者的小说》;汪岁寒、黄式宪的《应当严肃认真地来批评影片〈北国江南〉》;方一水的《一部散播资产阶级思想毒素的坏电影——简评影片〈早春二月〉》;王斌、夏青的《揭开"人类之爱"的迷雾——谈〈侗家人〉的思想倾向》;赵克雯整理的《〈侗家人〉是一篇有毒素的小说——昆钢工人座谈纪要》。

本月,四川人民出版社出版安旗的《毛主席诗词十首浅释》。

11月

1日,《火花》11月号发表汪远平的《试谈英雄人物理想化问题——兼驳金为民的错误观点》;石玉山、华中奘的《影片〈早春二月〉批判》。

《作品》第11期发表孙艺的《〈三家巷〉〈苦斗〉错误地反映了中国革命的来龙去脉》;本刊资料室的《关于〈三家巷〉〈苦斗〉讨论情况简介》。

《延河》11月号发表李培坤的《周谷城的时代精神论的实质》;朱风之的《我们需要朗诵诗》;王向峰的《新作读后漫评》。

《奔流》11月号发表吉兆明、郭太平的《颠倒黑白的典型》;贾文昭的《李准塑造新人物形象的若干特色》。

《草原》11—12月号发表魏巍的《时代精神与典型问题——驳周谷城等的错误论点》;《小海子大队贫下中农批判〈北国江南〉》;内蒙古师院中文系的《革命者,还是资产阶级人道主义者?》;孟宪义、娅文、玉珍、力沙、泰学、那恒耀、聂锡文的《〈早春二月〉贩卖了些什么货色?》。

《青海湖》11月号发表景文师的《〈早春二月〉要把人们引到哪儿去?》;师文中的《评〈北国江南〉的错误倾向》;李方山的《不健康的感情——评小说〈杏花雪飘〉》。

《长江文艺》11月号发表孟起的《要有闪闪发光的思想》;杨苏的《试谈王维洲的诗歌创作》;聂成的《有感于培养业余作者》。

《四川文学》11—12月号发表蒋志的《这是什么样的"师道"?》;乐山高级中学语文组的《评李伏伽的〈师道〉》。

《安徽文学》第11期发表李焕仁的《〈还魂草〉是一篇具有反动思想倾向的作品》;胡叔和的《这是为谁而作——从〈还魂草〉到〈三个短篇〉》。

《河北文艺》11月号发表金文的《宣扬人道主义的艺术标本》;华岱的《〈勇往直前〉是怎样歪曲党的领导的?》;何中文的《且看"友谊感化论"是什么货色!》;丁燕的《一支吹奏人性论的"短笛"》。

《解放军文艺》11月号发表辅之的《〈"强盗"的女儿〉不值得赞扬》;任斌武的《往生活的深处开掘,真正理解英雄人物》;税海涛的《写战士英姿 赞时代精神》;前进歌舞团创作组的《领导引路 群众帮助 作者刻苦》。

4日,《人民日报》发表续磊的《这就是我们的后代——报告文学〈最鲜艳的花朵〉读后》。

《北京文艺》11月号发表康式昭的《一株借古讽今的毒草——评历史小说〈杜子美还家〉》;凤子的《一代新人的颂歌——〈山村姐妹〉观后》。

3日,《光明日报》发表曲树程的《驳周谷城"先受感染,然后分析"》

5日,《山花》11、12月合刊以"关于影片《早春二月》的讨论"为总题,发表景文师的《〈早春二月〉要把人们引到哪儿去?》,吴明的《最毒的毒草——影片〈早春二月〉》,崔钰、娄广华、乙一的《撕开肖涧秋的进步外衣》,沈嘉泽的《这是对革命战争的莫大污蔑》;同期,发表江尚文的《批判小说〈侗家人〉所宣扬的反动思想》;凡生的《一棵替资产阶级涂脂抹粉的毒草——评小说〈大树脚〉,兼评评介〈大树脚〉的文章〈不愧为人民的交易员〉》。

《广西文艺》11月号发表鲁霖的《大力塑造我们时代的英雄形象》;《〈早春二月〉歌颂和宣扬了什么?——一个座谈会的发言纪要》。

《北方文学》11月号发表郁子的《宣扬阶级调和的坏影片(评〈早春二月〉和〈北国江南〉)》;穆芝的《资产阶级人道主义的反动性》;蔡羽的《〈早春二月〉怎样贩卖资产阶级个人主义毒药》。

6日,《羊城晚报》发表初立的《为〈三家巷〉〈苦斗〉一辩》;饶绮超的《周炳给了我什么影响?》;林村材的《〈三家巷〉和〈苦斗〉毒害了我》。

《河北日报》发表项红的《〈勇往直前〉同青年革命化唱反调》。

8日,《人民日报》发表何其芳的《小说〈二月〉和电影〈早春二月〉的评价问题》。

《天津日报》发表艾文会等的《评〈勇往直前〉中的敌我矛盾》;南开大学中文系六〇二文艺评论组的《从"白纸"和"水"谈起——评〈勇往直前〉中的郑丽芳、徐家宝》;吴兵的《王苹把青年引向何方?》。

9日,《文汇报》发表《不许歪曲辩证法——驳周谷城等在时代精神问题上的反辩证法观点》。

10日,《山东文学》11月号发表山东省京剧团的《京剧〈奇袭白虎团〉的创作和演出》;文耳的《一本宣扬资产阶级文艺思想的小册子》;刘凯鸣的《对〈文谈诗话〉的几点意见》;维章的《一本充满毒素的书》;王安友的《影片〈早春二月〉鼓吹了些什么?》;张果夫、方永耀的《肖涧秋是个什么样的人》。

11日,《辽宁日报》发表马加的《〈大地的青春〉宣传了什么路线——评蔡天心同志的长篇小说〈大地的青春〉》。

12日,《人民日报》发表《文艺必须为工农兵服务 为社会主义服务——西藏文艺工作者座谈会纪要》。

《羊城晚报》发表易准的《〈三家巷〉〈苦斗〉是怎样调和阶级矛盾的?》。

《中国青年报》发表柴剑虹的《周炳绝不是"典型革命者"》;王琳的《是谁不"尊重史实"?》。

13日,《南方日报》发表刘再明的《对新中国大学生生活的歪曲——评小说〈勇往直前〉》。

17日,《文汇报》发表江文军的《略论不同历史时期时代精神的客观表现》。

《人民日报》以"关于'写中间人物'问题"为总题发表傅用霖的《英雄人物写

多了吗?》、叶维四、朱金才的《沿着什么样的方向和道路"深化"》、方坚的《不能把广大工农兵群众称作"中间人物"》、陈德湘的《我们不要所谓"中间人物"》。

18日,《光明日报》发表彭久松的《从周谷城对〈劝学篇〉的吹捧看他的"时代精神汇合论"的反动实质》。

《羊城晚报》发表楼栖的《〈三家巷〉〈苦斗〉的思想艺术实质》。

19日,《文汇报》发表罗思鼎的《〈李秀成之死〉等剧本宣扬了什么思想》。

20日,《大众日报》发表鲁青的《朝着什么方向"勇往直前"?——评小说〈勇往直前〉》。

《鸭绿江》11—12月号转载《文艺报》编辑部的《"写中间人物"是资产阶级的文学主张》、《关于"写中间人物"的材料》;马加的《〈大地的青春〉宣传的什么路线——评蔡天心同志的长篇小说〈大地的青春〉》;戈扬的《一部鼓吹阶级调和论的作品——评蔡天心同志的长篇小说〈大地的青春〉》;郝初阳的《肖涧秋和他的伙伴们——评电影〈早春二月〉及其他》。

《剧本》11月号发表翁偶虹、阿甲改编的《红灯记(大型京剧)——一九六四京剧现代戏观摩演出剧目》。

21日,《天津晚报》发表李硕儒的《小说〈翠英〉读后》。

22日,《天津日报》发表南开大学中文系六〇一文艺评论组的《死路一条——谈小说〈勇往直前〉中的丁云生的道路》。

23日,《文汇报》发表师文的《评金为民的〈中间人物论〉》。

《羊城晚报》发表赖诗逸的《青年人应当怎样看待〈三家巷〉〈苦斗〉》。

25日,《收获》第6期发表徐缉熙的《揭开〈早春二月〉主题的盖子》;方胜的《论文学作品反映时代精神的问题》。

26日,《羊城晚报》发表文为民的《〈勇往直前〉宣扬了什么样的幸福观?》

28日,《文汇报》发表筠碧的《从〈故事会〉谈改编故事的一个问题》。

《文艺报》第10期发表本刊评论员的《工农兵的英雄形象大放光芒——十月首都舞台银幕巡礼》;刘白羽的《火种与阳光——音乐舞蹈史诗〈东方红〉观后感》;齐芳的《赞京剧现代戏〈红灯记〉》;叶林的《芭蕾舞剧艺术革命的春雷——谈〈红色娘子军〉的创作和演出》;吴泰昌的《〈对手〉写了什么样的"英雄"》。

29日,《湖北日报》发表黄佑中的《一幅壮丽的画卷——读小说〈风雷〉》;康维刚的《读〈军队的女儿〉以后》。

本月，上海文化出版社出版《谈〈霓虹灯下的哨兵〉》。

12月

1日，《南方日报》发表谢芝兰的《〈三家巷〉〈苦斗〉是宣扬资产阶级思想感情的腐蚀性的作品》。

《火花》12月号发表李秉直的《从"中间人物"到"问题小说"》；唐水的《评论文章应该鼓吹什么？——也评〈我读《赖大嫂》〉、〈漫谈《赖大嫂》〉》。

《长春》11—12月号发表丁仁堂的《向彻底革命化的目标奋斗》；戚积广的《沿着革命化的道路前进》；张正理的《社会主义文学创作必须积极表现新时代，歌颂新英雄》；刘淑明、杨荫隆的《把人们引到哪里去？》。

《作品》第12期发表谢芝兰的《〈三家巷〉〈苦斗〉是宣扬资产阶级思想感情的腐蚀性的作品》。

《延河》12月号转载《文艺报》编辑部的《"写中间人物"是资产阶级的文学主张》、《关于"写中间人物"的材料》；同期，发表《中国作家协会西安分会召开座谈会批判"写中间人物"的资产阶级文学主张》。

《诗刊》11、12月合刊发表安波的《社会主义劳动者的诗风——读戚积广同志的诗作》；臧克家的《略谈晓凡的诗》；宋垒的《评近年来工人诗歌创作的发展》。

《新港》11、12月号发表文彦理的《文艺作品必须反映社会主义时代精神》；王昌定的《灵魂深处——评〈勇往直前〉》；学辛的《谈京剧〈六号门〉的人物、语言》；万力的《群星灿烂花似锦，万紫千红满园春——〈小小说选集〉（暂名）后记》；同期，发出编辑部通知："我们为了适应当前大好形势，为了今后更好地为工农兵服务，为社会主义服务，经报上级领导机关批准，本刊决定从明年一月起休刊一年，以便编辑部全体人员能够及时地下乡下厂参加伟大的社会主义教育运动。"

《青海湖》12月号发表冯育柱的《时代精神"汇合论"是为谁服务的？——驳周谷城的关于时代精神的谬论》；刘凯的《是资产阶级人道主义，不是阶级友爱——评萧涧秋对文嫂的同情〉；瑶莲的《〈进城〉歌颂的是什么样的人物？》。

《长江文艺》12月号发表凯风的《在什么道路上"漫步"》；新翰的《在戏剧评论中两种文艺思想的斗争》。

《河北文学》12月号发表陈鸣树的《〈三家巷〉〈苦斗〉的思想和艺术倾向》；吴泰昌的《〈对手〉写了什么样的"英雄"》；冯德金的《〈拔刺〉表现了什么感情》。

《宁夏文学》第6期发表《肃清〈三家巷〉〈苦斗〉在读者中散布的思想毒素——银川各界青年座谈〈三家巷〉〈苦斗〉纪要》。

《安徽文学》第12期发表工巾干、言仁水的《批判〈父子〉的资产阶级人性论》；师群的《资产阶级个人主义的"还魂草"》；柳燕的《一篇歪曲志愿军形象的小说——评〈我是中国人〉》；同期，发表《编辑部启事》宣布自1965年1月起暂时休刊。

《解放军文艺》12月号转载《文艺报》编辑部的《"写中间人物"是资产阶级的文学主张》、《关于"写中间人物"的材料》；同期，发表何左文的《描写英雄人物是最宽广的创作道路——批判邵荃麟同志"写中间人物"的理论》。

4日，《羊城晚报》发表钟一鸣的《且看〈苦斗〉所写的阶级斗争》；韩之友的《〈苦斗〉歪曲了党的领导》；游志扬的《谁"犯了时代的错误"？——驳初立同志〈为《三家巷》《苦斗》一辩〉》。

《民间文学》第6期"全国少数民族群众业余艺术观摩演出会特辑"发表本刊记者的《让新民歌唱得更响——记全国少数民族群众业余艺术观摩演出会歌手座谈会》；魏传统的《鲜花竞放载史册——在全国少数民族群众业余艺术观摩演出会歌手座谈会上的发言》。

5日，《光明日报》发表杨吉增的《英雄人物多了吗？》。

《广西文艺》12月号发表林云的《把革命的现代戏坚持到底》；余冰的《坚决向抄袭行为作斗争》。

《湖南文学》11、12月合刊发表本刊记者的《省文艺界讨论〈早春二月〉的报道》；文哲的《人民的生活是艺术的唯一源泉——批判周谷城的"感情是艺术的源泉"》；《省文艺界开展〈"写中间人物"是资产阶级的文学主张〉问题的讨论》。

8日，《人民日报》发表汝信的《驳周谷城的"真情实感"论》。

9日，《辽宁日报》发表敬信的《与党的农业合作化政策唱反调——评蔡天心同志的长篇小说〈大地的青春〉》；唐呐的《杨殿林——阶级调和论的代表人物——评蔡天心同志的长篇小说〈大地的青春〉》。

10日,《山东文学》12月号发表丹丁的《从塑造正面英雄形象出发》;刘小衡、姜希源的《一篇宣扬资产阶级人性论的文章(评〈文谈诗话〉)》。

11日,《南方日报》发表文新平的《阴暗的灵魂　丑恶的形象——评〈勇往直前〉里的丁云生形象》。

12日,《南方日报》发表陈午的《留穗作家讨论〈三家巷〉〈苦斗〉》。

《人民文学》12月号发表本刊编辑部的《"大写社会主义新英雄"征文启事》。

14日,《文汇报》发表居有松的《"写中间人物"论的实质是兴资灭无》。

《文学评论》第6期发表朱寨的《从对梁三老汉的评价看"写中间人物"主张的实质》;邓绍基的《〈李慧娘〉——一株毒草》;李醒尘的《时代向哪里去?——评周谷城反动的时代精神观》;季星的《评周谷城的时代精神"汇合论"和他的反社会主义的文艺路线》;蒋守谦、郑择魁的《〈早春二月〉的辩护者们背离了无产阶级的立场观点》;罗大冈的《"无边的现实主义"还是无耻的"现实主义"?——评加罗迪近著〈无边的现实主义〉》;专栏"新书新作品评介"发表叶廷芳的《〈南方来信〉第二集》,学连的《"四好连队、五好战士、新人新事"征文》,郭志今的《前驱》。

14日,《文汇报》发表范建中的《英雄人物鼓舞我们前进——评"写中间人物"》。

《羊城晚报》发表潘翠青的《谈周炳形象的"成长过程"》。

《解放日报》发表姚文元的《使社会主义文艺蜕化变质的理论——提倡"写中间人物"的反动实质》。

15日,《人民日报》发表杨上泉的《英雄人物是我们时代的主角》;韩庆宪、田军的《群众的大多数不是"中间人物"》;顾虹的《要工农兵英雄形象,不要"中间人物"》;郝传之、吕明的《"中间人物"不能培养出革命接班人》;陈白海的《我们需要光辉的英雄形象》。

《萌芽》第12期发表辛未秋的《贯彻什么样的文艺路线?》。

16日,《南方日报》发表黄永湛的《〈三家巷〉〈苦斗〉同青年革命化大唱反调》。

17日,《人民日报》发表郭志刚的《这是对农民的荒谬看法——评邵荃麟同志"写中间人物"的理论》;赵保林、于文泉、续更起、李元的《农民大多数是"中间人物"吗?》。

《羊城晚报》发表刘淑贤的《作家的责任何在?》。

18日,《光明日报》发表胡经之的《要把什么人推上文艺主位?——"写中间人物"主张的反动实质》。

《南方日报》发表翁国能等的《效果应该由读者负责》。

19日,《人民日报》发表王旭东的《人民战士不同意"写中间人物"》。

《辽宁日报》发表王建中的《〈大地的青春〉宣扬了办社依靠富裕中农的错误路线》;陈殿俊的《往谁脸上抹黑?——评〈大地的青春〉》。

20日,《剧本》12月号发表上海京剧院集体改编的《智取威虎山(大型京剧)——一九六四京剧现代戏观摩演出剧目》。

23日,《文汇报》发表申铁豹的《〈平原的颂歌〉唱的什么歌?》。

25日,《南方日报》发表彭清林的《反映大学生幸福生活 颂扬革命的友谊爱情——也谈汉水的小说〈勇往直前〉》;朱炳烈的《以徐家宝、郑丽芳为例》。

26日,《光明日报》发表天鹰的《论"写中间人物"主张的实质》。

27日,《人民日报》发表雷声宏的《这是与文艺的工农兵方向唱反调——评邵荃麟同志"写中间人物"的文学主张》;闻岩的《何谓"芸芸众生"》。

29日,《南方日报》发表陈熙中的《为什么要美化陈家兄妹?》。

30日,《文艺报》第11、12期合刊发表陆贵山的《"写中间人物"的理论是"合二为一"论和时代精神"汇合"论在文学理论上的表现》;王先霈的《关于"矛盾的人物"和"人物的矛盾"》;柴兮的《"写中间人物"的一个标本——短篇小说〈赖大嫂〉剖析》;黄益庸的《漫谈王书怀的诗歌创作》;欧阳文彬的《喜看新芽争茁壮——读〈萌芽〉上的新人新作有感》;艾克恩的《〈父子〉宣扬的是什么思想感情》;本刊资料室的《十五年来资产阶级是怎样反对创造工农兵英雄人物的?(资料)》。

31日,《南京大学学报(人文科学)》第3—4期发表陈瘦竹的《论艺术的源泉——评周谷城"艺术以情感为其泉源"说》;南史文的《评〈论李秀成〉——驳茅家琦同志的主要错误观点》;徐缦华、姚文彩的《决不允许歪曲工农兵英雄形象》。

本月,《边疆文艺》11—12月号发表张文华的《资产阶级艺术的一面黑旗——对影片〈北国江南〉的批判》;禹龙的《宣扬资产阶级人道主义的〈早春二月〉》;陈钢、刘行的《严重的歪曲 恶毒的诽谤——评小说〈侗家人〉》。

《中山大学学报(哲学、社会科学)》第4期发表中文系鲁迅文艺小组的《反对文学批评中的不良倾向——谈〈三家巷〉〈苦斗〉某些评论中的几个问题》;罗赐诗、郭正元的《周炳究竟是怎样的"英雄形象"?》;张维耿的《〈勇往直前〉的错误思想倾向》;黄春生、蔡书兴、熊茂生的《要把青年引向何处?——批判冯定同志的〈共产主义人生观〉》。

1965年

1995年

1月

1日,《延河》由月刊改为双月刊;第1期专栏"批判'写中间人物'的文学主张"发表牛志才的《要写社会主义、共产主义的新人》;张兆清的《听听劳动人民的意见》;郭义田的《我们爱看"红脸"》;杨大发的《要革命,就要写革命的英雄》;李茂林的《我们热爱英雄人物》;周声华的《"我们不需要这样的'歌者'"》。

《奔流》1月号以"驳'写中间人物'的谬论"为总题,发表喻连生的《"中间人物"是我们伟大时代的主流吗》,孟宪云的《我们大多数是"中间人物"吗》,杨建华的《把好无产阶级艺术的大门》,耿振印的《不许歪曲广大工农群众》,刘浪的《社会主义的文艺阵地不容侵犯》,黄兴汉、吕本玉的《不同意邵荃麟同志的主张》,翟宝义的《不许歪曲鲁迅》,杨润真的《用什么样的人物教育少年儿童》;同期,发表曹永松、谢以仁的《如此"授印"人》。

《长江文艺》1月号发表马国昌的《革命战士热爱革命的英雄人物》;王维洲的《我们对"写中间人物"的看法》;徐良斋的《请看看我们的新农村》;宋漱流的《在历史题材的掩盖下——评姚雪垠的〈草堂春秋〉》;贺兴安、曾胜如的《把文艺工作者引向何处——评禾得雨〈艺苑漫步〉中的一个错误观点》。

《河北文学》1月号发表项红的《我们和康濯同志的根本分歧——评〈试论近年间的短篇小说〉一文》;张谋厚的《战士的情操》;袁春根的《诗歌园地里的新花朵》;刘辉的《我们爱〈社员短歌〉》;艾思的《没写出时代精神来》;牧惠的《更好地为下乡上山的知识青年塑像》;于洛的《这是值得歌颂的人物吗?》。

《解放军文艺》1月号发表《会劳动又会从事文艺活动的人是最好的文艺工作者——陆定一副总理在全国少数民族群众业余艺术观摩演出会上的讲话》;思忖的《赞〈红光照耀山村〉》;辛冰的《越走越宽的"红光大道"》;王治平的《草原驭手的赞歌》;刘天鸣的《〈桥及其它〉读后》;以"批判'写中间人物'的谬论"为总题发表李宝生的《睁开眼睛看一看》,罗德祯的《"红脸"到处受欢迎》,陈惠良、邓敬苏的《从舞台上的英雄形象谈教育作用》,税海涛的《不能不生气,不能不批判》。

4日,《北京文艺》1月号发表王主玉的《评长篇小说〈艳阳天〉》。

5日,《青海湖》1月号发表刘凯的《批判"写中间人物"有感三题》;黄荣恩的

《谈小说〈进城〉的错误及其评论》;尉立青的《可喜的收获——读王宗仁同志的三篇散文》。

《广西文艺》1月号发表骆崇龙、肖冬阳、张岫忠的《我们坚决反对"写中间人物"的主张　我们热烈欢迎工农兵英雄形象》。

7日,《文汇报》发表司徒杰的《周谷城的"无差别境界"论及其来龙去脉》;稷与的《什么是周谷城的生活"重心"?》。

8日,《人民日报》发表许之乔的《艺术创作不能排除思想——驳周谷城的唯情论》;马穆安的《反对周谷城的时代精神"汇合"论》。

《光明日报》发表卜林扉的《从对〈创业史〉的评论批判邵荃麟同志"写中间人物"的理论》。

10日,《光明日报》发表水的《这是研究古典作品的危险道路——驳周谷城的"先受感染,然后分析"的谬论》。

《北方文学》1月号发表李安恒的《做革命人演革命戏》;彭贤贵的《一出富于现实主义的小戏》;

12日,《人民日报》发表王朝闻的《怎样看待艺术的社会作用?》。

13日,《文汇报》发表吴盈铎的《斥"一个阶级一个典型"的污蔑》;徐怀金的《写英雄人物"路子窄了"吗?》;韩天书的《驳用"中间人物"教育"中间人物"的谬论》。

14日,《文汇报》发表公今度、章培恒的《评周谷城"时代精神汇合论"的阶级实质》。

15日,《光明日报》发表蒋子龙的《绝不容许污蔑人民群众》;陈崇福的《让事实说话》;曾强的《我们要的是工农兵英雄形象》;杨金平的《贫农的话》;牛志才的《"写中间人物"是个怪点子》。

16日,《光明日报》发表周忠厚、滕咸惠的《所谓"从一粒米看大千世界"》。

19日,《光明日报》发表杨涌的《人民战士爱人民》;费洪智的《绝不容许改变文艺方向》。

20日,《人民日报》发表宁春亭的《不断熟悉生活,不断前进》;刘世德的《坚决走毛主席指出的路》;胡振东的《革命文艺只能以人民斗争生活为源泉》;袁国腾的《熟悉英雄,才能塑造好新英雄人物》;雷子明的《表现新人物,先要学习新人物》。

22日,《文汇报》发表裔式娟的《现实生活中根本不存在什么"无差别境界"》;姜才宝的《同帝国主义能"合作"吗?(评周谷城"无差别境界"论)》;邓志臣的《看戏能进入"无差别境界"吗?》;稷与的《什么是周谷城所谓的"全人格"?》。

23日,《光明日报》发表马奇的《为资产阶级艺术辩护的创作论——评周谷城〈美的存在与进化〉》。

24日,《人民日报》发表董守福等的《英雄人物的精神力量鼓舞着我们奋勇前进》;谈需生的《革命性是社会主义的灵魂——就文艺创作中革命性与现实性的关系问题与邵荃麟同志辩论》。

25日,《文汇报》发表景贤等人的《"中间人物"是一个反对兴无灭资的概念》;厚昌的《对谁"皱眉"对谁"微笑"》。

《收获》第1期发表以群的《论萧涧秋的"进步性"》;吴圣昔的《这是反社会主义的文学主张》。

25—26日,《光明日报》发表杨扬的《这是什么样的路?——评"写中间人物""路子"的反动实质》。

26日,《人民日报》发表田丁的《驳周谷城关于艺术"历史地位"的奇谈怪论》;上海永大染织一厂工人业余影剧评论小组的《看戏可以"不用分析"吗?》;张银荣的《"无差别境界"论是一帖麻醉剂》。

29日,《光明日报》发表艾克恩的《为"红脸英雄"鸣锣开道——驳邵荃麟同志对于写英雄人物问题上的怪论》。

30日,《人民日报》发表王中均的《作家可以不表示鲜明的态度吗?》;张荣基的《为什么"皱着眉头看生活"呢?》;牛志才的《希望多写社会主义的新人》。

《文艺报》第1期发表专论《欢迎大批新战士登上文学舞台》;宋汉文、戴自忠、王文杰、陈丽美、田雨海、李衍华的《资产阶级阴暗心理的自我暴露——批判舒群的短篇小说〈在厂史以外〉》;钱光培的《怎样看待〈在软席卧车里〉这篇小说》;项红的《我们和康濯同志的根本分歧——评〈试论近年间的短篇小说〉一文》。

《新疆文学》1964年11、12月合刊号发表本刊编辑部的《纠正错误 更好前进——关于〈司机的妻子〉讨论的再认识》;邢煦寰的《"普通人物论"剖视》;吴尚的《驳曹天成的反动文艺观》;张云的《驳"现实主义深化"论》;陆建华的《边疆多巨变 历史写新章》。

2 月

1 日,《火花》由月刊改为双月刊,双月出刊,2 月号以"批判'写中间人物'的谬论"为总题,发表薛禄英的《更多地创造工农兵的英雄形象——驳"写中间人物"》,曹清海的《咱工人最爱红脸汉——驳邵荃麟同志"写中间人物"的谬论》,孔祥德的《驳"写中间人物"的邪说》,张根贵、阎顺的《"写中间人物"不能把人引到正路上》,肖驰的《粉碎"中间人物"的谬论》,郭振有的《"以小见大"云云》,周善贤的《毛泽东文艺思想不容歪曲》。

《长春》第 1 期发表何平雨的《必须积极地投入到工农兵群众的火热斗争中去》;彭治平的《不容许把文艺特殊化和神秘化》;刘淑明的《英雄人物是人们学习的榜样》;胡悌麟的《坚决与工农兵群众相结合》;包世兴的《永远作无产阶级革命的促进派》;郑言的《首先要立志作一个革命人——给初学写作者(一)》。

《延河》2 月号发表闻滨的《写英雄人物路子窄了吗》;文四野的《〈蟠桃园〉歪曲了当前的阶级斗争》。

《草原》由月刊改为双月刊,第 1 期转载《人民日报》编辑部的《三赞〈乌兰牧骑〉》。

《青海湖》2 月号发表张鸿吉的《黄静涛同志在宣扬什么思想?》;木丁的《评〈第一枪〉的政治倾向》;吴莹冰、李志坤纪录整理的《小说〈第一枪〉是一株毒草》。

《长江文艺》2 月号发表《中国青年报》社论《一篇充满辩证唯物论的好作品》。

《河北文艺》2 月号发表耿长锁的《这是对人民群众的污蔑》;曹同义的《我们爱看红脸的,不要"白脸"和"三花脸"》;《邵荃麟同志还是下来看看吧!——天津市货运三轮二社部分工人批判"写中间人物"座谈会纪要》;刘绳的《困难面前识英雄》;常俭的《"拔高"和"深化"》;郭嘉贤的《写萌芽和模范,路子就窄了吗?》;王惠云、何小庭、苏庆昌的《两篇歪曲党的领导的小说——批判张庆田同志的〈"老坚决"外传〉和〈对手〉》;刘诚的《拖拉机手革命化的活教材——读〈甘当公社牛的人们〉七篇报告文学》。

《解放军文艺》2 月号发表徐坤、李志霁、沈福庆的《抓获思想的锐利武器——开展业余小话剧活动的体会》;晓寒的《革命战士的话剧艺术》;李英儒的《必须创造革命英雄形象》;刘启光的《绝不能拿革命原则做交易——批判短篇小说〈父子〉》;平正的《宣扬资产阶级思想感情的坏作品——〈三家巷〉〈苦斗〉讨论综述》。

4日,《民间文学》第1期发表本刊评论员的《各族新民歌的大繁荣大发展——欢呼全国少数民族群众业余艺术观摩演出会新民歌的成就》;张克新的《批判地继承　大胆地创新——谈谈四川凉山彝族说唱〈阿苏巴底〉的创作》;康新民的《一首"村歌"的风波》。

5日,《萌芽》第2期发表哈华的《社会主义建设和革命闯将的颂歌》。

《广西文艺》2月号发表筱斌的《塑造出更多的英雄人物形象来——几篇"新人新作"读后》。

《湖南文学》由月刊改为双月刊,第1期以"批判'写中间人物'的资产阶级文学主张"为总题,发表解放军某部队欧阳海全体战士的《战士爱英雄,不要"中间人物"》,刘孝安的《反对"写中间人物"的文学主张》,熊伟的《驳"矛盾往往集中在中间人物身上"》,小青的《"写中间人物"的主张同青年革命化唱反调》。

7日,《人民日报》发表景元的《"以情感人"和"以理服人"——驳周谷城的唯情论》。

8日,《文汇报》发表贾文昭的《用新英雄人物的光辉榜样教育群众》。

10日,《山东文学》2月号发表荆立民的《〈三家巷〉和〈苦斗〉是"阶级调和论"的标本》。

《北方文学》2月号发表哈尔滨电表仪器厂文学创作小组的《我们工人反对"写中间人物"的谬论》;支援的《"写中间人物"论是腐蚀革命作家的毒剂》;田师善的《驳"矛盾往往集中在中间人物身上"》;张文斗的《闪烁着时代光彩的工人形象——评小说〈闪闪发光的涡轮〉》;郭立文的《生活的浪花翻滚——〈边城车站〉读后感》。

14日,《文学评论》第1期发表陈斐琴的《谈〈赤道战鼓〉的创作》;张立云的《战士戏剧的思想和艺术》;肖泉的《银幕上的雷锋形象——电影〈雷锋〉学习札记》;余冠英的《一篇有害的小说——〈陶渊明写挽歌〉》;乔象钟的《宣扬封建士大夫思想的小说〈广陵散〉》;卜林扉的《歌唱共产党,歌唱毛主席——读〈全国少数民族群众业余艺术观摩演出新民歌选〉》;专栏"读者论坛"发表张中的《〈文学评论〉的问题在哪里?》,王璇晖、李烈先的《对〈文学评论〉的意见和希望》,宋彬玉的《〈文学评论〉应该按照党的原则正确地贯彻百花齐放、百家争鸣的方针》,钱光培的《〈文学评论〉错误一例》;专栏"新书新作品评介"发表马白的《喜读〈燎原烈火〉》,郑择魁的《阶级深仇永不忘——读〈深仇录〉》,江岑的《欢迎〈新人小说选〉》,蒋守谦的《发扬彻底革命、不断革命的精神——读〈连队故事会〉》,叶晨的《在毛泽东思想的哺育下——介绍几篇报告文学》,任仲的《英勇不屈,坚决斗争——读〈战斗的越南南方青年〉》。

16 日,《文艺报》第 2 期发表专论《工农兵的评论好得很》;本刊评论员的《欢迎电影〈雷锋〉出世》;本刊记者佐平的《贫下中农喜读〈艳阳天〉》;浩然的《热情的鼓励,有力的鞭策——在〈艳阳天〉农民读者座谈会上的发言》;梁信的《看芭蕾舞剧〈红色娘子军〉和昆剧〈琼花〉有感》;颜默的《为谁写挽歌?——评历史小说〈广陵散〉和〈陶渊明写《挽歌》〉》;赵锦良的《邵荃麟同志为什么反对写理想的英雄人物》。

17 日,《文汇报》发表周一鸣的《写英雄人物的路子宽得很》;蓝澄的《让社会主义新英雄人物占领舞台》。

18 日,《人民日报》发表《文艺战线上一场大是大非之争——各地作协分会和文艺单位召开座谈会批判"写中间人物"论》。

19 日,《光明日报》发表马奇的《反动的艺术欣赏理论——评周谷城〈美的存在与进化〉》。

20 日,《中国青年报》发表方雨的《让文艺作品中的英雄人物鼓舞青年奋勇前进——驳邵荃麟鼓吹"写中间人物"的教育作用的谬论》;傅强的《英雄雷锋推动了我的进步——兼驳邵荃麟的谬论》。

《剧本》第 1 期由月刊改为双月刊,双月 20 日出刊。

21 日,《人民日报》发表吕德申的《"中间人物"和典型问题——驳邵荃麟同志"写中间人物"的文学主张》。

《光明日报》发表刘纲纪的《驳"写中间人物"的鼓吹者对人民群众的看法》。

23 日,《光明日报》发表李中华的《〈三次谈话〉的创作体会》。

25 日,《人民日报》发表汝信的《货色从何而来?同谁划清界限?——评周谷城反动观点的几个理论来源》。

28 日,《新疆文学》由月刊改为双月刊,第 1 期以"广大群众驳'写中间人物'的谬论"为总题,发表张怀顺的《英雄人物是鼓舞我们前进的动力》,张阔的《只抓两头 才能带动中间》,王哲忠的《人民战士爱英雄》,林开新的《谁是我们时代的主流》,范德武的《青年一代要光辉的英雄形象》;同期,发表陆维天的《沿着什么方向扩大题材》。

本月,《甘南师范大学学报(人文科学)》1964年第3—4期合刊发表喻博文、余嘉瑞、支克坚、孙克恒的《陈涌的资产阶级"艺术真实"论必须批判》;《坚决反对陈涌的资产阶级文艺路线——甘肃师大中文系师生座谈〈文艺与政治关系的几个问题〉的纪要》;梁仁河的《坚持马克思主义还是修正马克思主义——评冯定同志〈工人阶级的历史任务〉一书的几个主要错误观点》;史请的《驳冯定同志的社会主义社会阶级斗争熄灭论》;支克坚、乔先知、孙克恒的《从革命现实主义和革命浪漫主义相结合的创作方法谈〈创业史〉(第一部)》;孙克恒的《谈话剧〈远方青年〉及其修改》;李国生的《论〈儒林外史〉的讽刺艺术》。

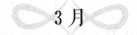

3月

1日,《文汇报》发表陈继光的《周谷城想把文艺引向什么轨道》;陈传才、郑国铨的《周谷城"真实情感"说的反动实质》。

《人民日报》发表齐向群的《重评孟超新编〈李慧娘〉》。

《奔流》第2期发表耿恭让的《〈石家新史〉塑造了什么样的农民形象》;刘彦钊的《喜赞新人唱新歌》。

《长江文艺》3月号发表骆文的《〈东方红〉颂》;杨平的《〈东方红〉——中国革命的颂歌》;陈三百的《艰苦奋斗,自力更生的颂歌——评话剧〈豹子湾战斗〉》;高琨的《评〈一把三弦〉兼论其它》。

《河北文学》3月号发表广田的《高奏共产主义凯歌——简谈话剧〈战宏图〉》;郑士存的《一出反映阶级斗争的好戏——评话剧〈青松岭〉》;钟铃的《赞影片〈公社自有回天力〉》;以"战士们反对'写中间人物'的资产阶级文学主张"为总题,发表万卯义的《不许歪曲伟大的社会主义时代》,丁大华的《为什么那么爱"中间人物"》,肖同生的《只有用英雄模范人物来教育人民群众》,马喜臣的《是英雄人物给我树立了榜样》,张谋厚的《英雄写不完》,张春潮的《我们一定要歌革命人民之功,颂革命人民之德》,李庆番的《"现实主义深化"要"寻求"什么样的道路》,丁燕的《歌颂的是一个什么样的"英雄"——评张庆田同志的〈"老坚决"外传〉》。

《解放军文艺》3月号发表罗思维的《〈亲人〉是一篇不好的小说》;李亦源的《〈亲人〉必须批判》。

4日,《人民日报》发表马奇的《评周谷城在美学论战中的态度和方法》。

《北京文艺》3月号发表邓拓的《高举毛泽东思想红旗,进一步实现现代剧革命化——一九六五年二月二十五日在华北区话剧歌剧观摩演出会开幕式上的讲话》;李万林的《喜看话剧〈包钢人〉》;本刊记者的《农村需要这样的"及时雨"——公社干部社员座谈〈青松岭〉、〈一颗红心〉》。

5日,《萌芽》第3期发表芦芒的《唱出一个新世纪　画出一个红太阳——介绍上海街头〈诗画廊〉》;欧阳文彬的《新的人物·新的思想·新的风格——介绍1964年〈萌芽〉的五个短篇小说》。

《青海湖》3月号发表苏渭的《"摆出下乡的样子来"是反对作家革命化的口号》;卯金刀的《虚假的第一枪》;许秀廷的《绝不容歪曲革命干部的形象》。

10日,《文汇报》发表丁是娥的《英雄人物大有演头》;唐耿良的《访英雄有感》;童芷苓的《"写中间人物"论是邪道》;庄则敬的《从王刚形象谈起》。

《山东文学》3月号发表高昂的《我们需要光辉的英雄形象》;刘兆禄的《邵荃麟同志替谁说话》;张茂青的《这是对贫农、下中农的污蔑》;李明的《读〈乐人小传〉》;李觉慧的《一篇具有教育意义的好作品》;李玉东的《〈新媳妇〉读后》;石泽的《不要参杂封建迷信的错误思想》。

《北方文学》3月号发表延泽民的《关于剧本创作和写新英雄人物问题》;马树生的《就塑造工农兵英雄形象问题和邵荃麟同志辩论》;蔡羽的《让英雄人物更好地占据文学作品的中心地位》。

25日,《收获》第2期发表丁川的《透视"矛盾往往集中在中间人身上"一说的实质》;丁闻的《社会主义新人的光辉塑像》。

28日,《文艺报》第3期发表范子保、赵锦良、王先需的《怎样评论梁三老汉、亭面糊、严志和》;[苏丹]阿·穆·凯尔的《赤道战鼓——一个成功的大胆的革命尝试》;杜宣的《觉醒了的鼓声——看话剧〈赤道战鼓〉》;范以木的《英雄的儿女顽强的战斗——读〈战斗的越南南方青年〉》;高长福、仝玲、张玉勉、韩忠勤、侯耀仲的《我们喜爱〈新人小说选〉》；金亮的《闪光的〈尖刀〉》；李金玲的《虞姐的心愿也是我们的心愿——读报告文学〈心愿〉》。

1日，《火花》4月号发表闻岩的《斥所谓"艰苦性、长期性、复杂性"》。

《长春》第2期发表《从语言的特点来看声乐民族化问题》；赵启明的《大讲革命故事，宣传毛泽东思想》；以"革命文艺应该大力塑造英雄形象——驻军某部指战员批判'写中间人物'的错误主张"为总题，发表王慧轩的《不容许污蔑工农兵群众》，胡德明的《英雄人物永远鼓舞我们向前进》，董俊启的《在革命英雄形象的光辉照耀下》，孔祥明的《英雄连队爱英雄》，朱清江的《英雄永远活在我们心中》，胡世宗的《到底谁不爱看"红脸"》；同期，发表阎鹏的《小说〈紧要关头〉必须批判》；郑言的《把生活的根子扎深扎牢——给初学写作者（二）》。

《延河》4月号发表李培坤的《新的生活，新的人物——〈延河〉六四以来"新人集"试评》。

《草原》第2期以"笔谈《包钢人》《鄂伦春新歌》"为总题，发表额尔敦布和的《蒙古族第一代炼钢工人的赞歌》，宝力召的《我们跨上了钢铁的骏马》，玉花的《阳光普照兴安岭》；同期，以"向《乌兰牧骑》学习"为总题，发表布林贝赫的《学习"乌兰牧骑"，坚持政治挂帅》，果德均等的《让"乌兰牧骑"精神遍地开花》，孟和的《走"乌兰牧骑"的道路》，宝音德力格尔的《要做革命人，永唱革命歌》，鲍启瑜、龚剑虹的《坚定不移地为工农兵服务》，王家骏的《文艺评论工作者也应该向"乌兰牧骑"学习》。

《长江文艺》4月号发表孙家富、吴岗的《共产主义战士的光辉形象——电影〈雷锋〉观后》。

《河北文学》4月号发表贺照的《一出反映工人阶级革命精神的好戏——喜看话剧〈飞雪迎春〉》；刘振声的《"过硬"精神赞》；刘流的《让英雄百花满园齐放》；周

骥良的《正面英雄人物是人民群众学习的榜样》;韩文敏的《要为我们伟大的时代唱赞歌》;孙耀的《永远歌颂革命英雄、歌颂光明》。

《解放军文艺》4月号发表魏传统的《〈赤道战鼓〉激风雷》;宁干的《话剧舞台上的一朵新花——谈话剧〈女飞行员〉》;张立云的《有毛泽东思想,才能代代红——话剧〈代代红〉观后》。

4日,《人民日报》发表《歌颂社会主义建设和革命的闯将(报刊文艺评论摘要)》。

《北京文艺》4月号发表草明的《坚实的第一步——评王慧芹的短篇小说集〈骏马飞驰〉》。

《民间文学》第2期发表畲增桦的《我喜爱杨运的故事》;陈应时的《向贫下中农学唱民歌〈长工苦〉的体会》;顾文章、顾顺福的《贫农谈民歌〈长工苦〉》。

5日,《萌芽》第4期发表姚文元的《驳"写普通人"——对于一种"写中间人物"论点的批判》;冯连芳、包永涛的《我们要英雄人物,不要"中间人物"》。

《青海湖》4月号发表刘凯的《黄静涛同志的资产阶级文艺思想必须批判》;王明华的《这是什么样的"提高"?》;罗良、刘平的《〈第一枪〉在为谁辩护?》。

《广西文艺》4月号发表姚正康的《革命青春的战斗旋律——读〈越南南方青年〉》;韦裕的《喜看描绘民兵生活的篇章》;蓝天高的《读〈传经纪〉》。

《湖南文学》第2期发表季夷的《"写中间人物"论为什么应当彻底批判?》。

9日,《文汇报》发表辛未艾的《从斗争的烈火中提炼出来的——评〈南方风暴〉》。

10日,《山东文学》4月号发表赵梦霆的《"红脸"越多　路子越宽》;一民的《〈把式〉是一首好诗》;乐天的《新的起点》;李文秀的《大力歌颂英雄人物》;宋文治的《对孩子需不需要进行阶级教育?》。

《北方文学》4月号专栏"学习徐寅生同志《关于如何打乒乓球》的心得"发表潘守让整理的《立雄心壮志,为革命写作》,江陵的《带着阶级感情写作》,吴明远的《写不出作品的原因在哪里?》。

14日,《文学评论》第2期发表闻起的《英雄的越南人民必胜——推荐〈奠边府战役回忆录〉》;刘厚生的《〈代代红〉札记》;卜林扉的《谈〈战洪图〉的创作》;贾文昭的《创造光辉灿烂的新英雄形象——驳邵荃麟同志的"写中间人物"理论》;杨占升、张恩和的《谈胡万春今年来小说的工人形象》;方胜的《胡万春创作的思想特色〉;罗大冈的《阿拉贡的小说〈受难周〉——现代修正主义文学产物之一例》;专栏"读者论坛"发表彭建群的《读〈大写社会主义新英雄〉征文随感》,程满麟的《我们喜欢这样的新故事》,李喜迎的《如何对待别人的意见——电影〈带兵的人〉观后感》;专栏"新书新作品评介"发表紫晨的《一本值得欢迎的新故事集——评〈劳模嫁女〉》,段宝林的《三面红旗画得美——读〈公社铺云我下雨〉》,于道的《〈拉扎尔·西理奇诗集〉》。

15日,《人民日报》发表吴岩的《革命英雄主义的书——介绍〈南方风暴〉和〈英雄的天空和海洋〉》。

《光明日报》发表王主玉的《社会主义农村的擎天柱——谈〈艳阳天〉中的贫下中农群象》。

17日,《光明日报》发表袁茂的《仇恨的烈火遍地烧——越南短篇小说集〈南方风暴〉读后》。

27日,《新疆文学》第2期发表吐尔逊等的《公社社员批判"写中间人物"的谬论》;龚景春的《"塑造普通人物"是"写中间人物"的翻版》;华求实的《必须大力提倡和扶植群众评论》。

28日,《人民日报》发表罗瑞卿的《真正革命、彻底革命的英雄——〈青年英雄的故事(续编)〉序》。

本月,《江苏文艺》试刊号发表石家骥、周学伟的《写先进人物的一些体会》。

5月

1日,《奔流》第3期发表康群的《工人的情怀,工人的诗》;王鸿灿的《社会主义英雄的热情赞颂》。

《甘肃文艺》5月号以"陈涌文艺思想批判"为总题,发表雪深的《真实与理想》,胡复旦的《文学是战斗的》,田人的《鼓吹"才能"万能的恶毒意图》。

《长江文艺》5月号发表吴岗的《一片丹心向阳开——试谈歌剧〈江姐〉英雄形

象的塑造》；董洪光的《喜读〈摆渡人〉》。

《河北文学》5月号发表苏庆昌、何小庭、王惠云的《自力更生精神的赞歌（评话剧〈飞雪迎春〉）》；郑士存的《这出戏剧写得好（谈歌剧〈煤店新工人〉）》；张庆田的《一次深刻的教训》。

《解放军文艺》5月号发表傅钟的《行动起来，力争全军的文艺创作大有进展——一九六五年三月在部队戏剧创作经验交流座谈会上的讲话（摘要）》；傅铎、马融的《在实践中探讨——话剧〈南方来信〉创作心得》；冯德英的《〈女飞行员〉创作体会》；魏敏、杨有声、林朗的《向英雄学习　为英雄塑象——话剧〈代代红〉创作体会》；张风一的《话剧〈赤道战鼓〉的诞生》；刘佳的《〈山村花正红〉写作中的几点体会》；肖玉的《紧跟领导　深入生活　改造自己》。

《萌芽》第5期发表芦芒的《生活和斗争的主人　热情豪迈的赞歌——评1964年〈萌芽〉的诗歌》。

4日，《北京文艺》5月号专栏"怎样更好地创造社会主义英雄形象"发表刘厚明的《相信、理解和"吃透"》。

5日，《青海湖》5月号发表陶晋的《"无害论"的实质是什么？——黄静涛文艺思想的批判》；姚义、谢丰泰、王俊学的《驳黄静涛同志关于题材问题的谬论》；王明华的《驳"开卷有益"及其它》。

《广西文艺》5月号发表于学斌的《革命的浩气，阶级的深情——读几首部队作者的诗》；颜运桢的《反映农村阶级斗争的新收获——长篇小说〈艳阳天〉介绍》。

6日，《解放日报》发表黎静的《学习，生活，创作——话剧〈女飞行员〉创作札记》。

8日，《人民日报》发表秦犁的《不要否定有缺点的好作品（附编者按）》。

10日，《剧本》增刊第2号出版。

《文艺报》第4期发表巴金的《三千万越南人民大踏步前进》；李季的《心心向越南》；陆贵山的《毛泽东思想的赞歌——看话剧〈女飞行员〉》；鲁速的《歌颂真正的时代英雄——在〈战洪图〉里塑造丁震洪英雄形象的几点体会》；李基凯的《关于怎样写中间状态人物问题——用〈不能走那条路〉〈年青的一代〉〈千万不要忘记〉的成功经验驳"写中间人物"论》。

《北方文学》5月号专栏"学习徐寅生同志《关于如何打乒乓球》的心得"发表本刊记者的《作革命青年，写革命作品》，戴宝林的《热情、勤奋、坚持》，孙金玲的《要听党的话》。

15日,《剧本》增刊第1号出版。

22日,《文汇报》发表胡锡涛的《坚持政治第一——谈京剧〈沙家浜〉的改编》;《革命现代京剧〈沙家浜〉剧本修改评注》。

25日,《收获》第3期发表胡采的《驳"写中间人物"论》;沈鸿鑫的《英雄的诗章　时代的强音》。

29日,《人民日报》发表苏南沅的《〈林家铺子〉是一部美化资产阶级的影片》。

《文艺报》第5期发表洁泯的《胜利者的姿态——读越南的几本文学作品》;关德保、李夫镇、薛连起的《我们要跟着这个"时间"走》;车文仪的《〈赤道战鼓〉是怎样诞生的》;王雪生、王果清的《方向对头　越写越好——谈林雨的短篇小说创作》;林雨的《在实践中学习,在斗争中提高——学习写作的一点体会》。

本月,上海文化出版社出版夏征农的《关于社会主义戏剧的创作问题》。

6月

1日,《火花》6月号发表张希贤的《读〈对手赛〉》;王珂的《向英雄学习——读〈战斗的越南南方青年〉》。

《长春》第3期发表彭治平的《影片〈林家铺子〉的错误倾向必须批判》;杨忠诚的《让无产阶级文艺占领阵地》;杨兴业的《出身好需要不需要改造?》;纪明彦的《热爱劳动,热爱劳动人民才能表现好劳动人民》;董永昌的《作兴无灭资的尖兵》;赵秀芝的《解放军是我们学习的好榜样——〈战士故事会〉读后感》;谷满山、王国真、邵富、谢富的《一颗红心向着党——读报告文学〈长堤颂〉》;陈振起、苏桂兰的《我们共同的心愿——读报告文学〈心愿〉》;郑言的《努力表现伟大的社会主义新时代——给初学写作者(三)》。

《延河》6月号发表裴亮的《关于李春成的评价问题》;陈深的《革命接班人在成长——试谈〈绿色的远方〉的人物形象》。

《草原》第3期发表布赫的《坚持党的文艺方向,把戏曲革命进行到底——向全区革命现代戏观摩演出会全体代表的讲话》；阿奇尔的《运用革命文艺，兴无灭资，促进革命化》。

《长江文艺》6月号发表何先的《读〈棉花落种的时候〉》；赵增元的《赞〈插红旗的人〉》；陈三百的《干部蹲点的好榜样》；夏雨田的《一篇好唱词》。

《甘肃文艺》6月号发表王鹏的《为农村新人塑象——小说〈补充材料〉读后》。

《江苏文艺》（月刊）创刊，每月1日出刊，由江苏文艺编辑委员会编辑，创刊号发表本刊编辑部的《积极创作为比学赶帮运动服务的好作品》。

《河北文学》6月号以"如何塑造社会主义新英雄"为总题，发表李庆番的《努力创造工农兵英雄形象》，张仲朋的《写英雄　学英雄》；闻宜炳的《欢迎揭露和批判资产阶级罪恶的作品》。

《解放军文艺》6月号发表肖吉文的《努力塑造部队的新英雄形象》；叶家林的《越南南方人民斗争的颂歌——看〈向北方〉等三个独幕话剧》；《象廖初江那样学习毛主席著作——北京公安总队座谈〈大路朝阳〉纪要》。

3日，《人民日报》发表张东川的《京剧〈红灯记〉改编和创作的初步体会》。

4日，《人民日报》发表晓源的《罪恶的见证——读资产阶级罪恶录〈一张工票〉的感想》。

《北京文艺》6月号专栏"怎样更好地创造社会主义英雄形象"发表王慧芹的《学习写作的点滴感受》。

《民间文学》第3期以"更好地发挥山歌的战斗作用"为总题，发表《恩施报》编辑部的《山歌也要革命化》，田诗学的《大唱革命新山歌》，戴歧山的《我编新歌为革命》，杨尚成的《唱山歌也有阶级斗争》，建始县文化馆的《巩固地占领山歌阵地》。

5日，《人民日报》发表《活学活用毛主席著作的样板——报告文学集〈为革命学习的人们〉介绍》。

《萌芽》第6期发表杨斌的《老将和小将的颂歌——谈谈〈革命不老〉和〈天天向上〉》。

《青海湖》6月号发表许昌的《百花齐放、百家争鸣方针不容歪曲》；李玉林的《一幅个人主义者的画象——简评黄静涛同志的〈诗四首〉》。

《广西文艺》6月号发表丘振声的《真正的铜墙铁壁——读越南短篇小说集〈南方风暴〉》。

《湖南文学》第 3 期发表黄起衰、周健明、张盛裕、封浩、周寅宾的《〈代理人〉宣扬了什么？——评康濯同志的短篇小说〈代理人〉》；牧生的《勇于革新，勇于创造——木偶戏〈智取威虎山〉观后》；姜江水的《歌颂工人阶级英雄人物的好戏——赞话剧〈在险峰〉》；《喜读〈斗天岭人〉和〈县委书记〉》。

7 日，《人民日报》发表田疆的《〈新人小说选〉的几个特色》；韩统良、姚景楼的《被选入〈新人小说选〉的作品》。

10 日，《山东文学》6 月号发表《牢记阶级仇，坚决除毒草——老职工批判电影〈林家铺子〉座谈会纪要》；文小耘的《一部美化资产阶级的影片》；方永耀的《寿生是个什么样的人》。

《北方文学》6 月号专栏"学习徐寅生同志〈关于如何打乒乓球〉的心得"发表陈桂珍的《用毛泽东思想指导业余创作》，杜玉亭的《在火热的斗争中扎根》，常学传的《不断思索，不断认识》。

11 日，《文艺报》第 6 期发表胡可的《电影〈林家铺子〉宣传了什么》；张天翼的《评〈林家铺子〉的改编》；以"不许美化资产阶级——长辛店机车车辆工厂职工批判电影〈林家铺子〉"为总题，发表孙茂林、李瑞明、申跃增、李生义的文章；蔡若虹的《为英雄的越南人民造象》；袁鹰的《遥望金瓯》；季羡林的《埋葬美帝国主义》；赵大民的《深入生活，塑造个人阶级的英雄形象——参加〈飞雪迎春〉剧本创作的几点体会》；杨威的《认真学习毛主席著作使话剧〈刘胡兰〉得到了提高》；文涵的《四个第一的颂歌——评新作者王恺的中篇小说〈水下阳光〉》。

14 日，《文学评论》第 3 期发表杨耀民的《反对美化资产阶级，反对阶级调和论——评影片〈林家铺子〉》；卓如的《〈上海屋檐下〉是反时代精神的作品》；李辉凡的《"现实主义深化"论批判》；叶林的《在戏剧舞台上塑造工农兵英雄形象——学习华北区话剧歌剧观摩演出会的新成就》；李叔华、夏蕾的《群众生活的艺术花朵——华北区话剧歌剧观摩演出会业余作者剧目观后》；颜振奋的《英雄越南人民的战歌——介绍几个反映越南人民反美爱国斗争的戏剧》；臧克家的《阿尔巴尼亚四诗人》；专栏"新书新作品评介"发表刘岚山的《战号和凯歌——〈英雄的天空和海洋〉读后》，成志伟的《铁路工人的赞歌——读〈骏马飞驰〉》，白崇义的《喜读〈昆仑行〉》，于萌的《简介〈水下阳光〉》，胡从经的《为少年英雄立传——简评〈刘文学〉》；专栏"读者论坛"发表孙柁的《要用文艺武器揭露资产阶级的罪恶——读〈一张工票〉后的感想》，芦荻的《要"一分为二"地分析评价杜甫的优秀诗篇》,杨仁敬的《文学欣赏不能脱离阶级观点》。

16日,《光明日报》发表杨威的《塑造革命烈士的崇高形象——话剧〈刘胡兰〉创作体会》。

20日,《新疆文学》第3期发表杨世恺、刘秋芳的《我们喜爱工农兵新故事》;何建清的《〈自行车的风波〉是篇好作品》;饶世庆的《写英雄人物的路子宽广得很》;王鸿鹰的《毛主席的话不容歪曲》。

21日,《人民日报》发表刘岚山的《农村新诗动地来——农民歌手诗抄〈公社铺云我下雨〉读后》。

22日,《人民日报》发表《儿童文学阵地上的业余作者》。

28日,《人民日报》发表张紫晨、吴超、陈建瑜的《在革命斗争中发展各族新民歌》。

30日,《南京大学学报(人文科学)》第1期发表蒋士枚的《从农村实际看"写中间人物"论的错误》。

本月,上海文化出版社出版本社编的《一九六三华东区话剧观摩演出文集》。

中国戏剧出版社出版中国戏剧家协会编的《京剧〈红灯记〉评论集》。

7月

1日,《奔流》第4期发表邵而为的《一部歪曲抗日历史的小说——评〈隐蔽的斗争〉》;梁文秀、赵天赐等的《揭穿电影〈林家铺子〉的谎言——商业工作人员批判〈林家铺子〉》;《省文联召开座谈会严肃批判电影〈林家铺子〉》。

《长江文艺》7月号发表宋文轩等《影片〈林家铺子〉必须批判》;武路文的《电影〈林家铺子〉的反社会主义思想倾向》。

《甘肃文艺》7月号发表苏南沉的《〈林家铺子〉是一部美化资产阶级的影片》;江长胜、丁金龙的《一部掩盖阶级矛盾的影片》;程兆生、刘钟晓的《电影〈林家铺子〉必须批判》;许奕谋的《寿生应该赞颂吗?》。

《江苏文艺》7月号安嘉祥的《抓住主线,突出"丹心"——怎样讲好〈急浪丹心〉》。

《河北文学》7月号发表刘永年、苏庆昌的《光辉的英雄形象(如何塑造社会主义新英雄)》；何中文的《电影〈林家铺子〉的错误倾向》。

《解放军文艺》7月号发表朱光斗的《毛泽东思想是革命文艺工作者的灵魂》；赵光新的《做革命人，唱革命歌》；《一部美化资产阶级的坏影片——〈林家铺子〉讨论综述》。

2日，《人民日报》以"读《九颗红心向祖国》"为总题，发表梁汝怀的《人生到处有青山》。

4日，《北京文艺》7月号专栏"怎样更好地创造社会主义英雄形象"发表北京电子管厂文学组的《我们对塑造社会主义英雄形象的几点希望》；本刊记者的《不许美化资产阶级——商业职工座谈电影〈林家铺子〉、〈不夜城〉》。

5日，《人民日报》以"读《九颗红心向祖国》"为总题，发表王子强的《我自岿然不动》。

《萌芽》第7期发表唐克新的《宣扬阶级调和论和阶级投降主义的〈不夜城〉》；上海永大染织一厂工人业余影剧评论小组的《〈林家铺子〉美化了什么人？》。

《青海湖》7月号发表苏南沅的《〈林家铺子〉是一部美化资产阶级的影片》；蔡国瑞的《〈一对红"兄妹"〉给我的启发》；王涛的《一个战士的希望》；肖山竹的《喜看〈巴岭雪莲〉开》；川江的《语言要通俗些生动些》。

《广西文艺》7月号发表《同社会主义革命唱反调的〈林家铺子〉(一个座谈会的发言纪要)》。

9日，《人民日报》以"读《九颗红心向祖国》"为总题，发表陈小春的《凛然正气从何而来？》。

10日，《星火》(月刊)复刊，7月号发表魏文伯的《一定要把戏剧的社会主义革命进行到底》；齐平的《影片〈林家铺子〉是一株毒草》。

《山东文学》7月号发表于占德的《除掉这株毒草——批判〈不夜城〉所散布的阶级调和论和"人性论"》；许家松的《张文玮形象的欺骗性》；张果夫的《一个被美化了的资本家——评〈林家铺子〉中的林老板》。

《北方文学》7月号发表《从〈钥匙〉的修改所想到的》。

13日，《文汇报》发表葛铭人的《有革命远见的英雄们——谈谈两本短篇小说集中的几个英雄人物的特色》。

15日,《人民日报》以"读《九颗红心向祖国》"为总题,发表冬韧的《维持革命者的尊严》。

17日,《光明日报》发表江霞的《工农群众与英雄人物形象》。

21日,《文艺报》第7期发表《解放军文艺》编辑部的《我们是怎样组织业余骨干作者队伍的》;左查的《蓬勃开展的上海农村新故事活动》;管大同的《为什么必须批判电影〈不夜城〉》;以群的《宣传阶级投降主义的影片〈不夜城〉》;邵裕本、吴惠贤的《〈不夜城〉是为谁拍的》;专栏"新人新作短评"发表王慧芹的《〈目标〉》,吴傣的《〈万紫千红才是春〉》,史川仁的《〈红旗漫卷长空〉》,延舟的《〈蕾姐〉》,匡满的《〈提前量〉》,泗年祖的《〈儿童团长〉》。

毛泽东写信回复陈毅关于古体诗的讨论,该信发表于《诗刊》1978年第1期。

25日,《收获》第4期发表陈鸣树的《更多更好地表现培养革命接班人的主题》;本刊编辑部的《欢迎工农兵文艺评论》。

26日,《文汇报》发表唐克新的《深入生活与积极创作》;周正行的《生活的启示》;肖玉的《紧跟领导深入生活改造自己——话剧〈带兵的人〉的创作体会》。

《解放日报》发表朱祖贻的《〈赤道战歌〉是"三结合"的产物》。

27日,《光明日报》发表郭敬的《砸碎铁锁——读〈不愿做奴隶的人〉》。

30日,《新疆文学》由双月刊改为月刊,7月号发表李志君的《携手并肩 共同前进——六篇部队作品读后》;余力文的《读〈重返野营地〉》;穆金昌的《〈工农兵新故事〉专栏开得好》。

8月

1日,《火花》8月号发表钟源的《读三篇报告文学——兼谈报告文学创作中的一些问题》;《两部美化资产阶级的坏影片——〈林家铺子〉、〈不夜城〉评论综述》;郭振有等的《可喜的成绩 殷切的希望——评〈火花〉六月号正文》;华苹的《兵的赞歌——简谈〈大寨来的新战士〉等三篇报告文学》。

《长春》第 4 期发表张哲的《在培养革命接班人上的阶级斗争——京剧〈天天向上〉主题的战斗性》；郑言的《努力塑造社会主义新英雄形象——给初学写作者（四）》。

《延河》8 月号发表文延平的《可贵的革命热情》。

《长江文艺》8 月号发表朱早弟的《不容许歪曲工人阶级的形象》；武珞文的《电影〈不夜城〉歪曲了对民族资产阶级的社会主义改造》。

《河北文学》8 月号发表赵大民的《塑造英雄人物　反映时代精神（如何塑造社会主义新英雄）——在〈飞雪迎春〉里塑造韩雪梅形象的体会》；曹世钦的《歌颂充满热情的新生活——评王石祥的短诗集〈兵之歌〉》；李砚石的《一部美化资产阶级的影片——谈影片〈不夜城〉》。

《解放军文艺》8 月号发表沈阳部队政治部文化部的《大写新人新事　培养青年作者》；新疆军区政治部文化部的《让大批战士作者成长起来》。

3 日，《光明日报》发表凌紫的《新的题材，新的探索——中篇小说〈水下阳光〉读后》。

4 日，《北京文艺》8 月号发表马畏安的《闪光的青春——读〈我们的青春〉》；孔辰光的《让革命风暴来得更猛烈吧——读〈南方风暴〉》。

《民间文学》第 4 期发表冯贵民的《长工地主故事的教育作用和艺术价值》；吉敏彦的《漫谈吉林长工和地主的故事》。

5 日，《文汇报》发表曾文渊的《阶级教育的生动教材——谈〈文明地狱〉》。

《青海湖》8 月号发表谢文杰的《影片〈林家铺子〉是怎样美化资本家的？》；群众墙报摘登的《〈不夜城〉歪曲了阶级和阶级斗争》；冯育柱的《绝不容许取消文艺工作者的思想改造》。

《广西文艺》8 月号发表姚正康的《一株具有浓烈毒性的毒草——〈不夜城〉》。

9 日，《文汇报》发表丁加的《谈〈赤道战鼓〉的创作源泉》。

10 日，《星火》8 月号发表张献华的《必须揭穿〈不夜城〉的骗人手法》；鲍观生的《〈不夜城〉宣扬了阶级调和论的谬论》；登昊的《小谈情节的安排和处理》。

《山东文学》8 月号发表张同夫的《社员喜爱社员的诗》；王建礼的《一篇好的儿童文学作品——读〈争"五好"〉》；马兴汉的《读诗札记》；王天良的《新愚公精神赞》；张哲的《读〈从推磨引起的故事〉》；任春远、韩学师、絮秀兰的《对〈试车〉的一点意见》。

《北方文学》8月号发表张春鸣的《学好毛主席著作,演好革命现代戏》;李安恒的《豪情浓墨绘新人》;田师善的《影片〈林家铺子〉宣扬了什么?》;彭定南的《一部歪曲阶级斗争,美化资产阶级的影片》。

《湖南文学》第4期发表韦绫的《风雷烈火谱战歌——漫评大型歌舞剧〈风雷颂〉》;胡青坡的《向"乌兰牧骑"学习》;李子园的《让幻灯之花开遍广大农村》;郭味农的《身在军中,心怀天下——读战士陈鑫的诗》;柳仲甫的《在资本家脸上擦粉,在工人脸上抹黑——评影评〈林家铺子〉》;章连山的《〈不夜城〉歪曲了对资产阶级的社会主义改造》。

14日,《光明日报》发表邓可因的《跨上时代的骏马奔驰——短篇小说集〈骏马飞驰〉读后》。

《文学评论》第4期发表本刊记者的《读者谈〈风雷〉——北京市三个图书馆的读者座谈会综述》;吴子敏、蔡葵的《评〈风雷〉》;范之麟的《试谈〈艳阳天〉的思想艺术特色》;航志忠、沈原梓的《我们对〈香飘四季〉的看法》;闻起的《美化和歌颂资产阶级的影片〈不夜城〉》;崔加瑞的《不许给资本家涂脂抹粉——批判电影〈不夜城〉》;专栏"新书新作品评介"发表洁泯的《革命的人民 革命的英雄主义——读越南报告文学集〈把仇恨集中在枪口上〉》,江劲的《学习阮文追,要"像他那样生活"——读〈像他那样生活〉》,马台的《武装斗争的生动图画——读〈江海奔腾〉(第一部)》,舒灵的《向困难进军的年青人——读〈边疆晓歌〉》,谢冕的《一本有特色的新诗选集——读〈朗诵诗选〉》,张家钧的《"文明",还是罪恶?——读〈文明地狱〉》;专栏"读者论坛"发表刘仲德的《人民战争的伟大胜利》,鲁白的《运用"一分为二"的方法分析古代作品的精华与糟粕 不能不分主次》,彭子芹的《让教育革命之花遍地开放》;专栏"通信"发表肖正照、江岑的《读文学作品只是为了消遣吗?》。

27日,《文艺报》第8期发表《一代新人在成长——〈新人新作选〉序言》;李瑞明的《阮文追同志鼓舞着我们前进——〈象他那样生活〉读后》;昆明部队政治部文化部的《毛泽东思想哺育的文学新人》;以"培养青年业余作者笔谈"为总题,发表宋爽的《好榜样——从张勤谈起》,许翰如的《在"打仗中练兵"》,尚德的《热情与严格》;同期,发表匡满的《及时反映农村的新面貌——从〈一匹马〉谈起》;黄起衰等的《〈代理人〉宣扬了什么——评康濯同志的短篇小说〈代理人〉》。

31日,《新疆文学》8月号发表吴育的《青春的赞歌》;白蔚的《必要的一课》;

范德武的《向乌兰牧骑学习》。

本月,《中山大学学报(哲学、社会科学)》第1、2期以"'写中间人物'论批判"为总题,发表中文系五年级李英泉、苏崇明、杜丽秋、陈颂声的《事实胜于雄辩》,中文系五年级吕炳文、黄欣欣、卢传标、罗敏端的《"写中间人物论"可以休矣!》,中文系五年级李嘉尚、李启磊、黄炳光的《"写中间人物"的理论实质》;中文系二年级甲班评论组的《青年学生喜爱工农兵英雄形象》;中文系二年级甲班评论组的《揭露"熟悉什么就写什么"的实质》;中文系二年级乙班评论组的《驳邵荃麟同志所谓的"农民的精神负担"》;中文系一年级评论组的《驳邵荃麟同志"一个阶级一个典型"的谬论》;同期,发表中文系五年级陈玉粦、黄平、陈启栋、徐碧桦的《影片〈林家铺子〉是什么样的"一面镜子"?》。

本月,山东人民出版社出版山东省文学艺术联合会编的《戏剧评论集》。

9月

1日,《长江文艺》9月号发表李德复的《努力塑造社会主义时代的英雄形象》;习久兰的《为革命而写作》;鲁勒的《评〈万紫千红才是春〉》。

《河北文学》9月号发表王永梓的《是时代激励着我写诗》;董振泽的《赞〈海防哨兵〉》;刘家震的《运用语言应注意选择》;邢易的《社员喜读〈故事会〉》。

《解放军文艺》9月号发表魏传统的《革命磅礴向前进——读〈红军不怕远征难〉组诗》;张秀川的《充分发挥墙报的战斗作用》。

4日,《北京文艺》9月号发表王慧芹的《努力学好毛主席著作,更好地参加兴无灭资的战斗!——在学习写作的路上》。

5日,《萌芽》第9期发表徐景贤的《坚实的步伐——读胡宝华的短篇集〈龙腾虎跃〉》;周天的《大力歌颂英雄人物——读李德复的短篇集〈高高的山上〉》。

《四川文学》9月号发表安旗的《叛逆的矛头指向哪里?》;苏恒的《这是对〈不夜城〉的有力驳斥》。

7日,《光明日报》发表李德复的《努力塑造社会主义时代的英雄形象》。

9日,《光明日报》发表卜林扉的《深刻的主题思想——读短篇小说〈高山峻岭〉》。

10日,《星火》9月号发表李廷楷的《学写〈两师傅带徒弟〉的一点体会》。

《北方文学》9月号发表林矶培的《热爱生产劳动,搞好业余创作》;刘贵琛的《文艺,思想教育工作的有力武器》;盛世源的《实现劳动化、革命化 做党的红色宣传员》。

15日,《湖南文学戏剧增刊(上集)》发表《羊城晚报》社论《小型革命现代戏天地广阔》。

17日,《人民日报》发表李瑞环的《象阮文追那样生活、工作、斗争——读〈象他那样生活〉》。

20日,《新疆文学》9月号发表吴复的《颂革命精神 赞新人成长》;尚久骖、吴云龙的《生活是创作的唯一源泉》。

21日,《人民日报》发表奏笛的《出发点在哪里?——〈为革命而打球〉读后感》。

24日,《文汇报》发表以群的《关于如何描写资产阶级的几个问题——从〈林家铺子〉〈不夜城〉的批判谈起》。

25日,《文艺报》第9期发表姚文元的《向革命故事学习》;以"发扬革命精神 继续战斗传统——笔谈'纪念伟大抗日战争胜利二十周年电影展览'"为总题,发表崔嵬的《创造更多更好的战斗英雄形象》,严寄洲的《与时代结合,与群众结合》,田华的《紧跟上时代的步伐前进》,赵子岳的《用艺术形象表现人民战争》,曹欣的《以毛泽东思想为指导反映我们伟大的时代》,冯其庸的《人民战争的颂歌——看电影〈节振国〉》;同期,发表胡绪曾的《一部富有教育意义的小说——〈风雷〉读后感》;以群的《非洲大地起风雷——〈刚果风雷〉观后》;专栏"新人新作短评"发表单闻的《〈万物生长靠太阳〉》,雷加的《〈聚鲸洋〉》,黎凯的《〈两个稻穗头〉》。

《收获》第5期发表魏照风的《伟大的阶级斗争战鼓》;黄政枢的《"于无声处听惊雷"》。

29日,《新疆文学》10月号发表《自治区举行歌舞戏剧观摩演出大会》;《新疆社会主义文化艺术万紫千红》。

30日,《剧本》增刊第3号出版。

本月,人民文学出版社出版姚文元的《在前进的道路上》。

10 月

1日,《火花》10月号发表肖合的《推荐本期的四篇小说征文》;林芜斯的《谈陆桑的短篇小说》。

《长春》第5期发表戚积广的《学步八年》;赵景春的《十八年的道路》;黄相博的《做乡邮员,也做宣传员》;彭嘉锡的《社会主义新英雄的颂歌——读"社会主义英雄谱"征文》;《让青春发出更多的光和热——裴家屯插队知识青年座谈〈种子〉》;杨荫隆的《值得欢迎的小戏——评京剧〈一路平安〉和〈带班〉》;郑言的《写真人真事和艺术概括——给初学写作者(五)》。

《长江文艺》10月号专栏"文学青年之页"发表羊羣的《读〈一件邮报〉》;同期,发表江渊的《试谈〈借牛〉的喜剧效果》;向开榜、何祖培等的《"闯"得好——读〈三闯峰岩垴〉》。

《河北文学》10月号发表尧山壁的《在生活中学步 在党的哺育下成长》;刘章的《做革命人 写革命诗(在党的哺育下成长)》;刘振声的《崭新的思想 崭新的人》;峰海的《新主题 新形象》;李大振的《塑造少年儿童的英雄形象》;马爱文的《一曲时代战歌》;张富忠的《读〈我们的婚事〉》。

《解放军文艺》10月号发表沈政文、勇征的《红九连运用文艺创作为活学活用毛主席著作服务》;福州部队政治部文化部的《组织故事创作的几点体会》;王雪生的《反映培养革命接班人的好小说》;钟一的《一个优秀的老战士形象》;亦平的《壮心更在青山外》。

4日,《北京文艺》10月号发表北京人民艺术剧院小话剧创作组的《用毛泽东思想带动艺术创作的革命化》;李文同的《读了〈学习写作的点滴感受〉以后》。

《民间文学》第5期发表吴超、蔚钢、刘锡诚的《人民战争的颂歌——读抗日战争时期的歌谣》;吴开晋的《鼓舞人民教育人民的武器——读东北抗日联军故事》;谭达先的《抗日战争时期国统区的政治讽刺歌谣》;贾芝的《人民战争中的新英雄们——〈第一支军号〉和〈女八路夺枪〉评介》。

5日,《青海湖》10月号发表刘凯的《评话剧〈昆仑战风雪〉》;龙泉的《希望多登些短小的文学速写》;景文山的《一支人民公社的赞歌——简评〈金色的长城〉》。

《广西文艺》10月号发表张庚、郭汉城的《小戏的革命战斗传统》。

《四川文学》10月号发表王成孚的《〈两个理发员〉是怎么创作出来的》。

《湖南文学》由双月刊改为月刊,10月号发表黎芬的《"老石头"赞——读杨涛的短篇小说〈老石头〉》。

9日,《光明日报》发表孙光萱的《不灭的革命激情——读李学鳌的诗集〈太行炉火〉》。

10日,《星火》10月号发表江金惠的《编写〈风雷渡〉的点滴体会》。

《山东文学》10月号发表冯秋生的《革命英雄的赞歌》;马元河的《我们爱读这样的报告文学》;卢苇的《欢迎这样的家史》;舒静的《一首反映部队精神面貌的好诗》;邓承奇的《做人民的"牛"》。

《北方文学》10月号发表镇的《喜读两篇新故事》。

14日,《文学批评》第5期以"新人新作谈"为总题发表陆荣椿的《时代需要这样"开顶风船的角色"》,韩瑞亭的《向新的"大关"突进——谈林雨的短篇小说》,陆贵山的《军营生活的号音——谈张勤的短篇创作》;同期,发表李健吾的《"风景这边独好"——谈〈英雄工兵〉》;刘有宽的《动人的小戏〈游乡〉》;立世的《一出精彩的小喜剧——〈打铜锣〉》;叶水夫的《在"真实"的幌子下——从几部描写苏联卫国战争的小说看现代修正主义文学对革命传统的背叛》;施咸荣的《战斗的美国黑人文学》;陈毓罴的《关于〈窦娥冤〉的评价问题》;专栏"新书新作品评介"发表王燎荧的《漫评〈破晓记〉》,阎纲的《农民作者写的好长篇——谈〈绿竹村风云〉第一部》,宋垒的《喜读〈萌芽诗选〉》,李邦媛的《读〈在广阔的天地里〉》;专栏"读者论坛"发表方仁念的《培养健康的艺术趣味》,乔喜森、段国增的《必须正确评价古代作家和作品》,成志伟的《欢迎〈萌芽丛书〉》。

18日,《文汇报》发表《戏剧创作中"三结合"方法的运用和探索》。

《人民日报》发表蒋荫安的《苦根上开出的革命花——谈影片〈苦菜花〉中的

母亲形象》。

19日,《光明日报》发表郭朝绪的《为无产阶级革命英雄塑象——读长篇小说〈欧阳海之歌〉》。

21日,《人民日报》发表萧华的《最勇敢的人,最聪明的人——〈志愿军英雄颂〉序》。

22日,《文汇报》发表吴欢章等的《歌唱工人阶级的革命精神——评工人作者王方武、戚积广的诗歌创作》。

23日,《光明日报》发表浩然的《寄农村读者——谈谈〈艳阳天〉的写作》。

26日,《光明日报》发表古振英的《大智大勇,杀敌致胜——读〈志愿军英雄颂〉》。

27日《人民日报》发表邓牛顿的《"写本岗位"是很好的开端》。

30日,《文艺报》第10期发表本刊评论员的《欢呼小型革命现代戏的新成就》;李希凡的《艺术的鼓励力量从哪里来——谈部队短篇小说革命现实主义和革命浪漫主义相结合的创作方法的新成就》;艾耶的《毛泽东思想哺育下的英雄工兵》;谢清的《赞兄弟民族文艺新军成长——话剧〈战油田〉观后》;本刊记者的《与工农兵结合是编辑工作革命化的根本途径——上海文化出版社编辑〈故事会〉丛刊的经验》;范子保的《谈〈风雷〉对农村阶级斗争的描写》。

本月,上海文化出版社出版本社编的《小戏创作的经验和体会》。

中国戏剧出版社出版中国戏剧家协会编的《京剧〈沙家浜〉评论集》。

11月

1日,《奔流》第6期发表兰建堂的《在业余习作的道路上》;周鸿俊的《向贫下中农学习文艺批评札记》。

《长江文艺》11月号发表徐良斋的《在劳动上带头　在群众中扎根》;聂成的《在斗争中展现思想光辉》。

《河北文学》11月号发表洛杭的《革命的创业精神赞——短篇〈聚鲸洋〉读后》；刘绳的《让革命接班人在大风大浪中成长——谈短篇〈扬帆出海〉》。

《解放军文艺》11月号以"做一个既能拿枪又能拿笔的业余作者"为总题，发表林雨的《在学习创作中突出政治的体会》，李金镛的《拿起笔来，写我们自己的英雄》，邢书第的《当革命战士，吹战斗号角》，李志君的《做一个红色宣传员》，马荣贵的《我们是怎样组织"站史"创作的》。

4日，《光明日报》发表刘章的《做革命人，写革命诗》。

《北京文艺》11月号发表大兴县文化馆记录整理的《社员喜读〈山村新人〉》。

5日，《广西文艺》11月号发表卢霖的《新人新作赞》。

《湖南文学》11月号发表梁冰的《工人阶级英雄形象的颂歌——谈话剧〈电闪雷鸣〉》；徐叔华的《妙趣横生的小喜剧——谈花鼓戏〈打铜锣〉的艺术成就》；黎牧星的《社会主义新人的赞歌——喜读彭伦乎同志近来的几篇作品》。

8日，《文汇报》发表《医生的职责》创作组的《话剧〈医生的职责〉的创作体会》。

10日，《文汇报》发表姚文元的《评新编历史剧〈海瑞罢官〉》。

《星火》11月号发表喻惠兰的《为孩子的健康成长而写作》；细流的《小谈细节的选择》。

《北方文学》11月号发表定南、王丁的《需要更多更好的艺术性纪录片》；杨振仁的《崭新的重要的课题》。

12日，《人民文学》11月号发表刘白羽的《写在两篇短篇小说前面》；刘柏生的《第一次当队长》、《锄头的故事》；张天翼的《"业"和"余"的问题》。

15日，《解放日报》发表朱煜善的《一部反对资产阶级剥削压迫的新作品——喜读中篇小说〈怒火〉》。

16日，《人民日报》发表李希凡的《历史的要求，历史的权利——从部队优秀短篇小说看社会主义文艺英雄的创造》。

18日，《文汇报》发表徐缉熙的《评农村新故事的革命特色——学习札记》；曾文渊的《塑造工人形象的可喜开端——评胡宝华的短篇集〈龙腾虎跃〉》。

《光明日报》发表李醒尘的《揭露资本家的罪恶灵魂——读〈文明地狱〉和〈血染三条石〉》。

19日，《新疆文学》11月号发表新疆军区文化部供稿的《发挥文艺武器的战斗作用》;李之金的《向边防战士学习　为边防战士写作》;李志君的《做一个红色宣传员》。

22日,《文汇报》发表李德复的《学英雄才能写英雄》。

23日,《光明日报》发表陆荣椿的《在创作上突出政治——读短篇小说〈政治连长〉》。

25日,《收获》第6期发表王绍玺、吴立昌的《〈东风化雨〉的资产阶级倾向》;欧阳文彬的《紧跟着时代的脚步前进》。

26日,《人民日报》以"雨露滋润禾苗壮——广大读者热烈评论新人新作"为总题,发表北京市东城区工人俱乐部职工业余创作评论组的《"比学赶帮超"英雄赞——谈小说〈万紫千红才是春〉》,尹仁发、王文松、于时仲的《高山大洋隔不断阶级情》,解放军北京部队某战士评论组的《放眼世界,紧握枪杆——读〈刀尖〉等几篇反映部队生活的小说》,杨锡银、姚栋新、黄庭槐、王丕菜的《革命第一,人民第一——小说〈夜宿落凤寨〉读后》,成志伟的《一个革命接班人的成长——读〈白云之歌〉》。

27日,《人民日报》发表社论《发扬会劳动又会做文艺工作的革命精神》。

28日,《人民日报》发表刘白羽的《喜听长江新声》。

30日,《文汇报》发表马捷的《也谈〈海瑞罢官〉》。

《人民日报》发表姚文元的《评新编历史剧〈海瑞罢官〉(附编者按)》。

《文艺报》第11期发表陶铸的《关于革命现代戏创作的几个问题》;社论《必须同社会主义时代的工农兵相结合》;宋爽的《学英雄,写英雄》;陶嘉善、马浩流的《五好战士谈〈欧阳海之歌〉》;华君武的《雕塑界的大革命》;王朝闻的《改造别人,也改造自己——读〈政治连长〉》;王震学的《"政治连长"到了我们工厂》;王文生的《"现实主义深化"论的货色从何而来》;蔡洪声的《赞〈水兵之歌〉》;景向农的《教育战线上的新闻将——由话剧〈教育新篇〉谈起》;郭乃安的《向阳川上的英雄曲》;张立云的《喜看〈昆仑战风雪〉》。

本月,《中山大学学报(哲学、社会科学)》第3期发表陈则光的《论鲁迅的进化论思想》;吴文辉的《论叶紫》;陆一帆的《评〈艳阳天〉》;黄海章的《评李贽〈童心说〉》;李淑璧的《"欧洲中心论"与周谷城的奴化史观》;廖世健的《论安娜·卡利尼娜的爱情悲剧》;殷麦良的《我对〈〈麦克佩斯〉与妖氛〉一文的意见》。

本月,上海人民出版社出版姚文元的《评新编历史剧〈海瑞罢官〉》。

中国青年出版社出版本社编的《写作常识》。

12月

1日,《文汇报》发表蔡成和的《怎样更好地评价历史人物和历史剧——评〈新编历史剧《海瑞罢官》〉》。

《人民日报》发表缪俊杰的《更好地反映当前农村的火热斗争——从青年作者几个短篇小说谈谈反映人民内部矛盾问题》;彭毅的《象欧阳海那样生活和战斗——读〈欧阳海之歌〉》。

《火花》12月号发表朱宝真的《新人物新主题——〈序幕〉读后》。

《长春》第6期发表常萱的《汽车厂党委是怎样培养工人业余作者的》;孙树发的《在毛主席思想哺育下锻炼成长》;《两本适合咱们工人口味的诗——汽车厂工人座谈〈加热炉之歌〉和〈红色的铆钉〉》;周景生、任秉林、黄珍的《开展业余创作的好经验——读三篇谈创作经验的文章》;双阳县齐家屯腰队集体户等的《大家办刊物(三篇)》;郑言的《做到群众喜闻乐见——给初学写作者(六)》。

《延河》12月号发表韦昕的《充满革命激情的新民歌》;李培坤的《敢教日月换新天》;宣兵的《读〈神枪手和万里云〉》。

《长江文艺》12月号专栏"文学青年之页"发表河边的《读〈腾屋〉》;同期,发表江渊的《向生活学习　向群众学习》。

《河北文学》12月号发表艾思、晓春的《剥掉了资产阶级"文明"的外衣——读〈文明地狱〉》;罗士丁的《工人阶级的血泪史——评小说〈血染三条石〉》;梁宝璋的《〈让房〉的创作经过》;《新社员》创作小组的《〈新社员〉是怎样写成的》;文丁的《从〈秋收〉谈到珠宝》。

《解放军文艺》12月号发表周恩来、朱德、林彪、董必武、陆定一的题词;《总政治部关于宣传和学习王杰同志的通知》;转载《人民日报》社论《一不怕苦　二不怕死》,《解放军报》社论《一心为革命　一切为革命》,《解放军报》社论《"毛主席怎样说的,我就怎样做"》,《解放军报》社论《学好人好事　做好人好事》;同期,发表社论《学习毛泽东思想　宣传毛泽东思想——祝贺全国青年业余文学创作积极分子大会兼谈进一步发展部队业余文学创作》;本刊评论员的《创造更多更高大的英雄形象——王杰的成长道路给我们的启示》。

2日,《文汇报》发表燕人的《对历史剧〈海瑞罢官〉的几点看法——与姚文元同志商榷》。

《光明日报》发表任斌武的《往生活深处开掘——〈开顶风船的角色〉的创作过程》。

3日,《文汇报》发表林丙义的《海瑞与〈海瑞罢官〉》。

4日,《文汇报》发表张家驹的《论海瑞的评价不宜过高》。

《光明日报》发表秋川的《新人笔下的新人——〈山村新人〉读后随笔》。

《北京文艺》12月号发表夏青的《三面红旗的伟大胜利——评电影〈北京农业的大跃进〉》;姚文元的《评新编历史剧〈海瑞罢官〉》。

《民间文学》第6期发表祁连休的《试论阿古登巴的故事》;刘锡诚的《想象力的翅膀——读蒙古族史诗〈智勇的王子喜热图〉札记》。

5日,《萌芽》第12期发表姚文元的《评新编历史剧〈海瑞罢官〉》。

《湖南文学》12月号发表周健明、周寅宾的《把战鼓敲的更响吧——略评近年来湖南的诗歌》;刘斐章的《创作更多更好的小型革命现代戏》。

6日,《解放日报》发表《〈海瑞罢官〉问题的讨论逐步展开》。

8日,《文汇报》发表吴晗的《关于历史剧的一些问题》(原载1961年2月18日《北京晚报》)。

10日,《北方文学》12月号发表胡建良的《老贫农的赞歌》;陈振涛的《我喜欢〈农民业余作者〉》;焦永琦等的《喜读〈孕穗〉》;黑龙江大学中文系二年级评论组的《用毛泽东思想武装起来的样板》。

14日,《文学评论》第6期发表冯牧的《在劳动和战斗中成长的文学新人》;沙德安的《〈风雷〉人物谈——略论祝永康与熊彬的形象》;丛者甲的《〈风雷〉是一部值得肯定的作品》;叶伯泉的《熊彬是个成功的形象——兼与吴子敏、蔡葵商榷》;桑雁、吴绣剑的《〈风雷〉有那样好吗?——读〈评风雷〉有感》;刘世德、李修章的《越南杰出的诗人阮攸和他的〈金云翘传〉》;柳鸣九的《正确评价欧洲十九世纪资产阶级文学中的个人反抗形象》;专栏"读者论坛"发表姚琴的《文风小议》,张绪伟、石有斐、历国轩的《需要什么样的提高》；专栏"新书新作品评介"发表林明的《新的起点——〈走窑人的歌〉读后》，王速的《谈小说〈古城春色〉》。

15日，《文汇报》发表刘元高的《〈海瑞罢官〉必须批判》；劲松的《欢迎"破门而出"》；唐真的《〈海瑞罢官〉的主题是什么？》。

《人民日报》发表樵子的《也谈海瑞和〈海瑞罢官〉》；苏瑞海的《海瑞为谁效肱股之力》；谢天佑的《谈海瑞的"爱民如子"（来稿摘编）》；《〈海瑞罢官〉宣扬了阶级调和论》。

《光明日报》发表程参的《关于〈海瑞罢官〉的主题思想及其倾向性》；姚全兴的《不能用形而上学代替辩证法——评〈新编历史剧《海瑞罢官》〉》。

16日，《光明日报》发表杭文兵的《从"清官"谈到〈海瑞罢官〉》；浩然的《浓郁的泥土气息——给〈彩色的田野〉作者沙丙德》。

17日，《文汇报》发表胡守钧的《〈海瑞罢官〉为封建王法唱颂歌》；朱彦的《请看〈海瑞罢官〉的"现实意义"》；孙如琦等的《从〈论海瑞〉一文看真假海瑞》；羽白的《〈海瑞罢官〉基本上应该肯定》。

《光明日报》发表武英平的《历史人物的局限性必须批判——评吴晗同志在历史人物评价问题中的一个错误观点》。

《解放日报》发表王永生的《迅速反映崭新的生活——喜读小说〈起点〉》。

18日，《光明日报》发表缪俊杰的《努力塑造革命接班人的光辉形象》。

20日，《文汇报》发表张益的《揭穿〈海瑞罢官〉的错误实质》；郝昺衡的《试论海瑞和〈海瑞罢官〉》。

22日，《光明日报》发表戎笙的《歪曲了历史真实的〈海瑞罢官〉》；朱熙的《怎样评价〈海瑞罢官〉——与姚文元同志商榷》。

23日，《文汇报》发表刘大杰的《〈海瑞罢官〉的本质》；吴越石的《读〈评新编历史剧《海瑞罢官》〉》。

《光明日报》发表水青的《不能伪造历史》；崔富章等的《阶级斗争是历史发展的动力》；魏建猷的《有关〈海瑞罢官〉的几个问题》；郭朝绪的《热情反映工业战线的斗争——谈几个工业题材的短篇小说》。

25日，《文汇报》发表徐连达等的《"青天大老爷"真能"为民作主"吗？》；王鸿德的《不要锄掉〈海瑞罢官〉这朵花》。

《人民日报》发表蔡文锦的《美化了封建统治阶级》；师文伍的《用封建"王法"掩盖了阶级矛盾》；杨金龙的《对农民形象的歪曲》；王澈的《改良乎？革命乎？》；

亦鸣的《评新编历史剧〈海瑞罢官〉读后》。

26日,《光明日报》发表霍松林的《骂皇帝还是爱皇帝？——对海瑞〈治安疏〉的剖析》。

《新疆文学》12月号发表王哲忠的《掌握文艺武器,为连队建设服务》；王仲明的《新歌声声唱太阳》。

27日,《光明日报》发表王子野的《谁是历史的主人？》；马志政的《错误的观点,错误的结论》；学箭的《赞赏"用人唯才"的用心何在？》。

28日,《文汇报》发表戴不凡的《〈海瑞罢官〉的主题思想》。

29日,《人民日报》发表方求的《〈海瑞罢官〉代表一种什么思潮》。

《光明日报》发表邓广铭的《评吴晗同志的〈论海瑞〉》。

30日,《人民日报》发表吴晗的《关于〈海瑞罢官〉的自我批评(附编者按)》。

《南京大学学报(人文科学)》第2期发表陈瘦竹的《论〈赤道战鼓〉的艺术成就》；本刊记者的《〈海瑞罢官〉问题的辩论在我校文科师生中热烈展开》。

31日,《光明日报》发表杨寿堪的《"知行合一"说帮不了美化海瑞的忙》。

《文艺报》第12期发表本刊评论员的《用毛泽东思想武装起来,做又会劳动又会创作的文艺战士——记全国青年业余文学创作积极分子大会》；姚文元的《评新编历史剧〈海瑞罢官〉》；劲松的《欢迎"破门而出"》；任斌武的《高举毛泽东思想红旗大学大写英雄人物用毛泽东思想作指针》；林雨的《〈政治连长〉是"三结合"的产物》；齐平的《缩短与英雄的差距,更深刻地表现英雄》；李准的《学好毛主席著作是文艺者"三过硬"的第一要素》；禾土的《为当代英雄作画——赞话剧〈电闪雷鸣〉》。

本月,《中山大学学报(哲学、社会科学)》第4期发表陈赐祺的《从〈海瑞罢官〉谈到历史人物评价问题》；裘汉康的《评〈海瑞罢官〉对海瑞的美化》；蒋相泽的《评吴晗同志把道德观念当作历史发展的主要动力》；萧学鹏、封祖盛的《什么样的现实主义——评"现实主义深化"论》；吴宏聪、金钦俊的《〈绿竹村风云〉的特色和意义》；《本校师生热烈开展关于〈海瑞罢官〉的争鸣讨论》。

图书在版编目(CIP)数据

中国当代文学批评史料编年. 第二卷,1958—1965/吴俊总主编;黄珊本卷主编. —上海:华东师范大学出版社,2016.5
 ISBN 978-7-5675-5250-0

Ⅰ.①中⋯ Ⅱ.①吴⋯②黄⋯ Ⅲ.①中国文学-文学批评史-1958—1965 Ⅳ.①I206.7

中国版本图书馆 CIP 数据核字(2016)第 114111 号

中国当代文学史料丛刊

中国当代文学批评史料编年
第二卷 1958—1965

总主编	吴　俊
总校阅	黄　静　肖　进　李　丹
本卷主编	黄　珊
策划编辑	王　焰
项目编辑	庞　坚
审读编辑	吴飞燕
装帧设计	崔　楚

出版发行	华东师范大学出版社
社　　址	上海市中山北路 3663 号　邮编 200062
网　　址	www.ecnupress.com.cn
电　　话	021-60821666　行政传真 021-62572105
客服电话	021-62865537　门市(邮购)电话 021-62869887
地　　址	上海市中山北路 3663 号华东师范大学校内先锋路口
网　　店	http://hdsdcbs.tmall.com

印 刷 者	上海中华商务联合印刷有限公司
开　　本	787×1092　16 开
印　　张	25.25
字　　数	401 千字
版　　次	2017 年 10 月第 1 版
印　　次	2017 年 10 月第 1 次
书　　号	ISBN 978-7-5675-5250-0/I·1530
定　　价	118.00 元

出 版 人　王　焰

(如发现本版图书有印订质量问题,请寄回本社客服中心调换或电话 021-62865537 联系)